3

罗新璋 选编

《约翰·克利斯朵夫》(三)
卷八 女朋友们
卷九 荆棘
卷十 复旦

傅译精华

人民文学出版社

目 次

旅程的终途

卷八·女朋友们 …………………………………… 3

卷九·燃烧的荆棘 ………………………………… 141
 第一部 …………………………………………… 143
 第二部 …………………………………………… 207

卷十·复旦 ………………………………………… 293
 第一部 …………………………………………… 297
 第二部 …………………………………………… 329
 第三部 …………………………………………… 383
 第四部 …………………………………………… 411
 向约翰·克利斯朵夫告别 ……………………… 443

旅程的终途

女朋友们—燃烧的荆棘—复旦

卷八·女朋友们

虽然克利斯朵夫在法国以外有了点声望,两位朋友的境况并没好转。每隔一个时候,总有些艰苦的日子使他们不得不束紧裤带。有了钱,他们便拼命吃一个饱,补偿过去的饥饿。但日子久了,这种饮食习惯究竟是伤身体的。

此刻他们又逢着穷困的时期。克利斯朵夫熬着夜替哀区脱做完了一件乏味的改谱工作,到天亮才上床;他纳头便睡,以便找补那损失的时间。奥里维清早就出门,到巴黎城的那一头去教课。八点左右,送信上楼的门房来打铃了,平时他按铃不应就把信塞在门下。这天早上他却继续敲门。克利斯朵夫睡眼惺忪,叽叽咕咕的去开门,完全没注意门房微笑着,唠唠叨叨跟他讲起报上的一篇文章,他拿了信,连瞧也不瞧一眼,把门一推,没关严就上了床,一下子又睡着了。

过了一小时,他又被屋子里的脚步声惊醒了:他看见床前有个陌生人对他很郑重的行礼,不禁大为诧异。原来是个新闻记者,因为大门开着,便老实不客气的走了进来,克利斯朵夫愤愤的从床上跳起,嚷道:"你来干什么?"

他抓起枕头往客人扔过去,客人赶紧退了一步,说明来意,自称为《民族报》的记者,为了《大日报》上的一篇文章特意来访问克拉夫脱先生。

"什么文章?"

"先生你没看到吗?"记者说着,便自告奋勇把那篇文字的内容告诉他。

克利斯朵夫重新躺下，要不是瞌睡得迷迷忽忽的话，他早就把来人赶出去了，但他觉得让来人说话究竟没有把他驱逐来得费力。他便钻入被窝，闭上眼睛，假装睡觉。他很可能弄假成真地睡去。可是来客非常固执，提高着嗓音，开始念文章了。听了最初几行，克利斯朵夫就竖起耳朵，人家把克拉夫脱先生说作当代第一个音乐天才。克利斯朵夫把假装睡觉的事忘了，大惊小怪地咒了一声，在床上坐起，说道："他们疯了。难道他们着了魔吗？"

记者趁此机会停止了朗诵，向克利斯朵夫提出一大串问题，克利斯朵夫都不假思索地回答了。他捡起那篇文章，好不惊奇地打量着印在第一版上的自己的相片。他还没有时间看文字，第二个记者又跑进房里来了。这一回克利斯朵夫可真恼了。他命令他们出去，可是他们没有把室内的布置、墙上的照片、艺术家的面貌迅速地记录下来以前，决不肯照办，克利斯朵夫又好气又好笑，衣服也没穿好，推着他们的肩膀，把他们一直送出门外，赶紧上了锁。

然而这一天他是命中注定不得安静的。梳洗还没完毕，又有人敲门了，而且用着只有几个最亲密的朋友知道的方式敲着。克利斯朵夫开了门，发现又是个陌生人，他决意直截了当地把他打发走，不料来人立刻分辩说，他就是今天报上那篇文字的作者。对一个捧你为天才的人，有什么办法拒绝呢？克利斯朵夫懊恼之下，只能领受他的崇拜者的热诚。他奇怪这种声名怎么会忽然从云端里掉在他头上，是不是他上一天给人家演奏了什么连自己也没觉察的杰作？他可没有时间追究这些。这个记者是不管他愿不愿意，特意来拉他出去的，想一边谈一边带他上报馆：大名鼎鼎的阿赛纳·伽玛希等在那里要见他，汽车已经在楼下了。克利斯朵夫推辞了一番；但对于人家好意的邀请，他是天真的，却不过情面的，终于不由自主地听人摆布了。

十分钟后，他就被介绍给谁见了都害怕的无冕之王。那是个身强力壮的男子，年纪在五十上下，矮小，肥胖，又圆又大的脑袋，灰色头发，留着平头，红红的脸，说话带着命令式，声音笨重，浮夸，常常会口若悬河的来一套议论。他在巴黎拿种族平等做幌子。既会做买卖,又会利用人,自私自利,又天真又狡猾,热情,自负,他把自己的事业跟法国的、甚至和全人类的合而为一。他的利益,他的报纸的发达,是和公众的福利息息相关的。他一口咬定谁损害他就是损害法兰西,并且为了打倒一个敌人,他连推翻政府都在所不惜。除此以外,他也不乏宽宏的度量。像有些人在酒醉饭饱之后一样,他是个理想主义者,喜欢模仿上帝的作风,不时从沟壑中提拔几个可怜的穷人出来,表现他权势的伟大可以平空白地造出一个名人,或是什么部长之流;只要他愿意,他也能制造君王,废黜君王。他的神通是无限的。倘使他高兴,他也能制造天才。

这一天,他来"制造"克利斯朵夫了。

发动这件事的其实是无心的奥里维。

不为自己作任何钻营,痛恨宣传而避新闻记者如避疫疠一般的奥里维,为了他的朋友却是另一种看法了。他仿佛那些温柔的妈妈,明明是老实的小布尔乔亚,贞节的妻子,为了替无赖的儿子求情,竟不惜出卖自己的身体。

奥里维在杂志上写文章的时候,和许多批评家与爱好音乐的人接触的时候,一有机会就提到克利斯朵夫;而从某些时候以来,他很奇怪地发觉居然有人听他的话,周围有个好奇的运动,有些神秘的传说,在文学集团与上流社会中传布。这个运动是怎么来的呢?是最近英德两国演奏了克利斯朵夫的作品在报上引起的回声吗?其中似乎也没有一个确切的原因。但巴黎有帮善观气色的人,比圣·雅各街的气象台更有把握能在前一天预测酝酿中的风向,知道明天那阵风会吹点儿什么东西来。在这个神经质的大都市中,有的是使人震颤的电流,有的是看不见的光荣的波浪。一个将升的明星跑在另外一个明星前面,沙龙里流行着一些渺茫的传说,到了某个时间,就会在一篇广告式的文字中宣布出来,粗声大气的喇叭把新偶像的名字吹进最麻木的耳朵。这阵喧闹往往把它所颂扬的人的第一批最好的朋友吓跑了。其实这种情形还是应当由第一批最好的朋友负责的。

因此奥里维和《大日报》那篇文字也脱不了干系。他利用人家对克利斯朵夫的关切,很巧妙地透露些消息,刺激大众的情绪。他不让克利斯朵夫和新闻记者直接发生联系,免得闹笑话。但他依着《大日报》馆的请求,暗中使克利斯朵夫和一个记者在某咖啡店不露声色地见了一面。所有这些预防的措施更引起人家的好奇心,使克利斯朵夫显得更有意思。奥里维从来没跟新闻界打过交道,想不到开动了一架可怕的机器——你一朝拨动之后,再要加以控制或要它减缓一些是办不到的了。

他在上课去的路上读到《大日报》的文字,不禁吓坏了。他没料到有这一下,尤其没料到来得这么快。他以为报纸一定要等到把所有的材料收齐了,对于他们所要谈的人认识更清楚之后,方才动手写文章。这想法真是太天真了。倘使一份报纸肯费心发现一个新人物,当然是为了报纸本身,为了和同行争取发现新人物的荣誉。所以它得赶紧,完全不管对这个新人物是否了解。而被捧的人也决不会抱怨别人误解,一朝有人捧了,那他当然是被人相当了解的了。

《大日报》先对克利斯朵夫清苦的生活零零碎碎叙述了一些荒唐的故事,把他写成德国专制政府的一个牺牲者,一个自由的使徒,被迫逃出德意志帝国,躲到自由灵魂的托庇所——法兰西——来——(作者借此发挥了一套排外的议论)——然后又对他的天才肉麻地颂扬一番,而关于这天才,作者一无所知,只知道他早期在德国作的几支平常的歌,那是克利斯朵夫引以为羞而要毁去的东西。那个记者虽不知道克利斯朵夫的作品,可自命为知道克利斯朵夫的用意——他所假借给克利斯朵夫的用意。从克利斯朵夫或奥里维嘴里,甚至从自以为知道得很详尽的古耶一流的人嘴里,东零西碎听来的几句话,已经足够为记者造成一个"共和政治的天才——民主主义的大音乐家约翰·克利斯朵夫"的形象。他又乘机毁谤当代的法国音乐家,尤其是最有特色,最自由,最不关心民主的那一批。他只把一二个作曲家除外,因为他们在选区里很有声望。可惜他们的音乐远不及他们的政治活动得人心。但这是小节。而且他们的捧场,便是对克利斯朵夫的捧场,也远不及对别人的批评来得重要。在巴黎,你读到一篇恭维某人的文字,最聪明的办法是先要推敲它的反面文章,心里想一想:"这是说谁的坏话呢?"

奥里维一边看着报,一边羞得脸红了,对自己说:"我做的好事!"

他心不在焉地上完了课,立刻赶回家。一听说克利斯朵夫已经和新闻记者出去了,他简直吓呆了。他等他回来吃午饭。克利斯朵夫可不回来。奥里维一小时一小时地越来越焦急,心里想:"他们要逗他说出多少傻话啊!"

三点左右,克利斯朵夫高高兴兴地回来了。他和阿赛纳·伽玛希一同吃了饭,被香槟酒灌得糊里糊涂的,完全不懂奥里维的忧虑,不懂他为什么很不放心地追问他说了什么话,做了什么事。

"你问我做了什么事?吃了一顿好饭。我好久没这样大嚼了。"

他把菜单背给奥里维听:"还有酒……各种颜色的我都灌下去了。"

奥里维打断了他的话,问他同席的是些什么人。

"同席的?……我不知道。有伽玛希。那矮胖子真痛快。还有那篇文章的作者格劳杜米,挺可爱的青年,还有三四个我不认识的记者,人很快活,待我很好很殷勤,都是一般最好的好人。"

奥里维似乎不大相信。克利斯朵夫觉得他的冷淡有些古怪,便问:

"难道你没看到那篇文字吗?"

"看到了,就为这个啊。你,你仔细看过没有?"

"看的……就是说瞄了一眼。我没有时间。"

"那么你去念一遍吧。"

克利斯朵夫念了开头几行就乐死了:"啊!混账东西!"

他笑弯了腰,接着又说:"喝!批评家都是这路货:一窍不通!"

可是念到后来，他生了气：那太胡闹了，人家简直把他搞得不成体统，说他是"一个共和政治的音乐家"，这算什么意思！……除了这种笑话，人家还拿他"共和的"艺术作为抨击前辈大师的"教堂艺术"的武器——（实际上他是以这些伟人的心灵作为精神养料的）——那还像话吗？……

"狗东西！他们竟要教人把我当作白痴了！……"

而且在提到他的时候，有什么理由骂倒一些有天分的法国音乐家呢？这些音乐家还是他多少爱着的——（虽然爱的程度很少）——他们都是行家，为本行增光的。而最可恶的是硬说他对他的祖国有那种卑鄙的仇恨心！……那可受不了……

"我要写信给他们。"克利斯朵夫说。

奥里维劝他："不，现在别写！你太兴奋了。明天，等你头脑冷静的时候再写……"

克利斯朵夫固执得很。他一朝有话要说就不能等，只答应把信先给奥里维看过。这一点当然很重要。信稿经过严密的修正，要点是更正他对于祖国的意见。然后，克利斯朵夫马上连奔带跑地拿信送往邮局。

"这样，"克利斯朵夫回来说，"事情总算挽回了一半，我的信明天就可登出来。"

奥里维带着怀疑的神气摇摇头。随后，他还是很不放心地瞅着克利斯朵夫，问："你吃中饭的时候，没说什么冒失的话吗？"

"没有啊。"克利斯朵夫笑着回答。

"可是真的？"

"当然真的，胆怯鬼。"

奥里维稍微宽心了些。克利斯朵夫可并不。他想起自己曾经胡说八道地说过好些话。当时他无拘无束的，对人家一见如故，丝毫没有戒心：他觉得他们多诚恳，对他多好！这倒是真的。人们对于受自己恩惠的人总是挺好的。克利斯朵夫又是那么兴高采烈，把别人的兴致也提高了。他的亲热的随便的态度,嘻嘻哈哈的俏皮话,老饕式的胃口,灌了多少酒而面不改色的宏量,使伽玛希觉得很对劲;因为他也是个饭桌上的好汉,结实,粗野,血色挺好,最瞧不起身体娇弱,既不敢吃也不敢喝的巴黎人。他是在饭桌上判断人的,所以很赏识克利斯朵夫。他当场向克利斯朵夫提议,把他的《卡冈都亚》编成歌剧在歌剧院上演。——对于这些法国布尔乔亚,艺术的顶点就是把《浮士德入地狱》或九阕交响曲搬上舞台。① ——克利斯朵夫听了这古怪的主意哈哈大笑,好不容易才把报馆经理拦住了,不让他立刻打电话给歌剧院或美术部下达命令。(据伽玛希说,那些人都是由他支配的。)这个提议使克利斯朵夫想起从前改编交响诗《大卫》的事,就手把众议员罗孙为要捧情妇出场而主办的那次表演叙述了一遍。② 原来与罗孙不和的伽玛希,听了很高兴。克利斯朵夫喝多了酒,又看到听众那么热心,不知不觉又讲了许多别的逸事,给人家一一记在心里。离开饭桌就把话忘得干干净净的,只有克利斯朵夫一个。此刻经奥里维一问,他不由得想起那些故事,直打寒战。因为他已经有相当的经验,知道可能发生的后果。现在没有了酒意,他对于将来的情形看得格外清楚,好像已经发生了,冒失的故事经过一番点缀之后,被人登在攻讦隐私的报纸上,他关于艺术方面的胡说八道也一变而为攻击他人的冷箭。至于他更正的信会有什么结果,他和奥里维知道得一样清楚:去答复一个新闻记者是浪费笔墨,说最后一句话的永远轮不到你。

事实果然和克利斯朵夫预料的一模一样。他所泄露的私事被发表了,更正的信却没有登出来。伽玛希只让人传话,说他知道克利斯朵夫心胸宽大,这种有良心的作风是令人钦佩的;但伽玛希用他有良心的作风守着秘密,而硬派作克利斯朵夫的意见却继续传播开去,先在巴黎的报上,继而在德国的报上,引起尖刻的批评,因为一个德国艺术家对于祖国发表这样有失身份的言论,简直动了公愤。

---

① 《浮士德入地狱》为柏辽兹名作。九阕交响曲指贝多芬的全部交响曲。
② 参看卷五:《节场》。——原注

克利斯朵夫自作聪明，利用别家报馆的记者访问的时候，声明他对于德国政府是爱护的，说在那边至少跟在法兰西共和国一样自由。——不料那记者所代表的是一份保守党的报纸，便立刻替他编了一套反对共和党的言论。

　　"越来越妙了!"克利斯朵夫说,"唉,我的音乐跟政治扯得上什么关系呢?"

　　"这是我们这儿的习惯,"奥里维回答,"你瞧那些关于贝多芬的论战罢。有的说他是雅各宾党,有的说他是教会派,有的说他是平民派,有的说他是保王党。"

　　"嘿,贝多芬真会把他们一齐踢出去呢!"

　　"那么你也如法炮制就是了。"

　　克利斯朵夫心里很想这样做。可是他无法推却那些对他亲热的人的情面。奥里维总不放心让他一个人在家。因为不断有人来访问,而克利斯朵夫尽管答应小心行事,结果还是有一句说一句,把脑子里想到的统统说出来。有些女记者自称为他的朋友,逗他说出他的恋爱经历。也有些来利用他毁谤这一个或那一个。奥里维回家的时候,常常发觉克利斯朵夫狼狈不堪。

　　"你又胡闹了是不是?"他问。

　　"是啊。"克利斯朵夫垂头丧气地回答。

　　"你这个脾气竟没法改吗?"

　　"我真该让人关起来才好……可是,我向你赌咒,这一次一定是最后一次了。"

　　"哼!下次还是这么一套……"

　　"不,不,我决不再犯了。"

　　第二天,克利斯朵夫得意扬扬地告诉奥里维:"又来了一个。被我撵走了。"

　　"别过火,对付他们得非常小心。这畜生凶得很……你一抵抗,他就攻击你……他们要报复真是太容易了!哪怕是一句极平常的话,他们也会找到把柄的。"

"啊,天哪!"克利斯朵夫用手捧着脑门。

"怎么呢?"

"我关门的时候对他说……"

"说什么?"

"说了一句德皇的话。"

"德皇的?"

"是的,要不是德皇的,就是皇族的……"

"该死!明天一定登在报纸的第一版上。"

克利斯朵夫急得直打哆嗦。但他明天看到的,是关于他的屋子的描写,——其实那记者连脚也没踏进去,——另外是完全杜撰的一段对话。

消息一路传开去一路改头换面。外国报纸又加上许多误会。法国报上叙述克利斯朵夫穷得没办法的时候替人把有名的曲子改成吉他谱,一家英国的日报却说他弹着吉他沿街卖唱。

他看到的并非全是恭维的话。那才差得远呢!因为克利斯朵夫是《大日报》所捧的,别的报纸就对他攻击了。他们的尊严,决不容许同行发现一个他们所不知道的天才,所以他们都拿他开玩笑。古耶因为抓在手里的活宝给人抢了去而很气,便写了一篇"以正视听"的文章。他亲昵地提起他的老朋友克利斯朵夫,——初到巴黎的时期,一切行动都是由他领导的。他说,没有问题,克利斯朵夫是个很有天分的音乐家,但是——(他可以这样说,因为他们是朋友),——修养不够,缺少特色,骄傲得不像话,现在人家用如此可笑的方式去奉承,去助长这种骄傲的脾气,实在是害了他,因为他需要的是一个有头脑、有眼力、有学问、好意而严正的导师,——(这是古耶的自画像)。一般音乐家勉强笑着,表示极瞧不起一个有报纸撑腰的艺术家;他们装作讨厌逢迎吹拍,因为吃不到葡萄而说葡萄是酸的。有些是中伤克利斯朵夫,有些是对他假装怜悯,又有些是回过头来恨奥里维——(那都是奥里维的同文）。——他们素来恨他的强硬,恨他不和他们亲近。其实他这种态度是爱好孤独的成分多,厌恶他们的成分少。某几个人还隐隐约约地说他在《大日报》那些文章中间有利可图。又有几个替克利斯朵夫抱不平,责备奥里维不该把一个娇弱的、老是做梦一般的、精力不足以应付人生的艺术家——克利斯朵夫推到嘈杂的节场上去,使他迷路。他们说这种办法简直把克利斯朵夫的前途给断送了:他虽没有天才,但若用功的话还能有点儿成就,现在被人家的巧言令色冲昏了头脑,岂不可怜!难道人们不能让他无声无息地耐性工作吗?

奥里维很想告诉他们:"吃饱了肚子才能工作。谁给他面包呢?"

可是这种话是难不倒他们的。他们很可以非常清高地回答说:"这个嘛,不过是小节。人是应当受苦的。"

当然,高唱这种禁欲主义的都是上流社会的人。例如有人求某个百万富翁帮助一个穷艺术家的时候,那富翁回答说:"先生,穷有什么关系!莫扎特就是穷死的!"

要是奥里维告诉他们,说莫扎特只求生存,克利斯朵夫也决不肯饿死,那他们一定会觉得奥里维趣味恶劣。

克利斯朵夫被这些长舌妇的胡说八道搅得厌倦透了。他心里想这种情形是不是要永远继续下去。可是过了半个月,事情就完了。报纸上不再提到他了。但他已经出了名。人家提到他的名字,并不说:"《大卫》的作者"或"《卡冈都亚》的作者",而是说:"啊,是的,那个《大日报》上的人物!……"所谓声名,就是这么回事。

奥里维也发觉了这一点,因为他看见克利斯朵夫收到大批的信,而他自己也间接收到不少:写脚本的作家、音乐会的捐客,都来招揽生意;初期的敌人摇身一变而成为新朋友,特意来信表示亲善;还有妇女们忙着寄请帖来。为了报纸的特辑,人家提出许多问题来征求他的意见,例如法国人口锐减问题,理想派的艺术问题,女人的胸衣问题,舞台上的裸体问题,——还问他德国是不是已经到了颓废的阶段,音乐是不是已经完了等等。他们俩看了都笑起来。但尽管心里满不在乎,克利斯朵夫这个粗人也居然接受那些宴会的邀请。奥里维简直不敢相信自己的眼睛。

"你,你也上那些地方去吗?"

"是的,"克利斯朵夫嘟哝着回答,"你以为只有你会去看太太们吗?现在也轮到我了,告诉你!我也要去玩玩了!"

"你去玩玩?可怜的朋友!"

实际是克利斯朵夫在家关得太久了,忽然觉得非出去走走不可。并且他也很乐于呼吸一下新的光荣的气息。在那些晚会里,他照旧厌烦,觉得所有的人都是混蛋。但他回家故意卖弄狡狯,对奥里维说着相反的话。他到处都去,可是同一个人家决不去两回;他会找出古古怪怪的借口,用着骇人的满不在乎的态度,回避他们第二次的邀请,教奥里维看了也认为岂有此理。克利斯朵夫却哈哈大笑。他到沙龙去不是为了培养自己的声名,而是为了添加他生命的养料,搜集一些新人的目光,举止,语声,以及种种的形式、声音、色彩;因为一个艺术家每隔多少时候就得把他的调色板充实一次。一个音乐家的营养决不能以音乐为限。一句说话的抑扬顿挫,一个动作的节奏,一个和谐的笑容,都可以比一个同业的交响乐给你更多的音乐感应。不幸沙龙里那些面貌那些心灵的音乐,和音乐家的音乐同样枯索,同样单调。各人有各人固定的姿态。一个年轻美貌的女人的微笑,那种刻意研求的妩媚,和一支巴黎曲调同样是印板式的。而男人比女人更无聊。萎靡的风气使一般刚强的人物化为泡沫,特殊的个性很快地软化了,消灭了。克利斯朵夫看到艺术家中已死的与将死的人太多了:某个青年音乐家朝气蓬勃,天分极高,结果竟被荣誉压倒,只想呼吸那种毒害他的谄媚逢迎的空气,只想享乐,只想睡觉。他二十年后的模样,只要看那个坐在沙龙一角的年老的大师便可知道:有钱,有名,一身兼了所有的学士院的会员,登峰造极,似乎用不着再怕什么敷衍什么,而他却对所有的人低头,怕舆论,怕政府,怕报纸,不敢说出自己的思想,并且也不再思考,不再存在,只像载着自己遗骸的驴子一般在人前展览。

而在从前曾经伟大或是可能伟大的那些艺术家和有识之士后面,一定有个女人在腐蚀他们。她们都是危险的,不管是蠢的或是不蠢的,爱他们的或只爱自己的,最好的女子其实是最可怕的,因为她们目光浅陋的感情更容易毁掉艺术家,她们一心要驯服天才,把他压低,把他删除,剪削,搽脂抹粉,直到这天才能够配合她们的感觉,虚荣,平凡,并且配合她们来往的人的平凡才甘心。

克利斯朵夫虽是在这个社会里不过走马看花,但看到的已经足以使他感到危险。想利用他、拿他点缀沙龙的女人,不止一个。克利斯朵夫对于低颦浅笑的勾引也不能说完全无动于衷。要不是他有见识,要不是看到周围那些可怕的榜样,他可能逃不过的。但他并不想替那般看守呆子的美女扩充她们的羊群。倘若她们不是紧紧地盯着他,他所冒的危险反倒更大。大家一朝相信他们中间有着一个天才的时候,照例要来摧残他的。这般人看见一朵花就想把它摘下插在瓶里,——看到一只鸟就想把它关在笼里,——看见一个自由人就想把他变成奴隶。

克利斯朵夫迷惑了一会儿,马上振作起来,把他们一股脑儿丢开了。

命运老是要弄人。它会让一般粗心大意的人漏网,但决不放过那些提防的、谨慎的,有先见之明的人。投入巴黎罗网的倒并非克利斯朵夫而是奥里维。

他的朋友的成功使他沾到些好处:克利斯朵夫声名的光彩也射到他身上。他此刻比较出名了,不是为了他六年来所写的文章,而是为了他发现了克利斯朵夫。所以克利斯朵夫被邀请的时候也有他的分;他陪着克利斯朵夫去,存着暗中监督的意思。但大概他太专心于这件任务了,来不及再顾到自己,爱神在旁边经过,把他带走了。

那是一个头发淡黄的少女:清瘦,妩媚;细致的卷发,像波浪般围着她的狭窄而神情开朗的额角,淡淡的眉毛,沉重的眼皮,碧蓝的眼睛,玲珑的鼻子,微微翕动的鼻孔,有点凹陷的太阳穴,表示任性的下巴,清秀而肉感的嘴,嘴角向上,很有风韵的笑容仿佛是纯洁的田野之神的笑容。她的脖子长得又长又细,身材细小而苗条,年轻的脸显得很快活,也有点若有所思的神气,笼罩着初春的恼人的谜。——她叫雅葛丽纳·朗依哀。

她年纪还不到二十岁。家庭是信旧教的,有钱,高尚,思想很开通。父亲是个聪明的工程师,心思灵巧,做事能干,胸襟宽广,能够接受新思想。他靠了工作,靠了政治关系,靠了他的婚姻,挣了一笔财产。太太是金融界里一个十足巴黎化的漂亮女人,他们的婚姻可以说是爱情的结合,也可以说是金钱的结合,——在这般人心目中,这才是真正爱情的结合。金钱是保留了,爱情可是完了。但还留下一些残余的光辉,因为双方当年都是很热烈的;可是他们并不过分地自命为忠实。各干各的事,各寻各的快乐,彼此照旧很投机,像两个自私自利的好伙计一样,一方面觉得问心无愧,一方面也很谨慎。

女儿是他们中间的桥梁,同时是暗中争夺的对象:因为他们都非常疼她。各人在她身上看到自己的面目,自己的缺陷,——那是各人特别喜欢而被儿童的妩媚加以理想化了的,双方都费尽心机想把女儿抓在自己手里。这个情形自然瞒不过孩子;并且儿童都有一种天真的想法,把自己当作宇宙的中心,所以她尽量利用机会,刺激父母,使他们比赛谁更爱她。任何使性的行为,倘使一个表示反对,她有把握得到另外一个的赞许;而早先那个反对的因为自己被疏远而气恼,会进一步答应更多的条件。这样她就受着过分的溺爱;幸亏她天性中没有什么坏的成分。——当然她像所有的儿童一样很自私,但因她太受宠太有钱了,从来没遇到过阻碍,所以她的自私更带点病态的意味。

朗依哀夫妇虽然疼女儿疼到极点,可决不为她牺牲一些他们个人的方便。白天大部分时间,他们让孩子一个人玩儿。因此她并不缺少幻想的时间。由于早熟,由于人们当着她的面说的不检点的话——

（他们并不为她而有所顾忌），——她六岁的时候就对拿在手里玩的小娃娃讲着恋爱故事，其中的人物是丈夫、妻子、情人。不用说，她这是没有邪念的。等到有天她咂摸到说话后面有着感情的影子，她的故事就不拿小娃娃做对象而给自己保留起来了。她天真无邪，可是欲魔已经在远远地叫吼，仿佛在地平线那一边的、看不见的远钟，有时风中传来几阵声音，不知从哪儿来的，只觉得自己被它包裹了，脸红了，又害怕又快活地喘不过气来。但你对这种情形完全莫名其妙。随后音乐没有了，像来时一样突兀。什么都听不见了。仅仅有些嗡嗡声，隐隐约约的回音，在碧蓝的天空融化。你只知道应当上那边去，在山的那一面，越快越好：幸福就在那个地方。啊！要到了那儿才好呢！……

没到达以前，她对于那边的情形想入非非的做着种种猜测。以这个女孩子的头脑而论，要猜到那未来的境界简直是桩大事。她有位年龄相仿的女朋友，西蒙纳·亚当，常常跟她讨论这些重大的问题。各人拿出十二岁上的聪明与经验，听到的谈话和偷看的书作参考。两个小姑娘提着足尖，抓着石头，想从旧墙上展望自己的前途。但她们白费气力，以为从墙缝中窥到了什么，其实是一无所见。她们天真烂漫，便是淘气也不无诗意，同时也有巴黎人喜欢嘲弄的脾气。她们说了野话而完全没觉得，并且拿小事看作天一样大。可以在家到处搜索而无人敢阻止的雅葛丽纳，把父亲的书都翻遍了。幸而她的无邪与纯洁的本能，使她没有受什么坏影响：只要一幕稍稍露骨的景象，一句稍为放肆的话，她就不胜厌恶，立刻把书扔掉了；她在下流的队伍中穿过，有如一头小猫在脏水洼里跳出来，居然没沾到泥浆。

小说并不怎么吸引她：那太明确太枯燥了。使她心儿颤动而怀着希望的，却是诗人的——当然是谈爱情的诗人的——作品。这等诗人的气质和女孩子的很接近。他们看不见事实，只从欲望或悔恨的三棱镜中想象事实；他们的神气就像她一样伏在旧墙的隙缝中瞧望。但他们知道的事多得很，凡是应该知道的都知道，而且他们用着非常甜蜜与神秘的字眼把它们包裹着，你得小心翼翼地揭开来才能找到……找到……啊！结果什么都没找到，可是永远在就要找到的关头……

两个好奇的孩子一点都不厌倦。她们彼此轻轻地念着阿尔弗雷德·特·缪塞和苏利·普吕多姆的诗句，打着寒战，以为那就是邪恶的深渊；她们把诗抄下来，互相推敲某些段落的隐藏的意义，而有时根本没有什么隐藏的意义。这些十三岁的小妇人，无邪的，荒唐的，完全不知道什么叫作爱情，可半嬉笑半正经地讨论着爱情与肉欲；她们在课室内当着和善可欺的教员的面，——一个挺柔和挺有礼貌的老头儿，——在吸墨纸上涂些有天被他抄到而为之错愕的诗句：

让我，噢！让我紧紧的搂抱你，
在你的亲吻里喝着狂乱的爱情，
一点一滴的，长久的！……

她们进的学校是富家子女就读的学校，教员都是教育界里的名流。在这儿，她们的感情可有了发泄的机会。差不多所有的女孩子都钟情于她们的教授。只要他们年轻，长得不太难看，就可使她们神魂颠倒。她们把功课做得挺好，为的要讨她们的偶像喜欢。作文卷子的分数差了一些，她们就得哭一场；被老师赞美几句，她们脸上便红一阵白一阵，还要对他丢几个感激而卖俏的眼神。要是给叫到一边去指点什么或夸奖一番，那简直快乐得像登天一样了。并且要她们喜爱，也无须怎么了不得的人才。老师在体操课上把雅葛丽纳抱到秋千架上的时候，她会浑身发热。此外又有多么剧烈的竞争！多少嫉妒的心理！一个又一个的眼神向老师丢过去，多么谦卑，多么迷人，想把他从一个骄横的情敌手里抢过来！他在教室里一开口，钢笔与铅笔就像飞一般地忙起来。她们并不求理解，主要是不能听漏一个字。她们一边写，一边用好奇的目光偷偷注意偶像的脸色和举动，雅葛丽纳和西蒙纳彼此轻轻地商量："你想他戴一条蓝点子的领带好看不好看？"

后来她们又拿些彩色画，荒诞不经的诗句，风花雪月的插图，作为理想人物的根据,——恋着优伶,演奏家,过去的或现存的作家,一忽儿是穆内-苏利,一忽儿是萨曼①,一忽儿是德彪西。想到在音乐会中,沙龙里,街道上,和一些陌生的青年交换的眼神,她们脑海里马上会组织起一些爱情故事。总之,心里永远需要爱,需要有个爱的借口。雅葛丽纳和西蒙纳彼此无话不谈:这就证明她们并不真有多少感情;并且这也是仗自己永远没有深刻的感情的好办法。可是这等心情变成了一种慢性病,她们自己虽然觉得好笑,暗中却在有意培植。两人互相刺激。西蒙纳颇有许多想入非非的念头,但实际是谨慎的。真诚而热烈的雅葛丽纳倒更容易把荒唐的计划实地去做。她不知有多少次差点儿闹出大笑话来……这是少年人常有的情形:有时候,这般可怜的受惊的小动物——(我们都经历过这阶段,)——不是差一点自杀,就是差一点投入随便碰到的一个人的怀里。可是徼天之幸,几乎所有的青年都至此为止。雅葛丽纳起了十多封情书的稿子,想寄给那些仅仅见过一面的人,结果都没寄出,除了一封非常热烈的不署名的信,给一个奇丑无比的,俗不可耐的,自私的,无情的,心胸狭窄的批评家。她因为在他的文章里看到有二三行富于感情的句子,就对他倾心了。她也迷着一个住在近边的名演员;每次走过他的屋子,心里总想:"要不要进去呢?"

有一回她竟大着胆子走到他住的那层楼上,一到那儿,她却立刻逃了。她能和他说些什么呢?根本没有什么可说的。她并不爱他。她也明明知道。这种疯癫一半是有心哄骗自己,另外一半是需要爱,那是永远少不了的,又甜美又愚蠢的需要。既然雅葛丽纳很聪明,这些她都明白。可是她并不因此而不疯癫。一个心中明白的疯子抵得两个。

她常常出去交际。许多青年都为她着迷,到处有人巴结她,而爱她的也不止一个。她一个都不爱,却和所有的男人调情。她并不把自

---

① 穆内-苏利为十九世纪法国著名悲剧演员;萨曼为十九世纪法国诗人。

己可能给人家的痛苦放在心上。一个美貌的少女是把爱情当作一种残忍的游戏。她认为人家爱她是挺自然的,可是她只对自己所爱的人负责,她真心地相信:谁爱上她就够幸福了。这也难怪,因为她虽然整天想着爱情,其实对爱情一无所知。大家以为在暖室里长大的上流社会的少女,总比乡下女子早熟;实际恰恰相反。看到的书,听到的话,使她念念不忘于爱情,而在她游手好闲的生活中,这念念不忘的心情竟变成了一种嗜好;她有时把一个剧本念熟了,所有的字句都能背了,结果对内容反而毫无感觉。在爱情方面像艺术方面一样,我们不应该去念别人说的话,而应该说出自己的感觉;要是在无话可说的时候急于说话,可能永远说不出东西来。

因此,雅葛丽纳像多数的女孩子一样,靠着别人的感情的残灰余烬过生活,那些灰烬虽然替她维持着骚动的心情,使她双手发热,喉咙干涩,眼睛发痛,可是也使她看不见事物的真相。她自以为认识它们。她并不缺少意志。她尽量地看书,听人家的谈话,东鳞西爪的得了不少知识,甚至也努力省察自己的心。她比周围的人高明,因为她更真。

有一个女子给了她很好的影响,可惜时间太短。那是她父亲的一个不出嫁的姊妹,叫作玛德·朗依哀,年纪在四十至五十岁之间,长得五官端正,可是表情忧郁,谈不到什么美;她永远穿着黑衣服,举止大方而有点局促,很少说话且声音极低。要没有那双灰色眼睛的清明的目光,和哀怨的嘴角上那个慈祥的笑容,人家简直不会注意到她。

她只在某些没有外客的日子才在朗依哀家露面。朗依哀对她很敬重,心里却有点厌烦。朗依哀太太对丈夫老实表示对她的访问不感兴趣。可是他们为了礼数,每星期留她在家吃一顿饭,表面上也不露出敷衍的意味。朗依哀谈着自己的事,那是他永远感到兴趣的。朗依哀太太想着别的事,照例笑盈盈的,回答的话常常莫名其妙。彼此相处得很好,礼貌非常周到。并且当知趣的姑母出人意外地提早告退的时候,也颇有些亲热的表示;有些日子,朗依哀太太想到一些特别愉快的往事,她的媚人的微笑便越发显得神采奕奕。玛德姑母把一切都看在眼里,兄弟家中很有些教她受不了或心里难过的事。但她绝对不露声色:表示出来有什么用呢?她爱她的兄弟,对他的聪明与成就很得意;跟老家里其余的人一样,她认为当初的牺牲和长子现在的成就比较之下,并不算付了过高的代价。但她至少对他保持着批评精神。和他一样聪明,精神上比他更坚实更刚强,——(法国很多女人都比男人高明),——她把他看得很明白,他征求她意见的时候,她会老老实实说出来。可是朗依哀久已不来请教她了!他认为最好是不要知道那些意见,或者是——(因为他和她一样明白)——闭上眼睛。她为了高傲,远远地躲在一边。谁也不关心她的内心生活。大家觉得还是不知道更方便。她过着独身生活,难得出门,只有很少的几个并不十分亲密的朋友。她不难利用兄弟的交际和自己的才能,但她并不利用。她在巴黎有名的杂志上写过两三篇关于历史和文学的文章,那种朴素、确切、特殊的风格曾经受到注意。她可是至此为止,和一般关心她而她也乐于认识的优秀人士,她很可能交些有意思的朋友。但他们尽管表示亲近,她只是不理。有时她在戏院订了座,预备去看她心爱的作品上演,结果竟没有去,而在能够做一次她所喜欢的旅行的时候,临了还是留在家里。她的性格是禁欲主义和神经衰弱的奇怪的混合物。但神经衰弱绝对没有损害到她思想的纯朴。她的生命是受伤了,精神却并没有。唯有她一个人知道的一个旧创,在她心上留下了痕迹。而更深刻更暧昧的,——连她自己也不知道的,——是命运的烙印,是已经在那里摧残她的潜伏的疾病。——然而朗依哀一家只看见她那双有时使他们难堪的雪亮的眼睛。

雅葛丽纳在无忧无虑的快乐的时候,——这是她幼年的正常状态——根本不大注意到姑母。但她到了一定年纪,身心都骚动起来,使她处在莫名其妙的神魂颠倒的状态,虽然时间并不长久,但觉得自己要死去一般的时间,尝到了悲苦、厌恶、恐怖、郁闷的滋味,——像个孩子淹在水里而不敢喊救命的时候,那她在身旁就只看见玛德姑母对她伸着手了。啊！其余的人和她离得多远！父母都像外人似的，面上亲切而实际自私，又是那样自满，哪有心思来理会一个十四岁的小娃娃的悲伤！但姑母是懂得的，并且对她表示同情。她一句话都不说，只是非常纯朴地笑笑，隔着饭桌对雅葛丽纳挺和善地瞧一眼。雅葛丽纳觉得姑母了解她，便躲在她身旁。玛德不声不响，只拿手摸着雅葛丽纳的头。

于是她信赖姑母了，心中一不好过就去访问这位好朋友。不论什么时候去，她都有把握可以遇到同样宽容的眼睛，把它们的恬静灌注一部分到她心里。她并不和姑母提起她幻想的罗曼史，那会让她觉得害羞的；她也感到那绝对不是真的。但她说出她渺渺茫茫的，深刻的，更实在的苦闷。

"姑妈，"她有时叹了口气说，"我多么愿意幸福啊！"

"可怜的孩子！"姑妈微微笑了笑。

雅葛丽纳把头枕在她膝上，吻着那抚摩她的手："我将来能幸福吗？姑妈，告诉我，我将来能幸福吗？"

"我不知道，亲爱的。一半要靠你……一个人愿意幸福的时候一定会幸福的。"

雅葛丽纳表示不信。

"那么你幸福吗？你？"

玛德凄凉笑笑："幸福。"

"可是真的？你可真是幸福的？"

"难道你不信吗？"

"信是信的。可是……"雅葛丽纳停住了。

"怎么呢？"

"我要幸福，可不是像你那种方式的。"

"可怜的孩子！我也希望如此。"玛德说。

"真的，"雅葛丽纳坚决地摇摇头，继续说，"像你那样，我先就受不了。"

"我也想不到自己会受得了。可是有许多办不到的事,人生会让你办得到。"

雅葛丽纳听了不大放心,回答说:"噢!我可不愿意学这一套,我要的幸福一定得是合我自己心意的那种。"

"可是人家问你究竟要怎么样的幸福,你就答不出了。"

"我很知道我要什么。"

她要的事多得很。可是要她举出来,她只找到一件,翻来覆去像复唱的歌词一样。

"第一,我要人家爱我。"

玛德不出一声,做着针线。过了一会儿,她说:"倘使你不爱人家,单是人家爱你有什么用?"

雅葛丽纳愣了一愣,回答:"可是,姑妈,我说的当然是限于我所爱的人!其余的都不算的。"

"要是你一无所爱又怎么样呢?"

"你这话好怪!一个人总是有所爱的。"

玛德摇摇头,表示怀疑。"一个人并不能真爱,只是心里要爱。爱是上帝给你的一种恩德,最大的恩德。你得求他赐给你。"

"倘使人家不爱我呢?"

"人家不爱你,你也得这样。你会因之更幸福。"

雅葛丽纳拉长着脸,装出气恼的模样:"我可不愿意,我对这个一点儿不感兴趣。"

玛德很亲热地笑了,望着雅葛丽纳叹了口气,随后又做她的活儿。

"可怜的孩子!"她又说了一遍。

"你为什么老说可怜的孩子?"雅葛丽纳不大放心地问。"我不愿意做个可怜的孩子。我多么希望幸福呢!"

"就因为此我才说:可怜的孩子!"

雅葛丽纳有些恼了。但不久也就过去了。姑母笑得那么尽兴,使她沉不下脸来。她一边假装生气一边拥抱她。其实,一个人在这个年龄上听到自己将来——在很远的将来——会有点儿悲哀的事,反而是得意的。从远处看,人生的不幸还很有诗意呢,一个人最怕庸庸碌碌的生活。

雅葛丽纳完全没觉察姑母的脸色越来越惨白,只注意到她出门的次数越来越少,以为那是她喜欢待在家里的怪脾气,雅葛丽纳还常常因之取笑她。有一两次她去探望的时候,碰到医生出门。她就问姑母:"你病了吗?"

姑母回答:"只是一点儿小病。"

可是她连每星期上朗依哀家吃一顿饭都不去了。雅葛丽纳气愤地去质问她。

"好孩子,"玛德很温和地说,"我累了。"

雅葛丽纳不相信,以为是推托。

"哼,每星期上我们家来两小时就累了吗?你不喜欢我。你只喜欢待在你那个火炉旁边。"

她回家得意扬扬地把这些刻薄话讲出来,不料立刻被父亲训了几句:

"别跟姑妈去烦!你难道不知道她病得很厉害吗?"

雅葛丽纳听着脸都白了;她声音颤抖地追问姑母害了什么病。人家不肯告诉她。最后她才知道是肠癌,据说姑母只有几个月的寿命了。

雅葛丽纳心里害怕了好几天,等到见了姑母才宽慰一些。玛德还算运气好,并不太痛苦。她依旧保持着安详的笑容,在透明的脸上映出内心的光彩。雅葛丽纳私下想:

"大概不是吧。他们弄错了,要不然她怎么能这样安静呢?"

她又絮絮叨叨地讲那些心腹话,玛德听了比从前更关切了。可是谈话中间,姑母有时会走出屋子,一点儿不露出痛苦的神色;她等剧烈的疼痛过去了,脸色正常了,才回来。她绝口不提自己的病,竭力掩饰,也许她不能多想它;她明明知道受着病魔侵蚀,觉得毛骨悚然,不愿意把思想转到这方面去；她所有的努力是在于保持这最后几个月的和平恬静。可是病势出人意料地急转直下。不久她除了雅葛丽纳以外不再接见任何人。后来雅葛丽纳探望的时间也不得不缩短。后来终于到了分别的日子。姑母躺在几星期来没离开过的床上，跟小朋友告别，说了许多温柔与安慰的话。然后她关起门来等死。

　　雅葛丽纳有几个月工夫非常痛苦。姑母死的时候，她正经历着精神上最苦闷的时期；在这种情形之下能支持她的原来只有姑母一个人。此刻她孤独到了极点。她很需要一种信仰做倚傍。从表面上看，这种倚傍似乎不会缺少的：她从小就奉行宗教仪式；她的母亲也是的。但问题就在这儿：母亲是奉行仪式的，玛德姑母却并不；怎么能不把她们作比较呢？大人们视若无睹的谎言逃不过儿童的眼睛，他们很清楚地看到许多弱点与矛盾。雅葛丽纳发觉母亲跟一般自称信仰宗教的人照旧怕死，仿佛没有信仰一样。真的，靠宗教是不够的……此外，还有些个人的经验，反抗，厌恶，一个笨拙的忏悔师伤害她的话……都使她怀疑宗教。她继续上教堂去，可是并无信仰，只像拜客一样，表示自己有教养。她觉得宗教像世界一样空虚。唯一的救星是对于死者的回忆，她把她完全裹在身上了。她悔恨当初不该逞着青年人自私的脾气而忽视姑母，如今是叫也叫不应了。她把她的面目理想化；而玛德留下的深刻的韬晦的生活榜样，使她讨厌社会上那种不严肃不真实的生活。她眼中只看见它的虚伪；而那些可爱的诱惑，在别的时间会使她觉得好玩的，此刻却使她深恶痛绝。她患着神经过敏症。无论什么都会叫她痛苦；她的意识一点儿不受蒙蔽。凡是一向因为漠不关心而没注意到的事，她现在统统看到了。其中有一件竟把她伤害入骨。

　　有天下午，她在母亲的客室里。朗依哀太太正在见客——一个时髦画家，装腔作势的小白脸，是她们家的熟客，但并非十分知己的朋友。雅葛丽纳觉得自己在场使母亲跟客人都不方便，因此她愈加留着不去了。朗依哀太太有点儿不耐烦，轻微的偏头痛使她昏昏沉沉，再不然是被今日的太太们像糖果一般咬着的头痛丸搞糊涂了，不大留神自己的话。她无意之间把客人叫作"我的心肝……"

她立刻发觉了。他也和她一样不动声色。两人继续用客气的口吻谈下去。正在一旁沏茶的雅葛丽纳心中一震,差点儿把一只杯子滑在地下。她感觉到他们在背后交换着会心的微笑。她转过身来,果然看到他们心照不宣的目光,一下子就给遮掩过去了。——这个发现把她吓坏了。雅葛丽纳从小过着放任的生活,不但常常听到这一类的玩意儿,她自己也会嘻嘻哈哈地提起的,可是这一回竟感到难以忍受的痛苦,因为看见她的母亲……她的母亲,那事情可不同了!以她惯于夸大的性情,她从这一个极端转到另一个极端。至此为止,她对什么都不猜疑的。从今以后,她对一切都猜疑了。她想着母亲过去的行为,推想某些小节。没有问题,轻佻的朗侬哀太太犯嫌疑的地方太多了,但雅葛丽纳还要加些上去。她很想接近父亲;他跟她一向比较密切,而他的聪明也对她很有吸引力。她愿意多爱一些父亲,对他表示同情。可是朗侬哀似乎不需要人家为他抱怨;于是这神经过敏的少女又起了疑心,比对母亲的猜疑更可怕,就是说父亲是什么都明白的,但认为假作痴聋更方便;只要自己能够为所欲为,别的事他都不放在心上。

于是雅葛丽纳觉得没希望了。她不敢鄙薄他们。她爱他们。可是她在这儿过不下去了。西蒙纳的友谊对她并没帮助,她很严厉地批判她从前的伴侣的弱点,对自己也不随便放过,看到自身的丑恶与平庸大为痛苦,只无可奈何地怀念着纯洁的姑妈。但这些回忆点慢慢地消失了;时间的洪流把它们淹没了,把它们的痕迹洗掉了。由此可见,一切都是要完的,她将来要跟别人一样掉在污泥里……噢!无论如何都得跳出这个世界!救救我啊!救救我啊!……

就在这个又狂乱又孤独、又厌世又热烈的时期,抱着神秘的等待的心情、向着一个无名的救主伸手乞援的时候,雅葛丽纳遇到了奥里维。

朗依哀太太和大家一样邀请了那个冬天走红的音乐家克利斯朵夫。克利斯朵夫来了,照例不想讨人喜欢。朗依哀太太可仍旧觉得他可爱:——只要在当令的时候,他拿出无论什么态度都可以;人家总觉得他可爱;这往往是几个月的事。雅葛丽纳并不觉得他怎么了不起,克利斯朵夫受到某些人的恭维先就使她不信任。何况他粗鲁的举动,高声的说话,快活的心情,都叫她看不上眼。以她那时的心境,生活的兴致显得是鄙俗的;她所追求的是凄凉的,半明半暗的境界,自以为喜欢这种境界。克利斯朵夫身上的光太强了。但他谈话之间提起了奥里维:他需要把他的朋友跟他一切愉快的经历连在一起。他把奥里维说得那么有意思,使雅葛丽纳以为看到了一个合乎理想的人物。她要母亲把奥里维也邀请来。奥里维并不马上接受;而在他姗姗来迟的那个时期之内,克利斯朵夫和雅葛丽纳更能从从容容地描出一个幻想的奥里维的肖像,而等到他决意应邀而来的时候,真正的面目跟那幻想的图画也不会不像了。

他来了,可很少说话,也不需要说话。他的聪明的眼睛,他的笑容,他的文雅的举止,浑身上下那种光辉四射的恬静,自然把雅葛丽纳迷住了。再加有克利斯朵夫在旁边做对照,更烘托出奥里维的妙处。但她脸上全无表示,因为怕正在心中萌动的感情;她继续跟克利斯朵夫谈话,谈的却是奥里维的事。克利斯朵夫能够谈到他的朋友,得意极了,根本没注意雅葛丽纳听得津津有味。他也提到自己,而她虽然毫无兴趣,也殷勤地听着,随后又不着痕迹地把话题扯上跟奥里维有关的故事。

雅葛丽纳的风情对于一个不自警戒的人是很危险的。克利斯朵夫不知不觉已经被她迷住了:他喜欢常常到她家里去,开始注意自己的装束,他熟识的那种感情又笑眯眯地混入他所有的幻想中来了。奥里维从最初几天起也入了迷,以为对方冷淡他,暗中很难过。克利斯朵夫高高兴兴地把自己和雅葛丽纳的谈话告诉他听,更增加他的痛苦。奥里维根本没想到自己会讨雅葛丽纳喜欢。虽然因为跟克利斯朵夫一起生活,他看事比较乐观了些,但仍旧没有自信;他把自己看得太清楚了,不相信会得到人家的爱。——其实,倘若一个人的被爱要靠他本身的价值而不是靠那个奇妙与宽容的爱情,那么够得上被爱的人也没有几个了。

一天晚上,他收到朗依哀家的邀请,但觉得再去看那个冷淡的雅葛丽纳太难堪了,便推说疲倦,叫克利斯朵夫一个人去。蒙在鼓里的克利斯朵夫挺快活地去了。以他天真的自私心理,他只想着和雅葛丽纳单独相对的快乐。可是他得意的时间并不久。一听到奥里维不来的消息,雅葛丽纳马上露出一副懊丧的、气恼的、烦闷的、失望的神情;她再也不想讨人喜欢了,也不听克利斯朵夫说的话,只随便回答几句。他甚至非常难堪地看见她掩着嘴,不耐烦地打了个呵欠。她真想哭出来。突然之间她走出客厅,不再露面了。

克利斯朵夫不胜狼狈地回去,一路上推敲这种突如其来的改变态度究竟是怎么回事,慢慢地居然看到了一点儿真相。回到家里,奥里维等着他,装着若无其事的神情问他晚会的情形。克利斯朵夫把那桩不如意事讲给他听。他一边讲着一边看到奥里维脸色渐渐开朗起来。

"你不是累了吗?"他问,"干吗不睡呢?"

"噢,我觉得好多了,"奥里维回答,"我不累了。"

"对啦,"克利斯朵夫很俏皮地说,"你今晚不去,的确使你精神恢复不少。"

他亲切的,狡猾地望了望奥里维,回到自己房里去了。到了那儿,他笑了,轻轻的,可是笑得连眼泪都淌了出来:

"坏东西!"他心里想,"她居然拿我开玩笑!而他也在耍我。想不到他们俩有这一手!"

从此他把自己对雅葛丽纳的念头一齐丢开,而像孵着小鸡的母鸡一样去孵育两个小情人的罗曼史,表面上只装作不知道他们的秘密,也不代他们之中任何一个向对方揭破,只在暗中帮助他们。

他一本正经地以为自己的责任应当把雅葛丽纳的性格研究一番,

以便决定奥里维跟她在一起是否能幸福。因为笨拙，他就向雅葛丽纳提出许多古怪的问题使她气恼，有的是关于趣味方面的，有的是道德方面的……

"岂有此理！他这样问长问短是什么意思？"雅葛丽纳愤愤地转过背去想。

奥里维看见雅葛丽纳不再关切克利斯朵夫，高兴极了。而克利斯朵夫看见奥里维高兴也高兴极了。他甚至把自己的快乐表现得比奥里维更露骨。雅葛丽纳看了莫名其妙，她万万想不到克利斯朵夫在他们的爱情中看得比她还清楚，所以只觉得他讨厌至极，不懂奥里维怎么能为一个这样粗俗的朋友入迷。克利斯朵夫猜到这点，有心捉弄她，惹她生气。随后他推说事忙，谢绝了朗依哀家的邀请，让雅葛丽纳和奥里维单独相处。

可是他对前途还是很担忧，自以为对这桩酝酿中的婚事有很大的责任，心里很烦恼，因为他把雅葛丽纳看得相当准确，担心着许多事：第一是她的有钱，其次是她的教育，她生活的环境，尤其是她的弱点。他想起从前的女朋友高兰德。没有问题，雅葛丽纳为人更真，更坦白，更热情，对于勇敢的生活很有点儿向往之情，也有英勇壮烈的志愿。

"但单是有志愿还不够，"克利斯朵夫想道，"还得有魄力。"

他想把危险通知奥里维。但一看见奥里维从雅葛丽纳那边回来，眼中闪着快乐的光彩，他就没勇气开口了，心里想："两个孩子很快活。别扰乱他们的幸福吧。"

对奥里维的友爱慢慢地使他感染到奥里维的信心。他终于相信雅葛丽纳的确是像奥里维所看到的，也是像她自己所愿意看到的那种人物。她意志多么坚强！她爱奥里维，就是爱他不同于她和她的社会的地方。她爱他，因为他清贫，因为他在道德观念上不肯让步，因为他在社会上不善于应付。她爱奥里维爱得那么纯洁那么彻底，恨不得自己和他一样穷……有时还恨不得要自己变丑，因为这样她可以更加肯定奥里维爱她是为了她本身，为了她的一腔热爱，那是他渴望的……

啊!有些日子,他在眼前的时节,她觉得自己脸色发白,双手发抖。她勉强嘲笑自己的激动,故意装作关心别的事,不去瞧他,用讥讽的口吻说话。可是她突然停下来,躲到卧室里去,关上门,放下了窗帘,坐在那儿,两个膝盖紧挤着,交叉着手臂抱着胸部,压制自己的心跳。她凝神屏气地待在那里,一动也不敢动,唯恐惊散了那幸福的境界。她一声不出地把爱情紧紧抱着。

现在克利斯朵夫一心一意只关切奥里维的成功,像母亲一样照顾他,留心他的修饰,对他的衣着发表意见,替他打领带。奥里维很耐心地由他摆布,宁可到了楼梯上拆开领带重新打过。他心里好笑,但对这种亲切的表示非常感动。爱情使他胆怯,不敢信任自己了,所以他很愿意请教克利斯朵夫,把会面的经过告诉他听。克利斯朵夫和他一样激动,有时会在夜里几小时地搜索枯肠,替朋友的恋爱设计谋划。

在巴黎近郊,亚当岛森林近旁的一个小地方,在朗侬哀家别庄的大花园里,奥里维和雅葛丽纳有了一次确定终身的谈话。

克利斯朵夫陪着朋友一同在那里,但他在屋子里发现了一架风琴,便弹着琴,让两个人双双地散步去了。——其实他们不希望他这样。他们怕单独相对。雅葛丽纳不声不响,有点儿敌意。上次见面的时候,奥里维已经发觉她态度突然变得冷淡,目光显得残酷,甚至有敌对的意味。他看了心都凉了。他不敢盘问,怕从爱人嘴里听到什么残忍的话。那天看到克利斯朵夫一离开,他心就发抖,觉得唯有克利斯朵夫在场才能使他不至于受到意料中的打击。

雅葛丽纳爱奥里维的心并没有削减。她只有更爱他。就因为此,她对他有点儿敌意。她从前当作游戏而那么渴望的爱情,此刻来了,在她面前了;但她看到它在脚下变了个窟窿,便吓得望后倒退。她弄不明白了,心里想:"可是为什么?为什么?这是什么意思呢?"

于是她望着奥里维,用着那种使他痛苦的目光,又想:"这男人是谁呀?"

她不知道。

"我为什么爱他呢?"

她不知道。

"我爱不爱他呢?"

她不知道……不知道;但她知道她是被抓住了,被爱情抓住了;她自己将要完全消亡在爱情中间,她的意志,她的独立,她的自私,她对于未来的梦想,一切都要在这个怪物身上消亡。于是她气愤地跳起来,有些时候简直恨奥里维了。

他们直走到花园尽处,到了有一行大树和草坪隔离着的菜园里,迈着细步在小径上走,两旁种满了红醋栗树,挂着许多红的深色的果实,还有一畦畦清香扑鼻的杨梅。时值六月,阵雨之后气候很凉爽。天空灰灰的,只有半明半暗的光;低低的云大块大块地随着风沉重地移动。但这阵来自远方的风一丝都吹不到地上来:连一片树叶都不动。无限凄凉的气息笼罩着一切,笼罩着他们的心。而在花园那一头,从那望不见的别庄的半开的窗子里,传来一阵风琴声,奏着约翰·塞巴斯蒂安·巴赫的《降 E 小调赋格曲》。他们俩紧挨着坐在井栏上,脸色惨白,一声不吭。奥里维看见雅葛丽纳脸上淌着眼泪。

"你怎么哭啦?"他嘴唇抖动着,轻轻地问了一声。

而他的眼泪也淌了出来。

他拿着她的手。她把头靠在奥里维肩上。她不想再抗拒了,她给打败了;这才松了口气!……两人轻轻地哭着,听着音乐,沉重的云无声无息地在头上移动,仿佛就在树梢上掠过。他们想着自己过去的痛苦——也许还想着将来的痛苦。在一个人的命运周围酝酿的哀愁,有时会由音乐突然透露出来……

过了一会儿,雅葛丽纳擦擦眼睛,望着奥里维。突然之间他们拥抱了。噢!无法形容的幸福!神圣的幸福!这样的甘美,这样的深邃,甚至令人感到痛苦了!……

雅葛丽纳问:"你的姊姊像你吗?"

奥里维吃了一惊:"你为什么提起她?难道你认识她吗?"

"克利斯朵夫讲给我听的……你曾经非常痛苦,是不是?"

奥里维点点头,感动得答不上话来。

"我从前也很痛苦的。"她说。

于是她讲起她的亡友,亲爱的玛德姑母,很心酸地说她曾经哭得死去活来。

"你会帮助我的,是不是?"她用着哀求的口吻说,"帮助我生活,做个好人,把可怜的姑妈做榜样!你喜欢我的姑妈吗,你?"

"她们俩我们都爱。正如她们俩也会彼此相爱。"

"可惜她们不在这儿了。"

"她们在这儿呀!"

两人紧紧抱着,连彼此的心跳都感觉得到。忽然来了阵细雨,使雅葛丽纳直打寒战。

"我们进去吧。"她说。

树荫底下差不多已经黑了,奥里维吻着雅葛丽纳潮润的头发;她向他仰起头来,他的嘴唇第一次感觉到那动了爱情的嘴唇,那种少女的灼热而有点儿龟裂的嘴唇。他们差点儿晕过去了。

快到屋子的时候,他们又停下来。

"以前我们多孤独啊!"他说。

他已经把克利斯朵夫给忘了。

可是他们立刻想起他。琴声已经没有了。他们走进屋子。克利斯朵夫把肘子靠在风琴上,双手捧着脑袋,也想着许多过去的事。他听见开门才从幻梦中惊醒过来,对他们和颜悦色,堆着一副庄严而温柔的笑容。他看到他们的眼睛就知道了二人经历的情形,便握着他们的手,说道:"坐下吧。让我弹些东西给你们听。"

他们坐下了,他在琴上把胸中所有的感情,对他们俩所有的爱,一齐倾诉了出来。弹完之后,三个人都一声不响。随后他站起身子瞧着他们。他的神气多么和善,比他们老成多了,坚强多了!她这才破天荒第一遭体会到克利斯朵夫的心。他把他们俩都搂在怀里,对雅葛丽纳说:"你很爱他是不是?你们都非常相爱吧?"

两人都觉得对他感激不尽。可是克利斯朵夫马上转变话题,高声笑着,走向窗子,跳到花园里去了。

以后的几天,他劝奥里维向雅葛丽纳的父母求婚。奥里维不敢,怕遭到意料中的拒绝。克利斯朵夫同时也逼他去找个差事。假定二老答应了,奥里维在不能谋生的情形之下,就不能接受雅葛丽纳的财产。奥里维跟他有一样想法,可不同意他对于跟有钱的女子结婚所抱的过分警戒而近乎可笑的态度。克利斯朵夫始终认为财富是毒害心灵的。他最喜欢引用一个哲人对一个为灵魂得救问题操心的富家妇人说的话:

"怎么,太太,您有了百万家私,还想有一颗不朽的灵魂?"

"你得提防女人,"他半正经半取笑地和奥里维说,"提防女人,特别是有钱的女人!女人爱艺术,也许是真的,但她把艺术家压得透不过气来。有钱的女人可是把艺术跟艺术家都伤害了。财富是一种病。女人比男人更受不住。所有的富人都是不正常的……你笑吗?你笑我吗?哼!难道一个富翁会懂得什么叫作人生?难道他跟艰苦的现实有什么接触?他尝过饥寒交迫的滋味吗?闻到过用自己的劳动换来的面包的味道吗?感觉到自己胼手胝足去垦植的土地的气息吗?他懂得什么众生万物?连看都看不见呢!……我小时候有几次给人家带着坐了大公爵的马车出去玩。车子走过我每根草都熟悉的草原,穿过我独自奔驰而心爱的树林。可是那时我什么都看不见了。所有那些可爱的景致,都变得像带我游览的那些糊涂虫一样的僵死,一样的不自然。那批昏庸老朽的人好比幕一般把草原跟我的心隔断了；不但如此，只要脚下踏着木板，头上盖着车顶，就可以使我和天地绝缘。要能感到大地是我的母亲，必须把我的脚踩入它的肚子里，好似一个初见光明的新生儿一样。财富斩断大地跟人类的联系，斩断所有大地之子相互间的连系。这样，你怎么还能成为一个艺术家？艺术家是大地的声音。一个有钱的人不能成为一个大艺术家。如果能够，那么在这样水土不宜的环境中，他必须有胜过别人千倍的天才。而且即使成功了，他也免不了是一颗暖室里培养出来的果子。连伟大的歌德也没用：跟他的心灵配搭的是萎缩的四肢，他缺少那些被财富斩断的主要器官。你既没有歌德的气魄，势必被财富吞掉，尤其被一个有钱的妻子吞掉，这一点在歌德至少是避免了的。单身的男人还可以抗拒灾难。他有一股天生的强悍之气，有些坚韧的本能把他跟土地连在一块儿。但女人是容易中毒的，还要把毒素传给别人。她喜欢闻财富的那股加着香料的臭气。她有了资财而还能保持心灵的健康简直是奇迹，好似一个百万富翁有天才一样……而且我不喜欢妖魔。凡是财产超过生活需要的人就是一个妖魔——一个侵蚀他人的癌。"

奥里维笑道："可是，我总不能因为雅葛丽纳不穷而不爱她，也不能硬要她为了爱我而变穷。"

"你要是救不了她，至少得救你自己！而这还是救她的最好的方法。你得保持纯洁。你得工作。"

奥里维无须克利斯朵夫告诉他这些顾虑。他比他更敏感，并非他把克利斯朵夫对财富的诅咒当真，他自己也是有钱人家出身，绝对不鄙薄财产，而且认为财产和雅葛丽纳俊俏的脸蛋非常匹配。但他受不了人家猜疑他的爱情是为了图利，所以要求重进教育界。目前所能希望的只有一所内地中学里一个很普通的职位，这便是他所能献给雅葛丽纳的可怜的新婚礼物。他很不好意思地和她谈起此事。雅葛丽纳先是不能接受他的理由：以为这种过分的要强是克利斯朵夫影响他的，她认为可笑的；一个人真有爱情的时候，和所爱的人同甘共苦不是挺自然的吗？拒绝爱人乐于贡献给他的优惠，不是矫情吗？……可是临了，她仍赞同了奥里维的计划；因为这计划中间颇有些苦涩与不愉快的成分，她才下了决心，觉得这倒是一个机会可以满足她牺牲的热情。姑母的死惹动了她对环境的反抗，爱情更把她刺激得兴奋起来。凡是自己天性中跟神秘的热情不相容的成分，她一概加以否定；她仿佛引满了一张弓要把自己的生命向一种理想射去，而所谓理想便是极纯洁、极艰苦，同时又有幸福的光辉的生活……将来的阻碍，清苦的境况，对她都变成了欢乐。那才是多美妙的境界！……

朗依哀太太一心只管着自己，没工夫留意周围的事。最近她只想着健康问题，整天忙着她那些莫须有的病，一会儿试试这个医生，一会儿试试那个医生：每个新医生都是救星；过了十五天可又得换一个。她几个月不待在家里，住着费用昂贵的疗养院，不胜虔诚地做种种可笑的治疗，把女儿和丈夫统统给忘了。

比较关心家庭的朗依哀先生开始猜到女儿的计划了。那是他为父的嫉妒心理提醒他的。他对雅葛丽纳素来有着谜一般的温情，为许多父亲对女儿都感觉到而不肯承认的；那是一种神秘的、肉感的，几乎是神圣的好奇心，使一个人想在自己的化身、是自己的骨肉而是个女人的人身上再生。在这等幽密的心情中间，有些影子与黯淡的闪光，还是不知道的好。至此为止，他觉得女儿使青年们风魔很好玩，他喜欢她这样：卖弄风情，想入非非，可是头脑清楚——像他自己。但他看到事情弄假成真就不放心了。他开始在雅葛丽纳面前取笑奥里维，后来又用一种相当尖刻的口吻批评他。雅葛丽纳先是笑笑，说："别说他这么多坏话，爸爸，你以后要发窘的，倘使我嫁给了他。"

朗依哀先生高声嚷起来，把她当作疯子。这才是使她完全成为疯子的好方法！他说她永远不能嫁给奥里维。她说非嫁他不可。幕揭开了。他发现她已经不把他放在心上。做父亲的自私心不禁大为气愤。他赌咒说再不让奥里维和克利斯朵夫上门。雅葛丽纳听了气坏了。有天早上，奥里维开了门，看见她像一阵狂风似的卷进屋子，脸色发白,非常坚决地对他说:"你把我带走吧!爸爸妈妈不答应。我却非要不可。我不回去了。"

奥里维又是惊骇又是感动,并不想和她从长计议。幸而克利斯朵夫在家。平常他是最没理性的,那天反倒劝他们讲理性了。他说他们这样会闹出丑事来,以后会更痛苦。雅葛丽纳怒不可遏地咬着嘴唇,回答说:"以后我们自杀就完了。"

这句话非但没有把奥里维吓倒,反而使他打定了主意。克利斯朵夫好容易叫两个疯子姑且耐着性子;他说在用到这最后一招儿之前,总得试过其他的方法,雅葛丽纳先回家,由他去找朗依哀先生做说客。

古怪的说客!他才说了几句,朗依哀先生差点儿撵他出门;然后他又觉得事情可笑。来客的严肃,诚实,深信不疑的态度,慢慢地使听的人动容了;然而朗依哀始终表示不动心,继续说些讥讽的话。克利斯朵夫只做没听见,可是逢到对方来一下特别尖锐的冷箭,他也停下来,不声不响地迟疑一会儿;随后又往下说。到了一个时候,他把拳头望桌上敲了一下,说道:

"请你相信我一句话:我这次的拜访对我并不是一件有趣的事,我真得竭力压制自己才能不来挑剔你某些措辞;可是我认为我有权利对你说话,所以我就说了。请你像我一样的客观一些,把我的话考虑考虑。"

朗依哀先生听着;一听见自杀的计划,他耸耸肩膀,装作一笑置之,但心里的确震动了。以他的聪明,决不致把这种威吓当作玩笑看;他知道应该顾到痴情女子的疯狂。从前他有个情妇,平素嘻嘻哈哈的,脾气挺好,他认为决不会实行她的大话的,居然当着他的面把自己打了一枪,当场并不没有死;那一幕他现在又觉得如在眼前了……对付那些疯疯癫癫的女孩子简直毫无把握。想到这儿,他不由得一阵心酸……"她自己要吗?那么好吧,傻孩子活该倒霉!……"当然,他可能用点儿手段,假作应允,把日子拖一拖,再慢慢地使雅葛丽纳疏远奥里维。可是这样非得花一番他不愿意或不能花的心血。何况他也是个软心人;因为他曾经恶狠狠地对雅葛丽纳说过一声"不!"现在就大为不忍而愿意说一声"好"了。归根结底,世界上的事谁说得准呢?或许孩子的看法是对的。主要是两人相爱。朗依哀先生也并非不知道奥里维是个正人君子,也许还有才气……因此他同意了。

结婚前一天,两个朋友厮守了半夜没睡觉。他们对于一个可爱的过去的最后几个钟点,都想好好地领略一番。可是眼前这个时间已经是过去了。好似那些凄凉的离别,在车子开行以前大家执意要留在月台上,彼此瞧着,说着话,但心早已不在这儿,朋友已经远去了……克利斯朵夫一句话说到一半,发觉奥里维心猿意马的眼神,便停下来,笑了笑,说:"你已经不在这儿了!"

奥里维不胜惶恐地道歉,因为自己在最后一段亲密的时间这样分心,觉得很难过。但克利斯朵夫握着他的手,说:"算了吧,别勉强。我很快活。你做你的梦吧,孩子。"

他们偎依着站在窗口,望着黑暗中的花园。过了一会儿,克利斯朵夫对奥里维说:

"你想逃开我吗?你以为可以躲掉我了?你想着你的雅葛丽纳。可是我会追上来的。我也想着她。"

"好朋友,"奥里维回答,"我何尝不想你! 即使……"说到这儿他停住了。

克利斯朵夫笑着把他的话接下去:"……即使要想着我是多么不容易! ……"

参加婚礼的时候,克利斯朵夫打扮得很体面,可以说很漂亮了。他们不用宗教仪式:奥里维是因为对宗教冷淡,雅葛丽纳是因为存着反抗的心,两人都不愿意要。克利斯朵夫写了一个交响乐体裁的曲子预备在区公所演奏,但到最后一刻,他明白了公证结婚是怎么回事,便把音乐放弃了,认为那是可笑的,表示一个人既没有信仰,也没有自由思想。一个真正的旧教徒好容易变成了自由思想者,并非要把一个公务人员变成教士。在上帝与自由良心之间,绝无理由把国家拉来代替宗教。国家只管登记,不管结合。

奥里维和雅葛丽纳结婚的情形,使克利斯朵夫觉得幸好没有把音乐放到典礼中去。区长俗不可耐地恭维着新夫妇,恭维着新娘的有钱的家庭和那些挂着勋章的证婚人。奥里维心不在焉的,含讥带讽地听着。雅葛丽纳可完全不听,偷偷地向冷眼觑着她的西蒙纳吐舌头,她曾经跟她打赌,说结婚"决不会使她紧张",她现在快要赢这个东道了:她简直不大想到结婚的就是自己,即使想到也只觉得好玩。其余的人都是为了来宾而装腔作势,来宾也都拿着眼镜瞧他们。朗依哀先生只管在人前卖弄;虽然对女儿的感情那么真,他当时最注意的还是宾客,心里想有没有漏发什么请帖。唯有克利斯朵夫很激动,他仿佛一人身兼了父母、结婚当事人和区长这许多角色。他目不转睛地盯奥里维,奥里维可并不瞧他。

晚上,新人动身去意大利。克利斯朵夫和朗依哀先生送他们到车站,看见新夫妇很快乐,毫无遗憾,也不隐瞒他们巴不得快点儿走掉的心绪。奥里维像一个少年人,雅葛丽纳像一个小姑娘……这一类离别使人非常惆怅。父亲眼看着女儿被一个陌生人带走……从此跟他越离越远。但他们只感到一股解放的醉意。什么束缚都没有了,什么阻碍都没有了,他们自以为到了人生的顶点,万事齐备,用不着再怕什么,可以死而无憾了……过后,他们才知道这不过是一个阶段。拐过了山峰,又是遥遥前途摆在那里;而且很少人能到达第二个阶段……

火车在黑夜里把他们带走了。克利斯朵夫和朗依哀一同回去,俏皮地说了句:

"咱们现在都是鳏夫了!"

朗依哀先生笑了。他们道了再会,各自走上回家的路。两人都很难过。但那是一种又悲伤又甜美的感觉。克利斯朵夫自个儿在卧室里想道:"现在我生命中最高尚的一部分得到了幸福了。"

奥里维的屋子里一切都保持原状。两位朋友约定:在奥里维没回来搬家之前，他的家具和纪念物照旧存在克利斯朵夫那边。所以他还是在眼前。克利斯朵夫瞧着安多纳德的相片，拿来放在自己桌上，对它说道：

"朋友，你快活吗？"

他常常——稍为太密了些——写信给奥里维。回信很少，内容也是心不在焉的，朋友在精神上渐渐跟他疏远了。他很失望，但硬要自己相信这是应当如此的；他并不为他们友谊的前途操心。

孤独并不使他难受。以他的口味而论，他觉得还不够孤独呢。《大日报》的撑腰已经使他感到厌恶。阿赛纳·伽玛希有个脾气，以为由他费了心血吹捧出来的名流应当归他所有，而他们的光荣理当和他的光荣打成一片，好似路易十四在宝座周围摆着莫里哀、勒·布朗和吕里一样。克利斯朵夫觉得在艺术上便是德皇也不见得比他《大日报》的老板更可厌。因为这个新闻记者对艺术既不比皇帝更懂，成见倒不比他少；只要是他不喜欢的，他绝对不容许存在，说是恶劣的，危险的；他为了公众的福利要把它们消灭。最丑恶而最可怕的，莫过于这般畸形发展的，不学无术的市侩，自以为用了金钱和报纸，不但能控制政治，还能控制思想：凡是听他们指挥的人，就赏赐一个寨，一条链子，一些肉饼；拒绝他们的，他们就放出成千成百的走狗去咬！——克利斯朵夫可不是受人呵斥的家伙。他认为一头蠢驴胆敢告诉他在音乐方面什么是应该作的，什么是不应该作的，未免太不像话；他言语之间表示艺术需要比政治更多的准备。他直截了当地拒绝把一部无聊的脚本谱成音乐，不管那作者是报馆高级职员之一而为老板特别介绍的。这一件事就使他和伽玛希的交情开始冷淡了。

但克利斯朵夫反而因之高兴。他才从默默无闻的生活中露出头来，已经急于要回到默默无声的生活中去了。他觉得"这种声势赫赫的名气，会使自己在人群中迷失"。关心他的人太多了。他玩味着歌德的话：

"一个作家凭着一部有价值的作品引起了大众的注意,大众就设法不让他产生第二部有价值的作品……一个深自韬晦的有才气的人,也会不由自主的卷入纷纭扰攘的社会,因为每个人都认为可以从作家身上沾点儿光。"

于是他关上大门,守在家里,只接近几个老朋友。他又去探望近来比较疏远了的亚诺夫妇。亚诺太太白天一部分的时间总是孤独的,很有余暇想到别人的悲伤。她想到克利斯朵夫在奥里维走后所感到的空虚,便压着胆怯的心情请他吃晚饭。她很愿意不时来照顾一下他的家务,可是她没有胆子,这也许更好:因为克利斯朵夫绝对不喜欢人家过问他的事。但他接受上亚诺家吃饭的邀请,黄昏时也常到他们家去坐一会儿。

他发现这对夫妇老是那样亲密,维持着同样温柔而悒郁的气氛,比从前更灰色了。亚诺精神上经过一个颓丧的时期,教书生涯把他磨得很苦——累人的劳作,一天又一天的永远没有变化,仿佛一个轮子老在一个地方打转,从来不停,也从来不向前。虽然很有耐性,这好人也不免垂头丧气。他为了某些不公平的事很难过,觉得自己的忠诚毫无用处。亚诺太太说些温婉的话鼓励他;她似乎永远那么平和恬静,可是人慢慢地憔悴了。克利斯朵夫当着她的面祝贺亚诺有这样一位贤德的夫人。

"是的,"亚诺说,"她真好,无论遇到什么事总是很安定。这是她的运气,也是我的运气,要是她对我们的生活觉得痛苦的话,我会一蹶不振的。"

亚诺太太红着脸不出声。接着她用着平稳的语调扯到别的事上去了。——克利斯朵夫的来往照例对他们很有好处;而在他那方面,也乐于到这些好人旁边来让自己的心温暖一下。

那时来了另外一个女朋友,更准确地说,是克利斯朵夫去找来的;因为她虽然愿意认识他,可决不会自动来看他。那是一个二十五岁左右的女子,音乐家,得国立音乐院的钢琴头奖的,名叫赛西尔·弗洛梨。矮个子,相当胖;眉毛很浓,美丽的大眼睛水汪汪的,又小又粗的鼻子下端往上翘着,带些红色,像鸭嘴,厚嘴唇,表示人很笃实,温柔;下巴肥肥的,很结实,很有个性;脑门长得并不高,可是很宽;浓密的头发绾成个大髻挂在脖子上;粗壮的胳膊,钢琴家的手,又长又大,指尖是方的,大拇指跟别的手指离得很远。她浑身上下都元气充足,像乡下人一样的健康。她和母亲住在一起,对她很孝顺。母亲也是个好心的女人,对音乐毫无兴趣,但因为常常听人谈到,便也谈着音乐,知道音乐界发生的一切事情。赛西尔过着平凡的生活,整天教课,有时也举行些没人注意的音乐会。平日她回家很迟,或是步行,或是坐街车,筋疲力尽,可是兴致不坏;回来还打起精神练琴,缝帽子,话很多,爱笑,爱莫名其妙地哼哼唱唱。

人生并没宠她。她懂得辛辛苦苦换来的一点儿享受是多么宝贵,也很能体会一些小小的快乐,体会她的境况或艺术方面的些许进步。只要她本月比上月多挣五法郎,或者把弹了几星期的一段萧邦终于弹好,她就欢喜不尽。她自修的功课并不过度,恰好配合她的能力,像适当的健身运动一般使她身心愉快。弹琴,唱歌,教课,这些正常而有规则的活动使她一方面觉得日子没有虚度,一方面能过着小康的生活,有点平平稳稳的成就。她胃口很好,吃得下,睡得着,从来不闹病。

她为人正直,合理,谦虚,精神很平衡,一无烦恼:因为她只管现在,不问已往也不问将来。既然身体好,生活安定,不会有什么风浪,她就差不多永远是快乐的。她高兴练琴,也高兴管家务,也高兴一事不做。她的生活不是一天天过的,——(她很经济,做事有预算,)——而是一分钟一分钟过的。她心中毫无高远的理想,即使有,也是见诸她所有的行为与思想的布尔乔亚理想,就是说心安理得地爱好她所做的事。星期日她上教堂去;但宗教情绪在她的生活中毫无地位。她佩服那些狂热的人,像克利斯朵夫一般有一种信仰或天才;但她并不羡慕:有了他们的烦闷和他们的天才,又怎么办呢?

那么她怎么能体会到大作家的音乐的？她自己也说不清。她只知道的确体会到。她高出别的演奏家的地方，在于她身心的健康与平衡。这颗自己并无热情而生命力很强的灵魂，对陌生人的热情倒是一块特别富饶的园地。她并不因之受到骚乱。侵蚀过艺术家的可怕的热情，她能尽量传达出它的气势而自己不受它的毒害，她只感到那些作品的力量和弹完以后的痛快的疲劳。那时她满头大汗，筋疲力尽，安详地笑着，觉得心满意足了。

克利斯朵夫有一晚听到她的表演，大为称赏。他在会后向她握手道贺。她非常感激：那晚听众很少，而且她素来不大有人捧的。她既没巧妙的手段去加入什么音乐集团，也没那种本领招致一帮捧角的人跟在她后面；既不用过分的技巧来标新立异，也不用想入非非的方式去表演名作引人注意，同时她也不自命为巴赫或贝多芬的专家，更不对她所奏的东西标榜什么理论，只是老老实实地把自己感觉到的弹出来——因此谁也不注意她，批评家们也不知道她：因为没人告诉他们说她弹得好，而他们自己又不知道好坏。

克利斯朵夫以后常常看到赛西尔。这个身子结实而精神安定的女子对他有种说不出的吸引力。她人很刚强，淡泊名利。他因为人家不知道她而很气愤，提议要叫《大日报》的朋友们提到她。她虽很乐意有人称赞，却求他切勿为她钻谋。她不愿意争竞，花许多气力，惹人家妒忌；她只求安安静静地过日子。人家不提起她倒是更好。她决不忌才，对于别的演奏家的技巧，她第一个会惊叹佩服。既无野心，亦无欲望，她太懒了，没有这个劲。要是当前没有什么确定的目标需要她关心，她便一事不做：连胡思乱想都没有；夜里躺在床上，不是马上睡着，就是一无所思。多少在这个年纪没嫁人的女子，念念不忘的想着婚姻，唯恐做老处女，她却没有这种烦恼。人家问她喜欢不喜欢有一个好丈夫，她回答说：

"咄，抱这种野心干吗？为什么不梦想五万法郎的进款呢？做人应当知足，应当安分守己。人家要是给你，那么更好！要不然就算了。

一个人不能因为没有蛋糕吃就觉得白面包不够味。尤其在你吃过了长久的硬面包之后!"

"并且,"母亲接着说,"还有许多人不是每天都有得吃呢!"

赛西尔自有她不相信男人的理由。几年前故世的父亲是个懦弱而懒惰的人,使妻儿子女吃了不少苦。她也有一个不成器的兄弟,不知在混些什么,每过一些时候出现一下,向家里要钱,大家怕他,觉得他丢人,唯恐有朝一日会听到他出什么乱子;可是大家疼他。克利斯朵夫看见过他一次。他正在赛西尔家,忽然有人打铃,母亲跑去开门了。然后他听到隔壁屋子里有人谈话,不时高声地嚷几下。赛西尔似乎慌了,也出去了,让克利斯朵夫一个人待在那里。隔壁继续在争吵,陌生人慢慢地有了威吓的口气,克利斯朵夫以为应当出去干涉,便开出门去,但他只看到一个身子有点儿畸形的年轻人的背影,就给赛西尔赶来拦住了,求他回进屋子。她也跟着一同进来;大家不声不响地坐着。来人在隔壁又嚷了几分钟,走了,把大门使劲碰了一下。于是赛西尔叹了口气,对克利斯朵夫说:"是的……是我的兄弟。"

克利斯朵夫明白了。"啊!"他说,"我知道……我,我也有一个……"

赛西尔握着他的手,又亲切又同情的说:"你也有吗?"

"是的……那都是叫家里的人发笑的宝贝。"

赛西尔笑了;他们的谈话换了主题。真的,这种使家人发笑的宝贝,对她不是味儿,而结婚的念头也不会打动她的心,男人都没意思,还是过独立生活好。母亲看到女儿这样,只有叹气;她可不愿意丧失自由,平时唯一的梦想是将来能有一天——天知道什么时候!——住到乡下去。但她不愿意费心去想象那种生活的细节,觉得想一桩这样渺茫的事太没意思,还不如睡觉——或是做她的工作……

在未能实现她的梦想之前,她夏天在巴黎近郊租一所小屋子,跟母亲两人住着。那是坐二十分钟火车就可以到的。屋子和孤零零的车站离得相当远,在一大片荒地中间,赛西尔往往夜里很晚才回去,可是并不害怕,不相信有什么危险。她虽然有支手枪,但常常忘在家里,而且也不大会用。

　　克利斯朵夫去探望她的时候,常常要她弹琴。她对于音乐作品的深切的领悟使他看了很高兴,尤其是当他用一言半语把表情指点给她的时候。他发觉她嗓子很好,那是她自己没想到的。他劝她训练,教她唱德国的老歌谣或是他自己的作品;她唱得很感兴趣,技巧也有进步,使他们俩都很惊奇,她天分极高。音乐的光芒像奇迹似的照在这个毫无艺术情操的巴黎小布尔乔亚女子身上。夜莺——(他这样称呼她)——偶尔也提到音乐,但老是用实际的观点,从来不及于感情方面;她似乎只关心歌唱与钢琴的技巧。她和克利斯朵夫在一起而不弄音乐的话,就谈论俗事:不是家务,便是烹饪或者日常生活。平时一分钟都不耐烦和一个布尔乔亚女人谈这些题目的克利斯朵夫,和夜莺倒谈得津津有味。

　　他们这样在一块儿消磨夜晚,彼此真诚地相爱,用一种恬静的,几乎是冷淡的感情。有天晚上他来吃晚饭,比平时待久了些,突然下了一场阵雨。等到他想上车站去赶最后一班火车的时候,外面正是大风大雨;她对他说:"算了吧!明儿早上走吧。"

　　他在小客厅里睡着一张临时搭起来的床。客厅和赛西尔的卧室之间只有一重薄薄的板壁,门也关不严。他在床上听到另一张床咯咯地的响,也听到赛西尔平静的呼吸。过了五分钟,她已经睡熟了;他也跟着入梦,没有一点儿骚乱的念头惊扰他们。

　　同时,他又得到一批陌生朋友,被他的作品招引来的。他们住的地方大半离巴黎很远,或是幽居独处,从来不会遇到克利斯朵夫的。一个人的名气即使是鄙俗的,也有一桩好处,就是使上千上万的好人能够认识艺术家,而这一点,要没有报纸上那些荒谬的宣传就办不到。克利斯朵夫和其中的几个发生了关系。有的是孤独的青年,生活非常艰苦,一心一意地追求着一个自己并无把握的理想:他们尽量吸收着克利斯朵夫友爱的精神。也有的是一些内地的无名小卒,读了他的歌以后写信给他,像老苏兹一样,觉得和他声气相通。也有的是清苦的艺术家——其中有一个作曲家——不但没法成功,并且也没法表白自己:他们看到自己的思想被克利斯朵夫表现了出来,快活极了。而最可爱的也许是信上不署名的人:因为这样他们说话可以更自由,很天真地把信心寄托在这个支持他们的兄长身上。克利斯朵夫多么愿意爱这些可爱的灵魂,但他永远不能认识他们,因之大为惆怅。他吻着那些陌生人的信,好似写信的人吻着克利斯朵夫的歌一样,各人都在心里想:"亲爱的纸张,你给了我多少恩惠!"

这样,根据物以类聚的原则,他周围有了一群志同道合的人,仿佛是一个天才的家属,在他身上汲取营养,同时也给他营养。这集团慢慢地扩大,终于形成一颗以他为中心的集体灵魂,——好像一个光明的世界,一个无形的星球在太空中运行,把它友爱的歌声跟一切星球之间的和声交融为一。

正当克利斯朵夫和他那些精神上的朋友有了神秘的联系的时候,他的艺术思想发生了重大的变化,变得更宽广,更富于人间性。他不再希望音乐只是一种独白,只是自己的语言,更不希望它是只有内行了解的艰深复杂的结构。他要音乐成为和人类沟通的桥梁。唯有跟别人息息相通的艺术才是有生命的艺术。约翰·塞巴斯蒂安·巴赫在最孤独的时间,也靠着他在艺术中表白的宗教信仰和其余的人结合为一。亨德尔和莫扎特的写作,由于情势所迫,也是为了一批群众而不是只为他们自己。连贝多芬也得顾及大众。而这是大有裨益的。人类应当用这种话提醒天才:

"你的艺术中间哪些是为我的?要是没有,那么我不需要你!"

这种强制使艺术家第一个得到好处。当然,只表白自己的大艺术家也有。但最伟大的总是那些心儿为全人类跳动的艺术家。谁要面对面地见到活的上帝,就得爱人类;在自己荒漠的思想中是找不到上帝的。

然而当代的艺人谈不到这种爱。他们只为了一批虚荣的,混乱的,脱离社会生活的少数人士写作——这等少数人士绝对不愿意分享别人的热情,或竟加以玩弄。为了不要跟别人一样,他们宁可和人生割绝。这种人还是死了的好。我们可是要走向活人堆里去的,我们要喝着大地的甘乳,吸收人类最圣洁的部分,汲取他们爱家庭爱土地的感情。在最自由的世纪,意大利文艺复兴的代表拉斐尔,在那些圣母像中讴歌母性的光荣。今日谁能为我们在音乐上作一幅《圣母坐像》呢?① 谁能为我们作出人生各个阶段的音乐呢? 你们一无所有,你们法国一无所有。你们想拿些歌曲给民众的时候,不得不剽窃德国往日的名作。在你们的艺术中,从底层到顶峰,一切都得从头做起,或者重新做起……

克利斯朵夫和此刻卜居在外省的奥里维通信,想靠书信来继续他们从前产量丰富的合作。他要他搜集优美的诗歌,和日常的思想行动有密切关系、像德国的老歌谣那样的,例如圣书或印度诗歌中的片段,宗教的或伦理的颂歌,自然界的小景,关于爱情的或天伦的感情,清晨,黄昏与黑夜的诗歌,适合一般纯朴而健全的心灵的东西。每支歌只消四句或六句就行,表情要极朴素,用不着发挥得如何高深,用不着精练的和声,你们那些冒充风雅的人的卖弄本领对我是没用的。希望你爱我的生命,帮助我爱自己的生命! 替我写些《法兰西的祈祷》吧。咱们应当找些明白晓畅的曲调。所谓艺术的语言,我们应当避之唯恐不及,那是像今日多少音乐家的作品一样,变了一个阶级专用的术语。应当有勇气以人的立场而非以艺术家的立场说话。瞧瞧前人的作品吧。十八世纪末期的古典艺术,就是从大众的音乐语言中来的。如格鲁克,如一般创造交响曲的作者,初期歌谣的作家,他们的乐句和巴赫与拉莫的精练高深的句子比较起来,有时会显得平淡庸俗。但就是这种本地风光的背景造成了伟大的古典作者的韵味与通俗性。它们是

---

① 拉斐尔所作圣母像多至不胜枚举,《圣母坐像》为其中之一,现藏意大利佛罗伦萨毕帝博物馆。

从最简单的音乐形式,从歌谣里来的;这些日常生活里的小小的花朵,深深地印在莫扎特或韦伯的童年的心上。——你们不妨效仿他们,写作一些为大众的歌曲。以后你们再创作交响乐。越级有什么用?金字塔不是从顶上造起的。你们现在的交响乐只是一些没有躯干的头颅。噢,美丽的思想,你们得有一个身体啊!必须有几代耐性的音乐家和群众亲近。一个民族的音乐决不是一朝一夕所能建立起来的。

克利斯朵夫不但把他的原则应用于音乐,并且还鼓励奥里维在文学方面施行:

"现在的作家,"他说,"努力描写一些绝无仅有的人物,或是在健全的大众以外,只有在不正常的人群中才有的典型。既然他们自愿站在人生的门外,那么你用不着管他们,你自己向着有人类的地方去吧。对普通的人就得表现普通的生活,它比海洋还要深,还要广。我们之中最渺小的人也包藏着无穷的世界。无穷是每个人都有的,只要他甘于老老实实地做一个人,不论是情人,是朋友,是以生儿育女的痛苦换取光荣的妇女,是默默无闻的牺牲自己的人。无穷是生命的洪流,从这个人流到那个人,从那个人流到这个人……你写这些简单的人的简单的生活吧,写这些单调的岁月的平静的史诗吧,一切都那么相同又那么相异,从开天辟地起,一切都是同一母亲的子女。你写得越朴素越好。切勿学现代艺术家的榜样,枉费心力去寻求微妙的境界。你是向大众说话,得运用大众的语言。字眼无所谓雅俗,只有把你的意思说得准确不准确。不论你做什么,得把自己整个儿放在里头,保持你的思想,保持你的感觉。文字应当跟从你心灵的节奏。所谓风格是一个人的灵魂。"

奥里维赞成克利斯朵夫的意见,但他用怀疑的口气说:

"一部这样的作品可能是美的;但它永远到不了那些能够读这等作品的人眼里。批评界在半路上就把它压下去了。"

"你老是这套法国小布尔乔亚的说法!"克利斯朵夫回答,"你担心批评界对你的作品作何感想!……告诉你,那些批评家只知道记录成功或失败。你只要成功就行了！……我完全不把他们放在心上！你也得不把他们放在心上……"

但奥里维不放在心上的东西正多着呢！他可以不需要艺术，不需要克利斯朵夫。那时他只想着雅葛丽纳。

他们只知有爱情，不知有其他；这种自私的心理在他们周围造成一片空虚，毫无远见地把将来的退路都给断绝了。

在初婚的醉意中，两颗交融的生命专心一意地只想彼此吸收……肉体与心灵的每个部分都在互相接触，玩味，想彼此参透。仅仅是他们两人就构成了一个没有规则的宇宙，一片混沌的爱，一切交融的成分简直不知道彼此有什么区别，只管很贪婪地你吞我，我吞你。对方身上的一切都使他们销魂荡魄，而所谓对方其实还是自己。世界对他们有什么相干？有如古代的两性人①在和谐美妙的梦里酣睡一般，他们对世界闭着眼睛，整个的世界都在他们身上。

噢，白天，噢，黑夜，你们织成了同一片梦境，你们这些像美丽的白云般飞逝的时间，在眩晕的眼中只现出一道光明的轨迹——还有令人感到春倦的温暖的气息，肉体的暖意，爱情的沉醉，贞洁的淫乱，疯狂的搂抱，叹息与欢笑，喜极而泣的眼泪——噢，微尘般的幸福，你还留下些什么呢？……我们的心简直想不起你了，因为你在的时候，时间是不存在的。

岁月如流，老是同样的日子……甜蜜的黎明……两个紧紧搂抱的肉体从睡眠的深渊中同时浮起来；笑盈盈的，呼吸交融，一同睁开眼来，又相见了，又亲吻了……平旦清明之气使身体上的热度退了下去……无穷的岁月只有酣畅迷惘的感觉，其中还有黑夜的甜美在嗡嗡作响……夏日的午昼，在田野里，在草茵上，在萧萧的白杨底下出神……幽美的黄昏，双双挽着手在明朗的天空下回向爱情的床席。风

---

① 此系古希腊神话中假想之民族，谓其兼具男女两性。

吹着丛树的叶子，明净如水的天上，像鹅毛般浮着一轮银色的月。一颗星掉下来，陨灭了——使你心中一震……——一个世界无声无息地吹掉了。路上，在他们旁边，难得闪过一些默默无声的影子。城里的钟声报告明天的佳节。他们停了一会儿，她紧紧靠着他，默然无语……啊！但愿生命就像这时候一样，一动不动地……她叹了口气说：

"我为什么这样爱你呢？……"

在意大利旅行了几星期之后，他们在法国西部的一个城里安顿下来，奥里维在那儿有个中学教员的位置。他们差不多谢绝宾客，对什么都不关心。等到不得不出去拜客的时候，他们毫无顾忌地对人很冷淡，使有些人不快，使有些人微笑。所有的闲言碎语只在他们身上滑过，毫无作用。他们跟一般新婚夫妇一样傲慢，神气仿佛说：

"哼，你们，你们才不知道呢……"

在雅葛丽纳那张俊俏而有点儿气恼的脸上，在奥里维的快乐的、心不在焉的眼中，显然透露出这样的意思：

"你们多讨厌！……什么时候我们才能清静呢？"

哪怕在众人面前，他们也是我行我素。人们常常会发现他们一边说话一边眉目传情。他们用不着彼此瞧望就能看到对方；两人微微笑着，知道彼此同时想着同样的念头。等到从应酬场中出来，他们简直快活得直叫直嚷，做出种种痴儿女的狂态，仿佛只有八岁。他们说着傻话，互相用古怪的名字称呼。她把奥里维叫作奥里佛，奥里丸，奥里芬，法南，玛米……竭力装作小女孩子的模样。她要同时成为他的一切，又是母亲，又是姊妹，又是妻子，又是情人，又是情妇。

她不但以分享他的快乐为满足，还要实现自己从前许的愿望，分担他的工作，这也是一种游戏。初期，她又好玩又热心地干着，因为工作对于她这样的女人是件新鲜的玩艺儿，所以对最枯索的事也感到有兴趣：图书馆里的抄写，翻译无味的书，都变成了她生活计划中的一部分。她理想的生活不就是纯洁，严肃，全部贡献给共同的、高尚的思想与劳作的吗?只要有爱情的光辉照着,一切都很好,因为她只想着他,而不是想着她所作的事。最奇怪的是,凡是她这样作出来的一切都作得很好。她的头脑,对于那些在一生中别的时间决不能胜任的抽象的读物,都能毫不费力地应付,爱情使她整个人脱离了俗世;她自己可不觉得,好比一个梦游患者在屋顶上走着,非常安闲,什么都看不见,只管做着她的严肃而快乐的梦……

过了一晌,她开始看到屋顶了,可并不惊慌,只盘问自己在屋顶上干什么,便回到了屋子。工作使她厌烦了。她以为它影响了爱情。那当然是因为她的爱情已经不及从前热烈。但表面上还看不出什么。他们俩一刻都不能分离,竟自闭门谢客,所有的应酬都不去了。他们讨厌别人对他们的感情,讨厌自己的工作,讨厌一切打扰他们爱情的事。和克利斯朵夫的通信也减少了。雅葛丽纳不喜欢他:他仿佛是个情敌,代表奥里维过去的一部分;而这一部分是完全没有她的分的。克利斯朵夫在奥里维的生活中越占地位,她本能上越想抢掉那个地位。她并不存心,只暗中使奥里维跟他的朋友疏远,她取笑克利斯朵夫的态度,面貌,写信的体裁,艺术方面的计划;她这么做并没有恶意,也不弄手段:那是忠厚的天性使她避免了的。奥里维听了她的批评觉得好玩,也不觉得有何居心;他自以为爱克利斯朵夫的心始终不减,但此刻所爱的只限于克利斯朵夫那个人了:而这是在友谊中没有多大作用的;他没发觉自己渐渐地不了解他,不再关切他的思想,不再关切使他们从前心心相印的英勇的理想主义。对于一颗年轻的心,爱情这股味道真是太浓了:和它比较之下,什么信仰都会显得没有意思。爱人的肉体,以及在这个神圣的肉体上面体会到的灵魂,代替了所有的学问,所有的信仰。在这种情形之下,一个人看着别人热爱的理想,看着自己从前热爱过的理想,只觉得可怜可笑。关于轰轰烈烈的生活和艰苦的努力,他只看到一刹那的鲜花,以为是千古不朽的东西……爱情把奥里维吞掉了。最初他的幸福还有力量用妩媚的诗歌来表现自己。后来连这个也显得空虚而侵占了爱情的时间了!而雅葛丽纳也像他一样，除了爱情以外，把一切生活的意义都竭力摧毁，殊不知大树一倒，藤萝般的爱情也就失去了倚傍。这样，他们俩就在爱情中互相毁灭。

　　可怜一个人对于幸福太容易上瘾了！等到自私的幸福变了人生唯一的目标之后，不久人生就变得没有目标。幸福成为一种习惯，一种麻醉品，少不掉了。然而老是抓住幸福终究是不可能的……宇宙之间的节奏不知有多少种，幸福只是其中的一个节拍而已；人生的钟摆永远在两极中摇晃，幸福只是其中的一极：要使钟摆停止在一极上，只能把钟摆折断……

　　他们尝到了安乐的烦闷，需要刺激的感觉越来越不知餍足。甜蜜的光阴减低了速度，变得软弱无力，像没有水分的花一般黯然失色了。天空老是那么蓝，可已经没有清晨那种轻快的空气。一切静止，大地缄默。他们孤独了，正如他们所愿望的那样。——可是他们不胜悲伤。

　　一种说不出的空虚的情绪，一种并非没有魅力的渺茫的烦恼出现了。他们不知道是怎么回事，只模模糊糊的感到不安。他们多愁善感，近乎病态，神经在静寂中紧张起来，一遇到最轻微的意外的击触，就会像树叶般发抖。雅葛丽纳无端端地流着眼泪，虽然她以为是爱极而泣，其实并不是的。结婚以前的几年，她那么紧张，热烈，苦恼；一朝达到了而且超过了目的，她的生命力就突然停止活动，而一切新的行动——或许连一切过去的行动在内——也忽然显得毫无意义；这种情形使她莫名其妙地感到困惑与消沉。她自己不肯承认，以为是神经疲倦所致，便勉强笑着；但她的笑和她的哭同样带着不安的意味。她鼓足勇气想再去干以前的工作。不料她马上不胜厌恶地扔下了，甚至还弄不明白以前怎么会对这样无聊的事感到兴趣的。她又勉强出去交际，也同样没结果：习惯已深，她再也受不了平庸的人物与无聊的谈话；这些原是人生不可避免的，她却只觉得鄙俗不堪，便守着丈夫孤独下去,同时还拿这些不幸的尝试硬叫自己相信:人生除了幸福以外竟是一无足取。有一晌她果然比什么时候都更耽溺于爱情了。但那纯粹是意志的力量。

不像她那么狂热但更温柔的奥里维,比较不容易受这些烦闷侵扰,他本人只觉得偶然有点儿说不出的颤抖。并且他的爱情在某种程度内也受着日常事务——他不喜欢的职业——的限制而不至于完全消耗。但他既然非常敏感,爱人心中所有的动静都会在他心中引起反应,那么雅葛丽纳暗地里的困惑当然会传染给他了。

一个天气美好的下午,他们在野外溜达。出门以前,两人都觉得这次的散步一定是很愉快的。周围的一切都有笑意。不料才走了几步,一种阴沉的,令人困倦的忧郁忽然涌上心头。他们没法谈话,可勉强谈着:每个字都使他们感到空虚。散步完了,他们像木偶似的一无所见,一无所感,非常悲伤地回家。时间已经到了傍晚,屋子里只显得空虚,黑暗,寒冷。为了避免看到对方,他们并不马上点灯。雅葛丽纳走进卧室,帽子跟大衣都不脱,径自默默地靠窗坐下。奥里维在隔壁靠着书桌站着。两间屋子中间的门打开在那里,彼此离得很近,连呼吸都能听到。两人在半明半暗中悄悄地哭了,哭得很伤心。他们掩着嘴,不让自己出声。最后奥里维沉痛地叫了声:"雅葛丽纳……"

雅葛丽纳含着眼泪回答:"怎么呢?"

"你不来吗?"

"我来了。"

她脱了大衣,洗了脸。他点起灯来。过了几分钟,她进来了。两人不敢相视,知道彼此都哭过了。他们不能互相安慰:因为各人都明白是为的什么。

终于到了一个时候,他们俩不能把胸中的苦闷再隐藏下去。因为大家不愿意承认其中的原因,便想法另外找一个原因,那当然是不难的。他们认为一切都是枯索的内地生活造成的。这一下他们宽慰了。朗依哀先生知道女儿对于刻苦的生活厌倦了,并不怎么惊奇。他托了政界的朋友把女婿调到巴黎来。

一听到好消息,雅葛丽纳快活得跳起来,觉得过去的幸福又回来了。一朝要离开的时候,这个可恶的地方倒反显得亲切可爱:这儿留着他们多少爱情的纪念!最后几天,他们尽量去搜寻那些遗迹,心里又惆怅又感动。恬静的原野是看见他们幸福过来的。他们听见心中有个声音喁喁地说着:

"你留下的东西你是知道的。你可知道将来的遭遇吗?"

动身前夜,雅葛丽纳哭了。奥里维问她为什么。她不愿意回答。他们拿起一张纸写道:——(平时他们怕自己说话的音调引起误会,常常用这个办法。)——

"亲爱的小奥里维……"

"亲爱的小雅葛丽纳……"

"我为了要离开而很难过。"

"离开哪儿呢?"

"离开我们相爱的地方。"

"上哪儿去呢?"

"到我们要更老的地方去。"

"到我们偕老的地方去。"

"可是不会再这样相爱了。"

"只有更爱。"

"谁知道?"

"我知道。"

"我非要更相爱不可。"

于是他们在纸尾画上两个圆圈,表示两人拥抱。随后她抹着眼泪,笑了,把他穿扮得像亨利三世的爱人一般,头上戴着她的便帽,身上披着高领的白坎肩,使奥里维的头活像一颗杨梅。

在巴黎,他们又遇到了亲朋故旧,觉得这些人都跟离开的时候不同了。一听到奥里维来到的消息,克利斯朵夫马上高兴非凡地赶来。奥里维也同样高兴。可是一见之下,他们都意想不到地发窘。两人都想提起精神来,只是没用。奥里维很亲热,但多少有点儿改变了,克利斯朵夫很清楚地感觉到。一个结婚以后的朋友,无论如何不是从前的朋友了。男人的灵魂现在羼入了一些女人的灵魂。克利斯朵夫在奥里维身上到处发现这种痕迹:眼睛有些不可捉摸的光彩,嘴唇有些从前没有的褶痕,声音与思想也有些新的抑扬顿挫。奥里维自己没觉得,反倒奇怪克利斯朵夫和从前大不同了。当然他不至于以为是克利斯朵夫改变,承认是自己改变;在他看来,这是跟着年龄来的正常的演变。他还诧异克利斯朵夫没有先前的进步,责备他始终保持着那些思想,那是他以前非常重视而现在认为幼稚与老朽的。因为奥里维的心给一个陌生人占据了,而克利斯朵夫的思想和这个外来的灵魂格格不入。这种感觉在雅葛丽纳也参加谈话的时候特别明显:那时奥里维和克利斯朵夫之间隔着一重冷言冷语的幕。可是大家都竭力掩藏心中的印象。克利斯朵夫继续到他家里去。雅葛丽纳无邪地向他放几下冷箭,他不以为意。但他回去以后很难过。

到巴黎以后的最初几个月,对雅葛丽纳是相当快乐的时期,所以对奥里维也是的。她先是忙于布置新居。他们在帕西区一条老街上找了一所可爱的小公寓,窗外有一方小花园。家具与糊壁纸的选择足足花了她几个星期。雅葛丽纳拿出全副精神,甚至把热情都放了上去,仿佛她永久的幸福就靠几口旧橱的颜色与形状似的。然后她对于父亲、母亲、朋友,作了一番新的认识。因为她在沉醉于爱情的那一年把他们完全忘了,这一下倒是真正的新发现;尤其因为,像她的灵魂渗入了奥里维的灵魂一样,奥里维的灵魂也渗入了她的灵魂,所以她对旧时的熟人不免用新的眼光来看。她觉得这些人比从前有意思得多。最初,相形之下,奥里维还不如何逊色。把他和亲朋故旧放在一起,双方都相得益彰。他的沉潜韬晦,半明半暗的诗意,使雅葛丽纳在那些只求享乐、炫耀、讨人喜欢的浮华人物身上发现更多的魅力;另一方面,他们可爱而危险的缺点,——因为她是这个社会出身,所以认识得格外清楚,——使她更赏识丈夫的忠诚可靠的心。她喜欢作这些比较,而且喜欢老是比较下去,以便证明她的选择着实不错。——但比较到后来,她有时竟不明白为什么做了这个选择了。幸而这种时间并不长久。甚至她因之感到内疚,而事后对奥里维也比任何时期都更温柔。然后她重新再来。等到她这一套成了习惯,便不觉得有趣了;比较的结果,慢慢地使两种相反的人物不像从前那样相得益彰,而开始冲突起来。她私下想,奥里维倘使有一些她此刻在那些巴黎朋友身上所赏识的优点,甚至于缺点,岂不是更好?她嘴上绝对不跟奥里维提;但奥里维感觉到她用苛刻的目光打量他,心里觉得又不安又屈辱。

虽然如此,他对雅葛丽纳还没失去爱情给他的优势,青年夫妇的温柔与勤勉的生活还可继续得相当长久,要是没有特殊的事故把他们的境况改变,把那勉强维持在那里的平衡破坏的话。

我们这才觉得财神是最大的敌人……

朗依哀太太的一个姊妹去世了。她是一个有钱的实业家的寡妇,无儿无女,全部的财产都转移到朗依哀家里。雅葛丽纳的财富增加了一倍以上。遗产来的时候,奥里维记起了克利斯朵夫那番关于财富的话,便说:"没有这笔财产,我们也过得很好,也许钱多了反而有害处。"

雅葛丽纳取笑他:"傻子!这也会有害吗?何况我们可以不改变生活。"

表面上生活固然照旧。因为照旧,以至过了一些时候,雅葛丽纳抱怨钱不够了;那显然是有些事情已经改变了。事实上,收入多了三倍,还是全部花光,也不知花在哪里的。他们简直不懂以前是怎么过活的了。钱像水一般地流出去,被无数新添出来而马上成为日常必不可少的用度吞掉。雅葛丽纳结识了一批有名的裁缝,把从小熟识的上门做活的女裁缝辞退了。从前戴的是不费多少材料就能做得很美的四个铜子的小帽子,穿的是并不十全十美,但反映着自己的妩媚,有些自己气息的衣衫:这些日子现在都完了。周围所有的东西原来都有种温暖亲切的情调,现在一天天地减退。她身上的诗意消失了,变得庸俗了。

他们换了一个公寓。从前费了多少心血,那么高兴布置起来的屋子,显得狭窄难看了。那些反映一个人的心灵的,朴素的小房间,窗外摇曳着清瘦的树影的景致,现在不需要了,他们另外租了个宽大的、舒服的、屋子分配得很好的、可是他们不喜欢而且没法喜欢的、烦闷得要死的公寓。熟悉的旧东西代之以陌生的家具与糊壁的花绸。往事在这儿是毫无地位的。最初几年共同生活的印象从脑海里给扫出去了……对于夫妇,最不幸的是他们和过去的爱情的联系一朝被斩断。因为接着初期的温情必有一个精神沮丧的时期,那时一个人只有靠过去的回忆才能支撑。用钱的方便使雅葛丽纳在巴黎,在旅途上——(现在他们时常旅行了)——接近了一帮有钱而无用的人物,和他们交往的结果,使她瞧不起其余的人,瞧不起劳作的人。以她奇妙的接受能力,她立刻被那些贫弱而腐败的心灵同化。要她抵抗是办不到的。一想到人家能够——而且应该——在尽了日常生活的责任之后,在平凡的环境中得到幸福,她立刻表示气恼,认为那是"布尔乔亚的下贱"。她甚至对自己过去在爱情中慷慨献身的行为也不了解了。

奥里维没有力量奋斗。他也改变了。他辞掉了教职,再没有非做不可的作业。他只是写作,生活的平衡因之也有了变动。至此为止,他因为不能完全献身于艺术而痛苦。如今他可以完全献身于艺术的时候,却飘飘渺渺的像在云雾中一样。倘使艺术没有一桩职业维持它的平衡,没有一种紧张的实际生活作它的倚傍,没有日常任务给它刺激,不需要挣取它的面包,那么艺术就会丧失它最精锐的力量和现实性。它将成为奢侈的花,而不再是——(像一批最伟大的艺术家表现的)——人间苦难的神圣的果子……奥里维尝到了有闲的滋味,老想着"一切皆空"的念头,什么也不来压迫他了:他丢下了笔,游手好闲,迷了方向。他和自己出身的阶级，和那些耐着性子、不怕艰苦、披荆斩棘的人，失去了接触。他走进了一个完全不同的世界，虽然觉得不大自在，可也并不讨厌。他以懦弱、可爱、好奇的性格，欣然玩味着这个并非没有风趣、可是动摇不定的社会，他不觉得自己已经受着它的熏陶：他的信念不像从前那么坚定了。

可是他的转变不及雅葛丽纳的迅速。女人有种可怕的特长，能够一下子完全改变。一个人的这些新陈代谢的现象，往往使爱他的人吃惊。但为一个不受意志控制而生命力倒很强的人，朝三暮四的变化是挺自然的。那种人好比一道流水。爱他的人要不被它带走，就得自己是长江大河而把它带走。两者之中不论你挑哪一种，总之得改变。这的确是危险的考验：你只有向爱情屈服过以后才真正认识爱情。在共同生活的最初几年中，生活的和谐非常脆弱，往往只要两个爱人之中有一个有些极轻微的转变，就会把一切都毁掉。而遇到财产或环境突然有大变化的时候，情形更危险。必须是极坚强的人或是极洒脱的人才抗拒得了。

雅葛丽纳和奥里维既不坚强，亦不洒脱。他们看见彼此都换了一副模样，熟习的面貌变得陌生了。在发现这种可悲的情形的时候，他们为了怕动摇爱情而互相躲藏：因为两人始终是相爱的。奥里维可以借正常的工作来逃避，工作对他有镇静的作用。雅葛丽纳却是无所隐遁。她一事不做，老是赖在床上，或是长时间地梳妆，几小时地坐着，衣衫穿了一半，一动不动地在那里出神，同时有种说不出的悲哀一点一滴地积聚起来，像一层冰冷的雾。她固执的想着爱情，没法把念头转向别处……爱情！它作着自我牺牲的时候才是人生最了不得的宝物。倘使它仅仅是对于幸福的追求，那么它是最无聊的，最欺人的东西……而雅葛丽纳除了追求幸福以外，不能想象人生还有其他的目的。在意志坚强的时间，她勉强去关切旁人，关切旁人的苦难；可是办不到。旁人的痛苦使她感到一种无可抑制的厌恶；她的神经使她不能看到痛苦的景象，甚至连想都不能想。为了向自己的良心有个交代，她曾经有两三次做了几件好事,结果并不高明。

"你瞧,"她对克利斯朵夫说,"一个人心里想行善,结果反作了恶。还是不做为妙。我的确没有这种缘分。"

克利斯朵夫望着她,想到他偶尔碰到的某个女朋友,明明是自私的,轻佻的,不道德的,不能有真正的温情的,但她一看见人家受苦,不论是不相干的或不相识的,马上会有一种母性的同情。哪怕是最脏的看护工作也吓不倒她:甚至最需要她作克制功夫的照顾,她反而感到特别的乐趣。她自己不以为意,似乎她心里有股模糊的理想的力,在这儿发泄了出来,她的灵魂在生活中别的场合明明是麻痹的,到了这种难得的时间却振作起来了;减少一些旁人的痛苦使她心里非常舒服,那时的快乐差不多是过分的。——这个本性自私的女子所表现出的仁慈不能说是德,本性善良的雅葛丽纳所表现出的自私不能说是恶;那对两人都是一种精神上的调剂。可是另外那个人更健康。

雅葛丽纳绝对不能想到痛苦二字。她宁愿死而不愿受肉体上的痛楚,宁愿死而不愿丧失快乐的来源:美貌或青春。要是她自以为应该有的幸福不能全部都有,——(因为她对幸福抱着绝对的,荒谬的,宗教般的信仰),——要是别人有了比她更多的幸福,她就认为是天下最不公平的事。幸福不但是信仰,并且也是德性。在她心目中,苦难简直是种残疾,她整个生活慢慢地都照着这个原则安排。她处女时代为了羞怯,把自己真正的性格用理想主义包裹着,现在这性格显出来了。并且为了反抗过去的理想主义,她对一切都换了一副清楚而大胆的目光。无论什么人或事,必须配合社会的舆论与生活的方便才会受到她重视。她的心情跟母亲到了同样的境界:她也按期上教堂去,不关痛痒的奉行宗教仪式。她不再操心真诚不真诚的问题:有的是其他更实际的烦恼,想到自己小时候那种带有神秘色彩的反抗,她只觉得可怜可笑。——可是她今日注重实际的思想不比她昨日的理想主义更实在,两者都是自己强求的。她不是神明,不是野兽,只是一个烦恼的可怜的女人。

她烦恼,烦恼……因为烦恼的原因既非奥里维不爱她,也非她不爱奥里维,所以她更烦恼。她觉得自己的生活被封锁了,闭塞了,没有前途了;她渴望一种时时刻刻变换的新的幸福,——其实像她这样的不懂得消受幸福,便根本不配有这种儿童式的梦想。她跟多少别的女人,多少有闲的夫妇一样,具备了一切幸福的条件而始终在那里烦恼。他们都有钱,有着美丽的孩子,很好的身体;人也聪明,能够欣赏美妙的东西;倘使要活动,要行善,要充实自己的与别人的生活,条件都齐备,而他们整天地抱怨,不是说他们不相爱,就是说他们爱着另一个人或不爱另一个人,——永远只关心自己,关心他们的感情关系或性欲关系,关心他们自以为应该有的幸福,关心他们矛盾的自私自利,老是争辩,争辩,争辩,扮着爱情的喜剧,痛苦的喜剧,结果竟信以为真……对于这等人,真该告诉他们:

"你们太无聊了。一个人有了多少幸福的条件还要怨天尤人,简直是荒唐!"

同时也应该有人把他们的财产、健康,和一切他们不配有的神奇的天赋,统统剥夺!给这些自己不能解脱的,对自己的自由害怕的奴隶,重新戴上艰难的枷锁和真正的痛苦的枷锁!倘若他们非辛辛苦苦挣取自己的面包不可,他们一定会很快活地吃下去的。而一朝看到了痛苦的真面目,他们也不敢再拿痛苦来玩可恶的把戏了……

可是归根结底,他们的确痛苦着。他们俩是病人,怎么不叫人可怜呢?——雅葛丽纳的疏远奥里维,和奥里维的没有羁縻雅葛丽纳,同样是无辜的。她完全保持着天性。她不知道结婚是对天性的挑战,早该料到天性会起来反抗,而自己应当预备勇敢地应战的。她只发觉自己把事情看错了,不胜恼恨。失意之下,她迁怒于她从前所爱的一切,仇视她从前所信仰的奥里维的信仰。一个聪明的女子,比男人更能够在一刹那间凭着直觉体会到那些有关永恒的问题,但要她锲而不舍地抓住就不容易了。抱着这种思想的男人是用自己的生命去灌溉它的。女子却拿这种思想来做自己的养料,她吸收它,绝对不创造它。

她的精神与感情不能自给自足，永远需要新的养料。没有信仰没有爱的时候，她就从事于破坏，——除非她徼天之幸，能够有那最高的德性、恬静。

从前，雅葛丽纳热烈地相信以共同的信仰为基础的结合，相信共同奋斗、共同受苦，共同建造便是幸福。但这个信心，只有在受到爱情的阳光照射的时候，她才相信；太阳慢慢地落下去，她的信心就像一座阴沉的荒山矗立在空虚的天上；雅葛丽纳觉得没有气力继续她的行程了：爬到了山巅又有什么用呢？山的那一边又有些什么呢？简直是个大骗局！雅葛丽纳再也弄不明白，奥里维怎么会继续受这些侵蚀生命的幻想欺骗；她以为他既不十分聪明，也没多大生气。她在他的空气中感到窒息，不能呼吸；求生的本能使她为了自卫而开始攻击了。她还爱着奥里维，但她要把他的信仰破坏得干干净净，因为那些信仰是她的敌人；讥讽与肉欲都被她用作武器；她把自己的欲望和琐碎的心事像藤萝一般缠绕他，希望把他做成自己的影子……而所谓"她自己"，不但不知道要些什么，连自己是怎么样的人都弄不清！她觉得奥里维没有成名对她是种屈辱，可不问他的不成名是对的还是不对的：因为她终于相信，归根结底，一个人有没有出息，有没有才情，是靠名气决定的。奥里维感觉到妻子对他这样的怀疑，不禁大为丧气。可是他竭力挣扎。像他那样挣扎的人，过去有的是，将来也有的是，挣扎大半是毫无效果的。在这个势力不均的斗争中间，被女子自私的本能利用来对抗男人灵智的自私的，是男人的软弱，失意，和世故人情，——世故人情便是一个遮掩人生磨蚀和男人的懦弱的名词。雅葛丽纳与奥里维至少比一般的战士高明多了。因为奥里维永远不会欺骗自己的理想，不像普通的男人听任懒惰、虚荣、混乱的爱情驱使，甘心否定自己的灵魂。而且倘若他做到了这一步，雅葛丽纳也要瞧不起他。然而她在那种盲目的情形之下，竭力要毁灭奥里维的力量，不知这力量便是她的力量，是他们两人的保障；她还凭着本能把支持这股力量的友谊也加以破坏。

自从他们得了遗产以后，克利斯朵夫觉得跟他们在一起时有点格格不入。雅葛丽纳故意在谈话时表现得冒充风雅和平凡的实际观念，终于达到了目的。有时他愤慨之下，说些尖刻的话，使对方听了生气。但两位朋友交情太深了，从来不因之有何芥蒂。奥里维无论如何不愿意牺牲克利斯朵夫，同时又不能强制雅葛丽纳跟自己一样；他为了爱情，绝对不忍心使她痛苦。克利斯朵夫看到奥里维的苦衷，便自动引退了。他懂得自己在他们之间周旋不能对奥里维有任何帮助，反而会妨碍他，便想出种种借口和他疏远；懦弱的奥里维居然接受了，可是他体会到克利斯朵夫所作的牺牲，心里非常难过。

克利斯朵夫并不恨他。他想，人家说女人是半个男人，这话是不错。因为结了婚的男人只剩半个男人了。

他竭力把生活重新组织起来，希望能丢开奥里维，硬叫自己相信分离是暂时的，可是没用：他虽然乐观，有时也很抑郁。他过不惯一个人的生活了。当然，他在奥里维居住外省期间已经是孤独的了，但那时他有方法可以自我安慰，想到朋友在远处，会回来的。如今朋友回来了，却比什么时候都离得更远。一朝失掉了几年来和他的生活打成一片的温情，他仿佛失掉了行动的意义。自从他爱了奥里维，所有的思想都脱离不了朋友。工作已不够填补空虚：因为克利斯朵夫在工作中间惯于羼入朋友的影子。现在朋友对他冷淡了，克利斯朵夫就像一个失去平衡的人：为了恢复这个平衡，他需要另外找一股温情。

亚诺太太和夜莺始终对他很好。但这些精神安定的朋友那时对他是不够的。

她们两人似乎也猜到克利斯朵夫的哀伤，暗中对他很表同情。有天晚上，克利斯朵夫很奇怪地看见亚诺太太到他家里来。这是她破天荒第一遭来看他，神色有点儿骚动。克利斯朵夫不加注意，以为她是胆怯。她一声不吭地坐下。克利斯朵夫为了免得她发窘，便带她参观屋子；既然到处有奥里维的纪念物，两人就不知不觉地提到奥里维。

克利斯朵夫很高兴地谈着,绝对不透露他们之间的情形。但亚诺太太不禁用着怜悯的神气望着他,问:"你们差不多不见面了,是不是?"

他以为她是来安慰他的,不由得恼了:他最讨厌人家干预他的事,便回答说:"我们高兴不见面就不见面。"

她红着脸,说:"噢!我那句话并没刺探你们的意思。"

他后悔自己的粗暴,便握着她的手:"对不起。我老是怕人家攻击他。可怜的孩子!他跟我一样的痛苦……是的,我们不见面了。"

"他也没写信给你吗?"

"没有。"克利斯朵夫觉得不大好意思。

"人生多可悲啊!"亚诺太太过了一会儿又说。

克利斯朵夫抬起头来:"不,人生并不可悲。它不过有些可悲的时间。"

亚诺太太隐隐约约用一种哀伤的口吻又道:"大家相爱了,又不相爱了。可见爱也是空的。"

"已经相爱过就行了。"

她又说:"你为他作了牺牲。要是你的牺牲能够对所爱的人有些好处,倒也罢了。可是他并不因之更幸福!"

"我并没牺牲,"克利斯朵夫愤愤地回答,"即使我牺牲,也是因为我乐于牺牲。这是没有问题的。一个人就是做他应当做的事。要是不那么做,他会痛苦的。牺牲这个字简直荒谬极了!不知是哪些心路不宽的牧师,把一种忧郁的、阴沉的观念跟牺牲搅在一起。仿佛一定要牺牲之后感到苦闷,你那牺牲才算有价值……见鬼!如果牺牲对你是悲哀的而不是快乐的,那么还是不要牺牲,你根本不配。一个人的牺牲,并非替人做苦工,而是为你自己。如果你在献身的时候不觉得快活,还是去你的吧!你不配生活。"

亚诺太太听着克利斯朵夫,对他望都不敢望。突然她站起来说:"再见了。"

这时他才想起她此来一定有什么心里话告诉他,便说:"噢!对不起,我自私透了,老讲着自己的事。再坐一会吧,好不好?"

"不坐了……谢谢你……"说完她走了。

他和亚诺太太隔了相当长的时间没见面。她既没给他消息,他也不上她家去,也不上夜莺家去。他很喜欢她们,可是怕谈到使他悲哀的事。而且她们那种安静平凡的生活,稀薄的空气,暂时也与他不相宜。他需要看一些新人物,需要关心一件事,或是有什么新的爱情使自己振作起来。

为了排遣心中的愁闷,他又上疏阔已久的戏院去。他觉得,对于一个想观察热情和记录热情的音乐家,戏院是一所极有意思的学校。

这并非说他对法国戏剧比他初到巴黎的时期更有好感。他除了不喜欢那些永久不变的、平板的、火爆的题材,老是分析爱情的那套心理学以外,还认为法国人的戏剧语言也是虚伪的,尤其在诗剧方面。他们的散文与韵文,跟民众的活语言和民众的特性都毫不相干。散文是一种做作的语言,上焉者像社交版记者的笔调,下焉者像粗俗的副刊文章。至于诗歌,恰如歌德所说的:"越是那些无话可说的人越喜欢写诗。"

它是一种冗长的,装腔作势的散文;心中一无所感而勉强制造出来的形象,使一切真诚的人都觉得是谎言。克利斯朵夫并不把这些诗剧看得比靡靡之音的意大利歌剧更高。倒是演员比剧本使他感到更大的兴趣。妙的是作家们都在竭力模仿演员。"要不是把戏子们的恶习做你剧中人物的粉本,那么你的戏上演的时候决没成功的希望。"从狄德罗写了这段文字以来①,情形并没有任何改变。喜剧演员成为艺术的模型。只要一个戏子成了名,他立刻可以有他的戏院,有他的剧作家,——他们会像殷勤的裁缝一般照他的身材定制剧本。

在这些走红的明星中间,有个叫作法朗梭阿士·乌东的,引起了

---

① 即十八世纪以来。

克利斯朵夫的注意。近一两年来大家都已对她着迷了。她也有她的剧本供应者,但她并不只演为她特写的剧本。从易卜生到萨杜,邓南遮到小仲马,萧伯纳到亨利·巴太依,在她相当混杂的戏码内都可以找到。有时,她也在古典诗剧和莎士比亚的作品中露脸。可是在这等场合,她比较不自在。不论演什么,她总表现她自己,永远只表现她自己。这是她的短处,也是她的长处。她本人没受到群众注意的时候,她的演技并不受欢迎。但一朝引起了大众的好奇心,她无论演什么就都显得出神入化。事实是一看到她,你的确会忘掉那些贫弱的作品;经过她的生命点缀之后,那些作品都显得美了。克利斯朵夫觉得比她所演的作品更动人的,倒是这个由一颗陌生的灵魂塑成的、女性的肉体之谜。

她的侧影美丽,清楚,像悲剧中的人物,可不像罗马女子那么轮廓鲜明。她的细腻的,巴黎人的线条,和约翰·古雄的雕像一般,好比一个少年男子。鼻子虽短,但很有姿态。美丽的嘴巴,嘴唇很薄,有一道悲苦的皱痕。聪明的脸蛋,清瘦,年轻,有些动人的表情,反映出内心的痛苦。下巴的模样显出她性格强硬。皮肤惨白、惯于不动声色的脸,照旧像镜子一样反射出她的心灵。头发,眉毛,都很细腻。变幻莫测的眼睛,又是灰灰的,又是琥珀色的,闪着或青或黄的光彩,像猫眼。她表面的神态也跟猫一样迷迷惘惘,半睡半醒,可是睁着眼睛,窥伺着,永远提防着,常常会突然之间发性子,流露出她隐藏的残忍。身材并没看起来那么高,身体也没看起来那么瘦,她的肩头和胳膊都很好看,一双手又长又软。衣着和头发的式样都很大方,素雅,不像某些女演员的不修边幅或是过分的修饰,——虽然出身低微,本能上却是一个贵族,——这一点又是像猫。她骨子里还有非常强悍的性格。

她年纪大概不到三十岁。克利斯朵夫在伽玛希那边听见人家谈到她,用粗野的口吻表示对她佩服,仿佛谈论一个很放浪的、聪明的、大胆的女子,极有魄力,极有野心,可是泼辣,古怪,暴烈;据说她没成名以前曾经沦落风尘,得志以后便尽量地报复。

有一天,克利斯朵夫搭火车到默东去探望夜莺,一打开车厢的门,发现那女演员已经先在那儿。她似乎非常骚动,痛苦,克利斯朵夫的出现使她大为不快,马上转过背去,老望着窗外。克利斯朵夫注意到她神色有异,便目不转睛地盯着她,那种天真的同情的神气简直令人发窘。她不耐烦了,对他狠狠地瞪了一眼;他只觉得莫名其妙。在下一站上,她走下去换了一个车厢。① 那时他才想到是自己把她吓跑的,因此很不痛快。

　　过了几天,他在同一路线上预备搭车回巴黎,占着月台上那张独一无二的凳子。她又出现了,过来坐在他旁边。他想站起来走开,她却说了声:"你坐下吧。"

　　那时没有旁人在场。他对于那天使她更换车厢的事表示歉意,他说要是早想到自己使她发窘,他一定会下车的。她冷冷地笑着回答:"不错,那天你一刻不停地老瞪着我,讨厌透了。"

　　"对不起,"他说,"我自己也压制不住……你那天好似很痛苦。"

　　"那又怎么呢?"

　　"我那是不由自主的。倘若看见一个人淹在河里,你不是会伸手救他吗?"

　　"我吗?我才不呢!我要把他的脑袋按在水里,让他早点儿完蛋。"

　　她说这些话的时候,既有点儿嬉笑怒骂,又有点儿牢骚的口吻。因为他愕然望着,她便笑了。

　　火车到了。除了最后一辆,列车都已经客满。她上去了。车守催着他们。克利斯朵夫不愿意重演上次的故事,想另找一节车厢。可是她说:"上来吧。"

　　他上去以后,她又补了一句:"今天我无所谓了。"

　　他们谈着话。克利斯朵夫一本正经地跟她解释,说一个人不该对

---

① 欧洲各国行驶于内地或郊外的区间火车,往往都是八人一室的车厢,直接有门上下,与其他车厢完全隔绝,并无长廊通连,故更换车厢必须下车。

旁人抱着漠不相关的态度；互相帮助，互相安慰，大家都可以得益……

"安慰对我不生作用……"她说。

克利斯朵夫坚持着，她就傲慢地笑了笑，回答说："不错，安慰人家的角色当然对扮演的人是有利的。"

他想了一会儿，才明白对方是怀疑他别有用心，不禁愤愤地站起来，打开车门，不管火车开动，就想往下跳。她好容易把他挡住了。他怒气冲冲地关上了门，重新坐下，那时火车刚进地道。

"你瞧，"她说，"跳下去不是要送命吗？"

"我不管。"

他不愿意再和她说话。

"人真是太蠢了，"他说，"大家互相折磨，又把自己折磨，人家想来帮助他的时候，他倒反猜疑。可恶透了！这种人是没有人性的。"

她一边笑一边抚慰他，把戴着手套的手按在他的手上，亲热地和他谈着，喊出他的名字。

"怎么，你认得我吗？"他说。

"怎么不认识？你，你也是一个红人呐。我刚才不该对你说那种话。你是个好人，我看得出的。算了吧，别生气了。好！咱们讲和吧！"

他们握了握手，友好地谈着话，她说："可是那也不是我的错。我跟一般人接触的经验太多了，不得不提防。"

"他们也常常欺骗我，"克利斯朵夫说，"我却老是相信他们。"

"我看出你是这样的，你大概是个天生的傻瓜。"

他笑了："是的，甜酸苦辣我一生尝过不少了，可是对我没有什么害处。我的胃很强，饱也没关系，饿也没关系，必要的时候也能吞下那些来攻击我的可怜虫。我反而身体更好。"

"那是你运气，你啊，你是个男人。"

"而你，你是个女人。"

"那又算不了什么。"

"那是很有意思的,做个女人!"

她听着笑了。"哼!"她说,"可是人家怎么对付女人的?"

"得自卫啊。"

"那么所谓善心也维持不久的了。"

"那是因为一个人还不够慈悲。"

"或许是吧。可是吃苦也不能吃得太多,太多了一个人的心会干枯的。"

他正想对她表示同情,忽然记起了她刚才的态度……

"你又要说安慰人家的人是别有用心了……"

"不,"她说,"我不说这个话了。我觉得你心地好,非常真诚。我很感激。可是请你什么话都别跟我说。你不知道……谢谢你的好意。"

他们到了巴黎,分手了,双方既没留下地址,也没说什么请去谈谈的话。

过了一两个月,她跑来敲克利斯朵夫的门。

"我来找你,想跟你谈谈。从那次见面以后,我不时在想起你。"她说着坐下了。"只要一会儿工夫,不会打搅你很久的。"

他开始和她谈话。她说:"请等一会儿,好不好?"

他们不出声了。过了一下她笑着说:"刚才我支持不住了。现在可好些了。"

他想问她。

"不,"她说,"别问我这个!"

她向四下里瞧了一眼,把各种东西看过了,估量了一下,忽然瞧见鲁意莎的照片。

"这是你的妈妈吗?"

"是的。"

她把照片拿在手里,非常同情地瞧着。"多好的老太太!"她说,"你运气不错!"

"可惜她已经去世了。"

"那没关系。反正你是有过这样一个母亲的。"

"那么你呢?"

她拧了拧眉头,把话题扯开了。她不愿意人家问起她的事。

"跟我谈谈你的事吧。告诉我……告诉我一些关于你生活方面的事……"

"这跟你有什么相干?"

"不用管,你讲吧……"

他不愿意讲,可是不由自主地回答了她的问话,因为她问得非常巧妙。而他所叙述的正是使他悲伤的事,他的友谊的故事,跟他分离了的奥里维。她听着,带着又同情又嘲弄的笑意……突然她问:"什么时候了?啊!天!我来了两个钟点了!对不起……啊!此刻我心情安定多了……"

接着她又说:"我希望能再来……不是常常……而是有时候……这对我有些好处。可是我不愿意使你厌烦,浪费你的时间……只要偶尔谈几分钟就行了……"

"我可以到你那边去,"克利斯朵夫说。

"我不要你上我家去。我更喜欢在你这儿谈……"

可是她许久没有来。

有天晚上,他无意中知道她病得很重,已经停演了几星期,便不管她从前阻拦的话,径自跑去看她。人家回答说她不见客;但里头知道了他的名字,又把他从楼梯上叫回去。她躺在床上,病好些了;她害了肺炎,模样有了相当的改变,但始终保持着那副嘲弄的神气和锐利的目光。她见到克利斯朵夫,心里真的很高兴,要他坐在床边,用着满不在乎的游戏态度谈到自己,说她差点儿死去。他听着脸色变了。她却取笑他。他埋怨她不早通知他。

"通知你要你来吗?那才不呢!"

"我相信你连想也没想到我。"

"那就是你的运气了,"她又俏皮又悲哀地笑着说,"我病中从来没想到你。只是今天刚想到。得了吧,你别难过。我闹病的时候谁都不想的。我只要求人家一件事,就是让我清静。我把鼻子朝着墙等着,愿意孤零零地死掉。"

"自个儿痛苦究竟是不好受的。"

"我惯了。我受过多少年的磨折,没有一个人来帮助我,现在已经成了习惯。而且这样倒更好。你倒了霉,谁都是无能为力的,不过在屋子里闹些声音,给你一些不识趣的关切,虚情假意的叹息一阵……我宁可一个人清清静静地死。"

"你倒很能够隐忍!"

"隐忍?我简直不知道这个字是什么意思。我只是咬紧牙关,恨那个使我痛苦的病。"

他问是不是没有人来看她,关心她。她说戏院里的同事都是些好人,——是些糊涂蛋,——对她很殷勤,很好,虽然是浮表的。

"倒是我,告诉你,倒是我不愿意见他们。我是一个不容易相交的人。"

"我可不怕。"他说。

她带着可怜他的神气望着他:"你!你也会说这种话吗?"

"对不起,对不起……天哪!我竟变成了巴黎人!……惭愧惭愧……我敢打赌,我说的话简直想都没想过……"

他把脸蒙在被单里。她不由得大声笑了出来,在他头上轻轻地拍了一下:"啊!这话可不是巴黎人说的了!还好!我又认出你的本来面目了。好,把头抬起来。别哭湿了我的被单。"

"那么你原谅我了?"

"当然。甭提啦。"

她又和他谈了一会儿,问他做些什么,随后她累了,厌烦了,就把他打发走。

她约他下星期再来。到期正要出门,他忽然接到她的电报,叫他别去,她正逢着心情恶劣的日子。——后来,过了一天,她又通知他去了。她差不多已经痊愈,靠窗躺着。那是初春时节,天上照着晴朗的太阳,树木抽着嫩芽。他从来没看见她这样亲切这样温和。她说前天连一个人都不能见:便是克利斯朵夫也要跟别人一样受她厌恶。

"那么今天呢?"

"今天,我觉得自己年轻,新鲜,对周围一切年轻和新鲜的人——比如你,——都有好感。"

"可是我已经不年轻不新鲜了。"

"你到死都是的。"

他们谈着他在别后所做的事,谈着她不久又要去登台的戏院,说到这儿,她告诉他对于戏剧的意见,她厌恶它,又舍不得它。

她不愿意他再上她家里来,答应以后继续去探望他,可是怕打搅他。他把比较不会妨害他工作的时间告诉她,约定一种暗号,教她用某种方式敲门,他随着自己的心绪而决定开或不开……

她绝对不滥用这种约会。可是有一次她去赴一个晚会担任诗歌朗诵,忽而临时不得劲了,半路上打电话推辞掉,转车到克利斯朵夫寓所来。她原本只想跟他招呼一下就走的。可是那晚上她居然把一生的历史统统说了出来。

悲惨的童年:她从来不知道谁是她的父亲。母亲在法国北部某城的近郊,开着一所声名狼藉的小客店;许多赶车的跑来喝酒,跟女店主睡觉,同时还虐待她。其中有一个跟她结了婚,因为她有几个钱;他常常酗酒,打老婆。法朗梭阿士有一个姊姊在小客店里当侍女,做牛做马的辛苦到极点,还被继父当着她母亲的面奸占了,结果是害肺病死的。法朗梭阿士从小挨着拳头,看尽了下流无耻的事。她皮肤苍白,性子暴躁,沉默寡言,童年的心中火气十足,野性很厉害。她眼看母亲和姊姊忍气吞声,受尽了痛苦,耻辱,终于死掉。她可是意志倔强,不肯屈服,她是个敢于反抗的女人,受到某些羞辱的时候,神经发作起来,会对打她的人乱抓乱咬。有一回她想自杀,结果没成功:刚开始上吊已经不愿意死了,生怕真会吊死,等到她气透不过来的时候,便赶紧用抽搐的手指解开绳子,一心一意只想活了。既然不能借死亡来逃避,——(克利斯朵夫听到这里不禁悲哀地笑笑,想到自己的同样的经历),——她就发誓要出人头地,要自由,要有钱,把一切压迫她的人都打倒在脚下。有一晚她在小房间里听见那男的在隔壁咒骂,被他殴打的母亲叫着嚷着,被他凌辱的姊姊哭着,她便暗暗发下这个愿。她觉得自己多可怜,发了这个愿,心里才松动些。她咬紧牙齿想道:"我要把你们一齐打死。"

在这个黯淡的童年只有一线光明:有一天,一个和她常在小沟边上玩儿的孩子,因为父亲是戏院里的门房,便带她冒着禁令去看了一次排戏。他们在黑暗里躲在戏池的最里头。舞台上神秘的景致,在黑暗中愈加显得光华灿烂,那些人说的美妙而不可解的话,女演员那副王后一般的神气,——她的确在一出浪漫派的音乐话剧中串演王后,——把她看呆了。她紧张得浑身冰冷,心跳得很厉害……"对啦,对啦,要做个这样的人才好呢!……噢!要是办得到的话……"——等到排演完了,她无论如何要看一看晚上的公演。她假装跟着同伴一起出去,却又偷偷地溜回来躲在戏院里,伏在凳子底下,在灰尘中捱了三小时。戏快要开场,观众已经来了,她正想从躲的地方钻出来,不料被人当场捉住,大受羞辱,结果被押送回家,又挨了一顿打。那一晚要不是已经知道她将来能够对这些恶徒报复的话,她一定会自杀的了。

她打定了主意,投到一般演员们寄宿的剧场旅馆去当侍女。她字也没识多少,写也不大会写,一本书也没看过,也没有一本书可看。但她愿意学习,发愤用功,在客人房中偷了书,拿来在月夜或是黎明的时候读,免得耗费灯烛。因为演员们生活毫无规律,她这种偷窃的行为很久没有被发觉:至多是失主发一阵脾气了事。并且她把书看过了也还给他们,——可不是完璧:因为她把喜欢的几页撕了下来。书拿回去总是塞在床底下或是家具底下,让失主发现的时候以为从来没出过房间。她常常把耳朵贴在门上,偷听演员们念台词。随后她自个儿在走廊里轻轻地学着他们的声调,做着手势。人家撞见了,便拿她取笑一阵,羞辱一阵。她只得气愤愤的不作声。——这种方式的教育可以长久继续下去,要不是她有一次偷了一个演员的脚本的话。失主大发雷霆,因为除了她,谁也没进过他的卧室,就咬定是她偷的。她拼命抵赖;演员说要叫人搜查,她便吓坏了,立刻扑在地下招认了,同时也招认了别的窃案和撕掉的书页。他大骂了一顿,但他的心地不像外表那样凶。他追究她为什么要干这些事,一听到她说要做一个女戏子,不由得哈哈大笑,随后又仔细问她,她把记得烂熟的脚本背了好几页,他非常奇怪,问道:"喂,你说,要不要我教你?"

她快活极了,吻着他的手。

"啊!"她打断了话和克利斯朵夫说,"那时我心里多喜欢他啊!"

不料那家伙立刻补上一句:"可是,孩子,你知道,什么都要付代价的……"

那时她还是个处女,人家对她的袭击,她一向是拿出蛮劲来躲过的。这种野人似的贞操,对不洁的行为,对没有爱情的性欲的厌恶,是从小就有的,是家里那些悲惨的景象感应她的;她至今还保持这种性格,——可是,唉!她受到多少惨酷的惩罚!……命运弄人,竟然到这个地步!……

"那么你答应他了?"克利斯朵夫问。

"啊!那时倘若能跳出他的魔掌,我连跳到火里都愿意!可是他恐吓说要把我当贼一样送去法办。我无路可走。——这样我就投进了艺术……投进了人生。"

"那该死的混蛋!"克利斯朵夫嚷着。

"是的,我当然恨他。但从此以后,我见得多了,他还不算是顶坏的呢。至少他对我没失信,把他所知道的——(也并不多!)——一套本领教给我。他介绍我进了剧团。我先得侍候大家,替每个人当差,串戏也只串跑龙套。后来,有一晚,扮侍从的女角儿病了,人家临时把我补上去。从此我就当上了这个角儿。大家认为我要不得,滑稽可笑。那时我长得很丑。我始终是丑的,直到有一天人家忽然认为我是奇特的,理想的女人……嘿!那些混蛋!——我的演技被认为一点儿不照规矩,荒唐胡闹。看客不赏识我,同伴们取笑我。但人家始终把我留着,因为我究竟还有点儿用处,而且薪水很低。不但薪水很低,还得给人代价。每学一点儿东西,每次的升级,都要用肉体去报酬。同伴、经理、戏子捐客、戏子捐客的朋友……"

她不出声了,脸色发白,咬着牙齿,睁着恶狠狠的眼睛,但你可以咂摸到她心中流着血泪。一刹那,她又看到了当年那些耻辱,和支持她的那股非战胜不可的强烈的意志;每经历一次新的污辱,她的意志就锻炼得更加坚强。她很希望死;但就在这些屈辱中间倒下去是太可怕了。要是在以前自杀倒还罢了。要不然等胜利以后也行。可是在已经堕入泥潭而还毫无取偿的时候死掉,未免……

她半天不作声。克利斯朵夫气愤至极,在屋子里来回走着。他恨不得把磨难这女子、污辱这女子的那些男人一齐打死。然后他不胜怜悯地望着她,站在她前面,捧着她的头,扶着她的前额,亲热地抱着,叫了声:"可怜的孩子!"

她挣扎了一下。他说:"别怕,我很喜欢你。"

于是眼泪在法朗梭阿士惨白的脸上淌下来了。他跪在旁边,吻着她美丽的细长的手,任两颗泪珠掉在上面。

随后他重新坐下。她也定了定神,很安静的继续讲她的身世。

终于有个作家把她捧了出来。他在这个古怪的女人身上发现有魔性,有天才,认为她是一个"戏剧的典型,代表时代的新女性"。自然,在那么许多人之后,他也把她占有了。而她在那么许多人之后也让他占有了,不但毫无爱情,甚至还有跟爱相反的情绪。可是他成就了她的名气,她也成就了他的名气。

"现在,"克利斯朵夫说,"人家对你可没办法了,轮到你来随心所欲地支配他们了。"

"你以为是这样吗?"她辛酸地回答。

于是她又讲起另外一件被命运捉弄的事。——她对一个自己瞧不起的坏蛋产生了热情:他是个文人,拿她最痛苦的秘密作了写文章的材料,然后把她丢了。

"我瞧不起他,把他看作跟我脚底下的泥巴一样。可是我爱他,只要他叫一声,我就会跑去向这个该死的家伙低头;想到这点,我气坏了。可是有什么办法?我的心永远不爱我的理智所喜欢的对象。感情和理性,两者必有一个受委屈。我有一颗心。我也有一个肉体。它们叫着,嚷着,都要求满足。我又没有制服它们的武器,我没有信仰,我是自由的……哼,自由!老做着我的心和肉体的奴隶,它们要这个要那个,往往都是我不愿意要的。它们使我屈服,我只觉得惭愧。可是怎么办呢?……"

她停了一会儿,呆呆地用钳子拨着火灰,然后又说:"我看到书上说做戏子的人是麻木不仁的。事实上,我所见到的那一批,的确是虚荣的大孩子,除了些争面子的小问题,什么思想都没有。我不知道他们和我,究竟谁才是真正的戏子。我相信决不是我。总之我替他们付了代价。"

她打住了话头,时间已经到了夜里三点。她站起身子想走。克利斯朵夫劝她等天亮再回去,姑且在床上躺一躺。她却宁可坐在熄灭的壁炉旁边,继续在寂静无声的屋子里谈话。

"你明天会累的。"

"我惯了。可是你呢……明儿有事吗?"

"我是闲人。要十一点才替一个学生上课呢……并且我身体很棒。"

"那就更需要睡觉了。"

"是的,我睡得像死人一样。无论什么痛苦都抵抗不了瞌睡。有时我恨透了。糟掉了多少光阴!……偶尔熬上一夜,对睡眠报复报复,我倒是挺高兴的。"

他们继续轻轻地谈着,中间隔着长时间的静默。克利斯朵夫睡着了。法朗梭阿士看着笑笑,扶着他的头不让它倒下来……她胡思乱想,靠窗坐着,望着漆黑的园子,园子不久也亮起来了。七点左右,她轻轻唤醒了克利斯朵夫,和他道别。

在同一个月里,她又来了一回,恰好克利斯朵夫不在家,门关着。以后克利斯朵夫把公寓的钥匙交给她,让她能随时进去。果然,好几次克利斯朵夫都出去了,她在桌上留下一小束紫罗兰,或是在纸上写几个字,涂几笔速写,漫画——表示她来过了。

一天晚上,她从戏院出来,到克利斯朵夫家谈天。她发现他在工作,两人谈了几句,就发觉彼此都没有上回那样的兴致。她想走,可是太晚了。并非克利斯朵夫阻止她,而是她自己的意志不允许她再走。于是他们留着,都动了欲念。

他们便互相占有了。

这一夜以后,有好几个星期不见她的踪迹。他久已麻木的欲火被她在那一夜挑了起来,竟少不了她了。她不准他到她家里,他便上戏院去,躲在最后几行的位置上,心里又是爱,又是冲动,浑身打战。她演戏的时候所发泄的悲壮热烈的情绪,使他跟她一样的筋疲力尽。他终于写信给她:

"朋友,你恨我吗?要是我使你不快,还得请你原谅。"

一看到这种谦卑的话,她立刻跑来扑在他怀里,说:

"大家简简单单地做个好朋友倒是更好。但既然不可能,也用不着勉强挣扎了。咱们听其自然吧!"

他们过着共同生活,可是并不住在一起,各人保持各人的自由。法朗梭阿士不可能和克利斯朵夫过有规律的同居生活,她的地位也不容许。只能由她到克利斯朵夫家里来,或是白天,或是黑夜,和他消磨几个钟点,但每天都回家去过夜。

在戏院停演的暑假中,他们在巴黎郊外,靠叶弗那边租了一所屋子。虽然不免有些凄凉忧郁的时间,他们的确过了些快乐的日子,心心相印和刻苦用功的日子。他们有一间精美的光线很好的卧室,居高临下,一望无际,眼底尽是碧绿的田垄。夜里,他们在床上可以从窗内望见奇奇怪怪的云影,在阴沉黯淡的天空驰骋。他们互相抱着,在半睡半醒的状态中听着蟋蟀的欢唱,听着雷雨的声音和泥土的呼吸,——金银树,仙人草,蔓藤,割下的干草的气味,——透到屋子里来,透入他们的身体。黑夜那么寂静。两人睡得那么甜。万籁俱寂。远处几声狗吠,几声鸡鸣。晨光透露了。在灰暗寒冷的晓色中,远钟传来早祷的声音,使身体躺在温暖的床上打着寒战,彼此靠得更紧了。群鸟在爬墙的蔓藤上醒来,叽叽喳喳地聒噪。克利斯朵夫睁开眼睛,屏着气,抱着一腔柔情看着身旁这个朋友的可爱的脸,看着她在爱情激动过后的惨白的颜色……

他们的爱不是自私的情欲,而是肉体也要求参与一份的深刻的友谊。他们不相妨碍,各做各的工作。克利斯朵夫的天才、慈悲、人格,都是法朗梭阿士非常重视的。在某些事情上她觉得自己比他年长,因此感到一种母性的快乐。她很抱憾一点儿不懂他所弹的东西:她不能领会音乐,除非在极难得的时间,才觉得有一股狂野的情绪把她控制了,但那种情绪还不是直接从音乐来的,而是由于她当时感染的热情,由于她和她周围的一切、风景、人物、颜色、声音,都感染到的那股热情。但她在这个莫名其妙的神秘的语言中,同样能感觉到克利斯朵夫的才气。仿佛看着一个伟大的演员讲着外国语做戏,她自己的性灵也被鼓动起来了。至于克利斯朵夫,他创造一件作品的时候,往往把思想与热情都寄托在这个女子身上,看到这些思想与热情比在自己心中更美。跟一个这样女性、这样软弱、这样善心、这样残忍,而有时还有天才的光芒闪耀的灵魂,心心相印的结果,简直有种估计不尽的富藏。

她教了他许多关于人生和人的知识，——关于他不大认识而为她清明的目光判断得很尖刻的女人的事。他尤其靠了她而对于戏剧有了进一步的认识；她使他深深体味到这个一切艺术中最完美、最朴实、最丰满的艺术的精神。他这才知道戏剧是创造梦境的最奇妙的工具，她告诉他不应该为自己一人写作，像他现在这种倾向，——（那是多少艺术家都免不了的，他们学着贝多芬的样子，不肯"在有灵感的时候为一张该死的提琴写作"。）——可是为了某一个舞台而写作，让自己的思想去适应某几个演员：一个伟大的诗剧作家也不以为羞，不觉得这种办法会把自己变得渺小；因为他知道，倘若幻想是美的，那么实现这幻想当然是伟大的。戏剧像壁画，一样是最严格的艺术，——是活的艺术。

法朗梭阿士所表现的这些思想，正和克利斯朵夫的思想符合。他那时在艺术生涯中所到达的阶段，正倾向于一种和人类沟通的集体艺术。法朗梭阿士的经验，使他体会到群众与演员之间的神秘的合作。法朗梭阿士虽然那么现实，毫无自欺欺人的幻象，也感觉到那种互相感应的力，把演员和群众联系起来的共鸣的电波，她咂摸到一个演员的声音便是无声无息的千万人的心声。当然，这种感觉是间歇的，极难得的，从来不会在同一出戏同一个段落上再现。其余的时间，只有演员个人的没有灵魂的演技，巧妙而无热情的呆板功夫。但值得重视的就是例外的情形：那时仿佛电光一闪，刹那间照出了深渊，照出了由一个人来表白而实际是千百万人的共同的灵魂。

大艺术家的责任就在于把这共同灵魂具体表现出来。他的理想应当像希腊古时代的诗人一样，先摆脱了自我，然后把那股吹遍人间的集体的热情放入心中。法朗梭阿士尤其渴望这一点，因为她没法达到这个无我之境，老是要表现自己。——一百五十年以来，个人抒情主义过分地发展，已经到了病态的程度。一个人想求精神上的伟大，必须多感觉，多控制，说话要简洁，思想要含蓄，绝对不铺张，只用一瞥一视，一言半语来表现，不像儿童那样夸大，也不像女人那样流露感情；应当为听了半个字就能领悟的人说话，为男人说话。现代音乐唠叨不已地讲着自己,遇到无论什么人都倾箱倒箧地说心腹话,这是没有廉耻,不登大雅之堂的。那颇像某些病人,津津有味地对旁人讲着自己的病症,把可厌可笑的细节描摹得淋漓尽致。法朗梭阿士虽非音乐家,也感觉到音乐像寄生虫般侵害诗歌的情形是种颓废的象征。克利斯朵夫先是否认,但细细想了想,觉得这说法也许有一部分是对的。根据歌德的诗谱成的第一批德国歌谣是朴素的,准确的,不久,舒伯特就掺入他罗曼蒂克的感伤性;舒曼又加上他小姑娘式的多愁善感;到了沃尔夫竟变作一种特别加强的朗诵,毫无含蓄的分析,非把灵魂赤裸裸地暴露不可了。凡是遮盖神秘的心灵的幕都被撕掉了。

克利斯朵夫对这种艺术有点儿惭愧,觉得自己也感染了。他当然不愿意复古,——(那是荒唐的,违反自然的),——可是他挑出几个把思想表现得特别含蓄,具有集体艺术意识的大师,让自己熏陶一下:他重新浏览亨德尔的作品,——亨德尔因为厌恶德国民族的禁欲主义的宗教,特意把圣乐写成史诗一般,替平民写作平民歌谣。现在的困难是要找出能唤醒现代民众的情绪,像亨德尔时代的圣经那样的题材。今日的欧罗巴没有一部共同的经典了:没有一首诗,没有一节祷词,没有一种信仰,可以说是属于大众的。这是今日所有的文人,艺术家,思想家的耻辱!为了大众而写作,为了大众而思想的人一个都没有。只有贝多芬留下几页安慰心灵的福音书;但这几页只有音乐家能够读,大多数人是永远听不到的。瓦格纳曾经想在拜罗伊特的山岗上建立一种联合全人类的宗教艺术。但他伟大的心灵已经染上当时的颓废音乐与颓废思想的污点:来到这神圣的高岗上的已非迦里里的渔夫,而是一批法利赛人了。①

克利斯朵夫对自己应当做的工作看得很清楚;但他缺少一个诗人,只能靠自己,以音乐为限。而音乐,虽然大家认为是普遍的语言,究竟不是普遍的:应当要拿文字来做一张弓,才能把声音射到大众的

---

① 按耶稣少年时代曾在迦里里传道,劝说渔夫:"来跟从我,我要叫你们得人如得鱼一样。"法利赛人原为古犹太民族中的一种,后移用为伪君子的同义词。

心里去。

　　克利斯朵夫计划写一组以日常生活为根据的交响曲。他假想一阕《家庭交响曲》,可不是理查德·施特劳斯式的①,并不把家庭生活用一幅电影式的图画来表现,并不用一些传统的字母,以音乐的辞藻依着作者的意志来表现各种人物。那是对位学者的迂腐而幼稚的玩意儿!……他不预备描写人物或动作,而是要说出每个人都熟悉的,都能在自己心中觅得回声的情感。第一章,表现一对青年夫妇严肃而天真的幸福,温柔的感情和对于前途的信心。第二章是哭一个亡儿的挽歌。克利斯朵夫表现痛苦的时候竭力避免写实;没有什么个人的面貌,只有一片无边的苦难,——你的,我的,一切人的苦难,也许就是谁都逃不了的命运。因死亡而沮丧的心灵,痛苦地挣扎着,慢慢地振作起来,把它的苦难作为奉献给神明的牺牲。紧接第二章的乐曲,表现心灵继续前进,——是一支意志坚强的《赋格曲》,遒劲的线条与固执的节奏终于把整个人感染了,把他在斗争与血泪中拖着向前,唱着威武的进行曲,抱着百折不回的信仰。最后一章是描写人生的暮景:第一章开始时的那些主题重新出现,——依然有着动人的信心和温柔的情绪,——可是更成熟了;它们受过了磨炼,在痛苦的阴影中浮现出来,戴着光明的冠冕,向天空唱着颂歌,对无穷的生命表示虔敬与热爱。

　　克利斯朵夫也在古书中寻找简单的、有人情味的题目,能够诉之于大众的心灵的。他选择了两个:约瑟与尼奥贝。但克利斯朵夫在这儿遇到了把诗与音乐结合起来的难题。和法朗梭阿士的谈话使他又想起从前和高丽纳商量过的计划②,一种介乎吟咏歌剧与话剧之间的乐剧,——以自由的语言与自由的音乐结合起来的艺术,——那是今日没有一个艺术家想到的,也是被浸淫于瓦格纳传统的,墨守旧法的批评家取笑的艺术。但这的确是崭新的事业,因为要点并不在追随贝

---

① 德国现代音乐家理查德·施特劳斯作有《家庭交响曲》。
② 参阅卷四:《反抗》。——原注

多芬,韦伯,舒曼,比才之后,虽然他们在音乐话剧方面都很有成就;也并不在把某种朗诵配合某种音乐,竭力用颤音为粗俗的群众制造粗俗的效果;而是在于创造一种新的体裁,使歌唱的声音和近于这些声音的乐器结合起来,把音乐的幻想与嗟叹的回声羼和在优美和谐的诗句中间。这样的形式只能适用于某些有限的题材,适用于心灵的某些特殊的时间,适用于亲切的默省的境界:唯有这样才能给人一种诗的韵味。没有一种艺术比这个更含蓄更贵族化了。所以在艺术家们自命不凡而实际全是鄙俗的暴发户时代,这种艺术很少有发展的机会。

或许克利斯朵夫也不比别人更适合于这种艺术;他的长处,他的平民式的力,就是极大的障碍。他只能想象到这种艺术,同时靠了法朗梭阿士的助力,作出一些略具雏型的样品。

他用这种方法把《圣经》上的文字谱成音乐,差不多是逐字移译,——例如约瑟和他的兄弟们重新相聚的那个不朽的故事,约瑟试过了多少方法以后,才那么感动的,那么轻轻的,说出几句使老年的托尔斯泰为之落泪的话:

"我忍不住了……告诉你们,我是约瑟;父亲还活着吗?我是你们的兄弟,你们失掉了的兄弟……我是约瑟……"[1]

这个美妙而自由的结合没法持久。他们在一起固然有些生活极丰满的时间,但性格相差太远了。双方性子都很暴躁,时常会发生冲突,可不是为了琐碎无聊的事:因为克利斯朵夫素来敬重法朗梭阿士。而可能很残酷的法朗梭阿士,对于一片好心待她的人也报以一片好心,无论如何不愿意伤害他。并且他们生性都很快活。她常常嘲笑自己,但照旧很痛苦:因为从前的热情始终占据着她的心灵,她还想着她所爱的那个坏蛋;这种割舍不掉的情形使她感到羞辱,更受不了被克利斯朵夫猜疑到这桩心事。

---

[1] 《旧约》载:约瑟为雅各之子,希伯来的族长,幼年被兄弟卖往埃及,后为埃及行政长官,终回希伯来与父亲兄弟团聚。

克利斯朵夫看见她默不作声，浑身紧张，成天在郁闷中发呆，便奇怪她为什么不快乐。现在她不是已经达到目的，成为众人景仰的大艺术家了吗？……

"是的，"她说，"可怜我不像那般女戏子，没有那种老板娘式的心思，把做戏看成做买卖。这等人一朝爬到相当的地位，嫁了个有钱的布尔乔亚，并且登峰造极，拿到一颗勋章的时候，当然心满意足了。我，我所要的可不止这些。只要一个人不是傻瓜，成名比不成名显得更空虚。这一点你是应该知道的！"

"我知道，"克利斯朵夫说，"啊！天！我小时候理想的光荣绝对不是这样的。那时我对它多么热望！它在我眼里显得多光明！我远远地膜拜它，把它当作神圣的东西；哪知道实际上完全不是这么回事……可是没关系！你出了名也有一种奇妙的后果，就是能给人好处。"

"什么好处？胜利固然胜利了。可是有什么用？一切还是照旧。戏院，音乐会，还不是跟从前一样？不过是一个新的潮流代替了旧的潮流。他们不了解你，或者是走马看花地瞅你一下；而他们已经心不在焉，想旁的事了……便是你自己，你是不是了解别的艺术家？至少你没有被别的艺术家了解。你最爱的人也和你离得多远！你忘了你和托尔斯泰那回事吗？……"

克利斯朵夫曾经写信给托尔斯泰；他对他的著作十分佩服，想把他一个通俗的短篇谱成音乐，请求他的许可，同时把自己的歌集寄给他。托尔斯泰没有答复，正如舒伯特与柏辽兹把杰作寄给歌德的结果一样。他叫人把克利斯朵夫的音乐奏了一遍，完全不懂，非常气恼。他认为贝多芬是颓废的，莎士比亚是江湖派。反之，他倒醉心于虚伪矫饰的小作家，认为《一个侍女的忏悔录》极有基督教精神。

"大人物是用不到我们的，"克利斯朵夫说，"我们应该想到别人。"

"别人？谁？布尔乔亚的群众，那些行尸走肉似的影子吗？为这些人写作,表演吗?为他们而虚度一生,那才惨呢!"

"对!我对他们的看法也和你一样,可并不丧气。他们不见得坏到哪里去!"

"你真是个乐天的德国人!"

"他们也是像我一样的人,为什么不能了解我呢?……而他们不了解我的时候,难道我就为之发愁吗?在这些成千上万的人中间,总有一两个赞成我的……这就得啦,只要一扇天窗就能呼吸到外边的空气……你得想到那些天真的看客,那些少年,那纯朴的老人,为你悲壮的美把他们从平庸的日子里超度出来的人。你得回想一下你自己小时候的情形!把人家从前给你的好处和快乐转给别人,——哪怕只给一个人也是好的。"

"你以为真的有人会领情吗?我简直不敢相信……那些爱我们的人,其中最优秀的分子是怎样爱我们的?怎样看我们的?连会不会看都成问题。他们用着使我们屈辱的方式赞美我们;他们看到无论哪个江湖派的戏子,还不是感到同样的兴趣!他们把我们归在我们瞧不起的傻子行列。凡是走红的人,在他们眼里都是平等的。"

"可是,的确是最伟大的才能传到后世,成为最伟大的人。"

"那只是距离的作用。你离得越远,山显得越高。山的高度固然是看清楚了,可是你和它离得更远了……而且谁能说这些的确是最伟大的呢?凡是默默无闻的古人,你认得吗?"

"管他!"克利斯朵夫说,"即使连一个人也感觉不到我是怎么样的人,我却还是我。我有我的音乐,我爱它,我相信它;它比一切都更真。"

"在你的艺术里你是自由的,你可以为所欲为。可是我,又怎么办呢?我不得不扮演人家要我扮演的东西,一演再演,演到你心头作恶。美国有些演员把《里普》或《罗伯特·玛凯尔》①上演到一万次,一辈子

---

① 《里普》为一喜歌剧,故事见华盛顿·欧文短篇名著《里普大梦》。《罗伯特·玛凯尔》为十九世纪风行一时的喜剧,剧中人罗伯特·玛凯尔为荒淫无耻的小人典型。

倒有二十五年搬弄着一个无聊的角色。我们在法国虽还没到这个做牛马的地步,可是也走上这条路。可怜的戏剧!群众所能容忍的天才只是极小量的,修正剪裁过的,洒着时兴的香水的……一个"时髦的天才"!不教你作呕吗?……浪费的精力不知有多少!你瞧人家怎么对付穆内的?他一辈子有什么东西可演?只有两三个人物是值得久存的:一个奥狄泼,一个卜里安克德。其余尽是无聊的东西!可是你想想吧,他可能创造出多伟大多了不起的角色!……在法国以外,情形也不见得更好。人家把杜斯①怎样安排的?她的生命是为了什么消耗的?为了多少无聊的角儿!"

"你真正的任务,是强迫社会接受强有力的艺术品。"

"白费心血,而且不值得。只要这些强有力的作品一上舞台,就会失去诗意,变成谎言。群众的气息把它摧残了。窒息臭秽的城里的群众,已经不知道什么叫作野外,什么叫作大自然,什么叫作健全的诗意,它需要一种像我们的脸一样褪色的诗。——啊!而且……而且……即使会成功的话,也不能充实生命,不能充实我的生命……"

"你还想着他。"

"想谁?"

"那个坏蛋喽。"

"是的。"

"如果你跟那家伙在一起,如果他爱你,你也得承认你决不会快乐,你还是会自寻烦恼的。"

"不错……唉!我自己也弄不明白……过去的生活需要我奋斗的地方太多了,我受的折磨太厉害了,再也恢复不了平静的心境,我心里老是烦恼,骚动……"

"那是你没受过折磨以前早有的。"

"也许是吧……不错,我小时候就有烦恼。"

---

① 杜斯(1859—1924)为意大利有名的女演员。

"那么你究竟要些什么呢?"

"我怎么说得清?我要的不是我的力量所能做到的。"

"我知道这种境界,"克利斯朵夫说,"我少年时代也是这样的。"

"可是你已经成人了。我却永远是少年,根本是个不完全的人。"

"没有一个人是完全的。所谓幸福,是在于认清一个人的限度而安于这个限度。"

"那对我是不可能了。我已经越出界限。生活逼着我,糟蹋我,把我变成残废了。可是我觉得自己很可能成为一个正常的,又健康又美丽的女子,不至于像那些糊里糊涂的人一样。"

"你还是能够啊。我看你现在多好!"

"告诉我,你把我看作怎么样的人?"

他假定她是在自然与和谐的情形之下发展起来的,非常快乐,爱着人家,也受到人家的爱。她听着心里很舒服,可是过后又说:"现在不可能了。"

"那么你应当像老亨德尔双目失明的时候那样对自己说。"

他又在琴上弹给她听。她把他拥抱了,拥抱她亲爱的疯癫的乐天主义者。他给她安慰;她可给他苦恼,至少是怕要使他苦恼。她常常像发病一样地受到绝望的侵袭,又没法瞒着他;爱情使她变得软弱了。夜里,两人躺在床上,她悄悄地熬着痛苦的时候,他猜到了,要求这个似近而实远的朋友把压着她的重担分一些给他;于是她忍不住了,扑在他怀里,一边哭着一边说出心里的话;克利斯朵夫整夜地安慰她,很有耐性,一点儿都不生气。可是日子一久,这种无穷尽的烦恼势必要打击他。法朗梭阿士唯恐他传染到自己的骚乱。她太爱他了,决不能让他为了自己受苦。有人请她到美国去登台;她答应了,借此强迫自己动身。她和他分手,使他心里非常屈辱。而她自己也有同样的感觉。可叹两个人竟不能使彼此幸福!

"可怜的朋友,"她又悲哀又温柔地笑着说,"咱们真不高明!将来我们永远没有这样美妙的机会,永远找不到这样的友谊了。可是没有办法,没有办法。咱们太蠢了!……"

他们互相望着,垂头丧气,难过到极点,为了免得哭而笑着,拥抱着,分别了,眼中含着泪。他们从来没像分别的时候那么相爱。

她动身以后,他又回到他的老伙伴——艺术中去……噢!群星密布,天上是一片和平!……

隔不多时,克利斯朵夫接到雅葛丽纳的一封信。她写信给他,这还不过是第三次;信中的语气和她以往的大不相同。她表示因为不再见到他而非常遗憾,很亲热地要他去,倘若他不愿意使两位爱他的朋友伤心的话。克利斯朵夫快活极了,但并不奇怪。他早就料到,雅葛丽纳对待他的不公平的态度不会永远继续下去的。他喜欢念着老祖父的一句取笑的话:"女人早晚必有些心地善良的时间,只要你耐心等待。"

因此他就回到奥里维那边去,他们见到他表示非常快慰。雅葛丽纳特别殷勤,把她素来刻薄的口吻也藏起来了,绝口不说足以伤害克利斯朵夫的话,她关心他的工作,很有见地的谈到一些严肃的问题。克利斯朵夫以为她改变了。其实她的改变仅仅是为讨他喜欢。雅葛丽纳听人提起克利斯朵夫和时髦女戏子的恋爱,——那是已经传遍巴黎的新闻,——不禁对克利斯朵夫有了好奇心,另眼相看了。她这一回久别重逢之下,觉得他果然比从前可爱得多,连他的缺点也不无魅力。她发现克利斯朵夫有天才,应当叫他爱上自己才好。

青年夫妇的生活情况并没好转,甚至更坏。雅葛丽纳烦闷得要死……女人是多么孤独啊!除了孩子以外,什么都牵不住她;而孩子也不足以永远牵住她:因为倘若她不但是个女人,而且是个十足地道的女性,有着丰富的灵魂而对生活苛求的话,她就天生地需要做许多事情,而那是没有人家帮忙,不能单独完成的!……男人可没有这样孤独,哪怕在最孤独的时候也到不了女人那个地步。他心里的自言自语就足够点缀他的沙漠；而倘若他和另外一个人一起孤独的话，他就更加能适应，因为他更不注意孤独，而老是自言自语了。他想不到自己若无其事地在沙漠中自个儿说话，使身边的女人觉得她的静默更残酷，她的沙漠更可怕，因为对于她，一切的语言都已经死了，爱情也不能使它再生了。他没注意到这一点；他不像女人一样把整个生活孤注一掷地放在爱情上面，他还关心地旁的事……但谁去关心女人们的生活和无穷的欲望呢？这些亿兆的生灵，怀着一股热烈的力量，自从有人类起，四千年来老是毫无结果地燃烧着，把自己奉献给两个偶像：爱情与母性，——而母性这个崇高的骗局，对千千万万的女人还靳而不与，对另一部分的女子不过是充实了她们几年的生命……

雅葛丽纳在失望中煎熬。她有时感到恐怖，好比有把刀直刺她的心窝。她想：

"我为什么活着呢？我为什么要生在世界上呢？"

这样她就悲痛到极点。

"天哪！我要死了！天哪！我要死了！"

这个念头常常在夜里跟她缠绕不休。她梦见自己说着："今年是一八八九年。"

"不，"有人回答她，"是一九〇九年。"

她想到实际的年龄比自己想象的大了二十岁，非常难过。

"生命快完了，我还没有生活过！我这二十年是怎么过的？我把自己的生命怎么搞的？"

她梦见自己变了四个小姑娘，住在同一间房里，分床睡着。四个都是同样的身材，同样的脸，一个八岁，一个十五岁，一个二十岁，一个三十岁。三个都染了时疫死了。第四个在镜子里照着，突然害怕起来；她看到自己的鼻子瘦下去了，脸拉长了……她也要死了，——一切都完了……

"……我把自己的生命怎么搞的？……"

她流着泪醒来；噩梦并不因白天的来到而消失，白天就是噩梦。

她把她的生命怎么搞的？谁把它糟蹋了？……她开始恨奥里维了,拿他当作无邪的共谋犯——(无邪也不相干,反正是害了人!)——当作压迫她的盲目的规律的共谋犯。事后她后悔,因为她心是好的;但她太痛苦了;而那个压迫她生命的人物虽则也在痛苦,她仍禁不住要使他更痛苦,作为报复。过后她更难过,厌恶自己;她觉得如果没法救出自己,那她还要增加人家的痛苦。而这救出自己的方法,她就在周围摸索寻找,好比一个淹在水里的人,不管什么都要抓住;她试着去关心一些事情,一件作品,一个人物,好让她拿来变做自己的事,自己的作品,自己的人物。她勉强再去做些文化工作,学外国语,写一篇论文,一个短篇,从事绘画、作曲……可是没用：她第一天就灰心了。觉得太难了。而且"书啊,艺术品啊,算什么呢？我还不知道是否爱它们,不知道它们究竟存在不存在……"——有些日子,她非常兴奋地和奥里维有说有笑,似乎对他所说的很热心,她想法叫自己麻醉……只是徒然：突然之间兴致没有了,心凉了,她只得躲起来,没有眼泪,没有喘息,只是垂头丧气。——她侵蚀奥里维的工作已经有几分成功。他变得怀疑,倾向于浮华了。但她并不满意,觉得他和自己一样软弱。两人几乎每天晚上都出门,她在巴黎各处交际场中厮混。谁也没想到,她那含讥带讽而精神老是紧张的笑容下面,藏着悲痛欲绝的苦闷。她想找一个能够爱她,支持她,不让她掉入深渊的人……可是找不到。她无可奈何地呼吁,毫无回响。只有一片静默。

她绝对不爱克利斯朵夫,她受不了他粗鲁的举止,令人难堪的爽直,尤其是他的淡漠无情。她绝对不爱他,但她感到他至少是强者,——是死亡上面的一块岩石。她想依附这块岩石,依附这个身在水中而头在水外的人,要不然就把他拖下水去……

而且,单使丈夫跟他的朋友分离还嫌不够,她得把那些朋友从他手里抢过来。最老实的女子有时也有一种本能逼她们尽量的,甚至于过分的施展她们的威力。这样滥用威力的结果,她们的弱点才显出力量。倘若是一个自私的,傲慢的女人,那么她会觉得窃取丈夫的朋友的友谊有种不可告人的乐趣。事情挺容易:只要丢几个眼神就够了。不管那男的老实不老实,他难得不上钩的;朋友尽管知己,尽管能够避免行动,但思想上总是已经欺骗了他的朋友。那朋友要是发觉的话,双方的友谊就完了:彼此都用另一副眼光相看了。——玩这种危险手段的女子,往往至此为止,不再有进一步的行动:她把两个友谊破裂的男人一齐抓在手里,任意摆布。

克利斯朵夫注意到雅葛丽纳的亲热,毫不惊奇。他一朝对一个人抱着好感的时候,自有一种天真的倾向,认为人家一定也会毫无作用地爱他。所以看着雅葛丽纳那么殷勤,他也表示一样的殷勤,觉得她非常可爱,跟她玩得很痛快。结果他对她观感太好了,差不多要认为奥里维的不能幸福是由于奥里维自己的笨拙。

他陪着他们坐汽车去作几天短期旅行。朗依哀家在蒲高涅乡下有一所老屋子,仅仅为了它是老家的纪念物而保存着,平时不大去住的:克利斯朵夫就在那儿做客。屋子孤零零地位于葡萄园与森林中间;内部已经破旧,窗子也关不严;到处有股霉烂的、阴凉的、被太阳晒热的树脂味。和雅葛丽纳一起过了几天之后,克利斯朵夫渐渐地感到一种甜蜜的情绪,可是精神并不骚动;他看着她,听着她,拂触到那美丽的身体,呼吸到她的气息,颇有一种无邪的,可是也带点儿肉感的快乐。奥里维稍微担着心,一声不出。他毫无猜疑的意思,但心里模模糊糊的觉得不安,而又不敢承认。他认为自己不应该这样揪心,便故意让他们常常单独在一块。雅葛丽纳看到他的心事,觉得很感动,想和他说:"喂,朋友,别难过吧。我爱的还是你啊。"

可是她并不说:他们三个人听任自己去冒险:克利斯朵夫是一无猜疑,雅葛丽纳是不知道自己有什么欲望,也就存着弄到哪儿算哪儿的心;唯独奥里维一个人有着先见之明,有着预感,但为了自尊心和爱情,不愿意去想。然而意志缄默的时候,本能就要说话了;心不在这儿的时候,肉体就要自由行动了。

一天晚上,吃过晚饭,大家觉得夜景美极了,——没有月亮,满天星斗,——都想到园中去溜溜。奥里维和克利斯朵夫已经走出屋子。雅葛丽纳上楼去拿一条围巾,好久不下来。最讨厌女人行动迟缓的克利斯朵夫,进屋去找她。——(近来他不知不觉当了丈夫的角色)。——他听见她在那边来了。但他进去的那间屋子,百叶窗统统关了,什么都瞧不见。

"喂!来吧,老是收拾不完的太太,"克利斯朵夫嘻嘻哈哈地嚷着,"你把镜子照个不停,不怕把镜子照坏吗?"

她不回答,停住了脚步。克利斯朵夫觉得她已经在屋子里,可是站着不动。

"你在哪儿啊?"他问。

她还是不作声。克利斯朵夫也不说话了,只在暗中摸索;突然他感到一阵骚动,心儿乱跳,也停了下来,听见雅葛丽纳的呼吸就在身边。他又走了一步,又停住了。他知道她就在近旁,但他不愿意再向前。静默了几秒钟。突然之间,两只手抓住了他的手,把他拉着,一张嘴贴在了他的嘴上。他把她紧紧搂着。大家没有一句话,一动也不动。——然后嘴巴离开了,彼此挣脱了。雅葛丽纳走出屋子。克利斯朵夫气喘吁吁的跟着她,两腿瑟瑟发抖。他靠着墙站了一会儿,让全身奔腾的血平静下来。终于他追上了他们。雅葛丽纳若无其事的和奥里维说着话。他们走在前面,和他相隔几步。克利斯朵夫垂头丧气的跟着。奥里维停下来等他。克利斯朵夫也跟着停下。奥里维亲热的叫他。克利斯朵夫只是不答。奥里维知道朋友的脾气和那种死不开口的脾性,也就不坚持而继续和雅葛丽纳望前走了。克利斯朵夫木头人似的随在后面,隔着十来步,像条狗一样。他们停下,他也停下。他们走,他也走。大家在园中绕了一圈,进去了。克利斯朵夫上楼去关在自己房里:不点灯,不睡觉,不思想。到了半夜,他倦极了,把手和脑袋靠在桌上,睡着了。过了一小时,他醒过来,点起蜡烛,性急慌忙的把纸张杂物都收起来,整好了衣箱,倒在床上直睡到天亮。然后他带着行李下楼,动身了。大家整天等着他,找他。雅葛丽纳面上装作

很冷淡,心里又气又恼,用一种侮辱的讥讽的神气,故意检点她的银器。直到第二天晚上,奥里维方才接到克利斯朵夫一封信:

> 好朋友,别怪我像疯子一般走了。我是疯子,你也知道的。有什么办法呢?我就是我。谢谢你亲切的招待。那真是太好了。可是你瞧,我从来不能和别人一起生活。也许我根本不配生活,我只能躲在一边,远远的爱着别人,这样比较妥当。要从近处看人,我会厌恶他们。而这是我不愿意的。我愿意爱别人,爱你们。噢!我多愿意使你们幸福。要是我能够使你们,——使你幸福,我肯牺牲我自己所能有的幸福……但这是不允许的。一个人只能为别人引路,不能代替他们走路。各人应当救出自己。救你吧!救你们罢!我多爱你!——耶南太太前乞代致意。
>
> 克利斯朵夫

"耶南太太"抿着嘴唇,念完了信,带着轻蔑的笑容冷冷地说:"那么听他的劝告。救救你自己吧。"

奥里维伸出手去想收回信来,雅葛丽纳却把信纸搓成一团,摔在地下;两颗眼泪在眼眶中涌了上来。奥里维抓着她的手,慌慌张张地问:"你怎么啦?"

"别管我!"她愤愤地叫着。

她出去了,在门口又嚷了一声:"你们这批自私的家伙!"

克利斯朵夫终于把《大日报》方面的保护人变成了仇敌。那是早在意料之中的。克利斯朵夫天生有那种为歌德所称扬的"不知感激"的德性:"不愿意表示感激的脾气是难得的,只有一般出众的人物才会有。他们出身于最贫寒的阶级,到处不得不接受人家的帮忙;而那些恩德差不多老是被施恩的人的鄙俗毒害了……"

克利斯朵夫认为不能为了人家的援助而降低自己的人格,也不能放弃自由,那跟降低人格并无分别。他要给人好处,决不自居为希望收利息的债主,而是把好处整个地送人的。他的恩主们的见解可不是这样。他们认为受恩必报是天经地义,所以克利斯朵夫不肯在报馆主办的一个含有广告性质的游艺会中,替一支荒谬的颂歌写音乐,在他们眼中简直是岂有此理。他们暗示克利斯朵夫说他行为不对。克利斯朵夫置之不理。不久他还很不客气地否认报纸所宣传的他的主张,使那些恩主们愈加恼羞成怒。

于是报纸开始用各种武器攻击他了。人们又搬出一些血口喷人的古老的武器,那是一切低能的人用来攻击一切创造者而从来杀不死一个人的,可是对于所有的糊涂蛋,的确百发百中,极有效果。他们指控克利斯朵夫的罪名是剽窃。他们割裂他的作品,取出其中的一段,再从一些无名作家的曲子里取出一段来化装一番,证明他偷了别人的灵感,说他想扼杀年轻的艺术家。这一套要是出之于一般以狂吠为职业的人,出之于爬在大人物肩上喊着"我比你更伟大"的下贱的批评家,倒还罢了;可是有才气的人也要互相倾轧,竭力叫对方受不了。他们完全不知道:世界之大尽够他们安安静静地各做各的工作,而各人为了发展自己的才能已经需要拼命地奋斗了。

德国有些嫉妒的艺术家常常把武器供给克利斯朵夫的敌人,必要的时候还能发明些武器。这种人在法国也有的是。音乐刊物上的国家主义者——其中不少是外国人,——指出克利斯朵夫出身的种族,也算是对他的一种侮辱。克利斯朵夫的名气已经不小;就因为他走红,连那些毫无成见的人看了也恼了,——其余的更不必说。在音乐会听众里面,此刻有一批上流人物和前进杂志的作家热烈拥护克利斯朵夫,不问他写什么,总一致叫好,说在他以前简直没有音乐。有几个人解释他的作品,发现其中有哲学意义,使克利斯朵夫听了吃惊。又有几个从中看到一种音乐革命,说是对于传统的攻击,不知克利斯朵夫正敬重传统。他尽管分辩也没用。大家会说他根本不知道自己写的是什么。他们这样佩服他就等于佩服他们自己。所以报纸上对克利斯朵夫的攻击,使他音乐界的同行非常痛快,因为他们相信那虚构的"谎言"是事实而表示愤慨。其实他们不爱他的音乐也用不着这些理由;自己并无思想可以表现,但照着呆板的方式把思想表现得非常流利的大多数人,一朝看到克利斯朵夫思想丰富,而凭着创造的想象力(表面上不免有点儿杂乱)表现得有些笨拙的时候,当然要恼怒了。一帮当书记的家伙,只知道所谓风格便是文社学会里的公式,只消把思想放进去,像烹饪时把食物放入模子一样:所以他们一再指责克利斯朵夫不会写作。至于他最好的一批朋友,不想了解他的,或是因为老老实实地爱他(因为他使他们幸福)而真能了解他的,都是在社会上没有发言权的无名听众。唯一能够替克利斯朵夫作强有力的答复的奥里维,和他分离了,似乎把他忘了。于是克利斯朵夫同时落在他的敌人和他的崇拜者手里;这两种人作着竞争,看谁把他损害得更厉害。他厌恶之余,绝对不加声辩。有一回他在一份大报上读到一个为大众的愚昧与宽纵所造成的艺术界权威,——一个僭越的批评家对他的宣判,他耸耸肩说:

"好吧,你批判我吧。我也批判你。一百年以后看你们投降不投降!"

可是眼前到处是对他的毁谤;而群众照例是有一句信一句,对于最荒谬最卑鄙的控诉都信以为真。

克利斯朵夫仿佛觉得自己的处境还不够困难,居然挑了这个时期跟他的出版家反目。其实他没有什么可以抱怨哀区脱的,他依次印行他的新作,跟他的交易也很诚实。固然,这种诚实并不能使他不订立对克利斯朵夫不利的契约;但这些契约他是遵守的,只嫌遵守得太严格。有一天,克利斯朵夫出乎意料地发现他的七重奏被改为四重奏,一支普通的钢琴曲被改为——而且改得很笨拙——四手的钢琴曲,事先都没通知他。他便跑去见哀区脱,把这些违法的乐谱丢在他面前,问:"你知道这个吗?"

"当然知道。"

"你竟然敢……竟然敢私自窜改我的作品,不经我的许可！……"

"什么许可?"哀区脱静静地说,"你的作品是属于我的。"

"也是属于我的！"

"不是的。"哀区脱语气很温和地说。

克利斯朵夫跳起来:"怎么,我的作品会不属于我的?"

"你把它们卖掉了。"

"你这是跟我开玩笑了！我卖给你的是纸。你要拿它去赚钱,尽管去赚吧。但写在纸上的是我的血,是属于我的。"

"你什么都卖给我了。以初版每份三十生丁计算,我已经预付你三百法郎,作为你卖绝的代价。在这种条件之下,你把作品的全部权利都让给我了,没有任何限制,也没有任何保留。"

"连毁掉它的权利也在内吗?"

哀区脱耸耸肩,按了铃,对一个职员说:"把克拉夫脱先生的案卷给拿来。"

他静静地把契约条文念给克利斯朵夫听,那是当时克利斯朵夫并没看过一遍就签了字的,——也是依照音乐出版家普通契约的规则定的:——"哀区脱君取得作家全部的权利,由哀区脱独家出版,发行,镌版,印刷,翻译,出租,出售,在音乐会、咖啡店音乐会、舞场、戏院等处演奏,加以修正,改削,以便适合任何乐器,或增加歌词,或更换题目,或……均由哀区脱君自由处理,与任何人无涉……"

"你瞧,"他说,"我还是极客气的呢。"

"不错,"克利斯朵夫说,"我得谢谢你。你还可以把我的七重奏改成咖啡店音乐会里的小调呢。"

他不作声了,狼狈不堪地用手捧着头,再三说:"我把灵魂出卖了。"

"放心吧,"哀区脱带着讥讽的口气,"我决不滥用我的权利。"

"你们的共和国竟允许有这种交易吗?你们说人是自由的。实际上你们却是在拍卖思想。"

"你已经取得了代价。"哀区脱回答。

"是的,三十生丁,"克利斯朵夫说,"拿回去吧。"

他在袋里掏着,想拿出三百法郎来还给哀区脱,可是拿不出。哀区脱微微笑着,带着轻蔑的神气。这笑容使克利斯朵夫愈加有气。

"我要我的作品,"他说,"我向你赎回来。"

"你没有赎回的权利,"哀区脱回答,"可是我素来不愿意勉强人,只要能赔偿我的损失,我答应你赎回。"

"好吧,就是为此而要把我自己卖掉也行。"

哀区脱在半个月以后提出的条件,他毫不争论地接受了。他发了傻劲,决意收回全部作品的出版权,代价是比他从前的收入多出五十倍,虽然这赔偿的数目不能说夸张:因为那是哀区脱根据实际的利润精密计算出来的。克利斯朵夫一时没法偿付,而这也早在哀区脱意料之中。他并不想打击克利斯朵夫,认为以艺术家而论,以一个普通人的人格而论,他比任何青年音乐家都值得重视;但他要给克利斯朵夫一个教训:他绝对不容许人家干涉他权利以内的行动。并且那些契约的规则不是他定的,而是当时通行的;所以他觉得很公平。此外他还真心相信,那些条文对作家的好处并不亚于对出版家,出版家更懂得推广作品的方法,不像作家那样拘泥着一些感情问题,——这种顾虑不用说是很高尚的,但究竟和他真正的利益背道而驰。他决意要叫克利斯朵夫成功,可是要照他的方式,要克利斯朵夫完全听他摆布才行。他要使克利斯朵夫感觉到,不要他帮忙也没这么容易。于是他们订立了一个协定:如果六个月以内克利斯朵夫不能赔偿损失,克利斯朵夫的作品就完全归哀区脱所有。显而易见,在那个期限之内,克利斯朵夫连这笔款子的四分之一都不见得能凑起来。

可是他一味固执,把多么可纪念的屋子退租了,另外租了一所便宜的,卖掉了好多东西,——他很奇怪地发觉竟没有一件值钱的,——借着债,求助于好心的莫克,不幸他那时贫病交加,闹着关节炎,没法出门。他又去找别的出版家,条件到处都和哀区脱的一样不公平,有的甚至还不愿意接受。

那时正碰上音乐刊物对他攻击最猛烈的时期。巴黎某一份大报对他特别凶狠，一个不署名的编辑拿他当作该打的孩子：没有一星期不在"回声"栏内写些诬蔑的文字把他形容得非常可笑。另外一个音乐批评家再来跟那位不露面的同事唱双簧：任何细微的借口都可以使他发泄一下残暴的兽性。这还不过是第一战役：他预告过几天再来一个彻底的歼灭战。他们不慌不忙，知道任何确凿的指控对群众的效果还不及反复不已的讽示，便像猫儿耍弄耗子一样耍弄克利斯朵夫，把每篇文字寄给他。他虽抱着鄙夷不屑的态度，也不免因之痛苦。然而他始终缄默，不去答复那些侮辱，——（即使他要答复，也不一定能够），——只固执着为了无益的、过分夸大的自尊心，跟他的出版家奋斗。他为此损失了时间、精力、金钱，同时又损失了他唯一的武器，因为他意气用事，不愿意让哀区脱再为他的音乐作宣传。

突然，一切改变了。报上预告的文字始终没发表。对群众的讽示也静默下来。攻击忽然停止了。不但如此，两三星期以后，那份日报的批评家还借着偶然的机会写了几行赞美的文字，似乎证实他们已经讲和了。莱比锡一个有名的出版商有信要求承印他的作品，契约的条件对作者很有利。一封盖有奥国大使馆印章的恭维信，向克利斯朵夫表示很愿意在使馆的庆祝会中演奏他的曲子。克利斯朵夫所赏识的夜莺也被请去演奏。这样以后，夜莺立刻被德意两国侨居巴黎的贵族邀请。有一回克利斯朵夫也不能不出席这一类的音乐会，居然受到大使热烈的招待。可是只谈了几句话，他就知道这位主人并不懂得音乐，对他的作品茫然无知。那么这种突如其来的好感是从何而来的呢？似乎有一个人在暗中照拂他，替他排除障碍，替他开路。克利斯朵夫探问之下，大使提到克利斯朵夫的两位朋友，说裴莱尼伯爵和伯爵夫人对他非常钦佩。克利斯朵夫连这两个姓氏都没听到过，而在他到使馆去的那晚，也没机会见到他们。他并不一定要认识他们。这个时期他对所有的人都觉得厌恶，对朋友也像对敌人一样的不信任。他

认为友和敌都同样靠不住,只要吹过一阵风,他们就会改变的;我们不应当依赖他们,而应当像那位十七世纪的名人所说的:

"上帝给了我朋友,又把他们收回去了。他们把我遗弃。我也把他们丢了,从此只字不提。"

自从他那天离开了奥里维的屋子,奥里维再没消息给他,他们之间似乎一切都完了。克利斯朵夫不想再交新朋友,以为裴莱尼伯爵夫妇也是那些自称为他的朋友的时髦人物,所以完全不想跟他们见面,反倒有心躲避他们。

不但如此,他还想躲避整个的巴黎。他需要在亲切而孤独的环境中隐遁几个星期。啊!要是他能够到故乡去静修几天的话,——只要几天就行了!这种思想慢慢地变成了一种病态的欲望。他要再见他的莱茵,他的天空,埋着他的亡人的土地。他非要重见一次不可。但那是有被捕的危险的:从他亡命以来,通缉令始终没撤销。可是他觉得,为了要回去,哪怕只是回去一天,他什么傻事都会做出来的。

幸而他和一个新的保护人提到这个心愿。德国使馆有个青年随员,在某次演奏他作品的晚会中遇到他,说他的祖国对于一个像他那样的音乐家一定是很得意的,克利斯朵夫很心酸地回答:"不错,祖国为了我得意极了,甚至于让我死在国门外面而不许我进去。"

年轻的外交官要他把原因解释了。过了几天,他去找克利斯朵夫,对他说:

"上面有人关心你。一个地位极高的人物,有权使那个通缉令暂时不生效力的人,知道了你的情形,深表同情。我不知道你的音乐怎么会使他喜欢的:因为——(我们之间不妨老实说)——他趣味并不高明,但是个聪明人,心很好。他此刻虽不能马上撤销你的通缉令,但倘若你想回去两天,看看你的家属的话,地方当局可以装聋作哑。这儿是一张护照。你到的时候跟离开的时候叫人家验一验。诸事小心,别引起人家的注意。"

克利斯朵夫又见到了一次故乡。依照人家答应的期限,他耽了两天,只跟乡土和埋在乡土里的人叙了一番旧话。他看到了母亲的坟。草长得很长,但鲜花是新近供上的;父亲跟祖父肩并肩地长眠着。他坐在他们脚下。墓背后便是围墙,高头是一株长在墙外凹陷的路上的栗树的树荫。从矮墙上望过去,可以看到金黄色的庄稼,温暖的风在上面吹起一阵柔波,太阳照着懒洋洋的土地;鹌鹑在麦田里叫,柏树在墓园上面簌簌地响。克利斯朵夫自个儿在那里出神,心非常安静:双手抱着膝盖坐着,背靠着墙垣,望着天。他把眼睛闭了一会儿。啊,一切多单纯!他仿佛就在自己家里,和亲人在一块儿。他和他们挨得很近,手握着手。这样过了几小时。傍晚,沙子铺的走道上忽然有脚步的声音。守墓的人走过,对坐在地下的克利斯朵夫望了望。克利斯朵夫问那些花是谁供的。那人回答说是蒲伊农庄上的主妇,每年总得上这儿来一二次。

"是洛金吗?"克利斯朵夫问。

他们就此攀谈起来。

"你是儿子吗?"园丁问他。

"她有三个儿子呢。"克利斯朵夫回答。

"我说的是汉堡的那一个。其余两个都没出息。"

克利斯朵夫的头微微往后仰着,一动不动,不作声了。太阳下山了。

"我要关门了。"园丁说。

克利斯朵夫站起来,和他在墓园中绕了一圈。园丁带他去看他住的地方。克利斯朵夫在那里停了一会儿,看看死者的留名。啊,多少熟人的名字都在这儿了!老于莱,——于莱的女婿,——还有他童年的伴侣,和他玩耍的小姑娘,——最后有一个名字使他心中一动:阿达!……大家都得到安息了……

晚霞如带,铺在平静的天边。克利斯朵夫走出墓园,在田野里溜达了好久。星都亮起来了……

第二天他又去,在老地方消磨了一个下午。但上一天那种恬静的心境变得活跃了。心中唱着一支无愁无虑的快乐的颂歌,他坐在墓栏上把那支歌用铅笔记在小册子上。一天又这样过去了。他觉得自己在当年的小房间里工作,妈妈就在隔壁。写完了歌,要动身的时候,——已经走了几步,——他忽然改变主意,回来把小册子藏在草里。天上滴滴答答地下了几点雨。克利斯朵夫想道:

"不久那就得化为泥土。好吧!……我这是给你一个人的,不是给别人的。"

他又看到了河,看到了熟悉的市街:情形跟从前大不同了。城门口,在废弃的濠沟的走道上,有个小小的皂角树林,他以前看着种起来的,现在占了很大的地方,把老树都挤塞了。沿着特·克里赫家花园的围墙走去,他还认得那块界碑,小时候爬在上面眺望园子的;他不胜奇怪地发现:那条街,那道墙,那个花园,都变得狭小了。在铁门前面,他停了一会儿,等到继续往前走的时候,恰好有辆车经过;他无意中抬起头来,看见一个鲜艳的,肥胖的,得意扬扬的少妇,好奇地在车中打量他。接着她惊讶地叫了一声,做了个手势叫车子停下,喊道:"是克拉夫脱先生吗?"

他停住了脚步。

她笑着说:"我是弥娜呀……"

他迎上前去,心里差不多像初次遇到她[①]的时候一样的慌乱。和她一起有位高大秃顶,胡须望上翘起的,志得意满的男子,她介绍说是"法官洪·勃龙罢哈先生,"——她的丈夫。她要克利斯朵夫到她家里去。他想法推辞。但弥娜一味嚷着:"不,不,一定要来,还得在我们家吃晚饭。"

她说话又响又急,不等克利斯朵夫问,就把自己这几年的情形统统讲了出来。克利斯朵夫被她的大声叫嚷闹昏了,只听到一半,只管

---

① 参阅卷二:《清晨》。——原注

望着她。啊,啊,这便是他的小弥娜!她长得结实,丰满,皮肤挺好,颜色像蔷薇似的,但线条全松了,尤其是那个丰腴的鼻子。姿势,态度,风韵,都和从前一样,唯有身材变了。

她老是说个不停,和克利斯朵夫讲着她过去的历史,她的私事,讲着她爱丈夫和丈夫爱她的方式。克利斯朵夫听了很窘。她却非常乐观,没有一点儿批评精神,觉得——(至少在当着别人的时候),——她的城市,她的屋子,她的家庭,都胜过别的城市,别的屋子,别的家庭。她在丈夫面前说丈夫是"她从来没有见过的最伟大的男子",在他身上有"一股超人的力量"。而那"最伟大的男人"一边笑着一边拍拍弥娜的腮帮,和克利斯朵夫说她是"一个了不得的贤惠的太太"。这位法官似乎知道克利斯朵夫的事,无法决定对他应该表示敬意还是轻蔑,既然一方面他还有旧案未了,另一方面又有大佬庇护;结果他决定参用这两种态度。弥娜可老是滔滔不绝地说着,对克利斯朵夫说了一大堆关于自己的事,又转过话题来提到他了;她问他这个那个,内容的亲密恰好像她的自白一样,因为她刚才的叙述就是对他并未提出而由她自己假想出来的问题的答复。她能重新见到克利斯朵夫,真是高兴极了;她对他的音乐一无所知,可是知道他已经成名,觉得自己被他爱过——(而被她拒绝)——是很可以得意的,便在说笑之间提到那件事,也不管措辞的雅俗。她要他在纪念册上签名,紧盯着盘问他巴黎的情形。她对这个城市所表示的好奇心,正好跟她的轻蔑相等。她自称为认识巴黎,去过歌舞剧场,歌剧院,蒙玛特尔,圣·格鲁。据她说来,巴黎女子都是些淫娃荡妇,毫无母性,只希望孩子越少越好,有了也置之不问,把他们丢在家里而自己到戏院与娱乐场所去。她绝对不允许人家表示异议。晚上,她要克利斯朵夫在琴上奏一阕。她觉得妙极了,但心里认为丈夫的琴和克利斯朵夫弹得一样高明。

克利斯朵夫很高兴见到弥娜的母亲,特·克里赫太太。他暗中老是感激她,因为她以前待他很好。她此刻心地还是那样慈悲,并且比弥娜更自然,但对克利斯朵夫永远带点取笑的态度,那是他从前为之气恼的。她和他当年离开她的时候完全一样,喜欢着同样的东西,觉得一切都很好,也不可能有另一种面目。她把以前的克利斯朵夫和今日的克利斯朵夫相比,还是更喜欢小时候的克利斯朵夫。

除了克利斯朵夫,克里赫太太周围的人一个也没改变思想。死气沉沉的小城,眼界的狭窄,使他受不了。那晚上有一部分的时间,主人们都在说他不认识的人的坏话。他们老注意着乡邻的可笑,把凡是跟他们不同的地方都叫作可笑。这种恶意的好奇心,永远关切着一些无聊的事,终于使克利斯朵夫非常难受。他提到自己在外国的生活,但立刻感到他们是没法领会这种法国文明的。过去他讨厌这种文明,现在回到本国来,倒是他代表这文明而觉得它可贵了;——自由的拉丁精神的第一条规律是了解:不惜把"道德"牺牲了去换取"尽量的了解"。在那些主人们身上,尤其在弥娜身上,他重新发现以前伤害过他而他已经忘了的那种骄傲,——从弱点上来的、也是从德性上来的骄傲,——只知道守本分而没有一点儿慈悲心,以自己的德性来傲视别人:凡是自身没有的缺陷,他们都瞧不起;最重要的是体统,"不合常规"的优越都是要不得的。弥娜心平气和的,俨然的,相信自己永远不会错;批判别人的时候用的老是同样的尺寸,她不愿意费心去了解他们,只知道关心自己。她的自私染上了一层模糊的玄学色彩,无论什么都离不开她的自我和自我扩张。或许她心地很好,能够爱别人。但她太爱自己,尤其是太尊重自己。她似乎永远要在她的自我前面加一个"长老"或"敬礼"的字眼。我们可以觉得,要是她最心爱的男人胆敢有一刻儿——(以后他一定会后悔无穷),——对她尊严的自我失敬的话,她就会不爱他,永远地不爱他……嘿!为什么不丢开你这个"自我",想想"你"呢?……

然而克利斯朵夫并不用严厉的眼光看待她。他平时那么容易气恼,此刻竟非常耐心地听着,不让自己批判她,只把童时的回忆像一道光轮般罩着她,一心一意要在她身上找出小弥娜的影子。她某些姿态的确保存着当年的模样,嗓子有些音色也还能引起动人的回忆。他耽溺着这些,不声不响,也不听她的话,只装作听着的样子,始终对她表示一种温柔的敬意。可是他不大能集中精神:现在这个弥娜的叽里呱啦的声音使他听不见从前的弥娜。最后他有点儿腻了,站起身来,心里想着:

"可怜的小弥娜!他们想叫我相信你在这里,在这个大声叫嚷、使我厌烦的、美丽肥胖的女人身上。但我明明知道不是。算了吧,弥娜。咱们跟这些人是不相干的。"

他走了,推说明天再来。倘若他说出当晚动身的话,不到开车的时间他们一定不让出门的。在黑夜里才走了几步,他又恢复了没有遇到弥娜以前的那种愉快的印象。不痛快的夜晚一下子就给忘了;莱茵的声音把什么都淹没了。他走到河滨,靠近自己出生的屋子。他一看就认得了。窗户关得严严的,里头的人已经睡了。克利斯朵夫在路中停下,觉得要是去敲门的话,那些熟识的幽灵一定会来开的。他走上屋子四周的草原,到河边从前跟舅舅谈话的地方坐下。以往的日子仿佛都回来了。而那个跟他一起做过美妙的初恋的梦的、心爱的小姑娘,也复活了。少年的温情,甜蜜的眼泪,无穷的希望,都重新温了一遍。他自嘲自讽地笑着对自己说:

"我简直没得到人生的教训。明知故犯……明知故犯……永远做着同样的梦。"

能够始终如一地爱,始终如一地信仰是多么好!凡是被爱过的都是不死的。

"弥娜,和我在一起的——不是和另外一个男人在一起的……弥娜,永远不会老的弥娜!……"

朦胧的月从云端里出来,在河上照出粼粼的银光。克利斯朵夫觉得河面跟他所坐的陆地比以前近多了。他走过去细看了一下。是的,从前在这里,在这株梨树的外边,有一带沙地和一方小小的草坪,他老在上面玩儿。河流把它们侵蚀了,水已经浸到梨树的根。克利斯朵夫不由得悲从中来。然后他向车站走去。那儿也变了一个新兴的市区：——有穷人的住家,有正在建筑的工场,有工厂的烟囱。克利斯朵夫记起下午看到的皂角树林,想道:"那边,河流也在侵蚀……"

在阴影中沉睡的古旧的城市,和城里的一切生人与死者,对他更显得可贵了,因为他觉得它们受着威胁……

敌人已经占有了城垣……

赶快把我们的人救出来吧!死亡窥伺着我们所爱的一切。赶快把正在消失的脸庞塑成永久的铜像罢。我们得从火焰中救出国家的财宝,趁着大火还没把宫殿烧毁的时候……

克利斯朵夫好似一个逃避洪水的人,上了火车走了。可是也和那般从城里救出护城神的人一样,克利斯朵夫把那些从乡土里爆起来的爱的火花,过去的神圣的灵魂,一齐揣在怀里带走了。

在某个时期内,雅葛丽纳和奥里维彼此接近了些。雅葛丽纳的父亲故世了。在真正的苦难面前,她才感到别的苦难都是无聊的;而奥里维的温情也把她对他的感情重新燃烧起来。她觉得倒退了几年,过着像玛德姑母死后那些凄凉而紧接着爱情的日子。她认为自己对人生太不知足,应当要感谢人生没有把它所给的些许东西收回。现在知道了这些许东西的价值,她就拼命地抓着。医生劝她离开一下巴黎,免得永远想着丧事;她便和奥里维作了一次旅行,到他们初婚那年住的地方走了一转,结果愈加感动了。生命的旅程拐了弯,他们不胜惆怅地又看到了先前认为已经消失的爱情,看着它来,也知道它仍旧要消灭,——消灭多少时候呢?也许是永远!——于是两人无可奈何地把爱情死抓着……

"留下来啊,和我们守在一块儿啊!"

但他们明明知道要失掉的……

雅葛丽纳回到巴黎,觉得身上有了一个被爱情燃烧起来的小生命。但爱情已经过去了。这个渐渐加重起来的担负,并不使她和奥里维靠得更紧。她并不感到意料之中的快乐,只是很不放心地追问自己。从前她苦闷的时候,往往以为生个孩子一定可以救她。现在孩子来了,救星可没有来。这是一株植物,根须深深种在她的肉里:她不胜惊骇地觉得它在生长,喝着她的血。她整天出神,惘然听着,整个生命都被这个占据着她的陌生的生命吸引。那是一种模糊的,柔和的,催眠的,悲痛的,嗡嗡的声音。她忽然惊醒过来,——汗流浃背,打着寒战,想要反抗了。她掉入了"自然"的网罗,竭力想挣扎。她要生活,要自由,觉得被"自然"欺骗了。随后她又觉得这些思想可耻,觉得自己残忍,不知道自己的心地是不是比别的女子坏,是不是跟她们完全不同。然后她又慢慢平静下去,迷迷忽忽地想着在怀中成熟的"活果"。它将来是怎么样的呢?……

一听见它出世以后的第一声叫喊,一看到那可怜而动人的小身体,她整个的心都溶化了,刹那间尝到了母性的光荣的欢乐;世界上最强烈的欢乐,从痛苦中创造出一个用自己的血肉制成的生物,一个人。策动宇宙的爱的巨浪,把她从头到脚裹住了,连卷带滚,挟着上天了……噢,上帝!能够创造的女人是跟你平等的,而你还领略不到她那样的欢乐:因为你没有受苦……随后,浪头落下去了,心又沉到了海底。

奥里维激动得浑身哆嗦,瞧着孩子。他对雅葛丽纳微微笑着,想了解在他们俩和这个可怜的、略具人形的生物之间,有什么神秘的生命的关系。他又温柔又有点儿厌恶的,把嘴唇亲了亲那个黄黄的打皱的小脑袋。雅葛丽纳望着他,很忌妒地把他推开了,接过孩子,紧紧地搂在怀里,拼命亲吻。孩子嚷了,她马上放下,掉过头去哭了。奥里维走来拥抱她,替她抹眼泪。她也把他拥抱了,勉强笑着。然后她要求让她休息,把孩子留在身边……唉!可怜!一朝爱情死了,还有什么办法?男人是把自己一大半交给智慧的,只要有过强烈的感情,决不会在脑海中不留一点儿痕迹,不留一个概念。他可能不再爱,却不能忘了他曾经爱过。一个毫无理由的、整个儿爱人家的女人，一朝毫无理由地整个儿不爱的时候，却是没有办法的。发愿心吗？自欺吗？但要是她太懦弱而不能发愿心，太真诚而不能骗自己的时候又怎么办呢？……

雅葛丽纳把肘子撑在床上，又温柔又哀怜地望着孩子。他是什么呢？不管他是什么，总不完全是自己。他也是"另外一个"。而这"另外一个"，她已经不爱了。可怜的孩子！亲爱的孩子！她对于这个要把她和一个已经死灭的"过去"连在一起的生物感到恼怒；她低着头瞧他，拥抱他，拥抱他……

现代女子的大不幸，是她们太自由而又不够自由。倘使她们更自由一点儿，就可以想法找点儿事作倚傍，从而得到快感和安全。倘使没有现在这样的自由，她们也会忍受明知不能破坏的夫妇关系而少痛苦些。但最糟的是，有着联系而束缚不了她们，有着责任而强制不了她们。

如果雅葛丽纳相信她是一辈子注定守在这个小家庭里的，那么她可能不觉得家庭这么窄，这么不方便，她会把它安排得更舒服，终于会像开始的时候一样爱家庭。可是她知道能够走出家庭，便觉得在屋子里窒息了。她可以反抗：结果她竟相信是应该反抗的了。

现代的道德家真是些古怪的动物。他们把整个生命都做了"观察器官"的牺牲品。他们只想看人生，既不十分了解它，更谈不到有什么愿望。他们把人性认清了，记录下来之后，就以为尽了责任，他们说："瞧，人生就是这么回事。"

他们并不想改造人性，在他们心目中，仿佛"存在"便是一种德性。因此所有的缺陷都有一种神圣的权利。社会是民主化了。从前不负责任的只有君主，现在是所有的人，尤其是那些无赖，都是不负责任的了。这种导师真是了不起！他们殚精竭虑，竭力要教弱者懂得他们软弱到什么程度，懂得那是他们的天性，应当永远这样的。在这个情形之下,弱者除了抱着手臂发呆以外还有什么事可做?凡是不欣赏自己的弱点的人算是上乘的了。但女人老听见人家说她是个有病的孩子,就以疾病与幼稚自傲。人们培植她们的懦弱,帮助她们变得更懦弱。要是有人敢公然宣称,少年时代有个年龄,因为心灵还没得到平衡,所以大有犯罪、自杀、灵肉堕落的危险,而这些都是可以原谅的——那么立刻会有罪案发生。即便是成年人,只要你反复不已地和他说他是不能自主的,他就可以不能自主而听任兽性支配。反之,只消告诉女子,说她能够支配她的肉体和意志,她就可以做到这一步。可是你们这般懦怯的家伙偏不肯说:因为你们要利用她们不知道这个道理而从中取利!……

雅葛丽纳所处的可悲的环境终于使她完全迷路。自从她和奥里维疏远以后,她又回到她少年时代瞧不起的社会中去。在她和她的已嫁的女朋友周围,有一小群有钱的青年男女,都是漂亮的,有闲的,聪明的,意志薄弱的。他们的思想言论都绝对自由,但他们极有风趣,不至于自由到过火的地步,反倒使自由有点儿调剂的作用。他们很乐意引用拉伯雷的箴言:

你爱做什么就做什么。

其实这是他们夸口,因为他们并没有多大愿望,只是些在德廉美修院①里烦闷的人物。他们乐于宣扬"本能自由"的教义,但这些本能在他们身上差不多已经消灭;他们的放纵只是在头脑里空想一番。他们最高兴让自己在这个文明的浴池中溶化,呼吸那种淡薄的淫乐的空气——人类的精力,强烈的生命,原始的兽性,信仰,意志,热情,责任,都在那微温的泥洼里化为液体。雅葛丽纳美丽的身体,就浸在这黏液似的思想里。奥里维没法阻止她。他也传染到当时的流行病,以为自

---

① 十五世纪时拉伯雷创此集团,集合一帮高贵而优秀的人物,以提倡风雅生活为目的。

己没权利限制他所爱的人的自由；除非靠着爱情的力量，他什么都不愿意争取。雅葛丽纳可并不对他感到满意，因为她认为自由原来是她的权利。

糟糕的是，她把她的心整个地交托给了这个两重生活的社会，而她的心是绝对不容许有模棱两可的情形的：一朝有了信仰，就得倾心相与；那个热烈慷慨的灵魂，便是在自私的行为中也是火辣辣地燃烧着她所有的血管，而且在她和奥里维共同生活的期间，她也保持着遇事不稍假借的精神，即使是不道德的事也预备彻彻底底地去干。

她的一帮新朋友是太谨慎了，决不会给别人看到自己的真相。如果他们在理论上扬言绝对不受道德与社会的偏见支配，实际上却安排得决不和任何对他们有利的偏见断绝关系；他们利用道德与社会，同时欺骗它们，好比不忠实的仆役盗窃主人财物。由于游手好闲，也由于习惯，他们之间还互相窃盗。很有些丈夫知道妻子养着情夫，这些妻子也知道丈夫有着外遇。他们各得其便。只要不吵吵嚷嚷地闹起来，就无所谓丑事。这些好夫妻都像合伙股东——也可以说是共谋犯——一样有默契的。可是雅葛丽纳比较坦白，对什么都一本正经。第一，要真诚。第二，要真诚。第三，还是要真诚，永远要真诚。真诚也是当时所宣扬的德性之一。但我们在这儿可以看到，对于健全的人，一切都是健全的；对于腐败的心灵，一切都是腐败的。真诚有时是多么丑恶！一般庸劣的人要洞烛他们的内心简直是一种罪孽。因为他们只看到自己的庸劣而还沾沾自喜。

雅葛丽纳老是在镜中研究自己，看到了最好是永远不要看到的东西；因为一朝看到了，她就没勇气把眼睛移往别处；她非但不加扑灭，反而看着它长大，变得硕大无朋，终于把她的眼睛和思想一齐占据了。

孩子并不充实她的生活。她不能自己喂奶，孩子一天天地委顿了。只得雇用乳母。她先是非常悲伤……不久可觉得松了口气。孩子健壮了，长得很强壮，脾气很乖，没有声响，常常睡着，夜里也难得哭喊。乳母是一个并非初次哺育的结实的女子,对婴儿有种本能的、嫉妒的、过分的感情,——她反倒像是真正的母亲。雅葛丽纳要是发表什么意见,乳母也只管依着自己的心思做去;倘若雅葛丽纳争论几句,马上会发现自己原来一无所知。产后,她的健康始终没恢复:初期的静脉炎使她精神上大受打击;几星期地躺着不动,她更苦恼了,狂乱的思想翻来覆去地盯着同一个问题,永远是那几句怨叹:"我根本没生活,而现在我的生命已经完了……"因为她神经过敏,自以为永远残废了,又认为孩子是致病的原因,暗中非常恨他。这种心理并不像一般人所想的那么少,不过是被遮上一重幕罢了;有这种心理的女子还不敢对自己承认,觉得是可耻的。雅葛丽纳责备自己:自私与母爱在她胸中交战。看到婴儿睡得那么甜蜜,她就心软了;但一忽儿她又好不辛酸地想道:"他要了我的命。"

同时她对孩子无知无觉的酣睡有种反感:他的幸福是用她的痛苦换来的。便是她病好了,孩子大了一些之后,她暗地里仍旧怀着这种敌意。但因为她觉得可耻,便把敌意转移到奥里维身上。她继续拿自己当病人,老是担忧健康问题,医生们又推波助澜,鼓励她一事不做,——其实一事不做就是她的病根,——使她和婴儿隔离,绝对不能行动,绝对的孤独,几星期地躺着,百无聊赖,吃得饱饱地睡在床上,像一只填鸭,——结果她的注意力都集中在自己身上。现代的医学治疗真是古怪,它拿另外一种病——自我扩张病,去代替神经衰弱!你们为什么不替他们的自私病施行放血治疗呢?倘若他们的血不太多,那么为什么不把他们头里的血移一部分到心里去?

病后,雅葛丽纳身体更强壮,更发福,更年轻了,——精神上却是比什么时候都病得厉害。几个月的孤独把她和奥里维思想上最后的联系给斩断了。只要留在他旁边,她还能受到这个理想主义者的影响,因为他虽然懦弱,还维持他的信念。她一向想摆脱一个精神上比她更强的人的控制,想反抗那洞烛她的内心,而有时使她不得不责备自己的目光,只是徒然。但她一朝偶然跟这个男人分离了,没有他那种明察秋毫的爱压在她心上,她完全获得自由以后,他们之间友善的信心立刻会消灭,代之而起的是一种怨恨的心理,恨自己曾经倾心相与,恨长时期的受着感情的束缚,这感情自己是早已没有的……在一个你所爱的而你也以为爱你的人心中酝酿的怨恨,简直没法形容。一夜之间,什么都变了。上一天她还爱着,似乎爱着,自以为爱着。忽而她不爱了,把先前所爱的人在心上丢开了。他突然发现了这一点,觉得莫名其妙,完全没看到她心中长时期的酝酿,从来没猜疑到她暗中日积月累的恨意,也不愿意去体会这种报复与仇恨的原因。那些原因往往是长久以前就潜伏着的,多方面的,捉摸不到的,——有些是埋在床帷之下的,——有些是自尊心受了伤害,心中的秘密被对方窥见了,批判了,——又有些……连她自己都不知道。有种暗中的伤害,虽然是无心的,可是受到的人永远不能原谅。这等伤害,人们永远不能知道,她自己也不大清楚;但伤痕已经深深地刻在她的肉体上,而她的肉体就永远忘不了。

要挽回这种可怕的越来越冷淡的感情,必须一个性格和奥里维不同的男人才有办法;——这种人一定是更接近自然,更单纯,同时也更有伸缩性,没有婆婆妈妈的顾虑,本能很强,必要时能采取为他的理性不赞成的行动。奥里维却是没有上阵就打败了,灰心了;太明察的目光使他早已在雅葛丽纳身上辨认出比意志更强的遗传性,——她母亲的心灵;他眼看她像一块石子般掉在她那个种族的深渊里;而他又懦弱又笨拙,所有的努力反而使她往下掉得更快。他强作镇静。她却无意之间有种打算,不让他保持镇静,逼他说出粗暴鄙俗的话,使自己更有理由轻视他。要是他忍不住而发作了,她就瞧不起他。如果他事后羞愧,她就更瞧不起他。如果他耐着性子,不上她的当,——那么她恨他。最糟的是他们一连好几天不说话。令人窒息、恐怖的沉默,连最温和的人也受不住而要为之发狂的;有时你还感到一种想作恶,叫喊,使别人叫喊的欲望。静默,漆黑一片的静默,爱情会在静默中分解,人会像星球般各走各的,湮没在黑暗中……他们甚至会到一个阶段,使一切的行为，即使目的是求互相接近，结果都促成他们的分离。双方的生活变得没法忍受了。而一桩偶然的事故更加速了事情的演变。

一年以来，赛西尔·弗洛梨时常在耶南家走动。奥里维最初在克利斯朵夫那里碰到她；以后，雅葛丽纳请她到家里去，赛西尔便常常去探望他们，便是在克利斯朵夫和他们分手之后也是这样。雅葛丽纳对她很好，虽然自己不大懂音乐，认为赛西尔很平凡，但喜欢她的唱，觉得一看到她，精神上很舒服。奥里维很高兴和她一起弹琴唱歌。久而久之，赛西尔做了他们的朋友。她使人感到心神安定：一踏进耶南家的客厅，那双坦白的眼睛，健康的气色，微嫌粗野但令人听了怪舒服的笑声，好比浓雾中透入一道阳光。奥里维和雅葛丽纳的心都为之苏慰了。她每次离开的时候，他们很想对她说："你再坐坐吧，坐坐吧！我多冷啊！"

雅葛丽纳出门养病时，奥里维见赛西尔的次数更多了；他不能对她瞒着心中的悲伤，便不假思索地尽量诉说，正如一个懦弱而温柔的心灵在苦闷的时候需要发泄一样。赛西尔听了很感动，用些慈爱的话安慰他。她替他们俩惋惜，鼓励奥里维不要灰心。可是或许因为她觉得听了这些心腹话比他更窘，或许因为别的什么理由，她托词把访问的次数减少了。没有问题，她以为自己的行动对雅葛丽纳不大光明，她没权利知道这些秘密。奥里维认为她的疏远是为了这个理由，而且那理由也很充分：他埋怨自己不应该向她诉苦。可是疏远的结果是，他发觉了赛西尔在他心中的地位。他已经惯于把自己的思想交给她分担；唯有她才能使他从压迫他的痛苦中解放出来。他素来把自己的感情看得雪亮，所以他这一回对赛西尔的感情究竟是哪一种，胸中早已了然。他绝对不和赛西尔说，但禁不住要把自己所感到的写下来。近来他又恢复那危险的习惯，借笔墨来自言自语。在他和雅葛丽纳爱情浓厚的几年中，这种嗜好已经戒掉了；但一朝恢复了只身独处的生活，遗传的癖性又发作了：这是痛苦的发泄，也是一个喜欢自我分析的艺术家的需要。他描写自己，描写他的痛苦，好似对赛西尔当面说着一样,——而且可以更自由,因为赛西尔永远不会看到这些文字。

但不巧这些文字竟落在雅葛丽纳眼里。那天她正觉得自己精神上和奥里维非常接近,那接近的程度是多年来没有的。她整着柜子,翻到他以前给她的情书,感动得哭了。坐在柜子的黑影里,没法再收拾东西,她把过去的历史温了一遍,眼看自己把它毁了,懊悔到极点,同时又想到奥里维的悲伤。关于这一点,她从来不能无动于衷;她可能忘掉奥里维,但想到他为她而痛苦就受不住。她心碎肠断,真想扑在他的怀里对他说:"啊!奥里维,奥里维,咱们怎么搞的?咱们是疯子,疯子!别再自寻烦恼了吧!"

要是他这时候走进屋子的话该多么好!……

不料正在这时候,她发现了奥里维给夜莺的那些信……于是什么都完了。——她是不是以为奥里维真正欺骗了她呢?也许是的。但这一点是不相干的。她认为精神上的欺骗比行为方面的欺骗更要不得。她可以原谅她所爱的人有一个情妇,可不能宽恕他私下把心给了另外一个女子。当然,她这个想法是不错的。

"这有什么了不起!"有的人会这样说。因为一般可怜的人直要到爱情的欺骗成为事实的时候才感到痛苦……殊不知只要心不变,肉体的堕落是不足道的。要是心变了,那就一切都完了。

雅葛丽纳不想把奥里维再争取回来。那已经太晚了!她对他的爱不像以前那么深切了。或者是太爱他了……但这不是嫉妒,而是全部信心的崩溃,而是她对他所有的信仰与希望的破灭。她没想到原来是她瞧不起这信仰与希望的,是她使他灰心的,逼他倾向于这次的爱情的,也没想到这爱情是无邪的,一个人的爱或不爱究竟是不能自主的。她从来没想到拿自己和克利斯朵夫的调情跟这次的事作比较:她不爱克利斯朵夫,所以那根本不算一回事。在过分冲动的情形之下,她以为奥里维对她扯谎,完全不把她放在心上了。正当她伸出手去抓握最后一个倚傍的时候,竟扑了一个空……一切都完了。

奥里维永远不知道她那一天所感到的痛苦。但他一见她的面,也觉得一切都完了。

从此以后,他们不再交谈,除非当着别人的面。他们互相观察,好比两头被追逐的野兽,提心吊胆,非常害怕。耶雷米阿斯·高特海尔夫①曾经淋漓尽致的描写一对不再相爱而互相监视的夫妇,各人窥探对方的健康,疾病的征象,不是希望对方速死,但似乎希望一件意外的祸事,希望自己比对方身体强壮。有时雅葛丽纳和奥里维就是互相以为有这种思想,其实两人都没有;但仅仅有这种怀疑就够痛苦了:例如雅葛丽纳在夜里胡思乱想而失眠的时候,便想到丈夫比她健康,正在慢慢的磨她,不久会把她压倒……一个人的幻想与心灵受惊以后,竟会有这样疯狂的念头!——然而他们俩心中最优秀的部分暗地里还是相爱的!

……奥里维被压倒了,不想再奋斗;他站在一边,把控制雅葛丽纳心灵的舵丢下了。没有了把舵的人,她对着她的自由头晕眼花;她需要有个主宰好让她反抗:倘使没有的话,就得自己造一个出来。于是她老是执着一念。至此为止,她虽然痛苦,还从来没有离开奥里维的意思。从那天起,她以为所有的约束都摆脱了。她要趁早爱一个人;因为她年纪轻轻,却已经自以为老了。——她曾经有过那些幻想的,强烈的热情,对于第一个遇到的对象,一张仅仅见过一次的脸,一个名人,或者只是一个姓氏,一朝依恋之后,再也割舍不掉;而且那些热情硬要她相信,她的心再也少不了它所选择的对象;它整个地被他占据了,过去的一切都给一扫而空:她对别人的感情,她的道德观念,她的回忆,她的自我的骄傲,对别人的尊重,统统被这新的对象排挤掉。等到固执的意念没有了养料,烧过了一阵也归于消灭的时候,一个新的性格便从废墟里浮现出来,是个没有慈悲,没有怜悯,没有青春,没有幻想的性格,只想磨蚀生命,好似野草侵犯倾圮的古迹一样。

---

① 十九世纪瑞士小说家。

这一次,固执的念头照例属意于一个玩弄感情的人物。可怜的雅葛丽纳竟爱上了一个风月场中的老手。他是个巴黎作家,既不好看,又不年轻,臃肿笨重,皮色赭红,憔悴不堪,牙齿都坏了,人又狠毒,唯一的价值是当时很走红,唯一的本领是糟蹋了一大批女性。她并非不知道他自私自利:因为他在作品中拿来公然炫耀。他这么做是有作用的:用艺术镶嵌起来的自私好比捕雀的罗网,吸引飞蛾的火焰。在雅葛丽纳周围,上钩的已不止一个:最近她朋友中一个新婚少妇,被他很容易地骗到了,接着又丢掉了。这些女子可并没因之死去活来,只是为了怨恨而闹些笑柄,让别人看了开心。受害最烈的女子,因为太顾虑自己的利益和社会关系,只得勉强忍受。她们并不闹得满城风雨。尽管欺骗丈夫和朋友,或是被丈夫和朋友欺骗,事情决不张扬。她们是为了怕舆论而不惜牺牲自己的女英雄。

但雅葛丽纳是个疯子,她不但说得出,做得到,而且做得到,说得出。她对于自己的疯狂完全不加计算,不顾利害。她有这个可怕的长处,老是要对自己保持坦白,不怕行动的后果。她比她那个社会里的人比较有价值,所以做出来的事更糟。她要是爱了一个人,起了奸淫的念头,就会毫无顾忌地跳下火坑。

亚诺太太一个人在家,像珀涅罗珀做着那件有名的活计一般①,又镇静又兴奋地打着毛线。也像珀涅罗珀一般,她等着她的丈夫。亚诺先生整天在外面。早上和傍晚,他都有功课。通常他总回来吃午饭,不管两腿怎么酸软,不管中学是在巴黎城的那一头;这并非由于他对妻子的感情,也非由于节省金钱,而是由于习惯。但有些日子,替学生温课的事把他留住了;或者他利用机会,在那一区的图书馆里工作。吕西·亚诺独自留在空荡荡的家里。除了上午八时至十时来帮助她

---

① 珀涅罗珀为《奥德赛》史诗中主角俄底修斯之妻。俄底修斯出征期间,追求珀涅罗珀者甚众,珀涅罗珀以完成织物后再决定为推托,实则日间编织,晚上拆掉,故永远不会完工。

做些粗活的女仆,和杂货商每天来送货以外,没有一个人上门。整幢屋子里,她一个熟人都没有了。克利斯朵夫搬了家。楼下花园里来了新房客。赛丽纳·夏勃朗嫁给了安特莱·哀斯白闲。哀里·哀斯白闲全家远行,有人委托他上西班牙开矿去了。老韦尔的太太死了,韦尔本人差不多从来不住这个巴黎的公寓的。唯有克利斯朵夫跟他的女朋友赛西尔,仍旧和吕西·亚诺保持着友谊;但他们住得很远,又忙又累,常常几星期不来看她。她只能一个人对付着过日子。

她可并不厌烦。只要一点儿小事就足够培养她的兴趣,例如日常琐碎的工作:一株极小的植物,她每天早上都用慈母般的心情把那些稀少的叶子拂拭一番;还有那安静的灰色猫,好似受人疼爱的家畜一样,久而久之也感染了一些主人的脾气:它跟她一样成日蹲在火炉旁边,或是待在桌上靠着灯,看她手指一来一往地做着活儿,有时抬起古怪的眼睛瞅她一会儿,随后又满不在乎地闭上。便是家具也仿佛在那儿陪着她。每件东西都有一副亲切的面貌。她把它们掸灰抹尘,连凹处都揩拭干净,然后小心翼翼地把它们放还原位:那时她简直像儿童一样高兴。她在心里跟它们谈着话,对着家中独一无二的古董家具——一张路易十六式的圆脚书桌——微笑。她每天看到它都感到同样的快乐。她也忙着检点衣服,几小时地站在椅子上,头和手臂都埋在那口乡村式的大衣柜内,瞧着,整理着,那猫儿在一旁看着,觉得好不奇怪。

她做完了事,独自吃了午饭,天知道她吃些什么——(她没有多大胃口),——需要上街料理的事办妥了,一天的工作结束了,四点左右回到家里,她靠着窗或靠近壁炉安顿下来,陪着她的就是她的活计和猫:那时她可得意了。有些时候,她会想出理由来根本不出门。倘若能守在家里,尤其在冬季下雪的天气,她是最高兴的。她怕冷,怕风,怕雨,怕泥浆,因为她自己也是一头很干净、很细巧、很柔和的小猫。伙食商偶尔把她忘了的时候,她宁可不吃东西,而不愿意出去买菜,只啃着一块巧克力糖,或者在伙食柜里找一个水果吃了就完事。她不让亚诺知道,这是她偷懒。那往往是阴天,有时也是大好的晴天,——(外面,蔚蓝的天光照着大地,街上闹哄哄的声音笼罩着幽静与阴暗的公寓:仿佛一座海市蜃楼包围着一颗灵魂),——她坐在那最喜欢的一角,脚下放着一张小凳,一动不动地做着活儿,身边摆着一册心爱的书,总是那些朴素的红封面的本子,英国小说的译本。她看得很少,一天难得看完一章;书摆在膝上,始终翻着那一页,或者竟完全合上了;书上的事她已经记熟,自个儿想着。狄更斯与萨克雷的长篇小说,她会几星期地看下去,而她的幻想更要维持到几年之久,老是让书中的温情催眠着。今日一般读书又快又潦草的人,对于那些要慢慢咀嚼方能感到的妙处,是不能领略的。亚诺太太毫不置疑地相信,小说中人物的生涯和她自己的生涯一样真实。其中颇有一些她极喜爱的人:例如那温柔而嫉妒的凯塞胡特夫人,默默无声地爱着,始终保存着慈母与处女的心,对于她好比一个姊姊;那个小东贝又好比是她的小儿子;她自己是那个垂死的老小孩陶拉。对这些睁着善良而纯洁的眼睛在世界上走过的儿童般的心灵,她伸出手去;她周围尽是些可爱的流浪者,与人无害的怪物:他们追求着可笑而动人的梦想,——为首的便是狄更斯,存着博爱的心,对自己的梦境笑着,哭着。在这种时候,她要是向窗外眺望的话,路人中间就有那个幻想世界里某个可爱的或可怕的人物的影子。而在那些屋子的墙壁后面,她猜到也有一批同样的人物。她的不爱出门,就因为怕这个充满着神秘的世界。她发现周围藏着许多悲剧,上演着许多喜剧。这倒不一定永远是一种幻象。幽居独处的结果,她有了神秘的直觉,使她在偶尔碰到的目光中间看出他们生活上不少过去未来的秘密,往往是他们自己不知道的。她又拿小说的回忆羼入真实的景象中去,把它们变了样。她觉得自己在这个巨大的宇宙中迷失了,需要回到家里才能定下心神。

可是她也无须去看或观察别人,只要观察一下自己就行了。这个在外面看来多么苍白黯淡的生命,里面是何等的光明灿烂!何等的丰满充实!多少回忆,多少宝藏,都是谁也想不到的!……这些回忆与宝藏是不是真实的呢？当然是真实的,既然她觉得真实……渺小的生命被神奇的幻梦改变了面目!

　　亚诺太太回想她的过去,直追溯到童年;于是那些烟消云散的希望,又像小小的花朵般悄悄地开放了……儿时第一次爱慕的对象,是个使她一见生情的少女;她爱着她,那种爱情只有一个人在非常纯洁的年龄才会有,她曾经想亲她的脚,做她的女儿,跟她结婚;偶像出嫁了,不大幸福,生了一个孩子,不久就死了,接着她也死了……十二岁时,她又爱了一个年龄相仿的女孩子,性情专横,非常淘气,嘻嘻哈哈,喜欢惹她哭,然后拼命地亲她;两人对于将来定下许多想入非非的计划;不料那姑娘突然进了嘉曼丽德教会修行,不知道为什么,据说是很快活……后来,她又对一个年纪比她大得很多的男人有了热情。但谁也没知道这股热情,连那个被爱的人也是茫然的。她却借此把牺牲的热诚和感情大大发泄了一番……后来,又是另外一股热情;这一回人家可爱她了。可是因为胆怯,因为对自己没有把握,她不敢相信人家爱她,也不敢表示她爱人家。幸福过去了,来不及把握……后来……后来……多少琐琐碎碎的事,对她都有一种深刻的意义:或是朋友的亲切的表示,或是奥里维无意中说的一句可爱的话,或是克利斯朵夫的访问,和他的音乐唤起来的神奇的世界,或是一个陌生人的目光,——是的,便是在这个忠实、纯洁、贤德的女人心中,也会有些不贞的念头,使她惶惑,使她脸红。而她虽然竭力想丢开这种无邪的思念,心里究竟感到一点儿暖意……她很爱丈夫,虽说他并不完全符合她的理想。但他的心多好,有一天和她说:"我的好太太,你不知道你在我心中占着什么地位。你是我整个的生命……"她听了心都融化了;那一天她觉得自己整个的、永久的跟他合二为一了。每过一年,他们的结合总更紧密一些。工作的梦,旅行的梦,孩子的梦,结果是一无所有……而亚诺太太还在梦想这些。她有个理想中的孩子,因为不断地想着,而且想得那么深切,所以差不多真有这个孩子了,就象在眼前一样。她为他花了多少年的心血,时时刻刻把她认为最美的、最心爱的成分使理想中的孩子变得更美……

她的天地不过是这么一些,但大千世界都包括在里面了。多少无人知道的,连最亲密的人也不知道的悲剧,藏在表面上最恬静最平庸的生命中间!最悲壮的是——这些满怀希望而一无所遇的生命,尽管声嘶力竭地要求他们应得的权利,要求自然所答应而又拒绝他们的东西,尽管熬着热情的悲痛,但表面上却什么都不显露出来!

亚诺太太的运气是她并不只关切自己。她的生命在她的幻梦中只占据一部分。她也在体验她所认识的或曾经认识的人的生活,为他们设身处地;她想着克利斯朵夫,想着她的女朋友赛西尔。她今天又在想着。两个妇女彼此感情很好。奇怪的是,两人之中倒是壮健的赛西尔需要来倚傍娇弱的亚诺太太。那高大,结实,快乐的姑娘,骨子里并没有外表那样强。她正感到剧烈的苦闷。最安静的心也不能避免命运的偷袭。她慢慢地有了一种感情,先是不愿意理会,但它越来越强,逼得她非承认不可了——原来她爱着奥里维。这个青年的柔和恳切的态度,近乎女性的魅力,懦弱而容易受人支配的性格,立刻把她吸引了——一个富于母性的人特别喜欢需要她照顾的人——以后知道了这对夫妇的苦闷,她对奥里维更有了一种危险的同情心。当然,光是这些理由还不足以解释感情问题。谁能说为什么一个人爱上某一个人呢?往往两人对于这种爱都是不相干的;那是时间的拨弄,它会突然之间使一颗不加提防的心遇到随便什么感情就被征服。——等到赛西尔把自己的心境看清楚了,就很勇敢地拔掉那支爱情的箭,认为这是不应该有的,荒唐的。可是她因之痛苦不已,伤口始终不能平复。没有一个人猜到她的心事:她鼓足勇气装出很快乐的样子。唯有亚诺太太知道她骨子里忍着多少痛苦。赛西尔常常把头倒在清瘦的亚诺太太怀里,悄悄地流几滴眼泪,拥抱她,然后快快活活的走了。她喜欢这个娇弱的朋友,觉得她的毅力与信仰都比自己高强。她并不吐露心中的秘密。但亚诺太太能够在片言只语上猜到。她觉得人生是个无法消解的可悲的误会。一个人只能爱,怜悯,梦想。

要是梦想在她胸中像蜂房一般过于喧闹,使她有点头晕了,她便走到钢琴前面让自己的手在键盘上轻轻抚弄,让音响的那种安慰心灵的光明罩住人生的幻景……

然而这位好太太决不忘记日常功课的时间:亚诺回家的时候,看到灯总是点上了,晚饭也做好了,妻子那张苍白的脸笑容可掬地等着他。他万万想不到她在精神上所作的那些旅行。

困难的是要把日常生活和海阔天空的精神生活并行不悖地放在一起。幸而亚诺在书本和艺术品中也过着一部分幻想生活,靠那些作品的永恒的火,维持着他心中摇曳不定的火焰。可是近年来他也渐渐有了许多操心的事;教书这一行的苦闷,待遇的不公平,夤缘得势的现象,同事之间与学生之间的麻烦事儿,使他变得愤懑,开始谈论政治,骂政府,骂犹太人,认为自己在教育界里遇到的失意的事都应该由德莱弗斯负责。他这种满腹牢骚的性情也传染了一些给亚诺太太。她快四十了,正是生命力动摇而求平衡的年纪,在思想上颇有些空白。某一时期,他们俩都失去了生存的意义,不知道把他们生命的网结在什么上面好。不问现实的支持是怎么软弱,好歹总得有一个,才能寄托自己的梦想。他们可是什么支持都没有,不能再互相倚傍。他非但不帮助她,反而要依靠她了。她觉得支持不了丈夫,于是她自己也支持不住了。唯有一桩奇迹才能把她救出来。她就呼吁这奇迹……

这奇迹是从灵魂深处来的。亚诺太太感到她孤独的心里有一个荒唐而神圣的需要,需要不顾一切地创造,为了创造而创造,需要在空间织起她的网来,让神的呼吸,让风把她吹到应当去的地方。结果是神的气息把她和人生重新联系起来,替她找到了无形的倚傍。于是,夫妇俩又用着他们最纯粹的血,很耐性他织造那些美妙而虚无的梦境。

亚诺太太一个人在家里……天快黑了。

她被一阵铃声惊醒,打断了梦想。她把活计仔细收拾好了,走去

开门。进来的是克利斯朵夫,神色非常紧张。她很亲热地抓着他的手,问:

"什么事啊,朋友?"

"唉,奥里维回来了。"

"回来了?"

"今天早上他来了,和我说:克利斯朵夫,救救我!——我把他拥抱了。他哭着说:我只有你了。她走了……"

亚诺太太大吃一惊,合着手说:"可怜!"

"她走了,"克利斯朵夫又补上一句,"跟她的情夫走了。"

"那么她的孩子呢?"

"丈夫、孩子,她都丢下了。"

"可怜的女人!"亚诺太太又道。

"他始终爱着她,只爱着她,"克利斯朵夫说,"这一下的打击使他爬不起来了。他老跟我说着:克利斯朵夫,她欺骗了我……我的最好的朋友欺骗了我。——我白白的和他说:既然她欺骗了你,她就不是你的朋友而是你的敌人了。把她忘了吧,或者干脆把她杀了吧!"

"噢!克利斯朵夫,你说什么?这话太残忍了!"

"是的,我知道,你们大家都觉得杀人是原始时代的野蛮行为:我一定要听到你们漂亮的巴黎社会攻击这种兽性,认为一个男人不应该杀死欺骗他的女人,同时你们还要说出宽恕那个女人的理由!嚄!大慈大悲的使徒!这批乱交的狗居然义愤填膺地反对兽性,真是太妙了!他们把人生摧残了,剥夺了它所有的价值,再来诚惶诚恐地崇拜人生……怎么!这个没有心肝没有廉耻的生命,这个肉包着血的臭皮囊,原来在他们眼中是值得尊重的东西!他们对于这块屠场上的肉恭敬得无微不至,谁敢去触犯它便是罪大恶极。杀死灵魂倒没关系,但肉体是神圣的……"

亚诺太太回答:"杀死灵魂的凶手当然是最可恶的凶手,但决不能因此而认为杀害肉体就不成其为罪恶,这一点你是很明白的。"

"我知道,朋友。你说得对。我这是脱口而出,根本没想过……谁知道!也许我真会那么做。"

"不会的,你这是毁谤自己。你的心多好。"

"被热情控制的时候,我会像别人一样残忍。你瞧我刚才紧张成什么样子!……一个人看到所爱的朋友痛哭,怎么能不恨使他痛哭的人?而且对付一个抛弃了儿子,跟情夫跑掉的该死的女人,还会嫌太严厉吗?"

"别这么说,克利斯朵夫。你有所不知。"

"怎么,你为她辩护吗?"

"我是可怜她。"

"我可怜那些痛苦的人,却不可怜使人痛苦的人。"

"唉!你以为她不痛苦吗?以为她是有心抛弃她的孩子,毁坏她的生活吗?你得知道她把她自己的生活也毁了。我不大认识她,克利斯朵夫。我只见过她两次,都是偶然碰到的,她没跟我说一句好听的话,对我并无好感。可是我比你更认识她。我断定她不是一个坏人。可怜!我能猜到她心中经过的情形……"

"你,朋友,生活这么严肃,这么有理性的人!……"

"是的,克利斯朵夫。你有所不知,你虽然心好,但你是个男人,和所有的男人一样是冷酷的,尽管慈悲也没用;——你对自身以外的事都不闻不问。你们从来不替身边的女人着想,只管用你们的方式去爱她们,决不操心去了解她们。你们对自己太容易满足了,自以为认识我们……可怜!如果你知道我们有时多么痛苦,因为看到你们——并非不爱我们,——而是看到你们爱我们的方式,看到最爱我们的人把我们当作怎么样的人!有些时候,克利斯朵夫,我们不得不把指甲深深地掐在肉里,免得叫起来:噢!别爱我们吧,别爱我们吧!怎么都可以,只不要这样地爱我们!……你知道有个诗人说过下面那样的话吗?——便是在自己家里,在自己的儿女中间,表面上尽管安富尊荣,女人也受到一种比最不幸的苦难还要难忍千百倍的轻蔑。——你想一想这些吧,克利斯朵夫……"

"你这些话把我弄糊涂了。我不大明白。可是照我所看到的……你自己……"

"我也经过这些苦闷。"

"真的吗?……可是无论如何,你总不能使我相信,你会做出像这个女人一样的行为。"

"我没有孩子,克利斯朵夫,我不知道我处在她的地位会怎么办。"

"不,那是不可能的,我太相信你,太敬重你了,我敢赌咒那是不可能的。"

"别打赌!我差点儿跟她一样……我很难过要毁掉你对我的好印象。可是你应当学一学怎样认识我们,要是你不愿意对人不公平的话。——是的,我没做出这样疯狂的事也是千钧一发了。而且还多少是靠了你的力量。两年以前,我有个时期极苦闷,觉得自己一无所用,谁也不重视我,谁也不需要我,丈夫没有我也没关系,我简直是白活的……有一天我正想跑出去,天知道做些什么!我上楼去看你……你记得吗?……当时你没懂得我的意思。其实我是来向你告别的……以后,不知经过些什么,也不知你对我说了些什么,我记不大清了……但我知道你有几句话……(你完全是无心的……)……对我好比一道光明……那时只要一点儿极小的事就可以使我得救或是堕落……等到我从你屋子里出来,回到家里,我关上大门,哭了一天,以后就好了,那一阵苦闷过去了。"

"今天,"克利斯朵夫问,"你对那件事后悔吗?"

"今天?啊!要是做了那件疯狂的事,我早已沉在塞纳河里了。我决受不了那种耻辱,受不了我给丈夫的痛苦。"

"那么你现在是快乐的了?"

"是的,一个人在这个世界上可能怎么快乐,我就怎么快乐。两个人能互相了解,互相尊重,知道彼此都可靠,不是由于一种单纯的爱情的信仰,——那往往是虚幻的,——而是由于多少年共同生活的经验,多少灰色的,平凡的岁月,再加上渡过了多少难关的回忆。随着年龄的老去,情形变得好起来……这些都是不容易的。"

她突然停下,脸红了:"天哪!我怎么能说出来?……我怎么了呢?……克利斯朵夫,我求你,这番话对谁都不能说的……"

"放心,"克利斯朵夫握着她的手回答,"我把这件事看作神圣的。"

亚诺太太因为透露了这些秘密很难为情,把身子转过一边,后来又说:

"照理我不该告诉你这些……可是你瞧,这是为了要你知道,便是在结合得最好的夫妇之间,便是在你……你敬重的女人心中……也有些时间……不光是像你所说的一时糊涂,而是真实的,不能忍受的痛苦,能够把你带上疯狂的路,毁灭整个生命,甚至两个人的生命。所以我们不应当太严。大家就是在最相爱的时候也会使彼此痛苦的。"

"那么应不应当过着各管各的、孤独的生活?"

"那对我们更糟。一个女人要过孤独的生活,像男人一样奋斗(往往还要防着男人),在一个没有这种观念而大家对之抱着反感的社会里,是最可怕的……"

她不作声了,微微探着身子,眼睛瞅着壁炉里的火焰。随后,她又用着那种蒙着一层纱的声音,很温和的,断断续续的往下说:

"然而这不是我们的过失:一个女人的孤独并非由于任性,而是由于迫不得已;她必须自己谋生,不依靠男人,因为她没有钱就没有男人要她。她不得不孤独,而一点儿得不到孤独的好处:因为,在我们这儿,她要是像男子一样独往独来,就得引起批评。一切对她都是禁止的。——我有个年轻的女朋友,在外省中学当教员。她哪怕被关在一间没有空气的牢房里,也不至于比她现在这种自由的环境更孤单更窒息。中产阶级对这些努力以工作自给的女子是闭门不纳的;它用着猜疑而轻视的态度看待她们,恶意地侦察她们的一举一动。男子中学里的同事们对她们疏远,或是因为怕外界的流言蜚语,或是因为暗中怀着敌意,或是因为他们粗野,有坐咖啡店、说野话的习惯,或是整天工作以后觉得疲倦,对于知识妇女觉得厌恶等等。而她们女人之间也不能相容,尤其是大家住在学校宿舍里的时候。女校长往往最不了解青年人的热情,不了解她们一开场就被这种枯燥的职业与非人的孤独生活磨得心灰意懒;她让她们暗中煎熬,不想加以帮助,只认为她们骄傲。没有一个人关切她们。她们没有财产,没有社会关系,不能结婚。工作时间之多使她们无暇创造一种灵智的生活给自己作倚傍跟安慰。这样的一种生活,倘若没有宗教或道德方面的异乎寻常的情操支持,——我说异乎寻常,其实应该说是变态的,病态的,因为把一个人整个地牺牲掉是违反自然的,——那简直是死生活……——精神方面的工作既不能做,那么慈善事业能不能给她们一条出路呢?一颗真诚的灵魂在这方面得到的又无非是悲苦的经验。那些官办的或者名流办的救济机关,实际只是慈善家的茶话室,把轻佻、善举、官僚习气,混在一块儿,令人作呕;他们在调情说笑之间拿人家的苦难当玩具。要是有个女人受不了这种情形,胆敢自个儿直接闯到那个她只有耳闻的苦难场所,那她看到的景象简直无法忍受,简直是个活地狱。试问她要帮助又从何帮助起?她在这个苦海中淹没了。然而她依旧挣扎,为苦难的人奋斗,跟他们一同落水。她要能救出一两个来已经是天大的幸事了!可是她自己,有谁来救她呢?谁想到来救她呢?因为她,她为了别人的和自己的痛苦也在那里煎熬,她把她的信仰给了别人,自己的信仰就逐渐减少;所有那些受难的人都抓着她,她支持不住了。没有一个人加以援手……有时人家还对她扔石子……克利斯朵夫,你不是认识那个了不起的女人吗?她献身给最卑微最可敬的慈善事业:在家里收留着才分娩的、为公共救济会所拒绝的或者是怕救济会的妓女,竭力帮助她们恢复身心健康,连她们的孩子一起收留着,唤醒她们的母爱,帮她们重建家庭,找工作,过着安分守己的生活。她所有的力量还不够对付这种凄惨的、令人失意的事业,——(救出来的人太少了!愿意被救的人太少了!还有那些死亡的婴儿,生下来就被判了死刑的无辜!……)——而这个把别人的痛苦当作自己的痛苦的女子,这个发愿要补赎人类自私的罪行的无邪的人,你知道人家怎样批评她吗?公众的恶意诬蔑她在事业中赚钱,甚至说她剥削那些受她保护的人。她不得不离开本区,心灰意懒地搬往别处……你永远想象不到一般独立的女子,对于今日这个守旧的,没有心肝的社会,作着何等残酷的苦斗,——这个毫无生气,濒于死境的社会,还要拿出它仅有的一些力量阻止别人生活!"

"可怜的朋友,这种命运不是女子所独有的,我们都尝到这些斗争的滋味。可是我也认识避难的地方。"

"哪里是避难的地方?"

"艺术呀。"

"这是为你们的,不是为我们的。便是在男人中间,能够得到它好处的又有几个?"

"例如咱们的朋友赛西尔。她是幸福的。"

"你知道些什么?啊!你对一个人的结论下得太容易了!因为她勇敢,因为她不老抓着她的伤心事,因为她瞒着别人,你便说她是幸福的!不错,她因为强壮,因为能够奋斗而幸福。但她的斗争是你不知道的。你以为她天生是配过这种艺术的骗人的生活的吗?呵,艺术!有些可怜的女子希望靠写作、演戏、唱歌来成名,以为那是幸福的顶点!那么,是否因此就可以把她们别的一切都剥夺了,使她们不知道把自己的感情交给什么才好?……艺术!如果我们同时没有其余的一切,光是艺术对我们有什么用?世界上只有一件东西能令人把其余的一切都忘掉:就是一个可爱的小娃娃。"

"可是有了娃娃,你又觉得不够了。"

"是的,有了孩子也不一定够……女人总是不大幸福的。做个女人真难,比做个男人难多了。你们不大想到这些。你们,你们能为了思想为了活动而忘掉一切。你们使自己变成残废,反而觉得快乐。可是一个健全的女子面对这种情形是要痛苦的。把自己压掉一部分是违反人性的。我们哪,我们在某种方式下幸福的时候,又因为不能得到另一种方式的幸福而悔恨。我们有好几个灵魂。你们只有一个,而且更强,往往是粗暴的,甚至是残酷的。我佩服你们。但你们不能过于自私!你们没想到你们自私的程度。你们无意之中给人很大的痛苦。"

"有什么办法呢?那不是我们的过失。"

"不错,克利斯朵夫,那不是你们的过失,也不是我们的。归根结底,你瞧,人生不是一件简单的事。人们说只要自自然然的生活就行了。但什么才是自然的呢?"

"对,我们的生活中没有一件事谈得上自然。独身不是自然的。结婚也不是自然的。自由结合只能使弱者受强者欺侮。我们的社会本身就不是自然的,是我们造出来的。大家说人类是合群的动物。真是胡说!那是为了生存而不得不如此。人的合群是为他的便利,为了要保卫自己,为了求享乐,为了求伟大。这些需要逼他签订了某些契约。但自然会起来反抗人为的约束。自然对我们并不适宜。我们设法征服它。那是一种斗争:结果我们常常打败,而这也不足为奇。怎么样才能跳出这个樊笼呢?——唯有坚强。"

"唯有慈悲。"

"噢,上帝!我们要慈悲,要摆脱自私,要呼吸空气,要爱生命,爱光明,爱自己卑微的任务,爱那一小方种着自己的根的土地!要是不能往横的方面发展,就得向深的、高的方面去努力,仿佛一株局促一隅的树向着太阳生长!"

"是的。咱们先要彼此相爱。但愿男子自认为是女人的弟兄而不是她的俘虏或主宰!但愿男人和女人都能排斥骄傲,少想一些自己,多想一些别人!咱们都是弱者,得互相帮助。切勿对倒在地上的人说:我不认识你了。应当说:拿出勇气来,朋友!咱们会渡过难关的。"

他们不说话了,对着壁炉坐着,小猫蹲在他们中间,大家都待着不动,望着火出神。快要熄灭的火焰闪闪烁烁地映在亚诺太太清秀的脸上;平时所没有的内心的激动,使她脸色有点儿红。她奇怪自己居然会这样的吐露心事。她从来没说过这么多话,以后也不会说这么多话了。

她把手放在克利斯朵夫的手上,问:"那么,你们把那孩子怎么办呢?"

她一开始就在想这个念头。那天她简直变了一个人,滔滔不绝地说着话,像喝醉了似的,但心里只想着这个问题。一听克利斯朵夫最初几句话,她就惦念着那个被母亲遗弃的孩子,想到抚育他的快乐,在这颗小小的灵魂周围织起她的幻梦与爱,但她紧跟着又想道:"不,这是不对的,我不应该拿别人的苦难成就自己的幸福。"

可是她无论如何压不下这念头。她一边说话一边在静默的心头抱着希望。

克利斯朵夫回答说:"是的,当然我们想到这问题。可怜的孩子!奥里维跟我都不能抚育。应当有个女人来照顾,我想到也许有个女朋友可能帮助我们……"

亚诺太太屏着气等着。

克利斯朵夫继续往下说:"我想来跟你商量这件事。碰巧赛西尔上我们那儿去,就是一忽儿以前。她一知道这件事,一看到孩子,就感动得不得了,表示那么高兴,和我说:克利斯朵夫……"

亚诺太太血都停止了;她听不见下文,眼前一切都模糊了。她真想对他嚷道:"喂,喂,把他给我吧!……"

克利斯朵夫还说着话,她听不见他说些什么,但是勉强振作了一下,想到赛西尔从前对她吐露的心事,便对自己说:"赛西尔比我更需要他。我还有我亲爱的亚诺……还有我家里这些东西……而且,我比她年纪大……"

于是她笑了笑,说:"那很好。"

炉火熄了,她脸上的红光也褪下去了。可爱的疲倦的脸上只有平时那种隐忍的慈爱的表情。

"我的朋友把我欺骗了。"

这种思想把奥里维压倒了。克利斯朵夫为了好意而尽量地反激他也是没用。

"那有什么办法呢?"他说,"朋友的欺骗是一种日常的磨难,像一个人害病和闹穷一样,也像跟愚蠢的人斗争一样。应当把自己武装起来。如果支撑不住,那一定是个可怜的男子。"

"啊!我就是个可怜的男子。我在这等地方顾不得骄傲了……一个可怜的男子,是的,需要温情的,没有了温情便会死的男子。"

"你的生命没有完,还有别的人可以爱。"

"我对谁都不信任了,根本没有朋友了。"

"奥里维!"

"对不起。我并不怀疑你,虽然我有时候怀疑一切……怀疑我自己……但你,你是强者,你不需要任何人,你可以不需要我。"

"她比我更不需要你呢。"

"你多么忍心,克利斯朵夫!"

"好朋友,我对你很粗暴;但这是为激励你,使你反抗。把爱你的人和你的生命一齐为了一个取笑你的人牺牲,不是见鬼吗? 不是可耻吗?"

"那些爱我的人于我有什么相干! 我爱的是她啊!"

"干你的工作吧! 那是你以前感到兴趣的……"

"现在可不行了。我厌倦到极点,好似已经离开了人生。一切都显得很远,很远……我眼睛虽然看见,可是心里弄不明白了……想到有些人乐此不疲,每天做着同样的钟摆式的动作,从事于无聊的作业,报纸的争辩,可怜的寻欢作乐;想到那些为了攻击一个内阁,一部书,一个女戏子而鼓起的热情……啊! 我觉得自己多老! 我对谁都没有恨,没有怨。只觉得一切使我厌烦,一切都是空的。写作吗? 为什么写作? 谁懂得你呢? 我只为了一个人而写作,我整个的人生都是为了一个人……如今什么都完了。我疲倦不堪,克利斯朵夫,我疲倦不堪,只想睡觉。"

"那么,朋友,你睡吧。让我来守护你。"

但睡眠就是奥里维最难做到的。啊!倘若一个痛苦的人能睡上几个月,直到伤痕在他更新的生命中完全消失,直到他换了一个人的时候,那该多好!但谁也不能给他这种恩典;而他也绝对不愿意。他最难忍受的痛苦,莫过于不能咂摸自己的痛苦。奥里维像一个发着寒热的人,把寒热当作养料。那是一场真正的寒热,每天在同一时间发作,尤其在薄暮时分,太阳下山的时候。其余的时间,他就受爱情折磨,被往事侵蚀,想着同样的念头,像一个白痴似的将一口食物老在嘴里咀嚼,咽不下去。精神上所有的力量都专注着唯一的、固定的念头。

他不像克利斯朵夫那样能诅咒他的痛苦,恨造成痛苦的原因。因为对事情看得更明白更公平,他知道自己也要负责,知道受苦的不止他一个人:雅葛丽纳也是个牺牲者——是他的牺牲者。她把整个身心交给了他,他怎么对待的呢?倘若他没有能力使她幸福,为什么要把她跟他连在一起呢?她斩断那个伤害她的束缚原是她权利以内的事。他想:"这不是她的错,是我的错。我爱她不得其法。我的确很爱她,但不懂得怎么爱她,既然不能使她爱我。"

这样,他就归咎于自己。这也许是对的,但抱怨过去并无济于事,甚至也不能阻止他下次一有机会再犯同样的错误,而在目前反倒使他活不下去。强者发现事情无可挽救的时候,能忘记人家给他的伤害,也能忘记自己给人家的伤害。但一个人的强并非靠理智,而是靠热情。爱情与热情是两个远房的家族,难得碰在一起的。奥里维有的是爱情;他只在攻击自己的时候才有力量。在他这个心神沮丧的时期,一切的病都乘虚而入。流行性感冒、支气管炎、肺炎,都来找他了。大半个夏天,他病着。克利斯朵夫,靠着亚诺太太的帮忙,尽心服侍他,终于把病魔赶走了。但对付精神上的疾病,他们无能为力;无穷无尽的悲伤慢慢地使他们觉得太折磨人了,需要逃避了。

灾祸往往会令人特别孤独。人类对于祸害有种本能的厌恶,似乎怕它有传染性;至少它是可厌的,使人避之唯恐不及。看你在那里痛苦而还能原谅你的人太少了!永远是约伯的朋友那个老故事:提幔人以利法责备约伯不耐烦。书亚人比勒达认为约伯的遭难是上帝惩罚他的罪恶;拿玛人琐法指斥约伯自大。"而末了,布西人兰姆族巴拉迦的儿子以利户大发雷霆,因为约伯自以为义,不以神为义。"①——世界上真正悲哀的人是很少的。应征的一大批,被选中的寥寥无几。奥里维却是被选中的。像一个厌世的人说的:"他似乎乐意受人虐待。可是扮这种受难的角色并没好处,只有教人家瞧不起。"

奥里维对谁都不能说出他的痛苦,便是对最亲密的人也不能。他发觉那会使他们丧气。连他心爱的克利斯朵夫对这种固执的苦恼也感到不耐烦。他自知笨拙,没法挽救。实在说来,这个慷慨豪爽,经过多少苦难的人,并不能感觉到奥里维的痛苦。这是人类天性的一种缺陷。尽管你慈悲、矜怜、聪明,受过无数的痛苦,你决不能感到一个闹着牙痛的朋友的苦楚。要是病拖延下去,你可能认为病人的诉苦不免夸大。而当疾病是无形的,藏在灵魂深处的时候,岂不令人更觉得夸张?局外的人看到另外一个人为了一种对他不相干的感情愁闷不已,自然要觉得苦恼。末了,这个局外人为了良心上有个交代,便对自己说:"那有什么办法呢?我把理由说尽了都没用。"

是的,把理由说尽了都没用。你要使一个在痛苦中煎熬的人得到一点好处,只能爱他,没头没脑地爱他,不去劝他,不去治疗他,只是可怜他,爱的创伤唯有用爱去治疗。但爱并不是汲取不尽的,便是那些爱得最深的人也是如此;他们所积聚的爱是有限的。朋友们把所能找到的亲热的话说完了,写完了,自以为尽了责任以后,就小心谨慎地引退了,把病人丢在一边,仿佛他是个罪犯。但因他们暗中惭愧对他帮助得那么少,便继续帮助,可是帮得越来越少了;他们想法使病人忘记他们,也想法忘记自己。如果不识时务的苦难一味固执,有点儿回声

---

① 据《旧约·约伯记》,耶和华欲试验正人约伯之心,降祸于他,使其身长毒疮,体无完肤。约伯三友提幔人以利法、书亚人比勒达、拿玛人琐法,各从本处赶来安慰约伯。因约伯自怨其生,诉苦不已,三友乃责以大义。

传到他们隐避的地方，他们就要严厉批判那个没有勇气的，受不起磨折的人；而他一朝倒下去的时候，他们除了真心可怜他以外，暗中一定还想着："可怜的家伙！我当初没想到他这样的不中用。"

在这种普遍的自私的情形之下，一句简单的温柔话、一种体贴入微的关切、一道可怜你而爱你的目光，可能给你不少安慰！那时一个人才感到慈悲的价值，而比较之下，一切其余的东西都显得贫弱了！……使奥里维对亚诺太太比对克利斯朵夫更接近的便是这种慈悲。可是克利斯朵夫还是非常有耐性，为了爱而把心中的感想瞒着奥里维呢。但奥里维的目光被痛苦磨炼得更尖锐了，自然能看到朋友胸中的斗争，看到自己的悲伤沉重地压在克利斯朵夫心上。这一点就足够使他对克利斯朵夫也不愿意亲近了，恨不得对他说："算了吧，朋友，你去吧！"

这样，苦难往往会把两颗相爱的心分离。有如一架簸谷机把糠跟谷子分作两处，它把愿意活的放在一边，愿意死的放在另一边。这是可怕的求生的规律，比爱情更强！母亲看到儿子死去，朋友看到朋友淹溺——如果不能救出他们，自己还是要逃的，不跟他们一块儿死的。可是他们爱儿子爱朋友明明是千百倍于爱自己的……

克利斯朵夫虽然怀着深切的爱，也不得不逃避奥里维。他是强者，身体太好了，在没有空气的苦难中感到窒息。他很惭愧，恨自己一点儿不能帮助朋友；同时他又需要对什么人报复一下，便恨透了雅葛丽纳。虽然听过亚诺太太那番深刻的话，他仍旧很严厉地批判她。对于一个年轻的、性子暴烈的人，这是应有的现象；因为对人生还没充分的经验，他不能哀怜人的弱点。

他去探望赛西尔和托付给她的孩子。赛西尔被这个借来的母性完全改变了；她显得那么年轻，快乐，细腻，温柔。雅葛丽纳的出奔并没使她对不敢自承的幸福存什么希望。她知道，奥里维和她的关系，在奥里维想念雅葛丽纳的时候比着雅葛丽纳在家的时候反倒更疏远了。而且，从前使她中心慌乱的情潮早已过去；雅葛丽纳的误入歧途把她的苦闷给廓清了；她精神上恢复了向来的平静，已经不大明白从前不平静的原因。爱情的需要，如今在抚爱儿童的感情中得到了满足。凭着女子奇妙的幻想和直觉，她能在这个小生命中发现她所爱的人：他现在是幼弱的，委身相与的，整个的属于她的；她能够爱他，热烈地爱他，用着跟这个孩子的无邪的心与清明的眼睛同样纯洁的爱情爱他……但她的温情中并非全无惆怅的遗憾的成分。啊！这究竟不能跟一个从自己血肉里来的孩子相比……但无论如何还是甜蜜的。

克利斯朵夫如今用另一种眼光来看赛西尔了。他想起法朗梭阿士·乌东说过的一句取笑的话："你和夜莺是天生的一对，怎么会不相爱呢？"

但法朗梭阿士比克利斯朵夫更懂得其中的原因：像克利斯朵夫这样的人，难得会爱一个给他好处的人，而宁愿爱一个使他受苦的人。两个极端才会互相吸引，人的本性老在寻找能毁灭自己的东西，它倾向于尽量消耗自己的、热烈的生活，不喜欢俭约的谨慎的生活。对于克利斯朵夫这样的人，这办法是对的，因为他所求的并非在于尽可能地活得长久，而在于活得轰轰烈烈。

可是不像法朗梭阿士看得那么透的克利斯朵夫，以为爱情是一股违反人性的力量。它把一些不能相容的人放在一起，而排斥性格相似的人。和它所毁灭的比较，它给人的好处真是太微末了。圆满的爱情消磨你的意志，不圆满的爱情伤害你的心。它有什么好处给人呢？

正当他这样毁谤爱情的时候，他看到爱神温柔地讥讽地笑着，对他说："你这个忘恩负义的家伙！"

克利斯朵夫不能不再上奥国大使馆去出席一个晚会。夜莺在那边唱舒伯特、沃尔夫和克利斯朵夫的歌。她看到自己的成功和她朋友的成功很愉快：他现在得到优秀阶级的赏识了。便是在广大的群众前面，克利斯朵夫的名字也有了号召力；雷维－葛一流的人再没法装作不知道他。他的作品在各个音乐会里演奏；还有一部剧本被喜歌剧院接受了。似乎冥冥中有人在那里关切他。神秘的朋友,已经屡次帮助过他的朋友,继续促成他的志愿。克利斯朵夫好几次感到有人在暗中帮他活动而竭力躲着。他想要找这个人,但这朋友似乎恼着克利斯朵夫没早点儿设法认识他,所以老是不让他找到。并且他忙着别的事,想着奥里维,想着法朗梭阿士;那天早上他就在报上读到她在旧金山病重的消息:他想像她在外国一个人住着客店,不愿意接见任何人,不愿意写信给任何朋友,咬紧牙关,孤零零地在那里等死。

被这些思想纠缠着,他避开众人,躲在一间冷僻的小客厅里。背靠着墙壁,站在被树木花草遮得阴暗的一角,他听着夜莺的美妙的、凄凉的、热烈的声音唱着舒伯特的《菩提树》;纯洁的音乐唤起了回忆往事的惆怅。对面壁上,一面大镜子反映出隔壁客厅里的灯光和人物。他并不看镜子,只望着自己的内心;眼睛蒙着一层泪水凝成的雾⋯⋯忽而,像舒伯特的《菩提树》一般,他莫名其妙地哆嗦起来,脸色苍白,一动不动地过了几秒钟。随后,眼泪没有了,他瞧见前面镜子里有一个"女朋友"对他望着⋯⋯女朋友?她是谁呢?他除了知道她是朋友,是他认识的以外,什么都不知道。眼睛对着她的眼睛,他靠在墙上继续哆嗦。她微微笑着。他既没看到她的脸庞与身体的线条,也没看到她眼睛是什么颜色,身材是高是矮,穿的是什么衣服。他只看见一样,就是在她同情的微笑中反映出来的慈悲。

而这笑容突然在克利斯朵夫心头唤起一件童年的往事⋯⋯在六岁至七岁期间,他在学校里非常可怜,才被一帮比他年长有力的同学羞辱了一场,打了一顿,大家嘲笑他,老师又不公平地责罚他,别的孩子在玩儿,他却垂头丧气蹲在一边,悄悄地哭着。一个神态幽怨的,不跟别的同学玩的女孩子,——(从那时起他从来没想到她,但此刻分明看到她的模样:短短的身材,头很大,淡黄的头发与眉毛简直像白的一般,蓝眼睛显得惨白,宽大而黯淡的腮帮,微微虚肿的嘴唇与脸庞,一双红红的小手,)——走到他身旁,站住了,把大拇指含在嘴里,看着他哭;接着她把小手放在克利斯朵夫头上,怯生生地,匆匆忙忙地满怀好意地堆着笑容说:"别哭啦! ……"

于是克利斯朵夫忍不住了,大声号了出来,把鼻子靠在小姑娘的围裙上。她却用着颤抖而温婉的声音又说了声:"别哭啦! ……"

过了几星期,她死了。那件事发生的时候,她大概已经落在死神的掌握中了……为什么他这时忽然想到她呢? 在这个出身微贱的,在遥远的德国小城里被人遗忘的死了的女孩子,和此刻望着他的贵族少妇之间,有什么关系呢? 但所有的人都只有一颗灵魂,虽然亿兆的生灵各各不同,好像在太空中旋转的无数的星球一般,但照耀那些为时间分隔着的心灵的,都是同一道爱的光明。当年在那个安慰他的女孩子苍白的嘴唇上映现过的微光,现在克利斯朵夫又看到了……

这不过是一刹那的事。一群人像潮水似的把门挡住了,克利斯朵夫再也瞧不见另外一个客厅里的情形。他缩回到黑影里,躲在镜子照不到的地方,生怕自己慌乱的情绪被人注意。等到定了定神,他想再见她,唯恐她已经走了。但他一走进客厅,立刻在人堆里把她找到了,虽然不再像镜子里那个模样。这一下他看到的是她的侧影,坐在一群漂亮的妇女中间,肘子搁在安乐椅的靠手上,支着头,微微探着身子在那里听人家谈话,脸上堆着一副机灵的、心不在焉的笑容。她的面貌活像拉斐尔的名画《圣体争辩》中的圣·约翰,眼睛半开半合,想着自己的心事微笑……

然后她抬起眼睛,看到了他,一点儿没有诧异的神气。他这才发觉她的微笑是对他而发的。他向她行着礼,非常感动地走近去:

"您认不得我了吗?"她问。

就在这时候,他认出了她,叫了声:"葛拉齐亚……"①

同时,大使夫人在旁边过,说他们彼此仰慕了这么久,这一回终于相遇,真是幸事。她把克利斯朵夫介绍给"裴莱尼伯爵夫人"。可是克利斯朵夫心里激动得那么厉害,根本没听见;他完全没注意到这个陌

---

① 参阅卷五:《节场》。——原注

生的姓氏。在他心目中,她始终是他的小葛拉齐亚。

葛拉齐亚二十二岁,一年以前嫁了奥国大使馆的一个青年随员。他是贵族出身,和奥国的首相有亲戚关系;人非常时髦,喜欢玩儿,高雅大方,已经有点儿未老先衰。她当初是真心地爱上了他,现在虽把他看透了,还是爱他的。她的老爸爸死了,丈夫被任命为驻巴黎使馆的随员。由于裴莱尼伯爵的社会关系,也由于她本身的魅力和聪明,从前为了些小事就会吃惊的胆怯的少女,在她既不卖弄也不发窘的巴黎社会中,竟变成了最受注目的太太之一。年轻,美貌,讨人喜欢,也知道自己讨人喜欢:这些都成为一种力量。同样有作用的是她生就有着一颗平静的、非常健全非常清明的心;欲望与命运又是非常调和,使她很快乐。这是人生最美丽的阶段,但由意大利的光明与和平培养起来的她的拉丁精神,依旧保持着那种恬静的音乐气息。很自然地,她在巴黎社交场中有了势力;她并不为之惊奇,而且懂得把这种势力运用到有求于她的艺术事业与慈善事业中去,可是不居名义:因为她在乡下别庄内所消磨的无拘无束的童年,始终给她留下独立不羁的性格,觉得社会又有趣又可厌;但她能适应自己的地位,用一副表示善意与殷勤的笑容来遮盖她的厌烦。

她没忘记她的好朋友克利斯朵夫。当年不声不响地抱着天真的爱的女孩子,固然已经不存在了,现在的葛拉齐亚是个极有理性而全无荒唐的幻想的女人,对于自己幼年时代的夸大的感情觉得又甜蜜又可笑。但是想到这些往事,她照旧很激动。关于克利斯朵夫的回忆的确是她一生最纯洁的岁月的回忆。她听到他的姓名就感到愉快;他每次的成功都使她非常高兴,好似其中也有她的一份:因为他的成就是她早已预感到的。她来到巴黎以后就想法寻访他,邀请他,在请柬上加注她少女时代的名字。克利斯朵夫没有留意,把请柬往纸篓里扔掉了。她并不生气,继续暗暗地留神他的工作,甚至也探听他的生活状况。最近使报纸上抨击克利斯朵夫的笔战突然停止了,便是由于她的力量。纯朴的葛拉齐亚和报界没有多大交情,但为了帮助一个朋友,她能够运用狡猾的手段,笼络那些她最不喜欢的人。她把猖猖狂吠的报纸经理请来,略施小技就使他大为颠倒;她满足了他的自尊心,把他收拾得服服帖帖:仅仅在无意之间提了一句,表示人家对克利斯朵夫的攻击很可诧异也很可鄙,那攻击就立刻中止了。经理把预计在第二天刊出的一篇谩骂的文字临时抽掉;执笔的记者问他理由,反而挨了一顿骂。他还更进一步,吩咐他的走狗之一在十五天内制造一篇热烈恭维克利斯朵夫的文字;结果当然是照办,文字的确写得很热烈,可也是荒谬绝伦。她又发起在大使馆内举行几个演奏克利斯朵夫作品的音乐会,更因为知道他有心提拔赛西尔,也就帮助那年轻的女歌唱家崭露头角。末了她利用和德国外交界的交谊,慢慢地用着巧妙的手腕,使当局注意到被德国判罪的克利斯朵夫。她无形中促成了一种舆论,准备向德皇要求特赦,让一个为国增光的艺术家能够回去。又因为这个特赦不能希望立刻实现,她设法使人家答应克利斯朵夫回故乡去逗留两天而假作痴聋。

而克利斯朵夫,一向感到有一个看不见的朋友在保护他而始终不知道是谁,此刻才在镜中对他微笑的圣·约翰脸上辨认出来。

他们谈着过去。究竟谈些什么,克利斯朵夫也不大知道。他既看不见所爱的人,也听不见所爱的人。一个人真爱的时候,甚至会想不到自己爱着对方。克利斯朵夫就是这样。她在面前,这就够了。其余的都不存在了……

葛拉齐亚停止了说话。一个很高大的青年,长得相当美,很有风度,不留胡子,头发已经秃了,带着一副厌烦而轻蔑的神气,从单眼镜里打量着克利斯朵夫,一边又高傲又有礼貌地弯着身子。

"这位便是我的丈夫。"她说。

客厅里的声音又听到了。心里的光明熄灭了。克利斯朵夫登时心中冰冷,不声不响地答着礼,马上告退。

这些艺术家的心灵,和统治他们感情生活的那种幼稚的原则,真是太可笑,太苛求了!这位朋友从前爱他的时候是被他忽视的,他多少年来一向没想起的;如今才跟她重遇,他就觉得她是他的,是他的宝物了;倘若别人把她占有了,那是从他那里抢去的;她自己也没有权利委身于另外一个人。克利斯朵夫并没觉察自己有这些情绪。但他那个创造的精灵代他觉察了,使他在这几天内产生了几支把苦恼的爱情描写得最美的歌。

他隔了许多时候没去看她。奥里维的痛苦和健康问题老是纠缠着他。终于有一天,找到了她留下的地址,他决心去了。

走在楼梯上,他听见工人们敲锤子的声音。穿堂里很杂乱地堆着箱笼。仆役回答说伯爵夫人不能见客。克利斯朵夫大为失意地留了名片,想下楼了,不料仆人又追上来,一边道歉一边请他进去。克利斯朵夫被带到一间会客室,地毯已经拿掉了卷在一旁。葛拉齐亚浮着光辉四射的笑容迎上前来,又快乐又兴奋地伸着手。他同样快乐而激动的握着她的手,吻了一吻。

"啊!"她说,"你能够来,我快活极了!我真怕不能再见你一面就走了!"

"走了?你要走了?"

阴影又罩了下来。

"你瞧,"她指着室内凌乱的情形,"本星期末,我们就要离开巴黎了。"

"离开多少时候呢?"

她做了个手势:"谁知道!"

他拼足了气力说话,喉管已经在抽搐了。

"上哪儿去呢?"

"美国。我的丈夫调到驻美大使馆去当一等秘书。"

"那么,那么,那么……,"他嘴唇发抖了,"……就此完了吗?"

"朋友!"她被他的声音感动了,"不,并不完了。"

"我才把你找到就把你失掉了!"

他眼中含着泪。

"朋友!"她又叫了一声。

他用手蒙着眼睛转过身去,想遮掩他的情感。

"别难过啊。"她把手放在他的手上。

这时他又想到那个德国小姑娘。他们俩都不作声了。

"为什么你来得这么晚?"她终于问道,"我想法要见你。你可从来没回音。"

"我一点儿都不知道,一点儿都不知道……告诉我,是你帮助了我多少次而我没有猜到吗?……是靠了你的力量我能够回到德国去的吗?是你做了我的好天使在暗中护卫我吗?"

她回答:"我很高兴能为你尽些力。我应当报答你的多着呢!"

"什么?我又没帮过你忙。"

"你不知道你给了我多少好处。"

于是她讲起童年在姑丈史丹芬家遇到他的时代,由于他的音乐,她发现了世界上一切美妙的东西。慢慢地,带着点儿兴奋的情绪,她又明显又含蓄地,说起当年参与克利斯朵夫被人大喝倒彩的音乐会,她对这音乐会的感触与悲哀,说出她怎样的哭,怎样的写信给他而没有回音,因为他没收到。克利斯朵夫听着,把现在对着这个妩媚的脸庞所感到的温情与激动,统统移注到过去的事情里去了。

他们天真的谈着话,觉得非常亲切,非常快乐。克利斯朵夫一边说一边握着葛拉齐亚的手。突然之间他们俩都不作声了:葛拉齐亚发觉克利斯朵夫爱着她,而克利斯朵夫自己也发觉了……

从前葛拉齐亚爱着克利斯朵夫,克利斯朵夫完全没注意。如今克利斯朵夫爱着葛拉齐亚,而葛拉齐亚对他只有一种恬静的友谊:她爱着另外一个。好比两架生命的钟:这一座比那一座走得快了一点儿,就可以使双方全部的生涯改变……

葛拉齐亚把手缩回去,克利斯朵夫也不勉强抓着。他们不声不响的呆坐了一会儿。

然后葛拉齐亚说了声:"再见。"

克利斯朵夫又叹道:"这样就完了吗?"

"也许这样倒更好。"

"在你动身以前,我们不能再见了吗?"

"不能了。"她说。

"我们什么时候再能相会呢?"

她作了一个惆怅的困惑的手势。

"那么我们这次相见有什么意思呢?"克利斯朵夫说。

但一看到她幽怨的目光,他立刻补充:"啊,对不起,我这话是不应该的。"

"我永远会想念你的。"她说。

"可怜!我连想念你都不能。我一点儿都不知道你的生涯。"

她平心静气地用几句话把平时的生活告诉了他,描写她过日子的方式。她提到她和她的丈夫,始终堆着那副亲切的美丽的笑容。

"啊!"他心中有点儿忌妒地说,"你爱他吗?"

"爱的。"她回答。

他站起身来。

"再会了。"

她也站起来。这时他才发觉她怀着身孕,心中立刻感到一种说不出的厌恶,温柔,妒忌,和热烈的怜悯。她把他送到小客厅门口。他转过身来,向朋友的手伛着身子,亲了长久。她一动不动,半合着眼睛。终于他抬起身子,望也不望一下,很快地走了出去。

　　……那时谁要问我什么,
　　我唯有装着谦卑的脸,
　　只回答他一个字:
　　　　爱。

那天是诸圣节。外边是阴沉的天和寒冷的风。克利斯朵夫在赛西尔家。赛西尔站在孩子的摇篮旁边,顺路来探望的亚诺太太探着身子瞧着。克利斯朵夫独自在那里出神。他觉得自己错过了幸福,可并不想抱怨:他知道幸福是存在的……噢,太阳!我用不着看到你才能爱你!便是在阴暗中发抖的冗长的冬季,我的心仍旧充满着你的光明;我的爱情使我感到温暖,我知道你在这里……

赛西尔也在幻想。她打量着孩子,居然相信这是她自己的孩子了。噢,幻想的力量,能创造生命的幻想,真应该祝福你啊!生命……什么是生命?它并不是像冷酷的理智和我们的肉眼所见到的那个模样,而是我们幻想中的那个模样。生命的节奏是爱。

克利斯朵夫望着赛西尔,眼睛很大而带点儿村野气息的脸上闪耀着母性的本能——比真正的母亲更纯粹的母亲。他又望着亚诺太太温柔而疲倦的脸。他在这张脸上看到,像一本打开的书一样清楚,看到这个做妻子的生活中隐藏着多少的甜酸苦辣,虽然人家一点儿没猜疑到,有时却和朱丽叶或伊索尔德的爱情同样富于喜乐与痛苦的滋味。但她的这种喜乐与痛苦更近于宗教的伟大……

人事的与神事的结合＝配偶。①

他想,一个人的幸与不幸并不在于信仰的有无;同样,结婚与不结婚的女子的苦乐,也并不在于儿女的有无。幸福是灵魂的一种香味,是一颗歌唱的心的和声。而灵魂的最美的音乐是慈悲。

这时奥里维走进来了。他动作很安详,蓝眼睛里头有一道新的,清明的光彩。他对孩子微微笑着,跟赛西尔和亚诺太太握了握手,开始安安静静地谈话。他们都用着亲热而诧异的态度打量他。他一切都不同了。在他抱着满腔悲苦把自己幽闭着的孤独中间,好似一条躲

---

① 此系罗马法中解释配偶之条文,与爱情之徒为人事的而非神事的有别。

在窠里的青虫,艰辛地工作了一番以后,终于把他的苦难像一个空壳似的脱下了。他怎样的自以为找到了一个美妙的目标来贡献他的生命,且待下文再述。从此他对于生命只关切一点,便是把生命作牺牲;而从他心中舍弃了生命的那一天起,生命就重新有了光彩:这是必然之理。朋友们都望着他,不知道他有了些什么事,又不敢多问;但他们觉得他是解脱了,他心中对任何人任何事都不再有遗憾或悲苦了。

克利斯朵夫站起来,走向钢琴,对奥里维说:"要不要我唱一支老勃拉姆斯的歌给你听?"

"勃拉姆斯?"奥里维说,"你现在弹你死冤家的作品了?"

"今天是诸圣节,对谁都应当宽恕。"克利斯朵夫说。

为了免得惊醒孩子,他放低着声音唱着施瓦本地方的一支老歌谣中的几句:

> 我感谢你曾经爱过我,
> 希望你在别处更幸福……

"克利斯朵夫!"奥里维叫了起来。

克利斯朵夫把他紧紧地搂在怀里:"好了,我的孩子,咱们运气不坏。"

他们四个都坐在睡熟的孩子周围,不做一声。要是有人问他们想些什么,那么,他们脸上表示着谦卑的神气,只回答你一个字:

——爱。

卷八终

卷九·燃烧的荆棘

第 一 部

精神安定。一丝风都没有。空气静止……

克利斯朵夫神闲意适,心中一片和平。他因为挣到了和平很得意,暗中又有些懊丧,觉得这种静默很奇怪。情欲睡着了,他一心以为它们不会再醒的了。

他那股偏于暴烈的巨大的力,没有了目的,无所事事,处于蒙眬半睡的状态。实际是内心有点儿空虚的感觉,"看破一切"的怅惘,也许是不懂得抓握幸福的遗憾。他对自己,对别人,都不再需要多大的斗争,甚至在工作方面也不再有多大困难。他到了一个阶段的终点,以前的努力都有了收获;要汲取先前开发的水源真是太容易了;他的旧作才被那般天然落后的群众发现而赞赏的时候,他早已把它们置之脑后,可也不知道自己是否还会更向前进。他每次创作都感到同样愉快。在他一生的这一时期,艺术只是一种他演奏得极巧妙的乐器。他不胜羞愧的觉得自己变成了一个以艺术为游戏的人。

易卜生说过:"在艺术中应当坚守勿失的,不只是天生的才气,还有充实人生而使人生富有意义的热情与痛苦。否则你就不能创造,只能写些书罢了。"

克利斯朵夫就是在写书。那他可是不习惯的。书固然写得很美;他却宁愿它们减少一些美而多一些生气。好比一个休息时期的运动家,不知怎么对付他的筋骨,只像一头无聊的野兽一般打着呵欠,以为将来的岁月都是平静无事的岁月,可以让他消消停停的工作。加上他那种日耳曼人的乐观脾气,他确信一切都安排得挺好,结局大概就是这么回事;他私自庆幸逃过了大风暴,做了自己的主宰。而这点成绩也不能说少了……啊!一个人终于把自己的一切控制住了,保住了本来面目……他自以为到了彼岸。

两位朋友并不住在一起。雅葛丽纳出走以后,克利斯朵夫以为奥里维会搬回到他家里来的。可是奥里维不能这样做。虽然他需要接近克利斯朵夫,却不能跟克利斯朵夫再过从前的生活。和雅葛丽纳同居了几年,他觉得再把另外一个人引进他的私生活是受不了的,简直是亵渎的——即使这另一个人比雅葛丽纳更爱他。而他爱这另一个人也胜于爱雅葛丽纳。——那是没有理由可说的。

克利斯朵夫很不了解,老是提到这问题,又惊异,又伤心,又气恼……随后,比他的智慧更高明的本能把他点醒了,他便突然不作声了,认为奥里维的办法是对的。

可是他们每天见面,比任何时期都更密切。也许他们谈话之间并不交换最亲切的思想,同时也没有这个需要。精神的沟通用不着语言,只要是两颗充满着爱的心就行了。

两人很少说话,一个耽溺在他的艺术里,一个耽溺在他的回忆里。奥里维的苦恼渐渐减轻了;但他并没为此有所努力,倒还差不多以苦恼为乐事:有个长久的时期,苦恼竟是他生命的唯一的意义。他爱他的孩子;但一个只会哭喊的小娃娃不能在他生活中占据多大的地位。世界上有些男人,对爱人的感情远过于对儿子的感情。我们不必对这种情形大惊小怪。天性并不是一律的;要把同样的感情的规律加在每个人身上是荒谬的。固然,谁也没权利把自己的责任为了感情而牺牲。但至少得承认一个人可以尽了责任而不觉得幸福。奥里维在孩子身上最爱的一点,还是这孩子的血肉所从来的母亲。

至此为止,他不大关心旁人的疾苦。他是一个与世隔绝的知识分子。但与世隔绝不是自私,而是爱梦想的病态的习惯。雅葛丽纳把他周围的空虚更扩大了;她的爱情在奥里维与别人之间划出了一道鸿沟;爱情消灭了,鸿沟依旧存在。而且他气质上是个贵族。从幼年起,他虽然心很温柔,但身体和精神极其敏感,素来是远离大众的。他们的思想和气息都使他厌恶。——但自从他亲眼看见了一桩平凡的琐事以后,情形就不同了。

他在蒙罗区的高岗上租着一个很朴素的公寓,离克利斯朵夫与赛西尔的住处很近。那是个平民区,住在一幢屋子里的不是靠少数存款过活的人,便是雇员和工人的家庭。在别的时期,他对于这个气味不相投的环境一定会感到痛苦;但这时候他完全不以为意;这儿也好,那儿也好:他在何处都是外人。他不知道,也不愿意知道邻居是些什么人。工作回来——(他在一家出版公司里有一个差事),——他便关在屋里怀念往事,只为了探望孩子和克利斯朵夫才出去。他的住处不能算一个家,只是一间充满着过去的形象的黑房;而房间越黑越空,形象就越显得清楚。他不大注意在楼梯上遇到的人。但不知不觉已经有些面貌印入他的心里。有些人对于事物要过后才看得清楚。那时什么都逃不掉了,最微小的枝节也像是用刀子刻下来的。奥里维就是这样:他心中装满了活人的影子,感情一激动,那些影子便浮起来,跟它们素昧平生的奥里维居然认出了它们,有时他伸出手去抓⋯⋯可是它们已经消失了!⋯⋯

有一天出去的时候,他看到屋子前面有一堆人,围着叽叽呱呱的女门房。他素来不管闲事,差不多要不加问询地走过去了,但那个想多拉一个听众的看门女人把他拦住了,问他知不知道可怜的罗赛一家出了事。奥里维根本不知道谁是那些"可怜的罗赛",只漫不经意,有礼地听着。等到知道屋子里有个工人的家庭,夫妇俩和五个孩子一齐自杀了的时候,他像旁人一样一边听着女门房反复不厌地唠叨,一边抬起头来望望墙壁。在她说话的时候,他渐渐地想起那些人是见过的,他问了几句……不错,是他们:男的——(他常常听见他在楼梯上呼里呼噜地喘气)——是面包师傅,面色苍白,炉灶的热气把他的血都吸干了,腮帮陷了下去,胡子老是没刮好,他初冬时害了肺炎,没完全好就去上工,变成复病,三星期以来,他又是失业又没有一点儿气力。女的永远大着肚子,被关节炎把身子搞坏了,还得拼命忙着家里的事,整天在外边跑,向救济机关求一些姗姗来迟的微薄的资助。而这期间,一个又一个的孩子生下来了:十一岁,七岁,三岁,中间还死过两个;最后又是一对双生儿在上个月下了地,真是挑了一个最好的时期!一个邻居的女人说:

"他们出生那天,五个孩子中最大的一个,十一岁的小姑娘于斯丁纳,——可怜的丫头!——哭着说,要她同时抱一对双生兄弟,怎么吃得消呢……"

奥里维听了,脑海中立刻现出了那个小姑娘的模样,——挺大的额角,毫无光泽的头发往后梳着,一双惊惶不定的灰色眼睛,部位长得很高。人家不是看到她捧着食物,就是看到她抱着小妹子,再不然手里牵着一个七岁的兄弟——那是个娇弱的孩子,相貌很细气,一只眼睛已经瞎了。奥里维在楼梯上碰到她,总是心不在焉地,有礼地说一声:"对不起,小姐。"

她一声不出,只直僵僵地走过,也不闪避一下,但对于奥里维的虚礼暗中很高兴。头一天傍晚六点钟,他下楼还最后看到她一次:提着一桶炭上去,东西似乎很重。但在一般穷苦的孩子,那是极平常的事。奥里维照例招呼了一声,并没瞧她一眼。他往下走了几级,无意中抬起头来,看见她靠在栏杆上,伸着那张小小的抽搐的脸瞧他下楼。接着她转身上去了。她知道不知道自己上哪儿去呢?奥里维认为她是有预感的。他想着这可怜的孩子手里提着炭等于提着死亡,而死亡便是解放。对于可怜的孩子们,不再生存就是不再受罪!想到这儿,他没法再去散步了,便回到房里。但明知道死者就在近旁,只隔着几堵壁,自己就生活在这些惨事旁边,怎么还能安安静静地待在家里呢?

于是他去找克利斯朵夫,心里非常难受,觉得世界上多少人受着千百倍于自己的、可以挽救的苦难,他却为了失恋而成天自嗟自叹,不是太没有心肝了吗?当时他非常激动,把别人也感染了。克利斯朵夫因之大为动心。他听着奥里维的叙述,把才写的一页乐谱撕了,认为自己搞这些儿童的玩意儿简直是自私自利……但过后他又把撕破的纸张捡起来。他完全被音乐抓住了,而且心里感觉到,世界上减少一件艺术品并不能多添一个快乐的人。饥寒交迫的悲剧对他也不是新鲜的事,他从小就在这一类的深渊边上走惯而不让自己掉下去的。甚至他对自杀还抱着严厉的态度,因为他这时期精力充沛,想不到一个人为了某一种痛苦竟会放弃斗争的。痛苦与战斗,不是挺平常的吗?这是宇宙的支柱。

奥里维也经历过相仿的磨难,但从来不肯逆来顺受,为自己为别人都是这样。他一向痛恨贫穷,因为那是把他心爱的安多纳德磨折死的。自从娶了雅葛丽纳,让财富和爱情把他志气消磨完了以后,他就急于丢开那些悲惨年代的回忆,把跟姐姐两人每天都得毫无把握地挣取下一天的面包的事赶快忘掉。现在爱情完了,这些形象便重新浮现了。他非但不躲避痛苦,反而去找它。那是不必走多少路就能找到的。以他当时的心境,他觉得痛苦在社会上触目皆是。社会简直是一所医院……遍体鳞伤,活活腐烂的磨折!忧伤侵蚀,摧残心灵的酷刑!没有温情抚慰的孩子,没有前途可望的女儿,遭受欺凌的妇女,在友谊、爱情与信仰中失望的男子,满眼都是被人生撕伤的可怜虫!而最惨的还不是贫穷与疾病,而是人与人间的残忍。奥里维才揭开人间地狱的盖子,所有被压迫的人的呼号已经震动他的耳膜了,受人剥削的无产阶级,被人虐害的民族,被屠杀的亚美尼亚,被窒息的芬兰,四分五裂的波兰,殉道的俄罗斯,被欧洲的群狼争食的非洲,以及所有的受难者。奥里维为之气都喘不过来了,他到处听见他们的哀号,不懂一个人怎么还能想到旁的事。他不住地和克利斯朵夫说着。克利斯朵夫心绪被扰乱了,回答说:"别烦了,让我工作!"但他不容易平静下来,便气恼了,咒着说:"该死!我这一天完全给糟掉了!你算是有进步了,嗯?"于是奥里维赶紧道歉。"孩子,"克利斯朵夫说,"别老望着窟窿。你要活不下去的。"

"可是我们应当把那些掉在窟窿里的人救出来呀。"

"当然。可是怎么救呢?是不是我们也跟着跳下去?你就是这个办法。你有一种倾向,只看见人生可悲的事。不用说,这种悲观主义是慈悲的,可是叫人泄气的。想使人家快活,你自己先得快活!"

"快活!看到这么多的苦难之后,还会有这种心肠吗?只有努力去减少人家的苦难,你才会快活。"

"对。可是乱打乱杀一阵就能帮助不幸的人吗?多一个不中用的兵是无济于事的。我能够用我的艺术去安慰他们,给他们力量,给他们快乐。你知道不知道,一支美丽的歌能够使多少的可怜虫在苦难中得到支持?应当各人干各人的事!你们法国人,真是好心糊涂虫,只知道抢着替一切的不平叫屈,不管是为了西班牙还是为了俄罗斯,也没弄清是怎么回事。我喜欢你们这个脾气。可是你们以为这样就能把事情搞好吗?你们乱哄哄地投入旋涡,结果是成事不足,败事有余……你瞧,你们的艺术家自命为参与着世界上所有的运动,可是你们的艺术从来没有像今天这样的黯淡。奇怪的是,多少玩票的小名家跟坏蛋,居然自称为救世的圣徒!嘿,他们不能少灌一些坏酒给群众喝吗?——我的责任,第一在于做好我的事,替你们制作一种健全的音乐,恢复你们新鲜的血液,让阳光照到你们心里去。"

要散布阳光到别人心里,先得自己心里有阳光。而奥里维就感缺少。像今日一般最优秀的人一样,他不能独自发挥他的力量,只有跟别人联合起来才能够。可是跟谁联合呢?思想是自由的,心可是虔诚的,他被一切的政治党派与宗教党派摒诸门外。他们因为胸襟狭小,不能容忍而互相排挤。一朝有了权力,他们又加以滥用。所以只有被压迫的人才吸引奥里维。在这方面,他至少是和克利斯朵夫相同的,认为在反抗远处的不平之前,先得反抗近处的不平,反抗那些在我们周围而且是我们多少负有责任的。攻击别人的罪恶而忘掉自己所犯的罪恶的人,真是太多了。

于是他先从帮助穷人入手。亚诺太太因为参加着一个慈善组织,便介绍奥里维入了会。一开始他就遇到好几桩失意的事:他负责照顾的穷人并不都值得关切;或者是他的同情没有得到好的反应,他们提防他,对他深闭固拒。并且一个知识分子根本难于在单纯的慈善事业上面获得满足:在灾祸的国土中,这种办法所灌溉到的园地太小了!它的行动几乎老是支离破碎的,零星的;它似乎毫无计划,发现什么伤口就随时包扎一下。以一般而论,它的志愿太小,行动太匆忙,不能一针见血地对付病源。而探讨苦难的根源正是奥里维不肯放过的工作。

他开始研究社会的灾难。在这一方面,向导决不愁缺少。当时社会问题已经成为上流社会的一个问题。在交际场中,在小说或剧本中间,大家都谈论着。每个人都自命为很熟悉。一部分青年为此消耗了他们最优秀的力量。

每一代的人都得有一种美妙的理想让他们疯魔。即使青年中最自私的一批也有一股洋溢的生命力,充沛的元气,不愿意毫无生产;他们想法要把它消耗在一件行动上面,或者——(更谨慎的)——消耗在一宗理论上面。或是搞航空,或是搞革命;或是作肌肉的活动,或是作思想的活动。一个人年轻的时候需要有个幻象,觉得自己参与着人间伟大的活动,在那里革新世界。他的感官会跟着宇宙间所有的气息而震动,觉得那么自由,那么轻松!他还没有家室之累,一无所有,一无所惧。因为一无所有,所以能非常慷慨地舍弃一切。妙的是能爱,能憎,以为空想一番,呐喊几声,就改造了世界;青年人好比那些窥伺待发的狗,常常捕风捉影地狂吠。只要天涯地角出了一桩违反正义的事,他们就疯起来了……

黑夜里到处是狗叫。在大森林中间,从这一个农庄到那一个农庄,此呼彼应。夜里一切都骚动得很。在这个时代,睡觉是不容易的!空中的风带来多少违反正义的回声!而违反正义的事是没有穷尽的,为了补救一桩不义,你很可能作出另外一些不义。而且,什么叫作不义,什么叫作暴行呢?——有的说是可耻的和平,残破的国家。有的说是战争。这个说是旧制度的被毁,君王的被黜。那个说是教会的被掠。另外一个又说是未来的被窒息,自由的受到威胁。对于平民,不平等是不义;对于上层阶级,平等是不义。不义的种类那么多,每个时代都得特别挑一个,——既要挑一个来加以攻击,又要挑一个来加以庇护。

那时大家正在竭力攻击社会的不公道,——同时也在不知不觉地准备新的不公道。

当然,自从工人阶级的数量与力量增高,成为国家的主要机轴以来,社会的不公道特别显得不堪忍受,特别令人注目。但不管工人阶级的政客与讴歌者怎样宣传,工人阶级的现状并没变得更坏,反而比从前改善。今昔的变化并非在于现代的工人们更苦,而是在于更有力量。这种力量是资本家的力量造成的,是经济与工业发展的必然的趋势造成的;因为这种发展把劳动者集合在一起,使他们成为可以作战的军队;工业的机械化使武器落到了劳动者手里,使每个工头都变成支配光、支配电、支配力的主宰。近来一般领袖正想加以组织的、这些原动力中间,有一股烈焰飞腾的热度和无数的电浪,流遍了整个社会。

有头脑的中产阶级所以被平民问题震动,决不是——虽然他们自以为是——为了这个问题的合乎正义,也不是为了观念的新奇与力量,而是为了它的生命力。

以平民问题所牵涉的正义而论,社会上千千万万别的正义被蹂躏了,谁也不动心。以观念而论,它只是些零零碎碎的真理,东一处西一处地捡得来,牺牲了旁的阶级而依了一个阶级的身量剪裁过的。那不过是一些跟所有的"原则"同样荒谬的"原则",——例如君权神圣,教皇无误,无产阶级统治,普及选举,人类平等;——倘使你不从鼓动这些原则的力量方面着眼而单看它们的理由,还不是同样的荒谬?但它们的平庸是没有关系的。无论什么思想,都不是靠它本身去征服人心,而是靠它的力量;不是靠思想的内容,而是靠那道在历史上某些时期放射出来的生命的光辉。仿佛一股浓烈的肉香,连最迟钝的嗅觉也受到它的刺激。以思想本身来说,最崇高的思想也没有什么作用;直到有一天,思想靠了吸收它的人的价值(不是靠了它自己的价值),靠了他们灌输给它的血液而有了传染性的时候,那枯萎的植物,奚里谷的玫瑰①,才突然之间开花,长大,放出浓郁的香味布满空间。——张着鲜明的旗帜,领导工人阶级去突击布尔乔亚堡垒的那些思想,原来是布尔乔亚梦想家想出来的。只要不出他们的书本,那思想就等于死的,不过是博物馆里的东西,放在玻璃柜中的木乃伊,没有人瞧上一眼的。但一朝被群众抓住了,那思想就变了群众的一部分,感染到他们的狂热而变了模样,有了生气;抽象的理由中间也吹进了如醉如狂的希望,像穆罕默德开国时代的那阵热风。这种狂热慢慢扩张开去。大家都感染到了,可不知道那热风是谁带来的,怎么带来的。而且人本身的问题反而漠视掉了。精神的传染病继续蔓延,从头脑狭窄的人物传达给优秀人物。每个人都无意之间做了传布的使者。

这些精神传染病的现象在每个国家每个时代都有的,即使在特权阶级坚壁高垒,竭力撑持的贵族国家也不能免。但在上层阶级与平民之间没有藩篱可守的民主国家,这种现象来势特别猛烈。优秀分子立刻被传染了。他们尽管骄傲,聪明,却抵抗不了疫势;因为他们远没有自己想象的那么强。智慧是一座岛屿,被人间的波涛侵蚀了,淹没了,只有等大潮退落的时候,才能重新浮现。大家佩服法国贵族在八月四日夜里放弃特权的事②。其实他们是不得不这样做。我们不难想象,他们之中一定有不少人回到府里去会对自己说:"哎,我干的什么事

---

① 奚里谷玫瑰产于叙利亚与巴勒斯坦,未开花即萎谢,但移植湿地,即能再生。
② 一七八九年七月十四日法国大革命爆发后,八月四日夜,若干贵族在国民议会中宣布放弃特权。

啊？简直是醉了……"好一个醉字！那酒真是太好了,酿酒的葡萄也太好了！可是酿成美酒来灌醉老法兰西的特权阶级的葡萄藤,并非特权阶级栽种的。佳酿已成,只待人家去喝。而你一喝便醉。就是那些绝不沾唇而只在旁边闻到酒香的人也不免头晕目眩。这是大革命酿出来的酒！……一七八九年份的酒,如今在家庭酒库中只剩几瓶泄气的了;可是我们的曾孙玄孙还会记得他们的祖先曾经喝得酩酊大醉的。

使奥里维那一代的布尔乔亚青年头昏脑涨的,是一种同样猛烈而更苦涩的酒。他们把自己的阶级为牺牲,去献给新的上帝,无名的上帝,——平民。

当然,他们并非每个人都一样的真诚。许多人看不起自己的阶级,为的是要借此崭露头角。对大多数人,是把这种运动作为精神上的消遣,高谈阔论的训练,并不完全当真的。一个人自以为信仰一种主义,为它而奋斗,或者将要奋斗,至少是可能奋斗,的确是愉快的事,甚至觉得冒些危险也不坏,反而有种戏剧意味的刺激。

这种心情的确是无邪的,倘使动机天真而没有利害计算的话。——但一批更乖巧的人是胸有成竹地上台的,把平民运动当作猎取权位的手段。好似北欧的海盗一般,他们利用涨潮的时间把船只驶入内地,预备深入上流的大三角洲,等退潮的时候把征掠得来的城市久占下去。港口是窄的,潮水是捉摸不定的:非有巧妙的本领不行。但是两三代的愚民政治已经养成了一批精于此道的海盗。他们非常大胆地冲进去,对于一路上覆没的船连瞧都不瞧一眼。

每个党派都有这种恶棍,却不能叫任何一个党派负责。然而一部分真诚的与坚信的人,看了那些冒险家以后所感到的厌恶,已经对自己的阶级绝望了。奥里维认识一帮有钱而博学的布尔乔亚青年,都觉得布尔乔亚的没落与无用。他对他们极表同情。最初,他们相信优秀分子可能使平民有新生的希望,便创立许多平民大学,花了不少时间与金钱,结果那些努力完全失败了。当初的希望是过分的,现在的灰心也是过分的。民众并没响应他们的号召,或竟避之唯恐不及。便是应召而来的时候,他们又把一切都误会了,只学了布尔乔亚的坏习气。另外还有些危险人物溜进布尔乔亚的使徒队伍,把他们的信用给破坏了,把平民与中产阶级一箭双雕,同时利用。于是一般老实人以为布尔乔亚是完了,它只能腐蚀民众,民众应当不顾一切地摆脱它而自个儿走路。因此,中产阶级只是发起了一个运动,结果非但这运动没有他们的份,并且还反对他们。有的人觉得能够这样舍身,能够用牺牲来对人类表示深切而毫无私心的同情是种快乐。只要能爱,能舍身就行。青年人元气那么充足,用不着在感情上得到酬报,不怕自己会变得贫弱。——有的人认为自己的理智和逻辑能够满足便是一种愉快;他们的牺牲不是为了人,而是为了思想。这是最刚强的一批。他们很得意,因为凭着一步一步的推理断定自己的阶级非没落不可。预言不中,要比眼他们的阶级同归于尽使他们更难受。他们为了理想陶醉了,对着外边的人喊道:"打呀,打呀,越重越好! 要把我们收拾得干干净净才好!"他们居然做了暴力的理论家。

而且所提倡的是对别人的暴力。因为宣传暴力的使徒差不多永远是一般文弱而高雅的人。有些是声称要推翻政府的公务员,勤勉、认真、驯良的公务员。他们在理论上宣扬暴力,其实是对自己的文弱、遗憾、生活的压迫的报复,尤其是在他们周围怒吼的雷雨的征兆。理论家好比气象学家,他们用科学名词所报告的天气并非将来的,而是现在的。他们是定风针,指出风从哪儿吹来。他们被风吹动的时候,几乎自以为在操纵风向。

然而风向的确转变了。

思想在一个民主国家里是消耗得很快的,特别因为它流行得快。法国多少的共和党人,不到五十年就厌恶共和,厌恶普选,厌恶当年如醉若狂争取得来的自由。以前大家相信"多数"是神圣的,能促进人类的进步,现在可是暴力思想风靡一时了。"多数"的不能自治,贪赃枉法，萎靡不振，妒贤嫉能，引起了反抗；强有力的"少数"——所有的"少数"——便诉之于武力了。法兰西行动派的保王党和劳工总会的工团主义者居然接近了，这是可笑的，但是必然的。巴尔扎克说他那个时代的人"心里想做贵族，但为了愿望而做了共和党人，唯一的目的是能够在同辈中找到许多不如他的人"……这样的乐趣也可怜透了！而且要强迫那些低下的人自认低下才行，要做到这一点，只有一个办法，就是建立一种威权，使优秀分子（不论是工人阶级的或中产阶级的）拿他们的优越使压迫他们的"多数"屈服。年轻的知识阶级，骄傲的小布尔乔亚，是为了自尊心受了伤害，为了痛恨民主政治的平等，才去投入保王党或革命党的。至于无所为而为的理论家，宣扬暴力的哲学家，却高高地站在上面，像准确的定风针似的，发出暴风雨的讯号。

最后还有一批探求灵感的文人，——能写作而不知道写什么的，好比困在奥利斯港口的希腊水手[①]，因为风平浪静而没法前进，不胜焦灼的等待好风吹满他们的帆。——其中也有些名流，被德莱弗斯事件出其不意地从他们字斟句酌的工作中拉了出来，投入公共集会。在先驱者看来，效仿这种榜样的人太多了。现在多数的文人都参加政治，以左右国家大事自命。只要有一点儿借口，他们马上组织联盟，发表宣言，救护宗庙。有前锋的知识分子，有后方的知识分子，都是难兄难弟。但两派都把对方看作唱高调的清客而自命为聪明人。凡是侥幸有些平民血统的人自认为光荣至极，笔下老是提到这一点。——他们全是牢骚满腹的布尔乔亚，竭力想把布尔乔亚因为自私自利而断送完了的权势恢复过来。但很少使徒能够让热心持续长久的。最初那运动使他们成了名，——恐怕还不是得力于他们的口才，——大为得意。以后他们继续干着，可没有先前的成功了，暗中又怕自己显得可笑。久而久之，这种顾虑渐渐占了上风，何况他们原是趣味高雅，遇事怀疑

[①] 典出希腊神话，喻希腊水手欲在奥利斯港口航海，为逆风所阻云云。

的人，自然要觉得他们的角色不容易扮演而感到厌倦了。他们等待风色和跟班们的颜色，以便抽身引退；因为他们受着这双重的束缚。新时代的伏尔泰与约瑟·特·曼德尔①，虽然文字写得大胆，实际是畏首畏尾，非常胆小，唯恐得罪了青年人，竭力要博取他们的欢心，把自己装得很年轻。不管在文学上是革命者或反革命者，他们总是战战兢兢地跟着他们早先倡导的文学潮流亦步亦趋。

在这个布尔乔亚的先锋队中间，奥里维所遇到的最奇怪的典型是一个因为胆怯而变成革命分子的人。

那人本名叫比哀尔·加奈。出身是有钱的布尔乔亚，保守派的家庭，跟新思想完全无缘的；家里的人尽是些法官和公务员，以怨恨当局，跟政府闹别扭而丢官出名的；这批中间派的布尔乔亚，想讨好教会，很少思想，可是很会用思想。加奈莫名其妙地娶了一个有贵族姓氏的女人，思想不比他差，也不比他多。顽固，狭窄，落伍，老是苦闷而发牢骚的社会，终于使加奈气恼至极，——尤其因为太太又丑又可厌。他资质中等，思想相当开通，倾向于自由思想，却不大明白它的内容：那在他的环境里是无法懂得的。他只知道周围没有自由，以为只要跑出去就可以找到了。但他不能独自走路：在外边才走了几步，就很高兴的和中学时代的朋友混在一起，其中颇有些醉心于工团主义的人。在这个社会里，他觉得比在自己的社会里更不得劲，但不愿意承认：他总得有个地方混混，可惜找不到像他那种色彩（就是说没有色彩）的人。这一类的家伙在法兰西有的是。他们自惭形秽，不是躲起来，就是染上一种流行的政治色彩，或者同时染上好几种。

依着一般的习惯，加奈尤其和那些跟他差别最厉害的朋友接近。这个法国人，十足的布尔乔亚，十足的内地人气质，居然形影不离的跟一个青年犹太医生做伴。他叫作玛奴斯·埃曼，是个亡命的俄国人。

---

① 特·曼德尔为法国十八世纪宗教哲学家，提倡教皇至上主义，适与伏尔泰之排斥神权相反。此处举此二人代表左右两极端。

像他许多同胞一样,他有双重的天才:一方面能够在别的国家像在本国一样的安居,一方面又觉得无论什么革命都配他的胃口。人家竟弄不清他对革命感到兴趣的,究竟是革命的手段呢还是革命的宗旨。他自己经历的和旁人经历的考验,对他都是一种消遣。他是真诚的革命党人,同时他的科学头脑使他把革命党人(连自己在内)看作一种精神病者。他一边观察,一边培养这精神病。由于兴高采烈的玩票作风和朝三暮四的思想,他专门找那些与自己对立的人来往。他和当权的要人,甚至和警察厅都有关系;东钻钻,西混混,那种令人起疑的好奇心使许多俄国革命家都像是骑墙派,有时他们弄假成真,的确成了骑墙派。那并不是欺骗而是轻浮,往往是没有利害计算的。不少干实际行动的人都把行动当作演戏,尽量施展他们的戏剧天赋,像认真的演员一样,但随时准备改换角色。玛奴斯尽可能地忠于革命党人的角色,因为他天生是个无政府主义者,又喜欢破坏他所侨居的国家的法律,所以这个角色对他最合适。可是归根结底,那不过是一个角色而已。人家从来分不清他的话里哪些是实在的,哪些是虚构的,结果连他自己也不大明白了。

他人很聪明,喜欢讥讽,有的是犹太人与俄国人细腻的心理,能一针见血地看出自己的跟别人的弱点而加以利用,所以他毫不费力就把加奈控制了。他觉得拿这个桑丘·潘沙①拉入堂吉诃德式的队伍挺好玩。他老实不客气地支配他,支配他的意志、时间、金钱,——并不是放在自己口袋里(那他不需要,谁也不知道他靠什么过活的),——而是用来对他的主义作最不利的宣传。加奈听人摆布,硬要相信自己和玛奴斯一般思想。他明知道实际并不如此:那些思想是不合情理,使自己害怕的。他不喜欢平民,并且他不是勇敢的人。这个又高又大、身体魁梧、肥肥胖胖的汉子,小娃娃式的脸,胡子剃得精光,呼吸急促,说话甜蜜、浮夸、孩子气十足,长着一身大力士式的肌肉,还是很高明

---

① 塞万提斯名著《堂吉诃德》中的骑士迷堂吉诃德的侍从。

的拳击家,骨子里却是个最胆小的人。他在家属中间因为被认为捣乱分子而很得意,但看着朋友们的大胆,暗中直打哆嗦。没有问题,这种寒战的感觉并不讨厌,只要是闹着玩儿的。可是玩意儿变得危险了。那些混蛋居然张牙舞爪地凶起来,野心越来越大,使加奈的自私心理,根深蒂固的财产观念,和布尔乔亚的怕事的脾气,都发作了。他不敢问:"你们要把我拉到哪儿去呢?"但他暗暗诅咒那般不管死活的人,一味要跟人家打得头破血流,也不问同时会不会砸破别人的脑袋。——可是谁强迫他跟他们走呢?他不是可以引退的吗?但他没有勇气,他怕孤独,好比一个落在大人后面哭哭啼啼的孩子。他跟大多数人一样;没有一点儿意见,除非是不赞成一切过激的意见。一个人要独立,就非孤独不可;但有几个人熬得住孤独?便是在那些最有眼光的人里头,能有胆量排斥偏见,丢开同辈的人没法摆脱的某些假定的,又有几个?要那么办,等于在自己与别人之间筑起一道城墙。墙的这一边是孤零零的住在沙漠里的自由,墙的那一边是大批的群众。看到这情形,谁会迟疑呢?大家当然更喜欢挤在人堆里,像一群羊似的。气味虽然恶劣,可是很暖和。所以他们尽管心里没有某种思想,也装作有某种思想(那对他们并不很难),其实根本不大知道自己想些什么!……希腊人有句古谚:"一个人先要了解自己",但这般几乎没有什么"自己"的人怎么办呢?在所有的集体信仰中,不管是宗教方面的还是社会方面的,真正相信的人太少了,因为可称为"人"的人就不多。信仰是一种力,唯大智大勇的人才有。假定信仰是火种,人类是燃料,那么这火种所能燃烧的火把,一向不过是寥寥几根,而往往还是摇晃不定的。使徒,先知,耶稣,都是怀疑过来的。其余的更只是些反光了,——除非精神上遇到某些干旱的时节,从大火把上掉下来的火星才会把整个平原烧起来;随后大火熄灭了,残灰余烬底下只剩一些炭火的光。真正信仰基督的基督徒不过寥寥数百人。其余的都自以为信仰或者是愿意信仰。

那些革命家中间,许多便是这样的人。老实无用的加奈愿意相信自己是个革命家,所以就相信了。但他对自己的大胆十分吃惊。

所有这些布尔乔亚都标榜种种不同的原则:有的是从感情出发的,有的是从理智出发的,有的是从利益出发的;这一批把自己的思想依附《福音书》,那一批依附柏格森,另外一批又依附马克思,蒲鲁东,约瑟·特·曼德尔,尼采,或是乔治·索兰尔。有的革命家是为了趋附时髦,有的是为了生性孤僻;有的是为了需要行动,抱着牺牲的热情;有的是为了奴性特别强,像绵羊一般驯良。可是全部都莫名其妙的被狂风卷着。你可以远远的看到明晃晃的大路上灰尘滚滚,表示大风暴快来了。

奥里维和克利斯朵夫望着这阵风卷过来。两人眼力都很好,但看法不同。奥里维明察秋毫的目光,看透了一般人的用意,对他们的平庸觉得受不了,但他也窥见暗中鼓动他们的力量。他所注意的特别是悲壮的面目。克利斯朵夫却更注意可笑的地方。使他发生兴趣的是人,不是主义或思想。他对这些故意装作不关心,讥笑改造社会的梦想。他素来喜欢跟人别扭,再加对于风靡一时的病态的人道主义有种本能的反抗,所以表面上做得特别自私。他因为是靠自修成功的,不免以自己的体力和意志骄人,把一切没有他那种力量的人看作贪吃懒做。他既是从穷苦与孤独中间挣扎出来的,别人为什么不照样做?……嗬!社会问题!什么叫作社会问题?是指吃不饱穿不暖吗?

"那个味道我是尝过的,"他说,"我的父亲,母亲,我自己,都是过来人。只要你跳出来就是了。"

"这不是每个人都办得到的,"奥里维说,"有病人,有倒霉的人……"

"那么大家去帮助他们呀,不是挺简单吗?可是像现在这样去捧他们决不是帮助。从前人们拥护强者的权利固然要不得,我可不知道拥护弱者的权利是不是更要不得,它扰乱现代的思想,虐待强者,剥削强者。今日之下,一个人病弱,穷苦,愚蠢,潦倒,差不多是美德了，——而坚强，健康，克服环境等等反成了缺点。最可笑的，倒是那些强者最先相信这种观点……这不是一个挺好的喜剧题材吗？奥里维，你说！"

"我宁可让人家取笑，也不愿意让别人哭。"

"好孩子！"克利斯朵夫回答，"哎！谁不跟你一样想呢？看到一个驼子，我的脊梁就觉得不舒服。我们不能不演喜剧，可不应当由我们去写喜剧。"

有人相信将来会有个公平合理的社会，克利斯朵夫可决不为这种梦想着迷。他的平民式的头脑，认为将来仍旧逃不出过去的一套。奥里维指责他说：

"倘若人家关于艺术问题跟你说这种话，你不要跳起来吗？"

"也许。总之我只懂得艺术。你也是的。我素来不信那般谈外行事情的人。"

奥里维也同样不信任这等人。两位朋友甚至过于怀疑，老是跟政治离得远远的。奥里维不免有点儿惭愧地承认他从来没使用过选举权，十年以来没有向市政府领过选民登记表。他说：

"干吗要去参加一出我明知毫无意义的喜剧呢？选举吗？选谁？那些候选人对于我全是陌生的，我也说不上看中哪一个。而且我敢断定，他们一朝被选出了，都立刻会背弃他们的主张。监督他们吗？逼他们尽责吗？那不过是白白糟蹋我的生活。我既没时间，也没精力；既没有辩才，也没有不择手段的勇气和喜欢行动的心情。所以还不如放弃权利。我可以受罪，至少我没有实施罪行！"

但他尽管把事情看得这样清楚，尽管厌恶政治上一切应有的手法，仍旧对革命抱着虚幻的希望。他明知道虚幻，可并不放弃希望。这个神秘的现象是从种族中来的。奥里维的民族是西方最爱破坏的民族，为了建设而破坏，也为了破坏而建设的民族，——它跟思想赌博，跟人生赌博，老是推翻一切，预备从头做起，拿自己的血作赌注。

克利斯朵夫并没有这种遗传的救世精神。他的浓厚的日耳曼气

息不相信革命的作用。他认为世界是没法改造的,大家只是搬弄一些理论,说一大套空话罢了。他说:

"我用不着掀起革命——或是长篇大论地讨论革命——来证明我的力量。我更用不着像那些青年一样,推翻政府来拥立一个君主,或是成立什么救国委员会来保卫我。这算证明一个人的力量吗?那才怪了!我会保卫自己的。我不是无政府主义者;我喜欢必不可少的秩序,也尊重统治宇宙的规律。可是我跟这个规律之间用不到中间人。我的意志会发号施令,同时也知道服从。你们满嘴都是先哲的至理名言,那么该记得你们的高乃依说过:'只要我一个人就够了!'你们希望有一个主宰,就表示你们软弱无用。力是和光明一样的,只有瞎子才会否认!你们得做个强者,心平气和的,不用理论,不用暴力;那时候,所有的弱者都会像植物向着太阳一般向着你们……"

他尽管说不能为了讨论政治而浪费时间,实际上并不真的那样不关心。在艺术家立场上,他也受到社会骚动的影响。因为一时没有热情鼓动他,他便彷徨四顾,问自己究竟是为谁工作。看到现代艺术的那般可怜的顾客,身心俱疲的优秀分子,存着玩票心理的布尔乔亚,他不由得想道:"为这些人工作有什么意思呢?"

当然,思想高雅,博学多闻,懂得个中甘苦,能够赏识新奇,赏识古拙的情趣——(那跟新奇是一而二,二而一的)——的人,并非没有。但他们厌倦一切,灵智的成分太多而生命力太少,以为艺术是虚空的;他们只对音响的或思想的游戏感到兴趣;而多数还得为世俗的事分心,为无数不必要的事耗费精神。要他们接触到艺术的核心几乎是不可能的;他们认为艺术不是血肉构成的,只是舞文弄墨的玩意儿。他们的批评家造成了一种理论,证明他们没有能力摆脱玩票的作风是对的。即使有几个人还有相当的弹性,对于强烈的和弦能够产生共鸣,可没有力量消受;他们在人生舞台上已经残废了:不是神经病就是瘫痪。艺术在这个病院中间又能做些什么呢?——可是在现代社会里,艺术根本没法摆脱这些变态的人:他们有的是金钱和报纸,唯有他们才能使一个艺术家活下去。所以艺术家非受羞辱不可,不得不在交际晚会中拿出他披肝沥胆的艺术,充满了内心生活的秘密的音乐,给一般趋时的群众和厌倦不堪的知识分子作娱乐,——更确切地说,是给他们解闷,或者是让他们有些新的烦闷。

克利斯朵夫寻访真正的群众,相信人生的情绪和艺术的情绪都是真实的、能够以新鲜的心情来接受的群众。他暗中受着大家所预告的新社会——平民——吸引。因为想起了童年的事,想起了高脱弗烈特和一般微贱的人,启示他深邃的生命的或是和他一同享受神圣的音乐的人,他便相信真正的朋友是在这方面。像多少天真的青年一样,他想着一些大众艺术的计划,什么平民音乐会,平民戏院,内容他也不大说得清。他希望革命能让艺术有个更新的机会,以为社会运动使他感到兴趣的就只有这一点。其实他是欺骗自己:像他那么元气充足的人,决不能不受当时最有活力的行动吸引。

他最瞧不上眼的是布尔乔亚的理论家。这一类的树所生的果实往往是干瘪的;所有生命的精华都冻结了,成了空洞的观念。克利斯朵夫对这些观念是不加区别的。他无所偏好,便是他自己的主张一朝凝结为一种学说之后,他也不再爱好。他存着瞧不起的心理,既不理会那些拥护强权的理论家,也不理会奉承弱者的理论家。在无论什么喜剧里,爱发议论的角色是最不讨好的。观众不但更喜欢值得同情的人,甚至觉得串反派的角儿也不像他那么可恶。在这一点上,克利斯朵夫跟群众的心理完全相同,认为喋喋不休地谈论社会问题只能叫人起腻。但他很好玩地打量着别人,打量着那些相信的人和愿意相信的人,受骗的和但求受骗的人,以劫掠为业的海贼,和生来供人剪毛的绵羊。对于像胖子加奈一般有些可笑的老实人,他很宽容。他们的庸俗不至于使他感到像奥里维那样难堪。他对无论什么角色都用一种亲热而含讥带讽的心情看着,自以为跟他们所演的戏毫不相干,并没觉得他慢慢地已经参加进去。他自以为只是一个旁观者,看着狂风吹过。殊不知狂风已经吹到他的身上,把他带着走了。

这出社会剧可以说戏中有戏。知识分子演的那一部分是穿插在喜剧中的喜剧,民众不爱看的。正戏乃民众所演。旁人既不容易看清情节,连民众自己也不大明白。出乎意料的变化在那个戏里只有更多。

说白当然多于行动。不论是布尔乔亚还是平民,所有的法国人都是尽多尽少的话都吞得下的,正如尽多尽少的面包都吃得下。但大家吃的不是同样的面包。有为挑剔的味觉用的高级的语言,也有为塞饱饿鬼的肚子用的更富营养的语言。即使字面相同,捏造的方式却不一样;味道,香气,意义,都各各不同。

奥里维第一次参加一个民众集会的时候,尝到这一类的面包,觉得毫无胃口,食物哽在喉头咽不下去。思想的平凡,措辞的单调和野蛮,空洞的滥调,幼稚的逻辑,抽象的理论和乱七八糟的事实,好比做坏了的芥末酱,只能使奥里维作呕。一方面是用字不恰当,另一方面还没有平民谈吐中那点儿生动的趣味。那完全是一批报纸上的字汇,褪色的服装,从布尔乔亚的修辞学旧货店中捡来的。说话的烦琐尤其使奥里维骇怪。他可忘了文字的简洁不是天然的,而是修炼出来的,由上层阶级琢磨出来的。大都市里的平民决不能单纯,老是喜欢寻找纤巧而复杂的辞藻。奥里维不懂这些浮夸的话对听众所能产生的影响。在这方面,他完全不得其门而入。我们把别个民族的语言叫作外国语。殊不知在同一个民族里,语言的种类几乎跟社会的阶层一样多。唯有对人数有限的上层阶级,语言才是几世纪的经验的结晶,对其余的人,它只代表他们自身的和他们集团的经验。那些被优秀分子用旧了、摒弃了的字,仿佛是一所空屋子,从优秀分子迁出以后,又搬进了新人物。你要愿意认识主人,就得走进屋子。

克利斯朵夫便是这么办了。

他和工人们发生关系是由一个在国家铁路上办事的邻居介绍的。那邻居四十五岁,个子矮小,未老先衰,头发都秃了,眼睛陷得很深,腮帮瘪缩,弯弯的鼻子挺大,嘴巴的长相显得人很聪明,畸形的耳朵,边上的肉裂成了几片:他浑身上下都是衰败的模样。他叫阿西特·高蒂哀,不是平民出身,而是中等的、清白的布尔乔亚,家里为了教育这个独子,把一份薄产花光了还没有能完成他的学业。很年轻的时候,他谋到了一个国家机关的差事,那在贫穷的中产阶级眼里是救星,其实是死亡,——是活埋。一朝进去之后,再也出不来了。他又犯了一桩错误——(那是现代社会的许多错误之一),——爱上一个美丽的女工,结了婚,不久她就露出鄙俗不堪的本性。她替他生了三个孩子。当然他得养活这一家几口。这个聪明而一心想进修的男人被贫穷困住了,觉得心中有些潜伏的力量被生活的艰难窒息了,却又不甘屈服。他从来不得清静:当着会计处的职员,整天消磨在机械的工作里;一起办公的都是又俗气又饶舌的同事,讲些废话,骂骂上司,算作对无聊的生活出气,同时也嘲笑他,因为他不懂得把求知欲在他们面前藏起来。回到家里,他只看到一个气味难闻的,丑恶的寓所,和一个吵吵嚷嚷,庸碌至极的女人。她不了解他,把他当作懒虫或疯子。孩子们一点儿不像他而像母亲。为什么他得过这种生活呢?这算是公道的吗?牢骚,痛苦,穷困,无聊的职业,使他从早到晚找不到一小时的光阴来修心养气,找不到一小时的静默,他被折磨得力倦神疲,烦躁不堪。为了忘掉这些,他最近常酗酒,结果更把他断送了。克利斯朵夫看到这个悲剧大为震动;残缺不全的个性,没有充分的修养,没有艺术趣味,但生来是为做些大事业的,可是现在被不幸的遭遇压倒了。高蒂哀立刻抓住了克利斯朵夫,好似快淹死的弱者碰到了一个游泳健将的手臂。他又喜欢又羡慕克利斯朵夫,带他去参加群众集会,见到革命党里的某些领袖,那是他为了怨恨社会而结交的。因为想做贵族而没做成,所以他跟平民混在一起极感痛苦。

克利斯朵夫却比他平民化得多——尤其因为他并不需要做平民——对这些集会很感兴趣。会场上的演说使他觉得好玩。他不像奥里维那样感到厌恶,对语言的可笑也并不敏感,认为所有多嘴的家伙都是半斤八两。他素来瞧不起高谈阔论。但他虽没费心去了解那套辞令,却在演说家与听讲者的心里咂摸到说话的音乐。演说家的力量一旦引起了听众的共鸣,立刻增加了百倍。克利斯朵夫先是只注意到前者;他出于好奇,居然结识了几个演说家。

对群众最有影响的一个是加齐米·育西哀——深色头发,脸色苍白,年纪在三十至三十五之间,相貌像蒙古人,身形清瘦,病病歪歪的,眼睛的神气又热烈又冷静,头发很少,胡子尖尖的。他的力量不在于他那种空泛、急促、跟语气不调和的姿势,也不在于他的失音的,常带嘶嘶声的浮夸的说话,而在于他这个人本身,在于他深信不疑的态度。他似乎不允许人家跟他有不同的思想;而既然他的思想就是群众愿意想的,所以群众和他很投机。他把大家期待的话三遍、四遍、十遍地告诉他们,像发疯般拚命在同一只钉子上尽敲;他的群众也学着他的样尽敲,尽敲,直把那只钉嵌入肉里。——除了这种本领以外,他过去犯的许多政治案子也增加了他的声望。他表面上有股百折不挠的毅力,但明眼人可以看出他骨子里被多年的辛苦和努力磨得疲倦死了,厌烦死了,愤愤不平地恨着命运。他每天消耗的精力都入不敷出:从小就被工作和贫穷把身子磨坏了,做过玻璃匠,白铁匠,印刷工人;又害着肺病,使他对他的主义,对自己,常常心灰意懒,有时又兴奋若狂。他的暴烈一方面是有意的,一方面是病态的;就是说一半是为了政治作用,一半是为了冲动。他的学问是乱七八糟自修来的:有些事懂得很透彻,例如科学,社会学,以及他学过的各种手艺;对许多别的事他只是一知半解;但真懂的也好,不懂的也好,他都很有把握。他有理想世界,有准确的观念,有愚昧无知的地方,有非常实际的头脑,有偏见,有经验,有对布尔乔亚的猜忌和仇恨。可是他照旧对克利斯朵夫很好,因为看到一个知名的艺术家来结交他,心里很得意。他那等人是生来当领袖的,无论做什么事,对工人们都很不客气。他虽然真心要平等,但事实上对高级的人比对低级的人更容易平等。

克利斯朵夫还遇到工人运动的别的几个领袖。他们之间没有多少好感。共同的斗争好容易促成了一致的行动,可是没有把大家的心联合起来。可见所谓阶级的分野完全是浮浅的,暂时的。许多年深月久的敌对状态不过是被延缓了一下,掩饰了一下,实际始终存在。在工人领袖中间,我们照旧看到南方人与北方人的对立,彼此存着根深蒂固的轻蔑的心理。干这一行的妒忌另外一行的工资,而每行又自以为比别行高卓。但人与人间最大的区别还不在于这些而在于气质。狐狸、狼、绵羊,天生吃人的野兽和天生被人吃的野兽,因为阶级相同,利害相同而集合在一起,但大家伸着鼻子嗅着,彼此都认了出来,毛都竖起来了。

克利斯朵夫有时在一家兼卖牛奶的小饭店里吃饭,那是高蒂哀的老同事,因罢工而被撤职的铁路职员西蒙开的;常客都是一般工团主义者。他们总共是五六个人,聚在最里头一间屋子里,靠着又小又黑的天井,两只挂在亮处的金丝雀老是叫得很起劲。和育西哀同来的是他的情妇,美丽的贝德,身子结实而风骚的姑娘,没血色的皮肤,戴着大红便帽,眼睛迷迷糊糊的带着笑意。一个年轻的小白脸像跟班一样盯着她,那是聪明而装腔作势的机器匠雷沃博·格拉伊沃,这一帮中间的"雅人"。他自命为无政府主义者,反对布尔乔亚最激烈的一个,但气质上是个最要不得的布尔乔亚。多少年来,他每天早上都要买些一个铜子一份的文学报,把上面的黄色小说吞下去。这些读物把他变成一个头重脚轻的怪物:脑子里想着精益求精的寻欢作乐的玩意儿,身体却肮脏到极点,日常生活也鄙俗到极点。他最喜欢病态的富翁们作兴奋剂用的"奢侈"。因为肉体享受不到这奢侈,他就在精神上享受。那当然是浑身难过的。但这样一来,他跟有钱的人并肩了,而且他还恨他们。

克利斯朵夫受不了这种人,更喜欢电气匠塞巴斯蒂安·高加。那是和育西哀一样最受听众欢迎的演说家,可没有满嘴的理论。他有时不大清楚自己要往哪儿去,只知道勇往直前,可以说是地道的法国人。个子很结实,年纪四十上下,血色很好的大胖脸。圆圆的脑袋,红红的头发,留着一大簇胡子,脖子跟嗓子都像牛一样。他和育西哀同样是能干的工人,可是嘻嘻哈哈,喜欢吃喝。虚弱的育西哀看着这么健旺的身体非常妒羡;他们俩虽是朋友,暗中却怀有敌意。

饭店的主妇奥兰丽,四十五岁,当年大概长得很美,现在经过了时间的侵蚀还颇有风韵,她拿着件活儿坐在旁边听他们谈话,脸上挂着一副亲切的笑容,嘴唇跟着他们的话扯动;随时也穿插一两句,一边工作一边颠头耸脑地替自己的话打拍子。她有一个已经出嫁的女儿,和两个分别为七岁和十岁的孩子,一男一女——他们伏在一张满是污点的桌上做功课,吐着舌头,不时把一两句他们不应该听的话听在耳里。

奥里维陪克利斯朵夫去了两三次,觉得混在这帮人中间很不自在。那些工人只要不受工场中严格的时间限制,不是被那个顽强的汽笛使唤,就不知道会浪费多少光阴:或是在工作以后,或是在上下班之间,或是在偷懒的时候,或是在失业的时期。克利斯朵夫那时无事可做;在旧作已完,新作还没有端倪的阶段,他也不比他们更忙,很高兴把肘子撑在桌上,抽烟,喝酒,谈天。可是奥里维以他布尔乔亚的本能,以他思想须有纪律、工作须有规则、时间必须经济等等意识,大大地看不上眼;他不喜欢这样糟蹋光阴。并且他既不会说话,又不会喝酒。最后还有那种生理上的不舒服,潜伏在出身不同的人士之间的反感:心灵要求沟通而肉体抱着敌意,仿佛是肉对灵的反抗。他单独和克利斯朵夫在一起的时候,常常很激动地说应当亲近群众;一旦面对了群众,他却没法亲近了。而嘲笑他那种思想的克利斯朵夫,倒毫不费力的可以和街上随便遇到的工人称兄道弟。奥里维看到自己跟这些人隔离,非常伤心。他勉强学他们,和他们一样思想,一样说话,可是不行。他的嗓子不够响亮,不够清楚,音调跟他们的不一样。他学他们的某些谈吐,但字眼不是哽在喉头,就是声音走腔。他竭力留神,觉得很窘,同时也教别人发窘。在他们眼里,他是一个形迹可疑的外人,谁对他也没有好感,他一走,大家都会松一口气。这些他都知道。

他常常遇到一些冷酷的目光,充满着敌意,跟一般因饥寒交迫而愤懑不平的工人看中产阶级的目光一样。或许这态度同时也是对克利斯朵夫的,但克利斯朵夫完全看不见。

那批人中间愿意接近奥里维的只有奥兰丽的两个孩子。他们对布尔乔亚当然没有怨恨。那男孩子还受着布尔乔亚思想的诱惑呢。他的聪明足够他去爱这种思想,却不够去了解。长得挺好看的女孩子,有一回被奥里维带到亚诺太太家里,看着华丽的陈设出神了:坐在漂亮的安乐椅里,用手指摸一下鲜艳的衣衫,她心里快活到极点;她有那种小家碧玉的本能,只希望溜出平民阶级而跳进布尔乔亚的安乐窝。奥里维完全没心思培养她这种倾向;而她对于他的阶级所表示的天真的敬意,也不能补偿别人暗中对他的反感——那是他深感痛苦的。他抱着一腔热忱想了解他们,事实上也许太了解他们了,把他们观察得太仔细了,使他们生了气。但他的观察并非由于冒昧的好奇心,而是由于喜欢分析人家心理的习惯。

他不久便发现了隐藏在育西哀生活中的悲剧:第一是那个侵蚀他的病,其次是他的情妇的残忍游戏。她的确很爱他,觉得有他这样一个情人是值得自傲的,但她生机太旺了;他知道她将来会逃掉,同时因为嫉妒而心里苦恼。她却以此为乐:挑逗男人,用眼神逗他们,喜欢疯疯癫癫地东拈西惹。也许她在背后和格拉伊沃欺骗育西哀,也许是故意要他这么相信。总而言之,这种事不是今天,便是明天,早晚会发生的。育西哀不敢禁止她爱她喜欢的人。他不是宣传女人和男人同样有权利,可以自由吗?有一天他咒骂她。她就又狡猾又放肆地提醒他这一点。他的关于自由的理论和他暴烈的本能,在胸中猛烈交战。他的心还是一个旧时代的人的心:专制,嫉妒;他的理智却是一个新时代的人的理智,理想世界的人的理智。至于她,她就是个女人,昨天的,明天的,千古不变的女人。——奥里维眼看着这场暗斗,凭着自己的经验知道这场斗争的残酷,所以对育西哀极表同情。育西哀猜到奥里维窥破他的心事,但绝对不感激他。

另外有个人也用着宽容的目光在那里留神这一场爱与恨的游戏。那是饭店的主妇奥兰丽,不动声色地把一切看在眼里。她是懂得人生甘苦的。这个健全、安静、规矩的女人,年轻时也胡闹过:最初在花店里做工,有过一个布尔乔亚的情人,而且还有别的。以后她嫁了个工人,变成了贤妻良母。但她懂得一个人在感情方面的荒唐,懂得育西哀的嫉妒,也懂得那个喜欢玩儿的姑娘,常常用几句亲切的话替他们排解:

"唉,咱们总得彼此迁就才行。犯不上为这么一点儿小事生气……"

她也并不奇怪她说的话毫无用处……

"那永远是没用的。人总是自寻烦恼……"

她有一种平民式的达观,可以使苦难不至于在心中多留痕迹。苦难,她也有过的。三个月以前,她那么疼爱的十五岁的儿子死了……非常悲伤……可是现在她有说有笑,照常办事了。"尽想下去是活不了的。"她说。

所以她就不再想了。那并非自私,而是迫不得已,她生命力太强,老注意着"现在",不能留恋"过去"。她适应既成事实,也适应可能临到的事实。如果革命来了,把一切都颠倒了,她还是会站定脚跟,做她可做的事,不管被放在哪儿,总是得其所哉。骨子里她对革命的信仰不过尔尔。她对什么事都不怎么相信。不消说,她彷徨的时候也会去起课卜卦,看到出丧的队伍也从来不忘记划十字。她头脑开通,胸襟宽大,像巴黎的平民阶级一样,怀疑而不悲观。虽是革命党员的妻子,她对丈夫的,丈夫的党派的、别的党派的思想,照旧像母亲看孩子那样,抱着嘲弄的态度,正如她觉得青年人的愚蠢和成年人的愚蠢同样可笑。很少有事情能够使她激动,但她对一切都感到兴趣。运气好也罢,坏也罢,她都能够担当。总而言之,她是个乐天派。

"愁什么!……只要身体好,一切就有办法……"

这样一个女子当然和克利斯朵夫是意气相投的。他们用不着多说话就觉得彼此精神上是一家人:常常相视而笑,听着别人唠唠叨叨,叫叫嚷嚷。但往往她自个儿笑着,眼看克利斯朵夫也卷入了辩论,比别人更兴奋。

克利斯朵夫没注意到奥里维的孤独与难堪。他并不去猜那些人的心事,只知道跟他们吃喝,嬉笑,生气。他们也不猜忌他,虽然彼此争论得很激烈。他老实不客气对他们说出心里的话,其实也说不出究竟是赞成他们还是反对他们。他根本没想过这一点。要是有人强迫他选择,他一定会站在工团主义方面①,而反对社会主义以及主张建立一个政府的任何主义——因为政府这个怪物只能制造公务员跟机器人。他的理智赞成同业工会的努力,那柄两面出锋的利斧可以把社会主义政体那种抽象的观念,和贫乏的个人主义同时铲除。个人主义只能分散精力,把群众的力量化为个别的弱点;而这个近代社会的大弊病是应当由法国大革命负一部分责任的。

然而天性比理智更强。克利斯朵夫一接触工团组合——那些弱者的可怕的联盟——他的强有力的个人主义便起反抗了。他瞧不起这帮需要把彼此缚在一起才能战斗的人。即使他承认他们可以服从这个规则,他却声明这规则决不适用于他。而且,被压迫的弱者固然值得同情,但他们一旦压迫别人的时候就不值得同情了。克利斯朵夫从前对一帮孤独的老实人喊着"你们得联合起来!"现在初次看到老实人的集团中间有的是并不老实的人,把他们的权利和力量看得高于一切而随时想加以滥用,他就不大痛快了。一般最优秀的人,和克利斯朵夫以前住在一幢屋子里的朋友们,一点也得不到这些战斗集团的好处。他们心地太好,胆子太小,看到这种团体不免惊惶失措;他们注定

---

① 工团主义是工会运动中损害无产阶级利益的一个小资产阶级机会主义的流派,它把无政府主义思想带进了工会。这个流派于十九世纪末及二十世纪初在法、意等国尤为盛行。工团主义对工人阶级的政治斗争起了有害的影响:它否认无产阶级专政的必要,认为工会不要工人阶级政党即能保证对资产阶级斗争的胜利,达到把劳动工具与生产手段转归工会所有的最终目的。

是第一批被压倒的。面对着工人运动，他们和奥里维处于同样的境地。奥里维固然同情正在组织起来的劳动阶级，但他自己是在崇拜自由的气氛中长大的，而自由两字却是革命分子最不介意的。今日除了一个对社会毫无影响的优秀阶级之外，还有谁关切自由？自由正逢着黯淡的日子。罗马的教皇们掩蔽理智的光。巴黎的教皇们熄灭天上的光①。共和党人熄灭街上的光。到处是帝国主义的胜利：罗马教皇的神权的帝国主义；唯利是图的与神秘的君主国的军事帝国主义；资本家共和国的官僚帝国主义；革命委员会的独裁帝国主义。可怜的自由，世界上没有你的存身之处了！……革命党人所提倡而实行的"滥用权力"，使克利斯朵夫和奥里维大为反感。他们对那些不肯为共同利害受苦的黄色工人②当然很轻视，但觉得用武力去强制这些人更可恨——但你非打定主意不可。事实上今日不是要你在帝国主义与自由之间挑选，而是要在一种帝国主义和另一种帝国主义之间挑选。奥里维说：

"两种都要不得。我只知道跟被压迫的人站在一起。"克利斯朵夫同样痛恨压迫者的专制。但他跟在反抗的劳动队伍后面，也学着他们使用武力的榜样。他自己可不觉得，还向同桌吃饭的人声明他不是跟他们一伙的。他说：

"只要你们只关心物质的利益，你们就不会让我感兴趣。等到有一天你们为了一种信仰而奋斗的时候，我一定跟你们联合起来。要不然，大家为了肚子而拼命，我来干什么？我是艺术家，有保卫艺术的责任，不能拿艺术去替一个党派服务。我知道近来有些野心的作家，为了要争取那种不干净的名气，做出了不少坏榜样。我认为他们这样的保卫一个主义不一定使主义得到什么好处；而叛弃艺术倒是真的。我们的职责是要救出智慧的光明。那决不能卷进你们盲目的斗争。倘

---

① 此语引自法国某议员的荒谬的演讲词。——原注
② 初期工团联盟中，反对革命与罢工的一派被称为黄色工人，激烈的一派被称为红色工人。

若我们不拿着火把,谁拿？你们打过仗以后看到光明依然无恙,一定是很高兴的。大家挤在甲板上扭打的时候,总得有些工人管着锅炉不让它熄灭。我们要了解一切,对什么都不恨。艺术家好比一支罗盘针,外边尽管是狂风暴雨,它始终指着北斗星……"

他们认为他唱高调,说他自己的罗盘针已经丢了。他们很高兴能不伤和气地奚落他一阵。在他们心目中,艺术家是个取巧的家伙,只想做些最少而最舒服的工作。

他回答说他跟他们工作一样多,更多,还不像他们那么怕工作。他最恨怠工,最恨粗枝大叶,以偷懒为原则。

"所有这些可怜虫,"他说,"都怕碰坏了他们宝贵的皮肤！……天哪！我从十岁起就没停过工作。你们却不爱工作,你们骨子里是布尔乔亚,还自以为能够毁灭旧世界！哼,你们非但办不到,而且也不愿意。真的,你们不愿意！你们吵吵闹闹的吓人,好像要把一切都破坏干净,其实都是空的。你们心中只有一个念头:就是把什么都抢过来,躺到布尔乔亚热乎乎的床上去。只有几百个可怜的扛泥巴的小工始终预备给人家剥皮或是剥人家的皮,莫名其妙地——也许是为了好玩,也许是为要找点儿补偿,为几百年的辛苦出口气;除此以外旁人只想溜之大吉,一有机会便混进布尔乔亚的队伍。他们当什么社会主义者,新闻记者,演说家,文人,议员,部长……哎,别骂他们。你们也不见得高明。你们说那些是卖党求荣的混蛋。可是以后轮到谁呢？你们都要走上这条路,没有一个不上钩的！怎么能不上钩呢？你们中间没有一个相信灵魂不朽的。你们只有肚子,只想多多益善地把空肚子填满。"

说到这里,大家都生气了,七嘴八舌的同时开口。克利斯朵夫争论的时候往往热情冲动,比别人更激烈。那是不由他做主的:一旦看到了一桩侵犯正义的事,他的知识方面的骄傲,为了求精神上的陶醉而虚构出来的唯美的世界观,都顿时消灭了。世界上十分之八的人不是赤贫便是生活艰难,你还谈美学吗？得了吧！只有无耻的特权阶级才敢唱这种高调。像克利斯朵夫那样的艺术家,良心上不能不拥护劳工的政党。不公平的社会情形、贫富的悬殊,使脑力劳动者感到的痛苦比谁都深刻。艺术家或是挨饿,或是成为百万富翁,完全凭那个捉摸不定的风气,或是在操纵风气的人手里。坐视优秀分子消灭,或者给他极不公平的待遇:那种社会不是个社会而是个妖魔,应当铲除。不管工作不工作,每个人都应当有每天的口粮。每种工作,不论是好的是普通的,它的报酬应当以工作的人的正当与正常的需要为标准,而不能以工作的真价值为标准,——(要估计工作的真价值,而且要永远的公平,谁有这个资格?)——对于替社会增光的艺术家、学者、发明家,社会应当给予充分的津贴,让他们能有时间与方法替社会争取更大的光荣。这就够了。达·芬奇的名作《蒙娜丽莎》并不值一百万。一笔钱跟一件艺术品根本是不相干的;艺术品既不在金钱之上,亦不在金钱之下,而是在金钱之外。问题并不在于付它的代价,而在于使艺术家能够生活。你得让他有饭吃,能安安静静地工作。财富是多余的,是盗窃旁人。我们应当老实不客气地说:谁要是财产超过了他和他家族的生活费,超过了为他的智慧正常发展所必需的费用,便是一个贼。他多出来的就是别人缺少的。人家提到法兰西无尽的财富,巨大的产业,我们听了只能苦笑;因为我们这批代表民族活力的人是劳动大众,是工人,是知识分子,不论男女,从小就得筋疲力尽地挣取一些免于饿死的生活费,还常常眼看最优秀的人被劳苦磨死。你们却吞饱了人间的财富,靠着我们的灾难与痛苦而致富。你们心里不会觉得不安,有的是自欺欺人的诡辩,说什么产权是神圣的,为生存而斗争是健康的,求进步是最高的目的。嚄!进步,牺牲了别人的"所有"去求那个大成问题的进步!然而无论如何,你们总是太多了。你们所拥有的远过于你们生活的需要。我们却不够。而我们比你们更有价值。如果你们喜欢不平等,那么小心些,也许明天你们自己就会吃不平等的苦!

克利斯朵夫便是这样的受着周围的热情鼓动。接着他对于自己的滔滔雄辩觉得奇怪,但并不在意,认为那是喝多了酒的缘故。他只惋惜没有好酒,顺便把莱茵佳酿夸上一阵。他还自以为和革命思想毫不相干。可是慢慢地有了一种奇怪的现象:克利斯朵夫辩论的时候情绪越来越热烈,而那些同伴相比之下倒似乎越来越冷淡。

他们没有他那么多的幻想。连一帮激烈的煽动家,布尔乔亚最害怕的家伙,心里也摇摇不定,并且布尔乔亚的意识特别强。笑声如马啸似的高加,直着嗓子,做着可怕的手势,但对自己大叫大嚷的话也将信将疑:他是拿暴力来吹牛的人。看透了布尔乔亚的心虚胆怯,他故意恫吓他们,勉强装作强者。关于这一点,他会嘻嘻哈哈地在克利斯朵夫面前承认的。格拉伊沃却批评一切,批评人家想做的一切,叫什么都流产。育西哀则是永远肯定,从来不认错。他明明看到自己的论点有哪些缺陷,但反而更固执;为了保全自己的主张,他连事业的成功都不惜牺牲。可是他也会从极固执的信仰一变而为讥讽嘲弄,非常悲观,毫不留情地指出所有的理论都是谎话,所有的努力都是白费。

大多数的工人都是这样。他们一忽儿如醉若狂,说得天花乱坠,一忽儿垂头丧气,心灰意懒。他们抱着极大的、毫无根据的幻想,不是自己苦心孤诣创造出来的,只凭着把他们带到下等酒店去的懒惰的习气,从别处现成接受来的。无可救药的思想的懒惰,原因太多了:好比一头困惫不堪的野兽,只想躺在地下,消消停停地咀嚼它的食料,做它的梦。梦消灭以后,只有更累,更觉得口干舌燥。他们老是没头没脑地捧一个领袖,过了一晌又对他猜疑,把他丢掉。最可叹的是他们并没有错:一个又一个的领袖都是被功名、财富和虚荣勾引来的。育西哀因为害着肺病,眼看死期不远,才没有走上这条路;但除了育西哀之外,那些卖党求荣或中途厌倦的人又有多少!像当时各党各派的政客一样,他们被腐化的风气断送了;堕落的原因不外乎女人或金钱(这两样其实是分不开的)。不论在政府中间或在在野党中间,有的是第一流的才俊,有大政治家素质的人(在别的时代他们或许可以成功);但他们没有信仰,没有品格;寻欢作乐的需要,寻欢作乐的习惯,寻欢作乐的不够刺激,使他们烦躁不堪,往往在大计划中间做出些莫名其妙的事,或者半路上突然把事情丢下了,不管国家,不管自己的主义,径自停下来休息或享福了。他们有足够的勇气去死在战场上,可是很少有领袖能不说一句大话,一动不动地把着舵,死在自己的岗位上。

因为大家对自己这种天生的弱点怀着鬼胎,所以把革命运动搞成了一个半身不遂的局面。那些工人你指责我,我指责你。罢工老是失败:因为领袖与领袖之间,工会与工会之间,改良派与革命派之间,永远闹意见;——因为表面上虚声恫吓而骨子里是胆小到极点;——因为绵羊般的遗传性,使反抗的人一接到司法当局的命令就乖乖地把枷锁重新套到自己的脖子上;——因为投机分子自私自利,卑鄙无耻,利用别人的反抗去博主子的欢心,同时把主子大大地敲诈一下。而群众中必然有的混乱现象与无政府思想,还没计算在内。他们很想来一下革命性的工业罢工,却不愿意被人看作革命党。动刀动枪的事对他们不是味儿。他们想不敲破鸡蛋而炒鸡蛋,或者是只敲破邻居的鸡蛋。

奥里维瞧着,观察着,并不惊奇。他断定这些人没资格做他们自以为能做的事业,但也认出那股鼓动他们的无可避免的力,并且发现克利斯朵夫已经不知不觉跟着潮水走了。奥里维自己巴不得让潮水带走,而潮水偏不要他。他只能站在岸上望着它流过。

这是一道强有力的水流。它掀起一大堆热情、信仰、利害关系,使它们互相冲击,交融,激起无数相反的水沫与旋涡。为首的是那些领袖。他们是队伍中最不自由的人,因为被人推动着,而且也许是队伍中最少信仰的:他们的信仰已经是过去的事了,正如那般受他们奚落的教士,因为发了愿,因为从前相信过而不得不硬着头皮相信下去。跟在他们后面的大队人马是暴烈的,没有主见的,短视的。大多数人的信仰完全是受偶然支配。他们有信仰,因为现在潮水正向着这些乌托邦流去;今晚上他们可以不信仰,因为潮水有转变的倾向。另外许多人是因为需要活动,需要冒险而相信的。还有一批是单凭不通情理的,专断的逻辑相信的。另有一批是为了心地慈悲而相信。而最乖巧的只把思想用作战争的武器,为了争某个数目的工资,减掉多少钟点的工作而斗争。胃口健旺的人,暗中希望自己贫苦的生活将来能大大地找一点补偿。

但那股潮水比他们这些人都聪明;它知道它往哪儿去。暂时被旧世界的堤岸冲散一下有什么关系呢?奥里维料到社会革命在今日是要被压倒的,但也知道打败仗可以和打胜仗一样促成革命的目的:因为压迫者一直要等到被压迫者叫他们害怕的时候,才肯答应被压迫者的要求。革命党的主义是公平的,所用的暴力是不公平的,但对于他们的目标同样有利,两者都是整个计划中的一部分,而所谓计划便是带着人往前的那个盲目而切实的力的计划。

"你们这群被主子召唤的人,你们自己估量一下吧。你们中没有多少哲人,没有多少强者,没有多少高尚的人。但主子选择了这个世界上的疯子来骇惑哲人,选择了弱者来骇惑强者,选择了下贱的,被人轻蔑的,空虚的事,来摧毁实在的事……"

然而不问操纵的主子是谁,是理性还是非理性,虽然工团主义所准备的社会组织可能使将来的局面有些进步,奥里维还是觉得他和克利斯朵夫犯不上把所有幻想与牺牲的劲儿放到这场战斗中去,放到这场庸俗而不能开辟新天地的战斗中去。他对革命所抱的神秘的希望幻灭了。平民不见得比别的阶级更好,更真诚,甚至是没有多大分别。

在骚乱的热情与追求名利的浪潮中,奥里维的眼睛跟心特别受着几座独立的小岛吸引,那是一些真正的信徒,东一处西一处地矗立着,好像漂在水上的花朵。优秀分子尽管想跟群众混在一起也没用,他总倾向于优秀分子,各个阶级各个党派的优秀分子,倾向于那些胸中怀有灵光的人。而他的神圣的责任就在于守护这道灵光,不让它熄灭。

奥里维已经选定了他的任务。

跟他的家隔着几间门面,比街面稍微低一些,有一家小小的靴店,那是用木板、玻璃、纸板拼凑起来的小棚子。进门先要走下三步阶梯,站在里头还得弓着背。所有的地方恰好够摆一个陈列靴子的搁板和两只工作凳。老板像传说中的靴匠一样整天哼唱。他打呼哨,敲靴底,嗄着嗓子哼小调或革命歌曲,或是从他的斗室中招呼过路的邻居。一只翅膀破碎的喜鹊在阶沿上一纵一跳,从门房那边过来,停在小店门外的第一级上望着鞋匠。他便停下工作,不是装着甜蜜的声音向它说些野话,便是哼《国际歌》。它仰着嘴巴,俨然在听着,又好像向他行礼一般,不时做一个往前扑的姿势,笨拙地拍拍翅膀,让自己站稳一些,然后忽然掉过头去,不等对方把一句话说完,便飞到路旁一张凳子的靠背上,瞪着街道上的狗。于是靴匠重新敲他的靴子,同时把那句没说完的话说完。

他五十六岁,兴致挺好,可是喜欢生气,浓眉底下藏着一对笑眯眯的小眼睛,光秃的脑袋好比一个蛊在头发窠上的鸡蛋,多毛的耳朵,牙齿不全的黑洞洞的嘴,哈哈大笑的时候像口井,又乱又脏的须,他常常用那些被鞋油染黑的手指捋来捋去。街坊都管他叫斐伊哀老头,或是斐伊哀德,或是拉·斐伊哀德,也故意叫他拉斐德惹他冒火,因为老头儿在政治上是标榜赤色思想的[①],年轻时就因为参加巴黎公社而被判死刑,后来改成流配。他对这些往事非常骄傲,恨死了拿破仑三世与迦利弗[②]。凡是革命的集会,他无不踊跃参与,很热烈地拥护高加,因为他会用诙谐百出的辞令,打雷似的声音,预言将来大家可以痛痛快快地报复一下。他从来没错过一次高加的演讲,把每句话都咽在肚里,听到发噱的地方便咧着嘴大笑,听到咒骂的话又大为激动,对着那些战斗和未来的天堂心花怒放。第二天在小店里,他还得在报上重新读一遍演讲的摘要,对自己和徒弟高声朗诵,并且为了要细细地咂摸,他又教徒弟念,倘若漏掉了一行就拧他的耳朵。因此他的活儿往往不能如期交货,但手工挺讲究:鞋子把你脚都穿痛了还不会坏。

---

① 拉斐德为十九世纪法国大金融资本家,行动反复无常,素为工人阶级所不齿。
② 迦利弗为法国将军,镇压巴黎公社的刽子手。

徒弟是老人的孙子,十三岁,驼背,身体很弱,而且是软骨。其母亲在十七岁时跟一个没出息的工人跑了,后来工人变了无赖,被抓去判了罪,从此不知下落,她被家里赶了出去,独自抚养着小爱麦虞限。她性情暴烈,嫉妒得有点病态,把对情夫的爱与恨一齐移在孩子身上:拼命地爱他,同时又粗暴地虐待他,然后,儿子一有病,又急得发疯似的。逢着心绪恶劣的日子,她不给他吃晚饭就叫他睡觉。要是他在街上累得走不动了或是倒在地下了,她就踢他一脚逼他站起来。她说话颠颠倒倒,前言不对后语,一忽儿痛哭流涕,一忽儿快活得像疯子。等到她死了,祖父便把孩子接回,那时他才六岁。老人很喜欢他,但他有他的一套喜欢的方式:对孩子很凶,百般辱骂,从早到晚的扯耳朵,打嘴巴,为的是教他手艺,同时也把他的社会主义理论与反宗教理论灌输给他。

爱麦虞限知道祖父的心并不坏,但他老是准备举起肘子来防巴掌。老人使他害怕,尤其在酩酊大醉的夜晚,因为斐伊哀德老头名不虚传①,每个月总要醉上两三次,胡说八道,嘻嘻哈哈,做出许多怪模样,结果孩子总得挨几下。其实那也是雷声大,雨点小。但孩子很胆怯,因为身体不好而更敏感,头脑早熟,遗传了母亲那种犷野而骚乱的心情。祖父粗暴的举动和革命的议论又把他吓坏了。外界的印象都会在他心中发生回响,好似小靴店被沉重的街车震动一样。日常的刺激,儿童的痛苦,早熟的悲惨的经验,巴黎公社的故事,从夜校中听来的零碎知识,报纸的副刊,工人集会中的演讲,和遗传得来的、骚动不已的、性的本能,都在他糊里糊涂的幻想中混成一片,像钟声的颤动。这种种合起来变成一个梦中的世界,奇形怪状,仿佛黑夜里的池沼,闪出一些耀眼的希望的光。

鞋匠把徒弟带上来到奥兰丽的酒店。奥里维就在那边注意到这个尖声尖气的小驼子。既然不大跟工人们交谈,他有的是时间研究孩

---

① "斐伊哀德"原义为一种酒桶的名称。

子病态的脸,鼓起的脑门,又强悍又畏怯的神气。只要有人跟孩子说一句粗野的笑话,孩子就不声不响把脸扭作一团。听到某些革命的议论,他柔和的栗色眼睛又对未来的幸福悠然神往,其实即使这幸福一旦实现了,他那可怜的命运也不见得会怎么改变。但当时他眼睛里的光辉照着他可憎的脸,竟令人忘了它的可憎。这一点,连美丽的贝德也注意到了;有一天她对他说出了这个感想,冷不防亲了亲他的嘴。孩子惊跳一下,脸色马上变了,不胜厌恶地往后退避。贝德没有留意,她已经在那里和育西哀吵架了。发觉爱麦虞限这样骚动的只有奥里维,他眼睛盯着孩子,看他缩到黑影里,双手哆嗦,垂着头,低着眼睛,从旁用着又热烈又恼怒的目光偷觑贝德。奥里维走过去跟他很温柔很客气地说话,一下子就把他的性子给压下去了……柔和的态度对于一颗被人轻蔑的心的确是很大的安慰,好比久旱的泥土迫不及待地吸收的一滴水。只要几句话,只要一个笑容,就能使爱麦虞限暗中向奥里维倾心,把他当作知己。以后在街上遇见奥里维而发觉他们是近邻的时候,他更觉得那是一种缘分了。他特意等奥里维在铺子门前走过,好跟他招呼,倘若奥里维心不在焉地没留意,爱麦虞限就会不高兴。

　　有一天,奥里维走进斐伊哀德老头的店去定一双靴子,爱麦虞限真是快活极了。靴子完工了,他便趁奥里维在家的时候送过去,想借此见见他。奥里维正想着旁的事,没有理会,付了钱,一句话也没说。孩子好似等着什么,东张西望,不胜遗憾地预备走了。奥里维猜到了他的心思,虽然觉得和平民谈话是桩苦事,也笑着跟他搭起讪来。而这一回他竟找到了简单而直接的话。对于痛苦的直觉,使他把孩子看作——当然是看得太简单了些——像自己一样被人生伤害的小鸟,把头钻在翅膀里面,在鸟架上缩成一团,幻想着在光明中自由翱翔,聊以自慰。由于一种本能的信赖,孩子自然而然地跟他很接近了,觉得这颗静默的心灵,不叫不嚷,不说一句粗暴的话,自有一股吸引人的力量,待在他旁边,你跟街上的暴行完全隔离了。还有那屋子,装满了书,装满了几百年来神妙的语言,使孩子看了不由得肃然起敬。他很乐意回答奥里维的问话,但不时还显出一些骄傲的野性,说话也找不到字。奥里维小心翼翼地发掘这颗暧昧的、吞吞吐吐的灵魂,发觉它对世界的革新抱着又可笑又动人的信仰。他明知道那信仰是个不可能的梦,决计改变不了世界,可没有讥笑他的意思。基督徒也做过不可能的梦,也没把人类改好。从伯里克理到法利爱先生,①人类在道德方面有什么进步呢?……但所有的信仰都是美的,气运告尽的信仰黯淡的时候,应当欢迎那些新兴的,信仰永远不会嫌太多。奥里维又好奇又感动地瞧着摇晃不定的微光在孩子的脑海中燃烧。嗬,多古怪的头脑!奥里维没法追踪它思想的线索,它不能做有头有尾的推理,只是急剧地乱奔乱窜,人家跟他说话,他的思想却落在后面:才说过的一句话里不知怎么会浮起一些景象,让他出神,然后他的思想又追上来,一跳跳过了你,从一句极平淡的话,极平淡的思想中掀起整个奇妙的世界,找出一个英雄式的、疯狂的信条。这颗恍恍惚惚而常常会突然惊醒的灵魂,特别倾向于乐天的观念,那是一种幼稚而强烈的需要;无论人家对他说什么,艺术或是科学,他总要加上一个一厢情愿的戏剧式的结局,配合他想入非非的愿望。

奥里维由于好奇,每到星期日便念几段书给孩子听。他以为写实的亲切的故事可以引起他兴致,便念托尔斯泰的《童年回忆》。孩子却觉得平淡无奇,说道:

"嗯,是的,这是我们知道的。"

他不懂干吗人家要花那么多精神写些真实的事。

"他讲的不过是个孩子,孩子。"他又轻蔑地补上一句。

他对历史也没有更大的兴味,科学使他厌烦,觉得像神话前面的一篇枯索无味的序:种种看不见的力替人类服务,有如那些可怕而被制服的精灵。长篇大论地解释一阵干什么呢?一个人找到了什么,只

---

① 伯里克理系公元前五世纪时希腊大政治家,雅典的独裁者,以贤明闻名于世。法利爱系法国一九〇六至一九一三年间总统。

要把东西说出来，用不着说出怎样找到的。分析思想是布尔乔亚的奢侈。平民所需要的是综合，是现成的观念，不管是好的是坏的，尤其是坏的，只要能发动人实际去干，他还需要富有生机的，充满电力的现实。在爱麦虞限所认识的文学作品中，他最受感动的是雨果那种史诗式的悲愤，和那些革命演说家的乱七八糟的辞藻，那不但他不大明白，连演说家本人也不是常常弄得清的。对于他，像对于他们一样，世界并非一个由许多种事实连贯起来的总体，而是一片无穷尽的空间，有的是影子，也有的是闪闪的光明，黑洞里有照着阳光的巨翼飞过。奥里维白白地教他布尔乔亚的逻辑，可是没法抓住这颗存心反抗的、烦闷的灵魂；它很高兴在自己那些骚动而互相冲突的幻觉中载沉载浮，好似一个动了情的女人闭着眼睛听人摆布。

奥里维对这个孩子觉得又亲切又惶惑，因为一方面他和他多么接近：孤独，骄傲，对理想热情；一方面孩子又和他多么不同：精神的不平衡，盲目而放纵的欲望，完全不知道何谓善何谓恶的、肉欲方面的野性。关于这野性，奥里维还只看到一部分。他永远想不到有一个情欲骚动的世界在这个小朋友心中萌动。我们布尔乔亚的隔世遗传把我们训练得太明智了，简直不敢细看自己的内心。倘使把一个老实人的梦想，或者把一个贞洁的女人所经历的古怪的热情说出百分之一，大家就会骇而却走。好吧，我们不能让妖魔开口，得关上铁门。但应当知道他们是存在的，在年轻的心灵中随时准备破壁而出。凡是公认为淫乱的欲念，爱麦虞限心里都有，它们会出其不意的，象狂风一般地把他卷住，又因为他长得丑，没人理睬，所以那些欲望格外强烈。奥里维可一点不知道。在他面前，爱麦虞限觉得很难为情。奥里维的和平的气息把他感染了，这样一种生活的榜样对他有镇静的作用。孩子非常热烈地爱着奥里维。他那些被压制的情欲都变成骚乱的梦想，社会的幸福，人类的博爱，科学的奇迹，神怪的航空，幼稚而野蛮的诗意，总之是充满着功业、滑稽、淫乐与牺牲的世界。而他如醉如狂的意志就在那个世界中摸索。

在祖父的小棚子里,没有时间可以让他这样出神,老头儿从早到晚地吹哨,絮聒,敲打。但梦想的机会总是有的。一个人可以站着,睁着眼睛,在一刹那做上多少天的梦。体力的劳动,跟断断续续的思想是不冲突的。凡是内容严密而比较冗长的思想,他不经过意志的努力就不大能抓住线索,即使能够,也要错过许多关节;但有节奏的动作一有空隙,思想倒能随时插进来,形象能浮起来;肉体的有规律的举动像锅炉旁边的风箱一般,能帮助它们出现。这就是平民的思想,是熄而复燃、燃而复熄的一堆火,一缕烟。但偶然有朵火花被风卷去的时候,就会把布尔乔亚充实的仓库烧起来。

奥里维把爱麦虞限推荐到一家印刷所当学徒。这是孩子的愿望,祖父也不反对:他很乐意看到孙子比他更有学问,对印刷所里的油墨也颇有敬意。这一行手艺比老手艺更辛苦,但孩子觉得在工人堆里比跟老祖父在一起更可以胡思乱想。

最舒服的是吃午饭的时间。成群结队的工人占据着阶沿上的饭桌,挤满了本区里的酒店,爱麦虞限却拐着腿躲到邻近的广场上去,靠近一座手执葡萄,作着跳舞姿势的牧神像,啃着面包和裹在油纸里的猪肉,在一群麻雀中间慢慢地体味。小小的喷泉在草地上放射霰霰似的细雨。几只宝蓝色的鸽子停在阳光底下的一株树上,睁着圆眼咕咕地叫。四周是巴黎的永远不歇的市声,车辆的隆隆声,潮水似的脚步声,街上一切熟悉的叫喊声,修补搪瓷用具的工人远远送来的轻快的芦笛声,修路工人敲击路面的锤子声,一座喷泉的庄严的歌唱声,裹着巴黎的梦境。坐在凳上的小驼子含着满嘴的食物,并不马上咽下去,懒洋洋的出神了,他再也不觉得骨子里的痛楚和自己的渺小,只是恍恍惚惚的非常快乐……

"……明天将要照临我们的温暖的光明,正义的太阳,不是已经辉煌四射了吗?一切都这样的善,这样的美!大家富足、健康、相爱……是的,我爱着,我爱大家,大家也爱我……啊!多舒服!将来大家多舒服!……"

工厂的汽笛响了,孩子惊醒过来,咽下了嘴里的东西,在近旁的喷泉上喝了一大口水,然后弓着背,蹒蹒跚跚的回到印刷所去,站在他的位置上,面对着奇妙的字母,早晚会写出"一切都将秤过,算过,分配过①"那样的句子的字母。

斐伊哀老头有个老朋友叫作德罗郁,在对面开着一家兼卖杂货的文具店,橱窗里摆着玻璃缸,装着红红绿绿的糖果,没有臂没有腿的纸娃娃。两个朋友,一个在门前阶沿上,一个在棚子里,隔着街挤眉弄眼,摇头摆脑,做着各式各种的记号。有时鞋匠累了,以至于像他所说的臀部抽筋的时候,两人就远远地招呼一下,拉·斐伊哀德尖着嗓子,德罗郁用着牛鸣似的声音,一同到邻近的酒店里去喝一杯,一到那儿可就不急于回来了。那简直是一对话匣子。他们俩认识快有五十年了。文具店的主人在一八七一年那出戏②里也露过脸。谁想得到呢?他表面上仅仅是个极普通的人,长得胖胖的,戴着小黑帽,穿着白色工装,留着一簇老兵式的灰白须,迷迷惘惘的眼睛上有一丝丝的红筋,眼皮臃肿得厉害,软绵绵亮晶晶的腮帮老淌着汗,拖着一双痛风的腿,呼吸急促,说话也不大利落。但他始终保持着当年的幻象。在瑞士亡命了几年,他遇到各国的同志,特别是俄国人,使他窥到了博爱的无政府主义之美。在这一点上,他和拉·斐伊哀德意见可不同了,因为拉·斐伊哀德是老派的法国人,他心目中的自由是要用武力与专制手段去执行的。除此以外,两人都绝对相信将来必有社会革命,必有一个劳工理想国。各人崇拜一个领袖,把自己的理想寄托在他身上。德罗郁拥戴育西哀,拉·斐伊哀德拥戴高加。他们滔滔不竭地辩论彼此意见地分歧点,以为共同的思想早已讲清楚了;干了两杯之后,他们几乎相信这共同思想已经实现了。两人之中,鞋匠更好辩。他是凭理智而相信的,至少自认为如此:因为他的理智是怎样特殊的理智,只有天晓

---

① 见《旧约·但以理书》第五章。
② 指巴黎公社。

得！只适用于他一个人的。可是虽然在理智方面不及在靴子方面内行,他仍敢说他的理智对别人也一样适用。比较懒惰的文具店老板却不愿费心来证明他的信念。一个人只证明他所疑惑的事。德罗郁可并不疑惑。他那种永远乐观的脾气是依着自己的愿望来看事情的,凡是跟他的愿望不合的,他就看不见或者是忘了。不愉快的经验在他皮肤上滑过,一点不留痕迹。——两人都是想入非非的老孩子,没有现实感觉,一听革命这个名词就飘飘然,仿佛那是一个可以随便编造的美丽的故事,简直弄不清它是不是有一天会实现,或者是不是目前已经实现了。他们俩对人类像对上帝一样信仰,算是把千百年来膜拜基督的习惯转变一下。因为不用说,他们都是反对教会的。

　　妙的是文具店老板和一个热心宗教的侄女住在一起,完全受她的支配。那个深色头发,眼睛挺精神,说话又急又快,还带着很重的马赛口音的矮胖女人,是个寡妇,丈夫以前在商务部当文书。她没有财产,只有一个女儿,母女俩被叔父收留着,但她自命不凡,差不多认为在铺子里管买卖是给了老板面子,神气得活像一个失宠的王后。还算是叔父的生意和主顾们的运气,她精神饱满,兴高采烈,把傲慢的态度冲淡了不少。以她那种高贵的身份,她当然是保王党兼教会派。亚历山特里太太把这两种心情表现得非常露骨,最喜欢捉弄那不信神道的老人。她自居于主妇的地位,认为对全家的信仰负有责任;如果她不能使叔父改变信仰——她发誓终有一天会成功的——至少要把这老怪物浸在圣水里。她在墙上钉着卢尔特的圣母像和巴杜的圣女安多纳像,壁炉架上的玻璃罩内供着彩色的神像,八月里又在女儿床头摆一座小型的圣母寺,插着蓝色的小蜡烛。这种含有挑衅意味的虔诚,人家也说不出她是什么动机,是为了爱护她的叔父,希望他皈依正教呢,还是单单为了要惹他生气。

　　无精打采,半睡半醒的老头儿处处让着她,决不敢惹到侄女好斗的脾气;他这样不伶俐的口齿决不是她的对手,所以但求息事宁人。只有一次,他冒火了,因为一个小小的圣·约瑟像竟然溜进了他房里,高踞在床后的墙上。那一下他可占了上风,因为他气得差点儿发疯,把侄女吓坏了,从此不敢再来。其余的事,他都装聋作哑。那种老虔婆气息的确使他难堪,但他不愿意去想。骨子里他是佩服侄女的,觉得被她呼来喝去也不无快感。而且他们在宠爱小丫头兰纳德那一点上是意见一致的。

兰纳德十三岁,老是闹病。几个月以来她害了骨节痨,成天躺在床上,半个身体都用夹板夹着,好似包在树皮中的达夫妮①。她的眼睛像受伤的小鹿眼睛,黯淡的神色好比缺乏阳光的植物;头原来长得太大,加上很细很紧密的淡黄头发就越显得大了;但脸很清秀,富于表情,配着一个小小的生动的鼻子,一副天真烂漫的笑容。母亲的宗教热在这个有病而无所事事的孩子身上更变本加厉。她几小时地念着经,拿着教皇祝福过的珊瑚念珠,常常热烈地亲吻。她差不多整天闲着,又不喜欢做针线:母亲从来没培养她这方面的兴趣。她偶然看几本枯索无味的传道小册子,和叙述奇迹的故事,那种呆板而浮夸的风格对她就跟诗一样。糊涂的母亲也把周报上附有插图的犯罪新闻交给她念。逢到她偶尔打毛线的时候,心也不在活计上,只念念有词地和什么圣女或仁慈的上帝谈话。本来嘛,不一定要圣女贞德才能得到上帝的访问,我们都受过这种恩宠的。那些天国的使者往往并不开口,只让我们坐在家里独白。但兰纳德决不气恼,他们不开口就是默认。并且她有那么多的话对他们说,没时间让客人回答:她都替他们代答了。她是一个不出声的多嘴姑娘,遗传了母亲的唠叨的脾气,但滔滔汩汩的话都变成了内心的言语,像一条小溪似的流到地底下去了。不必说,为了使叔祖皈依正教,她也参与母亲的计谋。只要能把灵光带一点儿到黑暗的家里来,她就非常快慰;她拿圣牌缝在老人衣服的夹层内,或者把一颗念珠塞在他口袋里,叔祖为了让她高兴,假装不注意。两个虔婆对这反教会的老头儿所玩的手段,使鞋匠看了又好

---

① 神话载:水神达夫妮被阿波罗热恋,乃求其母地神将其变为月桂。

气又好笑。他惯于用粗野的话调侃泼辣的女人,便常常取笑他那个慑于雌威的朋友,使他听了无可奈何。因为他是过来人,被一个脾气挺坏而滴酒不沾的老婆管了二十年,被她当作醉鬼,骂得哑口无言,至今不敢提起这些事。所以文具店老板只是不大好意思辩论几句,结结巴巴地说一套克鲁泡特金式的宽宏大量的话。

兰纳德和爱麦虞限是朋友,从小就天天见面,但爱麦虞限不大敢溜进她家里。亚历山特里太太讨厌他,认为他是无神论者的孙子,下流的小坏蛋。兰纳德整天躺在楼下靠窗的一张长椅里,爱麦虞限经过的时候轻轻地敲击玻璃,鼻子贴在窗上,扯个鬼脸跟她打招呼。夏天,窗子开着,他便停下来,把胳膊高高的靠在窗子的横闩上,自以为这个姿势对他比较有利,肩头高耸之后可以遮掩他的残废。其实没有朋友来往的兰纳德早已想不到爱麦虞限是驼子。而一向害怕并且讨厌女孩子的爱麦虞限,也把兰纳德看作例外。这个半瘫的姑娘对他是可望而不可及的。只有在贝德把他亲吻过后的那天晚上和下一天,他回避兰纳德,对她有种本能的厌恶,急急忙忙地低着头走过,然后不大放心地,远远地偷觑一下,好似一条野狗。过了两天,他又找她了。的确兰纳德不能算女人!平日放工的时候,钉书的女工穿着像睡衣一样长的工装,都是个子高大的嘻嘻哈哈的姑娘,饿虎似的眼睛会一眼把你瞧尽的,他走在她们中间拼命把自己缩小,赶紧往兰纳德的窗子逃过去。他很高兴他的女朋友残废:在她面前,他可以摆出优越的,甚至保护人那样的神气。他把街坊上的事讲给她听,故意把自己说得很重要。逢着他想讨人喜欢的时候,还带一些东西给她,冬天是烤栗子,夏天是樱桃等等。而兰纳德也从摆在橱窗里的两口玻璃缸内掏些花花绿绿的糖给他,拿着风景片一同看着玩儿。这是最快活的时光:两人都忘了幽禁他们童心的可怜的肉体。

但他们也会像大人一样为了政治与宗教而争论,那时也就和大人一样愚蠢。和谐的氛围被破坏了。她讲着奇迹,九日祈祷,赦罪日,镶着纸花边的圣像,他学着祖父的口头禅,说这些都是胡闹,可笑。他讲起老人带他去参加的集会，她也鄙夷不屑地打断他的话，说那些人都是酒鬼。双方的语气变得难听了，提到彼此的家长，一个把祖父侮辱对方母亲的话说出来，一个把母亲侮辱对方祖父的话说出来。然后他们又互相攻击本人，尽量找些不客气的字眼。这当然很容易，他说出最粗野的话，可是她能找到最恶毒的。于是他走了。下次再见的时候，他说他曾经和别的女孩子在一起，她们都长得漂亮，大家玩得很痛快，还约好下星期日再见。她一声不出，假装不把他的话放在心上，可是突然之间她发作了，把编织的钩针摔在他头上，嚷着叫他走开，说她恨他，随后用双手捧着脸。他走了，心里并没为了胜利而得意。他很想拿开她瘦削的小手，跟她说刚才的话是假的。但他为了傲气，硬着头皮撑下去。

终于有一天，人家代兰纳德报复了一下。他和工厂里的伙伴在一块儿。他们不喜欢他，因为他不理人，也因为他不说话或太会说话：幼稚，夸大，像书本上或报纸上的文章——（他脑子里装满了这一套）。那天大家谈着革命跟将来的世界。他兴奋得不得了，说话很可笑。一个同伴恶狠狠地挖苦他说：

"得了吧，你太丑了。将来的社会上不会再有驼子。像你这种家伙一生下来就得给淹死的。"

那一下他可从雄辩的高峰上直跌下来，狼狈不堪地住嘴了。旁人都笑弯了腰。整个下午他咬紧牙关，一声不出。傍晚他回家去，急于想躲在他的一角自个儿痛苦。奥里维路上遇到他，看他面如土色，不禁吃了一惊。

"啊，你心里不好过。为什么呢？"

爱麦虞限不愿意回答。奥里维很亲热地追问，孩子老不开口，牙床骨直打哆嗦，像要哭了。奥里维搀着他的胳膊，带他到家里。奥里维对于疾病和丑恶有种本能的厌恶，那是生来不能做慈善会修士的人都免不了的，但他一点不流露出这种情绪。

"是不是人家和你过不去？"

"是的。"

"怎么回事呢?"

这时孩子可忍不住了。他说他长得丑,同伴们说他们的革命没有他的份。

"也没有他们的份,同时也没有我们的份。"奥里维回答。

"那不是一朝一夕的事。我们是为着后来的人干的。"

孩子听到革命要这么晚才成功,不免很失望。

"为了替像你这样成千成万的少年,成千成万的人谋幸福而工作,难道你不乐意吗?"

爱麦虞限叹了口气:"可是自己能有一些幸福究竟是舒服的。"

"孩子,别不知好歹。你住的是世界上最美的都市,生在最奇妙的时代,你并不傻,眼力也很好。你想,周围有多少事值得你去看,去爱。"

他给他指出了几桩。

孩子听着,摇摇头:"不错,可是我背着这个躯壳,永远摆脱不掉!"

"你会摆脱的。"

"到那个时候,一切都完了。"

"你怎么知道一切都完了?"

孩子听了这话愣住了。唯物主义是祖父信条中的一部分,他以为只有教士才相信灵魂不死,因为知道奥里维不是这等人,便私忖他说这句话是否能当真。可是奥里维握着他的手,说了许多理想主义者的信仰,说无穷的生命只是一个整体,无始无终的亿兆生灵与亿兆的瞬间只是独一无二的太阳的光芒。但他并不用这种抽象的话。他一边说着,一边不知不觉被孩子的思想同化了:古老的传说,古老的宇宙观中实际而深刻的幻想,都被回想起来。他半笑半正经地讲着万物的轮回与递嬗,灵魂在无量数的形式中流过,滤过,像从这一口池流到那一口池的一道泉水。说话之间他又渗入一些基督教的回忆和眼前这个夏日傍晚的景象。他靠近打开的窗子坐着:孩子站在他旁边,让他拿着手。那天是星期六。傍晚的钟声响着。最近才回来的第一批燕子掠过房屋的墙。远天对着包裹在黑影中的都市微笑。孩子凝神屏气,听着年长的朋友讲的神话。奥里维看到孩子这样专心也感动了,不禁对自己的叙述悠然神往。

人生往往有些决定终身的时间,好似电灯在大都市的夜里突然亮起来一样,永恒的火焰在昏黑的灵魂中燃着了。只要一颗灵魂中跳出一点火星,就能把灵火带给那个期待着的灵魂。这个春天的黄昏,奥里维安安静静地说话,在残废的小身体所禁锢的精神中间,好像在一盏歪歪斜斜的灯笼里,燃起了永远不熄的光明。

他完全不懂奥里维的议论,甚至也不大听在耳里。但这些传说,这些形象,在奥里维看来只是美丽的寓言和譬喻,在爱麦虞限心中却是有血有肉的现实。神话变了生动的东西,在他周围飞舞。从房间的窗洞里看到的形象,街上来往的穷穷富富的人,掠过墙头的燕子,驮着重物的疲乏的马,被黄昏的影子湮没的房屋的砖石,光明隐灭的暗淡的天色——这整个外表的世界突然印在他心头,像一个亲吻。那仅仅是电光般的一闪,马上熄灭了。他心里想到兰纳德,便说:"可是那些去参加弥撒,相信上帝的人,明明是头脑不清的家伙!"

奥里维笑了笑回答:"他们跟我们一样有所信仰。我们都信着同样的事。只是他们的信仰没有我们的坚强罢了。他们要关上窗户,点上灯,才能看到光明。他们把上帝寄托在一个人身上。我们眼光更好。但我们爱的总是同样的光明。"

孩子回家去了,黑洞洞的街上,煤气灯还没有点起来。奥里维的话在他头里嗡嗡地响。他忽然想到,嘲笑眼光不好的人跟嘲笑驼子同样是残忍的。他又想起眼睛挺美的兰纳德,想起他曾经使那双眼睛流泪,不由得难过极了,便回头向文具店走去。窗子还半开在那里,他轻轻地伸进头去,低声叫着:"兰纳德……"

她不回答。

"兰纳德!我请你原谅。"

兰纳德在黑影里回答说:"坏东西,我恨你。"

"对不起。"他又说了一遍。

随后忽然兴奋起来,他更放低了声音,又惶惑又羞愧地说:

"告诉你,兰纳德,我也相信上帝了,跟你一样。"

"真的吗?"

"真的。"

他这么说是特别为了表示自己宽宏大量。但说过以后,他的确有些相信了。

两人相对无言,彼此也瞧不见。外边是美妙的夜晚。残废的孩子喃喃地说,"一个人死了才舒服呢!……"

他听到兰纳德轻微的呼吸,便说了声:"再见!"

兰纳德也用着温柔的声音回答:"再见!"

他心情轻快地走了。兰纳德原谅了他,他很快活。其实这苦命的孩子暗中也乐意兰纳德为他而痛苦一下。

奥里维又躲在家里了。不久克利斯朵夫也回来了。真的,他们俩不是干社会革命的人。奥里维不能和这些战士联盟。克利斯朵夫不愿意和他们联盟。奥里维因为是被压迫的弱者而躲避,克利斯朵夫因为是独立不羁的强者而躲避。可是尽管一个蹲在船首,一个蹲在船尾,他们总还是在那条载着劳工队伍与整个社会的船上。自以为精神洒脱,意志坚强的克利斯朵夫,用一种带着鼓励意味的关切的态度,看着无产阶级团结起来,他喜欢到骚动的平民堆里混一下,让精神放松一点,事后觉得自己更有劲更新鲜。他继续跟高加来往,偶尔也仍旧上奥兰丽铺子去吃饭,在那儿兴之所至,毫无顾忌,什么怪诞的论调都不会使他吃惊,他还故意放刁,煽动人家把话越说越荒唐,越说越激烈。在场的人竟弄不清克利斯朵夫是否正经,因为他一边说一边激动起来,终于忘了他本意是闹着玩儿的。大家的醉意把艺术家也熏醉了。有一回他得了灵感,在奥兰丽铺子的后间作了一支革命歌曲,立刻给人背熟了,第二天就传遍工人团体。因此他犯了嫌疑,受到警察当局的注意。消息灵通的玛奴斯有一个年轻朋友,叫作爱克撒维·裴那,在警察局办事,同时也喜欢文学而自命为崇拜克利斯朵夫的(因为第三共和的看家狗中间也渗进了无政府思想与享乐主义)。他告诉玛奴斯:"你们的克拉夫脱简直胡闹。他想充英雄好汉。我们是知道底细的,可是上级很高兴在这些革命阴谋中抓个外国人——尤其是德国人——这是诬蔑革命党私通外国的老办法。倘若这傻瓜不小心,我们就得抓他了。那不是麻烦吗?你去通知他一声。"

玛奴斯告诉了克利斯朵夫,奥里维要他谨慎些。克利斯朵夫却不以为意。

"得了吧!"他说,"谁都知道我不是个危险人物。难道我不能玩一下吗?我喜欢这些人,他们像我一样做着工,像我一样有个信仰。老实说,信仰是不同的,我们不是一条战线上的人……好吧,打架就打架,我不怕……有什么办法?我不能像你这样缩在壳里。跟布尔乔亚在一块,我透不过气来。"

奥里维的肺不需要这么多空气。他待在狭小的屋子里,和两个精神安定的女朋友做伴觉得很舒服。那时亚诺太太忙着慈善事业,赛西尔专心抚养孩子,口口声声只谈着孩子,也只跟孩子谈着,叽叽喳喳,学着小鸟的声音,把孩子那种不成腔的歌曲慢慢地变做人话。

奥里维跟工人们混了一下,结果有了两个熟人,像他一样是无党无派的。一个是地毯匠葛冷。他的工作完全是逗他高兴的,非常任性,可是手段很巧。他爱自己的手艺,天生对艺术品有鉴赏力,还加上观察,工作,参观博物馆等等的修养。奥里维托他修过一件古式家具:活儿很不容易做,他居然应付得很好,花了不少的精力和时间,只向奥里维要了一笔很公道的修理费,因为他能够做成这件活儿已经挺高兴了。奥里维对他产生了兴趣,探问他的身世和他对劳工运动的意见,葛冷毫无意见,他完全不把这问题放在心上。他不属于这个阶级,也不属于任何阶级。他就是他。很少看书,所有知识方面的成就都是靠感官,眼睛,手,和真正的巴黎平民天生的鉴别力来的。他非常快活。在工人阶级的小布尔乔亚中间,这等人很多,那是法兰西最聪明的种族之一:因为肉体的劳作和精神活动在他们身上是平衡的。

奥里维的另外一个熟人却更古怪了。他名叫乌德罗,职业是邮差。长得很体面,个子高大,眼睛很亮,留着淡黄的胡子,性格开朗,一望便知是个快活人。有一天他为了送一封挂号信,走进奥里维的屋子。趁奥里维签字的时候,他在书房里绕了一转,把书题扫了一眼。

"嘿!嘿!你的古书真不少……"接着又道,"我也收着关于蒲高尼的文献"①。

"你是蒲高尼人吗?"

邮差笑着,哼了一支蒲高尼的民谣,回答说:"是的,我是阿凡龙地方人。我的家庭文献有早到一二〇〇年的,另外还……"

奥里维听了大为惊异,很想多知道些。乌德罗也巴不得有说话的机会。他的确是蒲高尼最古老的旧家之一。有一个祖先曾经参加腓列伯·奥古斯德的十字军,又有一个当过亨利二世的国务大臣。从十七世纪起,家道衰落了,大革命时期更被平民的巨潮卷了下去。现在靠着邮差乌德罗的体力与魄力,奉公守法的地做着事,对家族的忠诚,这一家才又浮到水面上来。他最好的消遣是搜集一些谱系的史料,不是有关他一家的,便是有关他的乡土的。放假的日子,他到档案保存所去抄录旧文件,遇到不懂的地方,就去请教因送信而认识的考古学院学生或巴黎大学文科的学生。显赫的家世并没使他得意忘形,他一边笑一边叙述,没有什么怨恨命运的口气。他那种健康的、无忧无虑的,快活的心情,叫人看了舒服。奥里维望着他,不禁想到一代又一代的种族循环往复,在地面上浩浩荡荡地流上几百年,在地底下销声匿迹几百年,随后又从泥土里吸收了新的力量重新涌现。他觉得平民是

---

① 蒲高尼为法国地理名,包括东部各州,以产酒著名。

口广大无边的蓄水池,过去的河流可以在其中隐没不见,未来的河流又从中发源——其实除了名字不同以外还不是同样的河流?

他很喜欢葛冷与乌德罗,但他们不能跟他做伴,彼此没有什么可谈的。倒是爱麦虞限那孩子多费他一些精神,他几乎每天晚上都来。从那次神秘的谈话以后,孩子精神上有了很大的变动。他抱着狂热的求知欲钻到书本里去,等到抬起头来,简直发呆了,似乎没有以前聪明了,话也更少了,奥里维想尽方法只能逼出他几个唯唯诺诺的字;问他什么,他又胡说八道地乱答一阵。奥里维很灰心,竭力忍着不表示出来,以为自己看错了,这孩子原来是个笨蛋。他可没看见狂热的孵化工作正在这颗灵魂中进行。他是个不高明的教育家,只能拿一把良好的种子随意往田间散播,却不会耕地,犁地。逢到克利斯朵夫在场,他更惶惑,觉得给他看到这样一个信徒很难堪,而爱麦虞限当着克利斯朵夫的面也显得更蠢,使奥里维更羞愧。那时,孩子咬紧牙关,恶狠狠的一句话也不说。他恨克利斯朵夫,因为奥里维爱克利斯朵夫,他不答应除了自己以外还有别人在他老师心中占有地位。克利斯朵夫和奥里维都想不到孩子心里有这种偏激的爱与嫉妒。克利斯朵夫当年也是这样的。但在一个性格不同的人身上,他认不得自己的面目了。爱麦虞限是受到多少病态的遗传的,所以他的爱,憎,潜伏的天才,发出来的声音与众不同。

五一节近了。

巴黎有些可怕的谣言。劳工总会的一帮吹牛大王尽量地推波助澜。他们的报纸宣告大审的日子到了,号召工人纠察队,喊出"饿死他们!"的口号,那是布尔乔亚最害怕的。他们拿总罢工做威吓。胆小的巴黎人有的下乡了,有的怕受封锁,忙着囤积粮食。克利斯朵夫遇到加奈驾着汽车,带着两只火腿和一袋番薯。他吓坏了,竟弄不大清自己属于哪一党,一会儿是老共和党,一会儿是保王党,一会儿是革命党。他的暴力崇拜好似一支疯狂的罗盘针,一下子从北跳到南,一下子从南跳到北。当着大众,他照旧附和朋友们的虚张声势,心里可是预备拥戴随便哪个独裁者来打倒赤色的幽灵。

克利斯朵夫嘲笑这种普遍的胆怯病,相信什么事都不会发生的。奥里维却没有这个把握。他是布尔乔亚出身,而回想起当年的大革命和等待将来的革命,布尔乔亚老是有些心惊胆战的。

"得了吧!"克利斯朵夫说,"尽管安心睡觉吧。你这革命决不是明天会来的!你们怕革命,怕挨打……到处是这个心理,布尔乔亚,平民,整个的民族,西方所有的民族。大家的血都不够,生怕再流掉。四十年来不过是说大话。瞧瞧你们的德莱弗斯案子吧!'杀呀!杀呀!'你们还喊得不够吗?好一帮吹大炮的家伙!费了多少的唾沫跟墨汁!可是流过几滴血呢?"

"别这样肯定,"奥里维回答,"你知道为什么大家怕流血?因为我们本能地觉到,只要流了第一滴血,兽性就会一发不可收拾。文明人的面具马上会掉下来,野兽的利爪会伸出来,那时谁能把它制服只有天晓得了!每个人都对着战争踌躇不决,但一朝爆发之后可惨了……"

克利斯朵夫耸耸肩,说吹牛大王西拉诺和冒充英雄的尚德莱①会在这个时代走红不会无因。

奥里维摇摇头。他知道,自吹自擂在法国是行动的前奏曲。但说到五一节,他也不比克利斯朵夫更相信会有什么革命:事情过于张扬了,政府已经有了准备。指挥暴动的领袖们一定会把战争延缓到一个更适当的时间。

四月的下半个月,奥里维患着感冒,那是差不多每年到这个时候都要发作的,同时还得触发支气管炎的老毛病。克利斯朵夫在他家里住了两三天。这次病势很轻,很快就过去了。但热度退后,奥里维照

---

① 西拉诺与尚德莱均为洛斯当所作的戏剧中人物。

例还要拖几天,非常疲倦。他躺在床上,几小时地不想动弹,呆呆地望着克利斯朵夫背对着他,伏在书桌上写东西。

克利斯朵夫在那里专心工作:写得厌倦了,便突然站起来,过去弹一会儿琴,倒不是弹他才写下的曲子,而是信手弹奏。于是出现了一个很古怪的现象:他写出来的东西和他以前的风格明明是一贯的,此刻弹的倒像是另一个人的作品:粗暴,狂乱,支离破碎,完全没有他别的作品里那种严谨的逻辑。这些不假思索的即兴,逃过了意识的监视,不是从思想而是从肉体来的,像野兽的嚎叫,显出精神非常不平衡,正在酝酿未来的暴风雨。克利斯朵夫自己不觉得,但奥里维听着,望着克利斯朵夫,隐隐约约地感到不安。在病体虚弱的情形之下,他特别能洞察幽微,预知未来,窥见谁也没注意到的事。

克利斯朵夫按了最后一个和弦,满头大汗,面目狰狞地停住了;他用惊惶不定的眼睛向四下里扫了一遍,碰到了奥里维的眼睛,笑了一阵,回到他的书桌上。

"你弹的什么呀,克利斯朵夫?"奥里维问。

"没有什么。我是把水搅动一阵,想捉些鱼。"

"你预备写下来吗?"

"写什么?"

"你才弹的。"

"我弹些什么已经记不得了。"

"那么你刚才想些什么?"

"不知道,"克利斯朵夫说着,用手按着脑门。

他继续写他的东西。屋子里又静了下来。奥里维始终瞧着克利斯朵夫。克利斯朵夫觉察到了,便转过身来,看到奥里维眼中含着无限的温情。

"你这个懒虫!"他嘻嘻哈哈地说。

奥里维叹了口气。

"怎么啦?"克利斯朵夫问。

"唉,克利斯朵夫,你胸中还有多少东西?眼看你在这儿,紧靠着我,可是你将来给别人的多少宝物,都没有我的份了……"

"你疯了吗?你怎么了?"

"你将来的生活是怎么样的呢?还得经历怎么样的危险,怎么样的难关呢?……我愿意跟你在一起……可是我什么都看不见了。我得糊里糊涂地搁浅在半路上。"

"要说糊涂,你现在就很糊涂。即使你自己要赖在半路上,我也不让你那么做。"

"你会把我忘了的。"奥里维回答。

克利斯朵夫站起来,走过去坐在床上,靠近奥里维,握着他出着虚汗的手腕。衬衣的领口敞开着,露出瘦骨嶙峋的胸部,娇弱而紧张的皮肤好似一张被风吹饱而快要破裂的帆。克利斯朵夫结实的手指不大利落地把他的衣领给扣上了。奥里维只是听他摆布。

"亲爱的克利斯朵夫,"他温柔地说,"我这一辈子也有过美满的幸福了!"

"哎,你这话是什么意思?你不是和我一样,身体很好吗?"

"是的。"

"那么干吗说这些傻话?"

"对,我这是不应该的,"奥里维羞愧地笑着,"大概这次感冒使我精神萎靡了。"

"得振作起来呀。哎,喂!起来吧。"

"让我歇一下再说。"

他仍旧躺在床上胡思乱想。第二天他起来了,坐在壁炉旁边继续出神。

那年的四月天气很暖,常常下雾。小小的绿叶在银色的雾中舒展,看不见的鸟一叠连声地唱着,欢迎隐在云后的太阳。奥里维抽引着千丝万缕的往事:看到自己小时候坐着火车,在大雾中跟哭哭啼啼的母亲离开家乡,安多纳德自个儿坐在车厢的一角……美丽的侧影,秀美的风景,一一映在他的眼帘上。美妙的诗句自然而然地涌出来,音韵,节奏,都已经齐备了。他原来坐在书桌旁边,只要伸出手臂就可以抓到笔,把这些诗意盎然的境界记下来。可是他不想这么办。他疲倦不堪,也明明知道梦境一旦被固定之后,香气就会散掉。那是一向如此的:他没法表现自己最优秀的部分。他的心仿佛一个百花盛开的山谷,可是谁也进不去,而且只要动手去采,那些花就会谢落的。结果只勉强剩下几朵,几个短篇,几首诗,发出一股隽永的凄凉的气息。这种艺术上的无能早已成为奥里维最大的苦闷。感觉到内心藏着多少生机竟无法抢救! 现在他隐忍了。用不着人家看到,花也一样会开放,在无人采摘的田里反倒更美。开遍了原野,在阳光底下出神的鲜花不是悠然自得,挺快活吗? 阳光是难得有的;但没有阳光,奥里维的幻景只有更丰富。他那几天编了多少凄怨的、温柔的、神怪的故事! 不知它们从哪儿来的,好似片片白云在夏日的天空飘浮,在空气中融化,然后又来了新的;这种故事他心里有的是。有时天上晴空万里,奥里维便晒着太阳迷迷糊糊,直等到无声的幻梦张着翅膀再来的时候。晚上,小驼子来了。奥里维胸中装满了故事,不由得对他讲了一个,微微笑着,出神了。他常常这样说着话,眼睛望着前面;孩子一声不吭。后来他也忘了有孩子在场⋯⋯故事说到一半,克利斯朵夫闯进来听到了,觉得美妙至极,要奥里维从头再讲一遍。奥里维却不愿意:"我跟你一样,已经忘了。""没有这回事,"克利斯朵夫说,"你是个古怪的法国人,自己说的,做的,老是心里有数。你从来不会忘掉什么事。"

"这便是我的不幸。"

"因为你忘不了,我才要你把刚才的故事再说一遍。"

"多厌烦。而且有什么用?"

克利斯朵夫恼了。

"这是不对的,"他说,"那么你的思想对你有什么用? 你把自己所有的统统丢掉,那是永远的损失。"

"什么都不会损失的。"奥里维回答。

奥里维讲着他的梦境的时候,小驼子始终坐在那里一动不动,此刻才醒过来,向着窗子睁着迷迷糊糊的眼睛,沉着脸,神气恶狠狠的,不知道在想些什么。他站起来说了句:"明儿一定是好天气。"

克利斯朵夫听了对奥里维说:"我相信你说的话他一个字也没听进去。"

"明儿是五月一日。"爱麦虞限补上一句,沉闷的脸上有了光辉。

"这是他的故事,"奥里维说。"喂,你明儿来讲给我听。"

"胡说八道!"克利斯朵夫说。

第二天,克利斯朵夫来接奥里维到城里散步。奥里维病已经完全好了,但老是异乎寻常的困倦。他不想出去,心里有点隐隐约约的恐惧,又不喜欢跟群众混在一起。他的心和精神是勇敢的,肉体却是娇弱的:怕喧闹,骚乱,和一切暴烈的行动。他明知自己生来要作强暴的牺牲品,不能够也不愿意自卫:因为他受不了叫人家受罪,正如受不了自己受罪一样。凡是虚弱的人总比旁人更怕肉体的痛苦,因为更熟悉这种痛苦,而他们的幻想还要把它特别加强。奥里维想到自己的精神不怕吃苦而肉体偏偏这样怯弱,觉得很惭愧,竭力想加以压制。但那天早上,他不愿意跟任何人接触,只想整天躲在家里。克利斯朵夫埋怨他,取笑他,不顾一切地要他出去振作一下:他已经有十天工夫没上街换换空气了。奥里维只做听不见,克利斯朵夫便说:"好吧,我一个人去。我要去看看他们的五一节。要是我今晚不回来,你可以说我是被抓进去了。"

他走了。在楼梯上,奥里维追了上来。他不愿意克利斯朵夫独自出门。

街上人很少。三三两两的女工衣襟上缀着一串铃兰。像过星期日一样穿得整整齐齐的工人们,很悠闲的遛着。街头巷尾,靠近地道车站的地方,掩掩藏藏地站着成群的警察。卢森堡公园的大铁门给关上了。天气老是很温暖,罩着雾。已经好久没有太阳了……两个朋友挽着手臂,不大说话,心里非常相爱,偶然交换一言半语,唤起一些亲切的往事。在区公所前面,他们停下来瞧瞧气压表:颇有上升的趋势。

"明儿我可以看到太阳了。"奥里维说。

那时他们正走在赛西尔家附近,想进去瞧瞧孩子。

"噢,等回来的时候再去吧。"

过了塞纳河,人渐渐多起来。安安静静散步的人,服装和脸色都是过假日的模样;无聊的闲人带着孩子,工人们也随便溜达着。有几个在钮孔上缀着红蔷薇,神气却很和善:都是些冒充的革命分子。你可以感觉到他们非常乐观,一点儿极小的幸福就能使他们满足:这天放假的日子只要是天晴或者天气不太坏,他们就很感激了……感激谁呢?可不大清楚……他们从容不迫的,满脸笑容,看着树上的嫩芽,瞧着女孩子们的装扮,很得意地说,"只有在巴黎才能看到穿得这样整齐的孩子……"

克利斯朵夫取笑那个大吹大擂预告的示威运动。好家伙!他心里又喜欢他们又瞧不起他们。

他们俩越往前进,人越来越挤了。形迹可疑的苍白的脸,混在人堆里等机会。水已经给搅动了。每走一步,水就更混浊一些。好似从河底下浮起来的气泡一样,有些声音互相呼应;口哨声,无赖的叫喊声,在喧闹的人堆中透露出来,令人感到积聚的水势。街的那一头,靠近奥兰丽饭店的地方,声音尤其宏大,像水闸似的。警察和士兵拦着去路。大家在那儿不由得挤做一堆,又是叫嚷,又是吹哨,又是唱,又是笑……那是群众的笑声,因为他们不能用说话来表达种种暧昧的情绪,只能用笑发泄一下……

这些群众并没恶意。他们不知道自己要些什么。在不知道以前,他们只闹着玩儿:烦躁,粗暴,可还没有恶意;觉得彼此拥挤,骂骂警察,或者互相吆喝一阵,都挺有意思。但他们渐渐急躁起来。站在后面的人因为看不见前面的情形而不耐烦,又因为躲在肉屏风后面危险性比较少而格外表示激烈。站在前面的人进退不得,闷死了,越来越受不了的局面使他们气愤至极；而压迫他们的人潮的力量，又把他们自身的力量增加了百倍。大家越挤越紧，像一群牲口，觉得全群的热气流到了自己身上，所有的人凑成了一个整体，而每个人都等于是全体，跟巨人勃里阿莱①一样。热血的怒潮不时在千首怪物的胸中直冒，眼睛含着仇恨，声音含着杀气。躲在第三四行的人开始扔石子了。好些人在临街的窗口张望，仿佛是看戏；他们一边刺激群众，一边焦灼不耐地等军队开火。

克利斯朵夫手脚并用地闯进这个密集的人堆，像楔子一般硬挤进去。奥里维跟着他。人墙略微露出了一点儿隙缝，让他们过去，随后又闭上了。克利斯朵夫兴高采烈，完全忘了五分钟以前自己还说民众不会暴动。不论他跟法国的群众和他们的要求是怎样的不相干，他一卷进这股潮水，便立刻被融化了；不管群众要的是什么，他只知道跟着要；不管自己往哪儿去，他只知道往前，呼吸着这般狂乱的气息……

奥里维跟在后面，被克利斯朵夫牵引着，毫无兴致，头脑很清楚，对于他同胞的热情，对于那股把他推着拥着的热情，比克利斯朵夫不知冷淡多少倍。因为病后身体虚弱，他和人生离得更远了……又因为神志清楚，精神洒脱，所以连最小的枝节都深深地印入他的脑海。他很愉快地瞧着前面一个姑娘的后影，黄澄澄的脖子，皮肤苍白而细腻。同时，从这些紧挤在一起的人身上蒸发出来的气息使他作呕。

"克利斯朵夫。"他用哀求的口吻叫了一声。

克利斯朵夫不理他。

"克利斯朵夫！"

"怎么呢？"

"咱们回去吧。"

"你可是害怕了？"克利斯朵夫问。

他继续向前。奥里维苦笑着跟在后面。

---

① 勃里阿莱为神话中的巨人，有五十个头与一百条手臂。

在几排以前的危险地带内（没法向前的群众挤在那儿好比一道栅栏），奥里维瞧见他的小驼子爬在一所卖报亭的顶上。他用两手撑着，非常不方便地蹲在那里，一边笑一边向人墙那一边眺望，不时回过头来，得意扬扬地望着群众。他看到了奥里维，眉飞色舞地瞅了他一眼，然后又眺望广场那方面，睁大着眼睛等着……等什么呢？等将要来到的事……而且不止他一个，周围多少的人都等着奇迹！奥里维瞧了瞧克利斯朵夫，发觉他也在等待……

奥里维招呼孩子，嚷着要他下来。爱麦虞限只装听不见，不再对他望了。他也看到了克利斯朵夫。他很高兴在骚乱中露面，一方面是向奥里维表示勇敢，一方面是让他着急，算是他和克利斯朵夫在一起的惩罚。

奥里维在人堆里也遇到几个别的朋友。黄胡子高加只等冲突发生，用专家的眼光估量着爆发的时间。更远一些，美丽的贝德和旁边的人互相说些难听的话。她居然挤到了第一排，扯着嗓子骂警察。高加走近克利斯朵夫。克利斯朵夫一看见他，讥讽的脾气又发作了："我不是早说过吗？什么事都闹不起来的。"

"等着瞧吧！"高加说，"别老待在这儿。随时会出乱子的。"

"别胡扯！"克利斯朵夫回答。

那时骑兵被人家扔石子扔得不耐烦了，上前来想清通到广场的入口，中间的队伍领先，放开奔马的步子。于是秩序乱了。像《福音书》上说的，头变作了尾。最前的一排变成了最后一排。可是他们也不愿意老是受窘，一边逃一边向追兵辱骂，一枪还没有放就把他们作"凶手！"贝德尖声怪叫的往人堆里直溜，像一条鳗鱼似的。她找到了朋友们，躲在高加阔大的肩膀后面喘过气来，紧挨着克利斯朵夫，把他的胳膊拧了一把，为了害怕或是别的理由，向奥里维丢了一个眼神，又咆哮着对敌人们晃晃拳头。高加抓着克利斯朵夫的手臂，说："咱们走吧，上奥兰丽铺子去。"

他们走几步路就到了。贝德和格拉伊沃两人已经先在那儿。克利斯朵夫正要进去,后面跟着奥里维。这条街是中间高,两头低的;站在小饭铺前面五六级高的阶沿上可以眺望街心。奥里维从人堆里钻出来,呼了一口气。他一想这气味恶劣的酒店和那些疯子的狂叫就觉得恶心,便和克利斯朵夫说:"我回去了。"

"好吧,我过一个钟头来找你。"

"别再出去了,克利斯朵夫!"

"胆怯鬼!"克利斯朵夫笑着回答。

说罢他便走进酒店。

奥里维刚要在铺子的转角处拐弯,再走几步就可以拐进一条小巷,和骚乱的场面隔离了。但他那个小朋友的形象忽然在脑中浮现,便回过头去东张西望地找,正看到爱麦虞限从他的瞭望台上摔下来,奔逃的群众踩在他身上,警察又在后面追。奥里维不假思索,立刻跳下阶沿奔过去救护。一个马路小工看到情形非常危急:大兵们拔出了腰刀,奥里维伸出手去想把孩子拉起来,被势如潮涌的警察把两人一齐冲倒了。小工惊叫了一声,也冲了进去。同伴们跟在他后面奔过来。站在酒店门口的人,还有已经进了酒店的人,都先后听见了呼救声奔出来。两队人马像狗一般扭在一起。站在阶沿高头的女人们吓得直嚷。奥里维这个贵族的小布尔乔亚,比谁都厌恶斗争的人,竟这样拨动了斗争机钮……

克利斯朵夫被工人们牵引着,加入了混战,可不知道谁发动的。他万万想不到有奥里维在内。他以为他已经走了,在绝对安全的地方了。当时简直没法看出战斗的情形。每个人都弄不清攻击自己的是谁。奥里维在旋涡中不见了:船沉到水底下去了……不知哪儿飞来一拳,打在他左胸上,他立刻倒下去,被一窝蜂的群众踏在脚下。克利斯朵夫被一阵逆流挤到战场的另一头。他心里没有一点儿仇恨,只是兴高采烈地跟大家推来推去,好似在乡村里赶集似的。他并没想到事情的严重性,所以被一个肩膀阔大的警察抓着手腕,拦腰抱住的时候,他还开玩笑地说:"可要跳个华尔兹,小姐?"

可是第二个警察又扑上他的背，他便像野猪似的抖擞一下，抡着拳头往两人身上乱捶乱打，他怎么肯被人制服呢？扑在他背上的敌人滚在地下了。另外一个狂怒之下，拔出刀来。克利斯朵夫看见刀尖离自己的胸脯只差两寸，马上闪过身子，抓着敌人的手腕，拼命想夺下武器。他一下子弄不明白了，至此为止，他把事情看作游戏一样……但那时他跟敌人扭做了一团，互相打着嘴巴。他没有时间思索。对方眼里有了杀机，而他心中也起了杀机。他眼看自己要像一头绵羊似的被人宰割了，便冷不防把敌人的手腕跟刀一齐扭转来，对着敌人的胸脯扎进去，他觉得自己要杀人了，真的杀了。于是他眼睛里看出来的东西都不同了，如醉若狂地大叫起来。

一叫之下，效果简直不可想象。群众嗅到了血腥。一刹那间，他们变成了一群凶恶的猎犬。到处都放起枪来。许多窗口挂出了红旗。巴黎革命的隔世遗传，使他们立刻布置了障碍物。街面的砖石给掘掉了，街灯的柱子给扭曲了，树木给砍下了，一辆街车在街上仰天翻着。大家利用几个月来为铺设地下铁道而掘开的壕沟。围着树木的铁栏扭成了几段，被人当作弹丸用。口袋里和屋子里都出现了武器。不到一小时，局面完全变成了暴动的形势，全区都成了战场。克利斯朵夫的模样叫人认不得了，爬在障碍物上高声唱着他作的革命歌，几十个声音在四周附和。

奥里维被人抬到奥兰丽酒店里，已经失去知觉。人家把他放在铺面后间的一张床上。床脚下蹲着那个驼子，垂头丧气。贝德先是吓了一跳，远望以为受伤的是格拉伊沃，等到认出是奥里维，不由得失声叫起来："还好还好！我以为是雷沃博呢……"

然后她动了恻隐之心，把奥里维拥抱了一下，在枕上扶着他的头。奥兰丽照例很镇静，解开他的衣服，先作了一个初步的包扎。犹太医生玛奴斯·埃曼碰巧带着他形影不离的加奈在场。他们像克利斯朵夫一样为了好奇心来看看示威运动，目睹这场混战，看着奥里维倒下去的。加奈哭得很伤心,同时又想:"我到这儿来干吗呢?"

玛奴斯给奥里维诊察了一遍,立刻断定没希望了。虽然对奥里维很有好感,但他不是一个看着无可挽救的事发呆的人,便不再关心奥里维而想到克利斯朵夫了。他一向佩服克利斯朵夫,拿他当作一个病理的标本看的。他知道他关于革命的思想,很不愿意克利斯朵夫以局外人的身份去冒无谓的危险。轻举妄动而打破脑袋还是小事,倘若克利斯朵夫被抓去了,官方一定会拿他出气的。人家早已通知他,警察当局在暗中监视克利斯朵夫;将来他不但要对自己闹的乱子负责,还得替别人闯的祸负责。玛奴斯刚才遇到爱克撒维·裴那在人堆里徘徊,为了好玩也为了公事;他向玛奴斯招招手,说道:"你们的克拉夫脱真胡闹,居然爬在障碍物上臭得意!这一回我们可不放过他了。该死!你叫他快快溜吧。"

说是容易,做起来可难了。倘若克利斯朵夫知道奥里维死了,他会变成疯子,还要乱杀人,直到把自己的命送掉为止。玛奴斯对裴那说:"要是他不马上溜,一定完了。让我去把他带走。"

"你怎么办呢?"

"加奈有汽车,就停在拐角处。"

"哎,对不起,对不起……"加奈气呼呼地说。

"你把他送到拉洛什,"玛奴斯打断了他的话,"还赶得及蓬塔利埃的快车。你送他上瑞士的车子。"

"他不愿意的。"

"我有办法。我可以告诉他,耶南会到瑞士去跟他相会,甚至说他已经走了。"

玛奴斯不再听加奈的意见,径自到障碍物堆上去找克利斯朵夫。他胆子不大,听到枪声就挺挺腰板,表示不怕,他一边走一边数着地下的石板——看是双数还是单数,预卜自己会不会送命。但他并不退缩,一个劲儿往目的地走去。他走到的时候,克利斯朵夫正爬在仰天翻倒的街车高头,骑在一个轮子上,拿手枪向天空放着玩儿。障碍物四周,一大堆全是巴黎的流氓,像大雨后阴沟倒灌时流出来的脏水。在他们中间,你分不清谁是第一批的战士了。玛奴斯大声喊着克利斯朵夫。克利斯朵夫背对着他,没听见。玛奴斯爬上去扯他的衣袖,被他一推几乎倒下来。玛奴斯挺了挺身子,又嚷:

"耶南……"

下半句被喧闹声淹没了。克利斯朵夫突然住了嘴,手枪掉在了地下,从车轮上爬下来,跑到玛奴斯前面。玛奴斯拉着他就走。

"你得赶快溜了。"

"奥里维在哪儿?"

"得赶快溜了。"玛奴斯又说了一遍。

"为什么?"

"要不了一个钟点,这儿就要被军队攻下。今晚上你就得被捕。"

"我又没做什么!"

"瞧瞧你的手吧……别糊涂了!……你赖不掉的,他们怎么肯饶你呢?大家已经把你认出来了。快点儿,一分钟都不能耽误。"

"奥里维在哪儿?"

"在他家里。"

"我去找他。"

"不行。警察在门口等着你。他要我来通知你。你快走吧。"

"你要我上哪儿去呢?"

"上瑞士去。加奈用汽车送你。"

"那么奥里维呢?"

"我们没时间多说了……"

"我没见到他是不走的。"

"你可以在那边见到他呀。明儿他搭头班车到瑞士找你。快点儿!别的事等会儿再告诉你。"

他一手抓着克利斯朵夫。克利斯朵夫被喧闹声和刚才那种发疯似的冲动搞得迷迷糊糊,既不了解自己做的事,也不了解人家要他做

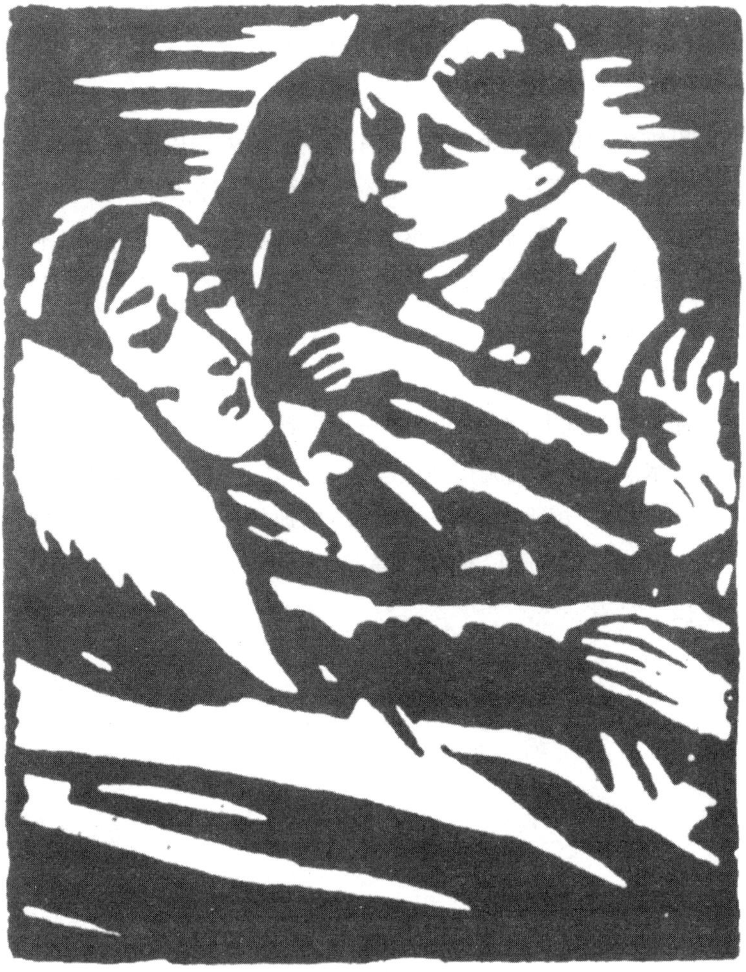

的事,只莫名其妙地让人家拉着跑。玛奴斯一手抓着克利斯朵夫,一手抓着加奈,把他们送上汽车。加奈对于人家派给他的差事很不愿意接受,也不愿意克利斯朵夫被捕,但他宁可由别人来救克利斯朵夫。玛奴斯素来知道加奈的脾气,因为不放心他的胆小,所以正要跟他们分手而汽车已经发动的时候,玛奴斯突然改变主意,也上了汽车。

奥里维依旧神志昏迷,旁边只有奥兰丽和爱麦虞限两个人。房间里没有空气,没有光线,非常凄凉。天差不多已经黑了……奥里维在深渊之中浮起了一刹那,手上感觉到爱麦虞限的嘴唇和眼泪,有气无力地笑了笑,挣扎着把手放在孩子头上。啊,他的手多么重啊!……他又失去了知觉……

在弥留者的枕上,奥兰丽放着一小束铃兰。院子里一个没有关紧的龙头让水滴滴答答地流在桶里。思想深处,种种的形象颤动了一刹那,好似一道快要熄灭的光明……一所内地的屋子,墙上爬着蔓藤;一个花园,有个孩子在玩儿:他躺在草坪上,一道喷泉涓涓地流入石钵。一个女孩子笑着……

第 二 部

他们出了巴黎,穿过那些罩着浓雾的广大的平原。十年以前,克利斯朵夫到巴黎的时候也是这样一个黄昏。那时他已经开始逃亡了。但那时他的朋友,他所爱的朋友是活着的,而克利斯朵夫是不知不觉地逃到朋友那里去的……

最初克利斯朵夫还受着混战的刺激,非常兴奋,提高着嗓子说了很多话,乱七八糟地讲他所看到的和所做的事,对自己的英勇非常得意。玛奴斯和加奈也说着话,使他分心。然后狂热的情绪慢慢退下去,克利斯朵夫不出声了,只有两个同伴继续谈着。他被下午的事搅糊涂了,可并不丧气。他想到从德国逃出来的时代。逃,逃,老是得逃……他笑了。逃就是他的命运。离开巴黎并不使他难过:世界大得很,人又是在哪都一样的。上哪儿都没关系,只要和朋友在一起。他预备第二天早上就能和奥里维相会……

他们到了拉洛什。玛奴斯与加奈等火车开了才和他分手。克利斯朵夫问了他们好几遍,应当在哪个地方下车,投宿什么旅馆,向哪个邮局领取信件。他们和他作别的时候,脸上表示很难过。克利斯朵夫却高高兴兴地握着他们的手,说道:"得了吧,别这么哭丧着脸。后会有期!这又不算一回事。我们明天就写信给你们。"

火车开了,他们望着他远去了。

"可怜的家伙!"玛奴斯叹了一声。

他们回到汽车,一句话也不说。过了一会儿,加奈说:"我觉得我们这一下是犯了罪。"

玛奴斯先是不做声,随后回答道:"嘿!死的总是死了。应当救活的。"

天慢慢地黑了,克利斯朵夫紧张的心情也跟着静下来。掩在车厢的一角,他呆呆地想着,头脑已经清醒,可是浑身冰冷。他瞧了瞧手,看到了血,不是自己的血,便不胜厌恶地打了个寒战。杀人的一幕又浮现了,使他想起杀了人,可不明白为什么杀的。他把战斗的经过在脑子重温了一遍,但这一回眼光不同了,不懂自己怎么会参加的。他又从头至尾想了想当天的事:怎样和奥里维一块儿出门,走过几条街,直到他被旋涡卷进去为止。想到这儿,他糊涂了,思想的线索断了。他怎么能跟那些与他信仰不同的人一起叫喊,打架呢?他们的要求又不是他的要求。那时他变了另外一个人了!……他的意识、意志,都消灭了。这一点使他又惊愕又惭愧:难道他竟不能自主吗?那么谁是他的主宰?……现在快车带着他在黑夜里跑,但那个在精神上带着他跑的黑夜也一样的阴沉,那股无名的力也一样的令人头晕目眩……他努力想定一定神,结果只换了一个操心的题目。越近目的地,他越想念奥里维,莫名其妙地觉得不安了。

到站的时候,他向车门外张望,看看月台上有没有那张熟识的亲爱的脸……下了车,又向四面探望。有一两次,他有点儿眼花,仿佛……噢,不,不是"他"。他到约定的旅馆去,奥里维也没有在。这当然不足为奇:奥里维怎么能比他先到呢?但从此克利斯朵夫好不心焦地开始等待了。

时间正是早上。克利斯朵夫上楼到房间里转了一转,下去吃了饭,上街闲逛,装作毫无心事的样子,他欣赏了一下湖,瞧瞧铺子里的陈设,跟饭店里的姑娘说了几句笑话,翻着画报……一点没有劲。时间过得真慢。到晚上七点,克利斯朵夫不知如何是好,便提早吃了晚饭,也吃不下什么,重新上楼,吩咐仆人等朋友一到,立刻带到他屋子里来。他背对着房门,坐在桌子前面,无所事事:没有一件行李,没有一本书,只有才买来的一份报。他勉强拿来看着,心不在焉,耳朵老听着走廊里的脚声。整天等待的疲倦和整晚的没有睡觉,使他神经过敏到极点。

他突然之间听见房门开了。一种异样的感觉使他不马上掉过头去。他觉得有一只手放在他的肩上,便转过身子,看见奥里维微微笑着。他并不惊奇,只是说:

"啊!你终于来了!"

只有一刹那功夫,幻景就消灭了……

克利斯朵夫猛地站起,推开桌子,把椅子翻倒在地下。他呆了一会儿,毛骨悚然,脸像死人一样,牙齿打得很响……从那个时候起,虽然他一无所知,虽然对自己再三说着"我又没知道什么",他已经什么都知道了,将要发生的事都预感到了。

他没法再待在屋子里,到街上走了一个钟点。回到旅馆,看门的在穿堂里递给他一封信。啊,他早知道会有信的。他双手哆嗦着接过来,奔到楼上,拆了信,一读到奥里维的死讯,马上晕过去了。

信是玛奴斯写的,说昨天瞒着他催他动身,完全是奥里维的意思,奥里维要他的朋友逃走;信上又说克利斯朵夫留在那里一无用处,只能送命,但克利斯朵夫为了纪念他的亡友,为了其余的朋友,为了他自己的光荣,应当活下去……奥兰丽用着又大又颤抖的字迹也附了两三行,说那位可怜的先生的后事,她会照顾的……

克利斯朵夫一醒过来,大发神经,只想杀死玛奴斯,立刻奔往车站。旅馆的穿堂里空无一人,街上冷清清的,黑夜里几个寥寥落落晚归的行人,也没注意到这个眼睛发疯的、气喘吁吁的家伙。他只有一个念头,像一条想咬人的恶狗:"杀玛奴斯!杀!"他要回巴黎去。夜快车已经开出一小时,非等到第二天早上不可。那怎么行!他随便搭了下一班往巴黎那方向开去的火车。那是一班逢站必停的慢车。克利斯朵夫独自在车厢里嚷着:"那是不可能的！不可能的！"

到了法国境内的第二站,火车完全停止,不再往前了。克利斯朵夫暴跳如雷,下了车,打听另外一班车,睡眼惺忪的职员们根本不理他。但不论他怎么办,总是太晚了。为奥里维是太晚了。他甚至也来不及找到玛奴斯,先得被捕。那么怎么办呢？怎么办呢？继续向前吗？回头走吗？有什么用呢？有什么用呢？……他想向一个在旁边走过的宪兵自首。但暧昧的求生的本能把他拦住了,劝他回瑞士。两三点钟以内,往任何方向去的火车都没有。克利斯朵夫坐在候车室里,又坐不下去,便走出车站,在黑夜里胡乱拣着一条路往前直闯。一忽儿他到了荒凉的田野,踏进了草原:东一处西一处的有些小柏树,表示靠近一个森林了。他进了林子,才走了几步就扑在地下嚷着:"啊,奥里维！"

他横躺在路上,号啕大哭。过了好久,听见火车远远的一声长啸,他爬了起来,想回车站,可是走错了路,走了整整一夜。好吧,走到哪儿都是一样,只要尽走下去,不让自己思想,走到不会再思想,走到死！啊！要是能死才好呢！……

黎明的时候,他走进一个法国村子,和边境已经离得很远了。一夜之间他都是往法国这一边走着。他进入一家乡村客店,大吃了一顿,重新上路。日中,他在一片草原上倒下,直睡到傍晚。等到醒过来,天又黑了。他那股疯狂的劲也没有了,只觉得痛苦难忍,没法呼吸,好容易捱到一个农家,讨了一块面包,要求借宿。农夫把他打量了一番,切了一块面包给他,带他到牛棚里,把门反锁了。克利斯朵夫躺在草垫上,靠近气味难闻的母牛,嚼着面包。他淌着眼泪,又是饿又是痛苦。幸而睡眠把他解放了几小时。第二天早上,开门的声音把他惊醒了,他可依旧一动不动地躺着,心里只想不要再活下去。农夫站在他面前把他打量了好久,不时又瞧一下手里的纸。临了,他走前一步,把一张报纸交给克利斯朵夫看,上面赫然印着他的照片。

"不错,就是我,"克利斯朵夫说,"你去把我告发吧。"

"你起来。"

克利斯朵夫站起身子,农夫做个手势叫他跟着走。他们从牛棚后面,在果子树中间走上一条曲曲弯弯的小路。到了一座十字架底下,农夫指着一条路对克利斯朵夫说:

"边境在那一边。"

克利斯朵夫莫名其妙地上了路。他不懂自己为什么走着,身子和精神都累到极点,随时想停下来。但他觉得要是一倒下去,就没法再爬起来。于是又走了一天。身边连一个小钱都没有了,不能再买面包。而且他回避村子。由一种非理智所能控制的奇怪的心理,这个但求一死的人竟怕给人抓去,他的身体好似一头被人追急的野兽,拼命地奔逃。肉体的痛苦,疲倦,饥饿,奄奄一息的生命隐隐约约感到的恐惧,暂时把他精神上的悲痛压倒了。他但求找到一个栖息的地方,好细细咂摸自己的悲苦。

他过了边境,远远地望见一个钟楼高耸,烟囱林立的城市:绵延不断的烟像黑色的河流一般,在雨中,在灰色的天空,望着同一个方向吹去。他忽然想起这儿有个当医生的同乡,叫作哀列克·勃罗姆,去年还有过信来,祝贺他的成功。不管勃罗姆为人怎么平凡,不管他们之间的关系怎么疏离,克利斯朵夫像受伤的野兽一般,拼着最后一些力量去投奔他,觉得要倒下来也得倒在一个并不完全陌生的人家里。

又是烟,又是雨,一片迷蒙,街道跟屋子只有红与灰两种颜色。他在城里乱闯,什么都看不见,问了路又走错了,回头再走。他筋疲力尽,靠着意志的最后一些力量,走进一条陡峭的小巷子,爬上通到一座小山岗的石梯,岗上有所阴森森的教堂,四周都是民房。六十步红色的石级,每三级或六级就有一个狭窄的平台,刚好让人家的屋子开个大门。克利斯朵夫每到一个平台总得摇摇晃晃地歇一会儿。成群的乌鸦在教堂的塔顶上盘旋。

他终于在一所屋子的门上看到了他寻访的姓名,便敲起门来。巷子里很黑。他困顿不堪,闭上眼睛。心里也是漆黑一片……几个世纪过去了……

狭窄的门开了一半,出现一个女人。她的背光的脸叫人没法看到,但身腰显得很清楚,因为外边黑,里头亮。她背后是一条长廊,长廊尽处有个照着斜阳的小花园。她个子高大,笔直地站着,一句话也不说,只等他开口。他看不见她的眼睛,只感觉到她的目光。他说要见哀列克·勃罗姆医生,同时报了自己的姓名,每个字都不容易从喉咙里吐出来。他饥渴交加,累到极点。那女人听了一声不出,回身进去了,克利斯朵夫跟着她走进一间窗户紧闭的屋子,在黑洞里跟她撞了一下:肚子和大腿碰到了那个没有声音的身体。她出去带上了门,让他自个儿待在黑房里。他把身子靠着墙,脑门贴在光滑的护壁上,一动不动,生怕撞翻什么东西,耳朵里轰轰地乱响,只觉得天旋地转。

楼上有挪动椅子的声音,有人惊讶地叫了几声,又有砰砰訇訇的关门声。沉重的步子在楼梯上走下来了。

"他在哪儿?"一个熟人的声音问。

房间的门打开了。

"怎么!叫客人待在黑房里!该死!阿娜,怎么不来个灯呀?"

克利斯朵夫虚弱到极点,狼狈到极点,听见这个喧闹的但是诚恳的声音,觉得大大的安慰。主人伸出手来,他抓住了。这时灯火也来了。两个人互相望着。勃罗姆身材矮小,红红的脸上留着又硬又乱的黑须,一双和善的眼睛在眼镜后面笑着,鼓起的宽广的脑门上满是皱痕,起伏不平,没有什么表情,头发整整齐齐地紧贴在脑壳上,中间分出一道头路,直到脑后。他长得奇丑无比,但克利斯朵夫瞧着他,握着他的手,心里非常舒服。勃罗姆大惊小怪地叫起来:"天啊!你变得多厉害!怎么搞成这个样的?"

"我从巴黎来,"克利斯朵夫说,"我是逃出来的。"

"我知道,我知道,报上说你被捕了。啊,还算运气!阿娜跟我都想到你呢。"

他打断了话,指着那个招待克利斯朵夫进门的不声不响的女人,说:"这是内人。"

她手里拿着一盏灯,站在房门口。下巴长得很结实,脸相表示她是沉默寡言的人。灯光照着她深色的头发,映出赭红的反光,腮帮的皮肤没有什么光彩。她直僵僵地向克利斯朵夫伸出手去,肘子夹着身体,他望也不望跟她握了握手,已经支持不住了。

"我是来……"他结结巴巴地想说明来意,"我想你或许……要是我不太打搅你们的话……或许愿意……收留我一两天……"

勃罗姆马上把话接了过去:"什么一两天!……二十天,五十天,你喜欢待多久就多久。只要你在这个地方,你就住在我们家里;我还希望你多住一阵呢。这是给我们面子,使我们高兴的。"

克利斯朵夫听了这些亲热的话大为感动,竟扑在勃罗姆的臂抱里。

"好朋友,好朋友,"勃罗姆说着,"啊,他哭了……怎么啦?……阿娜!阿娜!……赶快!他晕过去了……"

克利斯朵夫在主人的怀里失去了知觉。几小时以来他觉得要昏迷的现象终于来了。

等到重新睁开眼睛的时候,他已经躺在一张大床上。打开的窗子里传来一股潮湿的泥土味。勃罗姆在床边伛着身子。

"啊,对不起!"克利斯朵夫结结巴巴地说着,想坐起来。

"他这是饿坏的!"勃罗姆叫了一声。

他太太出去,捧了一杯东西回来给他喝。勃罗姆扶着他的头。克利斯朵夫喝完了才有了点生气;可是疲倦比饥饿更厉害,头一倒在床上,他就睡熟了。勃罗姆夫妇守在旁边,看他除了睡觉以外没有别的需要,便出去了。

这种睡眠仿佛一睡就可以睡上几年,是困倦之极而又令人困倦的睡眠,好比沉在湖底下的铅块。日积月累的疲乏,永远在意志门外窥伺的牛鬼蛇神的幻象,把他压倒了。他想醒过来,可是浑身滚烫,仿佛筋骨都断了,在浑浑沌沌的黑夜中没法挣扎,只听见大钟永远打着半点。他不能呼吸,不能思想,不能动弹,被捆缚着,堵住了嘴,好像被人淹在水里,想挣扎起来却又沉到了底下。终于黎明来了,姗姗来迟的,灰暗的黎明,下着雨。热度退了,但身体似乎被压在一座山底下。他醒了。情形却更可怕⋯⋯

"为什么还要睁开眼来?为什么要醒呢?要像朋友一样长眠地下才好啊⋯⋯"

他仰天躺着,虽然觉得这个姿势很累,还是一动不动;手和腿像石头一般的重。他似乎进了坟墓。光线暗淡。几滴雨水打在窗上。一只鸟在花园中轻轻地哀鸣。噢!可怜的生命!空虚的生命⋯⋯

光阴一小时一小时地过去。勃罗姆走进屋子,克利斯朵夫也不掉过头来。勃罗姆看他睁着眼睛,便高高兴兴地跟他招呼。因为克利斯朵夫眼睛始终盯着天花板,他想替他排遣一下,便坐在床上,粗声大气地说话了。那声音使克利斯朵夫简直受不住,攒足了气力好容易说出一句:"请你让我安静一下。"

好心的主人立刻换了口气,说:"你不喜欢有人陪你是不是?好极了。你静静地躺着吧,好好地歇着,别说话。我们替你把饭端上来。你什么都不用操心。"

但要他说话简洁是不可能的。唠唠叨叨地解释了一番,他提着脚尖走出去了,笨重的靴子又使地板咯吱咯吱地响了一阵。克利斯朵夫一个人在屋子里,累得要死。他的思想被痛苦像雾一般包围着。他竭力想弄明白⋯⋯"为什么要认识他?为什么要爱他?安多纳德的牺牲有什么用?所有那些生命,那些一代又一代的人,多少的考验,多少的希望,结果造成了这样一个人,而所有的生命都跟他同归于尽,白活了一辈子!"生也无聊,死也无聊。一个人消灭了,整个的家族也跟着消灭了,不留一点儿痕迹。这种情形不是又可恨又可笑吗?克利斯朵夫因为失望,愤怒,不由得狞笑了一下。痛苦的无能,无能的痛苦,致了他的命。他的心被压碎了……

屋子里除了医生出诊时的脚步以外,寂静无声。等到阿娜出现,克利斯朵夫已经完全丧失了时间观念。她用盘子端进午饭来。他一动不动地望着她。也不开口道谢。但在他好像空无一物的发呆的眼里,少妇的影子像照相一样印了进去。隔了好久以后,对她认识更清楚的时候,他所看到的她仍旧是当时的模样;多少新的形象都抹不掉第一个回忆,头发很浓,绾着个很大的髻;脑门鼓得高高的,脸盘很大;又短又直的鼻子,眼睛老是低垂着,要是和别人的眼睛碰上了,就冷冷地不很坦白地躲开去;微显厚的嘴唇抿得很紧;神气固执,近乎凶狠。她个子高大,身体长得很好,很结实,可是穿的衣衫太窄,动作非常僵。她一声不出,把盘子放在近床的桌上,然后胳膊贴着身体,低着头退出去。克利斯朵夫看到这个古怪而可笑的人并不觉得惊异,也不吃端来的东西,只管暗暗地折磨自己。

白天过了。晚上阿娜又端来一些新的菜,看到中午拿来的食物原封不动,也就不声不响地端着走了。她不像一般女子那样,看到病人会自然而然地说些好话。她似乎不觉得有克利斯朵夫这个人,或者根本不觉得有她自己。克利斯朵夫好不耐烦地看着她笨拙与强直的动作,感到一种敌意。可是他感激她的不开口。过了一会儿,医生来了,因为发觉克利斯朵夫没吃东西;他的大声嚷嚷使克利斯朵夫愈觉得阿娜的静默可爱。医生看到他的太太没有劝克利斯朵夫吃饭大不高兴,亲自来强迫克利斯朵夫。克利斯朵夫为了求个清静,只得喝几口牛奶,喝完又转过身去不理不睬了。

第二夜情形比较安定。他困倦至极,再也没有痛苦的感觉,再也没有丑恶的生命的痕迹……可是一醒过来,更窒息了。他把那天琐琐碎碎的情形都记起来了,想到奥里维不愿意出门,再三说要回去,于是他不胜悲痛地对自己说:

"是我送了他的命。"

他不能再一动不动地待在房里,让那目光凶恶的斯芬克斯①把死尸的气息吹过来,用它的问题和折磨,便非常骚动的爬起来,走出卧室,下了楼梯,本能的,怯生生的,需要挨在别人身边。可是他一听见人声又马上想躲开了。

勃罗姆那时在餐厅里,很亲热地接待克利斯朵夫,立刻问到巴黎的事。克利斯朵夫抓着他的胳膊,说:"别问我。过一晌再谈吧……请你原谅。我简直受不了。我累得要死,累得……"

"我知道,我知道。"勃罗姆态度很殷勤,"你神经受了震动,前几天的刺激太厉害了。别说话。别拘束。你爱怎办么就怎么办,好像在你自己家里一样。我们决不打搅你。"

他的确说到做到。为了避免惊动客人,他又趋于另外一个极端:在克利斯朵夫面前,他夫妇之间也不敢交谈了;说话都放低着声音,走路提着脚跟,屋子里变得没有一点声响。克利斯朵夫看到这窃窃私语的情形和强制的静默,非常难堪,只得要求勃罗姆照常办事,跟从前一样过活。

这样以后,主人就一切都让克利斯朵夫自便。他几小时的坐在屋子的一角,或者像游魂似的踱来踱去,说不出想些什么,几乎连痛苦的气力都没有了。他像呆子一般,看到自己心如槁木,不由得厌恶至极。唯一的念头是跟"他"一起埋葬,万事全休。有一次,他看到花园的门开着,不知不觉走了出去。但一到阳光底下,他就非常难受,赶紧退回来,仍旧躲在窗户紧闭的屋子里。天气晴好的日子使他受罪。他恨太阳。他受不了自然界的恬静。在饭桌上,他不声不响的只顾吃着勃罗姆搛给他的菜,眼睛盯着桌子。有一天,勃罗姆指给他看客厅里有一架钢琴,克利斯朵夫竟骇然掉过头去。他对无论什么声音都厌恶,只求静默,只求黑暗!心中只有空虚,也只需要空虚。生命的欢乐,像大鹏般振翼高歌,直冲云霄的欢乐是完了! 一天又一天地呆在房里,唯

---

① 希腊神话载,人面狮身的斯芬克斯向路人提出神秘的谜语,凡不能解答者皆被吞食。

一的生命感觉,是隔壁屋子里时钟嘀嗒的声音,仿佛在他脑子里摆动。可是欢乐的野鸟还在他胸中,常常突然之间飞起来,撞在栅栏上,使心灵深处有一阵可怕的骚动,一个人独自在渺无人烟的荒野中悲号……

人生的苦难是不能得一知己。有些同伴,有些萍水相逢的熟人,那或许还可能。大家把朋友这个名称随便滥用了,其实一个人一生只能有一个朋友。而这还是很少的人所能有的福气。这种幸福太美满了,一朝得而复失的时候你简直活不下去。它无形中充实了你的生活。它消灭了,生活就变得空虚;不但丧失了所爱的人,并且丧失了一切爱的意义。为什么世界上有过这样的一个人(朋友)呢?为什么要有我呢?……

这一下死的打击对于克利斯朵夫格外可怕,因为那时克利斯朵夫生命的本体暗中已经动摇了。人生有些年龄,机体内部会酝酿一种蜕变,肉体与心灵特别容易受外界的打击;精神疲惫,有种说不出的惆怅,对一切都觉得厌倦,对过去的成就毫不留恋,对前途也看不出一点儿端倪。在这些心病发作的年纪上,大多数人有家庭的责任把他们束缚着,这种责任固然使他们缺少批判自己,寻觅新路、重新缔造坚强的新生活所必需的自由精神,但同时也做了他们的保镖,固然,在那种情形之下你牢骚满腹,藏着不少的隐痛……还得永远地往前走……没法躲避的工作,对家庭的照顾,逼着一个人像一匹站着打盹的马似的,在两根车辙中间拖着疲乏的身子继续向前。可是一个无牵无挂的人,临到一片空虚的时间就毫无倚傍,没有一点强迫他前进的东西,只是为了习惯而走着,不知道往哪儿去。力量被扰乱了,意识不清楚了。在他这样迷迷糊糊的时候,要是来了一声霹雳,把他的梦游病惊醒过来,他就吃苦了。他倒下去了……

几封从巴黎转过来的信,把克利斯朵夫的麻痹状态驱散了一些。那是赛西尔和亚诺太太写来的,无非是安慰的话。可怜的安慰!没用的安慰!嘴里谈着痛苦的人并不是身受的人……那些书信只使他听到那个已经消失声音的回声。他没有勇气答复,人家也不再写来了。在这个意志消沉的情形之下,他要抹掉自己的痕迹,叫自己消灭。痛苦能够使一个人变得不公平:他过去喜欢的那些人对他都不存在了。只有死掉的那一个才永久存在。连着好几个星期,他努力要叫亡友再生,他和他谈话,写信给他:

"我的灵魂,今天我没收到你的信。你在哪儿呀?回来吧,回来吧,跟我说话啊,写信给我啊!……"

虽然他夜里费尽心力,还是不能在梦中和他相见。这一点是很难办到的,只要你还在为了朋友的死亡而心痛的时候。直要以后你慢慢地把故人忘了,故人才会重新出现。

然而外界的生活已经逐渐渗入心灵的坟墓。克利斯朵夫开始听到屋内各种不同的声音,不知不觉地关心起来了。他知道几点钟开门,几点钟关门,白天一共开关几次,有几种方式,依着来客的性质而定。他能认出勃罗姆的脚声,在想象中看到医生出诊回来,在穿堂里挂他的帽子和外套,老是用那种细心而古怪的方式。要是听惯的声音到时没听见,他就不由自主地要探究原因。在饭桌上,他也无意识地听人家谈话了,发觉勃罗姆差不多老是一个人说话,太太只简短地回答几句。虽然缺少交谈的对象,勃罗姆可并不在乎,照旧高高兴兴的,讲着他才看过的病人和听来的闲话。有时,勃罗姆说着话,克利斯朵夫居然瞧着他,勃罗姆发觉后非常快活,更尽量引起他的兴致。

克利斯朵夫勉强想和自己的生活重新结合起来……可是没劲!他觉得自己多老,跟天地一样老!……早上起来照着镜子,看到自己的身体,姿势,愚蠢的外形,觉得厌倦不堪。为什么要起床,要穿衣服?……他拼命逼自己工作:可是工作让他受不了。既然一切都得归于虚无,创造有什么用?他不能再搞音乐了。一个人唯有经过了患难才能对艺术——好似对其他的事情一样——有真切的认识。患难是试金石。唯有那个时候,你才能认出谁是经历百世而不朽的,比死更强的人。经得起这个考验的真是太少了。某些被我们看中的灵魂——所爱的艺术家一生的朋友,——往往出乎我们意外的庸俗。谁能够不被洪涛淹没呢？一接触到了患难,人世的美就显得非常空洞了。

可是患难也会疲倦的,它的手也麻痹了。克利斯朵夫神经松了下来,睡着了,他无穷无尽地睡,仿佛怎么也睡不足。

终于有一夜,他睡得那么熟,到第二天下午才醒。屋子里一个人都没有。勃罗姆夫妇出去了。窗子开着,明媚的天空笑着。克利斯朵夫觉得卸掉了一副重担。他起来走到花园里。一方狭窄的三角形的地,四周围着高墙,像修道院模样。在几块草地与极平常的花卉中间,有几条铺着细沙的小径；一根葡萄藤和一些蔷薇爬在一个花棚上。一个碎石砌成的洞内有一道细小的喷泉；一株靠墙的皂角树,香味浓郁的枝条挂在隔邻的花园高头。远处矗立着红岩砌成的教堂的钟楼。时间是傍晚四点。园中已经罩着阴影。树巅和红色的钟楼还沐浴着阳光。克利斯朵夫坐在花棚下面,背对着墙,仰着头,从葡萄藤和蔷薇的空隙中望着晴朗的天。他似乎才从噩梦中醒来。周围是一片静寂。一根蔷薇藤懒洋洋地挂在头顶上。忽然最好看的一朵花谢了,落英缤纷,在空中散开来,好比一个无邪的美丽的生命就这样平平淡淡地消逝了……这一下克利斯朵夫哀痛至极,透不过气来,把手捧着脸哭了……

钟声响了。从这一个教堂到另一个教堂,钟声相应……克利斯朵夫不知道过了多长时间。等到抬起头来,钟声已止,夕阳已下。克利斯朵夫被眼泪纾解了,精神被冲洗过了,听见心头像泉水似的涌出一阕音乐,眼望着一钩新月溜上天空。他被一阵脚步声惊醒,立刻回到房里,关了门,拴上了,让他音乐的泉源尽量奔泻出来。勃罗姆上来招呼他吃饭,敲敲门,推了几下,克利斯朵夫只是不理。勃罗姆从锁孔里张望,看见克利斯朵夫大半个身子扑在桌上,四周堆满了纸,才放心了。

过了几小时,克利斯朵夫筋疲力尽,走到楼下,发觉医生在客厅里一边看书一边等着。克利斯朵夫过去拥抱了他,请他原谅他来到这儿以后的行为,并且不等勃罗姆开口,自动把最近几星期中惊心动魄的事告诉了他。他跟医生提到这些,只有这么一次,而勃罗姆是否完全听清还是问题:因为一则克利斯朵夫的话没有系统,二则夜色已深,勃罗姆虽然非常好奇,也瞌睡死了。最后——时钟已经敲了两点——克利斯朵夫发觉了,便跟主人道了晚安,分手。

从此克利斯朵夫的生活慢慢恢复了正常。那种一时的兴奋当然不能维持,他常常觉得很悲哀,但那是普通的哀伤,不致妨碍他的生活了。得活下去,是的,非活下去不可!他失去了在世界上最爱的人,受着忧苦侵蚀,心中存着死念,可是有一股那么丰满那么专横的生命力,便是在哀伤的言语中也会爆发,在他的眼睛、嘴巴、动作中间放射光芒。不过生命力的核心已经有条蛀虫盘踞了。克利斯朵夫常常会哀痛欲绝。他明明心里很安静,或是在看书,或是在散步,突然之间出现了奥里维的笑容,那张温柔而疲倦的脸……那好比一刀扎入了心窝……他身子摇摇晃晃,一边哼唧一边把手抱在胸前。有一次,他在琴上弹着贝多芬的曲子,跟从前一样弹得慷慨激昂……忽然他停住了,扑在地下,把头埋在一张椅子的靠枕里,喊道:"啊!我的孩子!……"

最苦的是觉得一切都"早已经历过了"。他老是遇到一些同样的姿势,同样的言语,同样的经验。什么都是熟识的,预料到的。某一张脸使他想起从前看到的另外一张脸,会说出——他敢预先断定——而且真的说出,另外一个人说过的话;同样地人经历着同样的阶段,遇到同样的障碍,同样的消耗完了。有人说:"人生再没比爱情的重复更令人厌倦的了。"这句话要是不错,那么整个人生的重复不是更可厌吗?那简直会叫人发疯。——克利斯朵夫竭力不去想它,既然要活下去就不能想,而他是要活下去的。这种自欺欺人的心理叫人非常痛苦:为了内疚,为了潜在的,压制不了的,求生的本能,而不愿意认清自己的面目！明知世界上没有安慰可言，他就自己创造安慰。明知生活没有什么意义，他偏创造生活的意义。他叫自己相信应当活下去，虽然活不活跟谁都不相干。必要的时候，他还会对自己说是死了的朋友鼓励他活的。同时他知道这是把自己的话硬放在死者嘴里。人就是这么可怜！……

克利斯朵夫重新上路，步子似乎跟以前一样的稳健了；他把心门关起来，不让痛苦闯进去。他不对别人提到他的痛苦，自己也避免和痛苦劈面相见：他好像很平静了。

巴尔扎克说过："真正的苦恼在心灵深处刻了一道很深的沟槽，它似乎毫无动静，睡熟了，实际上却继续在腐蚀灵魂。"凡是认识克利斯朵夫而能仔细观察他的人，看着他来来往往，弹奏音乐，有说有笑，——他居然会笑了！——一定会感到这个人虽然那么壮健，虽然眼里燃着生命之火，但精神上已经有些东西给摧毁了。

他和人生重新结合之后，就得找个生计。当然不是离开那个城市，瑞士是最安全的避难所，而且这样豪爽的主人，到哪儿去找呢？但他的傲气使他不愿意加重朋友的负担。虽然勃罗姆竭力推辞，一个钱都不肯收，他却直至找到了几处教琴的事，能付一笔固定的膳宿费给了屋主，才觉得安心。那可不容易。他轻举妄动参加革命的事到处都有人知道，一般布尔乔亚家庭当然不愿意跟这个危险的，至少是古怪的"不相宜的"人打交道。然而他靠着自己在音乐界的名气和勃罗姆的斡旋，居然踏进了四五个胆子大一些的，或是更好奇的人家。他们也许想以惊世骇俗的方式表示风雅，但另一方面照旧很小心的监视着他，使学生对老师抱着敬而远之的态度。

勃罗姆家里的生活是非常有规律的。早上，各人干各人的事：医生出去看诊，克利斯朵夫出去教课，勃罗姆太太上菜市场和教堂。克利斯朵夫到一点左右回来，大概总比勃罗姆早。勃罗姆不许人家等他吃中饭，所以克利斯朵夫跟年轻的主妇先吃。那于他绝对不是愉快的事，因为他对她毫无好感，也没有什么话可以和她谈。她当然觉察到人家对她的印象，可是听其自然，既不想注意一下修饰，也不愿意多用思想。她从来不先向克利斯朵夫开口。动作跟服装毫无风韵，人又笨拙，又冷淡，使一切像克利斯朵夫那样对女性的妩媚很敏感的男人望而却步。他一边想到巴黎女子的高雅大方，一边望着阿娜，不由得想道："啊，她多丑！"

可是这并不准确；不久他发现她的头发、手、嘴，还有那双一看到他就闪开去的眼睛，都长得很美。但他心里对她的批评并不因之改变。为了礼貌，他勉强跟她搭讪，很费力地找些谈话的题目，她那边又一点儿不合作。有两三次，他问她一些事，关于她的城市的，她的丈夫的，她本人的：可什么都问不出来。她只回答几句极无聊的话，努力装着笑容，而那种努力又使人不愉快：她笑得很不自然，声音很闷，说话断断续续，每句后面总带着难堪的静默。临了克利斯朵夫只得尽量避免跟她谈话，那也是她求之不得的。医生一回家，两人都觉得松了一口气。勃罗姆老是很高兴，大声嚷嚷，忙这个忙那个，非常俗气，心却挺好。他能吃能喝，说个不停，也笑个不停。跟他在一起，阿娜还略微说几句；但他们俩谈的无非所吃的菜和每样东西的价钱。有时勃罗姆取笑她对宗教的热心和牧师的讲道，她沉着脸，一声不吭，就在饭桌上生气了。医生多半讲着他看病的情形，津津有味地描写某些可怕的病症；那种刻画入微，淋漓尽致的叙述，使克利斯朵夫大为气恼，拿饭巾丢在桌上，不胜厌恶地站起来，把医生看得乐死了；他立刻打断了话，一边笑一边道歉。可是下一餐上他又来了。这些医院里的笑话，似乎能够使麻木不仁的阿娜听了快活。她会突然之间笑起来，而且是种狞笑，有些兽性的意味。实际上她对她所笑的事也许和克利斯朵夫同样的厌恶。

下午，克利斯朵夫学生很少。医生跑在外面的时候，克利斯朵夫往往和阿娜留在家里，可并不见面。各人干着自己的工作。最初勃罗姆要克利斯朵夫教阿娜弹琴，说她还有相当的音乐天分。克利斯朵夫要阿娜弹些东西给他听。她虽然不大高兴,却也不推三阻四,照例态度冷冰冰的,弹得非常机械,毫无表情:一切音符都是相等的,没有一点儿抑扬顿挫,为了翻谱,她会若无其事地把弹了一半的乐曲停下来,然后再从容不迫地接下去。克利斯朵夫气坏了,不等曲子弹完就走掉,免得说出粗野的话得罪她。她可并不慌,声色不动地直弹到最后一个音符,对于他的失礼毫无伤心或生气的表示,甚至也没十分留意。但从此他们之间再也不提音乐了。有几天下午,克利斯朵夫照例是出去的,倘若突然之间回家,就会发现阿娜在那儿练琴,冷冷的,毫无兴致,可是态度很固执,把同一乐节弹上四五十遍也不厌倦,也不兴奋。知道克利斯朵夫在家的时候,她从来不弄音乐。她的时间除了虔修之外,都花在家务上:缝这个,缝那个,监督女佣,特别注意整齐清洁。丈夫认为她是一个贤德的女人,有点儿古怪,据他说是"像所有的女人一样";但也"像所有的女人一样"很忠诚。关于最后这一点,克利斯朵夫心里不表同意,觉得勃罗姆的心理学太简单了;但反正是勃罗姆的事,想它干吗!

吃过晚饭,大家待在一起。勃罗姆和克利斯朵夫谈着话,阿娜做着活儿。由于勃罗姆的请求,克利斯朵夫又常常弹琴了,在临着园子的黑洞洞的大客厅内直弹到深夜,使勃罗姆在一旁听得出神……世界上不少人就是醉心于他们不懂的或完全误解的东西的,他们也正因为误解而爱那些东西。克利斯朵夫不再生气,他一生已经遇到多少混蛋!但听到某些可笑的惊叹,也立刻停下,回到房里去了。勃罗姆终于猜到了原因,便竭力把声音压低。并且他音乐的胃口很快就会餍足,留神细听的时间不能持续到一刻钟以上:不是看报,便是打盹,不再打搅克利斯朵夫了。阿娜坐在屋子的尽里头,一声不出,膝上放着活计,似乎在那里工作,但她直瞪着眼,手指不动。有时她在曲子的半中间无声无息地出去了,不再露面。

日子这样一天天地过去。克利斯朵夫又有了精力。勃罗姆的过分的，但是真诚的好意，屋子里的清静，日常生活的有规律，特别丰富的日耳曼式的饮食，把他结实的身体给恢复了。肉体已经和以前一样的健康，但精神上还是病着。新长出来的气力只有加强骚乱的心绪，因为它始终不曾恢复平衡，有如一条装载不平均的船，受到一点极小的震动就会跳起来。

他完全孤独，跟勃罗姆谈不到精神上的相契，与阿娜的交际仅仅限于早晚的招呼，和学生又毫无好感可言：因为他公然表示，以他们的才能，最好还是放弃音乐。城里他一个人都不认得。而这也不完全是他的过错。固然他自从奥里维死后老是很孤独地待在一边，但周围的人也根本不让他接近。

他住的那个古城颇有些聪明强毅之士，但都是骄傲的特权阶级，自得自满，与外界不相往来。他们是一般布尔乔亚的贵族，爱好工作，教育程度很高，可是胸襟狭猾，奉教非常热心，认为自己是最优秀的种族，自己的城市是最优秀的城市，沾沾自喜地厮守着他们分支繁衍的古老的家族。每一家规定好一个招待亲属的日子，余下的时间便门禁森严。这些实力雄厚的世家从来不想炫耀财富，彼此都是知道底细的：这就够了；别人的意见根本无足重轻。有些百万富翁穿得像小布尔乔亚一样，声音嘶嗄，讲着别有风趣的土话，天天一本正经地上公事房，即使到了连一般勤谨的人也要退休的年纪还是照常办事。太太们自命为精通治家之道。女儿是没有陪嫁的。有钱的父母要子女像自己一样辛辛苦苦地去挣他们的家业。日常生活过得非常节俭；那些巨大的财产有极高尚的用途，例如收藏艺术品，办美术馆，资助社会事业。慈善机关和博物院常常收到数额很大的，匿名的捐款。这种又伟大又可笑的现象都是属于另一时代的。大家只知道有自己，似乎不知道外边还有别的世界。其实为了商业关系，为了交游广泛，为了叫儿子们到远方去游学，他们对外面的世界很熟悉。可是无论什么出名的东西，无论哪个国外的名流，在他们心目中一定要经过他们认可之后才算成立。他们对自己的社会也管束极严，互相支持，互相监督。这样就产生了一种集体意识,凭着一致的宗教观念与道德观念,把个人的许多不同点——在那些性格刚强的人身上特别显著的不同点——给遮掉了。每个人都奉行仪式,都有信仰。没有一个人敢有一点儿怀疑,即使怀疑也不愿意承认。你休想掏摸他们的心事,因为知道受着严密的监视,谁都有权利窥探别人的心,所以他们格外深藏。据说连那些离开乡土而自以为独立不羁的人,一朝回到本乡,照旧会屈服于传统、习惯、和本城的风气:最不信仰的人也不得不奉行仪式,不得不信仰。在他们眼里,没有信仰是违反天性的,没有信仰的人是低级的,行为不端的人。只要是他们之中的一分子,就决不能回避宗教义务。不参加教礼等于永远脱离自己的阶级。①

这种纪律的压力似乎还嫌不够。那些人在本身的阶级里头还觉得彼此的联系不够密切,所以在大组织中间又形成无数的小组织,把自己完全束缚起来。小组织大概有好几百个,而且每年都在增加。一切社会活动都有团体:有为慈善事业的,为虔修的,为商业的,为虔修而兼商业的,为艺术的,为科学的,为歌唱的,为音乐的,有灵修会,有健身会,有单为集会而组织的,有为了共同娱乐的,有街坊联合会,有同业联合会,有同等身份的人的会,有同等财富的人的会,有同等体重的人的会,有同名的人的会:据说有人还想组织一个不隶属任何团体的人的团体,结果这种人不满一打。

在这城市、阶级、团体三重束缚之下,一个人的心灵是给捆住了。无形的压力把各种性格都约束了。其中多半是从小习惯的——从几百年来就习惯的;他们认为这种压迫很卫生,倘若有人想摆脱,就是不合体统或不健全。看到他们心满意足的笑容,谁也想不到他们心里有什么不舒服。但人的天性也要报复一下的。每隔相当时候,必有几个反抗的人,或是倔强的艺术家,或是激烈的思想家,不顾一切地斩断锁链,使当地的卫道之士头痛。但卫道之士非常聪明,倘若叛徒没有在

---

① 此处所称宗教均指基督新教。瑞士最普遍的宗教是新教。

半路上被压倒,倘若比他们更强,那么他们不一定要把他打倒——(打架总难免闹得满城风雨——而是设法把他收买。对方要是一个画家,他们就把他送入美术馆;要是思想家就送入图书馆。叛徒大声疾呼说些不入耳的话,他们只做听不见。他尽管自命为独往独来,结果仍旧被同化了。毒性被中和了。这便叫作以毒攻毒的治疗。但这些情形很少有,叛徒总是在半路上被扼杀的居多。那些安静的屋子里藏着不知多少无人知道的悲剧。里头的主人往往会从从容容的,一声不响地跑去跳进河里;再不然在家中幽居半年,或者被妻子送进疗养院。大家把这些事满不在乎地谈着,态度的冷静可以说是本地人最了不起的特点之一,即使面对着痛苦与死亡也不会受影响。

　　这些严肃的布尔乔亚,因为看重自己人,所以对自己人很严,因为瞧不起别人,所以对别人比较宽。对于像克利斯朵夫一般的外侨,例如德国的教授,亡命的政客,他们都相当宽容,觉得跟自己无关痛痒。并且他们爱好智慧,决不为了前进的思想而惊慌,知道自己的儿孙是不受影响的。他们用着冷淡的,客气的态度对待外侨,不与他们亲近。

　　克利斯朵夫毋须人过多所表示。那时他正特别敏感,到处看到自私自利与淡漠无情,只想深自韬晦。

　　勃罗姆的患者在社会上是个范围很小的小圈子,属于新教中教规极严的一派,勃罗姆太太也是其中一分子。克利斯朵夫名义上是旧教徒出身,事实上又已经不信仰了,所以更受到歧视。而他自己也觉得有许多事看不上眼。他虽然不信仰,可是脱不了先天的旧教精神:理智的成分少,诗的意味多,对于人性采取宽容的态度,不求说明或了解,只知道爱或是不爱;同时他在思想方面和道德方面保持着绝对的自由,那是他无形中在巴黎养成的习惯。因此他和极端派的新教团体冲突是必然的事。加尔文主义的缺陷在这个宗派里格外明显,那是宗教上的唯理主义,把信仰的翅膀斩断了,让它挂在深渊上面:因为这唯理主义的大前提和所有的神秘主义同样有问题,它既不是诗,也不是散文,而是把诗变成了散文。它是一种精神上的骄傲,对于理智——

他们的理智——抱着一种绝对的,危险的信仰。他们可以不信上帝,不信灵魂不灭,但不能不信理智,好似旧教徒不能不信仰教皇,拜物教徒不能不崇拜偶像。他们从来没想到讨论这个"理智"。要是人生和理性有了矛盾,他们宁可否定人生。他们不懂得心理,不懂得天性,不懂得潜伏的力,不懂生命的根源,不懂"尘世的精神"。他们造出许多幼稚的,简化的,雏型的人生与人物。他们中间颇有些博学而实际的人,读书甚多,阅历不少,但看不见事物的真相,只归纳出一些抽象的东西。他们贫血得厉害,德行极高,但没有人情味:而这是最要不得的罪恶。他们心地的纯洁往往是真实的,并且高尚,天真,有时不免滑稽,不幸那种纯洁在某些情形之下竟有悲剧意味,使他们对别人冷酷无情,不是由于愤怒,而是一种深信不疑的态度。他们怎么会迟疑呢?真理,权利,道德,不是都在他们手里吗?神圣的理智不是给了他们直接的启示吗?理智是一颗冷酷的太阳,它散发光明,可是叫人眼花,看不见东西。在这种没有水分与阴影的光明底下,心灵会褪色,血会干枯的。

而克利斯朵夫当时觉得最无意义的便是理智。这颗太阳只能替他照出深渊的内壁而不能指示一条出路,甚至也不能使他看出深渊的深度。

至于艺术界,克利斯朵夫很少有机会、也没有心思去和它发生关系。当地的音乐家多半是保守派的好好先生,属于新舒曼派或勃拉姆斯派的,克利斯朵夫跟这些乐派是斗争过的。只有两人是例外:一个是管风琴师克拉勃,开着一家出名的糖果店;他是个诚实的君子,出色的音乐家,照某个瑞士作家的说法,要不是"骑在一匹被他喂得太饱的飞马上",他还能成为更好的音乐家。另外一个是年轻的犹太作曲家,很有特色,很有气魄,情绪很骚动;他也开着铺子,卖瑞士土产——木刻的玩艺儿,伯尔尼的木屋和熊等等。这两个人因为不把音乐当作职业,胸襟都比较宽大,很乐意亲近克利斯朵夫,而在别的时期,克利斯朵夫也会有那种好奇心去认识他们的,但那时他对艺术,对人,都毫无兴趣,只感到自己和旁人不同的地方而忘了相同的地方。

他唯一的朋友,听到他吐露思想的知己,只是城里穿过的那条河,就是在北方灌溉他故乡的莱茵。在它旁边,克利斯朵夫又想起了童年的梦境。但在心如死灰的情形之下,那些梦境也像莱茵一样染着阴森森的色调。黄昏日落的时候,他在河边凭栏眺望,看着汹涌的河流,混沌一片,那么沉重,黯淡,急匆匆地老是向前流着,一眼望去只有动荡不已的大幅的轻绡,成千成万的条条流水,忽隐忽现的旋涡:正如狂乱的头脑里涌起许多杂乱的形象,永远在那里出现而又永远化为一片。在这种黄昏梦境中,像灵柩一样漂流着一些幽灵似的渡船,没有一个人影。暮色渐浓,河水变成大块的青铜,照着岸上的灯火乌黑如墨,闪出阴沉的光,反射着煤气灯黄黄的光,电灯月白色的光,人家窗里血红的烛光。黑影里只听见河水的喁语。永远是微弱而单调的水声,比大海更凄凉……

克利斯朵夫几小时地听着这个死亡与烦恼的歌曲,好容易才振作起来,爬上那些中间剥落的红色的石级,穿过小巷回家,他身心交瘁,握着砌在墙头里的、被高头教堂前面空袤的广场上的街灯照着发光的栏杆……

他再也弄不明白了:人为什么要活着?回想起亲眼目睹的斗争,他不由得怅然若失,佩服那批对信念锲而不舍的人。各种相反的思想,各种不同的潮流,循环不已——贵族政治之后是民主政治,个人主义之后是社会主义,古典主义之后是浪漫主义,尊重传统之后又追求进步:交相起伏,至于无穷。每一代的新人,不到十年就会消磨掉的新人,都深信不疑地以为只有自己爬到了最高峰,用石子让前人摔下来;他们忙忙碌碌,叫叫嚷嚷,抓权,抓光荣,然后再被新来的人用石子赶走,归于消亡……

克利斯朵夫不能再靠作曲来逃避;那已经变成间歇的,杂乱无章的,没有目标的工作。写作?为谁写作?为人类吗?他那时正厌恶人类。为他自己吗?他觉得艺术一无用处,填补不了死亡所造成的空虚。只有他盲目的力偶尔鼓动他振翼高飞,随后又力尽筋疲地掉下来。黑暗中只有一阵隐隐的雷声。奥里维消失了,不留一点儿痕迹。凡是充实过他生命的,凡是他自以为和其余的人类共有的感情跟思想,他都憎恨。他觉得过去的种种完全是骗自己:人与人的生活整个儿是误会,而误会的来源是语言……你以为你的思想能够跟别人的沟通吗?其实所谓关系只有语言之间的关系。你自己说话,同时听人家说话,但没有一个字在两张不同的嘴里会有同样的意义。更可悲的是没有一个字的意义在人生中是完全的。语言超出了我们所经历的现实。你嘴里说爱与憎……其实压根儿就没有爱,没有憎,没有朋友,没有敌人,没有信仰,没有热情,没有善,没有恶。所有的只是这些光明的冰冷的反光,因为这些光明是从熄灭了几百年的太阳中来的。朋友吗?许多人都自居这个名义,事实上却可怜透了!他们的友谊是什么东西?在一般人的心目中,友谊是什么东西?一个自命为人家的朋友的人,一生中有过几分钟淡淡地想念他的朋友的?他为朋友牺牲了什么?且不说他的必需品,单是他多余的东西,多余的时间,自己的苦闷,为朋友牺牲了没有?我为奥里维又牺牲过什么?(因为克利斯朵夫并不把自己除外,在他把全人类都包括进去的虚无中,他只撇开奥里维一个人。)艺术并不比爱情更真实。它在人生中究竟占着什么地位?那些自命为醉心于艺术的人是怎么样爱艺术的?……人的感情是意想不到的贫弱。除了种族的本能,除了这个成为世界轴心的,宇宙万物所共有的力量以外,只有一大堆感情的灰烬。大多数人没有蓬蓬勃勃的生气使他们整个卷进热情。他们要经济,谨慎到近乎吝啬的程度。他们什么都是的,可是什么都具体而微,从来不能成为一个完整的东西。凡是在受苦的时候,爱的时候,恨的时候,做无论什么事的时候,肯不顾一切地把自己完全放进去的,便是奇人了,是你在世界上所能遇到的最伟大的人了。热情跟天才同样是个奇迹,差不多可以说不存在的!……

克利斯朵夫这样想着,人生却在准备给他一个可怕的否定的答复。奇迹是到处有的,好比石头中的火,只要碰一下就会跳出来。我们万万想不到自己胸中有妖魔睡着。

"……别惊醒我,啊!讲得轻些吧!……"①

一天晚上,克利斯朵夫在钢琴上即兴,阿娜站起身来出去了,这是她在克利斯朵夫弹琴的时候常有的事。仿佛她讨厌音乐。克利斯朵夫早已不注意这些,也不在乎她心里怎么想。他继续往下弹,后来忽然想起要把所弹的东西记下来,便跑到房里去拿纸,他打开隔室的门,低着头往暗里直冲,不料在门口突然跟一个僵直不动的身体撞了一下。原来是阿娜……这么出其不意的一撞吓得她叫起来。克利斯朵夫生怕她撞痛了,便亲切地抓着她的两只手。手是冰冷的,人好像在发抖,大概是受了惊吓吧?

"我在餐厅里找……"她结结巴巴地解释。

他没听见她说找什么,也许她根本没说出来。他只觉得她在黑暗里找东西很奇怪。但他对于阿娜古怪的行动已经习惯了,也不以为意。

过了一小时,他又回到小客厅和勃罗姆夫妇坐在一起,在灯下伏在桌上写音乐。阿娜靠着右边,在桌子的另外一头缝东西。在他们后面,勃罗姆坐在壁炉旁边一张矮椅子上看杂志。三个人都不说话。淅沥的雨断断续续打在园中的沙上。克利斯朵夫原来把大半个身子歪在一边,那时为了要完全孤独,便掉过身去,背对着阿娜。他前面壁上挂着一面镜子,反映着桌子,灯,和埋头工作的两张脸。克利斯朵夫似乎觉得阿娜在望他,先是并不在意,后来脑子里老转着这个念头,便抬起眼睛瞧了瞧镜子……果然阿娜望着他,而且那副目光使他呆住了,不由得屏着气把她仔细打量。她不知道他在镜子里看她。灯光映着她苍白的脸,那种惯有的严肃与静默显得她心里郁积着一股暴戾之

---

① 此系米开朗琪罗为其雕像《夜》所作的诗句。

气。她的眼睛——他从来没机会看清楚的陌生的眼睛——盯在他身上:暗蓝的巨大的瞳子,严峻而火辣辣的目光,悄悄地抱着一股顽强的热情在那里搜索他的内心。难道这是她的眼睛吗?他看到了,可不相信。他是不是真的看到呢?他突然转过身来,她眼睛低下去了。他跟她搭讪,想强迫她正面望他。可是她声色不动地回了话,始终低着头做活,没有抬起眼睛,你只能看到围着黑圈的眼皮,和又短又紧密的睫毛。要不是克利斯朵夫头脑清楚,很有把握的话,他又要以为那是个幻象了。但他的确知道他是看到的……

然后他又集中精神工作,既然对阿娜不感兴趣,也就不去多推敲这个奇怪的印象。

过了一星期,他在琴上试一支新作的歌。勃罗姆一半由于摆丈夫的架子,一半由于打趣,素来喜欢要太太弹琴或唱歌,这一晚的要求来得特别恳切。往常阿娜只说一句斩钉截铁的话;以后不论人家如何要求,恳请,揶揄,再也不屑回答,咬着嘴唇,只做听不见。但那天晚上,出乎勃罗姆和克利斯朵夫意料,她居然收起活儿,站起身来向钢琴走过去了。这是一支她连看都没看过的歌,她竟自唱了,而唱的结果简直是奇迹。声音沉着,完全不像她说话时那种嘶嘎的,蒙着一层什么的口音。一开始她就把音唱准了,既不慌张,也不费力,音乐给表现得极有气魄,而且很纯粹,很动人,她自己也达到热情奔放的境界,使克利斯朵夫大为激动,觉得她唱出了他的心声。她唱着,他望着她呆住了,这一下他才第一次把她看清楚。阴沉的眼睛里有股野性,表示热情的大嘴巴,边缘很好看的嘴唇,肉感的笑容并不秀媚,有点儿杀气,露出一副雪白的很好的牙齿;一只美丽结实的手放在琴谱架上;壮健的体格被狭窄的衣服紧束着,被过于简单的生活磨瘦了,但一望而知是年轻的,精力充沛,线条非常和谐。

她唱完了,回去坐着,一双手放在膝盖上。勃罗姆恭维了她几句,但觉得她唱得不够柔媚。克利斯朵夫一声不出,只顾打量她。她悯然微笑,知道他瞧着她。当晚他们之间没说什么话。她明白自己刚才达到了从来未有的境界,或者是第一次成为她"自己",可不懂是怎么回事。

从那一天起,克利斯朵夫对阿娜留神观察了。她又恢复了不声不响,冷淡麻木的态度,只管没头没脑地做活,叫丈夫都看了气恼;其实她是借工作来压制骚乱的天性,不让那些暧昧的思想抬头。克利斯朵夫看来看去,只看到她和早先一样是个动作发僵的布尔乔亚。有时她无所事事地瞪着眼睛出神。你刚才发觉她这样,过了一刻钟还是这样,一动也没动过。丈夫问她想些什么,她便惊醒过来,微微一笑,回答说不想什么。而这也是事实。

她无论碰到什么事都镇静自若。有一天她梳妆的时候,酒精灯爆裂了。一刹那间,阿娜四周布满了火焰。女仆一边呼救一边逃。勃罗姆着了慌,手忙脚乱,叫叫嚷嚷,吓坏了。阿娜撕掉了梳妆衣上的搭扣,把着火的内衣从腰部扯去,踩在脚下。等到克利斯朵夫慌乱中提着一个水瓶奔来,阿娜只剩着件内衣,露着胳膊,立在一张椅子上,不慌不忙地在那里扑灭窗帘上的火焰。她身上灼伤了,却一句不提,只觉得被人看到这副样子很气恼。她红着脸,笨拙地用手遮着肩头,因为有失尊严而气哼哼地走到隔壁屋里去了。克利斯朵夫很佩服她的镇静,可说不出这种镇静是表示她勇敢呢还是表示她麻木。他以为大概是后者的成分居多。实际上,她对什么都不关心,对别人,对自己,都是一样。克利斯朵夫甚至怀疑她没有心肝。

等到他又看见了一桩事,更毫无疑问地把她断定了。阿娜有一条小黑狗,眼睛挺聪明挺温和,全家都很疼它。克利斯朵夫关起房门工作的时候,常常把它抱在屋子里,丢下工作,逗它玩儿。他要出门,它就在门口等着,紧盯着他:它需要有个散步的同伴。它在前面拼命飞奔,不时停下来,对自己的矫捷表示得意,眼睛望着他,挺着胸部,神气俨然。它会对着一块木头狂叫,但远远的看到了别的狗就溜回来,躲在克利斯朵夫两腿之间直打哆嗦。克利斯朵夫笑它,疼它。他与世不相往来之后,和动物更接近了,觉得它们很可怜。这些动物只要得到你一些好意,就对你那么信赖!它们的性命完全操纵在人手里,所以要是你虐待这些对你忠诚的弱者,简直是滥用威权,犯了一桩可怕的罪恶。

那条可爱的小黑狗虽然对大家都很亲近,还是最喜欢阿娜。她并不特别宠它,只是很乐意抚摩它一下,让它蹲在膝上,也照顾它的食料,似乎尽她可能地喜欢它。有一天,小黑狗差不多当着主人们的面,被街上的汽车撞倒了。它还活着,叫得非常悲惨。勃罗姆光着头跑出去,搂着那个血肉模糊的东西回来,想至少减轻它一些痛苦。阿娜过来瞅了一眼,也不弯下身子细看,便不胜厌恶地走开了。勃罗姆含着泪,眼看这小东西受着临终的痛苦。克利斯朵夫在园子里捏着拳头,大踏步走着,听见阿娜若无其事地吩咐仆人工作,便问她:"难道你心里不觉得难过吗?"

"那有什么办法?"她回答,"最好还是不去想它。"

他听了先是恨阿娜,后来想起那句滑稽的回答,不禁笑起来,私忖阿娜倒大可以把怎么能不想到悲哀的事的秘诀教给他。对于那些幸而没有心肝的人,生活不是很容易对付吗?他想要是勃罗姆死了,阿娜也不见得会怎么难过,于是他觉得自己幸而没结婚。与其终生跟一个恨你的,或者(更要不得的)把你看作有等于无的人在一起,还是孤独比较舒心些。的确,这女人对谁都不爱。那个规矩极严的教派使她的心干枯了。

十月将尽的时候,她有件事使克利斯朵夫大为奇怪。大家在吃饭,克利斯朵夫和勃罗姆谈着一件轰动全城的情杀案。乡下有两个意大利姊妹爱着一个男人。两人因为都不愿意牺牲,便用抽签的方法决定哪一个退让,而所谓退让是自动投入莱茵河。等到抽过了签,倒霉的一个却不大愿意接受这决定。另外一个对于这种不顾信义的行为大为愤慨。两人先是咒骂,继而动武,终而至于拔刀相向,随后,突然之间变了风向,姊妹俩哭着拥抱起来,发誓说她们是相依为命的,可是她们又不能退一步分享一个情人，便决定把情人杀死。事情就这样发生了。一天夜里，两个姑娘把那个自以为艳福不浅的男人叫到她们房中，一个把他热烈地抱住，另外一个拿刀刺入他的脊背。人家听到叫喊，赶来把他从两个情人怀中抢下来，已经受了重伤，同时她们也被捕了。她们抗辩说，这件事谁也管不了，唯有她们俩是当事人，只要她们同意把属于她们的人处死，没有一个人有权利干涉。那受伤的男人差不多也同意这种说法；可是法律不了解，勃罗姆也不了解。

"她们是疯子，"他说，"应当送进疯人院去锁起来！……我懂得一个人为了爱情而自杀，也懂得一个人受了情人欺骗而杀死情人……我并不原谅他，但我承认有这种事；那是间歇遗传的兽性，是野蛮的，可是讲得通的；一个人因另外一个人而痛苦，所以杀那个人。但杀死一个你所爱的人，没有怨，没有恨，单单为了别人也爱他的缘故，那不是疯狂是什么？……你能了解这个吗，克利斯朵夫？"

"哼！"克利斯朵夫说，"我怎么会了解！爱就是丧失理性。"

阿娜默不作声，好似并没有听，那时却抬起头来，声音很安静地说："绝对不是丧失理性，倒是挺自然的。一个人爱的时候就想毁灭他所爱的人，使谁也没法侵占。"

勃罗姆瞅着他的太太，敲敲桌子，抱着手臂叫起来："你这话从哪儿听来的？……怎么！要你来表示意见吗？你懂什么？"

阿娜略微红了红脸，不作声了。勃罗姆接着又说："一个人有所爱的时候就要毁灭？……这种胡说八道不是骇人听闻吗？毁灭你所爱的人，便是毁灭你自己……相反，一个人爱的时候，照理是以德报德，你疼他，保护他，对他慈爱，对一切都慈爱！爱是现世的天堂。"

阿娜眼睛望着暗处，听他说着，摇摇头，冷冷地回答："一个人爱的时候并不慈悲。"

克利斯朵夫不想再听阿娜唱歌了。他怕……他说不上来是怕失望还是怕别的什么。阿娜也一样的害怕。他一开始弹琴，她就避免待在客厅里。

可是十一月里有一天晚上,他正在火炉旁边看书,发现阿娜坐着,膝上放着活计,又出神了。她惘然瞧着空间,克利斯朵夫觉得她眼睛里又像那一晚一样有股特殊的热情。他把书合上了。她也觉得克利斯朵夫在注意她,便重新缝着东西,但尽管低着眼皮,还是把什么都看得清清楚楚。他站起来说了声:"你来吧。"

她眼神还没完全安定,瞪了他一下,懂得了,起来跟着他走了。

"你们上哪儿去?"勃罗姆问。

"去弹琴。"克利斯朵夫回答。

他弹着。她唱着。立刻他发现了她第一次那样的感情。她一下子就达到了雄壮的境界,仿佛那是她固有的天地。他继续试验,弹了第二个曲子,接着又弹了更激昂的第三个曲子,把她胸中无穷的热情都释放出来,使她越来越兴奋,他自己也跟着兴奋,到了最高潮的时候,他突然停下,盯着她的眼睛,问:"你究竟是谁啊?"

"我不知道。"阿娜回答。

他很不客气地又说:"你心里有些什么,能够使你唱得这样?"

"我只有你给我唱的东西。"

"真的吗?那么我的东西并没放错地方。我竟有点疑心这是我创造的还是你创造的。难道你,你对事情真是这样想的吗?"

"我不知道。我以为我唱的时候已经不是我自己了。"

"可是我以为这倒是真正的你。"

他们不说话了。她脸上微微冒着汗,胸部起伏不已,眼睛盯着火光,心不在焉地用手指剥着烛台上的溶蜡。他一边瞅着她,一边随便捺着键子。他们彼此用生硬的口气说了几句局促的话,随后又交换了一些俗套,然后大家缄默,不敢再往深处试探……

第二天,他们很少说话,心里都有些害怕,不敢正视彼此。但晚上一块儿弹琴唱歌已经成了习惯。不久连下午也弄音乐了,而且每天都把时间加长。一听到最初几个和弦,她就被那股不可思议的热情抓住了,把她从头到脚地烧着。只要音乐没有完,这个教规严厉的新教徒就是一个泼辣的维纳斯女神①,表现出心中所有狂乱的成分。

勃罗姆看到阿娜为唱歌入迷有些奇怪,但对女人的行为也不想推究原因。他参与这些小小的音乐会,摇头摆脑地打着拍子,不时发表些意见,觉得非常快活,心里却更喜欢比较温柔的音乐,认为消耗这么多精力未免过分。克利斯朵夫感觉到有点儿危险,但他头脑迷迷糊糊,经过最近一场痛苦之后,精神衰弱,没法抗拒了。他不知道自己心里有些什么,也不愿意知道阿娜心里有些什么。有天下午,一支歌唱到一半,正在热情骚动的段落上,她忽然停下来,一声不出地离开了客厅。克利斯朵夫等着她,她始终不回来。过了半小时,他在甬道中走过阿娜的卧房,从半开的门里看见她在屋子的尽头,脸上冷冰冰地做着祈祷。

然而他们之间也有了一点儿,很少的一点儿信任。他要她讲从前的历史,她只泛泛地回答几句,费了好大的力量,他才零零碎碎地套出一部分细节。因为勃罗姆很老实,说话挺随便,克利斯朵夫居然知道了她一生的秘密。

她是本地人,姓桑弗,名叫阿娜-玛丽亚,父亲叫作玛丁·桑弗。那是一个世代经商的家族,几百年的百万富翁,阶级的骄傲与奉教的严格在他家里是根深蒂固的。玛丁抱着冒险精神,像许多同乡一样在远方住过好几年,到过近东,南美洲,亚洲中部,为了自己铺子里的买卖,也为了趣味和爱好科学。周游世界之后,他非但没捞到一分钱,反而把自己的躯壳和所有古老的成见都丢掉了。回到本乡,他凭着火暴的性子和固执的脾气,不顾家族沉痛的反对,竟娶了一个庄稼人的女儿——声名不大好,先做了他的情妇然后嫁给他的。他除了结婚,无法保持这个他割舍不掉的美丽的姑娘。家族方面既然反对而不生效力,便一致把他摒诸门外。城里所有的体面人物,遇到有关礼教的事

---

① 古代拉丁民族以维纳斯女神为爱神。

照例是一致行动的,当然对这两个不知轻重的男女表示了态度。冒险家吃了这个大亏,才懂得要反抗社会的偏见,在基督徒的国家不比在喇嘛的国家更少危险。他性格不够强,不能对社会的舆论无动于衷。在经济方面,他不但把自己的一份家产挥霍尽,同时还找不到一个差事,到处对他闭门不纳。铁面无情的社会给他的羞辱,使他抱着一腔怒气,把精力消磨完了。他的健康受着纵欲无度与性情暴躁的影响,没法再支持下去。结婚以后五个月,他中风死了。他的太太心很好,可是软弱,没有头脑,嫁了过来没有一天不哭,丈夫故世以后四个月,生下了小阿娜,就在产褥中咽了气。

玛丁的母亲还活着。她什么都不肯原谅,便是当事人死了以后也不原谅,既不原谅儿子,也不原谅那个她不愿意承认的媳妇。可是媳妇故世以后——天怒人怨的罪恶总算消除了一部分——她把孩子带回去抚养。玛丁的老太太是个热心宗教而非常狭窄的女人,有钱而吝啬,在古城里一条黑洞洞的街上开着一家绸缎字号。她把儿子的女儿不当作孙女,只当作为了发善心而收留的孤儿,所以孩子是应当像奴仆一样报答她的。话虽如此,她给她受的教育倒很不差,但始终采取着严厉与猜疑的态度,似乎认为孩子是她父母的罪恶的产物,所以拼命想在孩子身上继续追究那个罪恶。她不让她有一点儿消遣,凡是儿童在举动,言语,甚至思想方面所流露的天性,都被当作罪恶一般铲除,年轻人的快乐被剥夺完了。阿娜从小就在礼拜堂里闷得发慌而不敢表示出来,地狱里的种种恐怖老是把她包围着。老礼拜堂的门口,摆着些丑恶的雕像,两腿被火烧着,还有蛤蟆与蛇在上面爬:儿童的躲躲闪闪的眼睛每星期日看到这些形象害怕死了。她经常压制着本能,对自己扯谎。到了能帮助祖母的年龄,她便从早到晚在黑洞洞的绸铺里做事。看着周围的榜样,她也学会了那套作风:做事有秩序,处处讲究节省和不必要的刻苦,淡漠无情,还有抑郁不欢而瞧不起一切的人生观——那是宗教信仰在一般强作虔诚的教徒身上自然而然发生的后果。她对宗教的热心,连那位老祖母也觉得过分了:她一味地禁食,苦修,有一个时期竟把一条有针刺的腰带束在身上,只要有所动作,针就扎着她的皮肉。大家莫名其妙地看着她脸色惨白。后来她晕过去了,人家请了医生来。她却不让医生听诊,——她宁死也不愿意在一个男人面前脱掉衣服——只是说了实话。医生把她大大地埋怨了一顿,她才答应不再这么做。而祖母为了保险,也从此检查她的衣着。阿娜并没在这些苦行中得到什么神秘的快感;她没有想象力,凡是圣·法朗梭阿或圣女丹兰士所有的诗意,对她都谈不到。她的苦修是悲观的,唯物的,折磨自己并非为了求到世界的幸福,而是由于苦闷的煎熬,求一种自虐狂的快感。出人意外的是,这颗像祖母一样冷酷的心居然能领会音乐,至于领会到什么程度,连她自己也不知道。她对别的艺术都木然无动于衷,也许从来没对一幅画瞧过一眼,简直没有造型美的感觉,因为她骄傲,冷淡,所以一点不感兴趣。一个美丽的肉体,在她心中只能引起裸体的观念,就是说像托尔斯泰所讲的乡下人那样,只能有种厌恶的情绪,而这种厌恶在阿娜心中尤其强烈,因为她跟一般她喜欢的人在一起的时候,暗中只有欲念的冲动,而很少心平气和地审美地批判。她从来不想到自己长得好看,正如从来不想到被压制的本能有多少力量;其实是她不愿意知道,而且因为对自己扯谎成了习惯,结果也认识不清了。

勃罗姆和她是在人家的婚宴上遇到的。那次她去吃喜酒是例外——大家一向认为她出身下贱而不敢请她。她那时二十二岁。勃罗姆对她留了心,可并非因为她有什么惹人注意的举动。她在席上坐在他旁边,姿态强直,衣服穿得很难看,简直不开口。但勃罗姆一刻不停的和她谈着——就是说他自个儿说着话——回去不禁大为动情。他凭着肤浅的观察,觉得那邻座的姑娘幽娴贞静,通情达理;同时他也赏识那个健康的身体和一望而知善操家政的长处。他去拜访了祖母,第二次又去,就提了婚,祖母同意了。陪嫁是一个钱都没有的:桑弗老太太把家产捐给公家发展商业去了。

这年轻的女人对丈夫从来不曾有过爱情,认为那是良家妇女应当看作罪恶一样回避的。但她知道勃罗姆的好心是了不起的,也感激他不顾她的出身暧昧而跟她结婚。她对于妇道看得很重,结婚七年,夫妇之间不曾有过风波。他们守在一块儿,既不了解,也不因此而有什么不安。在大众眼里,他们正是一对模范夫妻。两人难得出门。勃罗姆的患者相当多,但没法使妻子踏进那个社会。她不讨人喜欢,出身的污点还不能完全抹掉。阿娜自己也不想法去亲近人家。对于从小受到的轻蔑,使她的童年抑郁不欢的原因,她至今心里很气愤。并且她在人前觉得很局促,也愿意人家把她忘掉。为了丈夫的事业,她不得不拜访和接待一些不可避免的客人。那群女客都是些好奇的,喜欢说坏话的小布尔乔亚。她们蜚短流长的议论,阿娜完全不感兴趣,也不隐藏这种心理。而这一点就是不可原谅的。因此宾客的访问渐渐稀少了,阿娜孤独了。而她正求之不得,只希望什么都不来打扰她心里翻来覆去的梦境,和她身上那种暧昧的骚动。

几星期来,阿娜似乎闹着病,脸瘦下去了。她躲着不跟克利斯朵夫与勃罗姆见面,成天关在卧房里胡思乱想;人家和她说话,她也不回答。勃罗姆照例不会因女人这种任性的行为着慌的,他还对克利斯朵夫解释呢。好似一切生来看不透女人的男子一样,他自以为了解她们。他的确相当了解,可是毫无用处。他知道她们往往很固执地做着梦,心里存着敌意,一味地不开口;那时最好听其自然,别去追究,尤其别追究她们在那个危险的潜意识领域里做些什么。虽然如此,他也开始为阿娜的健康担心了,以为她的形容憔悴是由于她的生活方式,由于老关在家里,从来不出城,也难得出大门的缘故。他要她去散散步。他自己不大能陪她:星期日她忙着敬神礼拜的功课;平日他忙着看诊。至于克利斯朵夫,又特意避免跟她一同出去。有过一二次,他们一块到城门口做短距离的散步:那简直烦闷得要死。话是没有的。对于阿娜,自然界仿佛是不存在的,她一无所见;田野在她眼里不过是草木和石头,那种冥顽不灵的态度使人心都凉了。克利斯朵夫曾经叫她欣赏

一角美丽的风景。她望了望,冷冷地笑了一下,勉强敷衍他说:

"噢!是的,那很神秘……"

她也会用着同样的态度说:"嗯,太阳好得很。"

克利斯朵夫气得用手指掐着自己的手掌,从此再也不问她什么;她出去的时候,他总借故留在家里。

其实阿娜对于自然界并不是无动于衷的,只是不喜欢人家所谓美丽的风景,不觉得那和其余的景色有什么分别。但她喜欢田野,——不管是哪一种——喜欢土地跟空气。不过她对于这种爱好,像对于别的强烈的感情一样,自己并不感觉到;而和她共同生活的人自然更不容易觉察。

勃罗姆一再劝说的结果,阿娜终于答应到近郊去玩一天。这是她为了免得人家纠缠不清而让步的。散步定在一个星期日。到最后一刹那,为这件事喜欢得像小孩子一样的医生,竟为了一个急症不能分身,只能由克利斯朵夫陪着阿娜出发。虽是冬天,气候却非常好,也没有下雪:空气清冽寒冷,天色开朗,太阳明晃晃的,吹着一阵砭骨的北风。他们搭着区间小火车,往远山如黛的地方驶去。车厢里挤满了人;他们俩分开坐着,一句话也不说。阿娜脸色很不高兴;上一天她出乎勃罗姆意料地说这个星期日不去做礼拜了。这是她生平第一次缺席。是不是反抗的表示呢?……她内心的斗争,谁说得出呢?——当时她脸色惨白,直瞪着面前的凳子……

他们下了火车,开始散步的时候,彼此都很冷淡。两人并肩走着;她步子很坚决,对什么都不注意,两条胳膊甩来甩去。鞋跟在冰冻的地上嗒嗒地响着。——慢慢地,她脸色活泼起来,走路的速度使苍白的腮帮有了血色。她把嘴巴张开了一点呼吸空气。在一条弯弯曲曲向上的小路的拐角儿上,她从斜刺里沿着一个石坑,爬上山岗,像一头羊,遇到要颠扑的时候使用手抓着身旁的灌木。克利斯朵夫跟着她。她越爬越快,滑跌了,又抓着草爬起来。克利斯朵夫嚷着要她停下。

她不回答,尽管弯着身子,手脚并用地往上跑。浓雾像银色的绞绡般飘浮在山谷上空,遇有树木的地方才露出一道裂缝。两人穿过雾,到了高处的阳光里。到了顶上,她回过身来,神色开朗,张着嘴喘气,带着嘲弄的表情瞧着克利斯朵夫在后面爬上来,脱下大衣扔在他脸上,然后不等他喘过气来又向前奔了。克利斯朵夫在后面追着。他们都动了游戏的兴致,清新的空气使他们迷迷糊糊地好像醉了。她拣一个陡峭的山坡奔下去,石子在脚下乱滚,可并不跌跤,溜来滑去,连蹦带跳,像一支箭一般飞去。她不时回顾一下,估量她跑在克利斯朵夫前面有多远。他越追越近,她便溜入树林。枯叶在脚下簌簌的响着,撩开去的树枝又回过来拂着她的脸。最后她蹶在一个树根上,被克利斯朵夫抓住了。她挣扎着,拳打脚踢地抗拒,狠狠地打了他几下,想要把他摔下地,又是叫又是笑。她紧贴在他身上,胸部起伏不已,两人的腮帮差不多碰着了,他沾到了阿娜额上的汗珠,呼吸到她头发上潮湿的气味。突然她使劲一推,挣脱了身子,用着挑战的眼睛瞅着他,没有一点骚动的表情。他发觉她有一股日常生活中从来不使出来的力量,不由得大为惊奇。

  他们向邻近的村庄出发,很轻快地在富有弹性的干草堆里穿过去。前面有群觅食的乌鸦在田野中飞。太阳很旺,寒风砭骨。克利斯朵夫搀着阿娜的胳膊。她穿的衣服不十分厚,他能感觉到她身体上蒸发出来的暖气与汗湿。他要她把大衣穿上,她不肯,并且为了表示勇敢,把领扣也松了。他们到一家乡村客店吃饭,招牌上画着个"野人"的标志,门前种着一株小柏树,餐厅壁上装饰着德文的四节诗和两幅五彩印版画:一幅带着感伤意味的,叫作《春》;一幅带着爱国意味的,叫作《圣·雅各之战》;另外还有一个十字架,下端刻着一个骷髅。阿娜狼吞虎咽的胃口,克利斯朵夫从来没见过。他们兴致很好,喝了一点儿白酒。饭后,他们像两个好伙计似的,又到田里玩儿去了,心里很安静,只想着走路的乐趣,想着在他们胸中激动的热血和刺激他们的空气。阿娜舌头松动了,不再存心提防,想到什么就说什么。

她讲着童年的事:祖母带她到一个靠近大教堂的老太太家里;两个老人谈天的时候,打发她到大花园里去玩。教堂的阴影罩着园子,她坐在一角,一动不动,听着树叶的哀吟,探着虫蚁的动静:又快活又害怕。她可没说出在她想象中盘旋不去的念头,对魔鬼的恐惧。人家说那些魔鬼老在教堂门前徘徊,不敢进去;她以为蜘蛛,蜥蜴,蚂蚁,所有在树叶下、地面上,或是在墙壁的隙缝里蠢动的丑恶的小东西,全是妖魔的化身。随后她谈到当年的屋子,没有阳光的卧室,津津有味地回想着;她在那儿整夜地不睡觉,编着故事……

"什么故事呢?"

"想入非非的故事。"

"讲给我听吧。"

她摇摇头,表示不愿意。

"为什么?"

她红着脸,笑着补充:"还有白天,在我工作的时候。"

她想了一下,又笑起来,下了个结论:"都是些疯疯癫癫的事,不好的事。"

他取笑她说:"难道你不害怕吗?"

"怕什么?"

"罚入地狱喽。"

她的脸登时冷了下来,说道:"噢!你不应该提到这个。"

他把话扯开去了,表示佩服她刚才挣扎的时候的气力。于是她又恢复了信赖的表情,说到她小姑娘时代的大胆。——(她嘴里还不说"小姑娘"而说"男孩子",因为她幼时很想参加男孩子们的游戏和打架。)有一回她和一个比她高出一头的小朋友在一起,突然把他捶了一拳,希望他还手。不料他一边嚷着一边逃了。另外一次,旁边走过一条黑母牛,她跳上它的背,母牛吃了一惊,把她摔下来,撞在树上,险些送了命。她也曾经从二层楼的窗口往下跳,唯一的理由是因为她不信自己敢这样做,结果除了跌得青肿之外竟没有什么。她独自在家的时候,还发明种种古怪而危险的运动,要她的身体受各种各式奇特的考验。

"准想得到你是这样的呢,"他说,"平常你那么严肃……"

"噢,你还没看见我有些日子自个儿在房里的模样呢!"

"怎么,你现在还玩这一套吗?"

她笑了,随后又忽然扯到另外一个话题,问他打猎不打。他回答说不。她说她有一回对一只黑鸟放了一枪,居然打中了。他听了很愤慨。

"嗨!"她说,"那有什么关系?"

"你难道没心肝吗?"

"我不知道。"

"你不以为禽兽跟我们一样是生物吗?"

"我是这样想的。对啦,我要问你:你可相信禽兽也有一颗灵魂吗?"

"我相信是有的。"

"牧师说没有的。我,我认为它们有的。"她又非常严肃地补上一句,"并且我相信我前生就是禽兽。"

他听着笑了。

"有什么可笑的?"她这么说着也跟着笑了,"我小时候就给自己编造这样的故事。我想象我是一只猫,一头狗,一只鸟,一匹小马,一条公牛。我感到有它们的欲望,很想跟它们一样长着毛或是翅膀,试试是什么味儿,仿佛我真的试过了。唉,你不懂吗?"

"不错,你是个动物,是个古怪的动物。可是你既然觉得和禽兽同类,又怎么能虐待它们呢?"

"一个人总要伤害别人的。有些人伤害我,我又去伤害别的人。这是必然的事。我从来不抱怨。对人不能太柔和!我教自己狠受了些痛苦,纯粹是为了玩儿!"

"怎么,你伤害自己吗?"

"是的。你瞧,有一天我用锤子把一只钉敲在这只手里。"

"为什么?"

"一点儿不为什么。"(她还没说出她曾经想把自己钉上十字架。)

"把你的手给我,"她说。

"干吗?"

"给我就是了。"

他把手伸她。她抓着拼命地掐,他不由得叫起来。他们像两个乡下人那样比赛,看谁能够叫谁更痛,玩得很高兴,心里没有什么别的念头。世界上其余的一切,他们生命的锁链,过去的悲哀,未来的忧惧,在他们身上酝酿的暴风雨,一切都消灭了。

他们走了十几里,不觉得疲倦。突然她停下来,倒在地下的干草上,一声不出,仰天躺着,把胳膊枕在脑后,眼睛望着天。多么安静!多么恬适!……几步路以外,一道看不见的泉水断断续续地流着,好似脉管的跳动:忽而微弱,忽而剧烈。远远的天边黑沉沉的。紫色的地上长着光秃与黑色的树木,一层水汽在上面浮动。冬季末期的太阳,淡黄的年轻的太阳,蒙眬入睡了。飞鸟像明晃晃的箭一般破空而过。乡间可爱的钟声遥遥呼应,一村复一村……克利斯朵夫坐在阿娜身旁瞅着她。她并没想到他,美丽的嘴巴悄悄地笑着。

他心里想道:"这真是你吗?我认不得你了。"

"我自己也认不得了。我相信我是另外一个女人了。我不再害怕了,我不怕他了。啊!他使我窒息,他使我痛苦!我仿佛被钉在灵柩里……现在我能呼吸了,这个肉体,这颗心,是我的了。我的身体。我的自由的身体,自由的心。我的力,我的美,我的快乐!可是我不认识它们,我不认识自己:你怎么能使我变成这样的呢?……"

他以为听见她轻轻地叹着气。但她什么都没有想,唯一的念头是很快活,觉得一切都很好。

黄昏来了。在灰灰的淡紫的雾霭之下,倦怠的太阳从四点钟起就不见了。克利斯朵夫站起来走近阿娜,向她伛着身子。她转过眼睛瞅着他,因为久望天空而还有些眼花,过了几秒钟才把他认出来,堆着一副谜样的笑容瞪着他,克利斯朵夫感染到她眼中的惶乱,赶紧闭了一会眼睛,等到重新睁开,她还望着他,他觉得彼此已经这样望了好几天了。他们看到了彼此的心,可不愿意知道看到些什么。

他向她伸出手来,她一声不出地握着,重新向村子走去,远远的就望见山坳间那些屋顶作蒜形的钟楼,其中有一座在满生藓苔的瓦上,像戴着一顶小圆帽似的有一个空的鸟窠。在两条路的交叉口上,快要进村子的地方,有一个喷水池,上面供着一座木雕的圣女玛特兰纳,模样儿很妩媚,带点儿撒娇的神气,伸着手臂站着。阿娜无意中模仿神像伸着手的姿势,爬上石栏,把一些冬青树枝,和还没被鸟啄完,也没被冻坏的山梨实放在女神手里。

他们在路上遇到一群又一群的乡下男女,穿着过节的新衣服。皮肤褐色,血色极旺的女人,绾着很大的蛋壳形髻,穿着浅色衣衫,帽子上插着鲜花,戴着红袖口的白手套。她们尖着嗓子,用着平静的,不大准的声音唱些简单的歌。一条母牛在牛棚里曼声叫着。一个患百日咳的儿童在一所屋子里咳嗽。稍微远一些,有人呜呜地吹着单簧管和短号。村子的广场上,在酒店与公墓之间,有人在跳舞。四个乐师骑在一张桌上奏着音乐。阿娜和克利斯朵夫坐在客店门前瞧着那些舞伴。他们你撞我,我撞你,彼此大声吆喝。女孩子们为了好玩而叫叫嚷嚷。酒客用拳头在桌上打拍子。要是在别的时候,这种粗俗的玩乐一定会使阿娜憎恶,那天下午她却很欣赏,脱下帽子,眉飞色舞地瞧着。克利斯朵夫听着可笑而庄严的音乐,看着乐师们一本正经的滑稽样儿,不禁哈哈大笑。他从袋里掏出一支铅笔在账单的反面写起舞曲来了,不久一张纸就写满了,问人家又要了一张,也像第一页那样涂满了又潦草又笨拙的字迹。阿娜把脸挨近着他的脸,从他肩头上看着,低声哼着,猜句子的结尾,猜到了或是句子出其不意的完全变了样,她就拍手欢笑。写完以后,克利斯朵夫拿去递给乐师。他们都是技巧纯熟的施瓦本人①。马上奏起来。调子有一种感伤与滑稽的意味,配着

---

① 施瓦本为靠近瑞士的一个德国山区。

急激的节奏,仿佛穿插着一阵阵的哄笑。那种可笑的气息叫人忍俊不禁,大家的腿都不由自主地动起来。阿娜扑进人堆,随便抓着两只手,发疯似的打转,头上一支贝壳别针掉下了,头发也散开了挂在腮帮上。克利斯朵夫始终望着她,很赏识这头美丽壮健的动物,那是至此为止被无情的纪律压得没有声音的,不会活动的。她当时那副模样,谁都没见过:仿佛戴了一个别人的面具,活脱是个精力充沛的酒神。她叫他。他便跑上去抓着她的手腕跳舞,转来转去,直撞到墙上,才头昏目眩地停下来。天完全黑了。他们休息了一会儿,才跟大家告别。平常日子因为局促或是因为轻蔑而对平民很矜持的阿娜,这一回却是很和气的跟乐师、店主,以及刚才一块儿跳舞的村子里的少年握手。

在明亮而寒冷的天色下面,他们俩孤零零地重新穿过田野,走着早上所走的路。阿娜起先还非常兴奋。慢慢地,她话少了,后来为了疲倦或者为了黑夜的神秘抓住了她的心,完全不作声了。她很亲热地靠在克利斯朵夫身上,走下她早上连奔带爬翻过来的山坡,叹了口气。他们到了站上。快要到村口第一所屋子的时候,他停下来对她瞧着。她也瞧着他,不胜怅惘地笑了笑。

车中的乘客跟来时一样多,他们没法谈天。他和她对面坐着,目不转睛地盯着她。她低着眼睛,抬了一下,又转向别处,他无论如何没法使她掉过头来。她望着车外的黑夜,嘴唇上挂着茫然的笑容,嘴边有些疲倦的神气。然后笑容不见了,变得无精打采。他以为火车的节奏把她催眠了,竭力想跟她谈话。她只冷冷地回答一言半语,头始终向着别处。他硬要相信这种变化是由于疲倦的关系,但心里知道真正的原因是别有所在。越近城市,阿娜的脸越凝敛。生气没有了,活泼美丽的肉体又变成了石像。下车的时候,她不接受他伸给她的手。两人不声不响地回到了家里。

过了几天,傍晚四点左右,勃罗姆出去了,只有他们俩在家。从隔天起,城上就罩着一层淡绿的雾。看不见的莱茵河传来一片奔腾的水声。街车的电线在雾气中爆出火星。天色暗淡,日光窒息,简直说不出是什么时间;那是非现实的时间,在时间以外的时间。前几日吹过了料峭的北风,这一下气候突然转暖,郁勃薰蒸,非常潮湿。天上雪意很浓,大有不胜重负之势。

他们俩坐在客厅内,周围的陈设和女主人一样带着冷冷的呆板的气息。两个人都不说话:他看着书,她做着针线。他起身走到窗口,把阔大的脸贴在玻璃上出神;一片苍白的光,从阴沉的天空反射到土铅色的地上,使他感到一阵迷惘;他有些不安的思想,可是抓握不住。一阵悲怆的苦闷慢慢地袭上了他的身,他觉得自己在往下沉;灼热的风在他生命的空隙里,在累积的废墟底下回旋飞卷。他背对着阿娜。她正专心工作,没看见他;可是她打了一个寒战,好几次把针扎了自己的手指,不觉得疼。两人都感到危险将临,有点儿神魂无主。

他竭力驱散自己的迷惘,在屋子里走了几步。钢琴在那里勾引他,使他害怕,连望都不敢望。可是在旁边走过,他的手抵抗不了诱惑,不由得捺了一个音。琴声像人声一样颤动起来。阿娜吓了一跳,活计掉在了地下。克利斯朵夫已经坐在那里弹琴,暗中觉得阿娜走过来站在他身边了。他糊里糊涂弹起一个庄严而热烈的曲子,便是她上回听了第一次显露本相的歌;他拿其中的主题临时作了许多激昂的变奏曲。她不等他开口就唱起来。两人忘了周围的一切。音乐的神圣的狂潮把他们卷走了……

噢!音乐,打开灵魂的深渊的音乐!你把精神的平衡给破坏了,在日常生活中,普通人的心灵是重门深锁的密室。无处使用的精力,与世枘凿的德性与恶癖,都被关在里面发锈;实际而明哲的理性,畏首畏尾的世故,掌握着这个密室的锁钥。它们只给你看到整理得清清楚楚的几格。可是音乐有根魔术棒能把所有的门都打开。于是心中的妖魔出现了。灵魂变得赤裸裸的一无遮蔽……——只要美丽的女神在歌唱,降妖的法师就能监视那些野兽。大音乐家坚强的理性能够催眠他解放出来的情欲。但音乐一停下来,降妖的法师不在的时候,被他惊醒的情欲就要在囚笼中怒吼,找它们的食物了……

曲子完了。一片静默……她唱歌的时候把一只手放在克利斯朵夫肩上。两人一动都不敢动,浑身哆嗦……突然之间,像闪电那么快,她弯下身子,他仰起头来,两人的嘴巴碰到了,呼吸交融了……

她把他推开,马上溜走。他在黑影里呆着不动。勃罗姆回家了,大家坐上桌子吃饭。克利斯朵夫不能再用思想。阿娜好似心不在焉,眼睛望着别处。吃了晚饭,她立刻回到卧室。克利斯朵夫不能跟勃罗姆单独相对,也告辞了。

半夜左右,已经睡觉的医生被请去出诊。克利斯朵夫听着他下楼,听着他出门。外边已经下了六小时的雪,屋子跟街道都被盖掉了。天空好似装满了棉絮。街上既没人声,也没车声,整个城市仿佛死了。克利斯朵夫睡不着,觉得有种恐怖的情绪,越来越厉害。他不能动弹:仰躺在床上,睁着眼睛。雪地上和屋顶上反映出来的银光在壁上浮动……忽然有种细微莫辨的,只有他在那么紧张的情形之下才听得出来的声音,把他吓得直打寒战。克利斯朵夫听见甬道的地板上有阵轻微的拂触,便直起身子坐在床上。声音逐渐逼近,停下了,一块地板响了一下。显而易见有人在门外等着……然后静默了几秒钟,或许是几分钟……克利斯朵夫气也透不过来了,浑身是汗。外边大块的雪花扑在窗上,好似鸟儿的翅膀。有只手在门上摸索,把门推开了,一个影子慢慢的走过来,到离床几步的地方又停下。克利斯朵夫什么都看不清,只听见她的呼吸和自己的心跳……她走近几步,又停了一下。他们的脸靠得那么近,甚至呼吸都交融在一起了。彼此的目光在黑影里探索,可是看不见……她倒在他身上。两人悄悄的发疯似的互相抱着,一句话也没有……

过了一小时,两小时,也许是过了一世纪,楼下的大门开了。阿娜挣脱身子,溜下了床,离开了克利斯朵夫,像来的时候一样没有一句话。他听她光着脚走远,很快地拂着地板。她回到房里,勃罗姆看到她躺着,好像睡得很熟。她可是挨在丈夫身边,屏着气,一动不动,睁着眼睛过了一夜。她这般不知已经熬过多少夜了!

克利斯朵夫也睡不着觉,心里难过到极点。他对于爱情,尤其是婚姻,素来抱着严肃的态度,最恨那些荒淫的作家。通奸是他深恶痛绝的,那是他平民式的暴烈的性格和崇高的道德观念混合起来的心理。对别人的妻子,他一方面极尊敬,一方面在生理上感到厌恶。欧洲某些上层阶级的杂交使他恶心。为丈夫默认的通奸是下流,瞒着丈夫的私情是无耻,好比一个仆人偷偷地欺骗主子,污辱主子。曾经有过多少次,他毫不留情地痛斥这种罪人!有过多少次他跟这一类自暴自弃的朋友绝交!……现在他竟做出同样下贱的事!而他的情形尤其是罪无可恕。他以忧患病弱之身投奔到这儿来,朋友把他收留了,救济了,安慰了,始终那么慷慨,殷勤。无论克利斯朵夫怎么样,主人从来没有厌倦的表示。他如今还能活在世界上完全是靠这个朋友。而他竟污辱朋友的名誉,剥夺朋友的幸福——那么可怜的家庭幸福!——作为报答。他卑鄙无耻地欺骗了朋友,而且是跟谁?跟一个他不认识的,不了解的,不爱的女人……他不爱她吗?他的心马上抗议了。他想到她的时候胸中那道如火如荼的激流,爱情这个字还不足以形容。那不是爱情,而是千百倍于爱情的感情……他心绪像暴风雨般翻腾不已地过了一夜。他把脸浸在冰冷的水里,气塞住了,打着寒战。精神上的狂乱结果使他发了一场寒热。

等到困顿不堪地起来的时候,他以为她一定比他更羞愧。他走到窗前。太阳照在耀眼的雪上。阿娜在园子里晾衣服,一心一意地做着活儿,似乎没有一点儿骚乱。她的体态举动有一种她素来没有的庄严气概,连动作也像一座雕像的动作。

吃中饭的时候,两人遇到了。勃罗姆整天不在家。克利斯朵夫一想到要跟勃罗姆见面就受不了。他要和阿娜说话,可是不得清静:老妈子来来往往,他们俩非留神不可。克利斯朵夫竭力想瞧瞧阿娜的目光,她却老是不对他望。她非但没有骚乱的现象,并且一举一动都有平时没有的那种高傲与庄严的气派。吃过饭,他以为能谈话了,不料女仆慢腾腾地收拾着饭桌;他们到了隔壁屋子,她又设法盯着他们,老是有些东西要拿来或拿去,在走廊里摸东摸西,靠近半开的门,阿娜也不急于把门关上。老妈子似乎有心刺探他们。阿娜拿着永不离身的活儿坐在窗下。克利斯朵夫背光埋在一张大靠椅里,把一本书打开着而并不看。可以从侧面看到他的阿娜,一眼就发现他对着墙壁,脸上很痛苦,便冷冷地笑了笑。屋顶上和园中树上的融雪,滴滴答答地掉在沙上,发出清越的声音。远远地,街上的孩子们玩着雪球,纵声笑着。阿娜似乎入睡了。周围的静默使克利斯朵夫苦闷至极,差点儿要叫起来。

终于老妈子下了楼,出门了。克利斯朵夫站起来,对着阿娜,正想要说:"阿娜!阿娜!咱们干的什么事啊?"

不料阿娜望着他,把原来一味低着的眼睛抬了起来,射出一道热辣辣的火焰。克利斯朵夫被她这么一瞧,支持不住了,要说的话马上咽了下去。他们互相走近,又紧紧的抱着了……

黄昏的黑影慢慢地展开去。他们的血还在奔腾。她躺在床上,脱了衣服,伸着胳膊,也不抬一抬手遮盖她的身体。他把脸埋在枕上,呻吟着。她抬起身来,捧着他的脑袋,用手抚摩着他的眼睛跟嘴巴,凑近他的脸,直瞪着克利斯朵夫。她的眼睛像湖一般深沉,微微笑着,似乎对于痛苦毫不介意。意识消灭了。他不作声了。一阵阵的寒噤像波浪般流过他们的全身……

这一夜,克利斯朵夫独自回到房里,想着自杀的念头。

第二天,他一起床就找阿娜。此刻倒是他怕看到对方的眼睛了。只要一接触她的目光,他要说的话立刻会想不起。但他拼足了勇气开口,说他们的行为是怎么卑鄙。她才听了几个字,就用手堵住他的嘴巴,接着又走开去,拧着眉头,咬着嘴唇,神色非常凶恶。他继续说着。她便把手中的活儿扔在地下,打开门预备出去了。他上前抓着她的手,关了门,不胜悲苦地说她能忘掉自己的过失真是幸福。她把他推开了,勃然大怒地说:

"住嘴!你这个没种的东西!难道你看不见我痛苦吗?……我不要听你的话。"

她的脸陷了下去,眼睛的神气又是恨又是害怕,像一头受了伤害的野兽,她恨不得一瞪之下就要了他的命。——他一松手,她就跑去待在屋子的另外一角。他不去追她,心中苦闷到极点,也恐惧到极点。勃罗姆回来了。他们俩呆呆地望着他,像呆子一样。那时除了自己的痛苦,仿佛世界上什么都不存在了。

克利斯朵夫出去了。勃罗姆和阿娜开始吃饭。饭吃到一半,勃罗姆突然起来打开窗子,阿娜昏过去了。

克利斯朵夫托词旅行,出门了半个月。阿娜除了吃饭的时间,整星期都关在房里。她又恢复了平时的意识、习惯,和一切她自以为已经摆脱、而实际是永远摆脱不掉的过去的生活。她故意装作看不见一切,可是没用。心中的烦恼一天天地增加,一天天地深入,终于盘踞不去了。下星期日,她仍旧不去做礼拜。但再下一个星期日,她又去了,从此不再间断。她不是心悦诚服,而是战败了。上帝是个敌人——是她竭力想摆脱的一个敌人。她对他怀着一腔怨恨,像个敢怒而不敢言的奴隶。做礼拜的时间,她脸上冷冷的全是敌意;心灵深处,她的宗教生活是一场对抗主子的恶斗,主子的责备对她是最酷烈的刑罚。她只做不听见,可是非听见不可;她和上帝争得很凶,咬紧着牙关,脑门上横着皱痕表示固执,露出一副狰狞的目光。她恨恨地想起克利斯朵夫,不能原谅他把她从心灵的牢狱里放出了一刹那,而又让她重新关进去,受刽子手们的折磨。她再也睡不着觉了,不论白天黑夜都想着那些折磨人的念头；她可不哼一声，硬着头皮继续在家指挥一切，对付日常生活也始终那么倔强固执，做事像机器一样的有规律。人渐渐地瘦下来，似乎害着心病。勃罗姆好不担忧，很亲切地问她，想替她检查身体。她却是愤愤地拒绝了。她越觉得对不起他，越对他残酷。

克利斯朵夫决意不回来了，拼命用疲劳来折磨自己：走着长路，作着极辛苦的运动，划船，爬山。可是什么都压不下心头的欲火。

他整个儿被热情制服了。天才是生来需要热情的。便是那些最贞洁的，如贝多芬，如布鲁克纳，也永远要有个爱的对象；凡是人的力量都在他们身上发挥到最高点，而因为那些力受着幻想吸引，所以他们的头脑被无穷的情欲抓去作了俘虏。往往那些情欲是短时间的火焰：来了一个新的，旧的一个就被压倒；而所有的火焰都被创造精神的弥天大火吞掉。但等到洪炉的热度不再充塞心灵的时候，无力自卫的心灵就落在它不能或缺的热情手里；它要求热情，创造热情，非要热情把它吞下去不可……并且除了刺激肉体的强烈的欲望以外，还有温情的需要，使一个在人生中受了伤害而失意的男人投向一个能安慰他的女子。同时，一个伟大的人比别人更近于儿童，更需要拿自己托付给一个女子，把额角安放在她温柔的手掌中，枕在她膝上……

但克利斯朵夫不懂这些……他不信热情是不可避免的，以为那是浪漫派的胡说八道。他相信一个人应当奋斗，相信奋斗是有力量的，相信自己的意志是有力量的……他的意志在哪儿呢？连影踪都没有了。他没法排遣。往事跟他日夜不休地纠缠着。阿娜身体上的气味，使他的嘴巴鼻子都觉得火辣辣的。他好比一条沉重的破舟，没有了舵，随风漂荡。他拼命想逃避也没用：来来去去总漂到老地方；他对着风喊道：

"好吧，把我吹破了吧！你要把我怎么办呢？"

为什么，为什么要有这个女人？为什么爱她？为了她心好吗？为了她有头脑吗？比她聪明而心更好的多的是。为了她的肉体吗？他也有过别的情妇更能满足他的感官。那么使他割舍不得的是什么呢？——"一个人就是为了爱而爱，没有什么理由。"——是的，可也有一个理由,哪怕不是普通的理由。是疯狂吗?那等于不说。为什么要疯狂?

因为每个人心里有一颗隐秘的灵魂,有些盲目的力,有些妖魔鬼怪,平时都被封锁起来的。自有人类以来,所有的努力都是用理性与宗教筑成一条堤岸,防御这个内心的海洋。但暴风雨来的时候(内心越充实的人,越容易受暴风雨控制),堤岸崩溃了,妖魔猖獗了,跟那些被同类的妖魔掀动起来的别的灵魂相击相撞……它们投入彼此的怀抱,紧紧地搂着。我们也说不出那是恨是爱,还是互相毁灭的疯狂……总而言之,所谓情欲是灵魂作了俘虏。

克利斯朵夫一无结果地挣扎了十五天以后,又回到阿娜家里。他离不开她了。他精神上闷死了。

但他继续奋斗。回来那晚,他们俩都推托着避不见面,也不在一块儿吃饭。夜里,两人战战兢兢地各自锁在房里。可是没用。到了半夜,她赤着脚跑来敲他的门,他开了,她爬到他床上,浑身冰冷地靠着他,悄悄地哭了,把泪水沾在克利斯朵夫的腮帮。她竭力教自己静下来,可是心中太痛苦了,压制不住,把嘴唇贴在克利斯朵夫的颈上,号啕大哭。他看她这样难过,倒吓得把自己的痛苦忘了,只能说些温柔的话安慰她。她呻吟着说:"我受不了,我愿意死……"

他听了心如刀割,想拥抱她,被她推开了。

"我恨你!为什么你要跑到这儿来?"

她挣脱了他的臂抱,翻过身去。床很窄;他们虽然竭力避免,还是要互相碰到身体。阿娜背对着克利斯朵夫,又愤怒又痛苦,瑟瑟的抖个不住。她把他恨得要死。克利斯朵夫垂头丧气,一句话都不说。阿娜听到他呼吸困难,便突然转过身来,勾着他的脖子,说道:"可怜的克利斯朵夫!我让你受罪了……"

他破天荒第一遭听见她有这种怜悯的口吻。

"原谅我吧。"她说。

"咱们俩彼此都是一样的。"他回答。

她直起身子,似乎不能呼吸了。伛着背,坐在床上,她好不丧气地说:"我完了……这是上帝要我完的。他把我交给了敌人……我怎么能反抗他呢?"

她这样坐了好久,才重新睡下,不再动弹。天快亮了,屋里有了一道曚昽的光。半明半暗中,他看见她痛苦的脸偎着他的脸。他轻轻地说了声:"天亮了。"

她一动不动。

于是他说:"好吧,管它!"

她睁开眼来,下了床,神气疲倦得要死。她坐在床沿上望着地板,用着毫无生气的音调说:"我预备今晚上把他杀了。"

他吓了一跳,叫了声:"阿娜!"

她沉着脸,瞪着窗子。

"阿娜,"他又说,"天地良心!……不应该杀他呀!……这样一个好人!……"

她跟着说:"对,不应该杀他。"

他们彼此望着。

那是他们久已知道的,知道那才是唯一的出路。两人都不能过欺骗丈夫欺骗朋友的生活,同时也从来没想到一块儿逃亡的念头,心里都明白这不是个解决问题的办法:因为最难受的痛苦,并非在于分隔他们的外界的阻碍,而是在于他们内心的阻碍,在于他们不同的心灵。他们既不能分离,也不能共同生活。简直毫无办法。

从那时起,他们不接触了:死神的影子已经罩在他们头上;他们俩把彼此都看作神圣的了。

可是他们不愿意决定日子,心里想:"等明天吧,明天吧……"实际上他们永远不敢正视这明天。克利斯朵夫刚强的灵魂常常起来反抗;他不承认失败,他瞧不起自杀,不能下这种可怜的结论,把伟大的生命白白送掉。至于阿娜,既然以她的信仰而论,这样的死就是永远不得超生,①那她又何尝是心甘情愿的?可是事势所迫,仿佛非死不可了。

第二天早上,他见到了勃罗姆,这是欺骗了朋友之后第一次和他单独相见。至此为止他居然能避着他。这一下他可受不住了,竭力要想法不跟勃罗姆握手,不在桌子上跟他一块儿吃饭;那是每口东西都会梗在喉头咽不下去的。握他的手,吃他的面包,那不等于犹大的亲吻吗②?……最可怕的还不是自己瞧不起自己,而是想到勃罗姆一朝得悉之下的悲痛……一转到这个念头,他真像受刑罚一样。他知道勃罗姆是永远不会报复的,是不是有力量恨他都成问题,可是要绝望到什么程度简直不能想象……他要用怎样的目光看待他呢?克利斯朵夫觉得受不了他的批判。——而勃罗姆又是早晚会发觉的。现在他不是已经有点儿疑心了吗?相别才半个月,克利斯朵夫看到他大大地改变了:勃罗姆完全不是从前的模样,兴致没有了,或者是勉强装作快活。饭桌上,他常常偷看阿娜,眼看她不说话,不吃东西,像灯尽油干似的在那里煎熬。他怯生生的,非常动人地想照顾她,她却恶狠狠地拒绝了,他只得低下头去,不出一声。饭吃到半中间,阿娜透不过气来,把餐巾扔在桌上,出去了。两个男人不声不响地继续吃着,或是假装吃着,连头都不敢抬起来。等到吃完了,克利斯朵夫正想离开的时候,勃罗姆突然两手抓着他的胳膊,叫了声:"克利斯朵夫!……"克利斯朵夫心慌意乱地望着他。

"克利斯朵夫,"勃罗姆声音发抖了,"你可知道是怎么回事吗?"

克利斯朵夫仿佛给人当胸扎了一刀,一时答不上话来。勃罗姆怯生生地望着他,马上补充:"你是常看到她的,她很相信你……"

克利斯朵夫几乎要亲着勃罗姆的手求他原谅了。勃罗姆瞧见克利斯朵夫神色慌张,吓得不愿意再看,只用着哀求的目光,结结巴巴地说:"你一点都不知道,是不是?"

"是的,我一点都不知道。"克利斯朵夫不胜狼狈地回答。为了不

---

① 基督教的说法,凡自杀的人不得入天堂。
② 犹大出卖耶稣之前,尚亲吻耶稣。

使这个受欺侮的男子伤心而不能招供,不能说出真相,真是多痛苦啊!对方问着你,但眼神明明表示他不愿意知道真相,所以你就不能说出来……

"好吧,好吧,谢谢你……"勃罗姆说。

他站在那里,双手抓着克利斯朵夫的衣袖,仿佛还想问什么而不敢出口,躲着克利斯朵夫的目光。随后他松了手,叹了口气,走了。

克利斯朵夫因为又说了一次谎,难过得不得了,跑去找阿娜,慌慌张张地把刚才的情形告诉她。阿娜无精打采地听着,回答说:"那么,让他知道就是了!有什么关系?"

"你怎么能说这种话呢?"克利斯朵夫叫起来,"无论如何,我不愿意使他痛苦!"

阿娜可发脾气了:"他痛苦的时候,难道我,我不痛苦吗?他也得痛苦才行!"

他们彼此说了些难堪的话。他埋怨她只顾着自己。她责备他只关心她的丈夫而不关心她。可是过了一会儿,他说不能再这样混下去,要向勃罗姆和盘托出的时候,她倒又埋怨他自私,嚷着说她并不在乎克利斯朵夫的良心平安不平安,可决不能让勃罗姆知道。

她虽则话说得很凶,心里却是跟克利斯朵夫一样想着勃罗姆。固然她对丈夫没有真正的爱情,但还是很关心他。她非常重视他们俩的社会关系和责任。或许她没想到妻子应该温柔,应该爱她的丈夫,但认为必须把家务照顾周到,对丈夫忠诚;在这些地方失职,她是觉得可耻的。

她也比克利斯朵夫更明白:勃罗姆不久就会知道的。她不跟克利斯朵夫提到这一点也有相当理由,或者是因为不愿意使克利斯朵夫心绪更乱,或者是因为她不肯示弱。

不论勃罗姆的家怎样与世隔绝,不论布尔乔亚的悲剧怎样深藏,总有一些风声透到外边去。

在这个城里，谁也不能隐藏他的生活。那真是奇怪的事。街上没有一个人对你望，大门跟窗户都关得很严。但窗口都挂着镜子；你走过的时候，可以听见百叶窗开着一点而立刻关上的声音。谁也不理会你，似乎人家根本不知道有你这个人，可是你每一句话，每一个举动，都逃不过人家的耳目；人家知道你所做的，所说的，所见的，所吃的，甚至还知道，自以为知道你所想的。你受着秘密的，普遍的监视。仆役，送货员、亲戚、朋友、闲人、不相识的路人，大家一致合作，参与这种出于本能的刺探；那些东零西碎的事不知怎样都会集中起来。人家不但观察你的行为，还要看你的内心。在这个城里，谁也没权利保持良心的秘密；但每人都有权利搜索你隐秘的思想，而倘若你的思想跟舆论抵触的话，大家还有权利和你算账。集体灵魂的无形的专制，压在个人身上；所谓个人是一辈子受人监护的小孩子，什么都不是属于他自己的，而是属于全城的。

阿娜接连两个星期日不在教堂露面，大家就开始猜疑了。平时仿佛没有一个人注意她参加礼拜；她那方面是过着离群索居的生活，而大家也似乎忘了有她这样一个人。但第一个星期日的晚上，她的缺席就被人注意到了，记在心里。第二个星期日，那些虔诚的信徒把眼睛盯着《福音书》或牧师的嘴，没有一个不是聚精会神地管着灵修的事业；同时也没有一个不在进门的时候就留意到，出门的时候又复按一次阿娜的位置空着。下一天，阿娜家中来了一批几个月没见面的客人：她们借着各式各种的借口，有的是怕她病了；有的是对她的事，对她的丈夫，对她的家，又感到兴趣了；有几个对她家里的事消息特别灵通，可没有一个提及——(那是故意藏头露尾地避免的)——她两星期不去做礼拜的事。阿娜推说不舒服，谈着家务。客人们留神听着，附和几句；阿娜知道她们其实是一个字都不信。她们的眼睛在四下里乱转，在屋子里搜寻，注意，一样一样地记在心里，始终保持着冷静的态度，面上嘻嘻哈哈，但眼神显而易见是好奇到极点。有两三次，她们装作无心的神气，问到克拉夫脱先生的近况。

过了几天,——(在克利斯朵夫出门旅行的时期),——牧师也亲自来了。那是一个长得极漂亮的老实人,年富力强,非常殷勤,而且心定神安,表示世界上所有的真理都在他手里了。他很亲热地问到阿娜的健康,很有礼貌的,心不在焉的,听着他并不要求的她的解释,喝了一杯茶,谈笑风生,提到饮料问题,说葡萄酒在《圣经》上已经有记载,不是含有酒精的饮料,又背了几段经典,讲了一个故事。动身之前,他隐隐约约说到交坏朋友的危险,说到某些散步,某些亵渎神道的思想,某些邪恶的欲念,以及跳舞的不道德等等。他仿佛并不针对阿娜而是对当时一般的情形说的。他静默了一会儿,咳了几声,站起来,非常客气的请阿娜向勃罗姆先生致意,说了一句拉丁文的笑话,行了礼,走了。阿娜听了他的讽示,气得心都凉了。那是不是讽示呢?他怎么知道克利斯朵夫跟她的散步呢?他们在那边又没遇到一个熟人。但在这个城里,不是一切都会有人知道的吗?相貌很特别的音乐家跟穿黑衣服的少妇在乡村客店跳舞的事被人注意到了;既然什么都会不胫而走,这消息自然也传到了城里,而老是喜欢管闲事的人立刻认出是阿娜。当然这还不过是种猜测,但人家听了特别高兴;另外再加上阿娜的老妈子所提供的情报。公众的好奇心如今在旁边等他们自投罗网了,成千成百的眼睛都在暗中窥探。狡猾的城里人不声不响地埋伏在那里,好似一只等着耗子的猫。

倘使阿娜不是这个跟她过不去的社会出身,没有那种虚伪的性格,那么虽有危险,她或许还不会让步:一般人的卑鄙的恶意倒可能激怒她,使她反抗。但是教育把她的天性给制服了。她尽管批判舆论的横暴与无聊,心里还是尊重舆论;舆论要是制裁她,她也会接受;如果舆论的制裁和她的良心冲突,她会派她的良心不是。她瞧不起城里人,又受不了被城里人瞧不起。

终于到了一个大家可以公然毁谤的时间。狂欢节近了。

直到这个故事发生的时代为止——以后是改变了——当地的狂

欢节始终保存着肆无忌惮与不顾一切的古风。这个节日最初的作用，原是让大家放松一下的；因为一个人不管愿意不愿意，精神上老是受着理性约束，所以在理性的力量越强的时代，风俗与法律越严格的地方，狂欢节的表现越大胆。阿娜所在的城市就是这样的一个地方。平日为了礼教森严，一举一动，一言一语都受到牵制，到了那个节日，大家就格外放纵起来。所有积在灵魂下层的东西：嫉妒，暗中的仇恨，下流无耻的好奇心，人类作恶的本能，一下子都突围而出，要吐口气了。每个人都可以戴了面具，到街上去羞辱他心中记恨的人，把自己耐着性子在一年中听来的消息，一点一滴搜集起来的丑闻秘史，在广场上当众宣布。有的人用一辆车来表演。有的擎着高脚灯，字画兼用地揭露城中的秘密故事。有的竟化装为自己的敌人，形容毕肖，叫街上的野孩子一看就能指出本人的姓名。那三天之内还有专事诽谤的小报出版。上流人士也狡猾地参与这种匿名攻击的玩意儿。地方当局绝对不加干涉，除了带有政治意味的隐喻以外——因为这种漫无限制的自由曾经好几次引起本地政府与外邦代表的纠纷，但市民是毫无保障的。大家老是提心吊胆，怕受到这样的公然侮辱。这一点对于本城的风化的确大有裨益；而那种表面上的清白便是城里人引以自豪的。

当时阿娜心里就存着这种恐怖，——其实并无根据。她没有多大理由需要害怕。在当地的舆论界中，她的地位是太不足道了，人家不会想到去攻击她的。但在与世隔绝的情形之下，加上几星期的失眠所引起的极度疲乏与神经过敏，她能想象出最无理由的恐怖。她把那些不喜欢她的人的凶恶过分夸张了：以为四面八方都有人猜疑她，只要一件极小的事就能把她断送掉，而谁敢说这种事不是已经做下了呢？那么她势必受到可怕的侮辱，人家会不留余地地揭露她的隐私，搜索她的内心：阿娜一想到要这样当众丢丑，恨不得钻下地去。据说几年以前，一个受到这种羞辱的姑娘不得不全家逃出本乡。——你又绝对没法自卫，没法阻止，甚至也没法知道会出点儿什么事。何况单单疑心要出事，比着切实知道要出什么事更不好过。阿娜像无路可走的野兽一般，睁着眼睛向四下里瞧望。她知道，就在自己家里，她已经被包围了。

阿娜的老妈子年纪四十开外，名叫巴比，高大，结实，太阳穴和脑门部分的肉已经瘪缩，脸盘很窄，下半部却很宽很长，牙床骨底下的肉往两边摊开去，像一只干瘪的梨。她永远挂着笑容，眼睛跟钻子一样的尖，陷得很深，拼命地往里边缩，眼皮红红的，看不见睫毛。她老是装作很快活，爱戴主人，从来没有相反的意见，很亲热地关心他们的健康；有事吩咐她吧，她对你笑着；责备她吧，她也对你笑着。勃罗姆认为她忠诚老实，什么考验都经得起。喜孜孜的神色和阿娜的冷淡正好成为对照。但好些地方她很像女主人：像她一样说话极少，穿扮严肃而整齐；也像她一样热心宗教，陪她去做礼拜，凡是灵修方面的功课都做得很到家；至于仆役的本分，例如清洁，准时，操守，烹饪，更是没有话说。总而言之，她是个模范仆人，同时也是一个埋伏在家里的标准敌人。阿娜凭着女性的本能，那是不大会误解女人的心思的，把巴比看得很清楚。她们你瞧不起我，我瞧不起你，而且心里都知道这一点而不表示出来。

克利斯朵夫回来那夜，阿娜痛苦到极点，虽然打定主意不再看见他，仍旧偷偷地赤着脚，在黑洞里摸着墙壁走过去。正要进克利斯朵夫卧房的时候，她忽然觉得脚底下不是光滑冰冷的地板，而是一层暖暖的，软绵绵的灰。她蹲下去用手一摸，心里明白了：原来通道里有二三米的地方，都给铺了一层薄薄的细灰。巴比的狡诈，无意中居然跟当年的矮子伏偻生用来侦察特里利斯坦和伊索尔德幽会的老办法一模一样。少数的好榜样跟坏榜样，几百年来都有人模仿；可见人类真会保存经验。——当时阿娜毫不迟疑，一方面瞧不起这种诡计，一方面要表示什么都不怕，便继续向前，走进克利斯朵夫的卧房，也没对他提到这件令人不安的事，只在回去的时候，拿一把壁炉的扫帚，仔细把灰上的脚印扫平了。——第二天早上阿娜和巴比相见之下，一个冷冷的沉着脸,一个照例堆着笑容。

巴比有个比她年纪大一些的亲戚常常来看她。那是在教堂里看门的,做礼拜的日子就在门口站岗,缠着白地黑条、吊着银坠子的臂章,手里拿着一根上端弯曲的杖。他本行是做棺材的,名叫萨米·维兹希,人长得又高又瘦,脑袋望前伛着一点,不留胡子,像乡下老头儿一样的严肃。他对宗教很诚心,凡是有关本区教徒的谣言,他比谁都熟悉。巴比和萨米想结婚,他们互相佩服,佩服彼此的严肃,坚定的信仰,和凶狠的性格。但两人并不急于决定,都很谨慎地在暗中观察。——最近萨米来的次数比较多了,而且是神不知鬼不觉地进来的。阿娜走过厨房,往往从玻璃门中瞧见萨米靠近炉灶坐着,巴比在一边缝着东西。他们俩尽管说话,你可听不见一点儿声音,只看到巴比眉飞色舞地扯动嘴唇,萨米抿着那只一本正经的大嘴笑着,完全是副怪相:喉咙里却没有声响,屋子里静悄悄的。阿娜一进厨房,萨米就恭恭敬敬站起来,一声不出,直要等她走了才敢坐下。巴比听见开门声,马上打断了话,还故意装作刚才谈的是无关紧要的话题,极恭顺地向阿娜堆着笑脸,等待吩咐。阿娜疑心他们在议论自己,但她太瞧不起他们了,决不肯降低身份去偷听他们的谈话。

铺灰的诡计被阿娜破掉以后的第二天,阿娜跨进厨房,一眼就瞧见萨米拿着她夜里扫平脚印的小帚。原来她是在克利斯朵夫房里拿的,这时才想起忘了归还原处,竟丢在自己屋里,被巴比尖锐的眼睛发现了。此刻巴比和萨米正在推敲这件故事。阿娜声色不动,巴比顺着女主人的目光瞧着扫帚,假意笑了笑,解释道:"扫帚坏了,我要萨米给修理一下。"

阿娜不屑揭穿这个无聊的谎话,只当没听见;她瞧了瞧巴比的活儿,批评了几句,若无其事地走了出来。可是一关上门,她的傲气完全没有了,不由得躲在走廊的拐角儿处偷听——她的确是屈辱到了极点才会出此下策——只听见很短促的笑了一声,接着又是一阵唧唧哝哝,轻得简直听不见。但她当时吓昏了,自以为听到了她怕听的话,似乎他们谈的是下次狂欢节中的化装会和喧扰。没有问题，他们想把铺灰的故事穿插进去……可能是她听错了，但她神经过敏到病态的程度，半个月来又老想着被公众羞辱的念头，所以她非但把不确定的事当作可能，而且是必然的了。

从此她就打定了主意。

当天晚上（就是狂欢节以前的星期三），勃罗姆被请到离城二十里左右的地方去出诊，要第二天早上才能回来。阿娜关在屋里，不下来吃饭。她预备就在这晚上实行她的计划。但她决意自个儿实行，不告诉克利斯朵夫。她瞧不起他，心里想：

"他虽然答应也不相干。男人总是自私的，只会扯谎。他有他的艺术，很快会把我忘了的。"

并且这个好像毫无恻隐之心而生性暴戾的女人，或许对她的同伴还有点儿怜悯。但她太强悍了，自己还不愿意承认有这点同情。

巴比告诉克利斯朵夫，说太太要她代为道歉，因为不大舒服，想早些休息。克利斯朵夫只能在巴比监视之下独自吃晚饭；她絮絮叨叨地在旁嚼舌，逗他开口，并且一而再，再而三地替阿娜说客气话，终于连那么轻信的克利斯朵夫也起了疑心。他正想利用这一晚跟阿娜彻底谈一谈。他也拖不下去了。当天黎明时分约定的话，他并没忘掉。如果阿娜要求，他是准备履行诺言的。同时他也明白两个人这样的自杀未免太荒唐，什么事都解决不了，只有把痛苦和丑事压在勃罗姆身上，最好还是彼此分手，自己一走了事——只消他有勇气离开她；但这一点便大有问题，他最近不是走了又回来的吗？可是他又想，等到离开她以后觉得受不了的时候，再一个人自杀也不为迟。

他希望吃过晚饭能溜进阿娜的卧房。但巴比老跟在他背后。往常她的工作很早就完的；这一晚她偏在厨房里洗刷不完；赶到克利斯朵夫以为终于得到释放的时候，她又想出主意在通到阿娜卧房的甬道中整理一口壁橱。克利斯朵夫看到她一本正经地坐在一只高凳上，才知道她整个晚上不会走开了。他气愤至极,恨不得把她跟那些一堆又一堆的盘子碟子一齐摔下楼去;但他捺着性子,叫她去问问女主人怎么样,他能不能去看她一下。巴比去了,回来用一种狡猾的、高兴的神气瞧着他,说太太好了一些,想睡一会儿,希望别打搅她。克利斯朵夫又恼又烦躁,想看书又看不下去,便回到自己屋里去了。巴比直等他熄了灯才上楼,还预备在暗中监视,特意把房门半开着,以便听到屋子里的声音。不幸她没法熬夜,一上床就睡熟了,而且一觉睡到天亮,哪怕天上打雷,哪怕存着极大的好奇心,也不会醒的。这一点对谁都瞒不了,她的打鼾声隔了一层楼也听得见。

克利斯朵夫一听到这熟悉的声音,便到阿娜房里去了。他心里非常不安,需要和她谈话,他走到门口,旋着门钮,不料门拴上了,便轻轻敲了一会儿:没有回音。他拿嘴巴贴在锁孔上,先是低声的,继而是迫切的哀求……毫无动静,毫无声息。他以为阿娜睡着了,但觉得自己心里说不出的难受。因为竭力要听屋子里的声音,他把脸紧贴在门上:一股好似从门内透出来的气味使他吃了一惊,便低下身子,仔细辨了辨,原来是煤气。他登时浑身冰冷,拼命的推房门,也顾不得会不会惊醒巴比了,可是房门动都不动……他想出来了,跟阿娜的卧室相连的盥洗室内有一个小煤气灶,一定是被她把龙头旋开了。非砸开房门不可。克利斯朵夫虽然慌乱,头脑还清楚,知道无论如何不能让巴比听见。他把全身的重量压在门上,悄悄地使劲一顶。那扇坚固而关得很严的门只咯咯地响了一下,还是不动。阿娜的卧室和勃罗姆的书房中间另外有扇门相通。他便绕进书房,不料那扇门也关上了。这儿的锁是在外边的,他想把它拉下来,可是不容易。他先得撬去木头里的四只大螺丝钉,但身边只有一把小刀,黑洞里什么都看不见,又不敢点火,怕把煤气引着了,连屋子都炸掉。他摸索了半日,终于把刀尖旋进一只螺丝,接着又旋进了另外一只,刀尖断了,手也弄破了,那些螺丝钉又是异样的长,怎么也旋不出来。浑身淌着冷汗,又焦急又狂乱,他脑子里忽然浮起一件童年往事:似乎看到自己十岁的时候被关在黑房里,撬去了锁逃出屋子的情形……终于最后一只螺丝退下了,锁也拿下来了,掉下许多木屑。克利斯朵夫冲进房间,打开窗子,立刻吹进一阵冷风。克利斯朵夫撞着家具,在黑暗中找到了床,摸索着,碰到了阿娜的身子,颤巍巍的手隔着被单摸到一动不动的腿,直摸到她的腰:原来阿娜坐在床上发抖。煤气还没有发生作用:屋子的天顶很高,窗户都不大紧密,到处有空气流通。克利斯朵夫把她搂在怀里。她却气愤愤地挣扎着,嚷道:"去你的吧!……你来干什么?"

她把他乱打一阵,可是感情太激动了,终于倒在枕上,大哭着说:"哎哟!哎哟!得重新再来的了!"

克利斯朵夫抓着她的手,拥抱她,埋怨她,和她说些温柔而又严厉的话:"你死!你自个儿死!不跟我一块儿死!"

"哼!你!"她这话是表示一肚子的怨恨,意思是:"你,你是要活的。"

他责备她,想用威吓的方法改变她的主意;"疯子!你不要把屋子炸掉吗?"

"我就是要这样。"她气哼哼地嚷着。

他挑动她宗教方面的恐惧,这一下果然中了她的要害。他才提了两句,她就嚷着要他住嘴。他却不顾一切地说下去,认为唯有这样,才能唤醒她求生的意志。她不出声了,只抽抽搭搭地打嗝儿。他说完了,她恨恨地回答:"现在你快活了吧?你做得好事!把我收拾完了,叫我怎么办?"

"活下去啊。"他说。

"活下去!你不知道不可能吗?你一点儿都不知道,一点儿都不知道!"

"什么事呢?"他问。

她耸了耸肩膀:"你听着。"

于是她用简短的断续的句子,把她一向瞒着的事统统说了出来:巴比的刺探,铺灰的经过,萨米的事,狂欢节,无可避免的羞辱等等。

她说的时候也分不出哪些恐惧是有根据的,哪些是没有根据的。他听着,狼狈不堪,比她更分不出真正的危险与假想的危险。他万万想不到人家暗地里盯着他们。他想了解这个情形,一句话都说不上来:对付这一类敌人是没办法的,他只是没头没脑地气疯了,唯一的念头是想打人。

"干吗你不把巴比打发走呢?"他问。

她不屑回答。把巴比赶出去当然比让巴比待在这儿更危险,克利斯朵夫也懂得自己问得无谓。许多思想在他脑子里冲突,他想打定一个主意,立刻有所行动。他握着抽搐的拳头说:"我要去杀他们。"

"杀谁?"她觉得这些废话不值一笑。

他勇气没有了。周围埋伏着奸细,可是一个也抓不到,每个人都是奸党。

"卑鄙的东西!"他垂头丧气地说了一句。

他倒在地下,跪在床前,把脸紧贴在阿娜的身子上。——两人一声不出。她对于这个既不能保卫她又不能保卫自己的男人,觉得又可鄙又可怜。他的脸感觉到阿娜的大腿在那里冷得发抖。窗子开着,外面气温很低;明净如镜的天空,星都打着哆嗦。

她看见他跟自己一样的失魂落魄,心里痛快了些,然后声音很凶但又很困倦地吩咐:"去点一支蜡烛来!"

他点了火。阿娜牙齿咯咯地响着,蜷着身子,抱着手臂放在胸口,下巴放在膝盖上。他关了窗,坐在床上,抓着阿娜冰冷的脚,用手跟嘴巴焐着。她看了不由得感动了。

"克利斯朵夫!"她叫了一声,眼神凄惨到极点。

"阿娜!"

"咱们怎么办呢?"

他瞅着她回答:"死吧。"

她快活地叫起来:"噢!真的吗?你也愿意死吗?……那么我不孤独了!"说完,她把他拥抱了。

"你以为我会丢掉你吗？"

"是的。"她低声回答。

他听了这句话，才体会到她痛苦到了什么地步。

过了一会儿，他用眼睛向她打着问号，她明白了，回答说："在书桌的抽屉里。靠右手，最下面的一个。"

他便去找了。抽屉的尽里头果然有把手枪，那是勃罗姆在大学念书的时代买的，从来没用过。克利斯朵夫又在一只破匣子内找到几颗子弹，一股脑儿拿到床前。阿娜望了一眼，立刻掉过头去。克利斯朵夫等了一会儿，问道："你不愿意了吗？"

阿娜猛地回过身来："怎么不愿意！……快点儿！"

她心里想："现在我得永远掉在窟窿里了。早一些也罢，晚一些也罢，反正是这么回事！"

克利斯朵夫笨手笨脚地装好了子弹。

"阿娜，"他声音发抖了，"咱们之中必有一个要看到另外一个先死。"

她一手把枪夺了过去，自私地说："让我先来。"

他们俩还在互相瞧着……可怜！便是快要一块儿死的时候，他们觉得彼此还是离得很远！……各人都骇然想着："我这是干的什么呢？什么呢？"

而各人都在对方眼中看出这个念头。这件行为的荒唐，在克利斯朵夫尤其感觉得清楚。他整个的一生都白费了；过去的奋斗，白费了；所有的痛苦，白费了；所有的希望，白费了，一切都随风而去，糟掉了，一举手之间，什么都给抹得干干净净……要是在正常状态中，他一定会从阿娜手中夺下手枪，望窗外一扔，喊道："不！我不愿意。"

可是八个月的痛苦，怀疑，令人心碎的丧事，再加这场狂乱的情欲，把他的力量消耗了，把他的意志吞噬了，他觉得毫无办法，身不由己……唉！归根结底，有什么关系？

阿娜相信这样的死就是灵魂永远不会得救的死，便拼命地想抓住这最后一刹那:看着摇曳不定的烛光照着克利斯朵夫痛苦的脸,看着墙上的影子,听着街上的脚声,感到手里有一样钢铁的东西……她抓住这些感觉,仿佛一个快淹死的人抱着跟他一起沉下去的破船。以后的一切都是恐怖。为什么不多等一下呢?可是她反复说着:"非如此不可……"

她和克利斯朵夫告别了,没有什么温情的表示,匆匆忙忙的,像一个怕错过火车的旅客;她解开衬衣,摸着心,拿枪口抵在上面。跪在床前的克利斯朵夫把头钻在被单里。正要开枪的时候,她左手放在克利斯朵夫的手上,好比一个怕在黑夜中走路的孩子……

那几秒钟工夫真是可怕极了……阿娜没有开枪。克利斯朵夫想抬起头来抓住阿娜的手臂,但又怕这个动作反而使阿娜决意开枪。他什么也听不见了,失去了知觉……直听到一声哼唧,他方始仰起头来,看见阿娜脸色变了,把手枪扔在床上,在她面前,她哀号着说:"克利斯朵夫!子弹放不出呀!……"

他拿起手枪看了看,原来生了锈,机关还是好的;也许是子弹不中用了。——阿娜又伸出手来拿枪。

"算了吧!"他哀求她。

"把子弹给我!"她带着命令的口吻。

他递给了她。她仔细瞧了瞧,挑了一颗,浑身哆嗦着上了膛,重新用火器抵住胸部,扳着机钮。——还是放不出。阿娜一撒手把手枪扔了,嚷着:"啊! 我受不了! 受不了! 他竟不许我死!"

她在被单中打滚,像疯子一般。他想走近去,她又叫又嚷地把他推开了,终于大发神经。克利斯朵夫直陪她到天亮。最后她安静下来,差不多没有气了,闭着眼睛,惨白的皮肤底下只看见脑门的骨头和颧骨:她像死了一样。

克利斯朵夫把乱七八糟的床重新铺好,捡起手枪,拆下的锁也装还原处,把屋子都整理妥当,走了,时间已经七点,巴比快来了。

勃罗姆早上回家的时候，阿娜还是在虚脱状态。他明明看到发生了一些非常的事，但既不能从巴比那儿，也不能从克利斯朵夫那儿知道。阿娜整天不动，眼睛闭着，脉搏微弱到极点，有时竟完全停止，勃罗姆好不悲痛地以为她的心已经不会跳了。慌乱之下，他对自己的医道起了怀疑，便找了一个同道来。两人会诊的结果，无法决定这是发高热的开始呢，还是一种忧郁性的神经病；还得仔细观察病状的变化。勃罗姆老是守在阿娜床头，连饭也不愿意吃了。到了晚上，脉搏并不像寒热，而是极度的疲乏。勃罗姆喂了她几羹匙牛乳，她马上吐掉了。她的身体在丈夫的臂抱中像折臂断腿的木偶。勃罗姆在她身边坐了一夜，时时刻刻起来为她听诊。巴比并不为了阿娜的病着慌，但非常尽职，也不愿意睡觉，和勃罗姆一块儿守夜。

星期五，阿娜眼睛睁开了。勃罗姆和她说话，她却不觉得有他这个人，只是一动不动，眼睛瞪着墙上的一角。中午，勃罗姆看见她大颗大颗的眼泪从瘦削的腮帮上直淌下来，便很温柔地替她抹着，但她始终流着泪。勃罗姆喂了她一些东西，她完全听人摆布，晚上又说了些没头没脑的话，提到莱茵河，想跳下去，可是河水太浅。她迷迷糊糊地始终想着自杀的念头，想出种种古怪的死法，而老是死不了。有时她不知跟什么人在那里争论，神气又愤怒又恐惧；她也跟上帝谈话，固执地向他证明是他错了；再不然是眼中燃着情欲的火焰，说出一些她似乎不会知道的淫荡的话。一忽儿她注意到巴比，清清楚楚地吩咐她第二天应该洗的衣服。夜里，她昏昏地睡着了，忽而又抬起身子，勃罗姆赶紧跑上去。她神情好古怪地瞅着他，结结巴巴地，很不耐烦地，胡说一阵。

"亲爱的阿娜，你要什么呀？"他问。

她恶狠狠地回答说："去把他找来！"

"找谁啊？"

她依旧瞅着他，还是那样的表情，突然之间哈哈大笑，然后用手摸了摸脑门，哼唧着说："哎！上帝！你忘了吧！……"

她说着又睡熟了,很安静地睡到天亮。快拂晓的时候,她身子欠动了一会儿;勃罗姆扶着她的头,给她喝水,她很和顺地喝了几口,亲了一下勃罗姆的手,又昏迷了。

　　星期六早上九点左右,她醒过来,一言不发,伸出腿来想下床。勃罗姆要她睡下。她却非下床不可。他问她干什么。她回答说:"做礼拜去。"

　　他跟她解释,说今天不是星期日,教堂关着。她不声不响,尽管坐在床边的椅子上,手指颤巍巍地穿衣服。勃罗姆的朋友,那位医生,恰好走进房里,便跟勃罗姆一同劝阻;后来看她一味坚持,就察看了一下病状,也答应她出去了。他把勃罗姆拉在一边,说他太太的病似乎完全在精神方面,最好顺着她一点,出去也没什么危险,只要有勃罗姆陪着。勃罗姆就对阿娜说跟她一块儿去。她先是拒绝,要自个儿出门。但她在房里才走了几步就摇摇晃晃,便一声不响,抓着勃罗姆的手臂出去了。她身子虚得厉害,路上时时刻刻得停下。好几次他问她愿不愿意回家,她可是继续往前走。到了教堂,就像预先告诉她的一样,大门关着。阿娜坐在门口一条凳上,打着寒战,直坐到中午,然后挽着勃罗姆的胳膊,悄悄地走回来。晚上她又要上教堂。勃罗姆苦劝也没用,只得重新出门。

　　克利斯朵夫那两天完全是孤独的。勃罗姆心事重重,当然想不到他了。只有一次,星期六上午,因为阿娜闹着要出门,他想转移目标,问她愿不愿意见见克利斯朵夫。不料她立刻显得又害怕又厌恶,把他吓得从此不敢再提克利斯朵夫的名字。

　　克利斯朵夫关在自己屋里。忧急,爱情,悔恨,一片混沌的痛苦在他胸中交战。他把所有的罪过都加在自己身上,痛恨自己。好几次他站起身来想把事情向勃罗姆和盘托出——可是又立刻想到,那只能多添一个痛苦的人。他始终受着情欲控制,老是在甬道里,在阿娜的门外走来走去,一听见脚声又马上逃到自己屋里。

　　下午,阿娜由勃罗姆陪着出去的时候,克利斯朵夫躲在窗帘后面看到了。原来是身子笔直,姿势挺拔的人,现在竟驼着背,缩着头,皮色蜡黄,人也显得老了;勃罗姆替她裹着大衣与围巾,她身子缩作一团,难看死了。但克利斯朵夫并没看见她的丑,只看见她的不幸,心中充满着怜悯与爱,恨不得奔过去跪在地下,亲她的脚,亲她这个被情欲扫荡的身体,求她原谅。他一边望着她一边想:"这是我的成绩!……"

他在镜子里也看到了自己的形象:脸色一样难看,身上同样有着死亡的预兆。于是他又想:"是我的成绩吗?不是的。那是叫人失掉理性的,致人死命的,残酷的主宰的成绩。"

屋子里一个人都没有。巴比到街坊上报告一天的经过去了。时间一分钟一分钟地过去,敲了五点。克利斯朵夫想到快要回来的阿娜和快要临到的黑夜,突然害怕起来。他觉得这一夜再没勇气跟她住在一幢屋子里了,理智完全被情欲压下去了。他不知道会干些什么事,也不知道自己要些什么,除了要阿娜以外。他无论如何要阿娜。想到刚才在窗里看见的那张可怜的脸,他对自己说:"啊!把她从我手里救出去吧!……"

他忽然下了决心,把散满一桌的纸张急急忙忙收起,用绳捆好,拿了帽子跟外套,出去了。走在甬道里靠近阿娜房门的地方,他突然害了怕,加紧脚步。到了楼下,他对荒凉的园子最后瞧了一眼,像贼一样溜出大门。冰冷的雾刺着皮肤。克利斯朵夫沿着墙根走,唯恐遇到一张熟识的脸。他直奔车站,踏上一节开往卢塞恩的火车,在第一站上写了封信给勃罗姆,说有件紧急的事要他离开几天,很抱歉在这种情形之下跟他分别,希望他和他通信,给了他一个地址。到了卢塞恩,他又换乘开往戈塔的火车,半夜里在阿多夫和哥施埃能中间的一个小站上跳下来,根本不知道这地方的名字,以后也从来没有知道。他在车站旁边看到一家小客店就歇了脚。路上是一片汪洋。倾盆大雨下了一夜,又下了明天一天。雨水从一个破烂的水斗中泻下来,声音像瀑布一般。天上地下都被洪水淹没了,融化了,像他的思想一样。他躺在潮湿而有股煤烟味的被单里,没法睡觉,心中老想着阿娜所冒的危险,竟忘了自己的痛苦。无论如何不能让她受到公众的侮辱,非给她一条出路不可。在极端兴奋的情形之下,他忽然想出了一个古怪的主意:写信给城中和他有点来往的少数音乐家中的一个,糖果商兼管风琴师克拉勃。他告诉他说,为了一件爱情的纠葛,他上意大利去了,那件事他没到勃罗姆家以前就开始了,他本想在那里把热情压下去,可是办不到。信写得相当明白,可以使克拉勃懂得,也相当的含混,可以让克拉勃用他自己的猜想去补充。克利斯朵夫要求克拉勃保守秘密,因为知道那家伙最喜欢说长道短,预备他一接到信就把事情张扬出去。——事实上也果真是这样。为了进一步的淆惑听闻,克利斯朵夫在信尾又加上几句,对勃罗姆与阿娜的病表示很冷淡。

当夜和第二天,他一心一意想着阿娜,把自己和她一起消磨的最后几个月,一天一天地回想起来。他从热情的幻景中去看她,永远拿她当作自己理想中的人物,给她一种精神上的伟大、悲壮的意识,因为这样他才更爱她。阿娜既不在眼前,这些热情的谎言当然更像事实了。他认为她天生是个健全而自由的人,受着压迫,想挣脱她的枷锁,渴慕一种坦白的、阔大的生活;然后她又害了怕,把本能压下去,因为它们不能跟她的命运调和,反而使她更痛苦。她对他喊着:"救救我!"他便紧紧地抱着她美丽的身体。所有的回忆折磨着他;他觉得加深自己的伤痕有种痛苦的快感。白日将尽,苦闷越来越厉害,简直不能呼吸了。

他莫名其妙地站起来,走出卧房,付了旅馆的账,搭上第一班往阿娜的城市开去的火车,半夜里到了那儿,直奔勃罗姆家。小巷子里有一个和勃罗姆的花园接连的园子。克利斯朵夫翻过墙头,跳进邻家的花园,再跳进勃罗姆的花园,站在屋子前面;漆黑一片,只有一盏守夜灯的微光照着一扇窗——阿娜的窗。阿娜就在那里受苦。他再跨一步就可以走进屋子了,手已经向门钮伸出去了。但他瞧了瞧自己的手,瞧了瞧门,园子,突然明白了自己的行动。七八小时以内,他完全糊涂了，到这时才醒过来，吓得浑身哆嗦。他竭力振作了一下，把那双好像钉在地下的脚拔起来，奔到墙边，爬过去，逃了。

当夜他就离城，第二天跑到山里去隐在一个盖着白雪的小村子内……去埋葬他的心事，催眠他的思想，努力忘掉一切……

"所以你得起来,用你精神的力量
克服你的疲倦,
只要你神完气足,不为形役……"

"于是我就起来,拿出我本来没有的,
那种大无畏的精神,回答:
善哉善哉!我多么坚强,多么勇敢!"

——《神曲·地狱》第二十四

　　我的上帝,我冒犯了你什么呀?为什么要打击我呢?从我童年起,你就给了我贫穷,要我奋斗。我毫无怨言地奋斗了。我也爱我的贫穷。你给我的这颗灵魂,我曾经努力保持它的纯洁;你放在我心中的这朵火焰,我曾经努力抢救……主啊,你却拼命要毁灭你所创造的东西,你把这火焰熄灭了,把这灵魂污辱了,凡是我赖以生存的都被你剥夺了。我在世界上只有两件财宝,我的朋友和我的灵魂。现在我一无所有了。你把什么都拿走了。在荒漠的世界上,只有一个人是属于我的,而你从我手里抢去了。我们两个人的心等于一颗,而你把它们撕破了,你给我们尝到相依为命的甜蜜,为的是要我们更感到生死永诀的惨痛。你在我的周围,在我的心中,造成了一片空虚。我身心交瘁,我病了,没有意志,没有武器,好比一个在黑夜里啼哭的孩子。你可是特意在这个时间打击我。你轻轻的,像个奸细似的,从背后走来把我刺伤了;你对我放出情欲,放出你的那条恶狗。你知道我那时没有气力,不能奋斗;情欲把我制服了,把我什么都拿走了,一切都给玷污了,一切都毁灭了……我对自己厌恶到极点。倘若我能把心中的痛苦与羞耻叫喊出来,或是在创造的巨浪中把它忘掉,倒也罢了!可是我没有精力,创作的机能也萎缩了。我像一株死了的树……死,我不是等于死了吗?噢,上帝!把我解放了吧,把这个肉体跟灵魂一齐毁灭了吧,别让我留在世界上了,别让我活下去了,别让我无穷无尽地在沟壑中挣扎了!慈悲的上帝,把我杀了吧!

克利斯朵夫的理智早已不信上帝,可是他在痛苦中依旧向他这样的呼吁。

他躲在瑞士的汝拉山脉中一个孤独的农家。屋子背靠着树林,藏在山坳里:后面是一块隆起的高地,挡住了北风;前面是林木茂密的斜坡,沿着草地迤逦而下。岩石到了某个地方突然完了,形成一座削壁;蜷曲的松树挂在边缘上,枝条修长的榉树往后仰着。天色暗淡。渺无人迹。一片茫无边际的空间。整个世界都在雪底下睡着。只有半夜里,狐狸在林间悲啼。那是严冬将尽的时节。迟迟不去的冬天。永无穷尽的冬天。似乎快完了,不料它又重新开始。

可是一星期以来,昏睡的土地觉得它的心复活了。似是而非的初春悄悄地溜入空中,溜入冰冻的地下。像翅膀一般伸展着的榉树枝上,雪滴滴答答地掉下来。一望皆白的草原上面,已经有些嫩绿的新芽像针尖似的探出头来;它们周围,在雪的空隙中间,潮湿的黑土仿佛张着小嘴在那里呼吸。每天有几个钟点,在坚冰底下昏睡的流水重新吐出喁喁的声音。光秃的林中,几只鸟唱出尖锐响亮的歌。

克利斯朵夫对这些都没留意。在他,一切都跟从前一样。他不是成天在房里打转,就是在外边乱跑,绝对没法休息。灵魂被内心的妖魔分割完了。它们在那里互相搏斗。被压制的情欲照旧发疯般地乱冲乱撞。而憎恶情欲的心理也同样激烈。它们互相咬着咽喉,要拼个你死我活,克利斯朵夫的心被它们撕裂了。同时还有关于奥里维的回忆,关于他死亡的哀痛,创造欲不得满足的苦闷,看到了虚无而竭力反抗的傲气。总而言之,所有的妖魔都在他心里,不让他有一分钟安静。即使有高潮退落,表面上比较平静的时候,他也孤独到极点,在心中找不到一点儿自己的东西:思想,爱情,意志,都被毁尽了。

创造!创造才是唯一的救星。把生命的残渣剩滓丢在波涛里吧!乘风破浪,逃到艺术的梦里去罢!……创造!他要创造,可是办不到。

克利斯朵夫的工作一向是没有规律的。在身心健康的时候,他非但不用担忧精力会衰竭,反倒觉得过于旺盛的元气是种累赘。他完全逞着性子,高兴工作就工作,不高兴工作就不工作,没有任何固定的规则。实际上他随时随地都在工作,头脑从来不空闲。生命力没有他那么丰富而更深思熟虑的奥里维,曾经屡次告诫他:

"小心点儿。你太信任你的能力了。那好像山上的激流:今天滔滔滚滚,明天可能点滴无存。一个艺术家应当把他的才气抓在手里,不能随便挥霍。你应当疏导你的精力,把它纳入正规。你得用习惯约束自己,按时按日地工作。这种习惯对于一个艺术家的重要,不下于操练步法之于一个士兵的重要。逢到精神骚动的时候——那是永远免不了的——工作的习惯等于你的一副铁甲,可以使你的心灵不至于崩溃。我很知道这一点。我能够活到现在,就是靠了它。"

克利斯朵夫听了只是嘻嘻哈哈:"那对你是好的,朋友!厌倦人生吗?哼!我才不会呢!我胃口太好了。"

奥里维耸了耸肩膀:"物极必反。最强壮的人闹起病来是最危险的。"

奥里维的话此刻证实了。朋友死了以后,克利斯朵夫的内心生活并不马上枯竭,可是变得断断续续的,会突然之间奔泻一阵,然后又埋在泥土底下不见了。克利斯朵夫没留意这情形;那时他对什么都无所谓。悲痛与方在萌动的情欲占据了整个的思想。但是飓风过后,他又想找那个源泉来解渴的时节,便什么都找不到了。只有一片沙漠,一滴水都没有。心灵枯涸了。他尽管在沙土中挖掘,想叫地下的潜流飞涌出来,尽管不惜任何代价地要创造,精神可不听指挥了。他不能向习惯求救。而习惯才是忠实的盟友;我们有时会把一切的生活意义都失掉,只有它始终如一,永远跟着我们,一声不出,一动不动,直瞪着眼睛,抿着嘴唇,用它那双稳定的、从来不哆嗦的手,带着我们穿过危险的行列,直到我们重见光明,对人生又有了兴趣的时候为止。克利斯朵夫却是孤零零的,他的手在黑夜里碰不到一只援助他的手。他没有力量再爬上山顶去迎接阳光。

这是最凶险的关口。他觉得快要发疯了。有时他跟自己的头脑作着荒唐而狂乱的斗争,因为他像狂人一样有些执着的念头,数目和他纠缠不清:他往往数着地板,数着森林中的树木。有时根音①的数目字与和弦的度数在他脑中打架。有时他像死人一样的虚脱。

没有一个人关切他。他住的是一所偏屋,跟正屋分开的。卧房归他自己收拾,并且也不天天收拾。每顿饭都由人家送来,放在楼下,他简直看不见一个人。房东是沉默而自私的乡下老头,根本不理会他。克利斯朵夫吃东西也好,不吃东西也好,那是他自己的事。连克利斯朵夫晚上回不回家也不大有人注意。有一次他在林中迷了路,半个身子陷在雪里,差点儿回不来。他竭力用疲劳来累死自己,免得思想,可是不成。他很少有机会能不胜困倦地睡上几小时。

关切克利斯朵夫的唯有一头圣·裴那种的老狗:他坐在屋子前面的凳上,它过来把眼睛血红的大脑袋靠在他的膝上。他们俩你望着我,我望着你,可以瞧上大半天。克利斯朵夫让它待在身边,像病中的歌德一样,并不为这双眼睛有什么不安,也不想对它们说:"去你的吧!……你这是白费气力,鬼东西,你抓不住我的!"

他听让这一对表示哀求的、半睡半醒的眼睛吸引,同时他也很想

---
① 根音为和声学上的专门名词。

帮助它们,觉得这是一颗被拘囚的灵魂向他求告。

因为受着痛苦的磨炼,活活地脱离了人生,遭着人类自私自利的蹂躏,他才看到了被人类迫害的牺牲者,看到了人类得意扬扬地屠宰别的生物的战场,心中不由得又怜悯又厌恶。便是在幸福的时候,他也一向喜欢动物,不忍看到它们受虐待,对于打猎有种强烈的反感,只因为怕人笑话而不敢表示出来,或许对自己也不敢承认,但他不愿意亲近某些人,骨子里的确是为了这个原因;他从来不能跟一个以杀害动物为乐的人做朋友。这倒不是为了温情主义:他比谁都明白生活是建筑在痛苦与残忍上面的,一个人要活着就不能不使旁的生物受苦。那不是闭上眼睛,说说空话所能解决的。也不能因此而放弃生活,像小孩子一般的抽抽搭搭。倘若今日还没有旁的方法可以生活,就得为了生活而杀戮。但为杀戮而杀戮的人是个凶手。虽然是无意识的,可究竟是凶手。人类应当努力减少痛苦与残忍:这是我们最重要的责任。

平时这些思想在克利斯朵夫心中是深深地埋着的。他不愿意去想它。想有什么用呢?有什么办法呢?他应当成为克利斯朵夫,完成他的事业,不惜任何代价地求生存,哪怕要牺牲一些弱者也得生存……世界不是他造的……别想吧,别想吧!

可是等到他也遭了祸害,打了败仗,就非想到不可了!从前他责备奥里维,不该对于人家所受的和给旁人受的苦难抱着无谓的同情,自己为之而悔恨焦急更加是多此一举。如今他却比奥里维更进一步:因为他元气充足,所以冲动之下,对宇宙间的悲剧看得格外透彻。他体会到世界上所有的痛苦,仿佛自己的皮肉都被剥光了。一想到那些动物,他不由得浑身战栗,悲愤到极点。他完全了解禽兽眼中的表情,看到它们有一颗和他的灵魂一样的灵魂,一颗无法申诉的灵魂。它们的眼睛在那里嚷着:"我又没侵犯你们,干吗要叫我受罪呢?"

日常看惯了的最平淡的景象,此刻他都受不了:或是一头关在栅栏里哀鸣的小牛,大眼睛凸在外面,眼白带着蓝色,粉红的眼皮,白的眼睫毛,堆在脑门上的蜷毛,紫色的面部,向内蜷曲的膝骨;或是一头羔羊被一个乡下人缚着四脚倒提着,把脑袋拼命望上仰,像小孩子般的哼哼唧唧,伸着灰色的舌头,咩咩地叫着;或是挤在笼里的母鸡;或是一头被人屠杀的猪在远处哀号;或是在厨房桌上被人破了肚子的鱼……人类加在这些无辜的动物身上的酷刑,都紧紧地掐着他的心。假定它们也有一点儿理性的话,世界对于它们该是一场多么可怕的噩梦!那些麻木不仁,又盲又聋的人,割着它们的喉管,剖着它们的肚子,把它们腰斩,活活地烧着,看着它们痛苦地抽搐。便是在非洲吃人的种族里头,也没有比这个更残暴的事。对于一个没有成见的人,看到动物的痛苦比人类的痛苦更难忍受。因为人的受苦至少被认为不应该的,而使人受苦的也被认为罪人。但每天都有成千上万的动物受到不必要的屠杀,大家心上没有一点儿疙瘩。谁要提到这一点,就会给人笑话。然而这的确是不可赦免的罪恶。只要犯了这一桩罪,人类无论受什么痛苦都是活该的了。这是他欠下的血债。如果真有一个上帝而竟容忍这种罪恶,那就是上帝欠的血债。倘若上帝是慈悲的,那么最卑微的生灵就应该得救。倘若上帝只对强者发慈悲,而对于弱者,对于给人类做牺牲的下等的生物没有正义,那么压根儿就没有什么慈悲,什么正义……

可怜人类的屠杀在宇宙的大屠杀中还不算一回事呢。禽兽也在互相吞噬。和平的植物,无声无息的树木,在它们之间也等于凶暴的野兽。所谓森林的恬静,只是文人学士的好听的辞藻而已,因为他们只认识书本中的宇宙……克利斯朵夫屋子旁边的森林中就有着可怕的斗争。杀人犯似的榉树扑在美丽的松树身上,掐着像古希腊柱头那样苗条的腰肢,使它们窒息。同时它们也扑在橡树身上,把它们拗得折臂断腿。巨人式的百臂的榉树,一株抵得上十株的树,把周围的一切都毁灭了。没有敌人的时候,它们便同类相残,彼此扭做一团,好像洪荒时代的巨兽。斜坡下面的树林里还有皂角树在林边往里头钻进来,攻击小松树,压着敌人的根株,用树胶把它们毒死。那是拼个你死我活的斗争,得胜的把敌人的地盘和残骸一齐并吞了。大妖魔没收拾完的,还有小妖魔来收拾。长在根上的菌竭力吮吸病弱的树,慢慢地消耗它的元气。黑蚁侵蚀那些已经在腐烂的林木。几千百万看不见的虫豸把一切蛀蚀,穿洞,把生命化为尘土……而这些战斗都是在静默中上演的!自然界的和平不过是一个悲壮的面具,面具底下还不是生命的痛苦与惨酷的本相吗?

克利斯朵夫笔直地往下沉了。但他不是一个束手待毙,让自己淹死的人。他心里想死,事实上却竭尽所能地求生存。莫扎特说过,"有一等人是始终要奋斗的,除非到了实在没办法的时候。"克利斯朵夫便是这样的人。他觉得自己快消亡了,所以一边往下掉一边舞动手臂,东抓抓,西找找,想找一个倚傍,让自己吊着。他以为找到了。他才想起奥里维的孩子,立刻把所有的求生的意志寄托在他身上,拼命把他抓住了。对啦,他应当找这个孩子,要人家给他,让他教养,让他爱,代替父亲的地位,他要使奥里维在儿子身上再生。既然他因为痛苦而变得自私了,怎么不早想到这一点呢?于是他写信给抚养孩子的赛西尔,很焦心地等着回音。他全副精神想着这个念头,叫自己镇静:啊,还有个希望呢。而且他很有把握,因为知道赛西尔的心是极好的。

回信来了。赛西尔告诉他,奥里维死后三个月,一位戴孝的太太跑到她家里来对她说:"还我孩子!"

这便是当初丢下奥里维和孩子的女人——雅葛丽纳,可是已经面目全非。她那次疯狂的爱情没有多久就完了。情人还没有对她厌倦的时候,她先对情人厌倦了,回到娘家,懊丧至极,对一切都厌恶,人也老了许多。为了那桩闹得沸沸扬扬的桃色事件,许多朋友跟她断绝了来往。平时行为最不检点的人并不是最宽容的。连她的母亲都对她表示那样的轻蔑,使她住不下去。她看破了社会上的虚伪。奥里维的死更是个重大的打击。她那副失魂落魄的神气,叫赛西尔不忍拒绝她的要求。把一个视同己出的小娃娃退还给人家当然是极难受的,但对一个比你更有权利而且更不幸的人,骨肉分离岂不更痛苦吗?她原来想写信给克利斯朵夫,征求他的意见。但克利斯朵夫从来没答复她的信,她已经不知道他的通信处,甚至也不知道他是不是还活着……人生的快乐得而复失,有什么办法?唯有隐忍而已。主要是孩子能够幸福,能够有人爱……

回信是傍晚到的。迟迟不去的冬天又下了雪,下了整整一夜。已经长出新叶的树林中,枝条又被积雪压断了,噼噼啪啪地响着,像战场上的声音。克利斯朵夫独自待在屋里,不点灯火,在白光闪烁的黑影里每次听到林中悲壮的声响都吓得直跳,他也像那些树木一样,给沉重的担子压得咯咯地响着。他想:

"如今是什么都完了。"

一夜过后,又是白天,树木并没有断。整整那一天,整整那一夜,还有以后的几天几夜,树木继续受着压迫,噼噼啪啪地响着,可始终没断下来。克利斯朵夫一点儿生存的意义都没有了,可是照旧活着。他再没有理由奋斗了,可是他照旧奋斗,一拳来一脚去,跟那腐蚀他脊骨的无形的敌人肉搏,好比雅各对天神的苦斗。他对斗争并不存什么希望,只等有个结束:他永远在那里苦斗,嘴里喊着:

"你尽管把我打倒吧!干吗不打倒我呢?"

几天过去了。克利斯朵夫的苦斗告了个段落,所有的生命力都消耗完了。可是他仍旧撑着身子,走出门去。唉,那些在生命的空白中有个坚强的种族支持的人,还是幸福的。祖父和父亲的腿,把快要倒下来的儿子的身体撑住了;强壮的祖先们一举手之间把那颗筋疲力尽的灵魂给托住了,好像战士虽死,他的坐骑还是把他驮着。

他走在两个土洼中间一条高起的路上,又走下一条地上都是尖石头的小径,石头中盘根错节地长着些发育不全的橡树根,他不知道自已往哪儿去,但脚步比神志清楚的人更稳实。他没有睡觉,几天以来差不多没吃过东西,眼睛前面蒙着一层雾,向着下边的山谷走去。那时正是复活节的前几日。天是阴的。冬季最后一个寒潮退下去了,和煦的春天正在酝酿中。下面许多小村子里传来一阵阵的钟声。先是从山脚下土坳里的一个钟楼上来的,钟楼顶上盖着杂色的干草,有黑的,有黄的,长着一层藓苔,像丝绒一样。接着是另一山腹中看不见的那个钟楼。随后又是对河平原上的那些。还有在很远的地方,雾霭苍茫中的一个村子隐隐约约发出一片模糊的声音……克利斯朵夫停住脚步,几乎要昏过去了。那些声音似乎对他说:

"到我们这儿来吧!这儿只有和平,没有痛苦。不但痛苦消灭了,思想也消灭了。我们可以催眠你的灵魂,让它在我们的怀抱中睡着。来吧,休息吧,你从此不会醒了……"

他觉得多么疲倦!真想睡觉。可是他摇摇头,回答:

"我所找的不是和平,而是生命。"

他又往前走,不知不觉走了好几里地。因为身体虚弱,头昏目眩,最单纯的感觉也有意想不到的反响。他的思想在天上地下反射出许多奇奇怪怪的微弱的光。在他前面,照着阳光的荒凉的路上闪过一个不知从何而来的影子,把他吓了一跳。

到一个树林出口的地方,他发觉近边有个村子,因为怕见人,马上回头走,可是不能不走近村子高头的一座孤零零的屋子:它靠着山腰,像一所疗养院,四周是个向阳的大花园,寥寥落落的有几个步子不大稳健的人在沙道上走着。克利斯朵夫没有留意;但在小径的拐角儿上,他迎面遇到一个眼睛惨白的人,软绵绵地坐在两株白杨底下的凳上,脸又胖又黄,眼睛直勾勾地瞪着前面。身后另外坐着一个人。两人都不出一声。克利斯朵夫已经在他们面前走过了,又忽然停下来,觉得那双眼睛是他认识的,回过头去瞧了瞧。那人始终不动,瞪着前面,仿佛有一个固定的目标。旁边那个看见克利斯朵夫招手,便走过来。

"他是谁啊?"克利斯朵夫问。

"疗养院里的一个病人。"那人指着屋子回答。

"我好像认识他。"

"可能的。他是德国一个很出名的作家。"

克利斯朵夫说出一个姓名。果然是的。克利斯朵夫从前在曼海姆杂志上写文章的时候跟他见过。那时他们处于敌对的地位。克利斯朵夫才露头角,对方已经成名了。他性格很强,很有自信,不是他的作品他都瞧不起。他那些写实的,刺激感官的小说,不像一般流行的作品那么庸俗。克利斯朵夫虽然讨厌他,对于他那种世俗的,真诚的,范围狭小的,但很完美的艺术,也不由得暗暗钦佩。

"他这个病已经有一年了。"那个看护的人说,"医过一阵,大家以为他好了,送他回去了。不料复发了。一天晚上,他竟然从窗里跳下去。初到这儿的时候,他又是骚动,又是叫嚷;现在却非常安静,整天就这样坐着。"

"他在那里瞧什么呢?"克利斯朵夫问。

他走近凳子,不胜怜悯地瞅着这个被病魔打败的人,脸上没有一点血色,眼皮很厚,一只眼睛差不多闭着。那疯子似乎不知道克利斯朵夫在他旁边。克利斯朵夫叫着他的姓名,握着他的手,觉得又软又潮,丝毫无力,像一样死的东西;他不敢再把它拿在自己手里。疯子用往上翻起的眼睛向克利斯朵夫瞧了瞧,又瞪着前面,呆头呆脑的笑着。

"你瞧什么啊?"

"我等着。"那人一动不动地低声回答。

"等什么?"

"等复活。"

克利斯朵夫打了个寒战,赶紧跑了。这句话像火箭一般射到他的心里。

他没头没脑地往森林里钻,朝着回家的方向爬上山坡,因为心绪很乱,迷了路,走进一个大松林。一片阴影,万籁无声。不知从哪儿来的几点火黄的阳光透入浓厚的阴影。克利斯朵夫被这几道光催眠了,觉得周围漆黑一团。他踏着厚厚的针毡,像脉管般隆起的树根常常绊他的脚。树下没有一株植物,没有一片藓苔。枝头上也没有鸟声。树身下部的枝条已经枯了,所有的生机全躲在上面有阳光的地方。再往前去,连这点儿生意也熄灭了。那是树林中间被某种神秘的病侵蚀的部分。各种细长的地衣像蜘蛛网似的包裹着红红的松枝,把它们从头到脚捆缚着,从这一株树蔓延到那一株树,让森林窒息了。它们像水底下的海藻,到处伸着触角。四下里也如同海洋深处一样地静寂。高头的阳光暗淡了。死气沉沉的林中不知怎么溜进了一片雾,包围着克利斯朵夫。一切消灭了,什么都没有了。他乱窜了半小时。白茫茫的雾越来越浓,变得黑沉沉的,刺他的喉咙,他自以为望前直走,其实在那里绕圈子。松树上挂着奇大无比的蜘蛛网,雾气经过的时候在网上留下摇摇欲坠的水珠。临了,天罗地网似的迷阵露出一个空隙,让克利斯朵夫走出了海底森林,又看到些生气蓬勃的树木,松树跟榉树的无声的斗争。但周围还是没有一点儿动静。酝酿了几小时的静默,骚动起来了。克利斯朵夫停下来听着。

突然之间远远地来了一阵波涛。树林深处先卷起一阵风,像奔马似的到了树顶上,树尖都像水浪一般的波动。那阵风好比米开朗琪罗画上的上帝在百丈巨涛中汹涌而来,在克利斯朵夫头顶上滚过。森林为之战栗,克利斯朵夫的心也为之战栗了。那是大地回春的先兆……

然后一切又静下来。克利斯朵夫凛凛然赶回家,两腿瑟瑟地抖个不停,走到屋门口,像被人追逐似的往后回顾了一下。天地仿佛死了。山坡上的树林都死气沉沉地睡着了。静止不动的空气显得异样的透明。万籁无声。唯有一道剥蚀岩石的泉水,呜呜咽咽地替大地唱着哀歌。克利斯朵夫浑身滚烫地睡下。和他一样烦躁不安的牲口在隔壁的牛棚里骚动……

夜里,他迷迷忽忽的似睡非睡。远远的又起了一阵波涛:风又来了,这一回却是飙风——是春天的季候风,它吐出灼热的呼吸,使酣睡未醒,打着寒战的土地感到一点儿温暖;它把冰融化了,把一路上的甘霖都给带来了。土洼那边的树林中,风像打雷一般咆哮怒吼,越来越近,越来越膨大,以千军万马之势冲上山坡,整个山林都是一片呼啸声。屋子里有匹马嘶鸣不已,几头母牛也跟着叫。克利斯朵夫坐在床上听着,连头发也竖了起来。狂风吹到了,呼呀呼呀地直叫,定风针咯咯地响着,屋瓦乱飞,屋子也摇摇欲动。一个花盆被吹在地下,打破了。克利斯朵夫没有关严的窗哗啦啦地打开了,一阵热风直冲进来,劈面吹着克利斯朵夫,也吹到了他裸露的胸部。他跳下床,张着嘴,连气都透不过来。似乎有个活的上帝冲进了他空虚的灵魂。这就是复活!空气进入他的喉管,新生命的波浪灌饱了他的脏腑。他觉得自己要爆裂了,想要叫喊,叫出他又痛苦又快乐的情绪,但他只能吐出几个没意义的声音。纸张被狂风吹得满屋乱飞。他摇摇晃晃地用手臂敲着墙,在房间里手舞足蹈的嚷着:

"噢!你,你,你终于回来了!"

"你回来了,你回来了!噢,你,我不是找不到你了吗?……干吗把我丢了呢?"

"为了要完成我的使命,完成你所放弃的使命。"

"什么使命?"

"战斗啊。"

"你为什么还要战斗?你不是万物的主宰吗?"

"不是的。"

"你不就是万物吗?"

"我不是万物。我是征服虚无的生命。我不是虚无。我是在黑夜中烧毁虚无的火。我不是黑夜。我是永久的战斗。我是永远在奋斗的自由意志。跟我一同战斗,一同燃烧吧。"

"我打败了,不中用了。"

"你打败了?你觉得完了?那么别人会打胜的。别想着你自己,得想着你的队伍。"

"我是孤独的,只有我一个人,我没有队伍。"

"你不是孤独的,你不是属于你的。你是我的许多声音中间的一个,是我的许多手臂之中的一条。得替我说话,替我作战。倘若手臂断了,声音嗄了,我还是站着,我可以用别的声音,别的手臂来斗争。你即使打败了,还是属于一个永不打败的队伍。别忘了我的话,你便是死了还是会胜利的。"

"主啊,我多痛苦!"

"你以为我不痛苦吗?千百年来,死亡追着我,虚无等着我。只靠了一次又一次的胜仗,我才打出路来。生命的大河被我的血染红了。"

"战斗,永远要战斗吗?"

"是的。上帝也在那里战斗。上帝是一个征服者,是一头吞噬一切的狮子。虚无包围上帝,上帝把虚无降服。战斗的节奏才是最高妙的和声。这和声可不是让你那些人间的耳朵听的。只要知道它存在就行了。安安静静地尽你的本分,让神明去安排一切。"

"我没有气力了。"

"替那些强者歌唱吧。"

"我的嗓子破裂了。"

"那么祈祷吧。"

"我的心已经不干净了。"

"把它扔掉,拿我的去。"

"主啊,要忘掉自己,把自己死了的灵魂丢掉,倒还罢了。可是怎么能丢弃我的死者,怎么能忘掉我所爱的人呢?"

"把他们跟你自己死了的灵魂一齐丢掉吧。只要找到了我的活生生的灵魂,你就会发觉你的死者并没死了。"

"噢,你曾经把我遗弃,将来还会遗弃我吗?"

"会的,一定的。可是你决不能把我丢下。"

"要是我的生命熄灭了呢?"

"那么把别的生命点起来。"

"倘若我连心都死了呢?"

"那么生命是在别的地方了。打开你的窗户迎接它吧。你这糊涂虫,屋子坍了,你还把自己关在里头!快快出来吧。还有别的地方可以住呢。"

"噢!生命,噢!生命!我明白了……过去我在自己心中,在我的空虚而闭塞的灵魂中找你。我的灵魂破碎了,不料我的伤口等于一扇窗子,从那里透进了空气;我又能够呼吸了;噢,生命!我又把你找到了!"

"是我把你找回来的……别说话,你听着。"

克利斯朵夫便听见生命的歌声像泉水呢语一般在胸中响起。凭窗远眺,昨天还是奄奄一息的树林,今天却在春风春日之下汹涌澎湃。阵阵的风涛,欢乐的颤抖,在树干中间飘过;蜷曲的枝条向着明朗的天空欣欣然伸着手臂。急流奔泻,有如欢笑的钟声。同样的景色昨天还埋在坟墓里,今天就复活了;生命回来了,而克利斯朵夫心中的爱也醒过来了。得到上帝恩宠的灵魂简直是一桩奇迹!灵魂从噩梦中觉醒,一切都在它周围再生。心又跳动了。枯涸的泉水又开始流了。

克利斯朵夫重新加入神圣的战斗……他自己的战斗,人类的战斗,一到这个阳光像雪片般乱舞的大混战中就显得太渺小了!……他把自己的灵魂剥光了。好比一个人在梦里常常会吊在空中似的,他从高处看自己,从大千世界中看自己;那时他的痛苦的意义立刻显出来了。他的斗争是众生万物的大斗争中的一部分。他的失败只是一个小小的插曲,而且马上得到补救的。他为大家斗争,大家也为他斗争。他们分担他的忧苦,他也分享他们的光荣。

"同伴们,敌人们,向前吧,踏在我的身上吧,炮车尽管在我身上辗过吧!我根本不想到那个伤我皮肉的铁轮,不想那些踩着我脑袋的脚,我只想着替我报复的人,想着主宰,想着成千上万的队伍的领袖。我的血是给他未来的胜利铺路的……"

如今他觉得上帝不是一个麻木不仁的创造者,不是一个尼罗在铁塔上眺望他自己放下的大火①。上帝也在受苦。上帝也在战斗,跟战斗的人一块儿战斗,援助受苦的人。因为它是生命,是黑夜里的一点光明,它慢慢地展布开去,要吞没黑夜。可是黑夜无边,神的战斗永远没有休止;而谁也不知道结果。那是英雄的交响乐,连那些互相冲突,互相混杂的不和谐的音也会化作清明恬静的音乐。像榉树林无声无息地做着猛烈的战斗一样,生命就在永恒的和平中做着战斗。

这些战斗,这种和平,在克利斯朵夫心中都有回响。他是一个贝壳,其中可以听到海洋的波涛。小号的呼号,各种声响的巨风,英勇的呐喊,在威镇一切的节奏上面飞过。因为在这颗有声的灵魂中,一切都变了声音。它为光明歌唱,为黑夜歌唱,为生命歌唱,为死亡歌唱,为战胜的人歌唱,也为他自己——战败的人歌唱。它唱着。一切都唱着。它只是歌唱。

滔滔汩汩的音乐,像春雨一般渗进那片在冬天龟裂的泥土。羞耻、哀伤、悲苦,如今都显出了它们神秘的使命:它们使泥土分解,给它肥料;痛苦这把犁刀一方面割破了你的心,一方面掘出了生命的新的水源。田野又开满了花,可不是上一个春天的花。一颗新的灵魂诞生了。

它时时刻刻都在诞生。因为它的骨骼还没固定,不像那些发育到顶点而快要老死的灵魂。它不是一座雕像,而是在溶液状态中的金属。它身上每秒钟都显出一个新的宇宙。克利斯朵夫不想固定它的界限。他好像把自己的过去统统丢开了,出发作一次长途旅行:凭着年轻人的热血,无挂无碍的心胸,呼吸着海洋的空气,以为这旅行是没

---

① 尼罗为罗马帝国的大帝,以荒淫无道著称于史。相传公元六十四年时罗马城中的大火为其所纵。

有完的,他觉得快乐极了。在世界上到处奔流的那股创造力又把他抓住了,世界的财富使他看得出神了。他爱着,他能够化身,化身为他的同胞。而一切都是他的同胞,从他踩在脚下的草到他握着的人家的手。或是一株树,或是映在山上的云影,或是草坪的气息,或是嗡嗡作响的夜晚的天空,其中有的是蜂群一般数不清的太阳……那简直是热血的旋涡。他不想说话,不想思索,只是笑着,哭着,在这生气洋溢的幻境中化掉了……写作,为什么写作?难道你能写出不可言说的境界吗?然而不管可能与否,他非写不可。那是他避不掉的。到处都有种种的思想一闪一闪地照射他。怎么能等待呢?所以他就写了,不管用什么写,也不管写在什么上面;往往他还说不出胸中飞涌的那些句子是什么意思;而一个乐思还没写完,另外一个又来了。他写着,写着,写在衬衣的袖口上,写在帽子的飘带上;不管他写得多快,思想总是来得更快,简直需要一种速记术才好……

可是这不过是些不成形的片段。等到他要把这些思想放进一般的音乐形式,困难就来了:他发觉从前的模子没有一个再适用,如果要把自己的意境忠实地保留下来,就得先把至此为止所听到的,所写过的,统统忘掉,把所有学得来的公式和传统的技术一齐推翻,那只能给萎靡不振的精神做拐杖,给那些懒于用自己的脑子去思想、袭取他人的见解的人做一张现成的床铺。从前,在他自以为生命与艺术已经成熟的时期,(其实只到了他许多生命中一个生命的终点),他用来表白的是一般的语言,不是跟自己的思想同时产生的新语言;他的感情是随着现成的逻辑发展的,那逻辑提供他一部分公式化的句子,带他走着前人的老路,到一个早先定妥而且是群众所等待的结局。此刻可没有现成的路了,应当由情操去开辟出来,思想只有跟从的份儿。他的任务已经不是描写热情,而是要和热情合为一体,使他跟内心的规律交融。

同时,克利斯朵夫挣扎了好久而不愿意承认的矛盾居然消灭了。因为他虽是一个纯粹的艺术家,也常常为一些与艺术无关的问题操心,认为艺术有一种社会的使命。他没觉得自己原来有两种人的性格:一个是创造的艺术家,完全不问道德后果的;一个是行动者,喜欢推理的,希望他的艺术有道德的与社会的作用。他们俩有时使彼此非常为难。现在他一心一意地想着创造,等于受着自然规律支配的时候,就把实用的念头丢开了。当然他照旧瞧不起时下那种卑鄙的不道德的风气,始终认为淫猥的艺术是最低级的艺术,是艺术的一种病,长在腐烂的树干上的毒菌。但即使以享乐为目标的艺术等于把艺术送入娼门,克利斯朵夫也不至于矫枉过正,提倡庸俗的实用主义,提倡以道德为目标的艺术,把天马阉割了叫它去犁田。最高的艺术,名副其实的艺术,决不受一朝一夕的规则限制;它是一颗向无垠的太空飞射出去的彗星。不管在实用方面这股力是有用的,无用的,或者是危险的,它总是力,总是火,是天上闪出来的电光;因为这一点,它是圣洁的,是善的。它的善,可能在实用世界中也成为善;但它真正的,神圣的善,跟信仰一样是超乎自然的。它和它的来源——太阳——相同①。太阳既非道德的,亦非不道德的。它是生命,它战胜黑夜。艺术亦如此。

  所以完全沉浸在艺术中间的克利斯朵夫不胜惊愕地发觉,心中涌起许多陌生的、意想不到的力量:既不是他的情欲,也不是他的悲哀,更不是他有意识的灵魂……——而是一颗陌生的,对他的所爱所苦,对他的整个生涯全不关心的灵魂,一颗欢乐的、神妙的、犷野的、不可解的灵魂!它把克利斯朵夫当作马一样驱策,老是用踢马刺踢着他。偶尔能歇下来喘口气的时候,他一边看着所写的东西,一边问自己:

  "怎么,怎么这个会从我身上出来的?"

  他那时被精神的狂乱降服了,那是所有的天才都领教过的、不受意志拘束的、独立的意志,是"世界与生命的谜",被歌德称为"妖魔一般的";他自己虽有武装保护,也被它制服了。

---

① 希腊神话以阿波罗为驾驭太阳的光明之神,同时亦为艺术之神,象征艺术与太阳同源。

克利斯朵夫写着,写着,成天成月地写着。有些时期,丰满的精神不需要任何养料,继续在那里无穷无尽地生产。只要轻轻地撩拨一下,微风送来一些花粉,就能使千千万万的内心的萌芽长起来……克利斯朵夫没有时间思索,也没有时间生活。忙于创造的灵魂威镇着生命的废墟。

随后,一切都停止了。克利斯朵夫筋疲力尽,老了十岁——可是得救了。他离开了克利斯朵夫,托生到了上帝身上。

头上突然出现了星星白发,好似秋天的花在九月里一夜之间开遍了草原。腮帮上有了新的皱纹。可是恬静的眼神恢复了,嘴巴的神气表示隐忍了。他心平气和。如今他明白了。他明白:一朝面对着震撼世界的力量,他的骄傲,人类的骄傲,都是虚妄的。没有一个人能完全自主。非警惕不可。要是你睡着了,那股力就会溜进我们胸中把我们带走……带到哪样的深渊里去呢?带到泉源枯竭的地方,把我们丢在干涸的河床里面。单是愿意战斗还不够。应当向不可知的神明低头,他兴之所至,会随时随地给你爱情、死亡或是生命。没有上帝的意志,单是人的意志是毫无用处的。上帝在一刹那就能毁灭我们多少年的劳作与努力。而他高兴的时候,也能使朽腐化为神奇。一个能创造的艺术家,特别感觉到自己逃不过神的掌握;因为真正伟大的艺术家是只说神灵启示他的话。

克利斯朵夫这才懂得海顿老人的明哲——他每天早上执笔之前先要跪着……战战兢兢地提防,诚惶诚恐地祈祷。所以你得祈祷上帝,求他和你同在。你得抱着虔诚与热爱的心和生命之神沟通。

夏天将尽,一个巴黎朋友经过瑞士,发现了克利斯朵夫的隐居,特意登门拜访。他是音乐批评家,一向最赏识他的作品。和他同来的还有一个知名的画家,也是崇拜克利斯朵夫的。他们告诉他,欧洲各地都在演奏他的作品,极表欢迎。克利斯朵夫对这个消息并不感到兴趣,认为过去的他已经死了,早已不把那些作品放在心上。因为客人要求,他拿出最近作的曲子。但对方完全不懂,以为克利斯朵夫疯了。

"没有旋律,没有节奏,没有主题的经营;只是一种流汁,没有冷却的液体,它可能适应任何形式而自己并没有一个固定的形式;它什么都不像,只是一片混沌中的几点微光。"

克利斯朵夫笑了笑回答:"差不多是这么回事。混沌的眼睛在世界的幕后发光……"

但来客不懂得诺瓦利斯①的这句名言,只暗暗地想:"他才气尽了。"

克利斯朵夫并不希望他了解。

客人告别的时候,他陪着他们走一程,有心带他们看看山上的风光。但他也没有走多少路。看到一片草原,音乐批评家便提起巴黎戏院的装饰;那位画家又认为色调配合得很不高明,完全是瑞士风味,像又酸又无味的大黄饼,霍特娄②一派的东西,并且他对自然界也表示很冷淡。

"自然界?什么叫作自然界?我就不认识!有了光和色,不就行了吗?我才不理会什么自然呢……"

克利斯朵夫跟他们握了手,让他们走了。他对这些情形都不动心了。他们都是在土洼那一边的。这样倒更好。他不想对人家说:"要到我这里来,应当走同样的路。"

几个月来让他烧着的火低下去了。但克利斯朵夫心中依旧保持着那股暖气,知道火一定还会烧起来,要不是在他身上,就在另外一个人身上。不管它在哪儿,他总是一样爱它;火总是同样的火。在这个九月的傍晚,他觉得那道火蔓延在整个的自然界。

他往回家的路上走。一阵暴雨过了,又是阳光遍地。草原上冒着烟。苹果树上成熟的果子掉在潮湿的草里。张在松树上的蜘蛛网还有雨点闪闪发光,好比古式的车辆。湿漉漉的林边,啄木鸟咯咯的笑

---

① 诺瓦利斯为十八世纪德国诗人。
② 霍特娄为十九世纪瑞士历史画家。

着。成千成万的小黄蜂在阳光中飞舞,连续而深沉的嗡嗡声充塞着古木成荫的穹窿。

克利斯朵夫站在林中一片空地上:那是土坳中间一片椭圆形的盆地,满照着夕阳;泥土赭红,中间有一小方田,长着晚熟的麦与深黄的灯芯草。周围是一片秋色灿烂的树林:红铜色的榉树,淡黄的栗树,清凉茶树上的果实像珊瑚一般,樱桃树伸着火红的小舌头,叶子橘黄的苔桃,佛手柑,褐色的火绒……整个儿像一堆燃烧的荆棘。在这个如火如荼的树林中,飞出一只吃饱了果实,被阳光熏醉的云雀。

而克利斯朵夫的心就像云雀一样。它知道等会要掉下来的,而且还要掉下无数次。但它也知道永远能够往火焰中飞升,唱出呖呖流转的歌声,向那些留在地下的同伴描写天国的光明。

卷九终

卷十·复旦

Du holde Kunst, in wie viel grau-en Stunden⋯
（你，可爱的艺术，在多少黯淡的光阴里⋯⋯）

生命飞逝。肉体与灵魂像流水似的过去。岁月镌刻在老去的树身上。整个有形的世界都在消耗，更新。不朽的音乐，唯有你常在。你是内在的海洋。你是深邃的灵魂。在你明澈的眼瞳中，人生决不会照出阴沉的面目。成堆的云雾，灼热的、冰冷的、狂乱的日子，纷纷扰扰、无法安定的日子，见了你都逃避了。唯有你常在。你是在世界之外的，你自个儿就是一个完整的天地。你有你的太阳，领导你的行星，你的吸力，你的数，你的律。你跟群星一样的和平恬静，它们在黑暗的夜空画出光明的轨迹，仿佛由一头无形的金牛拖曳着的银犁。

音乐，你是一个心地清明的朋友，你的月白色的光，对于被尘世的强烈的阳光照得眩晕的眼睛是多么柔和。大家在公共的水槽里喝水，把水都搅浑了；那不愿与世争饮的灵魂却急急扑向你的乳房，寻他的梦境。音乐，你是一个童贞的母亲，你纯洁的身体中积蓄着所有的热情，你的眼睛像冰山上流下来的青白色的水，含有一切的善，一切的恶——不，你是超乎恶，超乎善的。凡是栖息在你身上的人都脱离了时间的洪流，所有的岁月对他不过是一日，吞噬一切的死亡也没有用武之地了。

　　音乐,你抚慰了我痛苦的灵魂;音乐,你恢复了我的安静,坚定,欢乐——恢复了我的爱,恢复了我的财富。音乐,我吻着你纯洁的嘴,我把我的脸埋在你蜜液似的头发里,我把我滚热的眼皮放在你柔和的手掌中。咱们都不作声,闭着眼睛,可是我从你眼里看到了不可思议的光明,从你缄默的嘴里看到了笑容;我蹲在你的心头听着永恒的生命跳动。

第 一 部

克利斯朵夫不再计算那些飞逝的年月。生命一点一滴地过去了。但他的生命是在别处。它没有历史,只有它创造的作品。音乐的灵泉滔滔不尽地歌唱着,充塞了灵魂,使它再也感觉不到外界的喧扰。

克利斯朵夫得胜了。声名稳固了;头发也白了,年龄也到了。他却是毫不介意;他的心是永远年轻的;他的力,他的信仰,都保持原状。他又得到了安静,可不是燃烧的荆棘以前的安静。暴风雨的打击和骚动的海洋使他在深渊中看到的景象,始终留在他心灵深处。他知道控制人生的战斗的是上帝,没有得到他的允许,谁也不能自主。那时克利斯朵夫心中有两颗灵魂:一颗是受着风雪吹打的一片高原,另外一颗是威镇着前者的,高耸在阳光中的积雪的峰尖。这种地方当然不能久居;但下界的云雾使你冷得难受的时候,你可认得了上达太阳的路。克利斯朵夫便是在迷雾中也不感到孤独了。健壮的圣女赛西尔①,睁着巨大的眼睛在他身旁向着天空凝听。他自己也像拉斐尔画上的圣·保罗一样,不声不响的沉思着,靠在剑上,既不恼怒,也不再想战斗,只顾创造他的梦境。

他那个时间期写作偏重于钢琴曲与室内音乐。这些曲体可以使

---

① 赛西尔为四世纪时殉道之圣女,后被奉为保护音乐家之神。

创作更自由更大胆；内容与形式之间比较更直接，而思想也不致有中途衰竭的危险。弗雷斯科巴第、哥波冷、舒伯特、萧邦等等的表现方法与风格的大胆①，比配器方面的革命早五十年。如今由克利斯朵夫那双有力的手像抟土似的抟出来的音响，簇新的和声，令人头昏目眩的和弦，跟当时的人所能接受的声音距离太远了；它们对于精神的影响等于一些神奇的咒语。凡是大艺术家在深入海底的旅行中带回来的果实，群众必须过了相当的时间才能领会。所以很少人能了解克利斯朵夫大胆的晚年作品。他的声名完全是靠他早期的成绩。但有了声名而不被了解比没有声名更难堪，因为那是无法想象的。在他唯一的朋友死了以后，这种难堪的情绪使克利斯朵夫更偏向于逃避社会了。

德国的旧案已经撤销。法国那桩流血的事也早已被忘了。现在他爱上哪儿都可以。但他怕到巴黎去勾起伤心的往事。至于德国，虽然他回去过几个月，虽然还不时去指挥自己的作品，可并不久住。使他看不上眼的事太多了。固然那些情形不是德国独有而是到处一样的，但我们对本国总比对别国更苛求，对本国的弱点也觉得更痛苦。何况欧洲的罪恶大部分是应当由德国负责的。一个人胜利之后就得负胜利的责任，好似对战败的人欠了一笔债，你无形中有走在他们前面带路的义务。路易十四在他称霸的时代，把法兰西理性的光彩照遍了欧洲。但色当战役②的胜利者——德国——给世界带了些什么光明来呢？难道就是刀剑的闪光吗？没有翅膀的思想，没有豪侠心肠的行动，粗暴的，甚至也不能说是健康的理想主义；只有武力与利益，竟然是个掮客式的战神。四十年来，欧罗巴惴惴不安地在黑暗中摸索。胜利者的钢盔把太阳遮掉了。无力抵抗的降卒固然只能使人轻视，使人可怜，但你看到头戴钢盔的人又作何感想！

---

① 弗雷斯科巴第为十七世纪意大利作曲家，历史上有名的管风琴师。此处所称弗雷斯科巴第及哥波冷、舒伯特、萧邦诸人的表现方法与风格的大胆，均指各人在管风琴、洋琴、钢琴及其他室内音乐（如二重奏，三重奏，四重奏等）方面的作品。
② 一八七〇年普法战役，法军大败于色当，为法国战败的关键。

最近太阳又出来了,云端里开始透出一些光明。为了要成为第一批看到日出的人,克利斯朵夫从钢盔的影子底下走出来,自愿回到他从前亡命的瑞士。那些互相敌对的国家,使当时多少渴慕自由的心灵感到窒息,无法生存;克利斯朵夫和他们一样要找一个中立的,可以让人呼吸的地方。在歌德时代,开明的教皇治下的罗马,曾经被各个民族的思想家像躲避风雨的鸟一样作为栖息的岛屿。但现代的避难所又在哪儿呢?岛屿被海水淹没了。罗马不是当年的罗马了。群鸟已经离开了七星岗①,只有阿尔卑斯依然如旧。在你争我夺的欧罗巴的中心,仅有(不知还能维持多久?)这个二十四郡的小岛巍然独存②。这儿当然没有千年古都的诗情梦境,也呼吸不到史诗中的神明与英雄的气息;可是这块光秃的土地有它气势宏伟的音乐,山脉的线条有它雄壮的节奏,而且比任何地方都更能够使你感觉到原始力量。克利斯朵夫不是来求满足怀古的幽情的。只要有一片田野,几株树木,一条小溪,一望无极的天空,他就够了。不消说,他本乡那种安静宜人的景色,比着阿尔卑斯山中巨神式的战斗对他更亲切;可是他不能忘了他是在这儿找到新生的力量的,是在这儿看到上帝在燃烧的荆棘中出现的。他每次回到瑞士,心中必有点儿感激与信仰的情绪,并且像他这样的人决不止他一个。被人生伤害的战士,在这块土地上重新找到了毅力来继续斗争,保持他们对斗争的信仰的,不知有多多少少!

因为住在这个国家,他慢慢地对它认识清楚了。多少过路的旅客只看见它的疮疤:大麻疯似的旅馆把国内最美的景色给糟蹋了;外国人麇集的城市,让世界上肥头大耳的人来赎回他们的健康;那些承包客饭的马槽;那种酒池肉林的浪费;那些游戏场中的音乐,加上意大利戏子的可厌的叫嚣,使一般烦闷而有钱的混蛋眉开眼笑;还有铺子里无聊的陈列品:什么木熊,木屋,胡闹的小玩意儿,老是那一套,毫无新鲜的发明;老实的书商卖着专讲黑幕秘史的小册子,到处充满着下流

---

① 罗马城建立在七个山岗之上,后人常以七星岗为罗马的代名词。
② 瑞士东南部及中部偏东均有阿尔卑斯山脉。又瑞士全国分为二十四郡。

无耻的气息。而每年到这儿来的成千成万的有闲阶级,除了市井小人的娱乐之外不知道还有什么高尚的娱乐,甚至也不知道还有什么同样富于刺激性的娱乐。

至于当地民族的生活,外来的游客连一点儿观念都没有。他们万万想不到,这里还有积聚了几百年的、道德的力量与公民的自由,想不到加尔文与辛格里①的薪炭还在灰烬下面燃烧,想不到还有拿破仑式的共和国永远不能梦见的、那种强毅的民主精神,想不到他们政治制度的简单与社会事业的广大,想不到这三个西方主要民族联合起来的国家②所给予世界的榜样等于未来的欧罗巴的缩影。他们更想不到其粗糙的外表之下还藏着文化的精华,例如鲍格林的犷野的、电光四射的梦境,霍特娄的声音嘶嗄的英雄精神,高特弗里德·凯勒的清明纯朴与率直的性格,史比德雷的巨型的史诗与天国的光明,通俗节会的传统,在粗糙而古老的树上酝酿的春天的活力。所有这些年轻的艺术有时会刺激你的舌头,像那些野梨树上的生硬的果实,有时也像又青又黑的苔桃一般淡而无味。但它们至少有股泥土味,是一般独学自修的人的作品;而他们的老派的修养并没使他们跟民众分离,他们所读的仍旧和大家一样是人生那部大书。

克利斯朵夫喜欢那帮不求炫耀而但求生存的人。虽然他们最近也受到德美两国的工业化的影响,但质朴温厚的古欧洲的一部分特点,使人精神安定的特点,依旧由他们保存着。他交了两三个这样的朋友,都是严肃的、忠实的,过着孤独的生活,想念着以往的时代,抱着无可奈何的心情和加尔文式的悲观主义,眼看古老的瑞士一天天地消灭。克利斯朵夫难得和他们相见。表面上他的旧创已经结疤,可是伤口太深了,不能完全康复:他怕跟人家重新发生关系,怕再受情爱与苦恼的纠缠。他觉得住在瑞士挺舒服,一部分就为这个缘故:因为在这里比较容易过离群索居的生活,在陌生人中做一个陌生人。并且他也

---

① 辛格里为十五至十六世纪时瑞士宗教改革家。
② 瑞士包括德、法、意三种民族。

不在同一个地方久住。仿佛一只流浪的老鸟,他需要空间,他的王国在天上……

夏季有一天傍晚的时候,他在村子高处的山上漫步:手里拿着帽子,走着一条曲曲折折向上的路。有一处拐弯的地方,小路转入两个斜坡中间,两旁都是矮矮的胡桃树和松树,俨然是个与世隔绝的小天地。到拐角儿上,仿佛路尽了,只看见一片空间。前面是淡蓝的远景,明晃晃的天空。黄昏静穆的气氛一点一滴地蔓延开去,像藓苔下面的一条玲珑的流水……

在第二个拐角上,她出现了:穿着黑衣,背后给明亮的天空衬托得格外显著;后面跟着两个六岁到八岁的孩子,一男一女,采着花玩儿。他们一走近便彼此认出来了,眼神都表示很激动,可是没有惊讶的声音,只微微做了一个诧异的手势。他非常骚动,她嘴唇也有点儿颤抖。双方停住了脚步,同时轻轻地说:

"葛拉齐亚!"

"你原来在这里!"

他们握着手,一言不发。结果还是葛拉齐亚打起精神先开口。她说出自己住的地方,又问他的地址。那些机械的问答,当场差不多谁也没有留神,直到分别以后才听见。他们彼此打量着。孩子们从后面跟上来,她叫他们见过了克利斯朵夫。克利斯朵夫一声不出,对他们瞧了一眼,不但毫无好感,而且还带些恶意。他心中只有她一个人,全神贯注地研究她那张痛苦、衰老,而风韵犹存的脸。她被他瞧得不好意思了,便道:"你晚上来看我行吗?"

她把旅馆的名字告诉了他。

他问她丈夫在哪儿,她把身上戴的孝指给他看。他心里太激动了,没法再谈下去,便和她匆匆告别。走了两步,他又回到正在采摘杨梅的孩子旁边,突然搂着他们亲了一下,赶紧溜了。

晚上他到旅馆去。她在玻璃阳台下等着。两人离得远远地坐下。

周围并没多少人,只有两三个上了年纪的。克利斯朵夫因为有外人在场觉得很气恼。葛拉齐亚望着他,他也望着葛拉齐亚,嘴里轻轻念着她的名字。

"我改变了很多,是不是?"她问。

他不禁大为感动地回答:"噢,你受过很多痛苦了。"

"你也是的。"她瞧着他被痛苦与热情鞭挞过的脸,非常同情。

然后,双方没有话说了。

过了一会儿,他问:"我们不能找个没人的地方谈谈吗?"

"不,朋友,还是待在这儿吧,咱们不是很好吗?又没有谁注意我们。"

"我可不能痛痛快快地说话。"

"这样倒是更好。"

他当时不懂为什么。过后他回想起这一段谈话,以为她不信任他。其实她是怕感情冲动,特意要找个安全的地方,使彼此不至于有什么心血来潮的表现,所以她宁愿在旅馆的客厅里受点拘束,好遮盖自己的慌乱。

他们把各人过去的事说了一个大概,声音很轻,话也是断断续续的。裴莱尼伯爵几个月以前在决斗中送了命。克利斯朵夫才明白她的夫妻生活不十分幸福。最大的一个孩子也死了。但她言语之间没有怨叹的口气,自动地把话搁过一边,探问克利斯朵夫的情形,听到他痛苦的经历非常同情。

教堂里的钟声响了。那天是星期日。大家的生命都告了一个小段落……

她约他过两天再去。这种并不急于跟他再见的表示使他心里很难过。他又是快乐又是悲伤。

第二天她推说有事,写了个字条要他去。他一看那几句泛泛的话高兴极了。这次她在自己的客厅里接见他,和两个孩子在一起。他望着他们,心里还有点儿惶惑,同时也对他们非常怜爱。他觉得大的一个——那女孩子——相貌像母亲,可不考虑那男孩子像谁。他们嘴里谈着当地的风俗、天气,在桌上打开着的书本,眼睛却说着另外一套话。他想和她谈得更亲切一些。谁知来了一个她在旅馆里认识的女朋友。葛拉齐亚很殷勤地招待着,似乎对两位客人不分亲疏。他心中怏怏,可并不怪怨她。她提议一块儿去散步,他答应了。但有了那个生客——虽然她也年轻可爱——他觉得非常扫兴,认为这一天完全给糟掉了。

以后过了两天,他才跟葛拉齐亚再见。那两天之内,他念念不忘地只想着约会。但见了面,他仍不能和她说什么知心的话。她很温柔,可绝不放弃矜持的态度。看到克利斯朵夫那一派德国人的感伤脾气,她愈加局促不安而不由自主地要反抗了。

他给她写了封信,使她大为感动。他说人寿几何,他们俩都已经到了相当的年龄,聚首的日子也有限得很了。倘若再不利用机会痛痛快快地谈一谈,不但是痛苦的,而且是罪过的。

她很亲切地复了他的信,说她自从精神上受伤以后,老是有这种不由自主的戒心。她很抱歉,但摆脱不了这矜持的习惯。凡是太强烈的表现,即使所表现的感情是真实的,她也会难堪,也会害怕。但这一回久别重逢的友谊,她也觉得很难得,跟他一样快慰。末了她约他晚上去吃饭。

他读了信不由得感激涕零,在旅馆里伏枕大哭了一场。十年孤独的郁积都发泄了出来。从奥里维死了以后,他始终是孤单的。对于他那颗渴望温情的心,葛拉齐亚的信等于复活的呼声。温情!……他自以为早已放弃了,其实那是迫不得已。如今他才觉得多么需要温情,心中又积着多少的爱。

那是甜蜜的,圣洁的一晚……虽则彼此都不想隐藏,他却只能跟她谈些不相干的话题。他弹着琴,她的眼神鼓励他尽情倾吐,他便借着音乐说了许多抚慰的话。她想不到这个性情暴烈的骄傲的人会变得这么谦卑。分别的时候,两人不声不响地握着手,表示彼此的心又碰在了一起，再也不会相左了。外边下着雨，一点儿风都没有。克利斯朵夫的心在那里欢唱……

她在当地只有几天的逗留了，绝对不考虑延缓行期。他既不敢要求，也不敢抱怨。最后一天，他们带着两个孩子去散步。半路上他心里充满着爱和幸福，竟然想和她说出来了，可是她很温柔地做一个手势，笑容可掬把他拦住了：

"别说了！你要说的，我都体会到了。"

他们坐在前几天相遇的那个小路的拐角儿上。她始终微微笑着，望着脚底下的山谷，但她所看到的并不是山谷。他瞅着她秀美的脸刻画着痛苦的标记，乌黑的头发中间到处有了白发。看着这个被心灵的痛苦浸透的肉体，他感到一股怜悯的，热烈的敬意。时间给了她多少创伤，但伤口中处处显出她的灵魂。于是他轻轻地，声音有点儿颤抖地，要求她给他一根白发作纪念。

她走了。他不懂为什么她不要他送。固然他相信她的友谊，但对她的矜持感到失意。他不能再在当地住下去，便往另一个方向出发。他竭力让旅行与工作占据他的思想。他写信给葛拉齐亚；但每次都要过了两三个星期，她才复一封短短的信，表示一种恬静的友谊，没有什么烦躁与不安的情绪。克利斯朵夫看了这些信又痛苦又安慰，认为自己没有权利责备她；他们的感情，时间还很短，到最近才恢复的：他唯恐把它丢了。幸而她每一封来信都那么安静，可以使他放心。但两人的性格太不同了……

他们约定秋末在罗马相会。要不是为了去看她，克利斯朵夫根本不想作这个旅行。长时期的孤独养成了他闭门不出的习惯，没兴致像今日一般烦躁的有闲阶级那样作无谓的奔波。他怕改变习惯会影响思想的有规律的活动。而且意大利完全不能吸引他。他对它的认识只限于"现实主义作家"的腐败的音乐和那些男高音歌曲，使一般文人学士在旅行的时候着迷的。他和前进的艺术家一样，对意大利存着戒心与敌意,因为最无聊的学院派作家老是把罗马这个字挂在嘴上。再说,北方人是本能的厌恶南方人的,至少认为意大利是代表南方人自吹自捧的典型,所以对它抱着强烈的反感。只要一想到意大利,克利斯朵夫就鄙夷不屑地噘起嘴来……他的确无意对那个没有音乐的民族作进一步的认识。他凭着过火的脾气说:"意大利人弹弹曼陀铃,大叫大喊地唱唱音乐话剧,在今日的欧洲乐坛上能有什么地位!"但葛拉齐亚是属于这个民族的。为了去看她,克利斯朵夫有什么路不愿意走呢?在没有和她相会以前,只要对一切都闭上眼睛就行了。

闭上眼睛,是的,那他早已学会了。多少年来,他对付自己的内心生活就是用这个办法。在此秋天将尽的时节,尤其非闭上眼睛不可。淫雨连绵,下了三星期还没停。随后又是漫天的乌云,像一顶灰色帽子一般罩着瑞士的山谷,使它湿漉漉地打着寒战。人的眼睛已经想不起阳光是怎么回事了。要在自己心中重新找到阳光的热力,你先得使周围变成漆黑,闭着眼睛,往下走到矿穴里,走到梦中的地道里。在那儿,你才能看到往日的太阳。但一个人爬在地底下垦掘过后,回出来的时候就觉得浑身滚热,脊骨与膝盖都僵了,四肢也变形了,眼睛也花了,像夜晚出现的鸟似的。好几次,克利斯朵夫都从矿穴中取出辛辛苦苦提炼成的阳光,来温暖他冰冻的心。可是北方的梦境有火炉那样的热度。你在里头生活的时候当然不觉得,你爱那个沉闷的暖气,爱那个半明半暗的光,和装满你沉甸甸的头脑的梦。一个人只能有什么爱什么,应当知足!

克利斯朵夫迷迷糊糊坐在车厢的一角,出了阿尔卑斯的关塞,忽然看到明净的天空和流泻在山坡上的光明,觉得像做梦一般。暗淡的天色,半明半暗的日光,都被丢在关塞那一边了。突如其来的变化使他在欣喜之前觉得惊奇。直要相当的时间,他麻木的心灵才能慢慢地活动,突破那个把它幽闭的牢笼,从过去的阴影中探出头来。随着太阳的移动,柔和的光似乎伸出手臂把他搂抱了,于是他忘了过去的一切,目迷五色地陶醉了。

那是米兰周围的平原。蔚蓝的运河反映出明晃晃的白日,脉管似的支流在绒毛似的稻田中穿过。秋天的树木,瘦削而苗条,轮廓分明,体态婀娜的躯干披戴着一簇簇赭红的绒毛。宛然是达·芬奇画上的山水。积雪的阿尔卑斯,光彩变得很柔和,气势雄伟的线条围绕着地平线,挂着橙黄、青黄、淡蓝的坠子。黄昏降在亚平宁山脉上。羊肠小径沿着嵯峨险峻的山峰蜿蜒而下,时而重复、时而交错的节奏,好似法国南部普罗旺斯的舞踊。而突然之间,山坡底下吹来海水杂着橙树的气味。海,拉丁的海,闪烁颤动的光,几条小船落着帆,仿佛在海面上睡着了⋯⋯

火车停在海边的一个渔村。车守报告说,热那亚与比萨之间有一条隧道被大雨冲毁了;各班列车都迟到了好几小时。克利斯朵夫原来买着直达罗马的车票,却不像别的旅客那样抱怨这桩意外的事,反倒很高兴。他跳下月台,直向海边奔去。海把他迷住了,过了两三小时,火车长啸一声重新开出的时候,他竟坐在一条小船里远远地对火车喊着再会了。在明晃晃的海上,明晃晃的夜里,他听任微波荡漾,把他催眠着,沿着小杉树环绕的海角漂去。他住在村子里,欣喜若狂地直待了五天。好似一个人在长期禁食之后狼吞虎咽一般,他所有的感官都忙着享受光明的盛宴⋯⋯光明,你是世界的血,生命的河,你从我们的眼里、鼻孔里、嘴唇里、皮肤的所有的毛孔里渗入我们的肉体⋯⋯啊,光明,对于生命比面包更重要的光明,凡是看到你卸下了北方的面网而显得这样纯粹这样热烈的人,不禁要自问以前没有你的时候怎么能活,同时也知道以后是永远少不了你了。

五天之中,克利斯朵夫被太阳灌醉了。五天之中,他生平第一次忘了自己是音乐家。心中的音乐都变了光明。空气、海洋、陆地,这是太阳的交响乐。而意大利是凭它了不起的聪明运用这个乐队的。别的民族只能描绘自然;意大利人却是跟自然合作,跟太阳一同描绘。色彩的音乐:一切都是音乐,一切都会歌唱。路上的一堵红墙露出金色的缝隙,上面是两株浓荫匝地的杉树,四周是蓝得异样的天。一座大理石的梯子,雪白、陡峭,在粉红的墙中间直达一个蓝色的门面。五色杂陈的房屋;杏子、柠檬、佛手,都在橄榄树中发光……意大利的风景对感官是种强烈的刺激;眼睛的享受色彩,好似舌头尝到了一颗水汪汪的香甜的果子。克利斯朵夫素来在灰暗的天地中过着禁欲生活,如今可不胜贪馋地吃着这餐筵席,给自己补偿一下了。他的丰富的生机一向受着环境压制,这一下才忽然觉得自己原来是需要享受的,便尽量抓着眼前的一切:色、香、味,人声、钟声、海声所合成的音乐,空气与光明的抚爱……克利斯朵夫什么思想都没有了,到了极乐的境界:即使偶尔惊醒过来,他也忙着把心中的快乐告诉他所遇到的人:告诉他的舟子,那眼睛锐利,戴着一顶威尼斯参议员式的红帽子的老渔翁;——告诉一个跟他同桌吃饭的米兰人,麻木不仁的家伙,吃着通心粉,骨碌碌地转动着奥赛罗式的眼睛,恶狠狠地射着怒火;——告诉饭店里的侍者,托盘的时候低着头,弯着胳膊,偃着胸部,好似贝尼尼画上的天使;告诉一个年轻的圣·约翰,对人瞟着极有风情的眼色在路上行乞,拿一个带着绿梗的橙子作为献礼。克利斯朵夫也跟那些低着脑袋、断断续续哼着一支永远没有完的、鼻音极重的歌的车夫打招呼:他骇然发觉自己竟唱起《乡村骑士》①来了!他把旅行的目的完全忘了,忘了他急于要到目的地跟葛拉齐亚相会的事……

是的,他把一切都忘了,直到那心爱的情影重新浮现的那一天。怎么浮现的呢?是路上遇到的一道目光引起来的,还是一种沉着而带着歌唱调子的声音引起的?他根本想不起。可是到了一定时间,他四周所有的景物,在密布橄榄树林的小山上,强烈的阳光与浓厚的阴影交错着的亚平宁山脉的高脊上,在橙树林中,在海风中,都有女朋友那副光彩四射的笑容。空气中无数的眼睛似乎都是葛拉齐亚的眼睛。她在这块土地上含苞欲放,好似蔷薇树上的一朵蔷薇。

---

① 《乡村骑士》为玛斯加尼所作的喜歌剧,素为克利斯朵夫所厌。

于是他搭着火车往罗马进发,一路不再停留。意大利的古迹,以往的艺术名城,都没引起他的兴趣。他在罗马什么也没有看到,什么也不想看。而且他最先瞧见的只是些没有风格的新兴的市区和方形的建筑,使他也不想多领教了。

一到罗马,他马上去见葛拉齐亚。

她问:"你从哪条路来的?在米兰、佛罗伦萨,都待了些时候吗?"

"没有。干吗要在那些地方待下来?"

她笑了:"你这话真是妙极了!那么你对罗马又作何感想?"

"毫无感想,我什么都没看见。"

"真的?"

"真的。我没工夫。一出旅馆,我就上这儿来了。"

"罗马是随处可以看到的……瞧对面这堵墙……只消看看上面的光就行了。"

"我只看见你啊!"他说。

"你真是个蛮子,只想着自己的念头。那么你什么时候从瑞士动身的?"

"八天以前。"

"八天之内你做了些什么呢?"

"我不知道。我在海边一个村子里住了几天,也说不出地方的名字。我睡了八天。就是说睁着眼睛睡了八天。我不知道看到些什么,梦见些什么。大概是梦见了你吧。我只知道那些梦很美。但最妙的是我把一切都忘了……"

她说了声:"好得很!"他可没听见,继续往下说:"是的,我忘了当时的一切,过去的一切。我好似一个重新开始生活的新人。"

"不错,"她眼睛笑盈盈地望着他,"从我们上次见面以后,你的确改变了。"

他也望着她,觉得她也大不相同了。并非她在两个月中间有什么变化,而是他看她的眼光不同了。在瑞士的时候,过去的形象,年轻的葛拉齐亚的淡淡的影子,还留在他的记忆中,使他对于当前的朋友看不真切。如今北国的幻梦被意大利的阳光融化了:他看到了爱人的真面目。她和当年像野鹿一般幽禁在巴黎的情形差得多远,也和初婚时期的少妇,跟他相聚了几天而又立刻分别的少妇,差得多远!拉斐尔笔下的小圣母现在变了一个俊美的罗马女子。

她外表丰满,和谐,浑身上下有股悠然自得的慵懒的气息。整个的人给恬静的气氛包围着。她最喜欢阳光遍地的静寂的境界,幽思冥想,体味着生活的恬静,那是北方的灵魂从来不能真正领会的。在过去的性格中,她特别保留着她的慈悲心。可是她光彩照人的笑容中间已经有了些新的成分:有点感伤意味的宽容,有点倦于人世的心情,也有点含讥带讽的心理和恬淡的胸襟。年龄替她挂上了一层冷淡的幕,使她不会再受感情欺骗。她难得说什么心腹话,脸上堆着一副把什么都看透了的笑容,提防着克利斯朵夫不容易遏制的冲动。除此以外,她有她的弱点,有使性的日子,也有她自己觉得可笑而不愿意压制的卖弄风情。她对一切,对自己,都不加反抗;在一个心地极好而看破人生的人,这是一种很温和的宿命观。

她家里客人很多,她也不怎么挑选——至少在表面上——但一般熟客大半都属于同一个社会,呼吸着同样的空气,受着同样的习惯熏陶,所以他们聚在一起相当和谐,跟克利斯朵夫在德法两国所遇到的大不相同。多数是意大利旧家,偶尔也和外族通婚,增加一点新生的力量。表面上,他们天下一家的色彩很浓,四种主要的语言都是通行的,西方四大国的文化也交流得很好。每个民族都加入一部分资本:例如犹太人的惶惑,盎格鲁·撒克逊人的冷静;但一切都在意大利这口坩埚中溶化了。盗魁匪首称王了几百年的影响,一个民族决不能轻易摆脱:质地尽管改变,痕迹始终留着。移植在拉丁古土上的北方种族,就有十足意大利型的面貌,吕尼画上的笑容,铁相画上的恬静而肉感的目光。不管你涂在罗马画板上的是何种颜色,调出来的总是罗马色彩。

那些心灵往往很庸俗,有几个还不止是庸俗而已,但照旧发出一种千年不散的香味与古文明的气息,使克利斯朵夫虽不能分析自己的印象,也不由得大为叹服。极平凡的小地方都有那股微妙的香味:彬彬有礼的风度,文雅的举动,殷勤亲切而仍保持着机诈与身份,一颦一笑与随机应变的聪明所显出来的高雅与细腻,而那种聪明还带着些慵懒的怀疑的色彩,方面很广,表现得非常自然。不呆板,不狂妄。也没有书本式的迂腐。你在这儿决不会遇到巴黎社交场中的那般心理学家,或是相信军国主义的德国博士。你所见到的是简简单单的人,富于人情味的人,像当年丹朗斯和西比翁·爱弥里安①的朋友们一样……

"我是人,只要与人类有关的,我都感到兴趣……"

实际上这些都是徒有其表。他们所表现的生命只是浮表的,不是真实的。骨子里是无可救药的轻佻,跟无论哪一国的上流社会一样。但与别国人的轻佻不同而成为意大利的民族性的,是那种萎靡不振的性格。法国人的轻佻附带着神经质的狂热,头脑老是在骚动,哪怕是空转一阵。意大利人的头脑却很会休息,太会休息了。躺在温暖的阴影里,把萎靡的享乐主义和长于讥讽的聪明枕着自己的头,的确是很舒服的;他们的聪明富有弹性,相当好奇,其实是异乎寻常的麻木。

所有这些人都没有定见。不管是政治还是艺术,他们都用同样的玩票作风对待。有的是性格极可爱的人,脸是意大利贵族的俊美的脸,五官清秀,眼睛又聪明又温和,举止安详,爱自然,爱古画,爱花,爱女人,爱图书,爱精美的烹调,爱乡土,爱音乐……他们什么都爱,却没有一样东西特别爱。在旁人看来,仿佛他们竟一无所爱。然而爱情还

---

① 丹朗斯为公元前二世纪时拉丁诗人,所作喜剧有名于史,西比翁·爱弥里安为公元前二世纪时罗马贵族党的领袖。

在他们的生活中占着极大的位置,只是以不扰乱他们为条件。他们的爱情也是萎靡的,懒惰的,像他们一样;即使是狂热的爱也近于家庭之间的感情。他们稳实而和谐的聪明其实是非常麻木的:不同的思想尽可以在脑子里碰在一起,非但不会冲突,反而能若无其事地结合起来,彼此的锋芒都给挫钝了,不足为害了。他们怕彻底的信仰,怕激烈的手段;只有似了非了的解决方式和若有若无的思想,他们才觉得舒服。他们的精神是开明的保守党的精神,需要一种不高不低的政治与艺术,需要一种气候温和的疗养地,使人不至于气喘,不至于心跳。在哥尔多尼那些懒惰的剧中人身上,或是在曼佐尼那种平均而散漫的光线中,他们可以看到自己的面目,但他们的懒散的习气并不因之而感到不安。他们不像他们伟大的祖先般说"第一要生活……",而是说"第一要安安静静地生活!"

大家的心愿就是要安安静静地生活,连那些最刚毅的,指挥政治活动的人也是这样。例如某个小型的马基雅弗利①,很有能力控制自己,控制别人,心肠像头脑一样的冷酷,精明强干,只问目的,不择手段,不惜为了自己的野心而牺牲所有的朋友,同时也不惜把野心为了另外一个目的牺牲,那目的便是神圣不可侵犯的"安安静静地生活"。他们需要长时期的麻木。过后他们才仿佛睡足了觉,精神饱满;庄重的男人,幽静的妇女,会突然之间兴奋起来,有说有笑,快快活活地去应酬交际:他们需要说许多话,做许多手势,发许多怪论,逗着莫名其妙的兴致,消耗他们的精力;总而言之,他们在那里扮演滑稽歌剧。在这些意大利人的肖像上,我们难得会找到经过思想磨蚀的痕迹,寒光闪闪的瞳子,被永无休止的精神活动磨瘦的脸庞,像我们在北方见到的那样。可是跟别处一样,这儿也有苦闷的心灵,在淡漠无情的外表之下藏着它们的创伤,欲望,忧虑,而且还用迷迷糊糊的境界来麻醉自己。某些心灵还会不由自主地流露出一些古怪的现象,畸形的,乖张

---

① 马基雅弗利(1469—1527)为意大利政治家兼史学家,著有《霸术》一书,有名于世。后以马基雅弗利为好弄权术,不择手段,专制残暴的政治家之代名词。

的,暗示它们的精神不平衡,那是一般古老的民族都免不了的,有如在罗马郊外剥落分裂的断层岩。

这些心灵,这些平静的,爱取笑的,隐藏着悲剧的眼睛,自有一种谜一般的魅力。但克利斯朵夫没有兴致去体会它。他看见葛拉齐亚和这些时髦人物周旋,非常气恼。他恨他们,恨她。他对她生气,好似对罗马生气一样。他去看葛拉齐亚的次数减少了,已经想要动身了。

可是他并不动身。尽管讨厌那个意大利社会,他竟不由自主地感觉到它的魔力了。

暂时他不跟人家往来,只自个儿在城内城外溜达。罗马的阳光,平台上的花园①,被旭日照耀的海像腰带般环绕着的郊野,慢慢地把这块奇妙的土地的秘密让他体会到了。他瞧不起那些古代的建筑,发誓决不自动去找它们,除非它们来找着他。而它们果然来找他了:在岗峦起伏的城中随便散步的时候,他就碰见了它们。夕照之下的大广场,一半已经坍了的巴拉丁拱门,后面衬托着蔚蓝的天空:克利斯朵夫都不期然而然的看到了。他在一望无际的郊野徘徊:半红不红的台伯河浑浊一片,挟带着淤泥,仿佛是泥土在那里流动——残废的古代水桥好比古生物的硕大无朋的脊骨②。大块的乌云在蓝色的天空卷过。乡下人骑着马,挥着鞭子,赶着一群长角的淡灰的牛。笔直的古道,尘埃飞扬,没有一点阴蔽:脚如羊足,大腿上裹着长毛皮的牧人在那里静悄悄地走着。辽远的天际,意大利中部的庄严的山脉展开着连绵不断的峰峦;另一方面的天边,却映着古老的城垣,圣·约翰教堂的正面矗立着姿态飞舞的雕像,远望只看见黝黑的侧影……万籁俱寂……日光

---

① 欧洲庭园,特别在罗马,颇多利用地形筑成高至数丈之花坛,规模不下于花园。
② 大广场位于古罗马城的中心(在今城之南端),罗马帝国时代作为市集、审判及举行国民大会之用。今为罗马城中最伟大的古迹之一。巴拉丁为罗马七岗之一,今存有著名的废墟。台伯河为横贯罗马的意大利第二大河。水桥为罗马帝国时代将城外之水运至城内时安放水管之建筑,高出地面数十丈,下有无数环洞,远望宛似连绵不断的巨型凯旋门。

如火……风在平原上吹过……一座没有头的,臂上雕着衣饰的石像,被蔓长的野草淹没了;一条蜥蜴爬在石像上晒着太阳,只有肚子在那儿轻轻地翕动。克利斯朵夫被阳光灌醉了,(有时也被加斯丹利酒灌醉了),坐在破烂的大理石像旁边的黑色的泥地上,微微笑着,蒙蒙眬眬地把什么都忘了,尽量吸收着那股罗马特有的气息,那股安静而强烈的力,直到黑夜将临的时候。悲壮的日色隐没了,四下里一片凄凉,那时他中心悒郁,赶紧溜了……噢,大地,热情如沸而默无一言的大地!你面上多么和平,内心却多么骚动;我还在你的胸中听见罗马军团的号角声呢。多少生命的怒潮在你怀中汹涌!多少欲望都在要求觉醒!

克利斯朵夫遇到了几个心中还燃烧着千年火炬的人物。在死者的尘土下面,那个火始终被保存着。人家以为它已经和玛志尼同归于尽①,不料它复活了。还是同样的火。当然,愿意看到它的人是很少的,因为大家想睡觉。那是一道明亮而剧烈的光。凡是心中有这光明的人,大半是青年,最大的也不满三十五岁,头脑开通,气质、教育、意见、信仰,各各不同的知识分子,都为了崇拜这朵新生命的火焰而联合起来了。党派的名称尽管不同,思想的派别尽管各异,都没有什么关系:主要是"拿出勇气来思想"。要坦白,要敢作敢为!他们大声疾呼,要惊醒民族的迷梦。自从意大利听了英雄志士的号召在政治上复活以后,自从它最近在经济上复活以后,现代的青年更努力要把意大利的思想从坟墓中救出来。优秀阶级的懒惰而畏怯的麻痹状态,懦弱的性格,大言不惭的习气,使他们像受到奇耻大辱一般的痛苦。华而不实的空谈和奴颜婢膝的作风,几百年来像浓雾似的罩着民族精神,现在他们嘹亮的声音把浓雾冲破了,一阵狂风把无情的现实主义和不稍假借的正气吹过来了。他们竭力要用清楚的头脑支配坚决的行动。必要的时候,他们能够为了民族生活所必不可少的纪律而牺牲个人的

---

① 玛志尼(1805—1872)为近代意大利民主革命运动的领袖。

主张，但最高的祭坛和最纯洁的热诚仍是留给真理的。他们又兴奋又虔诚地爱着真理。这些青年中的一个领袖①被敌人侮辱，毁谤，威胁之下，气度伟大的回答：

"你们得尊重真理！我这是开诚布公地跟你们说，没有一点儿怨恨。我忘了你们给我的伤害，也忘了我可能给你们的伤害。你们第一得真诚！凡是对真理没有虔诚的热烈的敬意的人，绝对谈不到良心，谈不到崇高的生命，谈不到牺牲，谈不到高尚。忠于真理是件艰苦的事，但愿你们努力。凡是拿虚伪做武器的，在没有损害别人之前，先要损害自己。哪怕眼前得到成功，也是徒然的。你们的灵魂不可能有根基，土地都被谎言蛀空了。现在我不是以敌人的资格和你们说话。咱们都站在一个超乎争执以外的立场上，即使你们的情欲在你们嘴里用着国家的名义，也改变不了这个事实。世界上还有些东西比国家更重要的，那便是人类的良心，世界上也有些你们不能侵犯的规律，要不然你们便不能称为意大利人。如今站在你们面前的只是一个寻求真理的人，你们应当听听他的呼声。他只希望你们伟大，纯洁；他也极愿意和你们一起努力。因为不管你们愿意不愿意，咱们始终是和世界上一切为真理努力的人共同努力的。我们的成绩（那是不能预料的）将要刻着我们共同的标记，如果我们的行为不违背真理的话。人类的特点就在于他有种奇妙的禀赋，能够寻求真理，看见真理，爱真理，为真理而牺牲自己。——凡是把握真理的人，都能分享到真理的健康的气息！……"

克利斯朵夫初次听到这些话，好似听到了自己的声音的回声，觉得这些人和他原来是弟兄。固然，民族与思想的斗争，早晚有一天会使他们厮杀一场；可是朋友也好，敌人也好，他们总是同一个大家族出

---

① 指葛斯伯·泼莱索里尼，当时与巴比尼共同领导一个叫作"民族之声"的社团。——原注
译者按：泼莱索里尼生于一八八二年，为意大利作家，对近代意大利文学影响极大。

身。这一点,他们像他一样知道,比他先知道。他没有认识他们,他们先认识他了。因为他们早已是奥里维的朋友。克利斯朵夫发现他朋友的作品——几册诗,几册批评的集子——在巴黎只有极少数的读者,可是已经被那些意大利人翻译过去,对他们是很熟悉的东西了。

以后他才发觉他们和奥里维之间有着不可超越的距离。他们批判旁人的方式,表示他们完全保存着意大利人的面目,死抓着他们的民族思想。他们在外国作品中所找的,只限于他们民族的本能所愿意找到的成分,所采取的往往还是他们不知不觉先羼了进去的自己的思想。天生是平庸的批评家,拙劣的心理学者,他们太想到自己和自己的热情了,即使在醉心真理的时候也如此。意大利的理想主义永远忘不了自己,对于北方人的那些无我的梦境绝对不感兴趣;它把一切归结到自己身上,归结到自己的欲望,归结到民族的骄傲。不幸这些健美的,很适宜于实际行动的意大利人,偏偏只凭热情行事,很快会感到厌倦;但是被热情吹打的时候,他们比无论哪个民族都飞得高,只要看近代意大利的统一运动就可知道。——现在又是这一类声势浩大的风在一切党派的意大利青年中吹起来了:国家主义派,新加特力教派,自由的理想主义者,一切不屈不挠的意大利人,希望做罗马帝国——世界之后——的公民的人,都受着这股潮流激荡。

最初克利斯朵夫只注意到他们的热诚,以及使他跟他们意气相投的共同的反感。在瞧不起上流社会那一点上,他们当然和克利斯朵夫立场相同。克利斯朵夫恨上流社会是因为葛拉齐亚喜欢跟它来往。但他们比他更恨那种谨慎、麻木、苟安的精神,恨那些可笑的丑态,半吞半吐的说话,含糊两可的思想,遇事无所取舍的骑墙作风。他们都是自学出身的好汉,从头到脚都是自己造起来的,没有时间也没有能力加一番最后的琢磨,倒反有心露出他们天生的粗野和乡下人的辛辣的口吻。他们要教人听见他们的话,要逗人家攻击;无论怎样都可以,只受不了大众的不理不睬。为了刺激民族的元气,他们便是自己先吃民族元气的亏也是乐意的。

当时他们不受欢迎,也不想法求人家欢迎。克利斯朵夫白白地和葛拉齐亚提到他这批新朋友。她既然是一个喜欢和平与中庸之道的人,当然觉得他们可厌。她认为他们便是在支持最值得人同情的问题的时候,所用的方式有时也会引起反感。这个批评是不错的。他们爱挖苦人,一味采取攻势,批评的苛酷差不多近于侮辱,哪怕对他们不愿意伤害的人也是如此。他们太自信,对事情的推论太快,肯定得太快。自己没有发展成熟就要参与公共的行动,所以他们一下子醉心这个,一下子醉心那个,态度都是一样的偏激。热烈,真诚,肯整个儿地舍身,不稍吝惜,他们一方面过分重视理智,一方面过早地参加狂热的劳作,把自己消耗完了。年轻的思想一出胎就暴露在太阳里是不卫生的,心灵会被灼伤的。只有时间与沉默才能酝酿丰满的果实。但他们就缺少时间与沉默。多数有才气的意大利人都遇到这种不幸。暴烈而不成熟的行动好比一种酒精:理智尝到了这味道立刻会上瘾,而理智的发展也可能从此不正常了。

他们这种直言无讳的坦白,和一般专讲中庸之道的人的枯索平凡,畏首畏尾,不敢说一个是或非的作风相比之下,不用说克利斯朵夫是赏识年轻人的朝气的。但过后他不得不承认,讲中庸之道的人的恬静而体贴的智慧也有它的价值。反之,他的那些朋友们使生活永远处于战斗状态,结果也不免令人厌恶。克利斯朵夫自以为上葛拉齐亚那儿去是替他们辩护,但有时候倒是为了要把他们忘掉一下才去的。没有问题,他们跟他很相像,太相像了。今日的他们就是二十岁时候的他。而生命的河流是不能回溯的。克利斯朵夫很明白自己和这种激烈的思想已经告别了,此刻正向着和平的路走去,而葛拉齐亚的眼睛中间似乎就藏着和平的密钥。那么为什么他对她感到愤愤不平呢?……因为爱情是自私的,他想把她独占。他受不了葛拉齐亚来者不拒的嘉惠于人,对谁都招待得那么殷勤。

她看透了他的心思,有一天便用着那种可爱的坦白态度和他说:

"你不喜欢我的作风是不是？唉,朋友,别把我看得太理想。我是一个女人,不比别的女人更有价值。我不一定要跟那些人来往,但我承认看到他们也很愉快,正如我有时候喜欢看不大高明的戏,念无聊的书,那都是你瞧不起的,可是对我是种安息,是种娱乐。我有什么就享受什么。"

"那些混蛋,你怎么受得了呢？"

"生活的教训使我不再苛求了。一个人不能要求太多。真的,倘若有些老老实实的人来往,只要心地不坏,人生也算对你不差了……当然你不能对他们存什么希望。我知道一朝我需要人帮忙的时候,多半的朋友马上会不见的……可是他们对我很好。只要得到一点儿真情,其余的我可以满不在乎。你不喜欢我这样是不是？原谅我这么平凡。可是至少我分得出自己哪些地方是最好的,哪些地方是比较差的。而对你,我的确拿出了最好的一部分。"

"我要的是整个。"他嘟哝着说。

可是他很明白她说的是真话。他以为她对他的感情是毫无问题的,所以踌躇了几星期,有一天终于问她:"难道你始终不愿意……"

"什么啊？"

"属于我。"他马上又补充,"……就是说你不愿意我属于你吗？"

她微微一笑:"现在咱们不就是这样了吗,朋友？"

"你明明知道我说的不是这意思。"

她听了有点儿慌乱,但她握着他的手,很坦白地望着他,温柔地回答:"不,朋友。"

他话说不上来了。她看出他很伤心。

"对不起,我使你心里难受。我早知道你会对我说这个话的。咱们既然是好朋友,应当非常坦白。"

"朋友！只能做个朋友吗？"他不胜怅惘地说。

"别这么不知足！你还要什么呢？跟我结婚吗？……从前你眼睛

里只看见我美丽的表姐的时候(你记得不记得?)我很难过,因为你不明白我对你的感情。不错,咱们的一生可能完全是另外一副面目。现在我认为这样倒更好;我们没有让友谊受到共同生活的考验,没有在日常生活中把最纯洁的东西亵渎了,不是更好吗?……"

"你说这种话,因为你不像从前那么爱我了。"

"噢!不,我始终是那么爱你的。"

"啊!这还是你第一次对我说呢。"

"咱们中间不应该再有什么隐瞒。告诉你,我对婚姻已经没有信心了。我自己的经验,我知道,不能作为一个有力的例证。可是我仔细想过,在周围仔细看过:幸福的婚姻实在太少了。这个制度有点儿违反天性。要把两个人连在一起,他们的意志必有一个受到摧残,或者竟是两败俱伤;而这种痛苦的磨炼还不能使灵魂得到什么益处。"

"啊!"他说,"我的意见恰好相反,我认为婚姻是两心相印,相忍相让的结合,真是多美妙的事啊!"

"是的,在你梦里是美妙的。事实上你会比谁都更痛苦。"

"怎么?你以为我永远不能有个妻子,有些儿女,有个家庭吗?别跟我说这个话!我会多么爱他们啊!难道你以为我不可能有这种幸福吗?"

"那很难说。我看是不可能的……要是有个老实的女子,不大聪明,不大美丽,对你忠诚的,可是不了解你的,那也许还可能……"

"你太刻薄了! ……可是你不应该取笑人家。一个好心的女人,即使谈不上风雅,究竟是好的。"

"对呀!要不要我替你找一个?"

"别说了好不好?你简直是刺我的心。怎么能说这种话呢?"

"我又没说什么。"

"难道你竟一点儿不爱我,所以能够想到我跟别的女子结婚吗?"

"正是相反;我正因为爱你,所以要使你幸福。"

"你要是真的……"

"甭提了！甭提了！告诉你，那对你是不幸的……"

"别替我操心。我发誓我会幸福的！可是老实告诉我：你，你自己是不是跟我一起的时候会痛苦？"

"噢，痛苦？不会的。朋友，我太敬重你了，太佩服你了，决不会跟你在一起而觉得痛苦……并且我可以告诉你：我相信如今无论遇到什么事，我都不会怎么痛苦了。我见的太多了，把一切都看得很淡……可是很坦白地说——你不是要求我坦白的吗？你不会生气吧？——我知道我的弱点，我或许会相当的愚蠢，过了几个月要觉得跟你在一起不十分幸福；那是我不愿意的，正因为我对你抱着最圣洁的感情，我无论如何不愿意使这点感情受到影响。"

他听了很悲哀："是的，你这么说无非是为减轻我眼前的痛苦。我不能讨你喜欢。我有些地方使你非常讨厌。"

"哪里哪里！没有这种事！别这样垂头丧气的。你是一个挺好挺可爱的男人。"

"那么我简直糊涂了。为什么我们不能融洽相处呢？"

"因为我们太不同了。两个人的性格都太显著，太特殊了。"

"就因为这个我才爱你。"

"我也是的。但也因为这个，我们将来会发生冲突。"

"不会的！"

"会的！或者因为我知道你比我有价值，我要埋怨自己不应该让我这个渺小的人来妨碍你；那时我就会把自己的个性压下去，一声不出，但心里是要痛苦的。"

克利斯朵夫眼泪都冒上来了。

"噢！这一点我是绝对不愿意的。我自己受什么罪都可以，却不能叫你受罪。"

"朋友，你别急……你知道，我这么说也许把我自己看得太高了些……也许我还不能为你牺牲呢。"

"那不是更好吗？"

"可是你要被我牺牲了,然后我回过头来也得痛苦了……你瞧,不论从哪方面看,都没法解决。还是像现在这样吧。天下还有什么东西胜于我们的友谊的?"

他摇了摇头,不胜悲苦地笑了笑:"是的,这些无非证明你骨子里并不怎么爱我。"

她也很亲切地笑了笑,带点儿惆怅的意味,叹道:"也许是吧。你说得不错。我不是个年轻的人了,朋友。我疲倦了。生活真磨人,尤其对一个不像你这样强的人……噢!你,有些时候我看你还像个十七八岁的大孩子呢。"

"唉!大孩子!脸已经这么老,皱褶这么多,皮肤这么憔悴了!"

"我知道你受过很多痛苦,和我一样多,也许更多。那是我看得出的。但你有时候望着我,眼睛完全跟年轻人的一样,于是我感觉到你心中涌出一股朝气。我吗,我是已经熄灭了。我当年有热情的时节,像人家所说的黄金时代,我可是多么不幸啊!现在我没有力量再那么来一下了。我只有一点儿极稀薄的生命,没有胆量再去尝试婚姻。啊!从前,从前……倘若一个我熟识的人向我有所表示的话!……"

"你说啊,说啊……"

"唉,甭提了……"

"这样说来,要是我从前……噢,天哪!"

"什么?要是你从前?我又没说什么。"

"我明白了。你太狠心了。"

"从前我是疯了,如此而已。"

"你现在说这个话是更要不得。"

"可怜的克利斯朵夫!我说什么都会使你伤心。不说也罢。"

"说吧,说吧……跟我说呀。"

"说什么?"

"说点儿好听的。"

她笑了。

"别笑我啊。"

"你可别伤心哪。"

"我怎么能不伤心呢?"

"你不应该伤心,真的!"

"为什么?"

"因为你有了一个非常爱你的女朋友。"

"真的吗?"

"我告诉了你,你还不信?"

"再说一遍吧!"

"说了你可以不难过了吧?可以知足了吧?咱们这番宝贵的友谊总该叫你满意了吧?"

"不满意也没办法!"

"薄幸啊,薄幸啊!而你还说爱我。其实我爱你还甚于你的爱我呢?"

"嘿!怎么可能!"

他这样说的时候,那种爱情的激动把她逗笑了。他也笑了。他还坚持着说:"那么你再说一遍啊……"

她静了一会儿,望着他,随后突然凑近克利斯朵夫的脸,把他亲了一下。那真是太突兀了,把他愣住了。等到他想张开手臂搂抱,她已经挣脱身子,在客室门口瞧着他,使一个手指放在嘴边,说了声:"嘘!"——就不见了。

从这一天起,他不再和她提到爱情,而他跟她的关系也不像过去那么拘束了。从前,不是故意沉默便是无法抑制的感情激烈的表现,现在可变了一种纯朴的、恬淡的交谊。这是朋友之间坦白的好处。说话没有弦外之音了,幻象与恐惧也没有了。他们彻底认识了彼此的思想。克利斯朵夫在葛拉齐亚家里跟那些他讨厌的外客碰在一起的日子,听见女朋友和他们交换一些无聊的谈话,说些交际场中的俗套,而他觉得不耐烦的时候,她立刻发觉了,望着他微微一笑。那就够了。他知道他们俩是在一起,他的心情也就变得平静了。

和爱人觌面可以使自己的幻想不至于再有毒素,欲念也不至于再那么狂热;既然精神上把爱人占有了,一个人也不会再心猿意马。——并且葛拉齐亚和谐的天性,无形中有一股魅力散布在周围的人身上。过火的举动,语气,即使是无意中流露的,也会使她难堪,觉得是不纯朴的,不美的。在这等地方,她慢慢地使克利斯朵夫受了影响。他自从不需要压制冲动以后,渐渐养成一种自主力;而因为不必再为了无谓的暴躁的脾气消耗,那股力量尤其强大。

他们的心灵彼此渗透了。葛拉齐亚那种只顾体味生活的甜美而蒙眬半睡的境界,一遇到克利斯朵夫蓬蓬勃勃的生机,也觉醒了。她对于精神生活的兴趣变得更直接,更积极。她素来不大看书,懒洋洋的只喜欢几部过去的名著,回来回去地翻着;现在却对于别的思想开始注意,不久也受到了吸引。她并非不知道现代思潮的丰富,但没有兴致自个儿去探险,如今有了一个带路的同伴,她不觉得胆怯了。不知不觉的,她一边推拒,一边跟着人家去了解那个年轻的意大利,虽然她一向讨厌它用那种激昂慷慨的热情去推翻传统。

两颗灵魂交融的结果,还是克利斯朵夫得益更多。在爱情中间,往往是性格比较弱的一个给的多;并非性格强的人爱得不够,而是因为他强,所以非多拿一些不可。从前克利斯朵夫就是这样的得了奥里维不少精神上的财富。但这一次神秘的结合给他的收获更丰富,因为葛拉齐亚带来的是最难得的、奥里维所没有的珍宝——欢乐,心的欢乐,眼睛的欢乐。无处不在的光明好比拉丁天空的笑容,把最微贱的东西的丑陋都洗净了,在古旧的墙上点缀了鲜花,甚至使悲哀也闪出恬静的光彩。

光明的盟友是苏生的春天。新生命的梦在温暖麻痹的空气中酝酿。银灰的橄榄树有了绿意。古水道的暗红穹窿之下,杏仁树开满了白花。初醒的罗马郊野,春草如绿波,欣欣向荣的罂粟如火焰,赤色的葵花,如茵如褥的紫罗兰,像溪水一般在别庄的草坪上流动。蔓藤绕着伞形的柏树;城上吹过一阵清风,送来巴拉丁古园的蔷薇的幽香。

他们常常一块儿散步。只要她肯从几小时的迷迷糊糊,像东方女子那种似醒非醒的境界中醒过来,她就完全变了一个人。她喜欢走路:高个子,腿很长,又结实又窈窕的身段,侧影颇像森林的女神狄安娜。两人最常去的地方,不外乎那些别庄,八世纪时庄丽的罗马被比哀蒙蛮族蹂躏以后的遗物。他们最喜欢玛丹别庄,位于罗马古城的边缘,可以从那儿俯瞰荒郊。他们沿着橡树成荫的走道踱蹀,两旁全是古墓,树叶丛中宛然透露出那些罗马夫妇的凄凉的面目和手挽着手的影子。两人坐在走道尽头的蔷薇棚下,背靠着一个白樽。前面一片荒凉,清静到极点。喷泉慢慢地滴着水,懒洋洋得像要咽气似的……他们俩低声谈着。葛拉齐亚神态安详的眼睛盯着朋友的脸。克利斯朵夫叙述他的生涯,他的斗争,他的过去的苦恼;现在提到这些已经不觉得悲伤了。在她身旁,在她的目光之下,一切都很单纯,好像是应该那样的……她也讲她的故事。他不大听到她说的话,但她的思想都被他抓住了。他和她的心合二为一。他用她的眼睛观看,而且到处看到她的眼睛,那么安静的,燃着一朵深沉的火焰的眼睛:他在古代雕像的残废的脸上看到,也在它们沉默的谜一般的目光中看到。树叶像羊毛似的杉树周围,在太阳底下乌油油发光的橡树中间,罗马的天空笑得多么甜蜜,而在这天上也有她的眼睛。

拉丁艺术的意义,经过葛拉齐亚的眼睛渗进了克利斯朵夫的心。至此为止,他对意大利作品是完全不感兴趣的。野蛮的理想主义者,日耳曼森林中的孤僻的人,对于阳光底下的,美丽的石像的浓郁的韵味,像一盘蜂蜜一般的味道,还没懂得体会。他老实不客气对梵蒂冈博物院中的古物抱着敌意。那些蠢笨的头,那些女性化的或是大块文章的躯干,那种鄙俗的肥胖的身段,那些小白脸,那些武士,他都深恶痛绝。他喜欢的只限于几个雕塑的肖像;但它们所代表的人物并没使他感到一点兴趣。他也讨厌没有血色的,装腔作势的佛罗伦萨派的作品,病态的妇女,拉斐尔以前的皮色苍白,患着肺病的维纳斯。至于模仿西施庭作风的粗野颠顸的英雄,汗流浃背的运动家①,在他眼中仅仅是一堆当炮灰的肥肉。唯有米开朗琪罗一人,为了他悲剧式的痛苦,为了他鞭挞世俗的傲气,为了他圣洁的热情,才得到克利斯朵夫暗中的敬意。他像那位大师一样用着一种纯洁而野蛮的热爱,爱他那些年轻的无邪的裸体,爱他那些犷野的处女,痛苦的《黎明》,眼神犷悍的《圣母》,和美丽的《丽亚》②。但在这位痛苦骚乱的英雄心中,克利斯朵夫所发现的仍旧是自己的心灵的扩大的回声。

葛拉齐亚替他打开了一个新艺术世界的门。他领会到拉斐尔与铁相的清明恬静的境界,看到了古典天才的庄严的华彩,像狮子般威镇着这个被他们征服的,由他们支配的"外形"的宇宙。威尼斯大师③的霹雳般的目光直射到你的心里,强烈的闪电把遮蔽人生的迷蒙的大雾给撕破了。还有那些拉丁天才,不但征服了世界,并且征服了自己,战胜之余始终守着严格的纪律,挑出最有价值的战利品让自己吸收;其成绩便是拉斐尔的一批意境高远的肖像画,和他在梵蒂冈宫中所作的几间屋子的壁画。对于克利斯朵夫,那些名作是比瓦格纳的音乐更丰富的音乐。线条明净,结构和谐的音乐,完全显出颜面、手足、衣褶、举止的美。一切都是智慧,一切都是爱。有的是年轻的身心中涌跃出来的爱。也有的是精神的力,享受生命的力。永远年轻的温情,带着讥讽意味的智慧,动了春情的肉香,驱散阴影,把热情催眠的笑容。还有被艺术家驯服的倔强的生命力……

克利斯朵夫不由得问自己:"他们既然能把罗马的力跟和平联合起来,为什么我们就办不到呢?现在一般最优秀的人往往为了追求其中的一个而摧残另外一个。波生、洛朗,与歌德所赏识的和谐的境界,

---

① 十六世纪后半期至十七世纪时,意大利艺术家模仿米开朗琪罗在西斯廷教堂所作的壁画(《最后之审判》与《创世记》),大半流于粗野鄙俗。
② 《黎明》《圣母》《丽亚》均系米开朗琪罗雕塑的女像。
③ 威尼斯大师系指提香(1477—1576),因其为威尼斯画派的领袖。威尼斯派在画史上以色彩鲜明著称。

倒是意大利人比别个民族更不懂得领会。难道再要一个外国人来提醒他们吗？并且谁能够把这种和谐传授给我们的音乐家呢？音乐上还没有一个拉斐尔那样的人。莫扎特仅仅是个孩子，是个德国小布尔乔亚，神经质的，感伤的，话太多，举动太多，为了一点儿小事就会哭，就会笑。烦琐的巴赫，英勇的贝多芬，他的巨人式的后裔，尽管把贝利翁山叠在奥萨山上咒骂天神①，也始终没看到上帝的笑容……"

可是克利斯朵夫看到了，因为看到了，所以对自己的音乐感到惭愧：无益的骚动，浮夸的热情，唐突的怨叹，拉拉扯扯地老谈着自己，漫无节制的发泄，使他觉得又可耻又可怜。那等于一个没有牧人的羊群，一个没有君主的王国。骚动的灵魂非加以控制不可……

在这几个月中间，克利斯朵夫似乎把音乐忘了，没有这种需要了。他的精神受着罗马气息的感应，正在怀胎的时期。他整天像喝醉了酒似的出神。初春时节的自然界也和他一样，一方面因为酣睡方醒而非常困倦，一方面又飘飘然有点醉意。大自然跟他一起做着梦，彼此像一对睡梦中的情人那样紧紧地抱着。他不再讨厌罗马郊外的骚动的神秘气息，因为他已经体会到悲壮的美；他把沉沉酣睡的大地之神抱在怀里了。

四月中，他得到巴黎方面的邀请，要他去指挥几个音乐会。他不加考虑就想谢绝了，但认为先应该跟葛拉齐亚谈一谈。他觉得把自己的生活去和她商量，心里非常愉快，这样他可以假想她是参加他的生活的。

这一回她可使他大为失望。她要他把事情详细说了一遍，劝他接受。他听了非常难过，认为这表示她对他冷淡。

葛拉齐亚这么劝他的时候也许心中并不是没有遗憾。但克利斯朵夫为什么要去跟她商量呢？既然他要她代为决定，她便认为对于朋

---

① 神话载，古代有巨人族，将贝利翁山叠在奥萨山上与邱比特作战。

友的行为负了责任。自从他们在思想上沟通以后,她也有点感染到克利斯朵夫的意志,觉得行动不但是我们做人的义务,而且也是件美事。至少她认为她的朋友应当把行动当作一种责任,不能随便放弃。她比他更清楚,意大利的气息有种麻醉的力量,好似温暖的南方季候风包含着迷人的毒素一样,会潜入你的血管,催眠你的意志。她屡次感觉到这种不大好的魅力而无法抗拒。所有她的朋友多多少少全害着这个精神上的疟疾。从前一般比他们更刚强的人都受过这病菌的害;它把母狼像上的青铜都腐蚀了①。罗马城中有股死气:古人的坟墓太多了。在这儿久居,不如作客比较卫生。住在罗马太容易忘记时代:而这一点对一般年纪还轻、需要干一番事业的人是危险的。葛拉齐亚明知她的环境为一个艺术家不是一个有生气的环境。同时,她虽然对克利斯朵夫抱着比对无论哪个人都更深切的友谊(她是否敢承认还有问题)心里可并不因为他要走开而觉得不高兴。可怜! 他也使她厌倦了,而使她厌倦的就是她所喜欢他的地方:他的太多的智慧,和积了多少年而快要溢出来的生命力,她的平静的心境被扰乱了。厌倦的理由也许还有一部分是因为她老是觉得受到爱情的威胁;这爱情虽是甜蜜的,动人的,但带着苦苦纠缠的意味,需要她时时刻刻提防,最好还是隔得远一点。她决不承认这些,以为自己出的主意完全是为克利斯朵夫着想。

而为克利斯朵夫着想,她的理由就多了。一个音乐家在当时的意大利不大容易过活。他的空气受着限制,音乐生活是窒息了。这块土地当年是替欧洲音乐播种的,现在被戏剧工厂铺满了油腻的灰跟滚热的烟。凡是不肯加入这个歌唱队的,不能或不愿意进戏剧工场的,就得被遗弃或被窒息。民族的性灵并没有枯竭,但人家让它停滞,让它迷路。长于旋律是意大利宗师的特色,古代艺术的单纯精练的美几乎是种本能;青年音乐家中葆有这些长处的,克利斯朵夫不止遇见一个。

---

① 母狼为罗马城的象征,历代雕塑家多以此为题材塑成铜像。

可是谁关切他们呢？他们的作品既没有人肯演奏,也没有人肯出版。纯粹的交响曲没有人感兴趣。不是涂脂抹粉的音乐就没有人听！所以他们只能有气无力地唱给自己听,结果也静下来了。有什么用呢？还不如睡觉吧。克利斯朵夫很愿意帮助他们。但即使可能,他们多有猜疑的自尊心也不能接受。不管他做些什么,他总是一个外国人。一切旧家出身的意大利人,面上尽管殷勤备至,心里始终把外国人看作蛮子。他们认为,他们的艺术害了病,应当归他们自己解决。所以虽然对克利斯朵夫非常友善,他们总不拿他看作一家人。那他还有什么办法？他究竟不能和他们竞争,他们在太阳底下的位置原来只有那么一点儿,还好意思跟他们争吗？

况且,天才不能缺少养料。音乐家不能缺少音乐——不能没有音乐听,也不能不把自己的音乐奏给人家听。短时期的退隐对于精神固然有益,使它能韬光养晦,但必须以重新出山为条件。孤独是高尚的,但对于一个从此摆脱不了孤独的艺术家是致命的。一个人应该体验当代的生活,哪怕这生活是喧闹的,糜烂的;应当一刻不停地吸收,一刻不停地给,给,然后再接受……在克利斯朵夫的时代,意大利不是当年那个艺术大市场了,也许它有一天会恢复这个地位。但眼前的思想市场,沟通各个民族心灵的市场在北方。你要愿意活下去,就得上那儿去生活。

克利斯朵夫凭着一厢情愿的心思,极不愿意回到喧闹的社会中去。但关于克利斯朵夫的责任,葛拉齐亚反倒感觉得更清楚。她对他比对她自己苛求得多。没有问题,那是因为她看重他的缘故,同时也因为这样为自己更方便。她把打起精神去生活的事交给他代办了,自己仍旧保持清明恬静的心境。他没有勇气怪怨她。她跟圣母一样,已经尽了她最大的使命。在人生中,各有各的角色。克利斯朵夫的角色是行动。她嘛,只要世界上有她这样一个人就行了。他也不要求她更多……

是的,他不要求她更多,只要求一点,就是希望她的爱他能少为他一些而多为她自己一些。因为他不满意她的友谊毫无自私的成分,以至于只会替她的朋友的利益着想,而这朋友是只求她不要想起他的利益的。

他走了。他跑得远了,可是并没离开她。古话说得好:"你心里不同意的时候,永远不会离开你的朋友。"

第 二 部

  他到巴黎的时候心里非常不好过。从奥里维死了以后,这是克利斯朵夫第一次回来。他本来是永远不想再看见这个城市的。从车站到旅馆的路上,他坐在马车里简直不大敢向车外张望。最初几天,他老躲在屋里不愿意出门。一想到在门外等着他的那些往事,他就有一阵悲怆。但究竟是哪一种悲怆呢?自己弄清楚了没有呢?他自以为怕看到往事活生生地跳出来,或者看到过去的面目都已经死了,那是使他更痛苦的:他的悲怆可是这种恐惧造成的吗?……其实对于旧梦重温的痛苦,一个人的本能无形中已经发动了所有的机智,有了防备。因此,他挑了一个(也许自己不觉得)和从前住的区域离得很远的旅馆。初次上街散步的时候,到音乐厅指挥预奏会的时候,重新接触巴黎生活的时候,他先还闭着眼睛,不愿意看到眼前的景象,一味固执着只看到从前的景象。他对自己再三说着:"是的,这是我认识的,认识的……"

  艺术界和政界仍旧是那么专横那么混乱。广场上仍旧是同样的市集。只有演员的角色换过了:当年的革命党变成了布尔乔亚,超人变成了时髦人物。以前的无党无派人士正在压迫现在的无党无派人士。二十年前的青年如今比他们当初攻击的老头儿更保守,他们的批评家不承认新来的人有生活的权利。表面上什么都没改变。

  但实际上什么都改变了……

"朋友,请你原谅!你真好,不埋怨我这么久没信给你。你的来信使我非常快慰。几星期以来,我心乱如麻。人亡物在,故旧星散。你不在眼前尤其使我怅然若失。和我生离死别的人,在我周围造成了一片可怕的空虚。一切我和你讲起过的老朋友都不见了。夜莺——你该记得她的歌声吧——就在那可悲可喜的夜晚,我在人堆里徘徊,在一面镜子里看见了你对我望着的眼睛。——夜莺实现了她目标并不太高的理想,得了一笔小小的遗产,住到诺曼底去了,她在那儿管着一个农庄。亚诺先生告老了,夫妇两人回到他们的南方,住在翁热附近的一个小城里。我那时代的名人,死的死了,倒的倒了,唯有几个老朽的木头人,二十年前在艺术上政治上初露头角的,现在还做着他们的戏,老戴着那副假面具。除了这些面具以外,我连一个人也认不出来了。我觉得他们好似站在坟墓上扯鬼脸。这种感想真是可怕。并且我初到这儿的时期,生理上也很不舒服:离开了你们灿烂的阳光,跑到这灰暗的北方!看到种种事物的丑恶,暗淡的屋子,某些穹窿与某些纪念建筑物上的庸俗的线条,过去从来没注意到的,现在都使我受罪。而精神气氛也不见得使我更愉快。

"可是我没有理由抱怨巴黎人。人家对我的态度跟从前大不同了。仿佛我在离开巴黎的几年中变成了名流。这些恕不多谈了,我知道那是怎么回事。他们在文章上口头上说我的好话,使我很感动,我很感谢他们。可是告诉你:我觉得自己和从前攻击我的人倒比现在恭维我的人更接近……这是我的错,我知道。别埋怨我!有一个时间我心里有点惶惑,那是应有之事。现在可好了,我明白了。是的,你打发我回到社会里来是对的。那时我的孤独把我埋在了沙堆里。扮查拉图斯特拉的角色是不卫生的①。生命的波流消逝了,从我们身上消逝了。必有一个时间,我们只能成为一片沙漠。要在沙土底下掘一条新的水道通到大江必须花许多艰苦的日子。这一点现在已经办到了。

---

① 查拉图斯特拉为七世纪时伊朗宗教的复兴运动者。尼采假托其名宣传超人哲学,著为《查拉图斯特拉如是说》,假定他在山中隐居十年,然后悟道。

我不觉得眼花了。我又赶上了大江。我瞧着,我看到……

"唉,朋友,法国人这个民族多古怪!二十年前我以为他们完了……不料他们又往前了。亲爱的奥里维曾经对我预言,我疑心他是骗骗自己。当时怎么能相信他的话呢?法兰西跟它的巴黎一样到处是土堆瓦砾,给人拆得东一个窟窿,西一个窟窿。我曾经说,他们把什么都毁了……不是一个蛙虫式的民族是什么!哪知它竟是一个海狸式的民族①。人家以为他们死抓着残垣断瓦的时候,他们却就拿这些残垣断瓦奠定他们新都的基础。此刻我看见到处都在动工盖屋子,这真叫作:一件事情成功的时候,连傻子都会懂得……

"其实,法国人的骚动混乱依然如故。你一定要习惯之后,才能在喧哗扰攘之中辨别出各尽本分的劳动者。这些人,你是知道的,不能做一件事而不爬在屋上把事情大声叫喊出来,也不能做着自己的事而不非难邻人的工作。的确,这种作风使最清楚的头脑也会糊涂的。可是像我这样在他们中间混了近十年之后,不会再给他们的叫叫嚷嚷骗过去了。你会发觉那是他们刺激工作的一种方法。尽管叽里呱啦地说个不停,他们手里也忙个不停。每个营造厂都在盖它的屋子,结果整个城市都翻造好了。最了不起的是全部的建筑并不怎么不谐调。虽然各人坚持各人的论调,大家的头脑却长得一个样儿。别瞧他们一片混乱,骨子里有的是共同的本能,有的是民族的逻辑,它的作用跟纪律一样。而归根结底,这纪律也许比一个普鲁士连队的纪律更可靠。

"到处都是对于建设的兴致与热诚:在政治上,社会主义者与国家主义者争先恐后地工作,想把松懈的政权加以巩固;在艺术上,有的想为特权阶级重建一座贵族的古宫,有的想替大众造一所广厦,给集体灵魂歌唱:一方面是光复过去,一方面是缔造未来。而且不论做些什么,那些灵巧的动物老是在构造同样的细胞。他们海狸式的或是蜜蜂式的本能,使他们在几百年中完成了同样的行为,找到了同样的形式。

---

① 海狸善于破坏陆地树木,用以建造它们海中的巢穴,其整齐工巧不逊于人间的村镇。

最激烈的革命分子也许(不自觉的)和最古老的传统结合得最密切。在工团组织中,在最优秀的青年作家中,我发现不少人有中古时代的灵魂。

"现在我对于他们骚动的作风重新习惯以后,我就心里很高兴地看着他们工作。老实说,我太老了,太孤僻了,待在他们的屋子里不会觉得舒畅,我需要自由的空气。但他们究竟是极优秀的工人。这是他们最高的德性。它把一般最平庸的最腐化的人也超升了。他们的艺术家的审美感又是多么灵敏!我从前还不大注意,那是你点醒我的。罗马的阳光使我睁开了眼睛。你们文艺复兴期的人物使我懂得了这里的作家。德彪西的一页乐谱、罗丹的一座半身像、舒阿莱的一句散文,都是跟你们一五○○年代的人物同一血统的。

"使我不快的事这儿并不是不多。我又遇到了当年节场上的熟人,曾经激起我多少义愤的人。他们并没有改变。可是我,我改变了,不敢再对他们严厉了。赶到我忍不住要对这种人不留余地地批判一顿的时候,我就对自己说:你没有这权利。你自以为是强者,可是做的事比这些人更要不得。同时我也弄明白了,世界上原来没有一件东西没用的,便是最下贱的人在悲剧中间也有他们的角色。腐败的享乐主义者,不可向迩的无道德主义者,完成了他们那种白蚁式的任务;摇摇欲坠的屋子,先得拆了才好重造。犹太人也尽了他们神圣的使命,这使命是在一切别的民族中成为一个异族,从世界的这一头到那一头织成一个人类大同的网。他们把各民族中间的知识壁垒推倒,为通灵的理性开辟出一个自由的天地。最下流的腐蚀分子,冷嘲热讽的破坏分子,便是在毁灭我们对过去的信仰,杀害我们亲爱的死者的时候,无形中也是为了神圣的事业工作,为了新生而工作。国际的银行家固然造成多多少少的祸害来满足他们凶残的欲望,骨子里也是不由自主地和那些要打倒他们的革命家站在一条线上,为未来的世界大同努力,而且他们的贡献比幼稚的和平主义者更实际。

"你瞧,我老了,不会再咬人了,牙齿钝了。在戏院里我不再像一般天真的观众那样咒骂演员,诟辱卖国贼了。

"慈悲的女神,我只跟你谈我的事,可是我心里只想着你。你才不知道我对自己多么气恼呢!那个'自我'压迫我,把我淹没了。那是上帝挂在我脖子上的重负。我真想拿它放在你的脚下!当然是可怜的礼物……你的脚生来是为踏在柔软的泥土和清脆可听的沙上的。我还看到这双亲爱的脚懒洋洋地踏在铺满风信花的草坪上呢……(你有没有再上陶里阿别庄去过?)走不多时你的脚已经累了!现在你又斜躺在你平时最喜欢的地方,在客室的尽里头,手托着下巴,拿着一本书,可并不看。你那么慈祥地听着我,没十分留意我的话:因为我使你厌烦。你为了增加耐性,有时想着你自己的念头;但你是殷勤的,体贴的,留着神不让我生气,偶尔有一言半语把你从极远的地方叫回来的时候,你那怅然若失的眼睛立刻会装出聚精会神的模样。而我,嘴里说着话,其实跟你一样心不在焉,也不大听见我自己的声音;我一边留神我的话在你脸上引起的反应,一边在我心坎里听到另外一套话;那是我没有对你说出来的,和我嘴里说的完全相反的,可是你,慈悲的女神,你都清清楚楚地听到了,只是假装没听见。

"再会了。我想你不久会重新见到我。我不会在这儿无精打采地待下去的。音乐会举行过了,还有什么事可做呢?我亲你的两个孩子,亲他们可爱的脸蛋。那是你的出品:我亲了他们不是应该满足了吗?

克利斯朵夫"

"慈悲的女神"的复信是这样写的:

"朋友,我就在你回想得那么清楚的客厅的一角收到你的信。我看一会儿,让你的信休息一会儿,让我自己也像信一样休息一会儿!别笑我!这个办法可以使你的信显得更长。这样我跟它消磨了一个下午。孩子们问我老看不完地看着什么。我说是你的一封信。奥洛拉瞧了瞧信纸,不胜同情地说:唷!写一封这样长的信真是受罪喽!我解释给她听,这可不是我给你的罚课,而是我们在一块儿谈话。她听着一声不响,带着弟弟溜到隔壁屋子玩去了;过了一会儿,正当雷翁那罗大声嚷嚷的时候,我听见奥洛拉说:别嚷,妈妈正在跟克利斯朵夫先生谈话呢。

"你说的关于法国人的情形使我很感兴趣,可并不惊奇。你该记得,我曾经埋怨你对他们不公平。人家尽可以不喜欢他们,但不能不承认他们是一个多聪明的民族!有些平庸的民族是靠了好心或强壮的体格得到补救的。法国人是全靠聪明。聪明把他们所有的弱点洗刷掉了,使他们再生。人家以为他们颠覆了,堕落了,腐化了,不料他们那种涓涓不竭的智慧使他们返老还童了。

"可是我还得埋怨你。你求我原谅你只谈着你的事:这简直是胡说。你一点没跟我提到你自己,没提到你的所作所为,所见所闻。直要表姐高兰德——干吗你不去看她呢?——把关于你音乐会的剪报寄给我,我才知道你的成功,你只在信里随便提到一句。难道你竟这样看破一切吗?……我想不会的。你该告诉我说,那些事使你高兴……而且应该使你高兴,因为第一,我就觉得高兴。我不喜欢你把一切看得这样冷淡。来信语气很凄凉,真是不应该。你对别人更公平固然很好,但决不能因此而自卑,说你比他们之中最糟的还要糟。虔诚的基督徒可能称赞你。我却认为不对。我不是一个虔诚的基督徒,而是一个老实的意大利女子,不喜欢人家为了过去的事而烦恼。能管着眼前已经很够了。我不大知道你以前究竟做了些什么。你只提过寥寥几句,其余的我大概可以猜想到。那当然不大体面,但我心中还是把你看得很重。可怜的克利斯朵夫!一个女子到了我这个年纪,决不会不知道一个男人往往是很软弱的。要是不知道他的弱点,她也不会这样爱他了。别再想你做过的事。不如想你将要做的事。后悔是没用的。那只是往后退。而不论在好的方面还是坏的方面,什么事总是往前进的。'永远要向前啊,萨伏阿!'①……倘使你以为我肯让你

---

① 十九世纪意大利统一运动有此口号。因该时以萨伏阿王族为建国的核心。

回到罗马来,你可错了!这儿没有你的事。还是留在巴黎吧,去创造,去活动,去参与艺术生活。我不愿意你采取听天由命的态度。我愿意你作些美妙的东西,我希望它们成功,希望你越来越强,以便帮助一帮新的克利斯朵夫去开始同样的斗争,突破同样的难关。你应该寻访他们,帮助他们,好好地对待你的后辈,别像你的前辈当初对你那样。并且我愿意你坚强,让我知道你是强者:你真想不到这一点能给我多少力量。

"我几乎每天都和孩子们上鲍尔该士别庄去。前天我们坐着车到邦德·谟尔,然后徒步在玛丽沃岗上绕了一圈。你瞧不起我可怜的腿,它们对你很生气:他说些什么,这位先生?说我们在陶里阿别庄走了十几步就会累吗?他才不认识我们呢。我们不愿意辛苦是因为我们懒,不是做不到……朋友,你忘了我是乡下姑娘出身……

"你该去看看我的表姐高兰德。你还对她记恨吗?骨子里她是个老实人,而且对你佩服得五体投地。似乎巴黎女子都被你的音乐颠倒了。瑞士的野人快要成为巴黎的红人了,只要他自己愿意。有什么太太们给你写情书吗?来信连一个女人都没提到。你还会钟情吗?不妨讲给我听听,我决不忌妒。

你的朋友　G."

"呵!你以为我会感激你信上的最后一句话吗?爱取笑的女神,你要忌妒,别希望我来使你忌妒。你说的那些为我疯疯癫癫的巴黎女人,我对她们毫不动心。疯癫!她们的确愿意,但事实上她们是最不疯癫的人。别希望我会被她们迷住。倘若她们对我的音乐漠不关心,也许我还可能上当。但她们的确爱着我的音乐;我怎么还会受骗呢?一朝有人和你说懂得你,你就可以断定他是永远不会懂得你的……

"可是我这些嬉笑怒骂的话,你别太当真。我对你的感情不至于使我对旁的女子不公平。自从我不再用爱人的目光去看她们之后,我对她们的好感可以说是从来未有的。我们男人太愚蠢了,只知道自私自利,压迫女人,使她们过着一种委屈的、不健全的、近乎仆役的生活,结果是男人女人两败俱伤。三十年来她们为了摆脱那种生活所花的心血,我觉得是这个时代的一件大事。在这样一个都会里,我们不能不佩服这一代的女性,不管那么多的障碍,凭着天真的热情去征服学问,征服文凭,那是她们认为能够解放她们,替她们打开陌生世界的秘库,使她们和男子跻身于平等之列的!……

"当然,这种信念是虚幻的,有些可笑的。但无论哪种进步,从来不能照我们所希望的方式实现;途径尽管不同,进步还是一样的进步。现代女性的努力决不会白费。它可以使女人更完全,更富于人性,好似那些大时代中的妇女一样。她们对于世界上重大的问题不再表示冷淡了:那种冷淡根本不合人性,因为便是一个最重视家庭责任的女人,也不应该不想到她在现代都市中的责任。她们的曾祖母,在圣女贞德和凯塞琳·斯福查①的时代,就不是这样想的。从那个时候到现在,女性变得贫血了。我们苛扣了她们的空气和阳光。如今她们居然拼命从我们那里把阳光和空气夺回去了。嘿,真是了不起!自然,在今日这些奋斗的妇女中间,有许多会夭折,有许多会身心失常。这是疾病到了生死关头的时代。元气过分衰弱的人做这种努力未免太剧烈了。一株久旱的植物遇到第一场雨就可能完事大吉。可是进步而不必付代价的事是没有的。将来的人一定会靠着这些苦难发芽滋长。现在一般献身于战斗的可怜的处女,好些是永远结不了婚的,但她们为未来所预备的果实,将要比以前多少代生儿育女的女性更丰富:因为新的黄金时代的女性会从她们的牺牲中间产生。

"这些勤勉的蜜蜂,决不能在你表姐高兰德的沙龙中遇到。你为什么一定要我上那儿去呢?我不得不服从你的命令;但这是不对的,你滥用威权了。我拒绝了她的三次邀请,收到了两封信没有复。于是

---

① 凯塞琳·斯福查为意大利十五世纪时贵族,在当时封建战争中以保卫家族著名。

她到我某次的预奏会上(人家正在试奏我的第六交响曲)来叮我了。在休息时间,我看见她迎面而来,探着鼻子拼命地呼吸,嘴里嚷着:唔,真有点儿爱情的气息!……啊!我多喜欢这个音乐!……

"她的外表改变了,唯有猫儿似的豹眼和扯动不已的鼻子依然如故。脸盘变得宽大,结实,气色很好,非常健康。参加体育活动的结果,她和从前不同了。她对于这个玩意儿喜欢得如醉若狂。你知道她的丈夫是汽车俱乐部和航空俱乐部的要人。所有的飞行比赛,所有水、陆、空的运动,史丹芬·台莱斯德拉特没有一次不到。他们老是奔东奔西地旅行。要跟他们谈话简直不可能;两人说的无非是赛跑,赛船,赛球,赛马。这是一批新的时髦人物。悲莱阿斯的时代过去了。如今大家不在精神方面讲究时髦了。少女们所追求的,是在露天与阳光底下跑来跑去晒出来的鲜红的肤色。她们瞧着你的时候,眼睛跟男人的一样,笑也笑得很粗野,语气也更火暴更放肆了。你的表姐有时会若无其事地说些野话。她过去是这也不吃那也不吃的,此刻居然成为饭桌上的健将。她还抱怨胃不好,因为她这样说惯了,事实上并不因此少动一叉。她连一本书都不看。在她那个社会里,谁也不看书了。唯有音乐还承蒙她们瞧得起,同时它也因为文学失势而沾了光。等到这些家伙疲倦得浑身瘫软了,音乐就等于他们的土耳其浴,温暖的蒸汽,按摩,东方烟袋……完全用不着他们思想的。在体育活动与恋爱之间,音乐是一种过渡的玩意儿,并且也还是一种运动。但在一切审美的娱乐中,今日最受欢迎的运动是跳舞。俄国舞、希腊舞、瑞士舞、美国舞,在巴黎什么都可以拿来跳舞:贝多芬的交响曲,埃斯库罗斯①的悲剧,巴赫的《十二平均律》,梵蒂冈教廷中的古物,格鲁克的歌剧《奥尔弗》,瓦格纳的《特里斯坦》……那些人都害上了想入非非的怪毛病。

"最有意思的是看你的表姐怎样把这些调和起来。她的唯美主

---

① 埃斯库罗斯为古希腊的悲剧诗人。

义,她的体育活动,她的精明干练——因为她母亲处理事务的才干跟日常生活中的专制作风,她都承继了,——合在一起必然成为一种莫名其妙的混合物,但她觉得很舒服。她的最疯狂的怪癖并不妨碍她清楚的头脑,正如她驾着风驰电掣的汽车不会眼花也不会手忙脚乱。那真是一个了不得的女子;丈夫、宾客、仆役,都被她随心所欲的支配着。她也参与政治,拥护殿下①,我不相信她是保王党,可是这样一来,她的忙乱可以多一个借口。并且她虽然一本书念不上十页,照旧参加学士院的选举。她自告奋勇要做我的后台。你知道这对我就不是味儿。最可恶的是,我是为了听从你的话才去看她的,不料她自以为对我有什么影响……我自然要气气她,当面把她揭穿了。她听了不过笑笑,还厚着脸跟我顶嘴。你说她骨子里是个老实人,不错,只要在她有点儿事情可做的时候。她自己也承认这一点:倘若机器没有东西可以研磨,它为了找材料,什么都做得出。我上她家去了两次。现在我不去了。对你,这已经足够证明我的服从。你总不至于要我的命吧?我从她那儿出来简直筋疲力尽,累得要死。我上次看了她回来,夜里做了一个可怕的噩梦:我变作她的丈夫,整个生活都给搅得天翻地覆……真正的丈夫可决不会做这样荒唐的梦;因为所有我在她府上见到的人里头,他是和她相处最少的一个;便是碰在一起,他们也只谈运动。他们俩非常投机呢。

"所有这批人怎么会捧我的音乐呢?我不想去了解。据我看,大概那对他们是一种新的刺激。他们喜欢我的音乐粗暴。目前他们爱着一种油脂厚重的艺术。至于油脂里头的灵魂,他们连想也没想到。他们会从今天的如醉若狂转变到明天的视若无睹,再从明天的视若无睹转变到后天的非难中伤,实际是从来没有认识对象。这种情形是所有的艺术家都遇到的。我对于自己的走红不存什么幻想,那是不会久

---

① 本书写作时期,法国王室的后裔是路易·菲力浦·劳白·奥莱昂公爵(1869—1926)。自十八世纪大革命以后,法国的保王党运动始终存在,每个时代的党人均以当时在王室世系上应当继承王位的人为假想的王,称之为"殿下"。

的,而且还要我付代价呢。眼前我只冷眼看着那些怪现象。对我崇拜最热烈的(你猜是谁?……)是咱们的朋友雷维-葛,那位漂亮人物,从前我跟他作过一次可笑的决斗的,你总该记得吧?此刻他在开导那些从前不了解我的人,而且开导得很好。所有谈论我的人还算他最聪明。其余的是些什么货也就可想而知了。你瞧,我有什么可得意的?

"并且我也没有这心思。人家所赞美的我的作品,我自己听了羞死了。我看出自己的面目,而我不觉得我美。对于一个有眼睛的人,一件音乐作品是一面多么无情的镜子!幸而他们又是瞎子又是聋子。我在作品里放进了自己多少的骚乱与弱点,以至于我有时候觉得把这些魔鬼放到世界上来简直是干了件坏事。直看到群众非常安静,我才放下心:他们穿着三重的铁甲,什么都伤害不到他们,否则我非入地狱不可了……你埋怨我责己太严。那是因为你的认识我并不像我的认识我自己。人家只看见我们现在的模样,看不见我们可能成为的模样;大家称赞我们的,多半是推移我们的时势和支配我们的力量,而很少是我们修养得来的成绩。让我讲一个故事给你听吧。

"前天晚上我走进一家咖啡馆。巴黎有些咖啡馆奏着相当美好的音乐,虽然方式很奇怪,我去的便是这样一家。他们用五六种乐器,加上一架钢琴,奏着所有的交响曲,弥撒祭乐,清唱剧。那正如罗马的大理石铺子出卖小型的梅迭西斯祭堂,给人做壁炉架上的装饰品。似乎这么办是对艺术有益的。为了要使艺术流通,非把它铸成铜子儿不可。除此之外,那些音乐会倒也货真价实:节目非常丰盛,演奏的人都很尽心。我在那儿遇到一个跟我素有往来的大提琴师,他的眼睛跟我父亲的很像。他把一生的经历告诉我。祖父是农夫,父亲是北方一个村公所里的办事员。家人想培植他做个上等人,当律师,便送他到附近的城里去念中学。孩子又结实又粗野,不是做小公证人那种细功夫的料子。他不能安分守己,从墙上跳出去,在田野里乱跑,追逐女孩子,逗着蛮力跟人打架,要不然就游手好闲,做梦一般地想着些永远做不到的事。只有一样东西吸引他,就是音乐。天知道为什么!家族里头没有一个音乐家,除了一个疯疯癫癫的叔祖。那种怪物,内地有的是,往往很聪明,很有天赋,可惜孤高自傲,为了一些古怪的无聊事儿把才气消磨尽了。那叔祖发明了一种新的记谱法,(你瞧,又是一种!①)可以促成音乐革命的,他还自以为发明了一种速记术,可以把歌词、曲调、伴奏三者同时记录下来,但一写下来,他自己先认不清了。家族一边嘲笑这个老头儿,一边也很得意,心里想:——他是个老疯子。可是谁知道?也许他真是天才……大概侄孙的爱好音乐就是从他那里遗传得来的。他在那小地方能听到些什么音乐呢?可是恶俗的音乐所引起的爱,跟美好的音乐所引起的一样纯洁。

"不幸这种热情似乎在他的环境里是不可告人的,孩子又没有叔祖那股顽强的戆气。他只能偷偷地翻着老疯子呕尽心血的作品,作为他畸形的音乐教育的基础。在父亲面前和舆论面前,他又虚荣又胆怯,在没有成功之前决不敢提起他的志愿。老实的孩子受着家庭的压迫,像所有法国的小布尔乔亚一样,因为懦弱,不敢和家属的意志对抗,表面上一味服从,实际却永远过着偷偷摸摸的生活。他并不走自己喜欢的路,却毫无兴趣地做着人家指定的工作:既不能好好地有所成就,也不能痛痛快快地失败。考试都马马虎虎地考及格了。考及格的好处,是从此可以逃掉内地与父母的双重监督。他看到法律就头痛,决意将来不吃这碗饭。但只要父亲活着,他就不敢说出自己的志愿。也许他很乐意在决定取舍之前再等些时候。像他那等人,一辈子都空想着将来做些什么,可能做些什么,目前却一事不做。巴黎的新生活使他陶醉了,出了轨,凭着乡下青年的狠劲,把自己交给了两桩热情:女人和音乐;一方面被音乐会搅昏了头,一方面也为了寻欢作乐搅昏了头。他为此虚度了几年,一点不想办法补足他的音乐教育。骄傲,暴躁,独立不羁与多疑的坏脾气,使他没法跟任何教师学习,也不愿向任何人请教。

---

① 很多欧洲人发明新的记谱法,认为五线谱还不够完美。

"父亲死后,他把法律书一股脑儿丢开了。没有勇气学习必不可少的技术,他先就开始作曲。由于懒惰游荡的老毛病与寻欢作乐的嗜好,他不能再下苦功。心里很有感情,但他始终抓不住自己的思想与形式,结果只能写些无聊的滥调。最糟的是,这个平庸的家伙心中的确有点儿伟大的东西。我看过他两件从前的作品,东零西碎的颇有些动人的思想,仅仅露出些端倪,马上就变了样。那仿佛泥坑上面的一些磷火……而且他的脑子又是好不古怪!他想对我解释贝多芬的奏鸣曲,居然看到其中有些幼稚可笑的故事。然而他抱着何等的热情,态度何等的严肃!他一边说一边含着眼泪。他能够为了所爱的东西把自己的命都送掉。你一看到他就会觉得他又动人又滑稽。正当我预备当面笑他的时候,心里竟想拥抱他了……真是老实到了骨子里。他瞧不起巴黎文艺社团的欺诈,也瞧不起那些空头的名人——另一方面仍禁不住像小布尔乔亚一样天真地仰慕走红的人……

"他得了一笔小小的遗产,几个月工夫就把它吃完了,而等到分文不名的时候,又像许多跟他差不多的人一样,偏偏老实起来,娶了一个被他勾引的没有钱的女人。她嗓子很好,并不爱好音乐而弄着音乐。两人的生活,只靠她的嗓子和他的不高明的大提琴演技来维持。自然,他们不久就发现了彼此的平庸,不能忍受。他们生了一个女儿,父亲在她身上又大做其好梦,以为自己做不到的事可以由她来实现了。小姑娘像她的母亲,只能成为一个毫无天分的钢琴匠;她非常敬爱父亲,拼命用功,想博取他的欢心,几年之中,他们跑遍了名城胜地的旅馆,挣来的钱还不如受的羞辱多。娇弱而劳作过度的孩子死了。绝望的妻子脾气越来越坏。简直是无边的苦海,没有希望跳出来,同时他心里又抱着一个没有能力达到的理想,更增加自己的痛苦……

"唉,朋友,我看到这可怜的一事无成的家伙,一生只是一组连续不断的悔恨,我就心里想:瞧,我就可能成为这种人。我们童年时代的心灵很有些相同的地方,一生的遭遇也差不多;甚至我们的音乐思想也有某些共同点;不过他的是在半路上停了下来。我没有像他那样陷落靠的是什么呢？没有问题，是靠了我的意志，但也靠了偶然的际遇。并且即以我的意志而论，难道那完全是凭我自己的努力得到的吗？岂非多半是靠我的种族，靠我的朋友们，靠那帮助我的神的力量吗？想到这些，我就变得谦卑了。一个人觉得所有爱艺术，为艺术受苦的人跟自己都是兄弟。从末流到第一流，距离并不大……

"在这一点上，我想到了你信上的话。你说得对：一个艺术家只要还能帮助别人的时候，决不该独善其身。所以我留在这里了，我要强迫自己每年在这儿住几个月，或是在维也纳，或是在柏林，虽然我已经住不惯这些都市。可是我不应该离开岗位。即使这种逗留不能有益于人，那是我很有理由担心的，至少可能对我自己有点儿好处。而且想到这是你的愿望，我还可以觉得安慰。再说……（我不愿意扯谎）……我在这儿也渐渐感到愉快了。再会吧，专制的王后，你胜利了。我不但做了你要我做的事，并且喜欢做了。

克利斯朵夫"

这样他就留在巴黎，一部分是为讨她喜欢，一部分也因为他艺术家的好奇心觉醒之下，被新生的艺术界景象迷住了。他精神上把所见所为的一切都献给葛拉齐亚，写信告诉她。他很知道，希望她对这些感到多大兴趣未免是妄想，也许她还有点儿漠不关心呢。但他感激她并不过于表示出来。

她经常每半个月复他一封信，都是措辞亲切而极有节度的，像她的动作一样。提到自己的生活的时候，她始终保持着温柔，高傲，矜持的态度。她知道她的话会在克利斯朵夫心中引起何等剧烈的反响，所以宁可表示得冷淡一点而不愿意挑动他的热情，因为她不愿意跟着他一起兴奋。可是她凭着女性的聪明，自有办法不让朋友的爱情感到失意，倘使她有何冷淡的话扫了对方的兴，她会立刻用几句甜蜜的话把伤口包扎起来。克利斯朵夫不久就看透这种策略，便也使出爱情的狡计，努力压制自己的冲动，把信写得更有节制，使葛拉齐亚复信的时候减少一点儿警惕。

他在巴黎越住下去,对于大家忙忙碌碌的新的活动越感到兴味。特别因为青年人对他的好感比较少,所以他觉得更有意思。他没有看错:他的走红不过是昙花一现。十年退隐之后再回到巴黎来,他不免在社会上轰动一时。可是命运弄人,这一回捧他的竟是他从前的敌人——时髦朋友和上流人物;一般艺术家倒反暗中对他抱着敌意,或者存着猜忌的心。他的权威是靠着他年代悠久的名字,数量巨大的作品,热烈肯定的语气,不顾一切的真诚。固然大家不得不承认他是个人物,不得不佩服他或敬重他,可是不了解他,不喜欢他。他已经站在当代的艺术潮流之外了。他是个怪物,是个不合时宜的活榜样。那他一向是的。十年的孤独更加强了这一点。他不在的那段时期,在欧洲,尤其在巴黎,就像他亲眼看到的,完成了一番复兴的事业。一个新的秩序产生了。一代新人兴起来了——爱行动甚于爱了解,爱占有甚于爱真理的一代。它要生活,要抓住生活,哪怕要用谎言去换取也有所不顾。骄傲的谎言——各式各种骄傲的谎言:种族的骄傲,阶级的骄傲,宗教的骄傲,文化与艺术的骄傲——对它都是好的,只要是一副铁的盔甲,只要能供给它刀剑盾牌,保护它踏上胜利之路。所以这一代的人最讨厌听到响亮的苦恼的声音,使他们想起世界上还有怀疑与痛苦:那仿佛是飓风,曾经扰乱那个才溜掉不久的黑夜的;而且大家虽然否认,虽然想忘记,那些飓风还继续威胁着世界。距离太近了,要不听见是不可能的;于是青年们恨恨地掉过头去,大声疾呼地嚷着,想震聋自己的耳朵。但那个声音比他们的更响。所以他们恨克利斯朵夫。

反之,克利斯朵夫倒很友善地望着他们,看到大家不顾一切地向着一个切实的目标,一个新的秩序攀登,不由得表示敬意。他们在这个潮流中故意做得胸襟狭窄,并不使他惊骇。一个人向着目标迈进的时候应当笔直地朝前望的。至于他,坐在一个世界的拐角儿上,能够回头瞧瞧那个惊心动魄的黑夜,向前瞻望那年轻的笑容可掬的希望,对着清新而狂热的黎明体会一下那种不可捉摸的美,觉得挺有意思。

他站的地位是钟摆的轴心上稳定的一点,钟摆却又在往一边荡过去了。他虽然不跟着钟摆一起动作,却非常高兴地听着人生的节奏跳动。那般人否认他过去的悲怆,他可是和他们一同希望着。要来的一定会来的,就像他所梦想的一样。十年以前,奥里维在黑暗与痛苦中——那可怜的高卢小公鸡——曾经用他脆弱的歌声报告天将破晓的消息;歌唱的人不在了,歌的精神却实现了。法兰西园子里的鸟都已经醒过来。突然之间,克利斯朵夫听见奥里维的声音复活了,盖过了别的啼声,更响亮,更清楚。

他在一家书铺的柜子上随便翻着一本诗集。作者的姓名很陌生。但有些字句引起了他注意,使他不忍释手。他在没有裁开的书页中间慢慢地读下去,仿佛认出了一个很熟的声音,一些很熟悉的特点……既不能确定他的感觉是怎么回事,又不忍把书丢开,便买了下来。回到家里,他继续念着,不料那执着的念头占据着他的思想。诗中彪悍强劲的气息,清清楚楚地令人想起那些广大无边的古老的灵魂——想起那些冬天的树木(人类只是它们的枝叶与果实),想起那些人类的祖国。字里行间跃现出母性的超人的面目,现在、过去、将来,永久存在的面目,君临着世界,有如中世纪艺术上的圣母,像山一般高,虫蚁似的人类在她们脚下祈祷。诗人颂赞这些伟大的女神做着英勇的决斗,从有史以来就在那里短兵相接:这些几千年的伊利亚特史诗之于特洛伊战迹,就好比阿尔卑斯山脉之于希腊岗峦。

像这样一部骄傲与战斗的史诗,对于克利斯朵夫那样的欧罗巴灵魂,思想上当然距离很远。可是在法国诗人的幻想中(妩媚的处女雅典娜拿着盾牌,蓝眼睛在黑暗中发光;她是劳动的女神,盖世无双的艺术家,高于一切的理性,用她毫光四射的长矛把蠢动的蛮族制服了①),——克利斯朵夫在闪烁的光明中瞥见一道目光,一副笑容,是

---

① 希腊神话以雅典娜为童贞的女神,代表战争,代表艺术,代表聪明,代表劳动,保护农业,保护城市。她的德性与职责多至不胜枚举。

他认识的,爱过的;但正要去抓握的时候,幻景消失了。他因为追逐不到而非常懊恼,不料翻过一页,读到了一桩奥里维去世以前不久讲给他听的故事。

他大为惊愕,马上跑到出版者那里去问诗人的住址。人家照例不肯说。他生了气,可是没用。后来他想也许可以在年鉴中找到,果然不错;他立刻奔到作者家里。他的脾气是想做什么就做什么,从来不肯等的。

在巴底诺区里,他爬到一座屋子的最高一层楼上。公共走道里有好几扇门,克利斯朵夫依着人家的指点敲了一扇。可是开的倒是隔壁的门。一个并不好看的年轻的女人,额上覆着深褐色的头发,肤色乌七八糟的,抽搐的脸配着一对炯炯有神的眼睛,带着猜疑的神气问他来意。克利斯朵夫把访问的目的说明了,对方又提出别的问话,便报了自己的姓名。于是她走出屋子,从身上掏出钥匙开了另外一扇门,并不请克利斯朵夫进去,先叫他在过道里等着。她自己进去之后重新把门关上。后来他终于踏进了戒备森严的屋子,先穿过一间空荡荡的做餐室用的房间,里头摆着几件破烂的家具,靠近没有窗帘的窗口放着一个笼子,有十几只鸟在那里乱叫。隔壁房内,一张破破烂烂的便榻上躺着一个男人。他抬起身子迎接克利斯朵夫。那张灵光四射的瘦削的脸,那对火辣辣的、秀美的、绒样的眼睛,那双长长的细致的手,那个残废的身体,那种带点沙哑的尖锐的声音……克利斯朵夫马上认出来了……那不是爱麦虞限吗?就是那残废的小工人,无意之间断送了……爱麦虞限也突然站了起来,认出了克利斯朵夫。

他们俩一言不发,同时都看到了奥里维的影子……不敢马上伸出手来。爱麦虞限往后退了一步。那种连自己也不承认的怨恨,从前对克利斯朵夫的妒意,过了十年又在暧昧的本能深处抬起头来。他站在那里,存着戒心,抱着敌意。可是看到克利斯朵夫那么感动,看到他们俩心里都想着的名字(奥里维……)快要被克利斯朵夫说出来的时候,他忍不住了,立刻扑在对他张开着的臂抱里。

"我知道你在巴黎,可是你,你怎么能找到我的?"

克利斯朵夫回答:"我读了你最近的著作,我听到了他的声音。"

"是吗?你认出了他是不是?我现在的一切都是他赐给我的。"(他避免说出名字。)

停了一会儿,他沉着脸又说:"你我之间,他更喜欢你呢。"

克利斯朵夫笑了笑:"真正爱的人没有什么爱得多爱得少的,他是把自己整个儿给他所爱的人的。"

爱麦虞限望着克利斯朵夫,个性坚强的眼中那点儿悲壮的严肃,突然蒙上一道柔和的光。他抓着克利斯朵夫的手,请他坐在便榻上,靠近着他。

他们把彼此过去的经历讲了一遍。从十四到二十五岁之间,爱麦虞限干过不少行业:印刷工人,地毯工人,小贩,书店捐客,诉讼代理人的书记,政客的秘书,新闻记者……在所有的行业中,他都想办法下苦功自修;偶然也有几个好人,被这小家伙的毅力感动了,帮他一点忙,但多半的人是利用他的穷苦与天赋。他得了不少惨酷的经验,结果总算不太灰心,只是把他原来就很娇弱的健康都损失完了。因为学习古文字特别快(在一个传统上受到人文主义熏陶的民族中间,这种才能并不算是例外),他积累到一个研究古希腊学问的教士帮忙。虽则他没有时间把这些学问钻研得如何精深,可是已经养成了思想的纪律和文字的风格。这个出身微贱,一切知识都靠自修得来而漏洞很多的人,居然学会了运用辞藻的能力,能够用思想来控制形式,那是布尔乔亚青年经过十年的高等教育也不容易培养成功的。他把这种好处归功于奥里维。虽然别人给他的帮助比较实际,但替这颗心灵在黑夜中把长明灯点起来的,的确是奥里维。别人不过是做了添加灯油的工作。

他说:"从他去世的时候起,我才开始了解他。但他和我说过的话都进到了我的心里。他的光明从来没有离开我。"

他谈着他的作品,谈着自以为是奥里维留给他的任务,提到法兰西民族精神的觉醒,英勇的理想主义的火焰,为奥里维所预告的;他想替这些做一个响亮的声音,超临在战斗之上,报告未来的胜利。他为他复兴的民族唱着史诗。

他的诗歌的确是这个奇异的民族的出品。经过了多少世纪,这民族把克尔特古族的气息始终保持得那么牢固,同时又有一种古怪的骄傲的脾气,把罗马征服者的遗物和法律裹在自己的思想外面。爱麦虞限的诗中有的是高卢族的胆气,疯狂的理智,辛辣的讽刺,英勇的精神,又是自大又是勇敢的性格,例如敢向罗马贵族挑战,洗劫台尔弗神庙①,狞笑着对天挥舞长枪的气魄。但这个巴黎侏儒像他那些戴假头发的祖先一般,也像他未来的子孙一般,还会把他的热情寄托在两千年前的希腊英雄和神明身上。这是法兰西民族的奇怪的本能,和它追求"绝对"的需要融洽一致的本能:它的思想明明追随着几千年前的足迹,但它反而以为是把自己的思想叫以后几千年间的人作为楷模。古典形式的束缚反而使爱麦虞限的热情愈加奋激。奥里维认为法兰西是有前途的,他的信念是安详沉着的,到了他的门徒身上却变成了如火如荼的信仰,急于行动而胜券在握的信仰。他要胜利,看到了胜利,欢呼胜利。他所以能煽动法国群众的心,便是靠这股狂热的信仰和乐观的气息。他的著作跟战争一样有力量。怀疑与恐怖的阵线被他突破了。所有年轻的一代都跟着他蜂拥向前,向新的命运扑过去……

他一边说着一边兴奋起来:眼里冒着火焰,苍白的脸上东一处西一处有了红晕,嗓音也提高了。克利斯朵夫不禁注意到这一堆气势逼人的烈火,和烧着这堆烈火的可怜的身体之间的对照。但这个命运弄人的惨状,他还只看到一部分。诗人讴歌咏叹的是毅力,是这一代醉心于体育、行动、战斗的勇猛的青年,诗人本身可是连走路都是上气不接下气的,只能过着极有节制的生活,饮食受着限制,只喝清水,不能抽烟,没有情妇;他浑身上下都是热情,但为了脆弱的健康不得不过着

---

① 台尔弗为希腊古城,曾被高卢族攻陷。

清心寡欲的日子。

克利斯朵夫打量着爱麦虞限,觉得他又可佩又可怜。他当然不愿意流露出来;但大概他的眼睛透露了一些消息,或者是伤口始终没结好的爱麦虞限的傲气,以为在克利斯朵夫眼中看到了恻隐之心,那是他觉得比恨更要不得的。忽然之间,他激昂慷慨的感情低了下去,不作声了。克利斯朵夫竭力想把他的信心争取回来,只是徒然。心灵已经关上了门。克利斯朵夫看出对方是被他伤害了。

爱麦虞限一声不出,抱着敌意。克利斯朵夫站起来,爱麦虞限默默无言地送到门口。他一走路就更显出他的残废;他自己知道这一点,因为骄傲而装作毫不介意;但他以为克利斯朵夫在暗中留神,于是心里愈加怨恨。

他正冷冰冰地握着客人的手告别,忽然有个年轻的漂亮女人来按他的门铃。一个装模作样的男人做着她的跟班,那是克利斯朵夫在戏院上演新戏的时候注意过的,老是笑容可掬,絮絮不休,颠头耸脑的行着礼,吻着妇女们的手,从正厅的座位上嘻着脸和熟人打招呼,直招呼到最后几排。克利斯朵夫不知道他的姓名,便叫他"花花公子"。那时"花花公子"和他的女伴,一见爱麦虞限就拿出肉麻的礼数和亲热的态度扑向"亲爱的大师"。克利斯朵夫一边走出来,一边听见爱麦虞限斩钉截铁地回答说今天有事,不能见客。他很佩服他不怕得罪人的胆量。可是爱麦虞限为什么对这批上门来献殷勤的、有钱的时髦人物这样冷淡,克利斯朵夫还不知道呢。他们说话很甜,满嘴都是恭维,可并不想减轻他的灾难,正如赛查·法朗克的朋友们让他到死都靠教钢琴过活。

克利斯朵夫又去看了好几次爱麦虞限,却没法再恢复初次访问时那种亲密的感觉。爱麦虞限看到他,并不表示愉快,只抱着猜疑而矜持的态度。有时他的性灵需要发泄一下,被克利斯朵夫一句话打动了心,忍不住兴奋起来,让他的理想主义射出一些绚烂的光芒,照着他深藏的灵魂。接着他的热情突然下降,憋着一肚子的怨气不出声了,使克利斯朵夫又看到了敌人的面目。

两人不同的地方太多了。年龄的差距也关系很大。克利斯朵夫越来越认清自己,越来越能控制自己。爱麦虞限却还在变化不定的阶段,精神上比克利斯朵夫一生无论哪一个时期都更骚乱。他的面貌所以这么特别,是因为他心中有许多互相冲突的因素:严格的苦行精神竭力想把隔世遗传的欲念压下去——我们别忘了他父亲是个酒徒,母亲是个卖淫妇;狂热的幻想竭力反抗着铁一般的意志,不受约束;极自私的心理和极慈爱的心肠,叫人永远看不出两者之中哪一个会占上风;还有英勇壮烈的理想主义和对于光荣的渴慕,使他一看到旁人的优越就会着急到近于病态的程度。即使奥里维的思想,独往独来的个性,大公无私的精神,都可以在他身上发现;即使他有诗才,有平民的活力(使他不会讨厌实际行动),有粗糙的表皮(使他不会厌恶这个,厌恶那个),因而胜过他的老师:可绝对达不到奥里维那种清明恬静的心境。他天生是虚荣的,骚动的,而除了自己的苦闷以外还要加上别人的苦闷。

他和一个邻居的少妇,第一次接待克利斯朵夫的那个女子,住在一起,常常争执。她爱着爱麦虞限,一片热诚地照顾他,替他打杂,抄写作品,或是把他念出来的文字写下来。人长得一点儿不美,感情却非常骚动;平民出身,做过很久的纸版女工,后来又当过邮局职员,毫无生趣的童年是在巴黎一般穷苦工人的环境中过的。身体与精神都受着挤逼,做着辛苦的工作,永远是乱七八糟的环境,没有空气,没有静默,从来不得清静一下,心中的小天地老是受到外界的扰乱。脾气很高傲,对于真理抱着一种迷迷糊糊的理想与宗教式的热情,她夜里睁着倦眼,有时甚至没有灯火,在月光底下抄写雨果的《悲惨世界》。她遇到爱麦虞限的时候,正是爱麦虞限贫病交迫,比她更潦倒的时候;从此她就委身于他。这桩热情是她生平第一次的,也是仅有的一次爱情,所以她像饿鬼似的一把死抓。但对于爱麦虞跟,她的感情反而是个重担;他那方面并没这种情分,只是勉强容忍她的。看到她无微不至的忠诚,他极其感动,知道她是最可靠的朋友,只有她拿他当作自己的性命一样。但这种心理,他就难以忍受。他需要自由,需要孤独;她时常用眼神哀求他瞧她一眼,他却觉得厌烦透了,对她恶声相向,恨不得和她说:"去你的吧!"她的丑陋和急促的举动惹他生气。尽管他很少认识上流社会,同时还轻视上流社会(因为相形之下,他显得更丑更可笑了),骨子里却喜欢高雅,喜欢那个社会里的女子;不料她们对他的心情正和他对那个女朋友的心情一样。他勉强和她表示好感,心里可并没有这种好感,或者是常常不由自主要爆发出来的恨意把他的好感淹没了。他毫无办法。他有一颗慈悲的心,竭力想对人好;同时身上又有一个强暴的魔鬼,拼命想损害人家。这种内心的冲突,和他明知道冲突的结果对自己有弊无利的感觉,使他暗中恼怒;这怒意发作的时候,克利斯朵夫就得受到无妄之灾了。

爱麦虞限不由自主地对克利斯朵夫有两种反感:一种是他从前的嫉妒遗留下来的(那些童年的偏见,即使原因早已忘了,仍旧有它的作用);一种是由激烈的民族主义煽动起来的。他把上一代的优秀人士所想象的关于正义、怜悯、博爱的美梦,全部寄托在法兰西身上。他并不认为法兰西和欧洲其余的民族处于敌对地位,靠着别国的衰微而繁荣;他是把自己的民族放在别的民族的行列前面,仿佛一个正统的王后为了大家的福利而统治,为理想作卫士,替人类作向导。他宁可法国灭亡而不愿意它犯一桩蹂躏正义的罪行。但他决不怀疑它有这种事。他的心胸、他的修养,都证明他彻头彻尾是个法国人,单靠法国传统作养料的;而在他的本能里面,他就能找到法国传统的深刻的意义。他老老实实否认外国的思想,对它抱着轻蔑的态度——倘若外国人不肯接受这种屈辱的待遇,他的轻蔑就一变而为恼怒。

这一切,克利斯朵夫都看得挺明白,但因为年纪比较大了,人生的教训受得多了,他决不因之而不愉快。虽然这种民族的骄傲使人很难堪,克利斯朵夫却并没受到伤害,认为那是爱国心促成的幻象。神圣的感情即使过火,他也不想加以指摘。并且所有的民族都自命不凡地相信自己的使命,那对整个人类也有好处。他和爱麦虞限格格不入的原因固然很多,但使他真正难过的只有一点,便是爱麦虞限有时把嗓子逼得太尖,使克利斯朵夫的耳朵大为受罪,甚至脸都抽搐了。他想法不让爱麦虞限觉察,努力叫自己只听音乐,不听那乐器。残废的诗人常常提到为别的胜利作前驱的精神的胜利,提到征服天空,提到那个把民众煽动起来的"飞翔的上帝",像伯利恒的明星①一般引着他们如醉若狂地扑向无垠的空间,或走向未来世界……那时可怜的驼子脸上就显出了悲壮的美。但在这些庄严的境界中间,克利斯朵夫感觉到了危险:这冲锋陷阵的步子,和这个新《马赛曲》的越来越响亮的歌声,将来会把民众带到什么路上去,克利斯朵夫已经预感到了。他带着点讥讽的心情想着(可并没有对于过去的惆怅和对于将来的恐惧),这些诗歌将要产生出诗人意想不到的后果,早晚有一天,人们会不胜感慨地追念以往的"节场"时代……那时大家才多么自由!真是自由的黄金时代,一去不复返了。世界正在走向一个新时代,有的是力、健康、强毅的行动,也许还有光荣;但同时你得守着严格的纪律,不能越出狭窄的范围。我们不是一心一意企望这个铁的时代,古典的时代吗?伟大的古典时代——路易十四或拿破仑,从远处看来都是人类的高峰;也许民族在那个时代把它国家的理想实现得最完满了。可是你去问问当时的那些英雄作何感想。你们的尼古拉·波生跑到罗马去过了一辈子,死也死在那里②;他在你们家里透不过气来。你们的巴斯加,你们的拉辛,都向社会告别。而在一般最伟大的人物中间,因为受到社会的歧视,压迫,而过着隐居生活的又有多多少少!便是莫里哀吧,心中也藏着多少悲苦。至于在你们怀念不止的拿破仑治下,你们的父亲那一辈似乎也不觉得幸福;那位英雄自己也看得很准,知道他死了

---

① 据《新约》载,耶稣生在犹太的伯利恒,有几个博士从东方来拜,说是因为看见了生下来作犹太人之王(即指耶稣)的星。
② 尼古拉·波生(1594—1665)为法国画家,一六二四年前往罗马,至一六四〇年被路易十三强逼回国,一年后因受宫廷画家嫉妒,返回罗马,终老于罗马。

以后,大家都会松一口气,叫一声"啊!……"在皇帝四周,思想界是多么荒凉!等于非洲的太阳照在广袤无垠的沙漠上……

这些翻来覆去想着的念头,克利斯朵夫绝对不说出来。只要露一些口风已经使爱麦虞限怒不可遏,怎么再敢尝试呢?但他把自己的思想藏在肚里也没用,爱麦虞限知道他那么想着。而且他还隐隐约约感觉到克利斯朵夫比他看得更远,因之他更气恼。青年人是不肯原谅他们的前辈强迫他们看到二十年以后的事的。

克利斯朵夫看透了他的思想,对自己说着:"他这是对的。各有各的信仰!一个人应当相信他所相信的。我千万不能扰乱他对于未来的信念。"

但只要他在场,彼此精神上就会骚动。两人待在一起的时候,尽管都抑捺着自己的个性,结果总是这一个压倒那一个,使那一个因为屈辱而心怀怨恨。爱麦虞限的骄傲的脾气,因为克利斯朵夫的经验与性格都比他优越而感到痛苦。也许他还强自压制,不让自己对克利斯朵夫发生感情,因为事实上他已经慢慢地在喜欢他了。

他变得更孤僻了:关起门来谁都不见,信也不复。克利斯朵夫只得不去找他。

时间到了七月初。克利斯朵夫把几个月的收获总结了一下。新思想,很多;朋友,很少。轰动一时而完全虚空的成功,看到自己的面目与作品在一帮平庸的头脑中反映出来,不是变得模糊了就是变成了漫画,真不是味儿。他很愿意得到某些人的了解,无奈他们对他毫无好感;他去接近他们,他们简直不理不睬;不管他怎么样想参加他们的理想,做他们的盟友,可始终不能加入他们的队伍。似乎他们多所猜忌的自尊心不愿意接受他的友谊,宁可他做一个敌人。总而言之,他眼看自己的一代像潮水般的过去了而自己没跟它一同过去,下一代的潮水又不要他加入。他是孤独的,可并不惊异,他一辈子孤独惯了。但他认为在这一次新的尝试之后,可以问心无愧地回到瑞士隐居去了。他心中还有一个计划,最近越来越成熟了:随着年龄的老去,他念念不忘地想回到家乡去终老。那边已经没有一个熟人,也许精神上比住在这外国的都市里更孤独;但家乡总是家乡;你并不要求和你血统相同的人和你思想也相同:大家暗中有着无数的联系;彼此的感觉都能领会天地这部大书,彼此的心也讲着同样的言语。

他心平气和地把自己的失意告诉葛拉齐亚,说他想回瑞士去,还说笑似的要求她允许。动身的日子定在下星期内。可是他在信尾添了一句:

"我改变了主意。行期延迟了。"

克利斯朵夫绝对信任葛拉齐亚,跟她无话不谈,但心里还有一个部分只有他自己有钥匙的,那是一些不单属于他,而也属于那些亲爱的死者的回忆。所以他绝口不提奥里维的事。这种保留并非由于故意,而是在他想和葛拉齐亚提到的时候说不出口。她和他是不认识的啊……

那天早上,他正在写信给他的女朋友,有人敲门了。他一边去开门,一边因为被人打搅而嘴里嘀咕着。来的是一个十四五岁的男孩子,说要见克拉夫脱先生。克利斯朵夫不大高兴地让他进来了。黄头发,蓝眼睛,面目清秀,不十分高大,身材瘦瘦的,他站在克利斯朵夫面前有点儿胆怯,不出一声。过了一会儿他定了神,抬起清朗的眼睛把克利斯朵夫好奇地打量着。克利斯朵夫瞧着这可爱的脸笑了笑,孩子也笑了笑。

"说吧,有什么事呢?"克利斯朵夫问。

"我是来……"孩子又慌起来,红着脸,不作声了。

"不错,你是来了,"克利斯朵夫笑道,"可是为什么来的?你瞧我呀,难道怕我吗?"

孩子重新堆着笑脸,摇摇头:"不怕。"

"好极了!那么先告诉我你是谁。"

"我是……"

他又停住了,好奇的眼睛在屋子里扫了一转,无意中发现克利斯朵夫的壁炉架上摆着一张奥里维的照相。克利斯朵夫不知不觉跟着他的目光望去。

"说啊！拿点儿勇气出来！"

孩子就说："我是他的儿子。"

克利斯朵夫大吃一惊,从椅子里直跳起来,两手抓着孩子,拉他到身边,重新坐下,把他紧紧搂着。他们的脸差不多碰在一起了。他瞅着他,瞅着他,再三说着：

"我的孩子……我可怜的孩子……"

他突然之间把孩子的头捧在手里,亲着他的额角、眼睛、腮帮、鼻子、头发。孩子被这种激动的表示吓坏了,心里很不舒服,挣脱了他的臂抱。克利斯朵夫松了手,捧着脸,把额角靠在墙上,过了几分钟。孩子直退到屋子的尽头。等到克利斯朵夫重新抬起头来,脸色已经平静了；他堆着亲切的笑容,望着孩子："我把你吓坏了。啊,对不起……你瞧,我太爱他了。"

孩子不回答,心还有点儿慌乱。

"你多像他！"克利斯朵夫说,"……可是我又认不得你。是哪些地方不同呢？"

他接着又问："你叫什么名字？"

"乔治。"

"不错。我记得了。你叫作克利斯朵夫-奥里维-乔治①……你几岁啦？"

"十四岁。"

"十四岁！嚄！日子过得真快……我还觉得是昨天的事呢,好像老是在我眼前呢……你多么像你父亲,脸完全一样,可又明明不是他。眼睛的颜色是相同的,目光却不同。同样的笑容,同样的嘴巴,可是声音不同。你更结实,腰背更直,脸蛋更饱满,也和他一样会脸红。你过

---

① 西方人的名字往往不止一个,大都为纪念前人或亲友而袭用他们的名字。奥里维·耶南的儿子名字叫作克利斯朵夫-奥里维-乔治,前面两个名字即纪念父亲的好友与父亲。

来,坐下吧,咱们来谈谈。谁叫你到我这儿来的?"

"我自己来的。"

"噢,你自己来的?你怎么知道我的呢?"

"人家跟我讲起您。"

"谁?"

"母亲。"

"啊?她知道你到我这儿来吗?"

"不知道。"

克利斯朵夫静默了一会儿,又问:"你们住在哪儿?"

"靠近蒙梭公园。"

"你是走来的?路不少呢,你累了吧?"

"我从来不觉得累的。"

"好极了!把手臂伸出来给我瞧瞧。"

他拍拍他的胳膊。

"好小子,长得很棒……告诉我,你怎么会想起来看我呢?"

"因为爸爸最喜欢您。"

"是她……"他又改口说:"是你母亲和你说的吗?"

"是的。"

克利斯朵夫微微一笑,心里想:"她也在忌妒!……他们全都那样爱他!干吗他们不早对他表示呢?……"

然后他又问:"干吗你等了那么久才来看我呢?"

"我早想来的。可是我以为您不愿意见我。"

"我不愿意见你?"

"好几个星期以前,在希维阿音乐会上,我看见了您,那时我跟母亲在一块儿,离您只有几张椅子的距离;我对您行礼,您斜着眼睛瞪了我一下,皱了皱眉头,不理我。"

"我,我对你看了一下吗?……可怜的孩子,你竟以为我?……唉,我没看见你啊。我有点近视,所以我皱眉头……难道你以为我很凶吗?"

"我想您可能很凶的,倘使您要凶的话。"

"真的吗?"克利斯朵夫接着说。"既然你认为我不愿意见你,又怎么敢来的?"

"因为我,我要看您呀。"

"要是我把你撵出去,你怎办?"

"我不会让人家这么做的。"

他这么说的时候神气很坚决,有点难为情,也有点挑战的模样。

克利斯朵夫不禁哈哈大笑,乔治也跟着笑了。

"你倒可能把我撵出去呢,是不是?嘿!好大的胆子!……你真不像你的父亲。"

孩子笑嘻嘻的脸突然沉了下来:"您觉得我不像他吗?您刚才明明说……那么您以为他会不喜欢我吗?您也不喜欢我吗?"

"我喜欢不喜欢你,对你有什么关系?"

"关系大呢。"

"为什么?"

"因为我喜欢您啊。"

一刹那,他的眼睛、嘴巴、脸上各个部分,有了好几种不同的表情。好比四月里的天,春风把一堆堆乌云的影子照在田里。克利斯朵夫看着他,听着他,心里舒服极了,过去的烦恼都被一扫而空;他的可悲的经验,受的磨折,他的和奥里维的痛苦,一切都给抹掉了。孩子是从奥里维生命中长出来的嫩芽,而克利斯朵夫自己也在这个嫩芽身上复活了。

他们俩谈着话。几个月以前,乔治还完全不知道克利斯朵夫的音乐;但自从克利斯朵夫回到巴黎以后,凡是演奏他作品的音乐会,乔治一次都没错过。一提到他的乐曲,他就眉飞色舞,眼睛发亮,笑眯眯的,连眼泪都要流出来了,简直是入了迷。他告诉克利斯朵夫,说他热爱音乐,同时也想学音乐。但克利斯朵夫提了几个问题,发觉孩子对音乐还一无所知。他询问他的学业,原来是在念中学,他还轻松地说自己不是一个好学生。

"你在哪一方面比较强呢?文学还是科学?"

"都差不多。"

"怎么?怎么?难道你是个没出息的学生吗?"

他坦白地笑了:"大概是吧。"

接着他又补上一句真心话:"可是我知道不至于的。"

克利斯朵夫禁不住笑了。

"那么干吗不用功呢?难道没有一样东西使你感到兴趣吗?"

"相反!什么都使我感到兴趣。"

"那又怎样呢?"

"什么都有了兴趣,就没时间啦。"

"没时间?那你干什么鬼勾当去了?"

他做了个意义不明的姿势。

"噢,事情多呢。我搞音乐,参加运动,参观展览会,还要看书……"

"最好多念念你的课本。"

"课本顶没意思了……而且我们还要旅行。上个月,我在英国看牛津跟剑桥比赛。"

"嗯,这样你的功课才会进步呢!"

"您别说这个话!这样可以比在中学里学得更多的东西。"

"你母亲对这些认为怎么样?"

"母亲是很讲理的。我要怎么办,她就怎么办。"

"坏东西!……算你运气,没有像我这样的人做你父亲。"

"倒是您没运气有我这样的儿子……"

他那种撒娇的神气真讨人喜欢。

"那么告诉我,你这个旅行家,"克利斯朵夫说,"你认得我的国家吗?"

"认得。"

"我敢说你连一句德语都不懂。"

"怎么不懂!我的德语很好呢。"

"咱们来试试看吧。"

两人便说起德语来了,孩子乱七八糟地说着,语法也不准确,可是非常有把握;他很聪明,机灵,懂得的少,猜到的多,常常猜错;那时他自己先笑开了。他挺有劲地讲他的旅行,讲他看的书。他看得很多,匆匆忙忙的,浮光掠影的,只看着一半,把没有过目的自己造出来,但永远受着一种强烈而新鲜的好奇心刺激,到处寻找使自己兴奋的因素。他从这个题目跳到另一个题目,眉飞色舞地讲着他受过感动的戏剧或作品。所有的知识都毫无系统:他会看一本不入流的书而偏偏不知道那些最出名的。

"这些都很有意思,"克利斯朵夫说,"可是你要不用功的话,决不会有什么成就。"

"噢!我用不着。我们有钱。"

"该死!这个话可严重了。你愿意做一个一无所用,一无所事的人吗?"

"哪里!我什么都要干。一辈子只干一行,太傻了。"

"可是唯有这样,一个人才能把本行干得像个样。"

"有人是这么说呀。"

"怎么!有人是这么说?……我,我就这么说。瞧,我把自己的一行研究了四十年,才有点儿门径。"

"学本领就得花四十年,那么什么时候才能动手做呢?"

克利斯朵夫笑起来了。

"小家伙,你倒会顶嘴呢!"

"我愿意做个音乐家。"乔治说。

"那么马上就学也不算早了。要不要我教你?"

"噢!那我多高兴啊!"

"你明天再来。我要瞧瞧你有多大出息。要是你没出息,我就不许你碰钢琴。要是你有天分,咱们可以想法教你有点儿成就……但是我先告诉你,你非用功不可。"

"我一定用功。"乔治说着,快活极了。

他们把约会定在第二天。临走,乔治想起明天已经有别的约会,后天也是的。对啦,这个星期简直没空。于是他们另外定了一个日子和钟点。

但到了那一天那个时间,克利斯朵夫空等了一场,大为失望。他想到能够再看见乔治,竟欢喜得像小孩子一样。这个意想不到的访问使他的生活有了光明。他为之那样的快乐、感动,甚至当夜没有能睡觉,不胜感激地想到这小朋友是代表他的朋友来看他的;他对着脑子里那张可爱的脸微笑;孩子的天真,可爱,又调皮又老实的谈吐,完全把他迷住了。他体会着这种醉意,耳朵里跟心里只听见嗡嗡的响声,快乐的情形像他和奥里维定交的时期一样。同时他还有一种更严肃的,几乎是虔敬的感情,因为他的心除了活人以外又看到了故人的笑容。乔治失约以后,他一连等了好几天。始终没有人来,也没有一封道歉的信。克利斯朵夫悲伤之下,竭力想出理由来原谅孩子。他不知道他的住址。即使知道了,也不敢写信去。老年人喜欢青年人,是不好意思把少不了对方的心情表示出来的;他知道青年人心里并没有这种需要:双方的情势根本不同,而我们最怕用感情去强制一个对我们并不在乎的人。

日子一天天地过去,消息全无。克利斯朵夫虽然很难过,却硬着头皮不去想法找耶南一家的踪迹,只每天等着。他也不上瑞士去,整个夏天都待在巴黎。他觉得自己荒唐,但再没兴致旅行了,直到九月才上枫丹白露去住了几天。

十月将尽的时候,乔治·耶南跑来敲门了。他若无其事地道了歉,对于失信的事没有一点儿惭愧的神气。

"我没有能来,"他说,"后来我们又动身到布列塔尼去了。"

"你该写信给我啊。"

"是的,我想写信的。可是我老是没有空……并且,"他笑着说,"我也忘了,把什么都忘了。"

"你什么时候回来的?"

"十月初。"

"哼,你又等了三星期才来看我?……老实告诉我,是不是你母亲不准你来?……是不是她不喜欢你来看我?"

"不!正好相反。今天还是她叫我来的。"

"怎么?"

"暑假以前我来看过您之后,回去一五一十都说给她听了。她说我做得很对;她问起您,这个那个地问了好多话。三星期以前,我们从布列塔尼回来的时候,她就要我再来看您。八天以前,她又提醒我一回。今儿早上,知道我还没有来,她生气了,要我吃过午饭立刻就来,不许再拖了。"

"你跟我讲着这些,不觉得难为情吗?直要人家逼了,你才肯到我这儿来吗?"

"不是的,不是的,您别这样想!……噢!我使您生气了!对不起……我真糊涂……您尽管骂我吧,可是别恨我。我很喜欢您。要不然我也不会来了。人家并没强迫我。第一,人家只能强迫我做我愿意做的事。"

"坏东西!"克利斯朵夫说着,不由得笑了出来,"那么你关于音乐的计划怎么了?"

"噢!我老在想呀。"

"光是想,就会成事吗?"

"现在我要开始了。最近几个月的确忙不过来,我有多多少少的事要做!可是现在,您瞧着罢,我要用功了,倘使您还肯教我的话……"

(他抛着媚眼。)

"你这是开玩笑了。"克利斯朵夫回答他。

"您不拿我当真吗?"

"不当真。"

"讨厌!没有一个人把我当真的。我灰心透了。"

"要看到你用功的时候我才把你当真。"

"那么马上就来!"

"我没空,明天吧。"

"不,明天太远了。我不能让您在这一天之内瞧不起我。"

"你多讨厌。"

"我求您……"

克利斯朵夫看着他那些缺点笑了笑,叫他坐在钢琴前面,和他谈起音乐来。他问了他几句,又要他解答几个和声方面的小问题。乔治根本不懂,但他的音乐本能把他的愚昧无知给补足了不少;虽然不知道和弦的名字,他居然找到了克利斯朵夫所要的和弦;便是找错了,那种笨拙也显出他有特别的趣味和特别敏锐的感觉。克利斯朵夫的批评,他先要讨论过了才肯接受;而他提出的那些很聪明的问题又表示他非常真诚,不承认艺术是一种教条似的公式,而是要经过自己体验的。他们所讨论的并不限于音乐。提起和声的时候,乔治谈到一些图画,风景,人物。他像野马一般的不受束缚,得时时刻刻把他拉回来;克利斯朵夫往往没有这勇气。他听着这聪明活泼的小家伙嘻嘻哈哈的东拉西扯,觉得挺好玩。他的性格和奥里维的完全不同……父亲的生命是一条埋在地下的河,默默无声的流着;儿子的却全部暴露在外面,像一条任性的溪流,在阳光底下玩耍,消耗它的精力。可是本质上是同样纯洁的水,像他们俩的眼睛一样。克利斯朵夫微微笑着,看到乔治有某些出于本能的反感,看到他喜欢的东西跟不喜欢的东西,都是他熟识的。还有那种天真的执着,对自己喜欢的人倾心相与的热情……所不同的是乔治喜欢的对象太多了,使他没有时间爱一个对象爱得怎么长久。

下一天和以后的几天,他都来了。他对克利斯朵夫有了那种青年人的热情,把他教的东西都学得很有劲……然后,高潮低下去了,来的次数减少了……然后他不来了,又是几星期的没有踪影。

他轻佻,健忘,自私得天真,亲热得真诚,心地很好,非常聪明,可舍不得用这个聪明。人家因为喜欢看到他,便处处原谅他。他是幸福的……

克利斯朵夫不愿意批判乔治,也不怪怨乔治。他写信给雅葛丽纳,谢谢她叫儿子来看他。她复了一封短信,显而易见是压着情感写的,她只希望克利斯朵夫照顾乔治,指点他怎么做人,语气之间没有想和克利斯朵夫见面的表示。因为怕触动旧事,也为了高傲,她不敢来找他。而克利斯朵夫也觉得不被邀请就没有权利先去。所以他们不相往来,只偶尔在音乐会里远远地看到,还有孩子难得的访问使他们之间有点儿联系。

冬天过去了。葛拉齐亚很少来信。她对克利斯朵夫始终保持着忠实的友谊。但因为是真正的意大利女子,很少有感伤气息,只关心现实,所以她即使不一定要看到了朋友才会想起他们,至少要看到了他们才会想起跟他们谈天的乐趣。为了保持心中的记忆,她非要把眼睛的记忆常常更新一下不可。因此她的信变得简短而稀少了。她从来不怀疑克利斯朵夫的友谊,好似克利斯朵夫从来不怀疑她的友谊一样。但这种信念所能给人的,多半是光明而不是热度。

克利斯朵夫对于这些新的失意不觉得怎么难过。音乐方面的活动尽够消磨他的光阴。到了相当的年龄,一个强毅的艺术家大半在艺术中过活,实际生活只占了很少的一部分,人生变成了梦,艺术倒反变成了现实。和巴黎接触之下,他的创造力又觉醒了。只要看到这个大家都在埋头工作的都市,你就受到极大的刺激。便是最冷静的人也会感染它的狂热。克利斯朵夫在健康的孤独生活中休息了几年,养精蓄锐,又有一笔精力可以拿来消耗了。法国人的不知餍足的好奇心,在音乐的技术方面有了新的收获;克利斯朵夫拿着这笔新的财产,也开始去搜索他的新天地；他比他们更粗暴,更野蛮,比他们走得更远。但他现在这种大胆的尝试,再也不是凭本能去乱碰的事了。克利斯朵夫一心一意追求的是"清楚明白"。他的天才,一辈子都跟着缓一阵急一阵的流水的节奏；它的规则是每隔一个时期就得从这个极端转换到另一个极端,而把两端之间的空隙填满。前一个时期,他把自己整个儿交给"在秩序的面网底下闪烁发光的一片混沌",甚至还想撕破面网看个真切。可是他忽然感到要摆脱混沌的诱惑,重新把理性盖住人生的谜了。罗马那股征服天下的气息在他身上吹过了。像当时的巴黎艺术一样(那是他不免有所感染的),他也渴望着秩序。但并非依照那般疲倦不堪的开倒车的人的方式,他们只能拿出最后一些精力保护他们的睡眠——也不是华沙城中的秩序①。那般好好先生回到了圣·桑与勃拉姆斯的路上,回到了一切艺术上的勃拉姆斯,把学校里的功课做得挺好,因为求安静而回到平淡无味的新古典派去了。他们的热情不是消耗完了吗？哼！朋友们,你们疲倦得真快……我所说的可不是你们的秩序。我的秩序不是这一类的,而是要靠自由的热情与意志之间的和谐建立起来的……克利斯朵夫在自己的艺术中竭力想做到一点,就是使生命的各种力量得到平衡。那些新的和弦,那些被他在音乐的深渊中挑起来的妖魔,他是用来建造条理分明的交响乐的,建造阳光普照的大建筑的,像盖着意大利式穹窿的庙堂一样。

这些精神的游戏与斗争,消磨了他整个的冬天。而冬天过得很快,虽然有时候,克利斯朵夫在黄昏时做完了一天的工作,回顾着一生的成绩,也说不出冬天究竟是短是长,他自己究竟是少是老……

于是,人间的太阳射出一道新的光明,透过幻梦的幕,又带来了一次春天。克利斯朵夫收到葛拉齐亚一封信,说预备带着两个孩子到巴黎来。她早已有这个计划,高兰德几次三番地邀请过她。可是要她打

---

① 一八三一年华沙被俄军占领时,波兰外长塞巴蒂尼答复议员质问,声称:"华沙城中秩序很好。"实际是俄军在城内镇压波兰民族之反抗,以求"恢复秩序"。

破习惯,离开心爱的家,走出懒洋洋的恬静的境界,回到她所熟识的巴黎旋涡中来,是需要打起精神的,而她就怕打起精神,便一年一年地拖了下来。那年春天,有种凄凉的情绪,也许是什么暗中的失意(一个女人心里藏着多少为别人不知道而自己也否认的可歌可泣的故事!)使她想离开罗马。恰好当时有传染病流行,她便借此机会带着孩子们赶快动身了。写信给克利斯朵夫不多几天之后,她人也跟着来了。

她才到高兰德家,克利斯朵夫就去看她。他发觉她迷迷惘惘的,仿佛心还不在这儿。他看了有点难过,却不表示出来。现在他差不多把他的自我牺牲完了,所以变得心明眼亮,懂得她有一桩极力想隐藏的伤心事;他便不让自己去探索,只设法替她排遣,嘻嘻哈哈地说出他不如意的遭遇,他的工作,他的计划,一方面不着痕迹地把一腔温情围绕着她。她被这般不敢明白表露的柔情渗透了,知道克利斯朵夫已经猜着她的苦闷,大为感动。她把自己那颗哀伤的心依靠着朋友的心,听它讲着两人心事以外的别的事。久而久之,怅惘的阴影在朋友的眼中消失了,两人的目光更接近了,越来越接近了……终于有一天,他和她谈话的时候突然停下来望着她。

"什么事啊?"她问。

"今天你才算是回来了。"

她微微一笑,轻轻地回答说:"是的。"

要安安静静地谈话不是件容易的事。两人难得有单独相对的时间。高兰德常常陪着他们表示殷勤,使他们觉得太殷勤了些。她虽然有许多缺点,人倒是挺好,很真心地关切着葛拉齐亚和克利斯朵夫,但她万万想不到自己会使他们厌烦。她的确注意到(她把什么都看在眼里),她所谓克利斯朵文与葛拉齐亚的调情:调情是她生活中的一个重要节目,她看了只会高兴,只想加以鼓励。但这正是人家不希望她做的,他们但愿她别过问跟她不相干的事。只要她一出现,或是对两人中的一个说一句心照不宣的话(那已经是冒失了),暗示他们的友谊,就会使克利斯朵夫与葛拉齐亚沉下脸来,把话扯开去。高兰德看到他们这样矜持，不禁竭力寻思，把种种可能的理由都想遍了，只漏掉了一个，就是那真正的理由。还算两个朋友的运气，高兰德不能坐定在一个地方。她来来往往，进进出出，监督家中所有的杂务，同时有几十件事情在手里。在她一出一进之间，只剩下克利斯朵夫与葛拉齐亚单独跟孩子们在一起的时候，他们才能继续那些无邪的谈话。两人从来不提到彼此的感情，只交换一些身边琐事。葛拉齐亚拿出她的女人脾气，盘问克利斯朵夫的日常生活。他在家里把什么都搞得很糟，老是和打杂的女仆吵架，她们对他虚报账目，无所不为。她听着不由得哈哈大笑。同时因为他不会管事，她有点像母亲可怜孩子那样的心情。有一天，高兰德把他们纠缠得比平时格外长久；等到她走开了，葛拉齐亚不禁叹了口气："可怜的高兰德！我很喜欢她……她把我闹得多烦！……"

"如果你是因为她把我们闹得心烦才喜欢她，那么我也喜欢她。"克利斯朵夫说。

葛拉齐亚听着笑了："告诉我……你允许不允许……（在这儿真没法谈话）……我上你那边去一次？"

他听了浑身一震。

"上我那边？你会上我那边去吗？"

"那不会使你不高兴吧？"

"不高兴！啊！天哪！"

"那么星期二行不行？"

"星期二，星期三，星期四，哪一天都行。"

"那么准定星期二，下午四点。"

"你真好，你真好。"

"别忙。我还有一个条件呢。"

"条件？干什么？随你吧。你知道，反正你要我怎办都可以，不管有没有条件。"

"我喜欢有个条件。"

"我答应你就是了。"

"你还没知道是什么条件呢。"

"那有什么相干？我答应了就完了。什么条件都依你。"

"也得先听一听呀,你这个死心眼儿的!"

"说吧。"

"就是从现在起,你家里不能有一点儿变动,听清没有？一点儿都不能变动。你屋子里每样东西都要保持原状。"

克利斯朵夫立刻拉长了脸,愣住了。

"啊!这算是哪一门呢?"

她笑了:"你瞧,我早告诉你别答应得太快。可是你已经答应了。"

"你为什么要？……"

"因为我要看看你家里的情形,你平时并不等我去的时候前情形。"

"可是你得允许我……"

"不。我什么都不允许。"

"至少……"

"不,不,不,不。你说什么我都不爱听。或者我干脆不上你那儿去倒也没关系……"

"你知道我什么都会答应的,只要你肯去。"

"那么你答应了?"

"是的。"

"一言为定了?"

"是的,专制的王后。"

"她好不好呢?"

"专制的王后不会好的,只有被人喜欢和被人恨的两种。"

"我是两者都是的,对不对?"

"不!你只是被人爱的。"

"那你真是哭笑不得了。"

到了那天,她来了。克利斯朵夫素来把答应人家的话看得挺认真的,在乱七八糟的屋内连一张纸都不敢收拾,觉得移动一下便是失信。但他心里很难过,一想到朋友看了这情形作何感想,就非常难为情。他好不心焦地等着。她来的时间很准,只迟到了四五分钟,很稳健地迈着小步踏上楼梯。打铃的时候,他已经站在门背后,马上开了。她穿得朴素大方。从她的面网中间,他看见她眼神很镇静。两人低声道了一声好,握着手。她比平时更沉默了,又局促又激动,一声不出,免得显出心里的慌乱。他请她进来,早先预备下对于屋子的杂乱向她说几句道歉的话,结果也没说。她坐在一张最好的椅子里,他坐在旁边。

"这就是我工作的屋子。"他所能说的就是这么一句。

大家静默了一会儿。她从容不迫地望着,非常慈爱地微微笑着,她也有些心慌意乱呢。(后来她告诉他,她还是个女孩子的时候,曾经想到他家里去,但正要进门又吓得跑掉了。)她看到屋子里凄凉的景象大为感触:过道又窄又黑,环堵萧然,到处是寒酸相。她很同情这位老朋友一辈子做了多少工作,受了多少痛苦,也有了点名气,而物质生活还是这么清苦!同时她也注意到他不在乎起居的舒服不舒服。房间里四壁空空,没有一张地毯,没有一幅图画,没有一件艺术品,没有一张沙发;除了一张桌子,三张硬椅,一架钢琴之外,再没别的家具;和几册书乱堆在一起的是许多纸张,而且到处都是纸,桌上,桌下,地板上,钢琴上,椅子上,她看到他这样诚心的守约,不禁微微地笑了。

过了一会儿,她指着他的座位问:"你是在这里工作的吗?"

"不,在那边。"

他指着室内最黑的一角和背光摆着的一张矮矮的椅子。她走过去有模有样地坐着,一声不响。两人默然相对了几分钟,不知道说什么好。他在钢琴前面坐下了,临时即兴地弹了半小时,觉得自己整个儿被朋友的精神包围了,心里只有一片欢乐的感觉。他闭着眼睛,弹着一些奇妙的东西。于是她体会到这个房间的美,其中充满了出神入化的音乐;她也听到了这颗热爱的苦恼的心,仿佛就在自己胸中跳动。

音乐完了,他还对着钢琴一动不动地呆了一会儿,随后听见朋友在背后抽噎的声音,才掉过身来。她走来抓着他的手,轻轻地说了句:"谢谢你。"

她嘴巴有点儿哆嗦,闭着眼睛。他也把眼睛闭上了。两人这样的握着手过了几秒钟,时间停止了……

她重新睁开眼睛,为了压制心中的惶乱,她问:"能让我瞧瞧别的屋子吗?"

他也很高兴能避免感情的激动,便打开隔室的门,可是他马上觉得很难为情。里头摆着一张又窄又硬的铁床。

(后来他告诉葛拉齐亚,说他从来没带过一个情妇到他家里去;她挖苦他说:"那也是想象得到的,她要有极大的勇气才行呢。""为什么?"——"睡在这样一张床上,不是要有勇气的吗?")

卧室里还有一口乡下人家用的五斗柜,墙上挂着一个贝多芬的头像,近床的地方,值不了几个钱的框子里放着他母亲和奥里维的相片。五斗柜上另外有张葛拉齐亚十五岁时的相片,那是在她罗马的照相簿里偷来的。他当时对她招认了,请她原谅。她瞧着相片说:"在这张像上你居然认得我吗?"

"认得,我还记得你那时的模样呢。"

"两个人中,你更喜欢哪一个?"

"你始终没有变。我总是一样地爱你。我到处都认得你,便是在你小时候的照片上也认得。我在这个幼虫身上已经能感到你整个的灵魂了。单凭你的灵魂,我就知道你是不朽的。我从你出生的时候起,出生以前起,就爱你了,直爱到你……"

他不说了。她也一言不答,心中充满了爱,不胜惶惑。她回到书房,他指给她看窗外的一株小树,说是他的朋友:许多麻雀在树上聒噪。

她说:"现在咱们来吃点心吧。茶叶跟蛋糕,我都给捎来了,因为我知道你不会有的。并且我还带着别的东西。把你的大衣给我。"

"我的大衣?"

"是的,是的,给我吧。"

她从手提包里掏出针和线。

"怎么? 你……"

"前天我看见有两个扣子快掉下来了。现在到哪儿去了?"

"不错,我还没想到缝上去。太麻烦了!"

"可怜的孩子! 拿来给我吧。"

"那多难为情!"

"别管,你去沏茶。"

他把水壶跟酒精灯端进来,一会儿都不肯离开朋友。她一边缝一边很俏皮地在眼梢里觑着他笨拙的举动。喝茶的杯子都是残缺的,用的时候不能不小心;她认为这些茶具简直要不得,他却一本正经地辩护,因为那是他和奥里维同居时代的纪念物。

她快走的时候,他问:"你不笑我吗?"

"笑什么?"

"屋子里搞得这样乱糟糟的。"

她笑了:"我慢慢会把它整理好的。"

她走到门口预备开门了,他忽然跪在地下亲了亲她的脚。

"你干什么啊?"她叫起来,"疯子,亲爱的疯子。再会吧。"

她约定以后每星期在同一天到这儿来,要他答应不再做出颠狂的行为,不再跪在地下亲她的脚。克利斯朵夫被她温柔安静的气息感化了,便是在情绪激动的日子也同样受到影响。他一个人私下想到她的时候,往往热情冲动得厉害;但见了面,他们永远像两个不拘形迹的好朋友。他从来没有一个字或一个举动会引起葛拉齐亚不安的。

到了克利斯朵夫的节日,她把奥洛拉穿扮得跟自己初遇克利斯朵夫的时代一模一样,又教孩子在琴上弹着克利斯朵夫当初教她弹的曲子。

这种情意,这种温柔,这种深厚的友谊,和许多矛盾的心情混在一起。她是轻浮的,喜欢交际,受人奉承,就是被傻瓜们奉承也觉得高兴;她会卖弄风情,除掉和克利斯朵夫——甚至和克利斯朵夫也不免。他要对她表示温柔的话,她便故意装作冷淡,矜持。倘若他表示冷淡与矜持的话,她却装出温柔与亲热的态度挑逗他了。不用说,她是女人之中最规矩的女人。但就在最规矩的女人身上有时也会露出风骚的本相。她要敷衍人,适应社会习惯。她很有音乐天分,懂得克利斯朵夫的作品,但不十分感兴趣,他也很清楚。对于一个真正的拉丁女子,艺术的妙处在于能够归纳到人生,再由人生归纳到爱情……而所谓爱情是藏在肉体的,困倦的身体中的那种爱情……至于波澜起伏的交响乐,英勇壮烈的思想,北欧人那种醉心于理想的热情,对她是不相干的。她需要的音乐,是能使她费最少的力量,把藏在心里的欲念舒展出来的那种音乐,是有热情而不至于使她精神疲劳的那种歌剧,总之是感伤的,有刺激性的,懒洋洋的艺术。

她性格软弱,很容易变化;凡是正经的研究工作,只能断断续续地做;她需要消遣,今天说明天要做某一件事,到了明天不一定会作。幼稚和使性的地方不知有多少!女人的骚乱的天性,病态的不讲理的脾气常常会发作……她也感觉到这些,便想法躲起来让自己孤独几天。她知道自己的弱点,恨自己脾气压制得不够,既然那些弱点使朋友伤心;有时她为了他做着很大的牺牲,他根本没觉得;但归根结底,天性总是强于一切。并且葛拉齐亚受不了克利斯朵夫有支配她的神气;有一两次,为了表示独往独来,她故意做了跟克利斯朵夫要求的完全相反的事。过后她懊悔了,深夜扪心,埋怨自己没有使克利斯朵夫更快乐。她爱他的程度,远过于面上所表示的;她觉得这场友谊是她一生最可宝贵的一部分。两个性格完全不同的人,一朝相爱之下,往往在分离的时候精神上最接近。克利斯朵夫与葛拉齐亚的没有能结合,固然是由于小小的误会,错处却也不像克利斯朵夫所想的完全在他这方面。便是从前葛拉齐亚爱着克利斯朵夫的时代,她会不会嫁给他也是问题。也许她肯把生命为他牺牲,可是她能一辈子和他过共同生活吗?她明知道(当然不告诉克利斯朵夫)自己爱着丈夫,即使到了今天,丈夫使她受了那么多的痛苦之后,她仍旧像从前一样爱着他,而那种爱的程度是她从来没爱过克利斯朵夫的。那是感情的神秘,肉体的神秘,自己觉得并不体面而瞒着心爱的人的,一则为了敬重他们,二则也为了觉得自己可怜……克利斯朵夫因为是纯粹的男人脾气,决不能猜到这些,但有时也会灵机一动,发觉最爱他的人其实并不把他放在心上,可见一个人在世界上对谁都不能完全依靠。他心中的爱并不因此受到影响,甚至也没有什么牢骚。他被葛拉齐亚的和平的气息笼罩了,对什么都平心静气地接受了。噢,人生,有些东西原来是你不能给的,为什么要怪怨你呢?你的本来面目不是已经很美很圣洁了吗?《育公特》①,我们应当爱你的微笑……

克利斯朵夫把朋友的优美的脸长时间地打量着,看到许多过去未来的事。在他幽居独处的悠长的岁月中,在旅行中,观察多于说话的结果,使他学会了揣摩脸相的本领,懂得面部的表情是多少世纪培养成功的丰富复杂的语言,比嘴里讲的更复杂到千百倍的语言。整个民族性都借它来表白了……脸上的线条和嘴里的说话是永远成为对比的。譬如某个少妇的侧影,轮廓清晰,毫无风韵,像柏恒·琼斯一派的素描②,像个悲剧的角色,似乎有股秘密的热情,妒忌的心理,莎士比亚式的苦恼,把她侵蚀着……但一开口明明是个小布尔乔亚,愚蠢无比,连她的风骚与自私也是平凡的,根本没意识到自己在相貌上表现的那种可怕的力量。然而那热情,那暴戾之气,的确在她身上。将来用什么形式发泄出来呢?是孜孜为利的性格吗?是夫妇之间的嫉妒吗?还是了不起的毅力,或是病态的凶恶?我们无从知道。甚至这些现象在本人身上来不及爆发,倒先遗传给她的后人了。但这个因素老是无

---

① 《育公特》一名《蒙娜丽莎》,为达·芬奇画的有名的女像,鉴赏家均谓画上的笑容象征人生之谜。
② 柏恒·琼斯为十九世纪英国画家,作品带有象征、神秘、感伤的意味。

形中罩在那种族的头上,像宿命一样。

葛拉齐亚也承受着这份乱人心意的遗产,在古老家庭的所有的遗产中,这一份是保存得最完整的。她至少认识这一点。一个人真要有很大的力量,才能知道自己的弱点,才能使自己即使不能完全作主,至少能控制自己的民族性(那是像一条船一样把你带着往前冲的),才能把宿命作为自己的工具而加以利用,拿它当作一张帆似的,看着风向把它或是张起来或是落下去。葛拉齐亚闭上眼睛的时候,便听见心中有好几个令人不安的声音,那音调都是她熟悉的。但在她健全的心灵中,所有的不协和音终于融和了;它们被她和谐的理性作成了一段深邃的、柔和的乐曲。

不幸,我们没法把自己最好的部分传给我们的骨肉。

在葛拉齐亚的两个孩子中间,十一岁的小姑娘奥洛拉是像她的:没有她好看,比较粗糙一点,略微有些瘸腿。她脾气很好,性情快活,对人亲热,身体非常强壮,很有志气,可惜缺少天分,只想闲着,一事不做。克利斯朵夫很疼她,看她挨在葛拉齐亚身旁,等于看到了两个年龄不同的葛拉齐亚……那是一根枝干上的两朵花,达·芬奇笔下的《圣家庭》圣母与圣·安娜是同一个笑容变化出来的①。你一眼之间把女性的两个阶段,含苞欲放和花事阑珊的景象,同时看到了;这是多美多凄凉的景象,因为你眼睁睁地看着花开花落……所以一个热情的人会对姊妹或母女同时抱着热烈而贞洁的爱。克利斯朵夫便是在爱人的子女身上爱他的爱人。她的一颦一笑,脸上的每一条皱纹,岂非都是她眼睛没睁开以前的生命的回忆吗? 岂非也是她眼睛闭上以后的未来的生命的预告吗?

男孩子雷翁那罗刚好九岁。他像父亲,比姐姐俊俏得多,因为父系的血统更细气,太细气了,已经因贫血而衰败了。他很聪明,很有些

---

① 圣·安娜是圣母玛丽亚的母亲。

恶劣的本能,会奉承,会作假。大蓝眼睛,淡黄的长头发像女孩子的,皮色苍白,肺很娇弱,近于病态的神经质,那是他一有机会就利用的;因为他天生的会做戏,特别能抓住别人的弱点。葛拉齐亚偏疼着他:第一是做母亲的对身体单薄的孩子总要宠爱一些,其次,她像那些老实而善良的女人一样,觉得既不老实又不善良的儿子特别可爱,因为自己一向压制着的某些性格可以在他们身上发泄一下。同时这种儿子教她回想到那个使她又痛苦又快乐,也许被她瞧不起但私下仍旧爱着的丈夫。那都是些异香扑鼻,令人心醉的花木,在下意识的暧昧而温暖的花房中生长的。

葛拉齐亚虽是尽量的对两个孩子一视同仁,奥洛拉仍感觉到有高低厚薄之分,因此心里不大舒服。克利斯朵夫猜到她的心事,她也猜到克利斯朵夫的心事,两人不知不觉地互相接近,不像在克利斯朵夫与雷翁那罗之间暗中有股反感,那反感在孩子方面是用撒娇的方式来遮盖的,在克利斯朵夫方面是认为可耻而抑捺着的。他克制自己,硬要自己喜欢这个另外一个男人的孩子,把他当作葛拉齐亚生的。他不愿意找出雷翁那罗的恶劣的天性,和令人想起另外一个男人的特征;他竭力在孩子身上只看到葛拉齐亚的灵魂。心明眼亮的葛拉齐亚,的确把儿子看得清清楚楚,但反而因之更爱他。

在孩子身上潜伏了多年的肺病终于爆发了。葛拉齐亚决意带着孩子躲到阿尔卑斯山中的一所疗养院里。克利斯朵夫要求陪她一同去。她为了顾虑舆论,把他劝阻了。他看到她这样过分地重视礼教,心里很不舒服。

她走了,把女儿留在高兰德家里。但她不久就感到孤单得可怕:周围的病人只讲着自己的疾苦,气象森严的自然界似乎对那些残废的人扮着一副冰冷的脸。那般可怜虫手里捧着痰盂,偷偷地你瞧着我,我瞧着你,眼看死神的影子在邻居身上渐渐地扩大。葛拉齐亚为了躲避他们,从巴拉斯旅店搬出来,租了一所木屋和她的小病人单独住下。

海拔的高度非但没有减轻雷翁那罗的病势，反而把它加重了。热度更高起来。夜里，葛拉齐亚焦急万状。克利斯朵夫远远地凭着直觉感到了，虽则朋友信上只字不提。她硬着头皮撑着，心里很希望有克利斯朵夫做伴；但她当初不许他跟着来，现在也不敢告诉他说："我支持不住了，我需要你……"

一天傍晚，她站在木屋外边的走廊里。心中苦闷的人最怕这黄昏日落的时间……她看见，自以为看见，在架空铁道的小站通到屋子来的小路上，有个男人急匆匆地走着，走一会儿停一会儿，有点儿踌躇，微微伛着背，抬起头来望着木屋。她赶紧躲到屋子里不让他看见，把手压着胸口，激动到极点，笑了出来。虽则她对宗教并不热心，却也跪在地下，拿手捧着脸，觉得需要感谢什么人……可是他还不上门。她回到窗口，躲在窗帘后面张望。他背对着一片空地外边的栅栏，在靠近木屋大门的地方停着，不敢进来。而她心里比他更慌乱，一边微笑一边轻轻地说着："喂，你来呀……来呀……"

终于他下了决心，打铃了。她早已到了门口，把他请了进来。他的眼睛好似一头怕挨打的狗，嘴里说着："对不起，我是来……"

"多谢你！"她回答。

然后她说出自己是多么急切地盼望他来的。

克利斯朵夫全心全意地，帮助她看护病势日渐沉重的孩子。孩子对他非常凶暴，说出许多恶毒的话，不再掩饰仇恨的心理。克利斯朵夫认为是疾病所致。他那时的耐性是从来没有的。他们俩在孩子床头一连过了好几天痛苦的日子，尤其是情势危急的一夜。过了那一夜，似乎没有希望的雷翁那罗居然得救了。两人守在睡着的孩子旁边，觉得快乐到极点。她突然站起来，拿着大衣，拉着克利斯朵夫往外跑，在雪地里走着。静寂的夜里，天上亮着瑟缩的星。她挽着他的胳膊，欣欣然呼吸着那股凛冽的、和平的气息。两人难得开口，根本没有一句影射他们爱情的话。回来的时候，她站在门外的阶沿上，因为孩子得救而眼中闪着幸福的光芒，叫了声：

"亲爱的,亲爱的朋友!……"

除此以外再没有别的表示。但两人都觉到彼此的关系变为神圣的了。

经过了长时期的休养以后,她回到巴黎,在帕西区租了一所屋子,不再顾虑什么舆论。她觉得自己颇有勇气为了朋友而冒犯舆论了。从此以后,他们亲密的程度使她觉得,倘若因为怕人议论(那是不可避免的)而把两人的友谊再藏起去,未免太懦怯了。她随时招待克利斯朵夫,和他一起出去,散步,上戏院,当着众人跟他挺亲热地谈话。谁都以为他们俩是一对情侣了。甚至高兰德也觉得他们过于招摇,和葛拉齐亚隐隐然提了一句,葛拉齐亚微微一笑拦住了她的话,若无其事地扯到别的话题上去了。

可是她并没给克利斯朵夫什么新的权利。他们不过是朋友而已;他和她说话的时候,口气老是那么亲切,恭敬。两人之间再没有什么隐瞒的事,一切都彼此相商。克利斯朵夫不知不觉地在她家里有了相当的权威:葛拉齐亚常常听从他的劝告。自从在疗养院中过了一冬以后,她完全变了:忧虑和疲劳损害了她素来结实的身体,便是精神也受到了影响。虽然以前那种使性的脾气还留着一部分,她可另外有一点儿更严肃更沉着的气息,更加想努力进修,慈爱待人,不叫旁人痛苦。克利斯朵夫的无所为而为的温情,纯洁的心地,把她感动了;她预备将来把克利斯朵夫已经不敢再希望的幸福给他,就是说跟他结婚。

他自从被她拒绝以后,从来没向她再提那个话,也不敢再提。但他对于这个不可能的梦想始终抱着遗憾。尽管他尊重朋友的话,但她把婚姻看作完全虚空的议论并没使他信服;他还是相信,两个相爱的人,用一种深刻而虔敬的爱情与相爱的人的结合,是人生最大的幸福。等到他和亚诺夫妇相遇之时,心里更觉得遗憾了。

亚诺太太五十多岁,她的丈夫已经到了六十五六。两人的外貌都似乎不止这个年龄。他发胖了;她又瘦又小,皮肤有点儿打皱;从前已经那么弱不禁风,现在更只剩一丝气了。从亚诺退休以后,夫妇俩隐居在内地。在死气沉沉的小城市中与他们半睡半醒的麻痹生活中,他们已经和时代隔绝了,只有报纸还把世界上的喧扰带来一些明日黄花的回声。有一回在报上看到克利斯朵夫的名字,亚诺太太写了一封亲热的短信给他,稍微带着客套,表示他们知道他的成功很高兴。克利斯朵夫接到信,也不通知他们,立刻搭火车动身了。

他到的时候,他们正在园子里,坐在一株槐树底下蒙眬出神。时方盛夏,天气很热。像鲍格林笔下的老夫妻一般,两人手握着手在花棚下面打盹。阳光,睡眠,衰老,使他们觉得沉甸甸的,掉在另外一个世界的梦境中,大半个身子已经埋了进去。两人的温情始终如一,那是生命最后的微光:彼此手拉着手,渐渐熄灭下去的肉体中还有一阵暖气互相交流……克利斯朵夫的访问使他们想起了所有的往事,欢喜极了。他们谈着过去的日子,回顾之下,那才显得多么光明。亚诺很有兴致说话,却记不起这个那个的姓名。亚诺太太在一旁提醒他。她不大开口,更喜欢听人家说;但当年的许多形象在她沉默的心中保存得很新鲜;它们一闪一闪地透露出来,像一条小溪中的乱石子。她那么亲切那么同情地望着克利斯朵夫,克利斯朵夫明明觉得她那时想的是谁,可是大家都没说出奥里维的名字。亚诺老人对太太表示出那种絮烦而动人的关切,不是怕她冷了,就是怕她热了,又用着非常操心的,不胜怜爱的神气,端详着那张心爱的憔悴的脸;她却堆着疲倦的笑容努力安慰他,叫他放心。克利斯朵夫瞧着他们,又感动,又羡慕……这便是所谓白头偕老的景象。丈夫在太太身上连岁月的磨蚀都爱到家了。他们彼此说着:"你眼睛旁边的,鼻子上面的那些小皱纹,我是认得的,看着它一条条地刻下来,我知道它们是什么时候来的。这些可怜的灰灰的头发一天天地褪色了,和我的一同褪色了,并且一部分也是为了我!这张细腻的脸,被煎熬我们的疲劳苦难磨得虚肿了,发红了。我的灵魂,因为你和我一起痛苦,一起衰老,所以我更爱你了!你的每一条皱纹,为我都是过去的一阕音乐。"……可爱的老人们,战战兢兢地在一块儿过了一辈子,快要在和平恬静的黑夜中一块儿睡下去了!看到他们,克利斯朵夫悲喜交加。噢!这样的生命多有意思,这样的死也多有意思!

他回去不免把这次的访问告诉葛拉齐亚,并没说出自己的感想。但她体会到了。他说话时常常出神,把眼睛向着别处,话也是断断续续的。她望着他,微微笑着,克利斯朵夫心里的骚乱把她传染了。

那天晚上她独自在卧室里的时候,不由得胡思乱想起来。她把克利斯朵夫的叙述重温了一遍;但眼前的形象不是那对在槐树底下打盹的老夫妻,而是她朋友不敢吐露而热烈希望着的梦境。于是她心里充满了爱,躺上了床,熄了灯,想道:

"是的,错过这样的幸福是荒唐的,罪过的。能使你所爱的人快乐,不是世界上最大的幸福吗?怎么!难道我爱着他吗?"

她静下来,不胜激动地听见她的心回答说:"是的,我是爱他的。"

正在这个时候,隔壁孩子的卧室里忽然有一阵急促的、声音嘶嗄的咳嗽。葛拉齐亚马上竖起耳朵。从儿子害病以后,她老担着心事。她问他。他不回答,只继续咳嗽。她便赶紧下床,走到他身边去。他气哼哼地抱怨,说是不舒服,一句话没说完,又咳了。

"什么地方不舒服呢?"

他不回答,只是哼哼唧唧地叫苦。

"好宝贝,你说呀,哪里不舒服呢?"

"不知道。"

"是这儿吗?"

"是的。哦,不是的。我不知道。我浑身都不好受。"

说到这里,他又剧烈地、过分夸张地咳起来,把葛拉齐亚吓坏了;她觉得他是故意要咳嗽,但看着孩子浑身是汗,上气不接下气的模样,又觉得冤枉了他,便抱着他,和他说些好话。他渐渐安静了,可是只要母亲想走开去,孩子就会立刻咳起来。她不得不打着寒战留在床头,因为他不许她去穿衣服,要她抓着他的手,他也要抓着她的,到完全睡着为止。那时她才冻得冰冷地上床,又是急,又是累,没法再把刚才的梦做下去。

那孩子有种特别的本领会猜透母亲的心。我们往往发现——但很少到这个程度——血统相同的人有这种本能:只要眼睛一扫,就能知道对方的思想,从无数不可捉摸的征兆上猜到。这种天赋,经过共同生活的训练当然更有进步,而在雷翁那罗是被他处心积虑的恶意琢磨得愈加尖锐了。阴损别人的欲望,使他的眼睛格外明亮。而他又是恨极了克利斯朵夫。为什么呢?为什么一个孩子会对这一个或那一个从来没得罪过他的人怀着仇恨呢?往往是由于偶然。只要孩子有一天自以为恨某人,这个恨就能成为习惯;而且人家越是开导他,他越固执;起先他不过是玩弄仇恨,结果却真的恨起来了。但有时还有些更深刻的理由,超过儿童的想象力的,儿童自己也不觉得的……从看到克利斯朵夫的最初几天起,裴莱尼伯爵的儿子对他母亲曾经爱过的人就有了恨意。后来葛拉齐亚心里想嫁给克利斯朵夫的时候,仿佛孩子在直觉上是当场感觉到的。从此他就一刻不停地监视他们,紧跟着他们。只要克利斯朵夫来了,他就不肯离开客厅,或者正当他们在一起的时候出其不意地闯进去。更厉害的是,倘若母亲独自在家而暗中想着克利斯朵夫的话,他会坐在旁边用眼睛盯着她,直把她看得非常难堪,几乎脸红了。她只得站起来遮盖慌乱的心绪。他又顶高兴当着母亲的面用难听的话提到克利斯朵夫。她要他住嘴。他偏偏说个不停。要是她想惩罚他,他就用害病来威吓。这是他从小用惯而极有效力手段。他还很小的时候,有一天挨了骂,就想出报复的办法:脱光了衣服,赤裸裸地躺在砖地上让自己受凉。有一回,克利斯朵夫带来一个曲子,特意为葛拉齐亚的生日作的,不料被雷翁那罗拿去弄得不见了。后来人家在一口柜子内发现,已经给撕成一条条的了。葛拉齐亚冒了火,把孩子狠狠地训了一顿。于是他又哭又叫,跺着脚,躺在地下打滚,大大地发了一场神经病。葛拉齐亚吓坏了,只得抱着他,哀求他,答应了他所有的要求。

从此他成为主人了,因为他看清了这一点,并且几次三番拿出这个有效的武器。人家简直弄不明白他的神经病有几分是真的,有几分是假的。后来他也不限于在人家违拗他的时候用作报复,而只要母亲和克利斯朵夫想一块儿消磨一个黄昏,他就纯粹凭着恶意来捣乱了。他甚至于因为闲得无聊,因为想做戏,因为要试试自己的威力能够到什么程度而玩着这个危险的把戏。他极巧妙地发明许多古怪的、歇斯底里的花样:有时饭吃到一半突然抽搐起来,把玻璃杯打翻,或是把盘子打破;有时在楼梯上用手抓着栏杆,手指痉挛,说是伸不开了;再不然,他肩膀底下像针刺一般的疼,直叫直嚷地打滚;或者是要闭过气去了。自然,他结果也闹了一场真正的神经病。但他的辛苦并没白费。克利斯朵夫和葛拉齐亚都被他骇住了。他们再也不得安静,悠闲地谈话,看书,弄音乐,所有这些微薄的幸福,为他们当作天大的乐事的,从此都给破坏完了。

每隔许多时候,小坏蛋把他们略微放松一下,或是因为玩得腻了,或是因为恢复了孩子脾气,想着别的事。(现在他知道能控制他们了。)

于是,他们赶快利用。凡是这样偷来的时间,每小时都显得特别宝贵,因为没把握是否能从头至尾不受扰乱。他们觉得彼此多亲近!为什么不能长此下去呢?……有一天葛拉齐亚自己也表示这种遗憾。克利斯朵夫便抓着她的手问:

"是啊,为什么呢?"

"你是知道的,朋友。"她不胜怅惘地笑了笑。

不错,克利斯朵夫是知道的。他知道她为了儿子把他们的幸福牺牲了,知道雷翁那罗的手段并没有瞒过她,可是她还是心疼自己的儿子。他知道那种盲目的骨肉之爱,使最优秀的人把所有的牺牲精神都为了要不得的或是没出息的儿女消耗完了,以至于对一般最有资格消受的、自己最爱的,但不是同一血统的人,反倒没有什么可给了。克利斯朵夫虽然很气,有时想杀死这个破坏他们生命的小妖魔,结果仍旧默默无声地忍了下去,懂得葛拉齐亚不得不这么做的苦衷。

于是他们俩都放弃了心中的念头,不再做无益的反抗。他们分内的幸福固然被剥夺了,可是什么也不能阻止他们两颗心的结合。并且就为了放弃幸福,为了共同的牺牲,他们之间的关系比肉体的关系更密切。各人都对朋友倾吐心中的苦闷,也听着朋友的苦闷:互相交换之下,连悲哀本身都变作欢乐了。克利斯朵夫把葛拉齐亚叫作"忏悔师"。凡是他的自尊心感到屈辱的弱点,他都毫不隐瞒,同时又过分地责备自己;她一边笑着,一边劝解这个老孩子的顾虑。他甚至对她说出物质方面的窘况。但那是先要她答应了不给他任何帮助,他也声明不接受任何帮助之后才说的。这是他非维持不可而她也加以尊重的最后一道骄傲的防线。她因为不能使朋友的生活过得舒服一点,便尽量把他最重视的东西——她的温情——给他。他没有一个时间不是觉得被她温柔的气息包裹着;早上睁开眼睛之前,夜里闭上眼睛之前,他都要先做一番爱情的默祷。在她那方面,醒来的时候或是夜里几小时的睡不着的时候,她总想着:

"我的朋友在想念我。"

于是他们周围布满了和平恬静的气息。

葛拉齐亚的健康受了损害。她老是躺在床上,或者整天睡在一张躺椅里。克利斯朵夫每日来跟她谈天,念书给她听,把他的新作品给她看。于是她从椅子上站起来,撑着虚肿的脚,一拐一拐地走到琴前,弹他拿来的音乐。这是她所能给他的最大的快乐。在他的学生中间,她和赛西尔两人最有天赋。但在赛西尔是本能的感觉到而并不了解的音乐,对于葛拉齐亚是一种懂得很透彻的美妙和谐的语言。她完全不知道人生与艺术中间有什么魔力的因素,只拿自己玲珑剔透的心把音乐照亮了,把克利斯朵夫的心也给照亮了。朋友的演奏,使他对自己所表白的暧昧的热情了解得更清楚了。就在自己的思想的迷宫中,他闭着眼睛听着她,跟着她,握着她的手。从葛拉齐亚的心中再去领会自己的音乐,等于和这颗心结合了,把它占有了。这种神秘的交流又产生出新的音乐,有如他们生命交融以后的果实。有一天,他送给她一册选集,都是他和朋友的生命交织起来的乐曲,他对她说:"这是咱们的孩子。"

不管是否在一起,两人的心永远息息相通。在幽静的古屋中消磨的夜晚又是多么甜蜜!周围的环境似乎就为了衬托葛拉齐亚而安排的,轻声轻气而非常亲切的仆役对她竭尽忠诚,同时又把他们对女主人的敬意与关切转移一部分到克利斯朵夫身上。两人一同听着时间的歌曲,看着生命的水波流逝,觉得其乐无穷。葛拉齐亚的身体虚弱不免使他们的幸福染上一点不安的影子。但她虽则有些小小的残废,心胸却是那么开朗,那些不说出来的疾苦反而增加了她的魅力。她是"他的亲爱的、痛苦的、动人的、脸上放射光明的朋友"。有些夜晚,克利斯朵夫从她家里出来,胸中的热爱要溢出来了,等不及明天再跟她说,便写信给"亲爱的亲爱的亲爱的亲爱的亲爱的葛拉齐亚……"

他们享了几个月这种清福,以为能永久继续下去了。孩子似乎把他们忘了,注意着旁的事。但放松了一个时期,他又回过头来,这一回可抓着他们不再放手。阴狠险毒的小子非要把他母亲和克利斯朵夫分离不可。他又做起戏来:没有什么预定的计划,只逗着每天的性子做到哪里是哪里。他想不到自己对人家的损害,只想拿捣乱作消遣。他纠缠不休地逼着母亲,要她离开巴黎到远方去旅行。葛拉齐亚没有力量抵抗。而且医生也劝她上埃及去住些时候,不应当再在北方过冬。最近几年来精神上的刺激,永远为了儿子健康问题的担心,长时期的蹉跎,面上不露出来的内心的斗争,因为使朋友伤心而伤心:总之,影响她身体的事太多了。克利斯朵夫对这些都很明白,而且不愿意再增加她的烦恼;所以虽然离别的日子一天天地逼近使他很悲伤,他也一句话不说,也不想法延缓她的行期,两人都强作镇静,但互相感应之下,他们真的变得心平气和了。

日子到了。那是九月里的某一个早上。他们先在七月中一同离开巴黎，到和他们六年前相遇的地方很近的安加第纳，消磨了离别以前的最后几星期。

　　五天以来，淫雨不止，他们不能再出去散步，差不多单独留在旅馆里，大部分的旅客都溜了。最后一天早上，雨停了，但山顶上还盖着云。两个孩子和仆人们先坐了第一辆车动身。随后她也出发了。他把她送到山路曲曲弯弯望着意大利平原急转直下的地方。潮气透进车篷。他们俩紧紧靠在一起，一声不出，也不彼此瞧一眼，四周是半明半暗的异样的天色……葛拉齐亚呼出来的气在面网上凝成一片水雾。他隔着冰冷的手套紧紧压着她温暖的小手。两人的脸靠拢了。隔着潮湿的面网，他吻了吻那张亲爱的嘴。

　　到了山路拐弯的地方，他下来了。车辆埋在雾中不见了。他还听到车轮和马蹄的声音。一片片的白雾在草原上飘浮，织成密密层层的网，寒瑟的树木似乎在网底下哀吟。没有一丝风。大雾把生命窒息了。克利斯朵夫气吁吁的停下来……什么都没有了，一切都过去了。

　　他深深地吸了一口浓雾，重新上路。对于一个不会过去的人，什么都不会过去的。

第 三 部

　　一朝离别，爱人的魔力更加强了。我们的心只记着爱人身上最可宝贵的部分。远方的朋友传来的每一句话，都有些庄严的回声在静默中颤动。

　　克利斯朵夫和葛拉齐亚通信的口吻变得沉着、含蓄，好似一对已经受过爱情磨炼的夫妇，因为过了难关，手搀着手走着，对于他们的前途和脚力很有把握了。各人都相当地强，足以支持对方，领导对方，也相当地弱，需要受对方的支持与领导。

　　克利斯朵夫回到巴黎。他本来不愿意再去，可是自己发的这些愿有什么用呢！他知道在那边依旧能找到葛拉齐亚的影子。情势的发展，仿佛和他暗中的愿望串通一起，把意志推翻了，使他看到在巴黎还有一件新的义务等着他。消息灵通的高兰德告诉克利斯朵夫，说他的小朋友耶南正在胡闹。素来溺爱儿子的雅葛丽纳不想管束他了。她精神上也在经历一个苦闷的时期，自顾不暇，没有心思再管儿子。

　　自从那次可悲的情变把她的婚姻和奥里维的生活一齐毁掉以后，雅葛丽纳闭门不出，过着很稳重的生活。巴黎社会扮着伪君子面孔，把她当作瘟疫一般隔离了相当时间，又来亲近她，她可是拒绝了。她不觉得为了自己的行为在这些人前面有什么惭愧，也认为无须向他们负责：因为他们比她更要不得；她坦坦白白做的事，在她所认识的女子中，有半数是无声无息的，戴着家庭的假面具做的。她觉得痛苦的只有一件事,就是害了她最好的朋友,她唯一的爱人。她不能原谅自己在这么贫弱的世界上失去了像他那样的爱。

这些遗恨和痛苦慢慢地减淡了,剩下来的仅是一种郁闷,一种瞧不起自己瞧不起别人的心理,还有是对儿子的爱。她因为所有的爱没有地方可发泄了,便统统倾注在母爱里面,使她对儿子一无办法,没有力量抵抗他的任性。为了譬解自己的懦弱,她硬要相信这是向奥里维补赎罪过。在某个时期内她可以对儿子温柔到极点,然后又厌倦了,马上不闻不问;一会儿她用着苛求的、过分烦心的爱和乔治纠缠不清;一会儿觉得腻烦了,什么都由他做去。她明白自己教子无方,心里懊恼得很,但并不改变方法。等到她偶尔想要把做人之道依着奥里维的精神改塑一番的时候,结果真是可叹;奥里维的悲观主义对她母子俩都不合适。她想只用感情来控制儿子。这当然是对的,因为两个人不管怎么相像,除了感情以外究竟没有别的联系。乔治·耶南很受母亲的吸引,喜欢她的声音,她的姿态,她的动作,她的柔媚,她的爱。但他觉得精神上和她是完全陌生的。在母亲方面,直要到青春期的第一阵风吹起来,把儿子吹远去了,她才发觉这情形。于是她惊异,愤慨,以为他的疏远是由于别的女性的影响,便很笨拙地想消灭那些影响,结果反而使他离得更远。其实他们一块儿生活的时期,素来各转各的念头,对于双方的分歧点抱着自欺欺人的幻想,因为有些表面上的共同的好恶而以为彼此相同;但等到孩子从模棱两可的、留着女性气息的阶段转入成人的阶段,那些共同的情感就没有了。雅葛丽纳很心酸的对儿子说:"我不知道你究竟像谁:既不像你父亲,也不像我。"

这样她更使他体会到两人之间的不同;他暗中还因之骄傲,同时也有点焦躁不安的情绪。

上一代跟下一代对于彼此格格不入的成分,永远比对于彼此接近的成分感觉得更清楚;他们都需要肯定自己的生命,即使要用不公平的行为或扯谎作代价也在所不惜。但这种感觉的强弱是看时代而定的。在古典时代,因为文化的各种力量在某一个时期内得到了平衡,好比由陡峭的山坡围绕着的一块高地,所以在上一代和下一代之间,水准并不相差太大。可是在一个复兴的时期或颓废的时期,那些或是往上攀登或是往陡峭的山坡冲下去的青年,往往把前人丢得很远。而乔治和他年龄相仿的人正在攀登山峰。

在思想上,性格上,他没有过人的地方:无论学什么,能力都差不多,成绩没有一样是超过中上的。可是他入世的时候,已经毫不费力地比他的父亲,比那个在短短的一生中消耗了一笔不可估计的智慧与毅力的父亲,高出了几级。

他的理智在世界上才睁开眼来,就看到了周围这一片仅仅有几点眩目的微光的黑暗,一大堆的可知与不可知,敌对的真理,矛盾的错误,为他父亲不胜烦躁地摸索过来的。但同时他意识到自己有一件武器可以使用,那是奥里维从来没认识的:他的力。

他的力?从哪儿来的?……那是一种神秘的现象:一个疲弱到昏昏入睡的民族突然复活起来,好似山中的一道急流到了春天突然泛滥一样……他怎么使用这股力呢?是不是也要拿去开发现代思想这个迷离扑朔的丛林呢?不,那对他毫无吸引力。他还觉得有许多潜伏的危险在那里威胁他。它们曾经把他的父亲压倒了。与其再来一次同样的经验而回到悲惨的森林中去,他宁可放一把火把它烧了。凡是奥里维为之着迷的,讲着明哲的理论或是表现神圣的疯狂的书,例如托尔斯泰那种虚无主义的怜悯,易卜生那种以破坏为能事的骄傲,尼采的那种狂热,瓦格纳的那种壮烈的富于刺激性的悲观主义:他才看了一眼就又愤怒又惊骇地掉过头去了。他恨写实派的作家在半世纪中把艺术中间欢乐的成分都消灭了。可是笼罩着他童年的凄凉的梦影,究竟不能完全抹掉。他不愿意向后回顾,但明明知道影子就在后面。因为太健康了,他不能用上一个时代的懒惰的怀疑主义把不安的心绪引到别的路上去;他痛恨勒南和阿那托尔·法朗士一派的玩世气息,认为是自由思想的没落,没有快乐的笑,没有气魄的幽默:那种可耻的方法只适用于做奴隶的人,因为不能斩断铁索,就拿着铁索玩儿。

他太刚强了,不能拿怀疑来满足自己,同时又太懦弱了,不能由自己来确定什么;但他需要确定,一心一意地追求着。而社会上永远有些沽名钓誉的人,空头的大文豪,投机的思想家,利用青年们这个顽强的、苦苦追求的欲望,大吹大擂地叫卖他们的解毒剂。这些大医生个个都在台上喊着说,只有他的补药是好的,别人的全是不好的。其实他们的秘方都是半斤八两,没有一个卖药的肯费心去找什么新方子。他们都在柜子里搬出些破烂的药瓶。所谓万应灵丹,有的是旧教教会,有的是正统的王室,有的是古典的传统。还有一帮开玩笑的家伙,说只要恢复拉丁文化就能把所有的病都给治好。另外一批说些叫傻子们听了发呆的大话,一本正经地提倡地中海精神(过一晌也可以提倡大西洋精神呢!),俨然以新罗马帝国的继承人自诩,以反抗北方与东方的蛮子自诩……说来说去无非是废话,东拣西拾的废话。那好比图书馆中的底货,被他们拿来随便望四下里播送。年轻的耶南像他所有的同伴一样,到一个一个的贩子那边去听他们的夸口,有时也受着诱惑,走进棚子,然后大失所望地退出来,有点儿羞愧,因为糟蹋了金钱与时间,只看到衣衫破烂的老丑角。可是青年人的迷梦不容易醒,相信确定的事一定会找到的,所以听见一个新的贩子说有什么新的希望出卖,又跑去上当了。他是真正的法国人:天生爱好秩序,但非常挑剔。他需要一个领袖,可是对无论哪个领袖都受不了:他的铁面无情的讥讽把他们一个一个都批驳得体无完肤。

在他还没有找到一个能告诉他谜底的人的时候,他等不及了。他不像父亲肯一辈子以探求真理为满足。他的烦躁的年轻的力需要消耗。不管有无理由,他要打定主意,要行动,要使用他的精力。先是旅行,艺术,尤其是他拼命吸收的音乐,成为他间歇的如醉如狂的消遣。人长得很俊,又是早熟,又受到许多诱惑,早就发现了外表那么迷人的爱情的天地,便用一种富有诗意的、贪馋的、兴奋的心情跳进去。但这个善于钟情的少年,天真与贪得无厌的程度简直没有分寸,所以不久就对女人厌倦了,需要行动了。于是他对体育着了迷:每样都要试,每样都要玩。凡是斗剑和拳击的比赛,他无不参与,又是赛跑与跳高的全国冠军,当着某足球队的队长。他和几个像他一类的青年疯子,有钱而嘈瑟的家伙,在汽车竞赛中比胆量;其荒唐激烈的情形等于死亡的比赛。随后他又丢下一切去搞新的玩意儿。群众的飞机狂把他传染了。在兰斯举行的航空大会中,他和三十万人一齐呐喊着,快乐得哭了,觉得自己在这个庆祝欢呼的场合和全人类结合了。人和鸟一样的在他们头上飞过,把他们也带到了空中。自从大革命的黎明时期以来,破题儿第一遭,这些民众举眼望着天空,看到另外一个世界给打开了……年轻的耶南说要加入征服天空的队伍,使母亲听了大吃一惊。她哀求他,甚至于命令他放弃这个危险的野心。他却只管独断独行。雅葛丽纳以为克利斯朵夫一定是站在她一边的,不料他只嘱咐孩子小心一点;其余的话,他断定乔治决不会听,要是他处在乔治的地位也不会听的,他认为即使能够,也不可以阻挠那些年轻的力量,不让它们有健康而正常的活动:要是这么办了,他们可能回过来毁灭自己。

  雅葛丽纳不能听天由命地让儿子逃出掌握。她真心以为自己已经把爱情放弃了,可是没用,她仍少不了爱情的幻想;她所有的感情,所有的行为,都染着爱的色彩。多少做母亲的人,都把不能在夫妇之间或情人之间发泄的热情移在儿子身上;一朝看到儿子对自己居然满不在乎了,不再需要她们了,精神上的痛苦就跟情人的欺骗和爱情的幻灭没有分别。这一下对于雅葛丽纳又是一个新的打击。乔治可完全没觉得。青年人万万想不到周围发生着什么感情的悲剧:他们来不及看到;自私的本能叫他们头也不回的往前直冲。

  雅葛丽纳自个儿把这个新的痛苦吞了下去。直到日子久了,痛苦慢慢地解淡了,她才得到释放。同时她的爱也跟着解淡了。当然她始终爱着儿子;但那是一种远远的,没有幻想的情爱,因为明知这情爱是无用的,所以她对于自己的感情和儿子都不以为意了。她这样忧忧郁郁地挨了一年,他一点没注意。然后,这颗遭逢不幸的心既不能死,也不能没有爱情而活下去,就得造出一个对象来让自己爱。于是她忽然有了一种奇怪的热情;这个情形,在某些女性,特别是一般最高尚最不容易让人高攀的心灵,到了成熟时期而没有采到人生的美果的话,常常会发生的。她认识了一个女子,一见之下就被她神秘的吸引力抓住了。

那是一个女修士,年纪和她差不多,专做救济事业的。人长得高大,强壮,有点儿臃肿;褐色的头发,脸上的线条很好看,很鲜明;眼睛极精神,一张阔大而细腻的嘴巴老是在微笑,下巴的长相表示性格专横。她聪明过人,没有一点感伤气息,像乡下女人那么狡猾,对实际的事务很精明,再加上南方人的想象力,目光远大,必要时也会把尺度看得很准;神秘主义的气息和老公证人那样的阴险混在一起,特别有种韵味。她是惯于支配人的,而且支配得不着痕迹。雅葛丽纳立刻被她迷住了,对救济事业热心得不得了。至少她自己这么相信着。女修士安日尔知道这股热情为的是谁;挑起这一类的情绪原是她最拿手的本领;表面上装作没注意到对方的热情,骨子里她却是很冷静地拿它去献给她的上帝和她的救济事业。雅葛丽纳把金钱、意志、感情,统统捐献了出来。她变得慈悲了,因为需要爱而变得有信仰了。

大家很快就注意到她着了魔。只有她自己没觉得。乔治的监护人开始担心了。连一向很慷慨、糊涂、不注意金钱问题的乔治,也发觉了母亲被人利用,大为懊恼。他想和她恢复从前的亲密,可是太晚了;两人中间已经隔了一重幕。他把这个情形归咎于妖术作祟,对于那个他称为阴谋家的女人,甚至也对于母亲,公然表示气愤至极。他认为母亲的感情是他的私产,决不能让一个不相干的女子侵占。他可没想到那是自己放弃了才被人侵占的。这时他非但不想法把它争回来,反而对付得很笨拙,使人难堪。母子两个都是脾气急躁、性情激烈的人,不免交换一些难堪的话,加深了原有的裂痕。而安日尔左右雅葛丽纳的力量反倒因之更加巩固。乔治便像脱缰的野马一般往外跑了,只管忙着玩儿。他去赌博,输了很多的钱,并且一边乱搞,一边还故意在人前招摇,为了好玩,也为了报复母亲的胡闹。他和史丹芬·台莱斯德拉特家里的人是熟的:高兰德早就注意到这个漂亮青年,想在他身上再试一试她风韵犹存的魔力。她知道乔治的种种荒唐事儿,觉得挺有意思。表面上她虽很轻佻,人却是通情达理的,好心也是真的:由于这两点,她发觉了这个疯疯癫癫的青年所冒的危险。又因为她知道自己决计救不了他,便通知了克利斯朵夫。他接到信就赶回来了。

克利斯朵夫是唯一对年轻的耶南有点儿影响的人。影响并不大,而且是断断续续的,但因为无法解释,所以这影响尤其值得注意。克利斯朵夫属于昨日的一代,正是乔治和他的伙伴们以非常激烈的态度反抗的一代。克利斯朵夫又是那个暴风雨时代的最高代表之一,而青年人对于暴风雨时代的艺术和思想都存着猜忌的敌意。凡是新的《福音书》,小型的先知和老魔术师嘴里的符咒,向一般老实的年轻人佈送的、连罗马连法国连全世界都能挽救过来的灵验如神的秘方,都与克利斯朵夫无缘。他忠于自由的信仰,不受任何宗教的拘束,不受任何党派的影响,不受任何国家的限制,可是这种信仰已经不时兴了,或者还没有重新时兴。最后,他虽然已经把国家问题摆脱干净,但在巴黎究竟是个外国人,因为照当时的风气,每个国家的人都是把外国人看作蛮子的。

年轻的耶南,轻浮、快活,最恨扫兴的人,一味喜欢作乐,喜欢剧烈的游戏,极容易受当时那一套花言巧语的骗,因为筋骨强壮、思想懒惰而偏向于《法兰西行动》派①的暴力主义,同时又是国家主义者,又是保王党,又是帝国主义者(他自己也不大弄得清),心里却只佩服一个人:克利斯朵夫。凭着早熟的经验和得之于母亲的灵敏的感觉,他早已认出克利斯朵夫是了不起的,他自己的社会是一文不值的,虽然依旧割舍不得这个社会,也不因为它一文不值而减少自己的兴致。他白

---

① 《法兰西行动》为近代法国最反动的日报,创于一九〇八年。

白地拿运动和行动来麻醉自己,父亲的遗传始终没法摆脱。他常常会突然之间有一阵空泛的不安,觉得需要替自己的行动确定一个目标:这便是从奥里维身上来的。还有使他去接近奥里维曾经爱过的人的,那种神秘的本能,也是得之于奥里维。

他去探望克利斯朵夫。生性爱说话,甚至有点儿嘴碎,他喜欢讲自己的事,从来不管克利斯朵夫有没有时间听他。克利斯朵夫可听着他,毫无不耐烦的表示。但逢着乔治突如其来地上门,打断了他的工作的时候,他就心不在焉了。他的精神会溜走几分钟,把胸中的作品润色一下,然后再回到乔治旁边。他对于这种情形觉得很好玩,正如一个人提着脚尖回到屋里,没人听见。但也有一两次,乔治注意到了,愤愤地说:"你怎么不听我说啊?"

于是克利斯朵夫不好意思了,马上很温柔地听下去,并且听得格外用心,借此表示歉意。乔治说的故事颇有发噱的地方,克利斯朵夫听到某些胡闹的事不由得笑了:因为乔治无话不谈,并且坦白的程度使人对他毫无办法。

可是有些笑话在克利斯朵夫是觉得笑不出来的。乔治的行为往往使他很难过。克利斯朵夫不是一个圣人,并不自以为有教训别人的资格。乔治的风流韵事和挥金如土的作风,还不是克利斯朵夫最愤慨的事。他最难宽恕的,是乔治把自己的过失看得轻描淡写,非但不以为意,还认为挺自然。他对于"道德"的观念和克利斯朵夫的完全不同。对于他那一类的青年,男女关系只是一种自由的游戏,无所谓道德不道德。只要相当坦白,只要心地好(也不用顾虑周详),就够得上称为诚实君子了。他决不像克利斯朵夫那样认真,给自己找麻烦。克利斯朵夫看了大不以为然。尽管不愿意强迫别人跟他一样看法,他究竟不是个宽容的人,从前那种火气不过减掉了些,有时照旧会发作的。他不能不把乔治的某些手段看作卑鄙,老实不客气对他说出来。乔治不比他更有耐性。两人常常吵得很凶,接着便几星期不见面。克利斯朵夫发觉自己这样生气决不能改变乔治的行为,而硬要一个时代的道德去适合另一个时代的标准也有些不公平。但他不由自主,一有机会又发作了。对于我们依靠了一辈子的信仰,怎么能怀疑呢?那简直是放弃人生了!干吗要假装想着自己没有的思想,去学邻人或敷衍邻人呢?这是毁灭自己而对谁都没有好处的。最要紧的是保持我们的本来面目,应当有胆量说:"这是好的,那是坏的。"一个人要帮助弱者,应当自己成为强者,而不是和他们一样变成弱者。对于已经做了的坏事,不妨宽大为怀,如果你愿意。对于将做未做的坏事可决不能放松。

这态度当然是对的,但乔治决不肯把将要做的事和克利斯朵夫商量,他将要做些什么恐怕连自己都不知道,只等事后才告诉他。那时……那时,除掉不声不响的存着责备的心,像一个明知不会有人听的老伯老叔一般,望着这个淘气的孩子,耸耸肩膀笑笑以外,还有什么办法?

逢着这样的日子,他们就要沉默好一会儿。乔治瞧着克利斯朵夫那双出神的眼睛,觉得自己完全变成了小孩子。克利斯朵夫的俏皮的深刻的眼光赛似一面镜子,照出了乔治的本相,使他看了也不觉得体面。克利斯朵夫难得搬出乔治告诉他的心腹话来埋怨他,仿佛根本没听见。两人在眼睛里默默地交换了几句以后,他气哼哼地摇了摇头,然后讲一桩似乎跟刚才的事毫不相关的故事:或者是他自己的历史,或者是别人的,有时是真实的,有时是虚构的。乔治慢慢地看到,在可恼与可笑的情境中,明明白白地显出他的"副本"(那是他认得的),经历着一些和他类似的错误。他看了不由得要笑自己,笑他那副可怜的面目了。克利斯朵夫不加按语,这种洒脱的态度反倒加强了故事的作用。他提到自己像提到旁人一样,用着同样满不在乎的神气,同样达观同样安定的心情。这点儿安静的气息把乔治感动了。他就是来找这种气息的。等到絮絮叨叨地招供完了,他仿佛一个人在溽暑熏蒸的下午,伸手伸脚地躺在大树底下。火辣辣的阳光使人头晕眼花的刺激没有了。和平恬静的气氛像翅膀一样盖在他身上。眼看身边这个人心平气和地挑着那么重的人生的担子,乔治自己的骚动也平静了。听着克利斯朵夫说话,他整个的人都得到休息。他也和克利斯朵夫一样不是始终听着的,往往让自己的精神溜出去;但不管游魂到哪里,克利斯朵夫的笑声老是在他的周围。

可是,老朋友的思想对他仍旧是陌生的。他心里奇怪克利斯朵夫怎么能忍受那种精神上的孤独,怎么能跟艺术团体、政治党派、宗教党派、任何集团都不产生关系。他问他:"你从来不觉得需要把自己关在一个阵地里吗?"

"把自己关在一个阵地里?"克利斯朵夫笑道,"我们在外面不是很好吗?你整天跑在外边的人,倒说要把自己关起来!"

"啊!精神是和肉体不同的,"乔治回答说,"精神需要肯定,需要和别人一同思想,接受同时代所有的人都接受的原则。我羡慕从前的人,古典时代的人。我的朋友们要恢复过去美妙的秩序是对的。"

"没勇气的家伙!"克利斯朵夫说,"从来没见过像你这样灰心的人!"

"我并不灰心,"乔治愤愤地争辩,"我们中间没有一个是灰心的。"

"不灰心又怎么会怕你自己?怎么!你们需要一种秩序而不能自己来创造吗?你们要吊在曾祖母的裙角上!天哪!你们不能自个儿走路吗?"

"先得把自己的根种在土里。"乔治非常得意地说出这句当时流行的话。

"要把根种在土里,难道树木就得给装在箱子里吗?这儿有的是泥土,大众可用。把你的根插进去吧。找出你的规则来吧。在你自己身上找吧。"

"我没有时间。"乔治说。

"你这是害怕。"克利斯朵夫回答。

乔治先是不服,后来终于承认,要他瞧自己的内心的确没劲。他不懂人家怎么会对此津津有味:靠在这个漆黑的窟窿上面张望,不是有掉下去的危险吗?

"那么把你的手让我拿着好了。"克利斯朵夫说。

他说着便好玩地揭开窟窿的盖子,让乔治对人生的现实而悲壮的境界看了一眼。乔治马上倒退了一步,克利斯朵夫笑着把风洞重新关上。

"你怎么能这样过活的?"乔治问。

"我不是活着吗?并且很快乐呢。"克利斯朵夫说。

"我要是老看到这个,我会死的。"

克利斯朵夫拍拍他的肩膀。

"啊,啊,我们的运动健将原来不过如此!……好吧,你别瞧就是了,倘使觉得头脑不够结实的话。反正没有谁强迫你。向前吧,孩子!可是要向前,也用不着要一个主子在你肩膀上打印,像对待牲口一般。你等什么?信号早已发出。装鞍的军号已经吹过,马队已经在前进了。你只要管着你的马。快快归队,向前奔吧!"

"往哪儿去呢?"

"往你的队伍所去的地方,去征服世界。抓住空气,降服原素,冲破自然界的最后一批堡垒,你得逼空间后退,逼死神后退……

<blockquote>台太尔已经把天空试探过了……①</blockquote>

"你拉丁文很好,可知道下面这句话吗?能不能把它解释给我听?

<blockquote>他已经渡过了阿希龙……②</blockquote>

"……瞧,这便是你们的命运,你们这般幸运的征略者!……"

---

① 神话载台太尔为希腊大建筑家,被囚于克兰德迷宫,乃以羽毛与蜜蜡造成翅翼而遁。
② 神话载阿希龙为地狱之河,今作死亡解。

他把新的一代应当肩负的英勇的责任说得明明白白,乔治不禁诧异地问道:"既然你感觉到这些,干吗不跟我们一起来呢?"

"因为我另有任务。去吧,孩子,去干你的事。尽管追过我,只要你能够。我吗,我留在这儿,我要担任警戒……你读过《天方夜谭》,该记得其中有一个精灵,像山一般高,被关在压着所罗门印玺的箱子里……哎,你知道没有,精灵就在这儿,在我们的灵魂深处,就是你不敢低下头去瞧一瞧的那颗灵魂。我跟我同时代的人,和它搏斗了一辈子,我们没有把它打败,它也没把我们打败。如今我们和它都在透一口气,彼此瞪着眼,可没有怨恨,没有恐惧,对咱们的战斗都很满意,等着休战期满。你们哪,你们该利用休战的机会养精蓄锐,预备去摘取世界上的美果!你们尽量地快活吧,享受这个短时期的休息吧,可是千万记住,你们,或是你们的儿子们,有一天从征略大业中回来的时候,应当回到我现在所站的地方,拿出新的力量跟留在那边而为我在旁监视的精灵搏斗。这搏斗,虽然中间可能有多少次的休战,但真要等到两者之间有一个被打倒的时候才能结束。你们应当比我们更强,更幸福!目前,你尽管玩你的运动,如果你愿意;你得活动你的筋骨,锻炼你的心志;别发傻劲,把你跃跃欲试的精力为一些无聊的事浪费掉,放心,你现在所处的时代早晚会用到你的精力的。"

　　克利斯朵夫说的话,乔治并没记住多少。他胸襟相当宽大,足够容纳克利斯朵夫的思想;但他一只耳朵进,一只耳朵出,还没走完楼梯已经把什么都忘了。可是他仍旧有种甜美的畅快的感觉,即使在产生这种感觉的事情早已想不起的时候也是这样。他对克利斯朵夫非常尊敬,却完全不信克利斯朵夫所信仰的东西。(他心里一无信仰,对什么都是一笑置之。)但要是有谁敢毁谤他的老朋友,他是会拼命的。

　　幸而没有人在他面前说克利斯朵夫的坏话,否则他什么事都会干出来。

克利斯朵夫把风向看得很准,不久它果然转变了。年轻的法国音乐的理想是和他的理想不同的。这一点使克利斯朵夫对法国音乐的好感多添了一个理由,但法国音乐界对他绝对不表同情。他在群众之间那么流行,决不能使那些闹饥荒闹得最厉害的青年和他携手;他们肚子里没有多少东西,所以牙齿格外地长,格外地要咬人。克利斯朵夫可不把他们的凶恶放在心上。

"他们多么认真啊!"他说,"这些孩子正在磨炼牙齿呢……"

比较之下,他几乎更喜欢他们,而讨厌那帮因为他的声名而来巴结他的小狗,——好似杜皮尼①说的:"一头猛犬把头伸在一只奶油钵里时,就有小狗们来舐它的胡子表示庆贺。"

他有一部作品被歌剧院接受了。才接受,人家就开始排练。有一天,克利斯朵夫看到报上有攻击他的文章,说为了他的作品,人家把预定上演的一个青年作家的剧本无限期地搁下去了。那记者不胜愤慨,认为这种滥用势力的事应当由克利斯朵夫负责。

克利斯朵夫跑去见经理,对他说:"你没预先通知我。那怎么行呢?你该把那部先收下的歌剧先上演。"

经理大惊小怪地嚷着,嘻嘻哈哈地拒绝了。他把克利斯朵夫的人品、作品、天才,竭力恭维了一阵,对另外一部作品表示轻蔑到极点,一口咬定它一文不值,绝对不能卖座。

"那么你干吗收下来呢?"

"一个人不能每样事都由着自己的心思去做。每隔一些时候,我们不能不敷衍一下舆论。从前,那些青年尽管叫叫嚷嚷,谁也不理会的。此刻他们找到了一个方法,挑拨一帮国家主义派的报纸来攻击我们,把我们叫作卖国贼、劣等法国人,倘使我们不幸而没对他们的少壮派表示钦佩的话。哼!少壮派!就谈少壮派吧!……要不要我告诉你是怎么回事?我真是受够了!群众也是受够了。他们用那种挽歌

---

① 杜皮尼为十六、十七世纪的法国诗人,讽刺作家。

来叫你头痛!……血管里没有一滴血,对你老唱着弥撒祭,描写爱情的二重唱简直像追思祈祷……倘若我糊里糊涂拿人家硬要我接受的剧本上演,要不把我的戏院亏完才怪!我把作品接受下来就完了,人家不能要求我——唉,谈咱们的正经事吧。你呀,你的大作是准会叫座的。"

接着又是一大篇恭维。

克利斯朵夫直截了当地打断了他的话,气冲冲地说:"我决不上当。如今我老了,'成功'了,你们便利用我来压倒青年人。我年轻的时候,你们也会用同样的手段压倒我。要不先上演那个青年的剧本,我就把我的撤回。"

经理举起胳膊向着天,回答说:"你难道不明白,倘使我们听了你的话,人家岂不以为我们对报纸的攻击屈服了吗?"

"那对我有什么相干?"

"随你吧!第一个吃亏的还是你。"

于是人家开始排练青年音乐家的作品,同时也不中止练习克利斯朵夫的作品。一部是三幕的,一部是两幕的;戏院决定拿它们在同一晚上演出。克利斯朵夫和他所提拔的人见了面。他要亲自报告这个消息。那青年说了许多感激的话,表示没齿不忘。

经理全副精神地对付克利斯朵夫的剧本,克利斯朵夫当然没法阻止。另一部作品的演出没有被照顾到,克利斯朵夫却一点都不知道,只参加了几次排练,觉得作品很平常,随便表示了一些意见,人家也不表欢迎;他便至此为止,不再过问。此外,经理又要那位新晋作家把作品删节一部分,倘若他愿意马上演出的话。这种牺牲,作者先是很乐意的答应的,不久却大不痛快了。

上演那晚,新作家的剧本完全失败,克利斯朵夫的大为成功。有几家报纸竭力攻击克利斯朵夫,说那是故意做的圈套,要陷害一个年轻而伟大的法国作家;他们说歌剧院为了巴结德国大师而把法国作家的音乐割裂了;而这个德国大师是妒忌一切新兴的明星的。克利斯朵夫耸耸肩膀,想道:"他会答复他们的。"

"他"可是一声不出。克利斯朵夫把这些批评剪了一部分寄给他,附了一句话:"你看到没有?"

他回信说:"遗憾之至!那位新闻记者太关切我了!真是,我很抱歉。最好还是别放在心上。"

克利斯朵夫笑了,心里想:"他说得对,这个胆怯鬼。"

于是他把这件事像他所谓的"置之脑后"了。

但那个难得看报,而且除了体育新闻以外都看得很马虎的乔治,这一回竟一眼看到了抨击克利斯朵夫最剧烈的文字。他认得那个记者,便跑到一家准可以找到他的咖啡店去,果然找到了,打了他嘴巴,跟他决斗,一剑刺伤了他的肩膀。

第二天,克利斯朵夫一边吃午饭一边从一封朋友的信中知道了这件事,马上气都塞住了,饭也没吃完,就赶到乔治家里。出来开门的就是乔治。克利斯朵夫像一阵狂风般卷进去,抓着他的胳膊,愤愤的摇着,破口大骂。

"畜生!你为了我去跟人打架!谁允许你的?你这个小子,你这个糊涂虫,居然来管我的事!难道我自己管不了吗,嗯?你以为占了便宜!你给这个坏蛋面子,跟他决斗。那正是他求之不得的呢。这一下他变了一个英雄了,知道没有,傻瓜?而且要是不巧……(我断定你是依着你的老脾气,冒冒失失地去干的)……要是你送了命!……可怜虫!我简直一辈子都不能原谅你!……"

乔治早已笑得像疯子一般,听了最后一句威吓的话,更是捧腹大笑,把眼泪都笑出来了:"老朋友,你真是怪了!太滑稽了!因为我替你出了气,你这样的骂我!下回我攻击你,也许你会跟我拥抱了。"

克利斯朵夫住了嘴,把乔治搂在怀里,亲着他的脸,然后又说:"我的孩子!……对不起。我老糊涂了……可是这个消息把我吓坏了。跟人打架,亏你想得出!我们犯得上跟这种人打架吗?答应我,以后不能再这样胡闹。"

"我什么也不答应你。"乔治说,"我爱做什么就做什么。"

"我可不许,听见没有?倘使你再闹这种事,我就不要再看到你了,我要登报否认你,我要把你……"

"取消继承权是不是?好,随你吧。"

"得啦,乔治,我是央求你呀……你这么来一下有什么用呢?"

"亲爱的老朋友,你人比我好几千倍,比我多知道的事简直数不清;但对于那些流氓,我比你认得更清楚。你放心,那是有用的,现在他们要侮辱你,先要把他们的毒舌掂掂斤量了。"

"嘿!那些小子对我有什么相干?他们说的话,我都一笑置之。"

"可是我并不一笑置之。你只管你自己的事吧。"

这样以后,克利斯朵夫唯恐再有什么新的文章引起乔治猜疑。事情真滑稽:以后的几天,从来不看报的克利斯朵夫,居然扑在咖啡店的桌子上翻着所有的日报,预备看到一篇辱骂的文章,就想尽方法(不管是怎么卑鄙的方法)不让它落在乔治眼里。过了一星期,他才放了心。孩子果然说得不错。乔治的举动叫那些叫叫嚷嚷的家伙都要想一想了,而克利斯朵夫一边尽管埋怨小疯子耽误了他八天的工作,一边觉得自己也没有资格教训他。他想到从前——还不算怎么长久呢——自己为了奥里维而跟人决斗的事。于是他仿佛听见奥里维对他说着:

"由他去吧,克利斯朵夫,我欠你的债也得还你的。"

人家的攻击,克利斯朵夫固然不以为意,另外一个人却没有看破一切的涵养。那便是爱麦虞限。

欧洲的思想界演变得非常快。它仿佛跟机械方面的新发明和新的引擎同时加增了速度。偏见与希望这种存粮,从前足够维持人类一二十年的,此刻在五年之中就被消化掉了。几代的思想都在那里飞奔,一代跟着一代,往往还是一代踏着一代:时间已经下了冲锋令——爱麦虞限被人追过了。

讴歌法兰西毅力的诗人从来没否认他宗师奥里维的理想主义。

尽管爱国心那么热烈，他依旧崇拜精神上的崇高伟大。他在诗歌中提高着嗓音预告法兰西的胜利，乃是要借此表示自己的信仰，表示他的爱法兰西是因为它代表今日欧罗巴最高的思想，代表那个向暴力反攻而得胜的权利。不料权利本身就染上了暴力的气息，暴力又赤裸裸地出现了。新兴的一代，结实、耐苦、渴望战斗，在没胜利之前就存着胜利者的心理。他凭着他的肌肉，凭着他宽阔的胸脯，凭着他的强烈而渴求享受的感官，凭着他像鸷鸟一般遨翔于平原之上的巨翼而得意扬扬，急不及待地想扑下来试试他的利爪。民族的英武，超越海洋超越阿尔卑斯的飞翔，横跨非洲沙漠的驰骋，新时代的十字军（神秘气息不比菲力浦二世和维尔哈杜伊昂为少，功利观念也不比他们多）①，把民族的头脑冲昏了。那些年轻人对于战争的认识都是从书本上来的，以为是壮美的。他们声势汹汹，怀着挑衅的态度。什么和平，什么思想，他们都厌倦了；他们所宣扬的是战争，说法兰西的威力将来可以在战争的洪炉中锻炼出来。因为种种学说无非是可厌的空谈，他们便存了反抗的心，瞧不起以信仰为主的理想。他们大吹大擂，提倡狭窄的见识，粗暴的现实主义，也提倡民族的自私自利，露骨的自私自利，只要能增加本国的光荣，不惜把别人和别的民族踩在脚下。他们排斥外族，反对民主，极力主张——连最无信仰的人在内——恢复旧教的势力，因为他们需要把"宇宙万物的本体"集中在一处，需要把"无穷无极"交给维持秩序而掌权的人监督。昨天那些温和的饶舌家，空洞的理想主义者，人道主义的思想家，不但受到轻视，并且还被认为社会的罪人。在青年人眼中，爱麦虞限便是属于这一类的。而爱麦虞限为之非常痛苦，也非常愤慨。

他知道克利斯朵夫像自己一样受到这种不公平的待遇，而且更厉害，便同情克利斯朵夫了。他的恶劣的心绪早已使克利斯朵夫灰心，不再去看他。现在他的骄傲仍旧不允许他去找克利斯朵夫，使人看出

---

① 菲力浦二世为十二、十三世纪时的法王，第三次十字军领袖之一。维尔哈杜伊昂为十二、十三世纪时法国史家，政治家，曾发动第四次十字军。

他后悔。但他想出办法,好像是无意中遇到的,而且还使对方先来迁就他。这样以后,他的小心眼儿的脾气总算满足了,不再隐藏他欢迎克利斯朵夫的访问。从此两人时常见面,不是在这个家里,就是在那个家里。

爱麦虞限把心中的牢骚都对克利斯朵夫说了。他被那些批评惹得气愤至极;又因为克利斯朵夫不怎么动心,就拿报上评论克利斯朵夫的文字给他看,人家说克利斯朵夫不懂他本行的文法,不懂和声,剽窃同行,亵渎音乐,叫他作"老疯子";又说:"这些大发神经的表演,我们受够了!我们是代表秩序,代表理智,代表古典的平衡……"

克利斯朵夫看了只觉得好玩,他说:"这是应有的事。青年人总把老年人丢在臭沟里的……不错,在我的时代,一个人要到六十岁才被认为老。如今大家跑得快多了……无线电,飞机……每一代的人都疲倦得更快……可怜的家伙,他们的得意也不会久的!让他们赶快瞧不起我们,在太阳底下耀武扬威罢!"

但爱麦虞限不是像克利斯朵夫那样健康的人。他思想上是刚强的,却受着有病的神经控制;心是热烈的,身体是残废的;他需要战斗,却生来不是个战斗的人。某些恶毒的批评竟使他痛彻心肺。

"啊!"他说,"要是批评家们知道,他们随便说的一句不公平的话使艺术家受到怎样的痛苦,他们也要觉得那套本领可耻了。"

"他们何尝不知道!他们就靠这个过活的。世界上不是大家都得生存吗?"

"那简直是一群刽子手。我们被生活折磨到浑身是血,为了跟艺术斗争而筋疲力尽。他们非但不伸出手来,不用慈悲的态度提到你的弱点,不用友善的心情帮你补救那些弱点,反倒双手插在袋里,眼睁睁地看你挑着重担上坡,说,'哼!他到不了的!……'等到你上了山顶,有的说:'上是上去了,可是方法不对!'有些更固执的还说:'他并没爬到呀!……'他们不把石子摔在你腿上叫你倒下来,已经是你的大幸了。"

"话得说回来,有时他们中间也有两三个好人,那给你的好处才大呢!毒蛇猛兽到处都有,不论哪一行。没有慈悲心的艺术家,抱着一肚子虚荣和牢骚,把世界当作他自己的战利品,因为不能细细咀嚼而暴跳如雷:这样的人不是也有吗?那不是更要不得的吗?你得耐着性子。不论什么祸害都还有点儿好处。最凶恶的批评家对我们也是有益的;他好比一个练马的人,不许我们在路上闲逛。每次我们自以为达到了目的,就有猎狗来咬我们的腿。往前吧!得跑得更远一点,爬得更高一点!我还在向前,它已经不耐烦再来追我了。别忘了那句阿拉伯的名言:'不结果的树是没人去摇的。唯有那些果实累累的才有人用石子去打。'我们应该可怜那帮不受骚扰的艺术家。他们将来会留在半路上,懒洋洋地坐着。等到他们想站起来,两条蜷曲的腿已经挪不动了。我的敌人其实是朋友,我欢迎他们。他们在我一生中给我的好处,远过于我的朋友,因为所谓朋友其实倒是敌人。"

爱麦虞限不由得微微地笑了。随后他说:"可是像你这样一个老战士,受一般刚出头的小子教训,不觉得难过吗?"

"我只觉得他们好玩,"克利斯朵夫回答,"这种傲慢表示他们热血奔腾,只想往外流。从前我自己就是这样的。这是三月中的骤雨,下在刚刚复活的土地上……让他们来教训我们吧。归根结底,他们是对的。应当由老年人去学青年人!他们利用了我们,忘恩负义是应有之事!……但他们凭了我们的努力,可以比我们走得更远,可以把我们尝试的事去实地做出来。倘若咱们还有点儿朝气,那么也来学一学,想法子脱胎换骨。要是办不到,要是咱们太老了,那么瞧着他们,咱们心里也高兴。看到萎靡不振的人类永远会开出鲜花来,看到这些青年人的乐天气息多么有生气,看到他们欢天喜地地去冒险,看到这些为征略世界而再生的种族,不是挺有意思吗?"

"没有我们,哪里会有他们!他们的欢乐是我们的眼泪培养出来的。那骄傲的力量是整整一代人的痛苦开出来的花。你们就是这样的为人作嫁……"

"这句古话是不对的。我们创造一个超出我们的种族,其实还是为了我们自己。我们把他们的储蓄收起来,在一间四面通风的小屋子里保护它,拼命地抵着门才能挡住死神。我们亲手开辟了胜利的路,让儿子们走。我们的苦难把前途挽救了。我们把方舟驶到了福地的进口。它将来会驶进港去,带着他们一起,同时也靠了我们的力量。"

"我们横渡沙漠,拿着神圣的火把,捧着我们民族的神明,把这批在今日已经成人的孩子背着走,可是他们还会有一天记得我们吗?……忧患痛苦,忘恩负义,这些滋味我们已经尝够了。"

"那么你后悔吗?"

"不。一个像我们这样轰轰烈烈的时代,为了它所创造的一个时代作牺牲,的确有一种悲壮的伟大,使你感到醉意。舍身忘我的欢乐,现代的人是体会不到的了。"

"我们还是最幸福的人。我们爬上了奈波山,山脚下展开着我们不会进去的地带①。但我们比那些将来进去的人更能欣赏那风景。凡是下降到平原中去的,就看不见平原的广大与遥远的天边了。"

克利斯朵夫给乔治和爱麦虞限的那种令人安定的影响,是从葛拉齐亚的爱情中汲取来的。由于这段爱情,他才感到自己和一切年轻的东西密切相连,才对于生命的一切新的形式永远抱着同情。不管使大地昭苏的是什么力量,他总是跟这力量在一起,哪怕在和他对立的时候。看到那些新兴的民主政治,一小部分的特权阶级为了自私自利而惊呼狂叫,克利斯朵夫可是不怕;他决不把衰老的艺术死抓住不放,决不奉那些陈言俗套为金科玉律;他深信不疑地等着,等一种比以前更有力量的艺术,从虚无缥缈的幻境中,从科学与行动已经兑现的梦想中产生出来;他欢迎世界上新的曙光,不管旧世界的美是否要跟自己一同死灭。

---

① 奈波山位于巴勒斯坦。摩西去世以前,曾登此眺望上帝预示他不能进去的福地。

葛拉齐亚知道她的爱情给克利斯朵夫的好处:因为知道了这一点,她精神上达到了更高的境界。她用书信来对他发挥力量。并非她有什么可笑的念头,想在艺术方面指导他:她太聪明了,对自己的局限看得很清楚。但她那个准确而纯粹的声音好比一只音叉,给他拿去调准灵魂的。只要克利斯朵夫觉得那声音说出来的就是他自己所想的;他就能想到一些完全准确,纯粹,而值得说出来的思想。一架美妙的乐器的声音,对于音乐家正像他的梦境所寄托的一个美丽的肉体。两颗相爱的心灵自有一种神秘的交流:彼此都吸收了对方最优秀的部分,为的是要用自己的爱把这个部分加以培养,再把得之于对方的还给对方。葛拉齐亚不怕告诉克利斯朵夫说她爱他了。因为大家不在一起,也因为她知道永远不会嫁给他,所以她说话倒更自由了。这爱情有股宗教般的热诚感染了克利斯朵夫,使他能永久保持和平的心情。

葛拉齐亚固然给克利斯朵夫领会到和平,但她自己早已没有和平了。身体完全磨坏了,精神的平衡也受到严重的损害。儿子的情形并无起色。两年来她老是惴惴不安地过日子,而雷翁那罗还要玩那种致人死命的手段,增加她的恐惧。他使爱他的人整天提心吊胆的本领,简直到了最高峰,为了要人注意,为了折磨他人,他空闲的头脑里装满了奇妙的念头,结果竟变成一种狂病。最惨的是,在他装病的时候,真正的病慢慢地加深了,死神来到门口了。真是惊心动魄的讽刺!葛拉齐亚几年来被儿子假装的病磨够了,等真病来的时候反倒不再相信……一个人的感情是有限度的。她的慈悲心被谎话透支完了。临到雷翁那罗说出了实话,她却以为他做戏;而她一朝明白真相之后,又一辈子悔恨不尽。

雷翁那罗恶毒的心理始终不变。他对谁都不爱,却不答应周围的人除他以外再喜欢别人。他唯一的情欲是妒忌。他把母亲和克利斯朵夫隔离了还不满足,还想毁掉他们之间始终如一的亲密的关系。他已经拿他常用的武器——害病——叫母亲发誓不再嫁人,但仍旧不放心,更要逼母亲和克利斯朵夫停止通信。这一下她忍无可忍了。儿子的滥用威权把她解放了。她揭穿他的谎话,狠狠地骂了他一顿,过后又责备自己,像犯了罪似的;因为雷翁那罗狂怒之下,真的病倒了。而他的病势因为母亲不愿意相信而更加严重。他愤恨至极,只希望快快死去,好对母亲出气,可没想到这希望真会实现。

等到医生告诉葛拉齐亚,说她的儿子没救的时候,她好似中了霹雳一般。但她还得把绝望的心情藏起去,骗那个屡次骗她的儿子。他自己也觉得这一回真的严重了,可不愿意相信,拼命瞅着母亲的眼睛,只盼望像他说谎的时候一样能看到责备他的表情。终于到了不能不信的时间。那对他跟他的家属都是可怕到极点:因为他不愿意死!

看到儿子终于长眠不起的时候,葛拉齐亚没有一声叫喊,没有一声怨叹;她的沉默使人奇怪,其实她连痛苦的气力都没有了,唯一的愿望是死。她继续干着日常的事,表面上照旧很镇静。过了几星期,她更加沉静的脸上甚至也会堆起笑容来了。谁也没想到她内心的悲苦,尤其是克利斯朵夫。她只把消息通知他,完全没提到她自己,对于克利斯朵夫又不安又恳切的来信置之不复。他想赶来,她叫他不要来。过了两三个月,她又恢复了以前那种严肃而恬静的口吻,认为把自己的弱点交给他负担是桩罪过。她知道她所有的感情都会在他心中引起回声,也知道他需要倚傍她。她并没怎么苦苦地压制自己。她的能够得救是靠一种精神上的纪律。在倦于生活的情形之下,使她还能活下去的只有两点,就是克利斯朵夫的爱情和她那种意大利女子的宿命观念,快乐也罢,痛苦也罢,骨子里她都是这个性格。这宿命观不是从智慧来的,而是一种动物的本能;凭着这本能,一头困惫至极的野兽会不觉得自己的困惫而眼睛发呆着往前走,像做梦一样,忘了路上的石子,也忘了自己的身体,直走到倒在地下为止。宿命观支持着她的肉体。爱情支持着她的心。她自己的生命已经消耗完了,只因为有克利斯朵夫可以给她寄托而活着。然而她那时更小心地避免在信中表白她的爱。没有问题,这是因为她的爱情比从前更强了,但也因为老记着亡儿的反对,使她的爱情受着良心的责备。于是她缄默了,强迫自己在某一个时期内不再写信。

克利斯朵夫不明白这缄默的道理。有时,他在一封语气单纯而平静的信中听到一些出人意外的口吻,表示有一股硬压着的热情在那里哀号。他吓坏了,却一句话都不敢提,好比一个人屏着气,生怕那个幻象消失。他知道她下一封信一定是特别冷淡的,因为要遮盖这一次的感情……然后又是一片恬静……

一天下午,乔治和爱麦虞限在克利斯朵夫家里。两人都想着自己的烦恼:爱麦虞限是对于文坛的牢骚,乔治是为了某次运动比赛的不如意。克利斯朵夫心平气和地听着,很亲热地跟他们打趣。忽然有人打铃,乔治去开了。原来高兰德的当差送一封信来。克利斯朵夫坐在靠窗的地方看信。两个朋友继续讨论,没看到背对着他们的克利斯朵夫。他走出了房间,他们根本没觉察,而等会发觉了也不以为意。但因为他老是不出来,乔治就去敲隔壁的门。没有回音。乔治知道老朋友的怪脾气,便不再坚持。过了几分钟,克利斯朵夫进来了,神色很镇静,很疲倦,很温和。他因为冷淡了客人表示很抱歉,又把刚才打断的话接下去,提到他们的烦恼,说了许多安慰的话。他的语气使他们莫名其妙地非常感动。

然后他们走了。乔治跑到高兰德家,看见她哭得泪人儿似的。她第一句就问:

"他受到这个打击怎么样啦,那可怜的朋友?真是太残酷了!"

乔治听了莫名其妙。高兰德向他解释,说她才送信去把葛拉齐亚故世的消息通知克利斯朵夫。

葛拉齐亚来不及向任何人告别就去了。几个月来,她的生命差不多已经连根拔起,只要轻轻的一阵风就能把她吹倒。这次的流行性感冒发作的头一天,她接到克利斯朵夫一封温柔的信,大为感动,想要叫他来,觉得一切把他们分隔的理由都是虚伪的,罪过的。因为没有精神,她把写信的事拖到下一天。到了下一天,她又不得不躺在床上,写了几行就头昏脑晕，而且也踌躇着不敢写出自己的病状，怕惊动克利斯朵夫。他那时正忙着练习一阕带有合唱的交响曲，根据爱麦虞限的一首叫作"福地"的诗写的：两人都很喜欢这个题材，因为有点象征他们的命运。克利斯朵夫把这作品向葛拉齐亚提过好几回。第一次的演奏定在下星期内……那当然不该打搅他。葛拉齐亚在信中只说起自己伤风，后来还以为说得太过分，便撕掉了，又没气力再写。她预备晚上再动笔。不料到晚上已经太迟了。要他来已经太迟了。连给他写信也太迟了……死真是来得多快！要几百年才能培养起来的东西，不出几小时就被毁灭了……葛拉齐亚只来得及把手上的戒指交给女儿，要她转交克利斯朵夫。她一向和奥洛拉不大亲近，现在要离开世界的时候，才抱着一腔热情瞅着这张留在世界上的脸，紧紧地握着女儿的手，这只手将来可以代表她去握她朋友的手的，她快乐地想道：

"我没有完全离开世界。"

> 怎么？我说，气势这样伟大的，充满着我耳鼓的，
> 同时又这样温柔的声音，是什么声音？……
> ——《西比翁之梦》①

乔治热情冲动之下，从高兰德家里出来又回到克利斯朵夫那里。高兰德平日冒冒失失的话，早已给他知道葛拉齐亚在他老朋友心中所占的地位，甚至——（青年人是不知轻重的）——他还当作打哈哈的资料。但那时他又同情又紧张，体会到这样一件祸事所能给克利斯朵夫的痛苦；他要跑到他前面，拥抱他，可怜他。因为知道克利斯朵夫的感情非常激烈，所以看了他刚才那种镇静的态度不大放心。他打了铃。没有动静。他再打铃，又照着跟克利斯朵夫约定的暗号在门上敲了几下，才听见一张椅子移动的声音，又听见沉重而迟缓的脚声。克利斯

---

① 《西比翁之梦》为古罗马作家西塞罗所著《共和国》第六卷内的一篇。

朵夫把门开了,脸上那么平静,使本来预备扑到他怀里去的乔治呆住了,不知道说什么好。克利斯朵夫很和气地问:"是你吗,孩子?可是忘了什么东西吗?"

乔治心慌意乱,结结巴巴地回答说:"是的。"

"那么进来吧。"

克利斯朵夫过去坐在乔治没有来以前就坐着的椅子里:靠着窗口,把头仰在椅背上,瞧着对过的屋顶和傍晚天上的红光,根本不理会乔治。乔治假装在桌上找东西,偷偷对克利斯朵夫瞅了一眼。老人脸上毫无表情,夕阳照着他上半部的腮帮和一部分额角。乔治走到隔壁屋里,好似继续找着什么。刚才克利斯朵夫便是拿了信把自己关在这儿的。此刻信还在床上,被褥上清清楚楚有个身体躺过的痕迹。另外有本打开的书掉在地毯上,正翻在折角的一页。乔治捡起来一看,原来是《福音书》里叙述玛特兰纳遇到园丁的一段①。

他又回到外面的屋子,东翻翻,西找找,免得手足无措,觑空又对一动不动的克利斯朵夫望了一眼。他很想告诉他,他替他多么难过。但克利斯朵夫神色那么开朗,使乔治觉得说什么都不大得体。那时的情形仿佛倒是他需要人家安慰了。他怯生生地说了句:"我走啦。"

克利斯朵夫头也不回过来,只说:"再会吧,孩子。"

乔治走了,轻轻地带上了门。

克利斯朵夫这样的待了好久。天已经黑了。他没有痛苦,没有思想,没有一个确切的形象。他好比一个困顿不堪的人,听着一阕模糊的音乐,并不想了解。等到他弯着腰站起来,时间已经到了深夜。他望床上一倒,呼呼睡熟了。音乐继续在那里响着。

于是他看见了她,她,那个心爱的人……她对他伸着手微微地笑着说:

---

① 据《新约·约翰福音》第二十章,玛特兰纳于耶稣葬后到墓上去,发现墓穴已空,回头看到一个人,以为是园丁,其实便是复活的耶稣。此处隐指一个人见到了真主而不认识。

"现在你已经越过了火线。"

他的心溶化了。一片和平充塞着明星密布的空间,各个星球的音乐展开着它静止的,深沉的洪流……

他醒过来的时候,天已经大亮,极乐的境界却依旧存在,听到的话始终在那里,像遥远的微光。他下了床。一种无声无息的,神圣的热诚鼓动着他的心。

> ……现在我看到了,我的儿子,
> 在俾阿特利丝和你之间只有这堵墙壁……

可是他已经跨过了他和俾阿特利丝之间的墙壁①。

他一半以上的灵魂久已到了那一边。一个人越是生活,越是创造,越是有所爱,越是失掉他的所爱,他便越来越逃出了死神的掌握。我们每受一次打击,每造一件作品,我们都从自己身上脱出一点,躲到我们所创造的作品里去,躲到我们所爱的而离开了我们的灵魂中去。最后,罗马已经不在罗马;自己最好的一部分已经在身外了。在墙垣的这一边,只有一个葛拉齐亚把他留着。而她也去了……现在,痛苦世界的门已经给关上了。

他心里非常兴奋地过了一个时期,不觉得再有什么束缚,不再等待什么,不再依靠什么。他解放了。斗争已告结束。走出了战场,他望着燃烧的荆棘在黑夜中熄灭了。它已经离得很远。荆棘的火光替他照着路的时候,他自以为差不多到了山顶。可是从那时起,他又走了多少的路,而山顶并不见得更近。现在他才知道,即使永远走下去,也到不了那里。但是一个人进了光明的区域而没有把所爱的人丢在后面,那么即使跟着他们永远走下去,你也不会觉得时间太久。

---

① 俾阿特利丝为但丁终生倾慕的爱人,上引诗句见《神曲·净罪界》第二十七。

他闭门不出,也没有一个人来敲门。乔治把所有的同情一下子发泄完了:回到家里,放了心,第二天就把这件事忘得干干净净。高兰德上罗马去了。爱麦虞限一点都不知道。他老是那么小心眼儿,不声不响地生着气,因为克利斯朵夫没有去回拜他。克利斯朵夫因此尽可以安安静静地和他心坎里的人作着无声的谈话;从今以后,她像母腹中的婴儿一般不会再跟他分离了。而他们的谈话又是多么动人,非言语所能形容,便是音乐也不大能表达出来。克利斯朵夫感情洋溢的时间,只能闭着眼睛,一动不动地听着自己的心歌唱。或者他坐在琴前,让他的手指几小时地说着话。在这一个时期,他的临时即兴比一生任何时期都多。他不把自己的思想写下来。写下来干吗呢?

过了几星期,他重新出门和大家相见:除了乔治以外,跟他亲近的人谁也没想到他那些经过的情形。临时即兴的习惯还保留了一些日子,往往在意想不到的时候出现。一天晚上,在高兰德家里,克利斯朵夫在琴上弹了差不多有一小时,他尽情地发泄,忘了客厅里都是些不相干的人。他们都不想笑他。这些惊人的即兴把大家听得惶惶然不知所措。连那般不懂其中意义的人,心里也难过极了;高兰德甚至含着眼泪……克利斯朵夫弹完了,突然转过身来,看到大家激动的情形,便耸了耸肩膀,大声笑了出来。

他到了一个境界,便是痛苦也成为一种力量——一种由你统制的力量。痛苦不能再使他屈服,而是他叫痛苦屈服了:它尽管骚动,暴跳,始终被他关在笼子里。

这个时期产生了他的最沉痛同时也是最快乐的作品。其中有《福音书》里的一幕,那是乔治一听就知道的:

"女人,你为什么哭?"
"因为有人把我主挪走了,不知道放在哪里。"

她说完之后转过身来,看见耶稣站在面前:而她不知道就是耶稣。

——另外有一组悲壮的歌,依着西班牙的通俗歌谣写的,其中特别有一首情歌,凄怆的情调好比一朵黑色的火焰:

　　我愿成为那座埋葬你的坟墓,
　　使我的手臂可以永远抱着你。

　　——还有两阕交响曲,题目叫作"平静的岛"和"西比翁之梦"。在约翰·克利斯朵夫·克拉夫脱的全集中,这两件作品是把当时音乐上所有最高的成就,结合得最完美的:德意志的那种亲切、深奥、富有神秘气息的思想,意大利的那种热情的曲调,法兰西的那种细腻而丰富的节奏,层次极多的和声,都被他融和在一起了。

　　这种从"生离死别的悲痛中发生的热情",维持了两三个月。然后,克利斯朵夫怀着坚强的心,踏着稳实的步子,又回到人生的行列中去了。悲观主义的最后一些雾霾,苦修的心灵的灰暗之气,半明半暗的神秘的幻境,都被死亡的风吹开去。纷纷四散的乌云中显出一条长虹。天色更明净,好像被泪水洗过了似的,堆着微笑。这是山峰上恬静的黄昏。

第 四 部

　　潜伏在欧罗巴森林里的火开始往上冒了。这儿给你扑灭了，它在别处又烧起来。浓烟滚滚，火星四射，从这一处跳到那一处，燃着干枯的荆棘。在东方，前哨战揭开了国际战争的序幕。整个的欧罗巴，昨天还带着怀疑色彩而萎靡不振的，像死了的树林一般的，今天已经被大火包围了。每个人的心里都有厮杀的欲望。战争随时可以爆发。你把它压下去了，它又抬头了。最无聊的借口也能成为它的养料。大家觉得受着偶然的支配，偶然就能发动争端。连一般最和平的人也感到事情不可避免了。那些理论家正扯着蒲鲁东的旗号讴歌战争，认为可以发挥人类最高的德性……

　　西方民族的身心复活，原来归结到这个结果！热情的行动与信仰，竟然把民族逼上了屠杀的路！要使这个乱冲乱撞的行动有个预定的，经过选择的目标，唯有一个拿破仑式的天才才能办到。但欧洲无论哪里都没有这种行动的天才。仿佛大家特意挑了一批最庸碌的人当家。人类的聪明不在这方面。你只有听任那个带着你往前冲的巨潮摆布。统治的和被统治的都是一样。欧罗巴的局势是普遍的紧张。

　　克利斯朵夫回想起那次跟惊慌不安的奥里维一同经历的，差不多一样紧张的情形。但那时战争的威胁不过像转瞬即逝的乌云。现在，威胁的影子可罩着整个的欧洲了。而克利斯朵夫的心情也改变了。他不能再参加这些民族的仇恨。他的心境正像一八一三年代的歌德：

没有恨,怎么能厮杀?过了青春,又怎么能恨?他早已走出仇恨的区域。他对于这些相持不下的民族完全一视同仁,不分轩轾。各个民族的价值,对世界的贡献,他都认识清楚了。一个人在精神上到了相当程度,就"不再分什么民族,而对于邻族的祸福会感觉得像同胞的祸福一样亲切"。暴雨的乌云已经沉到你脚底下,周围只有天空,——"给鹏鸟飞翔的无边无岸的天空"。

然而有时候,克利斯朵夫也觉得四周的敌意有点儿难堪。在巴黎,大家表示得那么露骨,使他随时感到自己属于敌对的民族;便是他心爱的乔治也忍不住在他面前表白他对德国的心情,使他悲伤。于是他走开了,推说要看看葛拉齐亚的女儿,到罗马去住了一阵。但那边的环境也并不安静。民族主义的骄傲已经像瘟疫一般的蔓延到了,改变了意大利人的性格。那些素来被克利斯朵夫认为麻木而懒散的人,现在也只想着武功,想着战争,想着侵略,想着罗马的鹰隼在利比亚沙漠的上空飞翔;他们自以为回到了罗马帝国时代①。最了不起的是,各个对立的党派、社会党、教会派、保王党,都极真诚地受着这种狂热的感染,而并不以为反叛自己的主义。可见各个民族一旦被传染病式的热情扫荡之下,所谓政治,所谓人类的理智,都会变得无足重轻。那些热情还不屑于消灭个人的热情,只是利用它们,使一切都集中到同一个目标。在功业彪炳的时代,情形一向是这样的。亨利第四的军队,路易十四的内阁,那些建立法兰西的丰功伟业的先民,富于理智与坚于信仰的,和追求名利与享乐的一样多。不论是詹森教派还是好色之徒,是清教徒还是情欲强烈的人,在满足他们的本能的时候,连带也为共同的使命出了力。在将来的战争中,国际主义者与和平主义者一定都会参加;像他们国民议会时代的祖先一样,各人都深信这是为了求自己民族的幸福,为了求永久的和平……

克利斯朵夫站在罗马耶尼居峰的平台上,带着嘲弄的笑容,眺望

---

① 公元前一世纪时,利比亚为罗马帝国领地;一九一二年后,又曾沦为意大利的殖民地。

卖力的工人的。大教堂便这样的完工了。

"而上帝瞧着他的作品,觉得还不够好。"

建筑家把整个作品打量了一番,再亲自修改一下,使它更和谐。

幻梦完成了。噢,我的上帝!……

夏日的白云,通体放光的大鹏,缓缓地翱翔;整个天空被它们的巨翼掩蔽了。

然而他的生活并不限于艺术。像他这一类的人不能不有所爱;他要的不但是一视同仁的爱,为艺术家散播给一切生灵的爱:而且还需要有所偏爱;他需要把自己给一般由他亲自挑选的人。这是树木的根须。他心中所有的血都是靠这个爱更新的。

克利斯朵夫的血还没到枯竭的时候,还受着爱的培养——那是他最大的快乐。他的爱是双重的:一方面是对葛拉齐亚的女儿,一方面是对奥里维的儿子。他心中已经把两个孩子结合了,以后还要在实际上把他们结合起来。

乔治和奥洛拉是在高兰德那儿见到的。奥洛拉住在她的表姨母家里,每年在罗马住几个月,余下的时间都待在巴黎。她十八岁,比乔治小五岁。个子很高,身子很直,姿态优美,头不大而脸盘很宽,淡黄色头发,皮肤给太阳晒得黑黑的,上嘴唇有些薄髭的影子,明净的眼睛,笑盈盈的老是若有所思,肥胖的下巴,褐色的手,又美又圆又结实的胳膊,长得很好看的脖子。她很快活,爱享受,精神非常饱满。没有书卷气,也很少感伤情调,她性情像母亲一样懒散,能一口气睡十一个小时。余下的时间,她荡来荡去,嘻嘻哈哈,似乎还没完全醒。克利斯朵夫叫她"睡美人",常常使他想起萨皮纳。她上床也唱歌,起床也唱歌,没来由地哈哈大笑,像儿童一样地傻笑,咯咯的笑声像打嗝。谁也说不出她把日子怎么消磨的。高兰德千方百计想教她一套漂亮的功架,那对一般的姑娘像油漆一样很容易涂上去,对奥洛拉可完全没用。她什么都不想学,一部书可以看上几个月,觉得作品挺有意思,但过了八天连名字题材都记不起了。她满不在乎地写别字,谈到高深的问题常常闹大笑话。她的年轻,她的兴致,她的没有书卷气,甚至她的缺点,近于麻木的糊涂,天真的自私,都使人觉得耳目一新。并且她老是那么自然。但这个老实而懒惰的女孩子有时也会挺无邪地卖弄风情,勾引一帮青年,居然到野外去写生,或者弹弹萧邦的《夜曲》,拿着从来不念的诗集,说些想入非非的话,戴着同样想入非非的帽子。

克利斯朵夫留神看着她,暗中好笑。他对奥洛拉的感情近于父亲的慈爱,宽容的,带点儿打趣的意味;同时也有一种虔敬的心理,因为这个预备接受另外一个人的爱的女孩子,便是他当年的爱人的化身。谁也不知道克利斯朵夫的情爱深到什么程度。唯一能猜到的是奥洛拉。她从小看见克利斯朵夫差不多老是在她身边,简直把他当作家族中的一分子了。以前不像兄弟那样受宠爱而感到痛苦的时期,她不知不觉地跟克利斯朵夫亲近,猜到他有同样的苦恼,而他也看到她的悲伤;两人并不明言,却把彼此的苦闷放在一起。后来她一发现母亲和克利斯朵夫之间的感情,便自以为参与了他们的秘密,虽然他们从来没告诉她什么。葛拉齐亚临死付托给她的使命,和此刻戴在克利斯朵夫手上的戒指,她都懂得其中的意义。所以她暗中和克利斯朵夫不知有多少的联系,用不着了解清楚就能感觉到它们的复杂。她很真心地喜欢那个老朋友,虽然从来不能花点儿精神把他的作品弹一遍或看一遍。她颇有音乐天分,可是连把题献给她的乐谱裁开来的好奇心都没有,只喜欢跟他不拘礼数地聊天。而自从知道在他那儿可以碰到乔治·耶南以后,她来的次数更多了。

在乔治那方面,也从来没觉得和克利斯朵夫在一块竟会这样有趣。

可是两个年轻人直过了好久才体会到自己真正的感情。他们先用着讥讽的眼光相看。两人没有一点相像的地方。一个是流动不已的水银,一个是沉沉酣睡的死水。但没有多少时间,水银变得平静了些,而酣睡的死水也似乎清醒了些。乔治指摘奥洛拉的装束,指摘她的意大利口味——不大懂得细腻的层次,喜欢对比的颜色。奥洛拉却挖苦乔治,学他那种老气横秋而有些装腔作势的谈吐。尽管互相揶揄,两人依旧很高兴——可不知为什么高兴,是为了能互相讥讽呢,还是为了能借此搭讪?他们甚至把克利斯朵夫也拉进去了,他也俏皮地替他们传递冷箭。他们假装不在意;其实正相反,他们对冷嘲热讽的话太注意了,而且绝对隐藏不了心里的怨恨,尤其是乔治,所以一见面就免不了斗嘴。那些口角并不怎样剧烈,因为大家怕伤害对方,觉得打在自己身上的手非常可爱,所以挨打也比打人更有意思。他们非常好奇地互相观察,睁着眼睛搜寻对方的缺陷,不料结果反而更加着迷。他们决不承认这一点。跟克利斯朵夫单独在一起的时候,各人都说那一个讨厌极了。但只要克利斯朵夫给他们一个碰面的机会,他们都不肯轻易放过。

有一天,奥洛拉在老朋友家里,说星期日上午再来看他。过了一会儿,乔治照例像一阵风似的卷进来,对克利斯朵夫说他星期日下午再来。星期日早上,克利斯朵夫空等了一场奥洛拉。赶到乔治约定的时间,她却出现了,道歉说她有事相阻,不能早来,接着又编了一个小故事。克利斯朵夫觉得她这种无邪的手段挺好玩,便说:"可惜。你本来可以遇到乔治;他来过了,我们一块儿吃了午饭;下午他没空,不能待在这儿。"

奥洛拉大失所望,不再听克利斯朵夫的话了。他却高高兴兴地和她谈着。她心不在焉地对答,差不多要恨他了。忽然有人打铃。原来是乔治。奥洛拉不由得大为惊愕。克利斯朵夫笑着,望着她。她这才懂得他是耍弄她,便红着脸笑了。他又俏皮地用手指作着威吓的姿势。突然她感情冲动之下,跑去拥抱他。他在她耳畔轻轻用意大利文说着:"小顽皮,小坏蛋,小奸刁……"

她用手堵着他的嘴。

乔治看着他们又是笑又是拥抱,觉得莫名其妙。而他的诧异的、甚至有点儿着恼的神色,愈加使他们俩乐开了。

克利斯朵夫便是这样的暗中使两个孩子接近。等到成功了,他又差不多埋怨自己。他不分高低地爱着他们,但把乔治批判得更严,因为他看出他的缺点;而另一方面他把奥洛拉看得非常理想,自认为对奥洛拉的幸福比对乔治的负有更大的责任:因为乔治近乎他的儿子,可以说代表自己的一部分。所以他不敢决定,把天真无邪的奥洛拉交给一个并不怎么天真无邪的同伴是不是罪过。

他们俩订婚之后不久,有一天在树荫底下谈话,碰巧克利斯朵夫在后面走过,听见奥洛拉一边说笑一边向乔治问起他以前的一桩私情,克利斯朵夫不禁吓了一跳,乔治却很痛快地说了出来。此外,他们俩还坦然说些别的话,表示奥洛拉对于乔治的道德观念并没像克利斯朵夫那么重视。两人虽然非常相爱,却并不把彼此看作是永远分不开的。在爱情与婚姻问题上,他们那种洒脱的精神固然也有它的美,但和旧制度的白头偕老,"至死勿渝"的结合是大不相同了。克利斯朵夫望着他们,不免有点儿惆怅……他们和他离得很远了!载着我们儿女的船驶得多快!……可是耐心点吧,早晚大家都会在彼岸相遇的。

目前,那条船并不怎么考虑它的航路,只是随风飘荡。使当时的风俗慢慢改变的自由精神,在思想与行动的别的方面照理也应当有所表现。可是并不:人类的天性是不在乎矛盾的。一方面风俗变得更自由了,一方面思想反倒变得不自由了,居然要求宗教替它戴上枷锁。而这两种各走极端的情形尽管极不合理,竟会在同一批心灵中出现。复兴旧教的潮流正在使一部分上流人物和知识分子着迷,把乔治和奥洛拉也迷住了。最有意思的是看到这个天生好辩的乔治,从来不信宗教,从来不理会什么上帝与魔鬼的——对一切都冷嘲热讽的真正的小高卢人——会突然之间说出真理就在基督旧教中间的话。他的确需要有一个真理,而这一个真理正好和他的需要行动,和他的法国布尔乔亚的间歇遗传,和他对于自由的厌倦相配合。小马游荡得够了;它走回来,自动地把自己缚在民族的犁上。只要看到几个朋友的榜样就够了;对于思想界的气压特别敏感的乔治立刻成为第一批俘虏。奥洛拉跟着他——无论他到哪儿,她都会跟着走的。他们一下子就非常的自信,瞧不起一切不和他们一般思想的人。噢,那真是大大的讽刺!这两个轻佻的孩子居然变了真诚的信徒;而葛拉齐亚与奥里维,凭着他们的纯洁、严肃、努力,和那样的苦心孤诣,反倒从来没得到信仰。

克利斯朵夫很好奇地观察着这些心灵的演变,可不像爱麦虞限那样想对抗;因为爱麦虞限抱着自由的理想主义,看到从前的敌人重新得势非常气恼。但我们不能对抗吹过的风,只能等它过去。人的理智太疲劳了。它才作了一次巨人般的努力,昏昏欲睡,像一个熬了一天的疲倦不堪的儿童,在睡觉之前作着祈祷。梦乡的门又给打开了:除了宗教,还有那些通神的、神秘的、玄妙的理论,跑到西方人的头脑里来。连哲学也有些动摇了。被奉为思想上的神明,如柏格森,如威廉·詹姆斯,都跟跟跄跄的,步履不稳了。甚至在科学里面也表现出理智的困乏。这种时间是会过去的。让他们喘一口气吧!明天,精神会清醒过来,变得更敏锐,更自由……辛辛苦苦地工作以后,睡眠是甜蜜的。难得有时间歇一下的克利斯朵夫,很高兴看到他的孩子们能代他享受这个清福,心定神安,自以为信仰坚固,相信着他们的美梦。他不愿意,也不能够和他们易地而处。他心里想,葛拉齐亚的哀伤和奥里维的烦闷在儿女身上居然解脱了,也是很好的事。

"我们所有的痛苦,我,我的朋友们,多少在我们以前的人所受的痛苦,不过是使这两个孩子能够得到快乐……这快乐,安多纳德,你是应该享受而被剥夺了的!啊!一般不幸的人对于他们的牺牲所能产生的幸福,倘若能预先体会到的话,那该多么好!"

为什么要反对这种幸福呢?我们不应该要人家依着我们的方式幸福,他们应该依着他们的方式幸福。充其量,克利斯朵夫不过很温和地要求乔治和奥洛拉,别太轻视像他一样不和他们一般信仰的人。

他们却是连跟他讨论都有所不屑,神气之间仿佛说:"他是不会了解的……"

在他们眼中，克利斯朵夫是个过去的人。而他们并不重视过去！他们中间常常很天真地谈着他们将来要做的事，等克利斯朵夫"不在"的时候……但他们的确很爱他……真是两个目空一切的孩子！他们在你身旁像蔓藤一般生长。这股自然界的力把你推着，赶着……

"去吧！去吧！你走开呀！现在轮到我了！……"

克利斯朵夫听到他们这种没有说出来的话，很想对他们说："别这么急！我在这儿觉得很好呢。别把我当作死人看呀！"

他觉得他们天真的专横的脾气很好玩。有一天他们对他表示轻蔑，他就满不在乎地告诉他们："你们痛快说出来吧，说我是个老糊涂吧。"

"不，老朋友，"奥洛拉哈哈大笑地回答，"你是世界上最好的好人，可是有些事你不知道。"

"而你又知道些什么，姑娘？你算是大贤大哲了吗？"

"别嘲笑我，我知道的事固然很少，可是他，乔治，他知道呢。"

克利斯朵夫笑了："是的，孩子，你说得不错。爱人永远是无所不知的。"

要克利斯朵夫承认他们思想上比他高明还不难，要忍受他们的音乐可不容易。他们尽量磨他的耐性。只要他们一到，钢琴就不得休息了。仿佛小鸟似的，他们唱歌的兴致被爱情鼓动了，但不像小鸟那样会唱。奥洛拉对自己的音乐天分并不自负，可是对未婚夫的才华，看法就不同了；她不觉得乔治的演奏和克利斯朵夫的有什么高低，或许她还更喜欢乔治的呢。而乔治虽然很聪明，很会自嘲自讽，也差点儿被爱人的信心说服了。克利斯朵夫不和他们争，反而卖弄狡狯，跟奥洛拉说着一样的话。有些时候他厌烦死了，只能走出房间，把门关得特别响一些。他又恳切又怜悯地微微笑着，听乔治在琴上弹《特里斯坦》。那小子拿出全副精神，把这个壮烈的曲子表现得像少女一般温柔。克利斯朵夫不由得哈哈大笑，可不愿意说出他好笑的缘故，只拥抱着乔治。他就是喜欢他这样,说不定更喜欢他了……可怜的孩子!……噢,有了爱,艺术也无足轻重了。

他时常和爱麦虞限谈起他的孩子们——他是这样称呼他们的。很喜欢乔治的爱麦虞限,开玩笑似的说克利斯朵夫已经有了奥洛拉,应该把乔治让给他,克利斯朵夫垄断一切太不公平了。

虽是两人很少和外界往来,他们的友谊在巴黎社会中差不多已经成为美谈。爱麦虞限对克利斯朵夫抱着热情,只为了骄傲而不表示出来;为了要遮掉这点儿感情,他还故意喜怒无常,有时对克利斯朵夫很粗暴。但这也瞒不过克利斯朵夫。他知道这颗心现在对他多么忠诚,也知道这忠诚是多么可贵。没有一个星期他们不是见两三次面的。逢着身体不好,不能出门的时候,他们便写信,都是一些好像来自远方的信。世事的变化,远不及思想在科学与艺术方面所表现的进步使他们感到兴趣。他们老是在自己的思想中过活,对着他们的艺术苦思默想,或者在混沌的事实中间辨别出一些无人发现的,可是在人类的思想史上留下痕迹的微光。

更多的时候是克利斯朵夫上爱麦虞限那儿去。虽然从最近一次病后,他的身体也不见得比朋友的强,但他们早已认为爱麦虞限的健康需要更多的调养。要克利斯朵夫轻而易举地爬上爱麦虞限住的六层楼也不可能了,走到的时候要歇好一会儿才能喘过气来。他们俩都一样不知保重。尽管两人的支气管有病,时常会气塞,却都是烟瘾很大。克利斯朵夫宁愿自己上爱麦虞限家,这也是原因之一:因为奥洛拉往往为他抽烟的嗜好和他闹,使他不得不躲开。两个朋友在谈话中间时常会剧烈地咳嗽,停下来相视而笑,好比两个做了错事的小学生。有时,一个会教训另外一个正在咳嗽的人:但只消一口气平了下去,受教训的一个就坚决抗议,说咳嗽与抽烟无关。

爱麦虞限堆满纸张的书桌上有个空的位置,蹲着一只灰色的猫,一本正经地瞅着两个抽烟的人,带着责备的神气。克利斯朵夫说它是代表他们的良心，因为不要跟良心照面，他便把帽子盖在它身上。那只猫非常虚弱，也不是什么贵种，当时爱麦虞限在街上把它在半死状态中捡来的；它受了那次磨难从来没复原，吃得很少，难得玩儿，没有一点儿声响；性情极温和，睁着聪明的眼睛盯着主人，他不在家的时候显得挺可怜，他在家的时候便心满意足地待在他身边，不是沉思默想，便是几小时的对着可望而不可及的笼中的鸟出神。只要你对它表示一点儿关切，它就很有礼地打鼾。爱麦虞限兴之所至地摸它几下，克利斯朵夫下手很重地摸它几下，它都耐着性子接受，永远留着神不抓人，不咬人。它身体娇弱，一只眼睛老在淌眼泪，常常咳嗽；倘若它能说话，一定不会像两个朋友那样厚着脸皮说"抽烟与咳嗽无关"；但他们的行为，它一律忍受，仿佛心里在想："他们是人，他们不知道他们所做的事。"

爱麦虞限很疼它，觉得这个可怜的动物的命运和他的有些相像。克利斯朵夫还认为他们连眼睛的表情都是相同的。

"那也不足为奇。"爱麦虞限说。

动物往往反映它们的环境，相貌会跟着主人而变的。一个糊涂人养的猫，目光决不跟一个有思想的人养的猫相同。家畜的和善或凶恶，坦白或阴险，聪明或愚蠢，不但依着主人给它的教训，还跟着主人的行为而定。甚至也用不着人的影响，单是环境就可以改变动物的长相：山明水秀的风景可能使它的眼睛特别有神采。爱麦虞限的灰色猫，是和没有空气的顶楼，主人的残废，以及巴黎的天色调和的。

爱麦虞限变得和气多了，跟最初认识克利斯朵夫的时期大不相同。一桩平凡的悲剧给了他很深的刺激。有一回他脾气来了，很露骨地向他的女朋友表示受不了她的感情。于是她突然失踪了。他找了一夜，急得不得了，终于在一个警察分局里把她找到。原来她想跳在塞纳河里，正在跨过桥栏的时候被人扯住了衣角；她不肯说出姓名住址，还想去寻死。看到这个情形，爱麦虞限大吃一惊：自己受过了磨难以后再去折磨别人，那是他绝对受不了的。他把绝望的女子带回家，竭力安慰,要她相信她所要求的感情,他一定给她。他把她的气平下去了,无可奈何地接受了她的爱,拿自己生命中仅存的一部分交给了她。这样以后,所有他天性中的精华又在心中涌起来了。主张行动的使徒此刻竟相信只有一桩行动是好的:就是勿加害于人。他的使命已经完成。掀起人间的巨潮的那些力,只拿他当作触发行动的工具。一旦完成了任务,他就一无所用:行动继续在那里进行,可不需要他了。他眼看着它向前,对于加在他个人身上的侮辱差不多已经不以为意,但对于诋毁他信仰的行为还不能完全无动于衷。因为他这个自由思想者虽然自命为摆脱了一切宗教,还取笑克利斯朵夫是个伪装的教士,但像所有强毅的思想家一样,他究竟有他的祭坛,把梦想作为神明一般地供奉着,不惜拿自己作祭礼。现在这祭坛没人去礼拜了,爱麦虞限为之很痛苦。那些神圣的思想,大家千辛万苦才把它们捧上台的,一百年来最优秀的人为之受尽折磨的,现在却被后来的人踩在脚下:怎么能不伤心呢!所有这个法兰西理想主义的辉煌的遗产,对于自由的信念,为了它有过多少圣徒、多少英雄、多少殉道者的,还有对于人类的爱,对于天下为一家,四海皆兄弟的境界的渴望,都被现代的青年们闭着眼睛糟蹋完了!他们中了什么风魔,竟会追念那些被我们打败的妖怪,竟会重新套上被我们砸得粉碎的枷锁,大声疾呼地要求武力的统治,在我的法兰西心中重新燃起仇恨与战争的疯狂?

"这不但在法国,整个世界都变得这样了。"克利斯朵夫笑容可掬地说,"从西班牙到中国,都受到同样的暴风吹打。没有一个地方可以让你避风了!连我的瑞士也在高唱民族主义,不是滑稽吗?"

"你看了这个情形觉得放心吗?"

"有什么不放心的?我们在这儿看到的潮流不是少数人的可笑的情欲激发起来的,而是操之于一个支配宇宙的看不见的神明。在这个神明之前,我知道低头了。倘若我不懂得,那是我的过失,不是他的过失。你得想法去了解他。可是你们之中谁肯操心这个问题?你们得过且过,只看见近边的界石,以为那就是路程的终点;你们只看见鼓动你们的浪,看不见汪洋大海!今日的浪潮,是昨天的浪潮、我们的浪潮推动起来的。而今日的浪还得替明日的浪开路,使明日的浪忘记今日的浪,正如今日的浪忘记昨天的浪。我对于眼前的民族主义既不称赏,也不害怕。它会跟时间一同过去的,它正在过去,已经过去了。它是梯子上的一级。咱们爬到顶上去吧!输送给养的军曹自会来的。听呀,他已经在打鼓吹笛了!……

(克利斯朵夫拿手指在桌上打起鼓来,把猫吓了一跳。)

"……现在每个民族都有个迫切的需要,要集中自己的力量,立一张清单。因为一百年来各个民族都改变了,而这改变是由于相互的影响,由于世界上一切聪明才智之士作了巨大的投资,建立了新的道德,新的科学,新的信仰。每个民族和其余的民族一同踏进新世纪之前,的确需要把自己考察一番,清清楚楚地知道自己的面目和财产。一个新时代来了。人类要和人生定一张新的契约。社会将根据新的规则而再生。明天是星期日。各人都在那里结算一星期的账目,扫除房屋,希望把它整理得有条有理,而后站在共同的上帝面前和别人联合起来,跟上帝定一份新的同盟公约。"

爱麦虞限眼睛里反映着过去的梦境,望着克利斯朵夫。他等克利斯朵夫说完了,停了一会儿,才说:"你是幸福的,克利斯朵夫!你看不见黑夜。"

"我能在黑夜里看到东西,"克利斯朵夫回答,"在黑夜里日子过得久了,我变了一头猫头鹰了。"

那个时期,他的朋友们发觉他的举动态度有了改变。他往往心不在焉,人家说的话也不留神听。他笑容可掬,若有所思。人家一提醒他这种漫不经心的态度,他就忙着道歉。有时他用第三人称代表自己:

"克拉夫脱会替你把这件事办了的……"

或者是:

"克利斯朵夫才不在乎呢……"

一般不深知他的人说,那是他的自溺狂。

其实正好相反。他是站在旁人的地位上,从外面来看自己。他已经到了一个时期,对于为了美的奋斗也不在乎了,因为自己的任务已经完成,相信别人也会完成他们的任务;而且归根结底,像罗丹所说的,"美永远会得胜的"。社会的恶意与不公平也不能再使他反抗。他笑着说反抗是不自然的,而且生命已经渐渐地离开他了。

的确他没有从前那么健壮了。一点儿体力的劳动,走了一段长路,或是跑得快一些,都使他感到疲乏,立刻会喘不过气来,心跳得厉害。有时他想起老朋友苏兹。他这些感觉从来不跟别人提,提了有什么用呢?只能叫人担忧,同时你的健康又不会有起色。何况他对这些不愉快的事也并不当真。他不怕害病,倒是怕别人强迫他保重。

由于一种神秘的预感,他想再见一见故乡。这是他一年一年拖下来的计划。他老是想,等下年再说吧……这一回他可不再延期了。

他对谁也不通知,偷偷地走了。在故乡逗留的时间很短。克利斯朵夫要去找的景象都没有能找到。上次他回来看到城里刚开始有点儿变动,现在大功告成,小城一变而为工业城市了。古老的屋子不见了,公墓也不见了。原来是萨皮纳的农庄,此刻盖了一所烟囱高耸的工厂。河水把克利斯朵夫童时玩耍的那片草原给冲完了。一条全是古怪的建筑物的街道题着克利斯朵夫的名字。过去的一切都完了……好吧!生命还是在继续下去,或许在这条题着他名字的街上,破屋子里有别的小克利斯朵夫在出神,在痛苦,在奋斗。规模宏大的市政厅中,人家奏着他的一件作品,意义完全给颠倒了,他简直认不出来……好吧!音乐受到了误解,也许会把新的力量刺激起来。我们已经播了种子。你们爱把它怎办就怎办吧,把我们去作你们的养料吧!——黑夜将临的时候,克利斯朵夫在城市四周的田野中漫步,大雾在田上飘浮,他想着快要罩着他的生命的大雾,想着那些他心爱的,离开了世界的,躲在他心坎里的人,为将临的黑夜快要把他们和他一齐盖住的人……好吧！好吧！黑夜，我不怕你，你是孵育阳光的！一颗星熄了，无数的星会亮起来。好似一杯沸腾的牛乳，空间的窟窿里都洋溢着光明。你不能把我熄灭的。死神的气息会使我的生命重新冒起火焰……

从德国回来，克利斯朵夫想在当初遇到阿娜的城中耽搁一下。自从离开她以后，他完全不知道她的消息。他不敢写信去问：多少年来，一想到她的名字就会发抖……现在他安静了，什么都不怕了。可是晚上在靠着莱茵河的旅馆里，听到熟悉的钟声预告下一天的节日，过去的印象又复活了。河上传来当年那股危险的气息，他此刻已经不大了解。他整夜回想着那件故事，觉得自己躲过了可怕的主宰，不由得悲喜交集。他不知道下一天究竟怎么办，一会儿又想——（"过去"不是离得那么远了吗！）——去拜访勃罗姆夫妇。但到了第二天，勇气没有了；他甚至不敢向旅馆打听一下医生和他的太太还在不在。他决意动身了……

正要动身的时候，有股不可抵抗的力量逼着他走到阿娜从前去做礼拜的教堂，掩在一根柱子背后——那儿可以望见她以前常来下跪的凳子。他等着，相信要是她来的话，一定还是坐在这个位置上。

果然有一个女人来了，他可认不得。她和别的妇女完全一样：胖胖的身材，饱满的脸，滚圆的下巴，淡漠与冷酷的表情。她穿着黑衣服，坐在凳上一动不动：既不像在祈祷，又不像在听，只向前望着。在这个女人身上，丝毫没有叫克利斯朵夫想起他所等待的那个女人的影子。只有两三次，有一个古怪的姿势，好似要抹平膝上的衣褶。从前她是有这个姿势的……出去的时候，她在他身边慢慢地走过，双手抱着放在胸前，捧着一本《圣经》。阴沉而烦闷的眼睛对克利斯朵夫瞅了一下，闪出一点儿微光。他们彼此都没认出来。她挺着身子，直僵僵地走过了，头也不回。直到一会儿以后，他才心中一亮，在那冰冷的笑容底下，在嘴唇的某些皱纹中间，认出那张他曾经亲吻过的嘴……他的气塞住了，腿也软下来了，心里想：

"主啊,这就是我曾经爱过的人吗? 她在哪儿呢? 她在哪儿呢? 而我自己又在哪儿? 爱她的人在哪儿? 我们的身体,吞噬我们的残酷的爱情,现在留下些什么? 不过是一堆灰烬。那么火在哪里?"

他的上帝回答道:"在我身上。"

于是他抬起眼睛,看着她挤在人堆里,走出大门,走到了太阳底下。

回到巴黎以后不久,他跟多年的敌人雷维-葛讲和了。雷维-葛是凭着诡计多端的本领和恶毒的用意,老是攻击他的,后来雷维-葛功成名就,心满意足了,倒还有那点儿聪明,暗中承认克利斯朵夫了不起,想法去接近他。可是攻击也罢,殷勤也罢,克利斯朵夫只装看不见。雷维-葛终于灰心了。他们住在一个区里,常常在街上遇到,都装作不相识的神气。克利斯朵夫走过的时候可以若无其事地对雷维-葛瞧一眼,仿佛根本没看见他这个人。这个目中无人的态度把对方气坏了。

他有一个女儿,大概在十八至二十岁之间,长得好看,细气,大方,侧影像小绵羊,一头金黄的卷发,一双极有风情的眼睛,笑容像意大利画家吕尼笔下的人物。父女两人时常一同散步,克利斯朵夫在卢森堡公园的走道上碰见他们,神气很亲密,女儿挺可爱地靠在父亲臂上。克利斯朵夫为了消遣,对优美的脸素来是注意的,而看到这一个尤其觉得喜欢。他想到雷维-葛,对自己说着:"这混蛋运气倒不坏!"

但一转念他又得意起来:"可是我也有一个女儿呢。"

于是他把她们俩作比较。当然他存着偏心,认为所有的长处都在奥洛拉方面。但这个比较终于使他把两个并不相识的女孩子假定为一对朋友,并且他精神上也不知不觉地跟雷维-葛接近了。

从德国回来,听说"小绵羊"死了,他那种为父的自私心理马上想到:"要是我的一个倒了楣,那还了得!"

这一下他对雷维-葛非常同情,当时就想写信给他,起了两次稿都不满意,而且还觉得不好意思,没有把信寄出。过了几天,他又遇到雷维－葛,一看对方那副痛苦的神气,可忍不住了,径自走过去伸出手来。雷维－葛也不假思索地握了他的手。克利斯朵夫说:"你那个孩子多可惜!"

雷维－葛被他激动的口吻深深地打动了,觉得说不出的感激……两人胡乱说了几句伤心的话。等到分手的时候,他们之间的隔膜完全没有了。他们是打过架的:没有问题,那是命中注定的;各有各的性格,各有各的使命,非完成不可!但悲喜剧演到了终场,各人都把在台上当作面具用的情欲丢开了,以本来面目相见之下,便发觉谁也不比谁高明;所以演过了自己的角色应当互相握手。

乔治和奥洛拉的婚期定在初春。克利斯朵夫的健康很快地往下坡路上走。他注意到孩子们很焦急地打量着他。有一回他听见他们低声地谈话。

乔治说:"他脸色多不好!很可能病倒的。"

奥洛拉回答:"但愿他别耽误了我们的婚期!"

他记着这几句,暗中答应他们的愿望。可怜的孩子们,放心吧!他决不妨碍他们的幸福的!

可是他的确不知保重。婚期前两天(最近他紧张得有点儿可笑,好像他自己要结婚似的),他竟糊里糊涂地让旧病复发了,远在节场时代发作的那个肺炎似乎又回来了。他骂自己不小心,决意要撑到婚礼结束的时候。他一方面回想起临死的葛拉齐亚,在他举行音乐会的前夕不愿意把病倒的消息通知他,免得妨碍他的正事与快乐;一方面又想到现在要把她从前对他做的事还给她的女儿,不禁非常快慰。所以他把自己的病瞒着人;但要硬撑下去的确不容易。幸而看着两个孩子的幸福,他欢喜极了,居然把长时间的教堂仪式挨了过去。从教堂回来,一到高兰德那里,他就精力不济,赶紧躲在一间屋里。过了一会儿,有个仆人发觉他晕倒了。克利斯朵夫醒来之后,不许人家跟当晚要出发去旅行的新夫妇提起。而他们也太注意自己了,根本没留神旁的事。他们快快活活地和他告别,答应写信给他,不是明天准是后天……

他们一走,克利斯朵夫立刻躺在床上。热度又来了,再也不退下去。他孤零零的没有人陪。爱麦虞限也闹着病,不能来。克利斯朵夫不看医生,并不认为自己的病势严重,同时也没有仆人可以去请医生。打杂的女人只有早上来两个钟点,根本不关心他;而他还更进一步,完全不要她服侍。她收拾屋子的时候,他嘱咐过几十次,别移动他的纸张。她却顽固得厉害,这一回他上了床,她认为机会到了,可以照自己的意思大大地清除一下。克利斯朵夫从衣柜的镜子里望见她在隔壁屋里把什么都搅乱了,不由得勃然大怒——真的,老人的脾气依旧没改!——立刻从被窝中跳出来,从她手里抢下了一卷纸,把她推出大门。他这一怒,马上发了一场高热;而那个老妈子气恼之下,从此不来了,也没通知一声"这个老疯子"(她是那样称呼他的)。于是他害着病,没人侍候。早上他起来拿门外的牛奶瓶,再瞧瞧看门女人有没有把那对爱人答应他的信塞在门下。结果是没有。他们快乐得把他忘了。他不怪怨他们,想到自己处在他们的地位也是一样的。他想着他们那种无愁无虑的快乐,又想到那是他给他们的。

等到奥洛拉的信终于来到的时候,他病已经好了一些,开始起床了。乔治只在信尾签了一个名。奥洛拉很少问起克利斯朵夫的近状,报告的消息也不多;但另外倒托他办一件事,要求把她忘在高兰德家的一条围巾寄给她。虽然这不是一件要事——还是奥洛拉没话找话,临时想起的——克利斯朵夫却因为还能帮他们忙而很高兴,赶着出去了。外面下着骤雨,又来了个寒潮,下过了雪,刮着冰冷的风。街上连车辆都没有。克利斯朵夫在寄包裹的地方等着。职员又无礼又故意把手续办得很慢,使他生气,可是生气也解决不了问题。他早已心神安定,照理不会让自己动火的,近来的脾气一部分是由于疾病所致;他的身体根本上已经动摇了,好似快要倒下来的橡树,挨了一斧,不由得发出一阵最后的颤抖。他哆哆嗦嗦地回家。看门女人在楼下递给他一段从杂志上剪下来的文字。他瞧了一眼,原来是一篇把他痛骂一顿的文章。这些东西现在是难得有的了。打一个不觉得挨打的人是没劲的!便是一些最顽强的敌人,尽管讨厌他,也不由自主地对他有了敬意,唯其如此,他们心里很气。俾斯麦曾经说过,似乎带着点遗憾的意味:"人家以为爱是最不由自主的。其实敬重更不由自主……"

但那篇文章的作者是一个比俾斯麦更强的强者,爱和敬都沾染不到他。他对克利斯朵夫信口谩骂,预告下半个月还要发表几篇攻击他的文字。克利斯朵夫看着笑了,一边上床一边对自己说:"哼,他要大吃一惊呢!那时他找不到我了。"

人家劝他雇一个看护,他执意不肯。他说他一向过着孤独的生活,这个时候请看护不是剥夺了他的清福吗?

他并不觉得无聊。近年来,他老是跟自己谈着话,仿佛一个人有了两个灵魂。而最近几个月,他心中的同伴愈加多了;他的灵魂不但有了两个,而且有了十个。它们互相交谈,但唱歌的时候更多。他有时参与他们的谈话,有时不声不响地听着它们。床上,桌上,就在随手抓得到的地方,他老放着空白的五线谱,可以把那些心灵和他自己的谈话记下来,一边听着针锋相对的议论发笑。他已经养成一个不假思索的习惯,"想"和"写"这两个动作差不多是同时的了;对于他,写下来等于想得更明白些。凡是打扰他和这些灵魂谈话的,都惹他厌烦和生气。有的时候,连他最心爱的朋友也不免使他有这种感觉。他竭力不对他们表示;但这种强制功夫使他非常疲倦。等到事后又能跟自己单独相对的时候,他高兴极了:因为他刚才是迷失了;人间的絮语把内心的声音盖掉了。他的静默是通神的静默!……

他只允许看门女人或是她的随便哪个孩子,每天来两三次看看他有什么事没有。他也托他们送字条,因为直到最后几天还跟爱麦虞限有书信来往。两位朋友差不多病得一样重,对自己的情形也看得很清楚。克利斯朵夫的有信仰的自由的心灵,和爱麦虞限的无信仰的自由的心灵,殊途同归,都到了物我不分的清明恬静的境界。笔画颤抖的字迹越来越不容易认了,但他们从来不提到自己的病况,只谈着那些永远谈不完的话题:他们的艺术,他们的思想的前途。

直到有一天,克利斯朵夫用着颤巍巍的手,写出瑞典王在战场上临死时的一句话:

"我目的达到了,兄弟,你自个儿想办法吧!"

好似对着一座重重叠叠的楼阁,他把自己的一生整个儿看到了……青年时期拼命地努力,为的要控制自己;顽强的奋斗,为的要跟别人争取自己生存的权利,为的要在种族的妖魔手里救出他的个性。便是胜利以后,还得夙夜警惕,守护他的战利品,同时还不能让胜利冲昏了头脑。友谊的快乐与考验,使孤独的心和全人类有了沟通。然后是艺术的成功,生命的高峰。他不胜骄傲地以为把自己的精神征服了,以为能够主宰自己的命运了。不料峰回路转,突然遇到了神秘的骑士。遇到了丧事,情欲,羞耻——上帝的先锋队。他倒下去了,被马蹄践踏着,鲜血淋漓地爬着,爬到了山顶上:锻炼灵魂的野火在云中吐着火焰。他劈面遇到了上帝,他跟他肉搏,像雅各跟天神的战斗一样。战斗完了,筋疲力尽。于是他珍惜他的失败,明白了他的界限,努力在主替我们指定的范围内完成主的意志。为的是等到播种,收获,把那些艰苦而美妙的劳作做完以后,能有权利躺在山脚下休息,对阳光普照的山峰说:

"祝福你们!我不欣赏你们的光明。但你们的阴影对我是甜美的……"

这时候,爱人出现了,握着他的手;死神摧毁了她肉体的障碍,把她的灵魂灌输到了他的灵魂里面。他们一同走出了时间的洪流,到了极乐的高峰,在那儿,过去,现在,将来,手挽着手围成一个圆周;平静的心同时看到了悲哀与欢乐的生长,发荣,与枯萎,在那儿,一切都是和谐的……他太急了一些,自以为已经到了彼岸。可是胸口的剧痛,脑子里乱哄哄的人影,使他明白还有最后而最不容易走的一程路……好,向前吧!……

他一动不动地躺在床上。一个蠢女人在上一层楼上几小时地弹着琴。她只会弹一首曲子,翻来覆去地弹着些同样的乐句,觉得其乐无穷。这些句子对于她是代表一种欢乐,代表千变万化的情绪。克利斯朵夫懂得她这种快乐的意义,可是听得厌烦之极,几乎要哭出来。要是她不弹得这么响倒还罢了!克利斯朵夫恨吵闹,像恨一个人的恶习一样……终于他也忍耐了,要能够听而不闻不是件容易的事。但也不见得像他想象中的那么难。他已经慢慢地离开他的肉体,离开这个又病又猥琐的肉体……在里头关了多少年也够受了!他看着它渐渐地坏掉,心里想:

"好吧,它把我关也关不多久了。"

他又想看看人究竟自私到什么程度,便问自己:"你究竟更喜欢哪一样?是克利斯朵夫的姓名永久流传而让他的作品消灭呢,还是作品永久存在而让他的姓名消灭?"

他毫不迟疑地回答道:"让我的作品永生而我自己消灭吧!在这种情形之下,我留存的只有我的最真实的,唯一真实的部分。让克利斯朵夫去死灭罢!……"

但过了一会儿,他觉得作品跟自己一样没有意思。相信他的艺术会永生,未免太可笑了!他不但明白看到自己的作品的命运,并且还见到一切现代音乐的命运。音乐的语言比什么都消耗得更快;一二百年之后,它只有少数的专家才懂得。现在能有几人了解蒙特威尔第与吕利的?藓苔已经在侵蚀古典森林中的橡树了。那些音响的建筑,我们在里头唱出我们的热情,可是将来都得成为空虚的庙堂,结果只剩下一片瓦砾……克利斯朵夫很奇怪,怎么自己能瞧着这些废墟而竟无动于衷。

"难道我并不怎样爱生命吗?"他不胜惊讶地问自己。

但他立刻懂得,这正是表示他更爱生命……对着艺术的废墟痛哭吗？那是犯不上的。艺术是人类反映在自然界中的影子。让它们一齐消灭吧,被阳光吞没吧!它们使我看不见阳光……自然界无穷的宝藏都在我们手指中间漏过。人类的智慧想在一个网眼里淘取流水。我们的音乐只是幻象。我们的音阶是凭空虚构的东西,跟任何活的声音没有关连。这是人的智慧在许多实在的声音中勉强找出来的折衷办法,拿韵律去应用在"无穷"上面。人需要用这个谎言去了解那个不可解;因为他要相信这个谎言,所以他就相信了。但它究竟不是真的,不是活的。精神从自己创造的音乐上所得到的快感,其实是把对于现实的直觉加以颠倒混乱的后果。不时有个天才,偶尔和大地接触了一刹那,居然看到了真正的流水,那是超乎艺术之外的。于是堤岸崩溃了。现实从一个隙缝里透了进来。但这裂痕不久就被填补了。人的理智必须有那个堤作保障。要是理智遇到了耶和华的目光,它就完了。所以它要把自己的牢房再涂上一层水泥,使外边的东西一进来就给它消化掉。这个办法对于一般不愿意睁开眼睛的人也许是美的……可是我,我是愿意看到耶和华的面目的。即使我会消灭,我还是要听你打雷似的声音。艺术的声音使我感到局促。精神别出声吧,人类别出声吧!……"

但这段高论才说过了几分钟,他又到散在被单上的纸堆里去摸索,还想写下几个音符。一发觉自己的矛盾,他就微笑着说：

"噢,我的老朋友,我的音乐,你真好。我是个忘恩负义的人,我把你赶走,可是你,你绝对不离开我;尽管我使性,你却并不灰心。原谅我吧,你很明白,这不过是些废话。我从来没欺骗你,你也从来没欺骗我。我们彼此都是很信任的。朋友,咱们一起走吧。有始有终,留在我身边吧。"

然后咱们一同解脱……

他长时期的昏迷了一阵,发着高热,做着乱梦。等到他醒过来,奇奇怪怪的梦境还印在心头。他瞧着自己,摸着自己的身子,找自己,可是找不到了。他似乎变了"另外一个人"了。另外一个，比他更可宝贵的一个……谁啊？……仿佛梦中另外有个人化身在他身上了。是奥里维吗？是葛拉齐亚吗？……心脏和头脑都那么衰弱，他在所爱的人中分不出是哪一个了，而且分辨出来有什么用？他对他们都是一样爱的。

他精神酣畅，浑身酥软。他也不愿意动弹。他知道痛苦潜伏在一边，像猫等着耗子一样。他便装死。怎么！已经死了吗？……屋里没有一个人，楼上的琴声缄默了。孤独。静默。克利斯朵夫叹了口气。

"到了生命的终点而能够说就在最孤独的时候也从来没有孤独，那才叫人安慰呢！我一路上遇到的灵魂，在某一个时期帮助过我的弟兄们，在我思想中的神秘的精灵，死的与活的——全是活的——噢！我所爱的一切，我创造的一切，你们都这样热烈地抱着我，守着我，我听到你们美妙的声音。因为我能得到你们，我要祝福我的命运。我是富有的，富有的……我的心都给装满了！……"

他望着窗子……没有太阳，但天气极好，像一个美丽的瞎子姑娘……克利斯朵夫望着掠在窗上的一根树枝出神。树枝膨胀起来，滋润的嫩芽爆发了，小小的白花开满了。这个花丛，这些叶子，这些复活的生命，显得一切都把自己交了给苏生的力。这境界使克利斯朵夫不再觉得呼吸艰难，不再感到垂死的肉体，而在树枝上面再生了。那生意有个柔和的光轮罩着他，好似给他一个亲吻。在他弥留的时间，那株美丽的树对他微微地笑着；而他那颗抱着一腔热爱的心，也灌注在那株树上去了。他想到，就在这一刹那，世界上有无数的生灵在相爱。于他是临终受难的时间，于别人是销魂荡魄的良辰；而且永远是这样的，生命的强烈的欢乐从来不会枯涸。他一边气急，一边大声哼着一阕颂赞生命的歌——声音已经不听他的思想指挥，也许喉咙里根本没发出声音，但自己不觉得。

他忽然听到一个乐队奏起他的颂歌，不由得心里奇怪：

"他们怎么会知道的呢？我们又没练习过。希望他们把曲子奏完,别弄错了才好!"

他挣扎着坐在床上,要让整个乐队都能看到他,舞动着粗大的手臂打拍子。但乐队奏来一点不错,很有把握。多神妙的音乐!啊!他们竟自动替他奏出下文来了!克利斯朵夫觉得很有趣:

"等一等,好家伙!我一定追上你。"

于是他把棍子一挥,逗着兴致痛快把船驶了出去,向左,向右,穿过危险的水道。

"这一句,你们能接下去吗?……还有那一句,赶快啊!……这里又是一句新的了……"

他们老是把路摸得很清楚;你给他们一些大胆的乐句,他们的答句却是更大胆。

"他们还会搞出些什么来呢?这些坏东西!……"

克利斯朵夫高声叫好,纵声大笑。

"该死!要跟上他们倒不容易了!难道我要给他们打败吗?……你们知道,这个玩意儿是不能作准的!今天我累了……没关系!谁胜谁负还不一定呢……"

但乐队所奏的想入非非的东西,层出不穷,而且都是那么新奇;结果他只能张着嘴听他们,听得连气都喘不过来……克利斯朵夫觉得自己可怜极了。

"畜生!"他对自己说,"你完了。住嘴吧!你的本领不过如此。这个身体已经完了!需要换一个了。"

可是身体跟他反抗。剧烈的咳嗽使他听不见乐队。

"你还不安静下来吗!"

他掐着喉咙,用拳头捶着胸部,好似对付一个非打倒不可的敌人。他看到自己在那儿混战。一大堆的群众在那儿呐喊。一个人使劲把他抱着。他们俩一齐滚在地下。那人压在他身上。他窒息了。

"你松手啊,我要听!……我要听!要不然我就杀了你!"

他把那人的脑袋撞在墙上,但他始终不放……

"那究竟是谁啊？我跟谁扭做一团打架啊？我抓着的这个火辣辣的身体是什么呢？"

昏迷狂乱。一片混沌的热情。狂怒,淫欲,池塘里的污泥最后一次泛了起来……

"啊！难道还不马上完吗？黏在我皮肉上的水蛭,难道拉不下来吗？……好,你这个臭皮囊,跟水蛭同归于尽吧！"

克利斯朵夫挺着腰,撑着肩,突着膝盖,把那看不见的敌人推开……行了,他挣脱了！……那边,音乐老是在演奏,慢慢地远去。克利斯朵夫浑身淌着汗,向它伸着手臂：

"等等我呀！等等我呀！"

他跑上去追它,摇摇晃晃,碰到什么都得撞一下……跑得太急了,没法呼吸了。心跳得厉害,血在耳朵里响：一列火车在隧道中驶过……

"天哪！这不是胡闹吗？"

他无可奈何地对着乐队挥手,要他们别把他丢下来……终于出了隧道……一切都静下来了。他又听到了。

"多美！多美！再来一次！弟兄们,放大胆子……这是谁作的？……你们说是约翰·克利斯朵夫·克拉夫脱作的？得了罢！别胡说！那我可能认得的。这样的东西,他从来写不了十节……谁又来咳嗽了？静下来行不行！这个是什么和弦？……还有那一个呢？……别这么快,等等我呀……"

克利斯朵夫发出一些不成音的叫喊,用手抓着被单,做着写字的姿势,而困乏的头脑还不由自主地推敲这些和弦是怎么配合的,下面又应该是什么和弦。无论如何想不起来：心里一急,他不得不放手……又接着再来……啊！这一回,那可太……

"停下来,停下来,我跟不上了……"

他的意志完全涣散了。克利斯朵夫合上眼睛。紧闭的眼皮内淌着幸福的眼泪。门房的小姑娘瞧着他,很虔诚地替他抹着眼泪,他可没觉得。这个世界上的一切,他都感觉不到了。乐队的声音没有了,他耳朵里昏昏沉沉的只留下一片和声。谜始终没解决。固执的头脑还在那里反复想:

"这个是什么和弦呢?怎么接下去呢?我很想找出个答案来,趁我还没死以前……"

那时有许多声音响起来了。有一个热烈的声音。阿娜那双凄惨的眼睛……但一会儿又不是阿娜了。又是一双那么仁慈的眼睛了……

"啊,葛拉齐亚,是你吗?……究竟是你们中间的哪一个呢?哪一个呢?我再也看不清你们了……为什么太阳这样姗姗来迟?"

三座钟恬静的奏鸣着。麻雀在窗前鼓噪,提醒他是给它们吃东西的时候了……克利斯朵夫在梦中又见到了童年的卧房……钟声复起,天已黎明!美妙的音浪在轻快的空中回旋。它们是从远方来的,从那边的村子里……江声浩荡,自屋后上升……克利斯朵夫看到自己肘子靠在楼梯旁边的窗槛上。他整个的生涯像莱茵河一般在眼前流着。整个的生涯,所有的生灵,鲁意莎,高脱弗烈特,奥里维,萨皮纳……

"母亲,爱人,朋友……他们叫什么名字呢?……爱人,你们在哪儿?我的许多灵魂,你们都在哪儿?我知道你们在这里,可是抓不到你们。"

"我们和你在一起。你安息吧,最亲爱的人!"

"我再也不愿意跟你们相失了。我找你们找得好苦呀!"

"别烦恼了。我们不会再离开你了。"

"唉!我身不由主地给河流卷走……"

"卷走你的河流,把我们跟你一起卷走了。"

"咱们到哪儿去呢?"

"到咱们相聚的地方。"

"快到了吗?"

"你瞧吧!"

克利斯朵夫拼命撑着,抬起头来(天哪,头多重!)看见盈溢的河水淹没了田野,庄严地流着,缓缓的,差不多静止了。而在遥远的天边,像一道钢铁的闪光,有一股银色的巨流在阳光底下粼粼波动,向他直冲过来。他又听到海洋的声音……他的快要停止的心问道:

"是他吗?"

他那些心爱的人回答说:

"是他。"

逐渐死去的头脑想着:

'门开了……我要找的和弦找到了!……难道这还不完吗?怎么又是一个海阔天空的新世界了?……好,咱们明天再往前走吧。"

噢,欢乐,眼看自己在上帝的至高的和平中化掉,眼看自己为上帝效劳,竭忠尽力地干了一辈子:这,才是真正的欢乐!……

"主啊,你对于你的仆人不至于太不满意吧?我只做了一点儿事,没有能做得更多。我曾经奋斗,曾经痛苦,曾经流浪,曾经创造。让我在你为父的臂抱中歇一歇吧。有一天,我将为了新的战斗而再生。"

于是,潺潺的河水,汹涌的海洋,和他一齐唱着:

"你将来会再生的。现在暂且休息吧!所有的心只是一颗心。日与夜交融为一,堆着微笑。和谐是爱与恨结合起来的庄严的配偶。我将讴歌那个掌管爱与恨的神明。颂赞生命!颂赞死亡!"

> 当你见到克利斯朵夫的面容之日,
> 是你将死而不死于恶死之日。
>
> (古教堂门前圣者克利斯朵夫像下之拉丁文铭文)

圣者克利斯朵夫渡过了河。他在逆流中走了整整的一夜。现在他结实的身体像一块岩石一般矗立在水面上,左肩上扛着一个娇弱而沉重的孩子。圣者克利斯朵夫倚在一株拔起的松树上;松树弯曲了,他的脊骨也虬曲了。那些看着他出发的人都说他渡不过的。他们长时间地嘲弄他,笑他。随后,黑夜来了。他们厌倦了。此刻克利斯朵

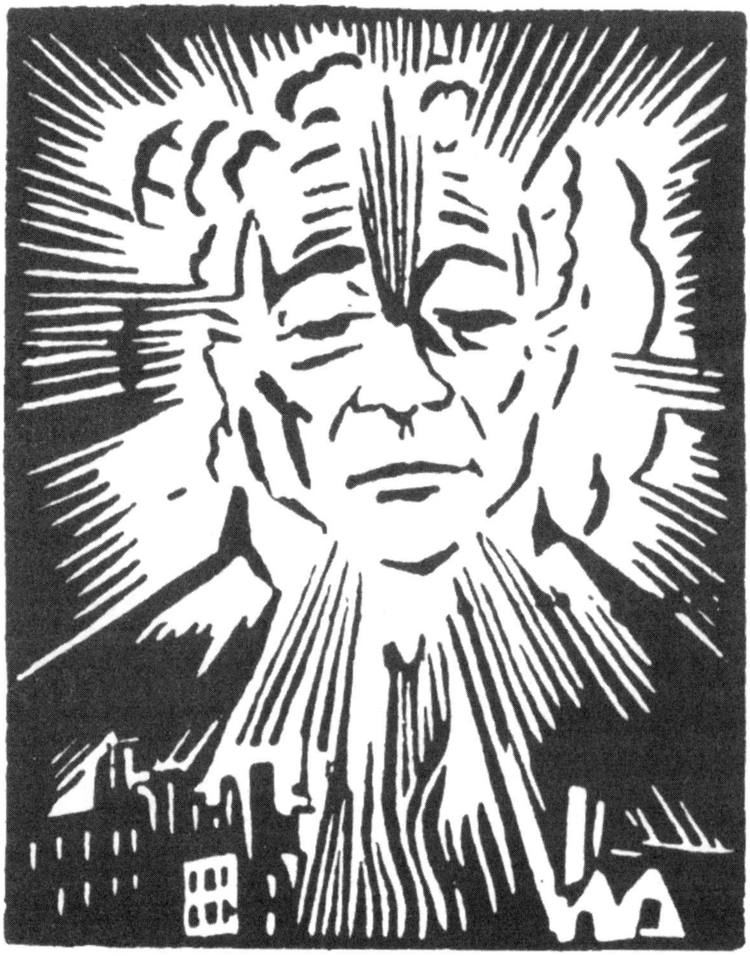

夫已经走得那么远,再也听不见留在岸上的人的叫喊。在激流澎湃中,他只听见孩子的平静的声音,他用小手抓着巨人额上的一绺头发,嘴里老喊着:"走吧!"他便走着,伛着背,眼睛向着前面,老望着黑洞洞的对岸,削壁慢慢地显出白色来了。

早祷的钟声突然响了,无数的钟声一下子都惊醒了。天又黎明!黑沉沉的危崖后面,看不见的太阳在金色的天空升起。快要倒下来的克利斯朵夫终于到了彼岸。于是他对孩子说:

"咱们到了!唉,你多重啊!孩子,你究竟是谁呢?"

孩子回答说:

"我是即将来到的日子。"

全书终

向约翰·克利斯朵夫告别*

我写下了快要消灭的一代的悲剧。我毫无隐蔽的暴露了它的缺陷与德性,它的沉重的悲哀,它的混混沌沌的骄傲,它的英勇的努力,和为了重新缔造一个世界、一种道德、一种美学、一种信仰、一个新的人类而感到的沮丧——这便是我们过去的历史。

你们这些生在今日的人,你们这些青年,现在要轮到你们了!踏在我们的身体上面向前吧。但愿你们比我们更伟大,更幸福。

我自己也和我过去的灵魂告别了;我把它当作空壳似的扔掉了。生命是连续不断的死亡与复活。克利斯朵夫,咱们一起死了预备再生吧!

罗曼·罗兰
一九一二年十月

---

* 编者按:阿尔班·米雪儿书局于一九六一年曾发行《约翰·克利斯朵夫》圣经纸一卷本"最终定本"。该版本,将一九二六年版原《卷十初版序》移置于全书之末,题目也照该定本称为《向约翰·克利斯朵夫告别》。